한국 근대소설의 형성과 『매일신보』

지은이 이희정(李姬貞, Lee, Hee-Jung)은 1974년 대구 출생으로 영남대학교 국어교육과를 졸업했으며, 경북대학교 대학원 국문과에서 문학박사 학위를 받았다. 현재 대구대학교 교양교직부 초빙교수로 재직중이다. 주요논문으로는 「『매일신보』에 연재된 이해조 신소설의 근대성 연구」, 「1910년대 『매일신보』 연재소설의 문체변화 과정」, 「1920년대 초기의 연애담론과 임노월 문학」 등이 있다. 지금은 신문·잡지 등과 같은 개별 매체의 성격이 서사물에 끼치는 영향 및 그로 인한 서사물의 지형변화와 같은 근대적 인쇄매체와 서사 텍스트들과의 상관관계에 대한 연구를 진행중이다. 그리고 궁극적으로 우리 근대문학의 형성과정에 초점을 두고 소외된 문학사의 복원에 관심을 집중하고 있다.

한국 근대소설의 형성과 『매일신보』

2008년 8월 25일 1판 1쇄 인쇄
2008년 8월 30일 1판 1쇄 발행

지은이 _ 이희정
펴낸이 _ 박성모
펴낸곳 _ 소명출판
등록 _ 제13-522호
주소 _ 137-878 서울시 서초구 서초동 1621-18 (란빌딩 1층)
대표전화 _ (02) 585-7840
팩시밀리 _ (02) 585-7848

somyong@korea.com | www.somyong.co.kr
ⓒ 2008, 이희정
값 20,000원
ISBN 978-89-5626-305-2 93810

한국 근대소설의 형성과 『매일신보』

A Study on the Development of Modern Korea Narratives and 'Maeil Shinbo'

이희정

소명출판

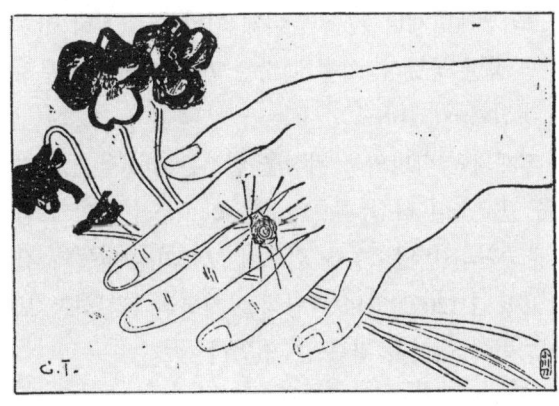

「장한몽」, 『매일신보』, 1913.5.28.

이것은 심순애의 그 유명한 반지다. 이수일을 배반할 수밖에 없게 만든 그 반지.

『매일신보』와의 첫 만남은 이해조를 통해서였지만, 그 설렘을 뒤로한 채 『매일신보』에 완전히 매료된 순간은 바로 이 심순애의 반지를 본그 때였다. 가느다란 손가락에서 반짝이는 저 금강석을 보고, 감탄하지 않을 여자가 어디 있을까?

신문을 본다는 것은 그네들과 함께 동시대를 살아나가는 것이다. 그네들의 삶을 보고 듣고 느끼는 것, 그것이 바로 매체가 우리에게 안겨주는 최고의 선물이다.

* * *

　『매일신보』는 조선총독부 기관지라는 오명 탓에 연구자들의 손길이
별로 미치지 않아 혼자서 마구마구 헤매다녔다. 길을 잃어버려 되돌아
오기도 했고, 또 쭉쭉 뻗은 길을 만나 신나게 내달리기도 했다. 그러던
중 이해조 신소설과 이인직의 마지막 신소설 「모란봉」도 만났고, 심순
애의 유명한 다이아반지도 만났고, 『무정』의 형식과 선영·영채와도 만
났다. 조금 더 나아가니 오페라 '라트라비아타'의 주인공 '춘희'를 만날
수 있었고, 빅토르 위고의 『레미제라블』도 만나게 되었다. 솔직히 이렇
게 많은 이들을 만날 줄 정말 몰랐다. 이렇게 많은 만남 속에서 흥분하
고 격분하게 될 줄은 정말 몰랐었다.

　강점 후 연일 계속 게재되던 합방의 당위성을 알리는 사설을 읽으며
분노하였고, 근대 신문 연재소설 사상 최초의 삽화인 〈춘외춘〉의 그림
을 보며 경탄하였다. 조중환의 번안소설을 읽으며 그때의 아낙들과 같
이 울고 웃기도 했고, 1915년 120만 명의 관람객을 기록한 공진회를 보
며 조선총독부의 기획능력에 놀람을 감출 수 없었다.

　1910년대는 정말로 팍팍했던 시대였다. 이 시대를 제대로 규명할 수
있는 국문신문이 조선총독부의 기관지인 『매일신보』 외엔 거의 전무하
니 말이다. 이보다 더한 언론장악이 없을 것이다. 사정이 이러하다 보니
이 신문에 실리는 소설작품 역시 그 제도적 규율에 영향을 받지 않을
수 없었다. 이해조의 신소설이 더 이상 당대의 독자들을 불러들일 힘이
없다는 것을 안 『매일신보』 편집부는 정책적으로 조중환의 번안소설을
끌어들였고, 그 번안소설의 성공은 결국 이광수의 『무정』이 성공하는
데 밑거름이 되었던 것이다. 『무정』의 주인공 형식은 당시 『매일신
보』가 원하던 식민지 조선을 이끌어나갈 새로운 지식청년이었다. 1차
세계대전 이후 식민지 조선을 이끌어나갈 지식청년들의 필요성을 느끼

고 그들을 독자로 유입하고자 한 의지를 반영한 것이었다.

그렇다. 우리의 근대문학은 이처럼 신문을 비롯한 근대적 매체와 함께 시작되었고, 변화·발전하였다. 매체의 성격이 텍스트에 직·간접으로 영향을 미치고, 매체 담당자의 인식 변화에 따라 서사물의 성격이 바뀌었던 것이다. 근대계몽기의 여러 신문의 서사물이 그러했듯이, 강점 이후의 『매일신보』도 예외는 아니었다. 이 연구의 기본적인 출발점과 문제의식은 여기에 있다. 1910년대의 『매일신보』는 이런 나의 기대에 어긋나지 않게 아낌없이 그런 모습을 보여주고 있었다.

지금으로부터 꼬박 5년 전 『매일신보』와의 첫 만남 이후, 그 만남은 아직도 잘 이어지고 있다. 다들 왜 그리 지리하게 이어오고 있냐 하지만, 도저히 이 만남의 끈을 놓을 수가 없다. 제대로 공부한다는 인식도 없이 그저 좋아서 시작한 것이 이제는 내 전공이 되고, 내 특기가 되고, 내 자랑이 되고, 나의 박사논문도 이것이 되어 버렸다. 여러모로 어설프고 부족한 논문이지만, 그래도 그간의 소중한 만남들로 묶여진 것이기에 쉬 뒤로 돌려놓기가 싫었다. 좀더 매만져주고 다듬어주고 싶지만 이 정도 밖에 못해준 것이 내내 아쉬울 뿐이다. 단지 나의 가장 애물단지 이것이 세상 밖으로 나오게 된 것만으로도 무한히 기쁘다. 사진도 넣고 삽화도 넣고 그래도 조금 다듬어 나오게 되어서 그나마 다행이다. 그리고 논문에 미처 말하지 못했지만, 정말로 중요한 문제였던 근대문체의 형성에 대한 논의를 2부에 덧붙이게 되어 조금이나마 안도한다.

이즈음 되니 떠오르는 얼굴들이 많다. 우선 논문이 이만큼의 모습을 갖추는 데 많은 도움을 주신 지도교수 이주형 선생님께 감사하다. 무능한 제자를 때론 딸 같이 때론 며느리 같이 대해주시는 선생님의 지도가 다시금 감사할 뿐이다. 미흡한 논문 읽어주시고 가르침 주신 심사위원 선생님께도 감사드린다. 김영민·양진오 두 선생님과의 인연이 나를 더욱 진정한 학문의 세계로 나가게 한 것 같다. 또 이 논문이 연세대학교 근대한국학총서의 이름을 달고 나올 수 있게 해주신 김영민 선생님께는 거듭 감사의 말씀을 드린다. 더 좋은 연구작업으로 기쁘게 해드리고 싶은 마음 간절하다.

석사과정을 시작으로 이 길에 들어선 지 꼬박 10년이 되는 해이다. 그간의 세월을 함께한 경북대 현대문학 선생님과 동학들에게도 감사하다. 그리고 끝까지 교정작업을 함께해 준 우리 후배들도 고맙고, 어엿한 책으로 엮어준 소명출판 편집부에도 감사드린다. 평소 이런 긴 인사가 참 촌스럽다고 생각했는데, 막상 어느 누구 하나도 빼놓고 싶지 않다. 어쩔 수 없이 촌스러워짐을 느끼면서도

그 긴 시간 동안 나의 빈자리를 지키며 뒤에서 묵묵히 서 있어준 당신께도 감사하다. 현이 윤이 이네들이 어서 커서 이 책의 독자가 되어주길 기대한다. 양가 부모님, 특히 그토록 보고 싶어 하시던 이 책을 못 보고 가신 아버님께도 이 책을 바친다.

어서 빨리, 더 먼 길을 떠나고 싶다.

2008년 8월
진량 성산홀에서

제4장
식민지배체제 강화담론과 소설의 성격분화　163
1910년대 후반기 소설

제5장
결론　255

제1부
한국 근대소설의 형성과정과 『매일신보』

제1장
서론

1. 연구사 검토 및 문제제기

1910년대는 일제의 조선 침탈로 인해, 개항 이후 자주독립국가를 건설하려는 의지가 꺾인 시기로 이전의 활발하던 언론활동은 일제의 탄압으로 막혀버리고, 이에 따라 문학의 활동영역 역시 현격히 축소된 시기이다.

기존 문학사에서 이러한 1910년대 문학에 대한 논의는 주로 근대소설의 출발점으로 내세워지는 이광수의 『무정』을 중심으로 이뤄진다. 일찍이 우리 신문학의 다양함과 중요성을 강조하였던 임화조차도 육당의 신시와 춘원의 새 소설이 나오기 이전은 모두 과도기의 문학이라고 지칭하면서,[1] 이인직의 『혈의 누』에서 곧바로 이광수의 『무정』으로 넘어

---

1) 임화, 「신문학의 태생」, 『조선일보』, 1939.12.5(임규찬 · 한진일 편, 『임화 신문학사』, 한길사, 1993, 128~134면 참조).

가 버린다.

이러한 관점은 육당과 춘원을 중심으로 하여 3·1독립운동기 전후
약 10년간을 '제일기 신문학 운동기'로 설정한 백철[2]과 1910년대를 '최
남선·이광수의 二人문단시절'로 규정하는 조연현[3]을 거쳐, 개화기에
서 1910년대까지를 계몽주의와 민족주의가 지속된 시기로 규정하며 이
광수와 최남선의 활동을 강조하는 김윤식·김현[4]에까지 이어진다.

하지만 기존의 문학사에서 목도되는 2인 문단시대라는 성급한 규정
은 1910년대 문학이 지니고 있는 실제적 다양성을 제대로 포착하지 못
한 채, 그것의 많은 부분을 소외시키는 문제점을 안고 있다. 그러나 이
후 1910년대의 잡지에 수록된 단편소설들에 대한 주목은 이 시대의 문
학에 대한 논의를 확장시키는데,[5] 이것들은 1920년대 동인지 문단에서
보이는 본격적인 근대 단편소설의 단초를 유학생들이 주로 활동하였던
1910년대의『청춘』이나『학지광』과 같은 잡지에서 찾으려는 시도를 하
였다.

이 중 김현실은 전시대와 1910년대 문학을 구분하여 국권상실의 무
정부 사회문학으로 규정하면서 1910년대 단편의 양식 모색을 중점적으
로 탐구한다. 그는 기존의 서사양식의 계승과 변용 및 새로운 단편소설
양식의 시도에 초점을 맞추어 1910년대 단편소설들을 분석한 후, 새로
운 양식의 특성을 내면지향적 소설과 행위지향적 소설로 분류하여 1920
년대 단편소설과의 연관성을 밝힌다.

김복순에 의하면 1910년대 중반 이후에 등장한 신지식층은 당대의
사회적 변화에 적극적으로 대응하는 주체의 역할을 담당하며, 그런 의

---

2) 백철,『신문학사조사』, 신구문화사, 1980.
3) 조연현,『한국 현대문학사』, 성문각, 1974.
4) 김윤식·김현,『한국문학사』, 민음사, 1996.
5) 주종연,『한국 근대단편소설 연구』, 형설출판사, 1982; 이동하, 「1910년대 단편소설
연구」, 서울대 석사논문, 1982; 김현실, 「1910년대 단편소설 연구」, 이화여대 박사논문,
1989; 김복순,『1910년대 한국문학과 근대성』, 소명출판, 1999.

미에서 그들의 단편소설은 하나의 의미망을 형성한다. 그는 이광수와 백대진·현상윤과 양백화를 '친일적 신지식층'과 '비판적 신지식층'으로 분류한 후, 이들의 작품성과 그 의미를 규명하고자 노력한다.

이와 같은 단편소설에 대한 활발한 논의들에 따라 이제 1910년대의 문학은 좀더 다양한 각도에서 인식되기 시작한다. 한점돌[6]·양문규[7]·이재봉[8] 등이 그간 학계에서 별로 주목받지 못했던 1910년대 소설 전반을 살펴보게 되는 것은 바로 그러한 논의들 덕분이다.

한점돌은 '준비론적 세계관'을 주요한 분석도구로 삼아 1910년대 소설들을 계열화한 후, 그 틀에 속하지 않는 작품들은 '비극적 세계관'이라는 범주로 묶는다. 그의 연구는 작품들이 시대정신과 맺고 있는 연관성을 포착하고 이전 시대의 문학과의 지속성을 모색함으로써 단절적이었던 근대소설사를 극복하려 했다는 점에 의의가 있으나, 1910년대의 소설작품들을 분류하는 데 사용된 '순비론적 세계관'이나 '비극적 세계관'이라는 도구가 실제로 너무 일반적인 개념이라는 문제점을 갖는다.

양문규와 이재봉의 연구는 1910년대의 사회적 상황이나 경제적인 토대 위에서 근대문학이 어떻게 형성되고 발전되었는지를 고찰한다는 점에 의의가 있다. 『조선문학 연구의 일 과제』에서 임화가 '신문학사의 방법론'에 대해 말할 때, "신문학사는 조선의 근대 사회사의 성립을 토대로 하여 형성된 근대적 문화의 일형태인 만큼 신문학사는 조선 근대 문화사의 일영역임을 부단히 의식하면서 독자적으로 근대사회사와 관계를 맺고 교섭한다"[9]라고 말하고 있는 것처럼, 우리의 근대문학 연구에 있어서 당시의 사회경제적 토대를 함께 고찰하는 일은 반드시 필요하다. 그런 의미에서 이들의 논의는 근대문학에 대한 올바른 접근으로

---

6) 한점돌, 「1910년대 한국소설의 정신사적 연구」, 서울대 박사논문, 1992.

7) 양문규, 「한국 근대소설사 연구」, 국학자료원, 1994.

8) 이재봉, 「한국 근대소설의 형성과정 연구」, 부산대 박사논문, 2000.

9) 임화, 「조선문학 연구의 일 과제」, 『동아일보』, 1940.1.13(임규찬·한진일 편, 앞의 책, 373~375면).

간주될 수 있다. 그렇지만 문학사회학적 접근 내지 근대 지식인의 독자층 형성과정을 밝히려는 시도에도 불구하고, 정작 그 작품들이 생산되었던 근본적인 '장(場)'에 대한 이들의 외면, 다시 말해 이 시기의 근대문학의 발생에 있어서 신문 잡지와 같은 근대적 매체가 행한 역할에 대한 간과는 이들 연구의 의의를 퇴색시킨다.

민병덕10)과 한원영11)은 당시에 신문 연재소설이 활발하게 형성되었던 점에 주목하여 '근대신문 연재소설'에 대한 그들의 논의 속에 1910년대의 신문 연재소설에 대한 분석을 포함시킴으로써 한 걸음 더 전진한다. 그렇지만 이들의 논의는 1910년대 조선총독부의 기관지이자 유일한 국문신문으로서 소설의 발표매체가 되었던『매일신보』의 매체적 특성과 작품과의 연관성을 천착하지 못하는 한계를 드러낸다. 민병덕은 『매일신보』편집자의 태도와 관련하여 작품들을 분석하지만 그 대상을 『장한몽』과『무정』에 한정시킨다. 조선총독부의 기관지 역할을 했던 『매일신보』가 일제의 식민지배 담론 유포에 가장 큰 비중을 두었고, 또 그 정책이 신문 연재소설에까지 현저한 영향을 미치고 있음에도 불구하고, 그러한 영향에 대한 총체적인 숙고는 보이지 않는다.

1990년대 이후의 연구들은 기존의 연구들이 지녔던 한계에서 벗어나 연구대상을 작품 자체에만 한정하지 않고 그 작품이 생성될 수 있었던 주변의 여러 담론들의 배치에까지 확대시키는 방향으로 나아간다.

김영민은 신소설과 전대 문학양식인 고전소설 사이의 연결성을 찾기 위해 신문의 논설이나, 잡보・외보 등의 다양한 기사들을 살피면서 '서사적 논설'과 '논설적 서사'에 주목한다.12)

김동식13)은 '문학' 또한 역사적으로 구성된 제도의 체제라는 관점을

---

10) 민병덕, 「한국 근대신문 연재소설 연구」, 성균관대 박사논문, 1989.
11) 한원영, 『한국 근대신문 연재소설 연구』, 이회문화사, 1996.
12) 김영민, 『한국 근대소설사』, 솔, 1997.
13) 김동식, 「한국의 근대적 문학 개념 형성과정 연구」, 서울대 박사논문, 1999.

바탕으로 한국의 근대문학 개념의 형성과정을 '공론장(公論場)'이라는 개념을 토대로 삼아 '문학'에 대한 관점이 이동하는 경로를 추적한다.

권보드래[14] 역시 그와 같은 방법론을 사용하여 한국에서 '소설'이 어떠한 과정을 거쳐 민족적 가치와 예술적 가치를 획득하고 있는가를 분석한다.

이들의 연구는 문학 텍스트가 독자적으로 존재하는 것이 아니라 당대의 사회적 변화나 그것이 발표되는 매체들과 깊은 상관관계를 맺고 있다는 사실, 그리고 그러한 상관관계 속에서, 다시 말해 서로 영향을 주고받는 과정을 통해 의미작용이 발생한다는 사실을 보여준다.

한진일[15]과 권용선[16]의 논문은 바로 그러한 관점의 연장선상에 있다. 한진일은 1910년대 단편소설이 그 당시 일제 식민지지배와 무관하지 않음에 주목하여, 그 시기에 생산된 단편소설뿐만 아니라, 그것이 존재했던 콘텍스트인 『청춘』·『학지광』·『신문계』·『반도시론』 등의 잡지까지 연구대상에 포함시킴으로써 1910년대 단편소설들의 형성과정을 다양한 각도에서 조명한다. 권용선 역시 그동안 주목받지 못했던 1910년대의 연설·번역·편지를 통해 '근대적 글쓰기'가 형성되어 가는 과정을 '글쓰기' 외부에 있는 여러 '장'들과 더불어 고찰한다.

한편 최근에 와서는 근대문학의 형성과 전개가 신문과 잡지라는 근대적 매체의 발생과 맥을 같이 한다는 시각에서의 논의가 활발히 진행되고 있다. 1910년대에 대한 연구들 가운데는 특히 김영민[17]과 양문규[18]를 비롯한 몇몇 논의가 돋보인다. 기본적으로 근대적 매체의 출현

---

14) 권보드래, 「한국 근대의 '소설' 범주 형성에 관한 연구」, 서울대 박사논문, 2000.
15) 한진일, 「근대 단편소설의 형성과정 연구」, 성균관대 박사논문, 2002.
16) 권용선, 「1910년대 '근대적 글쓰기'의 형성과정 연구」, 인하대 박사논문, 2004.
17) 김영민, 「1910년대 신문의 역할과 근대소설의 정착과정」, 『한국 근대소설의 형성과정』, 소명출판, 2005.
18) 양문규, 「1910년대 잡지와 근대단편소설의 형성」, 『한국 근대 서사양식의 발생 및 전개와 매체의 역할』, 소명출판, 2005.

이 근대문학 양식의 변화를 가져왔다고 주장하는 이 연구들은 『매일신보』를 통한 장편 양식의 변화와 『청춘』 등과 같은 1910년대 잡지를 통한 단편양식의 변화를 고찰하면서, 한국에서의 근대문학 형성과정을 밝힘에 있어서 그동안 이용되었던 서구적 근대의 절대적 기준에 회의를 품는다. 오랫동안 내적 역동성보다는 외적 기준에 의해 재단되어 왔던 우리 문학사의 문제점을 극복할 수 있는 기반을 쌓으려는 그들의 노력은 높이 평가되어야 할 것이다.

이상의 검토를 통해 다양한 관점에서 실행된 1910년대 소설에 대한 연구들의 한계 내지 문제점을 다음과 같이 지적할 수 있다.

첫째, 1910년대 문학에 대한 전반적 고찰이 여전히 부족함을 알 수 있다. 우리 문학사에서 1910년대는 과도기적 단계에 속한다. 이 시기는 『무정』이라는 획기적인 작품의 탄생에도 불구하고 활자본 고소설이 여전히 수적 우위를 점하고 있었으며, 신소설 또한 통속화된 채 범람하고 있었다. 아울러 일본 가정소설의 영향을 받은 신파소설의 등장과 그에 대해 독자들이 보여준 호응의 배경을 잊어서는 안 된다. 또한 이러한 장편의 양식 속에서 신지식인들을 중심으로 생산된 단편의 양식이 중요한 위치를 차지하고 있었다는 사실 역시 망각할 수 없다. 요컨대 1910년대의 문학은 여러 장르의 문학작품들이 혼재된 채 형성되어 있었던 것이다. 그동안 어떤 점에서는 의식적으로 또 어떤 점에서는 무의식적으로 배제되어 왔던 1910년대 문학은 바로 구시대의 문학 장르와 새로운 문학 장르들이 서로 교섭하고 있다는 사실 때문에 오히려 더 중요하다. 이 시기에 나타나는 다양한 문학 장르들의 혼재는 1920년대에 이르러서야 비로소 '미적 근대성'을 지닐 수 있었던 우리의 근대문학이 단순한 이식이 아니라 외부의 영향 속에서 내재적 역동성을 지니고 있었다는 사실을 반증할 수 있는 중요한 요소이기 때문이다.

둘째, 앞서 김영민과 양문규의 논의에서 살펴본 바와 같이 근대적 매체의 출현이 근대문학 양식의 변화를 가져왔음에도, 이들의 연관성과 영향관계에 대한 문제의식이나 고찰이 여전히 부족하다. 근대계몽기에 활발하였던 신문·잡지와 같은 근대적 매체들의 활동이 일제의 탄압으로 위축된 것은 사실이지만, 1910년대의 문학이 여전히 신문과 잡지를 통해 형성되었던 만큼, 이러한 근대적 매체들과 문학작품들 사이의 상관성을 고려하지 않은 접근에는 언제나 한계가 있다.

셋째, 한일병합 이후 본격적인 일제 강점이 시작된 때인 1910년대의 상황에서 문학작품은 일제의 식민담론에 더욱 많은 영향을 받게 되었음에도 불구하고, 그에 대한 정밀한 고찰은 아직도 많이 부족하다. 물론 몇몇 신소설이나 이광수 문학에 대한 연구들이 이들과 식민담론과의 관계를 주목했지만, 사실 1910년대의 식민담론이 매우 견고한 논리로 직접적으로 문학작품에 관여하고 있다는 사실을 생각한다면 차후 보다 더 세밀한 연구가 필요할 것이다.

이상의 문제점들에 대한 숙고로부터 시작된 본 연구는 1910년대 『매일신보』 소재 소설들을 탐구의 대상으로 삼는다. 주지하다시피 『매일신보』는 1910년대 한일병합 후 일제의 언론탄압정책으로 많은 신문과 잡지가 폐간된 상태에서 유일하게 발간되고 있던 국문신문이다. 그런 까닭에 『매일신보』는 일제 총독부 기관지로서의 역할을 했음에도 불구하고, 당시 문학활동의 유일한 통로였다. 그러므로 이해조의 신소설, 일본 가정소설 번안물을 포함한 다양한 번안·번역 작품, 이광수·양건식과 같은 신지식인들의 문학 등과 같은 여러 장르의 문학이 수록되어 있는 『매일신보』 소재 소설들에 대한 연구는 1910년대의 전반적인 문학의 경향과 더불어, 근대문학 형성에 많은 영향을 끼친 신문매체와 연재소설과의 관련 양상을 함께 고찰할 수 있게 해 줄 것이다. 또한 『매일신보』가 일제 총독부 기관지였던 만큼 신문에 실린 식민담론과 소설작품 사이의 관계가 우리 근대소설의 형성에 어떤 직접적 영향을 끼쳤는가를 보여줄 것이다.

주지하다시피 우리의 근대는 '식민지적 근대'라는 이중적 상황에 놓여 있다. 이 자명한 사실 앞에서 단순히 '내재적 발전론'만 제기하는 것은 무의미한 작업일 수도 있다. 그러나 한편으로 근대성이 가지는 주체성과 자율적 원리 또한 무시되어서는 안 되는 중요한 요소임이 분명하다. 1910년대의 문학은 한일병합 이후 일제의 강력한 식민지배 담론의 영향 하에 있었던 만큼 이러한 '식민지 근대화'의 모습을 고스란히 담고 있기에 중요한 가치를 지닌 문학이며, 본격적인 일본 소설의 번안물이 유입되면서 창작물에도 영향을 주고 있다는 점에서 이식과 자생의 세력 간 긴장을 극명히 드러내는 시기의 문학이라 할 수 있다. 『매일신보』내의 작품들은 이러한 모습의 객관적 실상을 가장 극명하게 보여주는 것들이다. 그러므로 이제까지 총독부 기관지라는 이유로 매체나 문학사 연구에서도 외면 받았던 『매일신보』 소재의 소설들은 우리의 근대문학이 일제의 식민담론의 직접적인 영향 하에서 굴절되어 변화되고 생산된 과정을 살피기에 가장 유용한 작품들이다. 그런 점에서 1910년대의 『매일신보』 소재 소설들은 이 시기를 전후로 하여 논의되고 있는 한국 근대소설의 형성과정을 규명하는 데에도 많은 도움을 줄 수 있을 것이다.

2. 연구방법론

고종 20년 10월(明治 16년, 1883) 정부의 인쇄기관인 박문국에서 발행한 『한성순보』와 1885년 『친목회회보』의 발행으로 시작되는 근대적인 신문·잡지의 중요성은 일찍이 임화의 『개설 신문학사』[19]에서도 논의되

---

19) 임화, 「저널리즘의 발생과 성장」, 『조선일보』, 1939.10.25~11.16(임규찬·한진일 편, 앞의 책, 72~107면).

었다. 그는 여기에서 신문·잡지가 새 문학의 표현 형식인 '언한문체'와 '언문일치' 문장을 발견하고 보급시킨 막대한 공적은 기념되어야 하는 것이며, 이것이 개화의 정신이 남긴 커다란 문화적 유산이라 말한다. 또한 조선에서 최초라고 할 신문학작품이 이 신문과 잡지 가운데서 성장하고 그것을 무대로 하여 세상에 나왔다는 것도 기념되어야 한다고 주장한다. 임화의 이러한 논의는 근대소설과 근대매체와의 관계의 중요성을 일깨워 준다.

개화기에 등장한 근대적 인쇄매체는 우리 사회에 매개된 공공성을 제공하면서 우리 사회 최초의 합법적 사회운동인 근대 민족주의 운동의 형성과 발전에 중요한 역할을 하였다. 이 시기 신문을 통해 만들어진 대표적 여론형성 현상이었던 '국채보상운동'이 전국적으로 급속하게 확산될 수 있었던 것도 신문독자들이 상상된 공동체를 형성했기에 가능했던 현상이라고 할 수 있다. 또한 신문이 날마다 제공하는 새로운 정보와 지식이 중요한 자료로 활용되면서 이 시기 개인의 자아형성은 그 이전의 구두 커뮤니케이션 시대와는 전혀 다른 양상을 보이기 시작했다.[20] 이처럼 근대의 새로운 출판 기구인 신문·잡지는 전근대적 폐쇄성에서 벗어나 개인이 공적인 발언을 할 수 있는 통로를 마련해 주었고, 또 한편으로 전 국민이 매체를 통해 공론장에 참여하여 보편적인 경험과 인식을 구성해내는 '비동시성의 동시성'을 구현할 수 있게 만들어 주었으며, 그 과정을 통해 소설 속 허구의 공간이 현장감을 획득할

---

20) 개화기 이전의 조선시대 평민 대부분에게 지식과 정보의 전달, 교환 및 상호작용은 같은 장소에 함께 모여 면대면으로 이야기하는 구두 커뮤니케이션을 통해 이루어졌다고 말할 수 있다. 동제와 동회, 두레 등의 공동체적 조직모임과 사랑방, 빨래터, 장시 등의 커뮤니케이션 공간에서 이루어진 이 시대의 보편적 커뮤니케이션의 양식은 Ong이 설명한 구술문화의 특성 ― 매우 보수적이고, 전통 지향적이며, 분석적이기보다는 집합적이고, 추상적이기보다는 상황 의존적 특성을 보이며, 이미 알고 있거나 말한 것을 유지하기도 어렵기 때문에 새로운 생각이나 복잡한 주장들은 환영받지 못하면서 변화는 느리게 진행된 사회로 설명할 수 있다. 임상원·김민환·유선영 외, 『매체·역사·근대성』, 나남출판, 2004, 173면.

수 있게 하였다.[21] 이러한 새로운 인쇄매체는 정보 양식과 의사소통 수단의 변화를 초래했으며, 의사소통 양식의 변화는 공동체의 담론의 틀을 바꾸어 놓았으며, 또한 구성원들의 사회적 상호작용의 방식을 근원적으로 변화시켰던 것이다. 달리 말해 사회에 대한 체계적인 이미지를 의식 속에 구성하고, 그러한 관념에 입각해서 사회 전체를 향해 말을 한다는 생각은 근대에 와서야 비로소 가능해진 것이었다.[22] 신문·잡지와 같은 근대적 매체는 바로 이러한 의사소통 양식을 통해 경험공간과 기대지평의 비대칭성을 만들어냄으로써 정치적·사회적 진보와 학문적·기술적 진보를 가속화하여 '새로운 시대'인 근대의 시대를 열어주었다.[23]

한편, 신채호와 최남선과 같은 근대 초기의 지식인들은 이와 같은 근대적 매체를 통하여 새로운 문명을 소개하고, 소설을 '국민의 나침반'[24]이라 소개하면서 이러한 문학작품을 매체에 연재하여 근대 민족 국가 만들기[25]에 힘을 쏟았다.

---

21) 중세의 순간적인 현재에 과거와 미래가 동시에 나타나는 시간상의 동시성이라는 개념을 대체하게 된 것은 벤야민의 말을 빌리면 '동질적이고 공허한 시간'인 것이다. 동질적이고 공허한 시간 안에서의 동시성은 이른바 시간을 가로지르면서 예언과 완성에 의해 표시되는 것이 아니라 시간적 우연의 일치에 의해 표시되고 이 시간적 우연의 일치는 시계와 달력에 의해 측정된다. 왜 변형이 민족이라는 상상의 공동체로서의 탄생에 그렇게 중요한가는 18세기 유럽에서 처음 꽃핀 상상의 두 가지 형태, 즉 소설과 신문의 기본 구조를 고려하면 가장 잘 알 수 있다. 왜냐하면 소설과 신문은 민족과 같은 상상의 공동체를 '재현'하는 기술적 수단을 제공했기 때문이다. 베네딕트 앤더슨, 윤형숙 역, 『상상의 공동체』, 나남출판, 2003, 48~49면.

22) 위르겐 하버마스, 장은주 역, 「의사소통 행위 개념의 해명」, 『의사소통의 사회이론』, 관악사, 1995, 150~153면 참조.

23) 코젤렉의 테제는 "근대에 경험과 기대 사이의 차이가 점점 커진다는 것이고, 더 정확히 말해서 기대들이 그때까지의 경험들에서 점점 멀어지면서 근대가 새로운 시대로 파악된다는 것"이다. 라인하르트 코젤렉, 『지나간 미래』, 문학동네, 1998의 Ⅲ장 '역사적 경험변화의 의미론'에서 '경험공간과 기대지평', 388~415면 참조.

24) "小說은 國民의 羅針盤이라 其說이 俚ᄒ고 其筆이 巧ᄒ야 目不識丁의 勞動者라도 小說을 能讀치 못홀 者一無ᄒ며"(「담총」, 『대한매일신보』, 1909.12.2).

25) 베네딕트 앤더슨은 인쇄매체와 근대민족국가 형성의 상관성에 대해 논한 바 있는데,

그러나 이러한 지식인들의 활동은 조선의 전통을 계승하면서도 국가
적 위기에 대응한 독자적인 근대국가를 만들기 위한 것이었으므로 당
연히 일본의 제국주의적 시선으로부터 자유로울 수 없었다. 1907년의
신문지법, 1908년의 교과서 도서검정규정, 1909년 2월의 출판법 등은
1910년 한일병합 이전에 이미 언론매체에 대한 일본의 규제가 심하였
음을 보여주는 것이라 할 수 있다. 이와 같은 일본의 언론탄압은 1910
년을 진후로 하여 신문과 잡지의 대부분을 발행정지시킴으로써 그 본
모습을 드러내게 된다. 민족 교육과 언론은 철저히 억압되었고, 오직 식
민지 교육과 식민지 언론정책만이 강요되었던 것이다. 이전의 근대계몽
기 신문매체의 담론들 중에는 정론적 담론이 공공영역의 지배적 담론
이 되면서 문학도 이런 정론적 담론들 가운데 하나로 부상하였는데, 그
대표적인 것이 독립신문의 애국가·독립가류이며, 『대한매일신보』의
사회등가사류라 할 수 있다.[26] 이에 반해 1910년대 강점 초기의 『매일
신보』에서는 이와 같은 정론적 담론의 성격이 약화되고, 대신 신문소설
이 상품적 가치로 매겨지는 '대량 생산의 장'의 성격을 띠게 됨을 알 수
있다. 『매일신보』는 한일병합 다음날인 1910년 8월 30일부터 일제가 패
망할 때까지 35년 동안 발간되면서 조선총독부의 일간지로서 총독정치
의 최일선에서 그 선선기관으로서의 역할을 충실히 수행한 대표적인
관제언론[27]이었다. 그러므로 이러한 『매일신보』에서는 더 이상 민족자
주나 각성된 민권의식을 외치는 애국 계몽운동자들의 선전수단으로 쓰
였던 문학작품은 필요없었으며, 오히려 강점 후의 악화된 민심을 잡기

상품으로써의 인쇄물의 발달이 동시성이라는 완전히 새로운 개념을 생성시켰으며, 이
런 것들이 '수평적이고 세속적이며 횡적인 시간' 형태의 민족 공동체를 가능하게 하였
다고 주장한다. 베네딕트 앤더스, 앞의 책, 2장·3장 참조
26) 이현식, 「한국 근대문학 형성의 사회적 조건」, 『민족문학과 근대성』, 문학과지성
사, 1995, 86면.
27) 황민호, 「1910년대 조선총독부의 언론정책과 『매일신보』」, 『식민지조선과 『매일신보』
-1910년대』, 신서원, 2002, 12면.

위해 신문매체를 '대량 생산의 장'으로 만듦으로써 '거대 대중'을 모을 필요가 있었던 것이다. 이처럼 조선의 신문매체의 성격은 1910년을 전후로 하여 그 분위기를 상당히 달리하게 되고, 이와 같이 달라진 매체의 특성은 그 매체 속에 실리는 문학작품들에게 직·간접적으로 많은 영향을 미치게 된다.

원래 신문은 공공의 참여를 제공하는 집단적 고백 형태의 매체라 할 수 있다. 신문은 사건을 이용하거나, 또는 전혀 이용하지 않고도 사건들을 채색할 수 있는데, 신문에 복잡한 '인간적 흥미 위주의 기사'적 성격이 나타나는 것은 매일 다양한 기사들이 배열되어 대중 앞에 제공되기 때문이다.[28] 근대신문은 이와 같은 흥미위주의 기사를 대중들에게 제공하는 사건 보도의 기능과 더불어 이런 기사를 통한 민지 계도의 기능 또한 중요한 자기 임무로 설정하고 있다. 조선총독부 기관지였던『매일신보』역시 이러한 신문의 역할을 이용하여 식민지지배 담론을 대중에게 주입하고자 하였던 것이다. 앞서 말한 바와 같이『매일신보』는 조선총독부의 기관지 역할을 하였기 때문에 합방 직후부터 일제 식민지배의 타당성을 알리는 사설을 연일 실었다. 일본의 식민지정책은 프랑스형을 모방하여 '직접통치'의 원칙을 채용했으나, 프랑스형과 근본적으로 다른 점은 '동화'라는 미명 아래 '이민족 말살정책'을 감행한 데 있다.[29] 그러나『매일신보』에서 일제는 겉으로 한일병합이 세계의 대세인 크고 강한 자가 약한 자를 보호하려는 평화주의에서 출발한 것[30]이리 선전하며, 산업진흥과 민지개발 등의 문명개화론을 내세운다. 하지만 이는 한국의 각종 자원과 노동력을 강탈하고 식민지 노예교육을 실시하기 위해 펼쳤던 정책이었으며,『매일신보』는 바로 이런 일제의 정책

---

28) 마샬 맥루한, 김성기·이한우 역,『미디어의 이해-인간의 확장』, 민음사, 2002, 288면.
29) 차기벽 엮음,『일제의 한국 식민통치』, 정음사, 1985, 27면.
30)「平和의 主旨」,『매일신보』, 1910.9.10.

을 조선민에게 펼치기 위한 한 수단으로 사용되었던 것이다. 그리고 그 속에 게재되었던 소설작품 역시 이러한 권력 장의 구조로부터 통제 받았음을 알 수 있다. 요컨대 『매일신보』에 게재되는 문학작품들은 이러한 신문매체의 식민담론으로부터 직·간접적인 통제를 받으며 형성되어 갔다.

그러나 바바(Bhabha, Homi K)의 논의에 따른다면 『매일신보』의 이러한 식민주의적 시선은 피식민자에게 오리엔탈리즘적인 정체성을 부여하려 하지만, 그들의 진정한 정체성은 그런 시선에 의해 결코 보여질 수 없기 때문에 타자를 동일화시키는 데 실패한다. 식민지 담론은 식민지인들에게 동일화를 강요하지만 한편에서는 결코 자신과 완전히 동일시되는 것을 원하지는 않기 때문에 온전한 동일화는 결코 이뤄질 수 없는 것이다. 또한 식민지 담론에 대한 모방은 피식민자가 식민자의 문명을 받아들여 흉내내는 것을 말하지만, 그런 모방의 반복은 단순한 이식이 아니라 식민자 문명과 '교섭'하는 '혼성성'의 과정으로 나타나며 그러한 역동성 속에 위협적인 시선이 포함되어 있는 것이다.[31] 다시 말해 바바의 식민담론에 있어서 주체는 물신의 은유적/위장적 기능과 이와 제휴한 자기애적 동일시, 또 다른 한편으로는 물신의 환유적 차이의 인식 그리고 이와 제휴한 공격적 동일시에 의해 구성된 주체이기 때문에 이런 주체는 자연히 분열적인 내용으로 채워질 수밖에 없다. 그래서 식민담론이라는 화폭에 지배자와 피지배자의 서로 다른 모습이 불완전하게 중첩되어 그려질 때 그 그림이 분열적일 수밖에 없다는 것이다.[32] 이러한 바바의 논의에 따르면 조선총독부 기관지인 『매일신보』 내의 소설들은 그 지배 권력의 통제를 강하게 받으면서, 다른 한편으로는 식민담론의 필연성을 유포시키는 역할을 하게 된다. 그러나 그 속에서 소설들

---

31) 호미 바바, 나병철 역, 『문화의 위치』, 소명출판, 2002, 177~191면 참조.
32) 이석구, 「전유의 틈새-호미 바바의 '식민주체'와 그 문제점」, 『안과밖』 8호, 2000, 242~243면.

은 어쩔 수 없이 분열된 주체로 밖에 존재할 수 없기 때문에 지배 담론과의 균열된 모습이 반드시 드러날 수밖에 없다. 그래서 결국 식민담론을 향한 모방의 움직임과 다른 한편에서 보이는 이런 균열의 흔적들은 우리 문학에서 식민담론에 대항하는 탈식민적 가능성을 갖게 한다. 이와 같은 식민자 문명과의 교섭 속에서 나타나는 '모방'과 '분열'이라는 모순적인 과정은 부인하고 싶지만 결코 부인할 수 없는 우리의 굴절된 근대, 즉 식민지 근대화의 모습이었던 것이다.

본고는 이와 같은 점을 유의하면서 신문매체와 근대소설 형성의 상관성을 주목하여 1910년대 『매일신보』 소재 소설들을 고찰하고자 한다. 특히 신문 연재소설이 발표 매체의 특성에 많은 영향을 받는다는 점에 주목하여, 『매일신보』의 식민주의 담론과 소설과의 상호 영향을 함께 살피고자 한다. 이와 같은 과정을 통해서 1910년대 『매일신보』라는 매체와 소재 소설들이 우리의 근대소설 형성과 어떠한 영향 관계가 있는가를 밝히는 것이 본 연구의 궁극적 목적이다.

이를 위하여 본고는 다음과 같은 순서로 연구를 진행하고자 한다.

첫째, 2장에서는 『매일신보』의 신문매체적인 특징과 그 속에 드러나는 신문소설에 대한 인식을 살펴보고자 한다. 우선 조선총독부 기관지로서의 역할과 한일병합 후 일제가 내세우고 있는 식민주의 담론의 성격을 먼저 고찰함으로써 이런 『매일신보』의 성격이 신문정책에서 어떻게 드러나는가를 살필 것이다. 이러한 작업은 『매일신보』라는 매체와 소설과의 영향관계를 살피는 데 기초작업이 될 것이다. 그 다음으로 이러한 『매일신보』의 담론적 영향하에 있는 신문소설들의 「소설예고」나 연재소설들에 대한 「독자투고」, 「현상문예모집」 등을 통해 표면적으로 드러나는 신문소설에 대한 인식을 살피고자 한다. 이것은 1910년대 『매일신보』 소재 소설들의 대략적인 경향을 미리 파악하기 위해 신문에서 직설적으로 드러난 글들을 중심으로 이전의 시기와 뚜렷한 차이를 보이는 소설에 대한 기본 인식을 살피기 위한 것이다.

둘째, 본론의 3장과 4장에서는 각각 1910년대 전반기의 『매일신보』 소재 소설과, 후반기의 소설을 나누어서 살펴보고자 한다. 1914년 제1차 세계대전을 전후로 하여 일제의 식민지 지배정책은 크게 변하고 있다. 정책의 변화에 따라 변화하는 매체의 성격과 이것이 연재소설들에 미치는 영향을 살피고, 그러한 영향관계가 우리 문학사 형성에 어떤 중요한 계기를 만들고 있는지를 고찰할 것이다.

우선 3장에서는 1910년대 식민지 초기의 신문정책과 소설의 변화 모습을 주로 다룰 것이다. 한일합방 직후의 『매일신보』에서 나타나는 '동화주의' 담론을 살펴보고, 이것이 소설에 미치는 영향을 고찰할 것이다. 이 장에서는 1910년대 초기 『매일신보』의 소설란을 독점한 이해조의 신소설과 이어서 등장한 조중환의 일본가정소설 번안물, 그리고 주로 '현상문예'를 통해 모집된 단편소설들을 분석의 대상으로 삼는다. 그리고 이러한 작업을 통해 『매일신보』의 신문정책에 따라 신소설의 변화되는 모습과 일본의 번안소설이 이 매체에 유입되는 과정을 살피고, 이와 함께 장편소설과 단편소설의 양식적 차이에 따라 『매일신보』에서 담당하는 역할이 각기 달라지는 모습을 고찰할 것이다. 이러한 지점이 우리 문학사의 커다란 전환점이 되고 있음을 확인할 수 있을 것이라 기대한다.

셋째, 4장에서는 제1차 세계대전 후의 일제 식민지정책의 변모양상과 이로 인한 신문소설들의 변모양상을 살필 것이다. 이 장에서는 논의의 대상으로 이상협·심우섭 등에 의한 서구문학 번역작품과, 이들의 창작물, 그리고 이광수와 양건식과 같은 신지식인들의 창작물과 번역 작품을 다룰 것이다. 이것은 그동안 문학사 논의에서 의식적·무의식적으로 배제되었던 1910년대의 많은 번안·번역물과 그것의 영향을 받은 창작물들을 논의의 대상으로 포함시킴에 따라 1910년대 소설의 다양한 모습과 『매일신보』의 신문정책의 변화에 따라 달라지고 있는 우리 문학사의 구도를 전체적으로 파악할 수 있을 것이라는 기대 속에서 논의의 대상을 확대시킨 것이다. 또 이러한 본고의 논의는 이 시기의 대부분의 논의들이 이광수의 『무정』에만 국한되어 왔던 점을 극복할 수 있을 것이라 생각된다.

  본고는 이상과 같이 근대소설의 형성은 신문과 잡지와 같은 근대적 매체의 영향 하에서 이루어졌다는 문제의식을 가지고 1910년대 『매일신보』 소재 소설들을 살펴봄으로써, 1910년대 우리 소설사의 형성이 일제의 식민지배 담론을 담고 있는 『매일신보』라는 신문매체의 강력한 정책의 영향 하에서 이루어지고 있음을 밝히고자 한다.

제2장

『매일신보』의 매체적 성격과 소설에 대한 인식

1. 1910년대 언론정책과 『매일신보』의 성격

총독부 기관지 『매일신보』는 1904년 7월 18일 영국인 배설이 창간한 『대한매일신보』에 뿌리를 두고 있다. 『대한매일신보』는 러일진쟁을 취재하기 위해 내한했던 배설이 양기탁 등 민족진영 인사들의 도움을 받아 발간한 신문이다.

창간 당시 『대한매일신보』는 타블로이드판 6페이지로 발행되었으며, 그중 2페이지는 한글전용이었고, 4페이지는 영문이었다. 창간 후 7~8개월 동안 한 번도 거르지 않고 꾸준히 간행되었던 『대한매일신보』는 그러나 1905년 3월 갑자기 휴간을 하게 된다. 1905년 8월 11일 국한문혼용 신문과 영문 신문이 따로 간행되는 것으로 미루어 볼 때 그것은 아마도 새로운 편집방향 때문이었던 듯하다. 그러므로 『대한매일신보』는 1904년 7월 18일부터 그해 12월 31일까지는 제1권이 되고, 다음해 1905년 1

월 4일부터 3월 10일까지는 제2권이 되고, 그해 8월 11일부터는 제3권이 된다. 3권부터 국한문이 혼용되면서 한글이던 제자(題字)도 '大韓每日申報'라는 한문으로 바뀐다. 그러다가 사세의 확장과 더불어 한글전용 신문이 필요하다는 판단이 내려지며, 그에 따라 1907년 5월 23일부터는 한글전용의 『대한매일신보』가 새롭게 창간된다. 국한문판을 이해하지 못하는 독자들이 쉽게 읽을 수 있도록 하려는 취지였다. 어쨌든 한글판이 나오기 전인 1906년 10월에 4,000 정도였던 신문의 부수는 한글판이 나온 이후에는 1만에 이르게 되며,[33] 이와 더불어 『대한매일신보』의 영향력은 급격히 증대된다.

그러나 『대한매일신보』가 다른 신문과는 비교할 수 없을 정도의 커다란 영향력을 갖게 된 데에는 또 다른 중요한 이유가 있다. 이 시기에 다른 신문들은 주한 일본군 헌병사령부의 신문 검열에 의해 반일적인 내용의 기사 내지 논평을 게재하지 못하도록 원천적으로 봉쇄당했지만, 발행자가 치외법권을 적용받는 영국인이었던 『대한매일신보』만은 일제의 검열 밖에 있었다. 그런 이유로 다른 신문들과는 달리 『대한매일신보』는 일본의 침략정책과 이에 맞선 조선인의 저항을 국외에 알림으로써 일본에 대한 국제여론을 불리하게 만들고, 또한 국내의 항일 민족운동을 고취하는 중요한 역할을 수행할 수 있었던 것이다.[34]

이런 점 때문에 일본은 영국에 대해 배설의 추방 내지 『대한매일신보』의 폐간을 집요하게 요구하게 되었고, 그리하여 배설은 영국의 사법절차에 따라 재판을 받게 된다. 배설은 자신이 유죄판결을 받을 것을 대비하여 발행인 명의를 영국인 만함으로 바꾸었고, 재판이 끝난 뒤에도 계속해서 만함의 이름으로 신문을 발행하였다. 만함이 손을 뗀 후에는 한국인 사원 이장훈이 신문사를 인수하여 경영하였으나 1910년 8월

---

33) 이광린, 「『대한매일신보』 간행에 대한 일고찰」, 『대한매일신보 연구』, 서강대 인문과학연구소, 1986의 III장 '신보의 간행' 참조.
34) 정진석, 『언론조선총독부』, 커뮤니케이션북스, 2005, 14~17면 참조.

합방은 『대한매일신보』의 폐간을 가져오고 만다.[35)]

합방과 함께 일제는 대한제국이라는 국호를 없애고 '대한'이나 '황성' 등 독립을 상징하는 단어는 사용하지 못하도록 했기 때문에 신문들의 제호도 수난을 겪는다. 『황성신문』은 『한성신문』으로, 『대한민보』는 『민보』로 개명한다.[36)] 통감부에 매수당한 『대한매일신보』는 제호에서 '대한'이라는 단어를 없애고 『매일신보』로 이름을 바꾸어 어용지로 생명을 이어간다. 합방 이전에 가장 반일적이고 민족적이었던 『대한매일신보』를 『매일신보』로 바꿔 조선총독부 기관지로 만든 일제의 정책에는 우리 민족의 항일정신을 말살시킴과 동시에 조선인에게 친숙한 신문을 통해 한일병합의 정당성을 주장하는 것과 같은 식민지정책을 널리 유포시키겠다는 의도가 깔려 있었다.

조선 식민지를 다스리기 위한 최고기관으로서 1911년 당시 15,113인의 관리로 구성되어 있던 조선총독부는 행정부·사법부·군사령부를 전부 합친 것과 같은 권력을 지니고 있었으며, 그 최고 책임자로서 조선 총독의 권력은 가히 절대적이었다. 조선총독은 일본군 대장급 중에서 임명되었으며, 일본총독에게서 위임받은 법률제정권, 군대사용권 등을 지니고 있었다. 형식상으로는 제반 법률이 갖추어지고 행정기구들이 운영되었지만 식민통치의 본질은 무력점령의 범위를 넘지 못했다. 1910년대 일제식민지배의 특징은 절대권한을 가진 조선총독이 강압적인 헌병통치를 통해 한국인의 저항을 억누르면서 정신적으로는 일본에 동화시키는 동화정책과 경제적 침략정책을 강행했다는 데 있다.[37)]

한일병합 이전까지는 통감으로 있다가 초대 조선총독이 된 테라우치 마사다케는 그와 같은 강력한 권한으로 조선의 언론계를 식민지 통치

---

35) 이광린, 앞의 책, 50면 참조.
36) 정진석, 앞의 책, 63면.
37) 김진두, 「1910년대 매일신보의 성격에 관한 연구」, 중앙대 박사논문, 1995, 8~9면 참조

에 유리하도록 개편하는 「신문통일정책」을 강행한다. 이에 따라 그는 조선인들이 발행하던 신문은 『매일신보』 하나만 남겨두고 모두 없애는 동시에 일본인들의 신문도 『경성일보』에 통합한다는 방침을 세운다. 이러한 방침은 합방 이전의 『제국신문』 등과 같은 여러 신문들이 조선의 자강과 독립운동에 힘썼던 점들에 유념하여 조선의 신문을 모두 폐간하려는 의도에서 비롯된 것이다. 1910년 10월 1일 테라우치는 「신문 정리에 관한 취극서(取極書)」를 만들어 토쿠도미에게 전달한다. 테라우치가 날인한 「취극서(取極書)」는 토쿠도미를 『경성일보』와 『매일신보』의 '감독'에 위촉한다는 것으로, 『매일신보』는 특별회계로 하고 신문사에 이를 주관할 인물을 둔다는 것이다. 그 내용을 살펴보면, 첫째, 토쿠도미를 감독으로 하는 『매일신보』와 『경성일보』는 총독과 총독부를 본위로 그 시정목적을 달성하기 위해 노력할 것, 둘째, 당국자는 감독이 그 책임을 다하는 한 함부로 이것을 변경하지 못하며, 셋째, 『경성일보』는 당분간 매월 15,000엔을 『매일신보』는 600엔을 보조할 것, 넷째, 『경성일보』 정리자금으로써 4,000엔 한도에서 지출할 것 등이 중요 내용으로 되어 있다.38) 이상의 내용들은 『매일신보』와 『경성일보』가 조선총독부의 시정목적을 달성하기 위해 이용되는 관제언론임을 분명히 보여준다.

1910년대 『매일신보』의 성격은 "천황폐하의 인애하심과 일선인의 일시동인을 받들어서 조선에 선전하기" 위한 것이라는 말에 집약되어 있다. 『매일신보』의 존재이유는 일제의 식민담론의 유포에 있었던 것이다. 사실 1910년대 『매일신보』에는 한말 『대한매일신보』 시절의 실질적 제작 책임자였던 양기탁을 비롯하여 박은식·신채호 등은 모두 떠나고, 편집장 변일을 위시해서 선우일·이해조·조중환 등만 합방 후까지 남아 있었다. 초대 편집인이었던 이장훈은 『한성신보』에서도 잠간 근무한 경력이 있던 인물로 『대한매일신보』의 기자로 활동하다가 통감부의

---

38) 수요역사연구회 편, 『식민지 조선과 『매일신보』-1910년대』, 신서원, 2002, 19면.

『대한매일신보』 흡수 과정에 관여했으며, 초기 『매일신보』의 발행인 겸 편집인으로 2개월 동안 활동하였다. 그 뒤 실질적인 제작에 담당했던 편집장은 이전에 『대동일보(大同日報)』의 편집부장 및 편집인으로 활동한 바 있는 변일이었는데, 그는 1915년 1월에 퇴사하였다. 이후 선우일이 발행인 겸 편집인이 되지만, 그도 곧 1917년에 퇴사하게 되고 이상협이 그 뒤를 이어 편집부장에 오른다. 이후 『동아일보』의 창간 대열에 합류하여 초대 편집국장이 되기도 한 이상협은 조선 언론계의 '귀재'로 불릴 만큼 탁월한 편집능력을 보여준다. 조중환은 1915년 정치·경제 등을 담당하는 경파주임으로 재직하였고, 윤백남은 1913년 입사하여 1918년 경제과장을 지냈으며, 방태영은 1919년 『매일신보』의 외교부장을 거쳐 1920년 편집인 겸 발행인이 되었다. 민태원은 이상협의 소개로 1917년 『매일신보』에 입사하였다가 이후 『동아일보』·『조선일보』·『중외일보』 등에서 편집국장을 역임한다.[39)]

그런데 1910년대 『매일신보』에 근무하였던 이런 기자들의 대부분은 신소설이나 번안·번역소설을 집필하는 작가로도 활약했다. 한말 『황성신문』이나 『대한매일신보』 기자들이 평론가이면서 사학자였고 독립지사였던 것과는 달리, 초기 『매일신보』 기자들은 대부분 기자이면서 소설가였던 것이다. 『매일신보』의 소설들이 신문정책과 긴밀한 관계에 놓일 수밖에 없었음은 어쩌면 당연한 일이었다. 다시 말해, 『매일신보』에는 논설란과 소설란이 명확하게 분리되어 있었지만, 그럼에도 불구하고 연재소설의 작가가 주로 신문의 편집진이었기 때문에 연재소설은 신문의 편집 방향에 많은 영향을 받을 수밖에 없었던 것이다.

한편, 1910년대는 일제가 조선을 항구적으로 지배하기 위해 여러 가지 기초작업을 추진하는 등, 식민지배정책의 전체적인 방향을 구성하는 시기였고, 이 시기 일제의 지배 논리는 크게 '동화정책'과 '문명화론'으

---

39) 정진석, 앞의 책, 88~96면 참조; 수요역사연구회 편, 앞의 책, 20~22면 참조; 김진두, 앞의 글, 29~31면 참조.

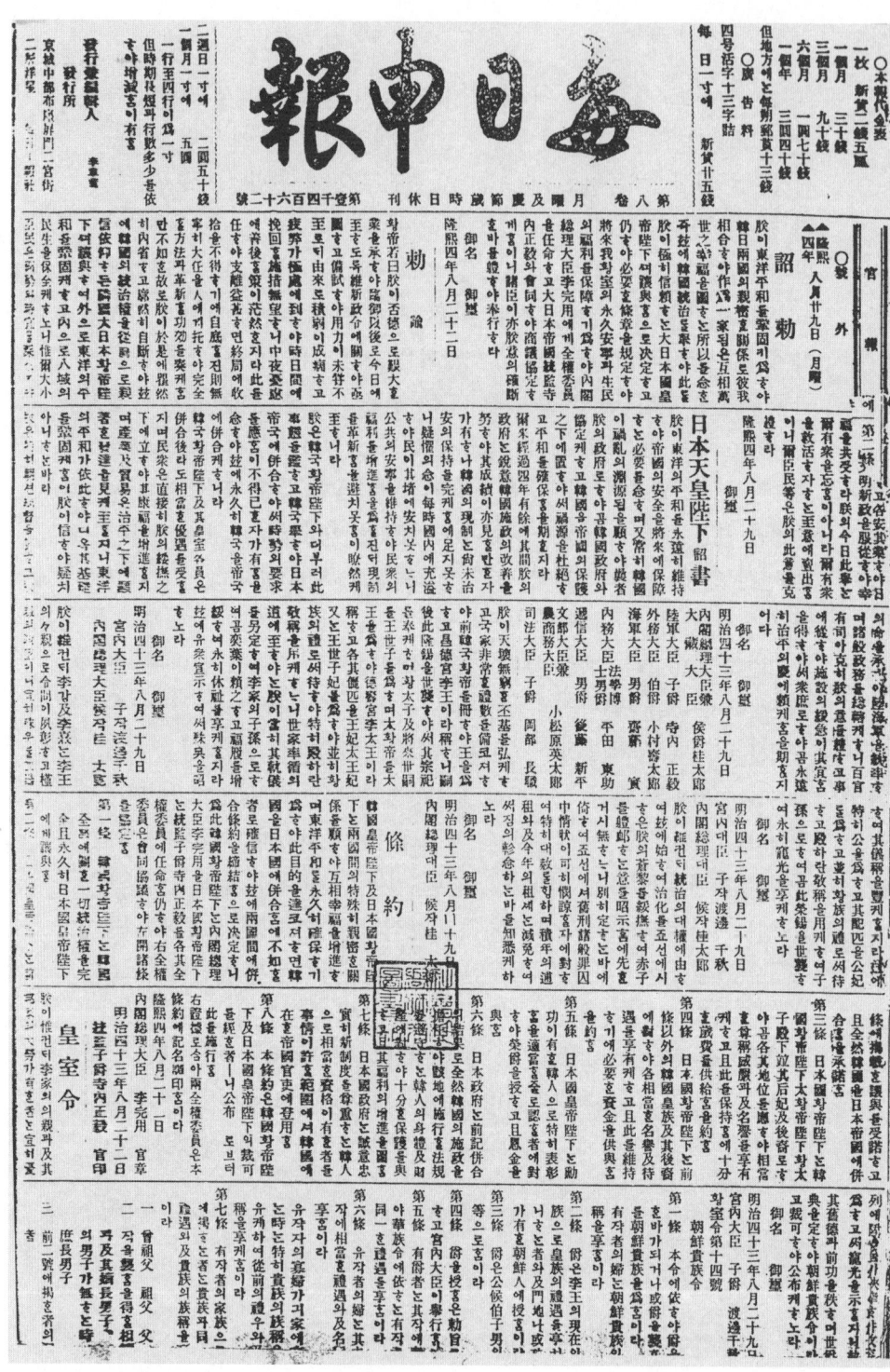

그림 1-① 1910년 8월 30일자로 발행된 『매일신보』의 1면

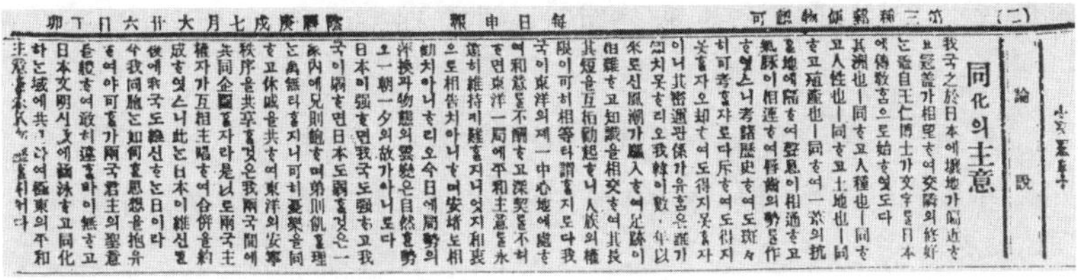

(二) 第三種郵便物認可 每日申報 隆熙庚戌七月大廿六日丁卯

論說

同化의主意

그림 1-② 같은 날 3면에 실린 논설 「同化의 主意」

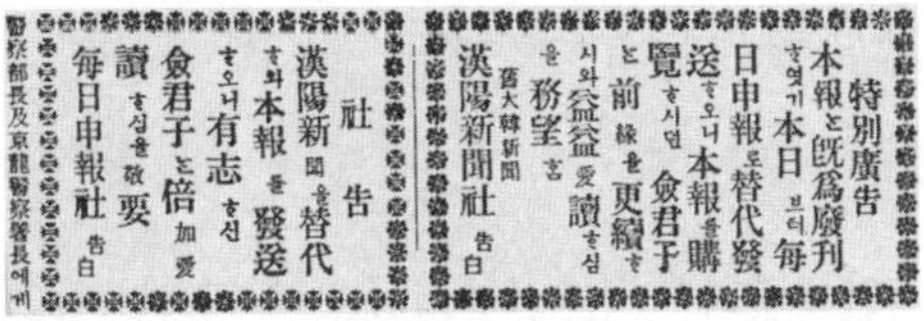

特別廣告

本報는既爲廢刊ᄒᆞ엿기本日브터每日申報로替代發送ᄒᆞ오니本報를購覽ᄒᆞ시던僉君子는前緣을更續ᄒᆞ시와益益愛讀ᄒᆞ심을務望홈

舊大韓新聞 漢陽新聞社 告白

社告

漢陽新聞을替代ᄒᆞ와本報를發送ᄒᆞ오니有志ᄒᆞ신僉君子는倍加愛讀ᄒᆞ심을敬要

每日申報社 告白

警察部長及京龍警察署長에게

그림 1-③ 『대한신문』에서 『매일신보』로 替代發送한다는 '특별광고'(1910년 9월 1일)

로 요약될 수 있었다. 그것은 일제가 조선을 강제 병합한 사실에 대해 당위성을 부여하기 위한 것이었다. 일제는 우선 인종적인 유사성을 내세워 일본과 조선 민족의 동질성을 말하면서, 그런 동질성 내에 조선의 상대적 미개함을 강조함으로써 자신의 식민지 문명화 담론의 수용을 강요했다.

일제는 테라우치가 내세운 '동화주의'를 조선 통치의 근본 방침으로 채택하여 그것을 조선 지배의 기본정책으로 삼았으며, 합방 후 『매일신보』는 그것을 적극적으로 유포한다. 일선동화(日鮮同化)의 논리는 강점을 진후로 제기된 '일선동조론(日鮮同祖論)'에서 그것의 당위성을 발견하는데, 이에 따르면 조선의 민족은 크게 북방의 북방아시아족과 남방의 X민족 혹은 말레이 민족으로 나뉘며, 남방의 민족은 일본과 유사성·근친성이 있다는 것이다. 그러므로 조선은 애초부터 단일민족이 아니라 일본과 유사한 인종이었다는 사실이 강조된다.[40]

일제 강점 이전부터 제기되어 1910년대 조선인종 조사를 통해 정립된 후 '인류학'이라는 근대학문을 통해 강화되는 '일선동조론'은 조선 강점 이후 총독부 시정의 기조였던 동화정책에 부합하여, 『매일신보』

40) 정상우, 「1910년대 일제의 지배 논리와 조선 지식인층의 인식」, 서울대 석사논문, 2000.

등과 같은 신문매체를 통해 조선인들에게 다음과 같이 전달된다.

理由의 一은 日鮮人 同人種인 事가 是也라 (…중략…)
第二의 理由는 朝鮮에는 本來 獨立할 國家로 其歷史가 無흔지라 (…중략…)
第三의 理由는 如何흔 事情이 有흘지라도 彼等은 獨立國으로 存在하기가 不能흔 境遇에 在흐니 (…중략…)
第四의 理由는, 理由 中의 重흔 理由라 此는 我 列聖이 相紹한 緩撫的 皇國主義라[41]

요컨대 조선인과 일본인은 원래부터 같은 인종이었으며, 조선은 독립한 역사도 없고 독립국으로 존재할 능력도 없기 때문에 반드시 일본에 동화되어야 한다는 '일선동화'의 필연성이 역설되고 있는 것이다.

그리고 1910년대 초기 『매일신보』가 '일선동화'의 방법으로 제기한 것은 일본어의 보급, 조선과 일본 양 민족의 잡혼, 산업 경제적 측면에서의 공동 경영, 풍속 개량, 조선의 중류층에 대한 포섭 등이었다.[42]

『매일신보』는 우선 일본어 교육의 필요성을 지속적으로 강조하고, 관리로 출세하기 위해 일본어를 해야 된다는 분위기를 만들어 일본어의 중요성을 촉발시켰다.[43] 1910년대 초기 『매일신보』 3면 사회란에 일본어 기초회화를 기획하여 매일 실었던 것은 그러한 정책의 하나였다.

또한 『매일신보』는 "일선동화를 위한 진보" 또는 "동화의 촉진"을 위해 조선인과 일본인의 잡혼을 권장하였으며, 한일양민족의 '사업 공동 경영'[44]을 내세우면서 일본의 자본을 조선에 유치하여 조선의 산업을 진흥시키는 방법으로 제국주의적 침탈을 꾀하기도 하였다.

---

41) 『매일신보』, 1915.11.1.
42) 수요역사연구회 편, 『일제의 식민지 지배정책과 매일신보−1910년대』, 두리미디어, 2005, 11~25면 참조.
43) 「日語硏究會의 好況」, 『매일신보』, 1911.1.10.
44) 「如何히 하면 日鮮人이 融和될가」, 『매일신보』, 1915.6.22.

農業의 改良을 獎勵하고, 商工業, 漁業, 鑛業등을 改善하고 更히 鐵道, 港灣, 道路 등 交通機關으로부터 開拓, 水理, 灌漑, 植林, 築除 金融, 通信, 衛生 등 諸施設 諸機關의 整備를 計치 온이치 못홀지로다.45)

일제는 조선의 산업을 진흥시키기 위해 농업부분에서 '농사개량'이라는 이름하에 한국의 농업을 미곡·면화·양잠 등을 중심으로 단순 경작형의 식민지적 농업체제로 개편하려고 했다.46) 일제의 이러한 농업 생산 장려가 한국농민을 위한 것이 아니라 일본 본토의 필요상에 따른 식민지적 농업의 전형적인 한 형태에 불과한 것이었음은 명백하다. 그리고 그러한 수탈을 정당화하기 위해 일제는 일본인 지주와 한국인 지주에 의한 농민의 수탈체제를 외면하고, 『매일신보』의 사설 등을 통해47) 지주와 소작인 간의 상호융화를 강조함으로써 농업생산력을 강화시키려 하였다. 이러한 정책에는 일제가 지주와 같은 조선의 중류층 이상을 획득하여 일선동화의 주축으로 내세워 조선인 스스로가 일세와 같은 문명화·근대화를 이루기 위해 노력해야 된다는 것을 인식시키려는 의도가 숨어 있다.

한편, 『매일신보』는 이러한 일제의 정책에 부합하여 스스로 일제의 식민지배를 위한 일종의 교육기관으로 자처하였다. 1910년 한일병합 이후 교과서에는 한국 왕실을 포함한 내용이 남아 있어 일제는 학부(통감부) 시기에 편찬된 교과서를 전수 수정개판하거나 새로 편찬하고자 했지만 용이하지 않았다. 따라서 우선 일시 '기선(機宜)의 처치(處置)'로 그 당시 내무부장관 우사미는 경향 각지 및 사립학교에서 쓰던 '불량한 교과서'를 개정·시행하도록 각 도의 장관에게 시달하고, 학무국에서는 「구학부 편찬 보통학교용 교과서와 구학부검정 및 인가의 교과용도서

---

45) 「寺內總督談」, 『매일신보』, 1913.6.29.
46) 박찬승, 『한국 근대정치사상사 연구』, 역사비평사, 1992, 123면.
47) 「地主와 小作人」, 『매일신보』, 1912.2.23.

에 관한 교수상의 주의 및 자구정정표」(1911.2)를 제정·반포하게 하였
다.[48] 또한 1911년 4월부터는 보통학교, 고등학교에서 이러한 주의와
자구정정표에 따라 교과서를 사용하도록 하고, 보통학교 역사독본 말미
에는 일본 천황이 한국의 황제가 된 사실을 다음과 같이 추가하도록 하
였다.

> 天皇陛下끠옵셔 韓國을 常히 禍亂의 淵源인줄노 顧念ᄒ사 日韓의 幸福을
> 互相 增進ᄒ며 東洋의 平和를 永遠히 確保ᄒ기 爲ᄒ여 韓國合倂을 必要로
> 認ᄒ샤 遂히 今年 八月에 韓國 皇帝로셔 一切 統治權을 永久히 讓與ᄒ기로
> 承諾ᄒ시고 於是乎 韓國을 朝鮮이라 改稱ᄒ야 總督府를 置ᄒ고 諸般政務를
> 總케ᄒ시니라[49]

일제의 식민지 교육정책은 한국인의 의식을 개조하고, 민족교육을
억압하면서 근대적 교육이란 미명하에 식민지정책에 알맞은 기초적인
교육만을 제공하는 데 있었다. 결국 교육을 통한 민지계발이란 다름 아
닌 한국인을 각종의 경제적 수탈정책에 동원하기 위한 일제의 간책에
불과하였던 것이다.

일제는 이러한 식민지 교육정책에 이어, 사회정책으로 한국인의 정
신적 문명을 개혁한다는 명목으로 '민풍개선'이란 의식개혁 운동을 벌
인다. '민풍개선'이란 일종의 정신적 문명을 개선하는 것으로 좋은 풍속
습관은 장려하고 나쁜 풍속은 금지하는 것이었고,[50] 그 목적은 땅에 떨
어진 사회의 윤리도덕을 일으켜 세우고자 하는 것이었지만, 그러나 실
제로 일제의 '민풍개선'은 일제가 추진한 각종의 식민지정책에 한국인

---

48) 수요역사연구회 편, 앞의 책, 136면.
49) 「合倂과 敎科書」, 『매일신보』, 1910.9.28.
50) 조선의 정신적 문명을 개선하는 것으로 좋은 풍속 습관을 장려하고 나쁜 풍속을 금
　　지하고자 하는 내용을 담고 있는 「민풍개선」은 『매일신보』 사설란에 1916년 6월 20일
　　부터 8월 12일까지 총 21회에 걸쳐 연재된다.

을 동원하기 위해서 사회 분위기를 일신한다는 명목으로 행한 일종의 사회정책이었다. 일제는 사회풍조가 나날이 타락한다고 보고 미풍양속을 장려하고 사회악습을 제거해야 한다고 주장하는 동시에,[51] 또한 조선의 미개한 환경을 지적하면서 '야만'의 상태를 벗어나기 위한 일제의 강력한 정책이 필요함을 역설한다. 그리고 특히 조선총독부의 위생정책을 비롯한 제반정책들은 모두 일제가 조선의 미개함을 강조하여 문명한 자신과 동화를 해야만 한다는 동화주의의 정당성을 주장하는 것의 하나로 이루어진 것이라 할 수 있다. 『매일신보』는 사설 이외에 사회면에서까지 실제 기사를 통해 조선의 타락한 윤리도덕과 불결한 위생 상태를 보여주는 일에 앞장을 선다.

> 大抵 吾人이 此世의 在ㅎ야 衣食住만 完全ㅎ면 可히 生活홀 듯ㅎ나 淸潔에 主意치 아이ㅎ면 多分同衛甥의 防碍가 有홀지라 (…중략…) 我朝鮮은 人民의 習慣이 幼穉ㅎ야 淸潔의 效果롤 不知ㅎ고[52]

1910년대 『매일신보』에서는 위의 사설과 같이 조선은 인민의 습관이 유치하여 청결의 효과를 알지 못하고, 단지 미신을 숭상한 결과 질병으로 인한 사망률이 높다는 식의 글을 많이 볼 수 있다. 또 조선의 미개한 상황을 제시하면서 "문명국 사람들이 조선을 방문하고 가상 비웃는 위생의 문제"를 해결하고, "문명적 신조선 건설"을 위해 본격적으로 문명사회로 나가기 위한 방향을 제시하면서 일제의 조선 통치의 정당성을 함께 주장하고 있음을 볼 수 있다.[53]

이상을 통해 우리는 일제의 동화주의(同化主義)나 문명개화(文明開化)와 같은 정책이 『매일신보』의 사설이나 사회면 기사를 통해 조선에 전해지고 있음을 볼 수 있다. 그런데 이러한 『매일신보』의 담론은 겉으로 보기

---

51) 김진두, 앞의 논문, 83면 참조.
52) 「淸潔의 時期」, 『매일신보』 1911.9.22.
53) 수요역사연구회 편, 앞의 책, 95~105면 참조.

에는 개화기의 신문에서 볼 수 있는 자주 독립 및 민족의 자강활동을 위한 사설이나 기사들과 별반 차이를 보이지 않는다는 특징을 지니고 있다. 동화주의를 내세우면서 조선의 유교사상을 강조하고, 그 속에 놓인 '忠'의 자리에 '日本 天皇'을 대입시키는 것이나, 근대 국가 건설을 위해 구습의 폐단을 버리도록 강조하고 있는 개화기의 애국계몽운동의 일환으로 이루어진 교육들이『매일신보』내에 그대로 흡수되어 조선의 미개함을 강조하는 데 이용되고 있는 것이다. 일제는 교묘히 기존의 담론들을 수용하여 자신들이 내세우는 동화주의나 문명개화 담론에 활용했던 것이다. 한일병합 후 조국을 잃은 슬픔에 빠진 조선민들을 회유하고, 일제의 조선 지배의 정당성을 유포하기 위해서는 기존 담론의 적극적인 수용과 그것의 교묘한 변질이 필요했을 것이다. 그리고 그것은 앞에서 말한 바와 같이 조선총독부가『대한매일신보』의 '대한'이라는 두 글자를 없애고『매일신보』로 바꿔 기관지로 만든 취지와도 동일한 것이다.

요컨대 우리는 1910년대『매일신보』가 조선총독부의 강력한 언론 통제 속에서 유일한 국문신문으로 존재하면서 일제의 '동화주의'나 '문명개화'와 같은 식민지지배 담론을 적극적으로 유포시키는 역할을 충실히 수행하였음을 알 수 있다.

2.『매일신보』의 근대 매체적 특징과 소설에 대한 인식의 변화

1883년 정부 인쇄기관인 박문국의 설립으로 활자물의 출판과 보급이 가능해진 이후 신문매체는 매일 잡다한 각종 정보를 활자에 의해 균질적으로 정비된 지면에 정리·제공할 수 있게 된다. 근대적 매체로서 신문의 특성은 바로 이렇게 활자물의 대량 인쇄가 가능해진 상황과 맞물려 있다.

신문이 가지는 본래의 기능은 사실의 보도와 정보의 전달이다. 그러나 1900년대의 신문은 사실에 근거한 정보와 더불어 소문 같은 이야기의 근본적 혼재를 보여준다. 이 시기에 사회 사건을 객관적으로 보도할 만한 여건을 아직 갖추고 있지 못했던 신문은 기사의 상당수를 '전설', 즉 소문에 의지하고 있었던 것이다.[54]

그러나 1910년대의 『매일신보』는 이전의 신문과는 달리 사실의 보도와 정보 전달에 더 많은 노력을 기울인다. 이런 점은 『매일신보』가 1910년 10월 19일 '특별 사고(社告)'를 통해 "공평흔 언론과 신속흔 보도"를 내세운 점이나, 정보의 세분화를 위해 신문지면을 전면적으로 개편하여 편집의 새로움을 시도한 것 등에서 잘 드러난다.

新年一月頃브터는 현재보다 지면을 확장ᄒ고 法名, 政治, 實業, 敎育, 電報, 外報, 雜報, 文藝, 衛生, 地方通信 及 其地奇問奇見을 無限揭載ᄒ며 且 鮮明흔 寫眞동판을 매일 유입ᄒ고 소설에도 逐日 揷畵ᄒ야 독자에게 趣味를 감케 ᄒ는[55]

각 기사의 내용을 상세히 분류하여 사건중심의 정보를 전달하는 신문을 만들려고 노력했던 『매일신보』는 지면을 명확히 구분하여 1면은 논설, 2면은 정치와 외보, 3면은 사회 전반의 기사, 4면은 광고와 소설을 싣는다. 신문의 이러한 지면 구분은 사실 중심의 정보와 이야깃거리의 기사를 구분할 수 있게 하였고, 또 논설과 서사물이 뚜렷이 구분될 수 있도록 만들었다.

---

54) 권보드래는 이런 점에서 1900년대의 신문은 아직 사실의 관습이 정착되어 있지 않았으며, 신문과 소설 사이의 거리 역시 불분명한 것이었다고 본다. 권보드래, 앞의 논문, 157~166면 참조.

55) 「我紙의 新面目」, 『매일신보』, 1911.12.8.

그림 2-①②③④ 신문편집체계. 『매일신보』는 1912년부터 지면을 ① 제1면 사설면, ② 제2면 정치·외보면, ③ 제3면 사회면 ④ 제4면 소설·광고면으로 전면적으로 개편하여 사실중심의 정보와 이야깃거리 기사를 구분하고, 논설과 서사물 또한 구분하여 편집한다.

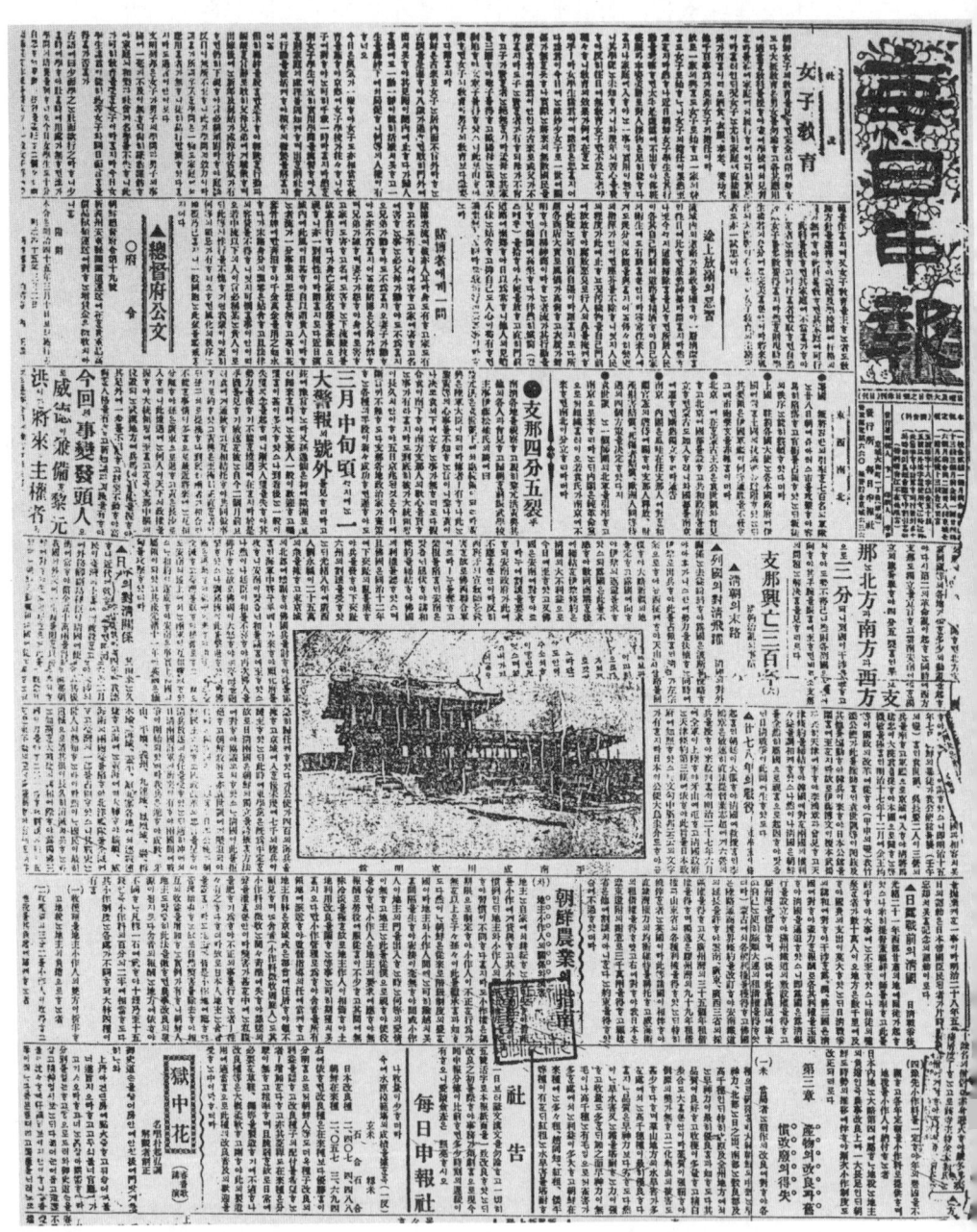

그림 2-① 제1면 사설면

北京電報（午後二日）

北京의大暴動

▲北京市의深慘

▲袁世凱生死不明

▲兵士와巡警의衝突

▲大暴動의原因

▲暴動漸次鎭定

●四國借欵承認

●兩政府分立乎아 袁世凱

二 南京으로來하야 南下乎

●暴動의公報

●東京電報

●督府邸晩餐會

●議會와朝鮮問題

●朝鮮銀株主志

●北京暴動原因

●朝郵創立總會

●岸壁八間道路　龍山麻浦間

●漢江河岸八間幅道路開設

●通信機關現況

●上田大將發期

●新師團員着期

●咸興炭鑛經營

●鮮米輸出狀況

●山縣總監渡淸

●人生問題

그림 2-②　제2면 정치·외보면

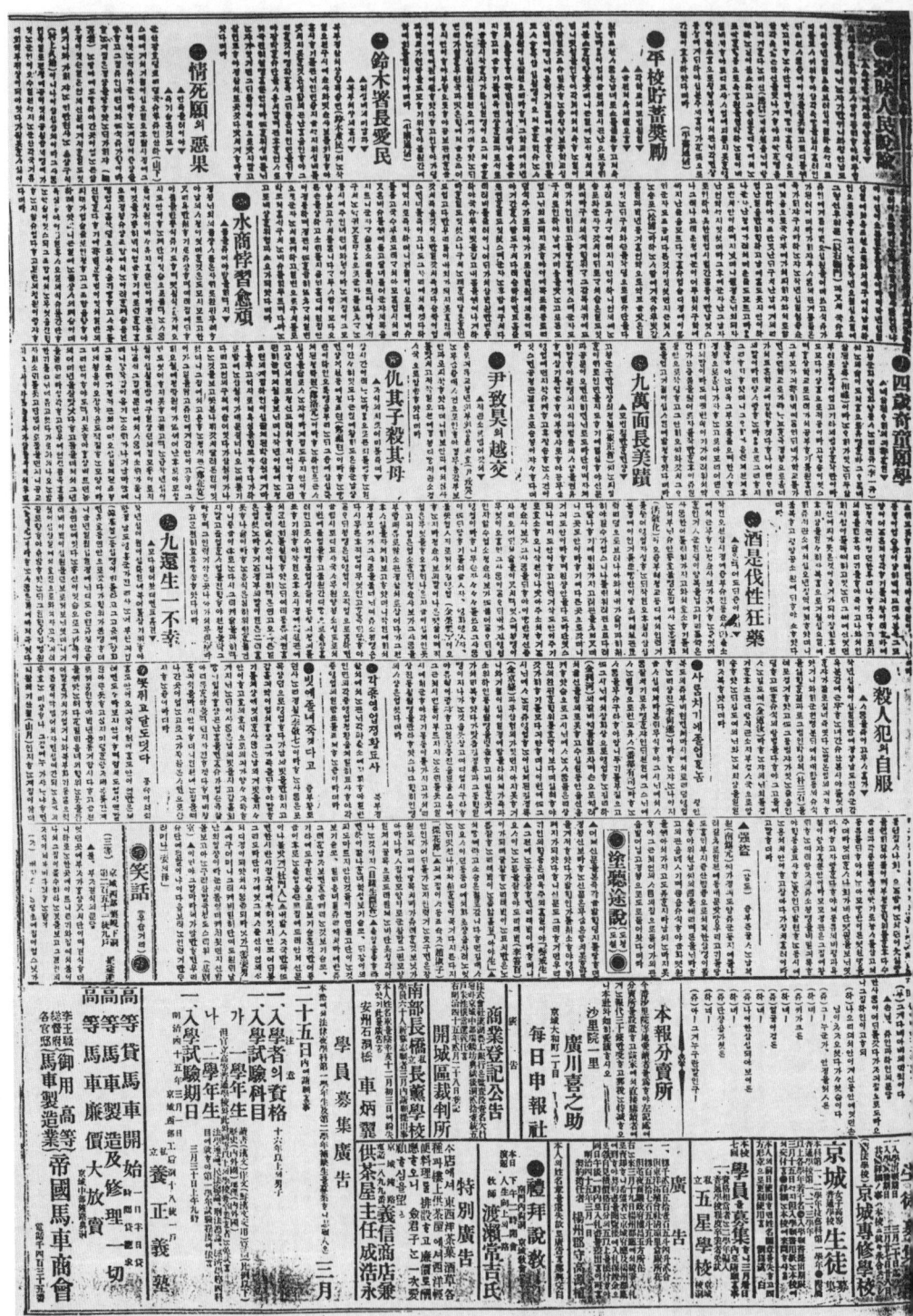

그림 2-③ 제3면 사회면

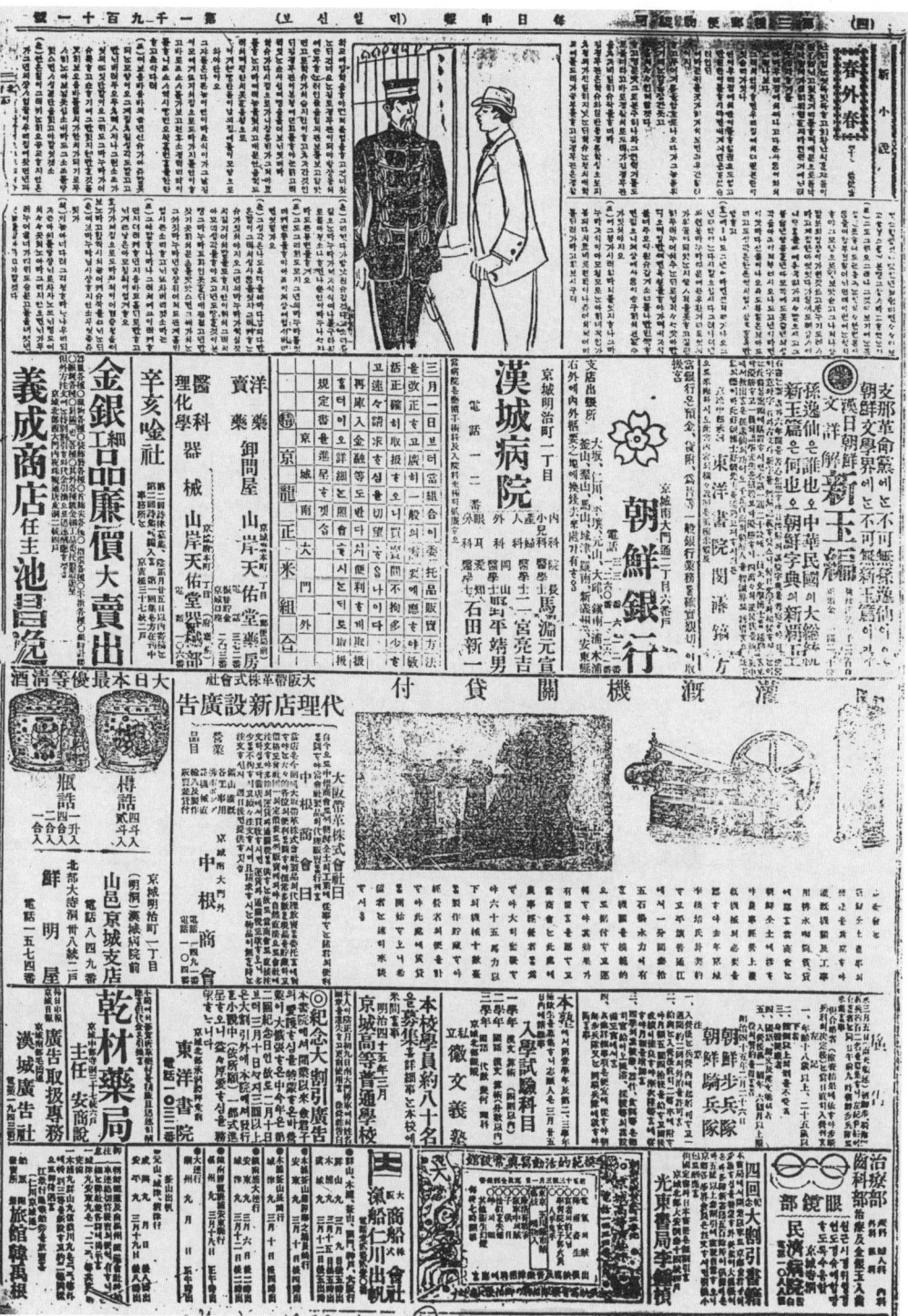

그림 2-④ 제4면 소설·광고면

1900년대 신문에서는 논설란에 실린 글들의 서사적 특성56)이 자주 발견되는데, 이는 정론적 성격의 논설에 서사적 요소를 가미하여 흥미를 더하고자 하였기 때문이었다. 그러나 1910년대『매일신보』의 논설은 총독부의 훈시나 일제 식민담론의 유포를 주로 담당하였고, 독자들에게 흥밋거리를 제공하기 위한 소설과 같은 서사물은 별도로 실었다. 또 그러한 분화로 인해 감소될 수 있는 독자들의 흥미를 충족시키기 위해 사회면에 해당하는 3면에 소문 내지 평판과 같은 사건·사고 기사를 싣게 된다.

그런데 여기서 주목되는 점은『매일신보』에서 보이는 사건의 보도가 단지 정보전달에만 그치고 있는 것이 아니라 그것을 통한 민지계도도 함께 하고 있다는 사실이다. 그 예로 3면 사회면의 독자투고란인 '도청도설'에 실린 기사를 살펴보기로 한다.

> △ 요스이 신문을 보닛가 계집이 시서방에게 밋쳐서 본서방 죽이는 년도 잇고 싀아비가며느리다려 엇지고엇지고 흐랴다가 말안이 듯는다고 칼로 질너 죽이는 놈도 잇고 기타에 별별 괴악망측흔 변괴가 허다흐니 이 셰샹이 엇더케 되랴고 그리흐뇨
> 「一問生」
> △ 허, 즈네가 신문을 잘못 보앗네 신문이라는 것은 권선징악흐는 것이라 즈네가 그런 일만 보엇나 경향 각쳐에서 부모에게 효힝이 극진흔 쟈도 잇고 남편에게 졀힝을 극진히 흐는 쟈도 잇슨 즉, 그런 괴악흔 일은 징계를 흐고 이런 됴흔 일은 본을 밧으면 차차 문명흔 빅셩이 안이 되겟나
> 「答辯子」57)

"신문이란 권선징악 하는 것"이라는 말은 이 같은 기사들이 단순한 사건의 객관적 보도로만 존재했던 것이 아니라 대중을 교화시키는 계

---

56) 정선태,『개화기 신문 논설의 서사수용 양상』, 소명출판, 1999, 44~46면.
57)『매일신보』, 1912.3.9.

몽적인 기능도 함께 지니고 있었음을 보여 준다.『매일신보』는 사건 보
도의 기능과 더불어 민지계도의 실천이라는 근대 신문매체의 특성을
뚜렷이 드러내고 있는 것이다.

그리고 한편으로『매일신보』는 근대 자본주의의 발달과 함께 자본주
의적 영리기관으로서의 성격을 본격적으로 표방하기 시작한다. 1900년
대의 신문들이 정론적 성격으로 대중을 계몽시키는 목적을 우선시하였
다면, 1910년대의『매일신보』에 와서는 그러한 성격은 점차 약해지고
상대적으로 자본주의적 상업성이 강화되고 있는 것이다. 이런 변화에
따라『매일신보』는 소설 연재란을 제외한 각 면의 하단과 4면의 나머지
모두를 상품 광고에 할애한다. 그리고 이러한 광고를 통해 자본을 확보
하려는 의도에서 확대된 광고면을 채우기 위해 여러 가지 노력을 기울
인다.

〈特別社告〉
내일 삼일은 天長佳節인 고로 聖壽를 봉축ᄒ기 위하여 특히 수십만부의 신
문을 美麗히 인쇄ᄒ야 경성급지에 나눠줄 터인데, 그러면 광고의 효력이 十倍
이상도 달홀지니라58)

위의 사고(社告)와 더불어, '광고이용호기회(廣告利用好機會)'라는 말과
함께 "一線竝合一週年을 기하여 기념호를 발행할 것이니 광고에 이용
하기에 좋은 기회가 될 것"이라는 社告59)는『매일신보』가 광고 수입의
증대를 통해 신문사의 재정을 확보하고 영리를 추구하려는 근대 신문
의 상업주의적 성격을 가지고 있음을 잘 보여준다.

다른 한편 신문사의 재정을 원활하게 하기 위해『매일신보』는 지방
지사에 신문구독의 선금을 요구60)하거나, 지방에서 우편으로 신문을 구

---

58)『매일신보』, 1910.10.23.
59)『매일신보』, 1911.8.9.
60)『매일신보』, 1910.11.12.

독하는 독자들을 위해 우편을 통해 대금을 징수하는 방법을 동원한다.

'社告'
각 디방에서 우편으로 본보를 익독ᄒᆞ시는 졔씨의 편리ᄒᆞ시기를 위ᄒᆞ야 신보
ᄃᆞ금을 우편집금법을 리용ᄒᆞ야 목하 실ᄒᆡᆼ즁이오니 졔씨는 본샤의 ᄀᆞᆫ졀ᄒᆞᆫ 셩의
를 깁히 싱각ᄒᆞ오셔 금익을 보ᄂᆡ시되 우편집금법(郵便集金法)이 일삭간 관활
ᄒᆞᄂᆞᆫ 명례가 잇스오니 맛춤 현금이 업거든 톄부에게 ᄉᆞ실을 ᄌᆞ셰히 말솜ᄒᆞ시
고 츌금ᄒᆞᆯ 긔한을 샴십긔일 이ᄂᆡ로 확실히 지뎡ᄒᆞ시고 그 긔한에 츌금ᄒᆞ시와
쥬고 밧는 ᄉᆞ이에 곤난과 실신이 업게 ᄒᆞ심을 ᄇᆞ라옵[61]

지방 독자들의 편의를 위해 우편집금법을 이용하겠다는 것이지만 사
실은 지방 독자들의 구독 대금을 독촉하고 있는 것이다. 요컨대 현금이
없어 계속 대금이 밀리는 현상을 방지하기 위해 우편을 통한 구독료 징
수를 실행하였던 것이다. 또한 '독자긔별'란에도 지방에서 『매일신
보』를 받아보는 독자의 감사의 말을 싣거나, 지방지국에서 주최하는 구
경할 만한 연극을 선전하고 그것을『매일신보』독자들은 무료로 볼 수
있음을 강조하여 신문 구독률을 높이려는 것을 볼 수 있다.

「讀者彙」우리 츈쳔에는 신보 우편비달이 대단 불편ᄒᆞ기에 젼일에 귀사로 직
졉 교섭ᄒᆞ얏더니 귀샤에서 즉시 이곳 우편소로 죠회ᄒᆞ신 결과 그 후로는 우편물
을 졔 시간에 꼭꼭 분젼ᄒᆞ여 긔보 익독ᄒᆞ기에 엇지 편리ᄒᆞ지요 귀샤에서 일반
디방독쟈의게 친졀히 쥬션ᄒᆞ야주시는 셩의를 표ᄒᆞ기 위해 젹어보ᄂᆞᆯ이다[62]

여보 함흥 ᄆᆡ일신보 지국에셔 쥬최ᄒᆞ는 연극은 참말 구경ᄒᆞᆯ만ᄒᆞᆸ듸다. 구독만
하면 ᄆᆡ일신보ᄂᆞᆫ 거져 본다지요 그러ᄒᆞ기로 나도 돈사십젼은 쟝만ᄒᆞ야 도엇소[63]

이와 같이 『매일신보』는 지방 독자들을 유입하기 위해 많은 애를 쓰

---

61) 『매일신보』, 1913.2.27.
62) 「독자긔별」, 『매일신보』, 1915.10.27.
63) 「독자긔별」, 『매일신보』, 1915.12.12.

고 있었는데, 『대한매일신보』에 비해 사세가 많이 기울었던 신문사의 입장에서는 독자의 확보가 가장 우선적이고 중대한 문제였던 것이다. 그러므로 우편을 통한 지방 독자의 확보와 대금 징수는 지방 독자에 대한 서비스 차원의 배려라기보다는 오히려 신문사 자체의 사세 확장 방도의 하나로 간주되어야 할 것이다. 이처럼 다양한 방법으로 영리를 추구하는 『매일신보』의 모습에서 근대 자본주의적 저널리즘의 모습을 분명히 목격하게 된다.

또 다른 한편으로 『매일신보』는 1912년 3월 1일에 그동안 따로 나오던 '순언문' 신문을 폐지하고 국한문 신문과 합병하여 단일한 체제로 묶음으로써 새로운 변신을 꾀한다.

> 社告 : △ 순언문 신문을 합병 △ 오호활ㅈ의 대확장
> 유리의 본 신보도 이왕에 비교ᄒ면 크게 발전ᄒ고 크게 기량ᄒ얏다 홀지라도 샤회의 진보ᄒᆷ을 ᄯ라 독쟈졔군의 지식이 더욱 발달ᄒᆫ 오날날의ᄂᆫ 도뎌히 만족지 못ᄒᆫ 고로 젼부샤원이 대활동을 시험ᄒ야 긔ㅅᄂᆫ ㅈ셰ᄒᆷ을 쥬쟝ᄒ되 샤회의 만반ᄉ위와 셰계의 일뎨동졍을 ᄒ아도 유루업시 본보지면을 크게 확장ᄒ고 법령, 정치, 실업, 교육, 뎐보, 외보, 잡보, 문예, 위싱 디방통신과 밋 기타의 긔문진담을 게지ᄒ며 ᄯ 샤진동판을 미일 삽화로ᄒ야 독쟈졔군에게 취미를 돕게 ᄒᄂᆫ 동시 젼젼지면을 오호로 기량 간츌ᄒ오니 죠션의 잇는 오호 신문은 본신보가 쳐음이라 (…중략…) 이왕에 비ᄒ면 불과 삼십젼에 두 가지 신문을 보시게 되얏슨 즉 독쟈졔군은 이와 ㅈㅈ한 리익이 다시 업ᄂᆫ이다"[64]

이러한 신문의 합병은 두 종류의 신문을 발행하는 데에 따른 경제적 부담을 줄이고, 그와 동시에 두 신문에 나눠져 있던 독자들을 통합하여 신문의 사세를 보다 집약적으로 늘리기 위한 방책의 하나로 이뤄졌던 것이었다. 이 또한 근대 자본주의적 저널리즘의 모습이라 할 수 있다.

그리고 이러한 변신과 함께 『매일신보』는 삽화 내지 사진을 신문에

---

64) 『매일신보』, 1912.3.1.

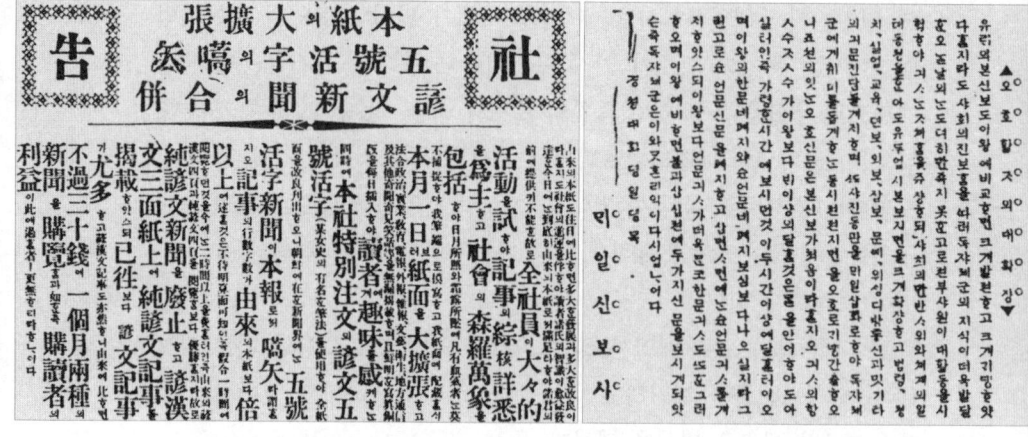

그림 3 순언문신문 합병. 왼쪽은 1912년 3월 1일, 1면에 실린 순언문신문의 합병 국한문혼용 기사,
오른쪽은 같은 날 3면에 실린 순언문신문 합병 순한글 기사이다. 『매일신보』는 1912년 3월
1일에 그동안 따로 나오던 '순언문' 신문을 폐지하고 국한문 신문과 합병을 한다는 '社告'를
낸다. 이로써 『대한매일신보』에서부터 이어오던 한글판 신문과 국한문 신문의 동시발행은 끝
이 난다.

첨가하게 되며, 이러한 삽화와 사진을 통해 시각적 측면에서도 본격적
인 근대적 매체로서의 모습을 갖추게 된다. 1912년 1월 2일 「춘외춘」에
서 처음으로 선보이는 신문 연재소설의 삽화와 그와 함께 게재되는 사
진은 활자문화를 통한 시각의 혁명과 더불어 복제 이미지를 대량 유포
할 수 있는 시스템으로 근대적 표상체계를 형성한다. 1914년 제1차 세
계대전을 전후로 많이 보이는 사진의 유행은 '시각'의 양태를 근본적으
로 바꿔 버린다. 본래는 장소도 시간도 달랐을 풍경과 풍속이 사진에서
는 등가물로서 그러면서도 엄청난 박진감을 가진 것으로서 제시된 것이
이다. 각각의 광경이 전혀 이질적이고 서로 무관해도 한 권의 사진집이
나 신문 잡지 속에서는 균등한 것으로 배분되는 것이다.[65] 『매일신
보』에서 처음 나타난 신문 연재소설의 삽화나 다양한 사진보도는 신문

---

65) 이효덕, 『표상공간의 근대』, 소명출판, 2002, 199~209면 참조.

의 오락적 기능을 부각시키고 상업성을 도모하는 동시에, 근대에 새롭게 탄생한 인쇄매체에 디자인의 개념을 도입하여 시각적인 효과를 추구하는 데 있어서 결정적 요소로 작용한다.[66]

또한, 1910년대 『매일신보』는 '현상문예모집'이나 '독자투고' 등을 통해 독자들의 참여를 활발히 유도한다. 원래 근대 신문매체라는 것이 독자들에게 공공의 참여를 제공하는 집단적 고백의 성격을 지니고 있지만, 1900년대의 신문들에서는 정론적 담론이 공적 영역을 지배함으로써 대중들의 사적인 영역에는 소원했던 것이다. 그러나 한일병합을 계기로 정론적 담론이 약해지고, 사세를 확장하기 위해 대중의 참여를 적극적으로 유도한 『매일신보』의 상업적 정책의 영향으로 비로소 대중들의 공론장 참여가 활발해지게 된다.

△ 本紙의新計劃 △
△質疑解答-法律政令 及 農商工業에 關한 讀者의 質問이 有홀시에는 (…
중략…)
△通俗懸賞-婦女小我라도 容易히 解得홀 通俗的 各種 懸賞問題를 時時
發表ᄒ고 (…중략…)
△ 讀者의 新趣益 △[67]

위의 '본지(本紙)의 신계획(新計劃)'은 독자들의 참여를 유도하여 『매일신보』의 세력을 넓혀나가려는 상업적 정책의 하나이다. 그런데 '질의해답'이 1면에 국한문혼용으로 실리는 것으로 보아 지식인을 대상으로 한 것이라면, '통속문예'는 부녀자들이나 아이들까지 함께하는 신문 사회면인 3면에 순언문으로 실리는 문예모집으로 일반 대중 독자들을 대상으로 한 것이다. 독자를 유치하기 위한 이와 같은 『매일신보』의 전략은 매일 접수되는 서장이 수천 통에 이른다는 다음의 기사가 보여 주듯 큰

---

66) 강민성, 「한국 근대 신문소설 삽화 연구」, 이화여대 석사논문, 2002 참조.
67) 『매일신보』, 1913.7.23.

인기를 끌었고 대단히 성공적이었다.

◎注意
본샤 편즙실에셔 믹일 접슈ㅎ는 셔쟝(書狀)이 슈쳔통에 이르러 종류를 가리기에 심히 분잡홈으로 이후부터는 본샤 질의해답계(質疑解答係)에 보니는 질의쟝(質疑狀)과 밋 통쇽현샹계(通俗懸賞係)에 보니는 응모쟝(應募狀)은 엽서가 안이거나 쥬필로 계(係)일홈을쓰지 안이혼 것은 심히 유감이나 부득이 무효로 인뎡홈[68]

이상에서 살펴본 『매일신보』의 근대 매체적 특징은 신문에 연재되는 서사물에도 많은 영향을 끼친다. 1900년대 신문 연재물이 사회를 전면적으로 탐구하는 특징을 지니고 있다면,[69] 이 시기의 신문 연재소설은 신문의 사세를 넓히기 위한 하나의 방책, 즉 독자를 유입하기 위한 흥밋거리로 점차 그 성격이 변화되고 있다.

처음에는 소설예고나 광고 없이 소설을 연재하던 『매일신보』는 「춘외춘」(1912.1.1~3.14)을 연재하면서는 '소설예고'란을 따로 만들어 며칠 전부터 대대적인 광고를 하기 시작한다. 이 같은 모습은 1912년을 계기로 『매일신보』 내의 연재소설에 대한 인식이 더욱 변화되고 있음을 보여주는 것으로, 특히 '소설예고'란이나 서발비평 등은 편집진이나 작가의 소설에 대한 인식을 구체적으로 보여 준다. 우선 『매일신보』의 첫 번째 '소설예고'부터 살펴보기로 한다.

小說九疑山
多數愛讀諸彦의 喝采를 博ᄒ던 전소설 「화의혈」은 昨日로써 閣筆ᄒ고 本日브터는 家庭의 喜劇悲劇과 壯絶快絶혼 (九疑山)이라ᄒ는 小說을 揭載ᄒ야 愛讀者의 興味를 添ᄒ오니 一層 愛讀ᄒ시면 家庭整理上에 一大好材料가 되겠습[70]

---

68) 『매일신보』, 1913.8.1.
69) 양진오, 앞의 논문, 164면 참조.
70) 『매일신보』, 1911.6.22.

小說 九疑山

그림 4-①②③④ 소설예고. ①『매일신보』최초의 소설예고(1911.6.22), ②「소양정」소설예고(1911.9.29), ③「춘외춘」소설예고(1911.12.19), ④「쌍옥루」소설예고(1912.7.10), ⑤「모란봉」소설예고(1913.2.4), ⑥「장한몽」소설예고(1913.5.8)

그림 4-①

그림 4-②

新小說 春外春

그림 4-③

雙玉淚

珍絶! 奇絶! 嶄絶!

愛讀! 愛讀! 愛讀!

그림 4-④

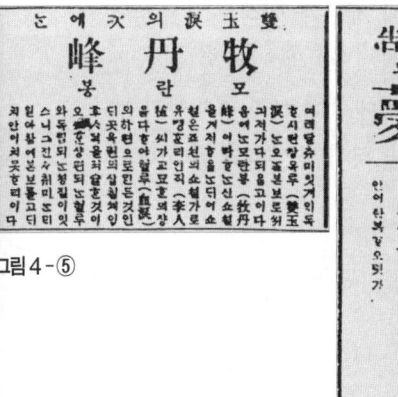

雙玉淚 牧丹峰

그림 4-⑤

新小說 長恨夢

그림 4-⑥

여기서 "애독자의 홍미룰 첨"한다는 구절은 소설의 홍미적 요소를 통해 독자들을 유치하려는 편집진의 의도를 드러내고 있다. 또한 신문 연재소설의 목적이 사회계도가 우선이었기 때문에 공적담론의 소설화가 대세였던 1900년대의 소설과 비교해 볼 때, 1910년대 『매일신보』의 신문 연재소설에서는 "가정의 희극비극과 장절쾌절흔(九疑山)이라흐는 소설"이라는 구절에서 알 수 있듯, 독자의 홍미를 끌기 위해 그들의 사적 영역을 소설로 끌어 오고 있음이 목격된다.

그런데 이러한 사적 영역의 소설화를 통해 독자의 홍미를 끌려는 노력과 더불어 여기에서는 그것을 통해 독자에게 도움이 될 만한 계몽적인 것을 전달하려는 의지 또한 배제하지 않고 있음이 주목된다. 이해조의 소설 「소양정」에 대한 예고는 이러한 사실을 분명히 보여 준다.

구쇼셜의 부패흔 언론이 지금 이십셰긔 시디에 맛지 안임을 씨닷고 한번 변흐기를 위쥬흐야 신쇼셜 톄시롤 발명흐야 (⋯중략⋯)

신구롤 참쟉흐야 구쇼셜의 허탄밍랑홈은 비리고 졍대흔 문법만 취흐며 신쇼셜의 쳔근각삭홈은 비리고 졍밀흔 의취만 취흐야 쇼양뎡(昭陽亭)이라는 쇼셜을 져슐흐노니

모범될만흔 힝실과 감각홀만흔 스졍이 진진흔 홍미를 족히 도을만 흐오니 독자졔씨는 쳥챵졍궤하(晴聽靜几下)에셔 추호를 열람흐시오[71]

구소설이 지금의 시대와 맞지 않아 변화를 주어서 신소설을 발명하였다는 작가의 말에서 우리는 새로운 시대에 새롭게 인식하는 소설의 장르에 대한 작가의 고민과 함께 "모범될 만흔 힝실과 감각홀 만흔 스졍"으로 독자들의 진진한 홍미를 돕겠다는 것에서 소설의 홍미성과 함께 소설을 통해 계몽을 의도하는 사회적 기능 역시 중시하고 있음이 드러난다.

---

71) 『매일신보』, 1911.9.29.

『매일신보』의 첫 소설 「화세계」는 신문 제1면 하측에 '신소설'이라는 이름을 달고 연재되기 시작하며, 그 후 연재소설은 「춘외춘」(1912.1.1)이 4면에 연재되기 전까지는 계속해서 1면에 실린다. 그런데 신소설이 4면으로 넘어감과 동시에 1면에는 이해조의 판소리 개작 소설인 「옥중화(獄中花)」가 연재된다. 이때부터 『매일신보』의 장편 서사물은 1면과 4면에 거의 2편씩 꾸준히 실리게 된다.

제일 상단에 논설(論說)이나 사설(社說)이 실리는 신문의 1면은 정론적 성격이 가장 강한 면이라고 할 수 있는데, 그러한 1면에 연재소설이 함께 실리고 있다는 사실은 국한문으로 된 사설을 읽을 줄 아는 독자와 한글에 익숙한 대중 독자들의 관심을 함께 모으려는 편집진의 의도를 드러낸다. 그런데 1면과 4면에 동시에 소설이 연재되고 있다 하더라도 1면의 소설의 연재가 끝나 잠시 공백이 생길 때면 4면의 연재소설이 1면으로 옮겨오는데,[72] 이러한 신문 편집은 『매일신보』 편집진들이 소설 연재를 얼마나 중시했는가를 잘 보여 준다. 이해조의 첫 소설 「화세계」, 이인직의 「모란봉」, 조중환의 첫 소설 「쌍옥루」, 이상협의 첫 소설 「눈물」, 이광수의 첫 소설 『무정』 등이 모두 1면에 실렸던 것은 편집진의 치밀한 의도였던 것이다. 『매일신보』는 이처럼 연재소설의 비중을 강화시켜 그것을 통해 독자의 흥미를 유도하고 또 한편으로 그들을 계도하는 두 가지 역할을 모두 기대했던 것이며, 편집진의 그러한 태도는 이해조 신소설 예고를 통해서도 계속된다.

「춘외춘」 본지소설은 가히 강호 제언의 비평을 다독ᄒᆞ얏거니와 일반 애독자의 趣味롤 一層 조웅감기 위ᄒᆞ야 신년제일엽에ᄂᆞ 특히 본기자의 다월 연구흔 바 (…중략…)

애독 제언은 庸常흔 이설로 낭시치 말하시고 性情의 陶鑄와 풍화의 개역흘

---

72) 1914년 1월 21일 1면에 연재된 이상협의 소설 「눈물」이 끝나자 이전에 4면에서 같이 연재되고 있던 조중환의 「단장록」이 1월 23일부터 1면으로 옮겨오고 있음을 볼 수 있다.

일부 部頂針으로 사유ᄒ야 多數愛賞ᄒ심을 망함[73]

「봉선화」 이 쇼셜을 못보시면, 셰상 쳔만가지 ᄌ미 즁에 쳣손가락을 꼽을 만
ᄒ 한가지를 일어버림이라고 ᄒ이도 과ᄒ 말이 안이오[74]

「비파셩」 소셜계에셔 쳐엄 디ᄒᄂ 거울이라. 아모라도 이 소셜을 못보시ᄂ
이ᄂ 이 셰샹에 살으시ᄂ 자미가 ᄒ 가지를 스스로 포기홈이니 됴흔 시긔롤
일치 말으시고 일회도 루락말고 챠뎨로 열남ᄒ시오[75]

신문 연재소설을 통해 독자들의 '재미' 내지 '흥미'를 유발시키고 동
시에 독자에게 거울이 될 만한 것들을 제공하겠다는 의도는 정치적 공
공영역이 박탈된 1910년대의 대중을 유입하기 위한 상업성의 강화와
더불어 일상적이고 제도적인 차원에서 계몽담론이 여전히 존속하고 있
음을 보여주는 것이다. 요컨대 1910년대 초기의 『매일신보』에는 1900년
대 신문의 정론적 성격이 여전히 남아 있었던 것이다.
그러나 1912년 이후 『매일신보』는 소설을 통한 신문의 사세확장을
더욱 강조하면서 점점 더 독자의 흥미를 자극하는 통속적 요소를 찾게
된다. 이러한 『매일신보』의 의도에 따라 마침내 「쌍옥루」를 필두로 한
일본 가정소설 번안물이 등장하기 시작한다.

본보(本報)를 익독ᄒ시ᄂ, 동포민ᄌᄂ, 무료관람을 허ᄒ야, 평일의 ᄉ랑ᄒ시
ᄂ 졍을 표ᄒ려니와, 일반 익독 졔군은, 본샤의 계획을 인ᄒ야 뎨 일호로브터,
죵말ᄭ지, 한쟝이라도 누락지 마시고 츅호ᄒ야 모와두면 부지즁에, 완젼ᄒ 쇼
셜 한권이 될 것이니, 이것도 됴커니와, 이후 실디를 연극홀 ᄯᆡ에, 큰 참고거리
가, 되겟다[76]

---

73) 『매일신보』, 1911.12.19.
74) 『매일신보』, 1912.7.5.
75) 『매일신보』, 1912.11.8.
76) 「演藝界」, 『매일신보』, 1912.7.17.

「쌍옥루」를 한 장도 누락하지 말고 모아두면 한 권의 소설이 될 것이며, 앞으로 연극으로도 공연될 예정이니 참고거리로 삼으라는 위의 '연예계' 기사는『매일신보』가 일본 가정소설 번안물을 실어 신파연극 관객을 끌어들이려는 의도를 분명히 보여준다. 이번에는 조중환의 「장한몽」과 이상협의 「눈물」의 예고를 살펴보기로 한다.

『장한몽』 사실의 조미잇는 것과, 인정의 곡진홈은 완연히, 그 사롬의 얼골이, 조희 우에 낫타나 오는 듯하고, 쳐졀참졀혼 ,비극젹쇼셜(悲劇的小說)이오[77]

이 쇼셜은 한번 보면 뉘 안이 눈물을 흘니며 뉘 안이 탄복호오릿가[78]

「눈물」 눈물이라는 쇼셜은, 그 스실이 미오 긔이호고, 그 문쟝이 미우 조미잇셔, 불샹혼 부인의 슬흔 회포와, 가련혼 쇼ㅇ의 더운 눈물에, 동졍의 눈물을, 흘니지 안이홀이 업슬시오, 포흭혼 계집의 후회와, 무졍혼 남조의 보복은, 그 통쾌 긔이홈을, 스스로 조랑홈에 족홀시라[79]

여기서 흥미로운 것은 「쌍옥루」의 번안에서부터『매일신보』소설란의 대부분을 차지하게 되는 일본 가정소설 번안작품들에 '눈물'이라는 용어가 기의 빠짐없이 등장하고 있다는 사실이다.[80]『매일신보』의 보다

---

77) 『매일신보』, 1913.4.24.
78) 『매일신보』, 1913.5.8.
79) 『매일신보』, 1913.7.1.
80) "지긔를 굴치 안이호고, 격간에 경력호는 풍샹은, 눈물이 소스며 피가 흘너, 누가 그 긔싱에게, 동졍을 표호지 안이 호리요"(「국의향」, 1913.9.28), "이 쇼셜를 보고도 눈물 흘니지 안일 스롬이 잇스면"(「쳐의 허물」, 1913.12.6), "이 쇼셜에는 신츌귀몰혼 미인도 잇고 의긔만은 호걸도 잇고 부모에게 효셩잇는 어린아히도 잇고 우슈운 스실도 잇고 슬푼 눈물도 가득호오"(「단쟝록」, 1913.12.19), "간간히 빅졀쟝졀호여 보는 사롬으로 호야곰 계으른 쟈는 쾌할호고 용감혼 무암이 스스로 일께오 눈물만코 피만혼 쟈는 참마암으로 쓰러 나오는 동졍심을 금치 못홀 지며"(「형졔」, 1914.5.19), "본 쇼셜은 다졍혼 남녀의 련이담이 젼편에 츔만호고 눈물도 가득호오"(「비봉담」, 1914.7.11), "쥬인공의 깃거운 것을 보면 스사로 우슘이 나올지오 그 슯흠을 보면 눈물이 먼져 앞흘셜지니"(「졍부원」, 1914.10.22)

상업화된 신문정책에 따라 연재되는 일반 가정소설의 번안물은 독자들의 흥미를 끌 수 있는 요소를 더 많이 필요로 했다. 이전 이해조의 신소설 예고에서 보이는 모범된 행실을 기록한 것과 같은 일상 풍속의 계몽에 대한 것이나, 단순히 '재미'나 '흥미'가 있는 것으로 소개하는 것과는 달리 독자의 감성을 자극하는 '눈물'이 반드시 포함되었던 것은 바로 그런 이유에서일 것이다.

조중환의 「쌍옥루」부터 시작되는 『매일신보』 내의 일본 가정소설은 바로 이렇게 당시의 자본주의적 상업정책에 따른 신문 연재소설의 기획으로 번안되어 실렸던 것이다. 이로써 『매일신보』의 소설들은 정론적 성격을 탈피하고 근대자본주의의 산물인 근대소설로서의 면모[81]를 갖추게 된다.

그러나 이와 같이 독자의 '눈물'을 자극하는 통속적 경향으로 흐르던 소설은 1910년대 후반에 다시 한 번 변하게 된다.

◎ 글보는 것은 사롬의 물마시는 것 갓하여 별로 긔이훈 맛이 업고 아쥬 링담훈 것 갓흐나 하로라도 가히 폐치 못훌 것이니 그 맛이 업는 듯훈 곳에 실로 큰 맛이 잇는 바이라

◎ 금년에 우리 사롬의 뎌슐ᄒ고 번역훈 소셜도 본 것이 만치만은 별로 ᄌᆡ미 잇는 것을 보지 못ᄒᆞᆺ스니 그는 짓는 샤롬이 깁훈 의사롤 부치지 못훈 원고갑이나 람ᄒᆞᄂᆞᆫ ᄭᆞ닭인지 아지 못ᄒᆞ거니와 디긔 쇼셜도 셔양사롬의 지은 쇼셜이 ᄌᆡ미잇는 듯ᄒᆞ니 그ᄂᆞᆫ 그곳 사롬의 ᄌᆞ유의 셩품이 풍부ᄒᆞ고 활발ᄒᆞ긔운이 넉넉훔에 인훔인 듯ᄒᆞ도다

◎ 쇼셜을 쳐슐훔에는 츙효열졀을 근본으로 훔이 가훈 것은 의론훌 비가 안이지만은 시ᄃᆡ에 뎍합ᄒᆞ야 보는 사롬으로 ᄒᆞ여곰 그 소셜의 감화로 리익을 보게 훔이 가ᄒᆞ니 식산흥업ᄒᆞᄂᆞᆫ 일에 분투ᄒᆞ야 셩공훈 일과 ᄀᆞ흔 것을 뎌슐ᄒᆞ야 보는

---

81) 소설의 발생이 자본주의와 함께 하였고, 자본주의 생산력의 발전이 만들어 낸 부와 여가는 문학자들로부터 거의 인정받지 못한다 할지라도 보다 쉬운 형태의 문학적 오락물을 바라는 사람들을 증가시켰다고 한다. 이언 와트, 『소설의 발생』, 열린책들, 1988, 19면 참조.

사룸으로 ㅎ야곰 지미가 잇슬 뿐 안이라 실익이 잇도록 홈이 가ᄒ다 ᄒ노라

◎ 하여ᄒ든지 글을 보면 그 글에 잇ᄂ 사룸을 디ᄒ 감상이 싱기고 아지 못ᄒᄂ 가운디 비샹ᄒ 취미가 잇나니 글 가온디 잇ᄂ 문리와 의ᄉ를 보왓ᄂ 지미와 글머리를 보고 글 ᄭᆺ헤 결구를 보고 격ᄒᄂ 지미와 젹막ᄒ 째에 글로 벗삼ᄂ 지미와 죠름이 오지 안이ᄒ 째에 글노 죠름을 쳥ᄒᄂ 지미와 갓흔 허다ᄒ 취미ᄂ 이로 다 말ᄒ 슈 업도다[82]

위의 기사는 소설을 저술함에 있어서 작가가 기본적으로 고려해야할 사항에 대해서 논하고 있는데, 간단히 요약하자면 충효열절을 근본으로 하고 그 시대에 적절한 것을 소설로 써야 하는 이유는, 읽는 사람으로 하여금 그 소설의 감화로 이익을 얻게 하기 위해서이며, 또한 식산흥업하는 일에 분투하고 성공한 일 같은 것을 저술해야 하는 이유는 보는 사람들에게 재미와 실익을 주기 위해서라는 것이다. 이러한 기사들은 소설에 대한 『매일신보』 편집진의 인식이 일본 가정소설 번안 작품들을 통해 '눈물'로만 독자의 감성을 자극하는 수준에서 어느 정도 벗어나 '소설'이 그 시대에 할 수 있는 기능에 대한 진지한 고민의 차원으로 변화하고 있음을 보여 준다. 요컨대 이제 『매일신보』는 일본 가정소설 번안물과 같은 단순한 흥미 위주의 소설작품뿐만 아니라 독자에게 흥미를 주면서도 유용한 정보를 제공하거나 독자의 의식까지도 계몽할 수 있는 작품들을 보다 더 원하게 된 것이다. 이는 1914년 제1차 세계대전을 계기로 일제의 위상이 세계적으로 높아지자 그들 스스로 식민지 지배정책을 좀더 강화하여 조선의 식민지화를 더욱 공고히 할 필요성을 느꼈기 때문이다. 그래서 대중들의 강도 높은 계도가 필요하였으며 소설 역시 "식산흥업하는 일에 분투하고 성공한 일 같은 것을 저술해서 보는 사람들로 하여금 재미와 실익을 주어야 한다는 것"을 강조하게 되었고 그로 인해 이후의 소설 예고나 독자비평에 '재미'와 '교

---

82) 「독서의 취미」, 『매일신보』, 1916.1.29.

훈'이라는 단어가 강조됨을 알 수 있다. 이런 모습은 이상협의 「정부원」 연재 중 정혜부인의 언행이 부인의 모범을 보여주며 가정에 유익한 교훈을 주고 있다는 다음의 독자투고에서 확인할 수 있다.

"아······ 이 셰샹에는 명졀이 무엇인지 드러보지도 못ㅎ고 오쟝은 썩어 싸여져도 졔얄졍 ㅎ다홀 ﾊ 안이라 이롤 보고도 이샹흔 눈으로 볼 줄 모르는 사룸이 젹지 안이ㅎ니 이러흔 사룸들의게 이 일편의 쇼셜이 비샹흔 교훈을 드릴듯ㅎ니다"83)

"「그럿치 별로 업셔」 이러케 나는 니가 디답ㅎ고 마랏슴니다 참 「명부원」은 순젼흔 우리글이 글로되는 션봉이외다 참 「명부원」은 얌젼흔 부인 모단 부인이 부인 되는 모범이외다84)"

한편, 독자들은 「정부원」이 이전의 묵은 태도를 벗고 여러 가지로 새 시험을 한 작품이라는 것을 환영하고, 독자들로 하여금 서양이라는 곳에 사는 사람의 인정과 풍속을 알게 해 준 것에 대해 기뻐한다. 이러한 글에서 그동안의 연재소설이 단지 독자의 감성을 자극하는 요소에만 집중해 있었던 것에 반해, 「정부원」에서는 독자에게 흥미를 주는 '재미'와 '교훈'적인 측면 모두 성공을 거두고 있다는 사실을 확인할 수 있다. 이런 점은 다음의 「무궁화」 예고에서도 잘 드러난다.

◇ 무궁화 아러에서 연분의 향긔를 발흔 한 쳥년과 한 규수의 파란 만흔 경력과 신고 만흔 소실은 죵리 셰샹에 류힝ㅎ는 쇼셜에 잇어보지 못홀 것은 물론이어니와
◇ 득히 원한 만흔 쳥년의 쳐디와 뎡렬흔 규수의 혀샹홀 수업는 고셩의 협흔 긔셩의 감탄홀 활동은 한가지도 독자의 예상 이외에셔 나오지 안이흠이 업셔
◇ 눈물을 흘리는 중에 칙상을 치며 쾌흠을 무를 것이오 우슐울 가온디에도

<hr>

83) 『매일신보』, 1915.4.20.
84) 『매일신보』, 1915.5.2.

무한훈 교훈이 품어 잇슴으로

◇ 다만 한편의 소셜로 지미가 무궁홀 쑨안이라 쪼한 넉넉히 량가의 부녀에
게 죠흔 교훈을 씨침이 젹지지 안이 흐리이다[85]

그런데 1910년대 후반 이광수의 『무정』이나 양건식의 번역소설인 「홍루몽」의 예고가 이제까지의 것들과는 다르다는 사실이 주목을 끈다.

春園生의 開拓者는 우리 滿天下 愛讀者諸氏의 歡迎喝采裡에 가장 意義잇게 이미 終了호바 二三日後에 다시 쪼 연재홀 小說은 져 支那淸朝 曹雪芹典大傑作이오 大名作인 曠前絶後호 소설 紅淚夢으로 이를 우리支那의 戱曲小說에 자못 造詣가 즈못 집흔 菊如 梁建植氏가 原文을 充實흐게 現代語로 苦心譯述호 것이니 그 原作者의 錦心緖腸과 縱橫호 才筆노 恨人恨事를 가지고 榮國府의 貴公子인 賈寶玉 대 金陵十二釵의 錯綜호 情話를 絢爛호 文章으로 情趣잇게 描寫흐야 支那 上流家庭의 꼿갓고 玉갓흔 男女數百人이 이世上의 缺陷萬臺에 總出흐야 觀者의 눈이 炫煌흐도록 각각 졔 所長더로 戀愛, 熱者, 嫉妬, 奸計의 모던 妙妓를 演홀 것은 末久에 譯者의 筆端을 것쳐 시롭게 愛讀者諸氏의 眼前에 展開될것이라[86]

표기법부터 국한문혼용체인 「홍루몽」의 소설예고가 이전의 순언문으로 소개되었던 소설예고와는 모습이 많이 다르다는 사실이 한눈에 드러난다. 단지 지나(支那)상류가정의 꽃 같고 옥 같은 남녀 수백인이 펼치는 이야기들이 전개될 것이라는 작품에 대한 소개 외에, '흥미'나 '재미', '교훈'이라는 단어들은 찾아볼 수 없다. 이 소설예고는 독자의 흥미를 끌어 신문의 사세를 넓히려는 의도보다는 본격적인 번역소설로서의 성격을 강조하고 있다. 다시 말해 「홍루몽」은 이전의 번안·번역소설과는 다른 의도에서 『매일신보』에 연재되고 있는 것이다. 이러한 소설예고를 통해 연재소설에 대한 『매일신보』의 인식이 변화되고 있음을 볼

---

85) '「무궁화」 소셜 예고', 『매일신보』, 1918.1.23.
86) '「홍루몽」 소셜 예고', 『매일신보』, 1918.3.19.

수 있다.

한편, 이러한 1910년대 『매일신보』 내의 소설에 대한 인식 변화와 더불어 신문에 참여하는 독자들의 모습도 변화한다. 앞에서 살펴본 것처럼 1910년대 전반기의 『매일신보』는 독자를 유치하기 위해 여러 가지 노력을 펼치고 있었으며, 신문에 참여하는 독자들의 영역은 전문적인 소설 비평이나, 시대 비평이 아니라 단편소설의 '현상모집'에 참여하거나, '통속현상' 또는 '독자긔별'란에 일상적인 내용을 투고하는 것과 같이 흥미 있는 이야깃거리를 제공하는 위치에 한정되어 있었다. 아래의 '독자긔별'란에 실린 연재소설에 대한 독자들의 인상비평을 보면 이런 모습을 잘 알 수 있다.

"이 사롬은 귀보 모란봉을 날마다 보는디, 하로라도 안이 나는 날은 마음에 아조 섭섭하오, 이후부너는 미일 게지ᄒᆞ야 쥬십시오"

— 「愛讀者」[87]

"귀보에 시로나던 김태ᄌᆞ젼은 엇지된 일인지 오류일지 볼수가 업스니 졍말 갑갑힉셔 못견디겟셔요 어셔 속히 너여 쥬시옵쇼셔"

— 「해주생」[88]

이처럼 독자들의 신문 연재소설에 대한 비평도 일상적인 홍밋거리를 담고 있는 '독자긔별'란을 통해 단편적인 인상비평이 두고뇌는 것이 전부였던 것이다.

그러나 신문 연재소설에 대한 독자투고의 이런 모습은 1915년을 기점으로 하여 바뀌게 된다. 사회면인 3면 '독자긔별'란에 간간히 실리던 소설에 대한 독자들의 투고가 『매일신보』의 편집정책의 변화로 인해 소설의 연재 도중 소설란 말미에 붙어 실리게 된 것이다. 다음 인용은

---

87) 『매일신보』, 1913.3.27.
88) 『매일신보』, 1914.6.26.

『매일신보』편집정책의 변화로 「정부원」에서 처음으로 시도된 소설란 말미에 실린 독자비평이다.

((독쟈로브터))

△ 긔이혼 소설 죠미 잇는 필벌 「뎡부원」 한편이 하늘에서 쩌러졋나 짜에셔 소삿나 갈스록 긔이흐고 볼스록 쟈미잇는 「뎡부원」아 너는 나의 쥬야침두에 왕리흐는 뎡혜와 함믜 만고에 일흠이 젼흐리라 (大邱, 某官吏)

△ 긔쟈 선성님 남의 감질좀 고만 닉십시오 원죵일 고디흐던 「뎡부원」 죠미가 아조 무어라 말홀 수 업슬 째에 고만 톡 끈으면 엇더케 흐잔 말이오 고다음이 궁금히셔 밤에 잠이 와야지오 (京城仁寺洞李○子)

△ 셰샹에 초년 고성은 이 사롬보다 더 만혼 이가 다시는 업슬 줄 알앗더니 「뎡부원」의 그 불샹흔 뎡혜의 몸에 쏘 무슨 겁운이 덥허 쓰이랴는 것 갓흐니 졔 싱각 뎡혜 싱각이 아울너 일어나 눈물이 나셔 못견디겟습니다 (開城東廓薄命女)

△ 뎡부원을 지시는 긔쟈님이여 그 불샹히 죽은 션쟝의 원혼이 뎡부원을 쓰실 째마다 긔쟈님 붓 끗헤셔 요리죠리 붓허 단이리다 붓끗이 죠회에 다아셔 싸각싸각홀 째마다 불샹흔 션쟝의 원혼이 울며 부르지는 줄 알고 하로밧비 원슈갑는 것을 상쾌히 보여쥬십시오 샹관업는 우리도 원슈갑흔 것을 보면 춤을 덩실 츄겟습니다 (京城公平洞金○淳)

△ 하몽 션성님 닉 말 듯소 병원 쇽 젹막흔 밤중 병든 몸 혼쟈 주어 낫이라 말벗업고 밤이라 잠업는디 션성의 「뎡부원」 한낫되는 닉 벗이오 한번 보고 두번 보고 보고 쏘 볼스록 죠미잇는 그 소설에 압품 잇고 므옴 쓸려 병든 몸이 위로 됨이 만을 중에 뎨일이오 「뎡부원」 글 된 품이 쇼셜 중에 처음이오 부듸 부듸 궐치말고 미일미일 닉여주오 (京城某病院六號室患者)[89]

위의 인용을 보면, 이것은 이전의 3면 '독자긔별'란에 실리던 독자의 목소리를 여러 개 묶어서 소설연재 도중 소설란 끝에 나열해 놓은 것임을 알 수 있다. 이런 모습은 1914년 12월 11일 소설연재란 말미에 이어

---

89) 『매일신보』, 1914.12.2.

서 게재되고 있는 '독자로브터'90)에서도 볼 수 있다. 이러한 편집정책의
변화는 연재소설에 대한 독자투고가 많아짐으로 인해, 이를 따로 분리
하여 소설에 대한 독자들의 반응을 실시간으로 전달하고자 하는 편집진
의 의도에서 비롯된 것이다.91) 그런데 이것은 처음에는 단지 '독자긔별'
란에 사회 전반에 대한 독자투고와 같이 실리던 소설에 대한 독자투고
를 따로 뽑아내 함께 묶어서 소설란 끝에 게재하는 것이었지만, 이런 편
집정책의 변화로 인해 독자는 개인적인 장문의 편지를 투고할 수 있는
기회를 갖게 된다. 그래서 곧 이어서 1914년 11월 16일, 12월 22일, 12월
25일에는 연달아서 독자 1명이 쓴 장문의 독자비평이 실리게 된다.

　　((독자로브터))
　　(그 남편의게 미움을 밧으면서도 안희의 홀 의무는 의무디로 ᄒᆞᄂᆞᆫ 불샹ᄒᆞ고
가샹ᄒᆞᆫ 명혜여)그 고결홈은 어름을 통모홀 듯ᄒᆞ고 그 염염ᄒᆞᆫ 성품은 련꼿을 통
모홀 듯ᄒᆞᆫ 명혜야말로 불힝히 악마(라텰)과 요괴(구옥경)에게 음흉ᄒᆞᆫ 일을 점점
당ᄒᆞ게 되여가니 만일 명혜가 그 부경ᄒᆞᆫ 루명을 벗지 못ᄒᆞ고 만쟉과 갈려나
만강에 무한ᄒᆞᆫ 상심을 먹음고 이 셰상을 바릴진디 아― 불샹타 명혜여 만일
이 갓흘진디 아― 슯흐다 이 셰샹은 오작 형구ᄲᅮᆫ이오 황야ᄲᅮᆫ이 안인가.
　　나는 명혜가 그 남편에게 미움을 밧으면서도 져의 홀젹에 의무는 의무디로
리힝홈을 가샹히 녁여 긔보에 게지ᄒᆞᄂᆞᆫ 명부원을 볼 째마다 명혜의 신상을 위
ᄒᆞ야 쓸디업ᄂᆞᆫ 공샹이 신문지샹 명부원 속으로 오락가락 이리저리 얼치갈체
아― 이샹ᄒᆞᆫ 감샹이 인긔된다92)

　이와 같은 '독자로브터'의 변화는 독자투고에 대한 『매일신보』 편집
진의 정책 변화로 인해 '독자긔별'에 단편적인 인상 비평을 보내던 독

---

90) 여기에는 3개의 독자평이 나열되어 있다.
91) 이러한 독자투고 형식의 변화에 대해서는 권용선의 논의에서 이미 지적된 바 있다.
　　그는 이러한 변화를 "이제 독자는 '읽는 자'일 뿐만 아니라, '개입하고 비평하는 자'이
　　기도 한 것이다"라고 평가하고 있다.
92) 『매일신보』, 1914.12.16.

자들이 보다 심도 있는 소설 비평을 할 수 있는 기회를 얻게 된 것에서 비롯된 것이다.

한편『매일신보』는 이렇게 변화하는 독자투고로 인해 1915년 4월 20일에 와서는 사회면인 3면에 '「뎡부원」을 보고'라는 표제를 붙인 란을 따로 만들어 본격적인 소설 비평문을 싣게 된다.[93] 이때부터는 표제가 '독자로브터'였던 것이 '「뎡부원」을 보고'로 바뀌고 있음을 볼 수 있는데, 이는 여기에 실린 독자들의 글이 이전의 '독자긔별'에 실리던 독자 비평과는 달리 소설에 대한 보다 전문적인 비평문임을 강조하는 편집진의 의도를 읽을 수 있는 부분이다. 3면 사회면에 있던 소설 비평란은 1915년 5월 2일에 와서는 다시 연재 소설란의 말미로 옮겨오는데[94] 이로 인해 이렇게 '독자긔별'에서 분리된 소설비평문에 대한 편집구성은 독자에게 보다 깊이 있는 소설 분석을 가능하게 하였다.

그런데 여기에서 주목할 점은 '독자긔별'란에 실리고 있던 독자의 소설에 대한 비평문은 단지 인상비평에 그치면서 독자 전체를 대변하는 집단적 목소리의 성향을 강하게 보였던 반면에, 편지투고 형식의 독자 비평은 소설에 대한 개인적 발언의 성격이 강한 것들로 변화되고 있다는 것이다. '독자긔별'에 실리는 글들은 '일독자'나 '갈망자' 또는 '애독부인'과 같이 신분이 불확실한 것들이 대부분인 반면에 편지형식의 독자투고에서는 투고자의 주소나 이름이 명확히 적힌 것들이 점차 많이 보인다는 점에서 이러한 사실을 확인할 수 있다. 또한 학생 任○準이라고 자신을 밝히며 "이 사람은 요스히 시험복습에 잇스나 분훈 ㅁ옴 견디지 못ㅎ야 시간허비도 불관ㅎ고 두어ᄌ 적어부ᄂ옵"[95]라는 글을 보면 「뎡부원」은 이전의 일본 가정소설 번안물이 여성들에게 더 인기가

---

93) 여기에는 1915년 4월 21일, 22일, 23일, 총 3일에 걸쳐 독자비평문이 게재된다.

94) '「뎡부원」을 보고'라는 독자 비평문은 1915년 5월 6일, 5월 7일, 5월 18일, 5월 19일, 5월 21일에 걸쳐 계속 게재된다. 5월 21일의 독자 비평문은 국한문혼용으로 쓰여진 것이다.

95)『매일신보』, 1914.2.22.

많았던 것에 비해 남성들, 특히 지식인들에게까지도 많은 호응을 얻었음을 짐작할 수 있다.

이렇게 독자투고의 성격이 바뀌게 되는 것은 앞서 살펴본 대로 소설에 대한 인식의 변화가 먼저 선행하였고, 『매일신보』내에 연재소설에 대한 위상이 높아졌기 때문에 가능한 것이었다.

한편, 소설작품에 대한 독자들의 직접적인 비평문이 실리기 시작하는 「정부원」연재를 필두로 하여 이후의 작품들에서는 작가와 독자가 신문 지면을 통해 서로 소통하는 모습으로 발전하게 된다.

> 중간에 잠시 멈추고-하몽으로부터 독쟈에-
>
> (…중략…) 더욱이 간혹 끈이난 때에는 독쟈로부터 질칙이 도드르며 쏘흔 부디 계속호야 긔주호라고 간절흔 요청의 글발이 끈이지 안이홈에 이르러는……(…중략…).
>
> 그럼으로 최쵸에 이 빗다른 「희왕셩」이라는 것을 너이랴고 싱각호얏슬 때에 쇽마옴으로 젹지 안이 쥬져 호얏스나 셩픠간에 시험을 호야보지 안이호면 아모 째에 가던지 별홀 슈가 업다는 싱각으로 환영호고 환영치 안이은 쓰는 사룸이 감히 관계치 못홀 독쟈의 주유인고로 쓰는 사룸은 주긔칙칙으로 셔보기나 호리라 호얏더 바이라
>
> 이러케 마옴을 결단호고 드듸여 「희왕셩」이라는 일홈을 독쟈의게 소기 호얏눈더 그 째에도 가뎡쇼셜이 안인고로 젹옥이 쥬져호얏지 만은 너용의 주미는 결단코 여간 가뎡쇼셜의 밋치지 못홀 바인 줄 확실히 밋엇스며 쏘한 가뎡쇼셜이고 안이고 간에 주미만 잇스면 독쟈도 물론 환영호실 것을 분명히 밋은 것이라96)

위의 인용문은 독자의 간절한 요청에 작가가 다시 소설을 연재할 결심을 하게 되었다는 사실과 함께, 「해왕성」이라는 작품이 이전까지의 소설 경향과는 많이 달라서 독자들이 과연 환영할지에 대해 걱정하고

---

96) 『매일신보』, 1916.7.11.

있음을 보여 준다. 그런데 소설에 대한 작가의 말은 『매일신보』의 연재소설이 개인성의 발견과 내면 혹은 주체에 대한 자각을 수반하고 있다는 사실을 포착하게 해 준다. 다시 말해 소설의 글쓰기 행위가 소설을 통해 하나의 가치적 행위로 나아가는 것으로 인식하고 있음과 동시에, 그 시대를 표현하기 위한 하나의 매개체로서 소설의 형식까지 고민하는 모습을 보여주고 있는 것이다. 창작에 대한 작가 자신의 고민과 창작의 결과가 개인의 개성을 표현하는 것이라는 그의 인식은, 공동적 창작물의 성격을 갖고 있거나 떠도는 소문을 소설화하여 작자를 알 수 없었던 이전의 많은 서사물의 경우와는 대비되는 것으로서 근대적 개인주의를 드러내는 표상으로 이해될 수 있다. 이런 모습은 1910년 이전 신소설 작가 이인직에게서 잠깐 보이기도 했다.

> 그때 李人稙이 新聞에 「鬼의 聲」을 連載하던 중 엇더케 遲筆인지 原稿紙 단 한 장 쓰기에 두어 시간씩 걸니더라고 그것도 몹시 고심하는데 쓰다가는 찢고 쓰다가는 찢고, 머리를 붓잡고 한참 어리둥절하기도 하고 방안을 휘ㅡ휘 거닐기도 하고, 그야말로 뼈를 깍는 苦心을 하더란다.[97]

이와 같이 작품을 쓰기 위해 고뇌하는 작가의 모습은 비로소 작가가 소설이 개인의 개성의 표현임을 인식하고 있는 것을 보여주는 것이다. 이러한 근대적 개인의 형상은 작가뿐만 아니라 소설작품에 대해 본격적인 비평을 가하는 독자들에게서도 포착된다. 무명의 일반적 감상 투고와는 달리 1910년대 후반에 이르면 양건식과 같은 신지식인들에 의한 전문적인 비평이 등장하고, 이들에게서도 위와 같은 모습을 볼 수 있다.

> 오남날 여긔 참으로 쇼셜 지울 줄 아는 사롬이잇셔 쇼셜 ㅈㅎ흔 소설을 지여

---

97) 「인문기담」, 삼천리, 1935(이재선 『한국 개화기소설 연구』, 일조각, 1972, 120면에서 재인용).

넌다면 그 얼마나 됴션 쇼셜계를 위ᄒᆞ야 다힝ᄒᆞᆫ 일일가 첫지는 낫독거운 쇼셜지을 줄 모르는 쇼셜가들이 쇼셜을 함부로 짓지를 못홀 것이오 둘지는 소셜지을 줄 아는 소셜가들이 비로소 붓을 잡게될지니 셰상에 소셜을 됴와ᄒᆞᆫ는 사롬들을 사롬마다 다 불 필요가 잇지만은 (…즁략…) 위ᄒᆞ야얼마나 다힝ᄒᆞᆫ 일일가 그러ᄒᆞ면 당디에는 소셜라 일을 사롬이 누구일가 말홀 것 업시 쇼셜 무졍을 짓는 츈원 그 사롬일 듯ᄒᆞ니 엇지ᄒᆞ야 이 사롬을 소셜가라 허여 ᄒᆞᆫ는가너 그 짓는 소셜 무졍을 보고 아노라 원리 소셜가 되기가 어려운 것이라 웨그러냐 ᄒᆞ면 소셜이란 문학의 상승(上乘)이오 문학이란 예술의 총부(總俯)니 문학의 상승인 소셜을 짓는 소셜가가 엇지 보통의 두뢰(頭腦)와 평범(平凡)ᄒᆞᆫ 즈됴로 되겟ᄂᆞᆫ가 셜수 텬ᄌᆡ(天才)는 안일지라도 다엿가지 구비치 안이치 못홀 것이 잇스니 가본 견식(見識) 긔지(氣槪) 긔운(氣韻) 동졍(同情) 학식(學識) 이것이라 견식이 업ᄂᆞᆫ지라 의식에 악착(齷齪)ᄒᆞ며 긔지 업ᄂᆞᆫ지라 숔류(俗流)들과 넘나들며 긔운이 업ᄂᆞᆫ지라 글에 풍치(風致)가 젹으며 동졍이 업ᄂᆞᆫ지라 인싱의 리면(裡面)을 그리여너기 못ᄒᆞ며 학식이 업ᄂᆞᆫ지라 한말공ᄉᆞ의 되지 못홀 쇼셜을 지여너는 것이니 만일 현디에 이 모든 뎜을 구비ᄒᆞᆫ 쇼셜가가 잇ᄂᆞ냐ᄒᆞ면 나는 어느졍도 ᄭᅳ지는 쥬겨안코 무졍 소셜짓는 츈원 그 사롬이라 디답ᄒᆞ겟노라[98]

요컨대 소설을 쓴다는 것은 함부로 하는 것이 아니고, 소설가가 되려면 기본적으로 견식과 기개·기운·동정·학식이 있어야 하는데 그 모든 것을 갖추기가 어렵기 때문에 소설가는 아무나 되는 것이 아니라는 이야기이다. 특히 소설 같은 소설을 짓는 것에 대한 중요성을 말하는 부분은 소설이 이제 더 이상 대중적 집단의 창작물로 존재하는 것이 아니라 개인성의 발견과 주체에 대한 지각을 함께 수반하는 것임을 강조하고 있다. 소설이란 개인의 고뇌와 개인의 개성을 통해서 발현되는 것으로, 바로 이런 진정한 소설은 문학으로써 세상을 표현하고, 그 속에서 현 시대의 고민을 드러낸다는 사실을 스스로 깨닫고 있음이 확인되는 것이다. 다음의 독자 투고 역시 그러한 문제의식을 잘 드러내고 있다.

---

98) 『매일신보』, 1917.5.9.

「開拓者」를 읽고 , PN生

현조선인은 참 가련ㅎ더이다. 꼭닥진 도덕에 심령이 속박되고 ○○흔 형식에 정신이 淪喪되어 인류의게만 전유흔 큰 자랑 큰 권능인 고상한 취미와 신성흔 사랑은 단수되엇고 절멸되어셔, 사랑이란 무엇인지를 모르는 인생들이더라(이난 선생의 계도 들엇고니와 무한흔 동감을 표ㅎ나이다) 그리ㅎ야 정신이 빈약ㅎ고 이성이 무듸고ㅎ니, 그러겟거니와 따르어 「소셜」이란 것을 모르더이다. 져부텀도 그러커니와 소셜이 무엇인지 엇더흔 것인지 소셜의 정의, 소셜의 가치 소셜의 취미를 모르더이다. 소셜갓혼 소셜도 업지만은 소셜 볼 안목이 업고 소셜 일글 심득이 업더이다. 이 쩌 이곳에 선생의 소셜이야말로 참 ○夜 洪鍾이더이다. 朝鮮人의게, 힘을 주고 고픠를 주고 사랑을 알게ㅎ고 소셜을 알게ㅎ겟더으다.99)

이 독자투고에 따르면 우리 조선인들은 사랑을 무엇인지 모르는 까닭에 정신이 빈약하고 이성도 무디고 해서 소설도 무엇인지 모른다. 그러나 소설이 어떤지 알지 못하고, 소설의 가치, 소설의 쥐미를 알시 못하지만 그럼에도 불구하고 춘원의 소설은 '사랑'이라는 개인적인 정서를 통해 조선인에게 사랑이 무엇인지 알게 해주었고, 소설이 무엇인지 알게 해주었다는 것인데, 결국 이 독자는 소설을 읽는다는 것은 개인적 감성의 자각을 일깨워주는 것임을 깨닫고 있는 것이다. 한편 개인의 정의 발현으로서의 소설에 대한 인식은 작가 춘원의 다음과 같은 글에도 역시 잘 드러나 있다.

墨海先生足下, 足下끠셔는 小說을 무엇이라고 싱각ㅎ심닛가 이것이 니가 足下끠 反問ㅎ는 비 올시다. 小說은 修身講話라든지 說敎라고 싱각하심닛가. 足下의 말슴과 갓치 倫理學上 善惡, 또는 哲學的 眞理를 論究ㅎ는 것으로 싱각ㅎ심닛가. 그러케 싱각ㅎ신다 ㅎ면 나는 디답흘 必要가 업슬 줄 아옵니다. 小說은 그러흔 勸善懲惡的 修身講話나 說敎도 안이오 또 眞理를 硏究ㅎ는 科學도 안입니다. 詩나 歌를 (모든 文學을) 왼통 道德的으로 解繹ㅎ려 ㅎ는

---

99) 『매일신보』, 1918.2.2.

古來의 思想으로는 或 그럴 듯도 흡니다만은 또 小說과 作者와의 關係를 엇더케 성각ᄒ십닛가. 맛치 說敎와 說敎者와 갓다고 성각ᄒ십닛가.[100]

춘원은 「개척자」에 대한 '묵해' 선생의 질문에 소설이란 수신강화라든지 설교가 아니고 또 진리를 연구하는 과학도 아니라고 대답한다. 또한 소설과 소설가의 관계란 설교와 설교자와의 관계가 아니라고 말한다. 요컨대 춘원은 이전까지 교훈적인 내용을 소설의 주된 내용으로 삼고 독자들도 소설을 보며 교훈적인 감동을 얻는 것을 최고의 선으로 생각하던 차원에서 벗어나, 소설은 단지 현실에 있는 그대로를 반영하는 것일 뿐이며 작가와 작중 인물들과의 관계는 더 이상 작가가 하나의 공동적인 이념을 위해 만들어 내는 것이 아님을 지적하고 있는 것이다.

이러한 작가의 태도는 소설의 바람직한 방향이 더 이상 공동체적 이념을 추구하는 것이 아니라 개성적인 내면의 발견과 주체에 대한 자각을 획득하게 하는 것에 있음을 인식하는 것으로 볼 수 있다. 또 이러한 소설에 대한 인식의 변화가 이전의 소설에 있어서의 '재미'와 '교훈'에 대한 중요성에서 개인의 감정의 발현이라는 점으로까지 나아가고 있다는 사실은 『매일신보』 연재소설이 근대소설에 한층 다가가고 있음을 알 수 있도록 해 준다.

이상에서 1910년대 『매일신보』의 근대적 매체로서의 특징과 거기서 보이는 소설에 대한 인식의 변화를 살펴보았다. 1900년대에 우세하였던 정본적 담론이 약화됨으로 인해 『매일신보』는 상대적으로 사실의 보도와 정보의 전달에 더 많은 관심을 기울이게 되었으며, 또 약해진 신문의 사세를 확장하기 위해 상업성을 강화하고자 노력하게 되었고, 그에 따라 신문 연재소설도 초기의 '흥미'와 '교훈'을 함께 강조하는 모습에서 점차 통속적인 성격에만 집중하는 것으로 변화하였으나, 1910년대 후반에는 다시 신문의 사회적 기능도 중요시하게 되었다. 그것은 식민

---

100) 「답묵해」, 『매일신보』, 1918.3.30.

지 지배 체제를 공고히 하려는 일제가 자신들의 식민지 담론을 확산시키려는 의도에서 비롯된 것이었다. 또한 『매일신보』는 사세를 넓히기 위해 독자들의 활발한 참여를 유도하였다. 이러한 독자들의 투고는 『매일신보』의 연재소설들이 대중 집단을 위한 창작물로 존재하는 것이 아니라 개인적 감정의 발현으로 점차 바뀌고 있음을 잘 보여주는 것들이었다.

제3장
식민지배체제 구성담론과 소설의 통속화 및 계몽지향
1910년대 전반기 소설

1. 식민지 안정화정책과 신소설의 오락 지향성

1) 식민지 동화정책과 이해조의 소설관

한일병합 직후인 1910년 8월, 『매일신보』의 논설들은 합방의 당위성을 알리는 '동화주의' 담론을 통해 일본의 식민지 지배에 대한 조선인의 동의를 유도하였다. 소위 "병합의 효과를 완전히 달성하기 위해서"[101]라는 명분에 따라 제기되는 '일선동화(日鮮同化)'의 논리는 마음이 같고 사업이 동일하고 학식이 동일하면 모든 일이 자연히 동일하여 동일한 국민이 될 수 있다는 것에 토대를 두고 있었다.

其心也 一同ᄒ고 其法也 一同ᄒ고 其業也 一同ᄒ고 其學也 一同ᄒ고 其

---

101) 「논설-동화의 방법」, 『매일신보』, 1910.9.4.

習也 一同ᄒ면 凡事가 自然히 同一ᄒ야 同一한 國民을 作ᄒ리로다
至今形便으로 觀ᄒ면 日本이 卽 朝鮮이오 朝鮮이 卽 日本이라[102]

그리고『매일신보』는 '완전한 동화'의 상태를 "조선민이 서로 아픔을
이야기하고, 속마음을 털어놓고, 지식을 교환하며, 사업을 함께 하며 국
리민복(國利民福)이 무한히 증진되는 상태"로 묘사했다.

1910년 한일병합 후 주된 조선지배정책인 '일선동조론(日鮮同祖論)'에
부합하는 방향으로 신문을 제작하고 보도함으로써 자신에게 주어진 임
무를 충실히 수행하던『매일신보』는, 다른 한편으로 "조선민족은 문명한
법률 하에서 생명과 재산을 보호하고 총독이 선정을 베풀어서 지식과 권
리를 획득하게 되었으며", "총독의 제반 정치가 日鮮同化에 유의하여 조
선 민족으로 하여금 충실한 일본인이 되게 하기에 여념이 없다"[103]며 일
제의 시혜를 강조하기도 한다.『매일신보』논설의 논리에 따르자면 합방
후의 조선민은 신일본인(新日本人)이며, 지나인(支那人)과는 다른 조선민
은 일본의 천황폐하를 동재(同齋)하는 진정한 일본인이 되어야 한다는 것
이다.

> '朝鮮半島新日本人에게 告ᄒ'
> "今後는 同一ᄒ 日本人이 된지라 此에 新日本人이라 云ᄒ은 本朝鮮人諸
> 君을 指ᄒ 新日本人(本朝鮮人)과 日本人은 黃色人種中에 最近血族으로 支
> 那人과는 전혀 不同ᄒ바 至今까지 天皇陛下를 同齋치 못ᄒ은 寧히 異別ᄒ지
> 로다"[104]

한편,『매일신보』는 '생활정도의 개량'[105]이나 '가족제도의 개선'[106]

---

102) 「친밀의 관계」,『매일신보』, 1910.9.11.
103) 「조선민족관」 10,『매일신보』, 1910.9.11(수요역사연구회 편,『일제의 식민지 지배정
  책과 매일신보』, 두리미디어, 2005, 13~17면 참조).
104)『매일신보』, 1911.2.14.
105)『매일신보』, 1911.1.17, 18, 19, 20, 21.

과 같은 사설을 통해 현 조선의 미개성을 지적하면서 문명한 일본과의 동화를 위해서는 조선의 풍습을 개량해야만 한다고 주장한다. 그것은 미개한 조선이 문명한 일본과 동화하는 것이 조선의 발전을 위해 당연한 것임을 조선민에게 인식시키기 위함이었다.

그런데 이러한 일제의 식민주의 담론은 피식민자들에게 자신을 모방하도록 강요하지만 피식민지인이 그들과 완전히 똑같은 복제물이 되는 것은 결코 원하지 않는다. 그들의 동화주의정책에도 불구하고, 실제로는 제국의회에 조선인을 참여시키지 않았고, 고위 관리나 실업계의 주요한 위치는 거의 일본인이 차지했으며, 조선인 아동에게는 의무교육을 시키지 않았다. 실질적 차별주의가 동화주의와 동시에 실시되고 있었던 것이다. 실제로 『매일신보』에서는 일본·일본인에 대비하여, 조선·조선인은 "교육이 미비하며 지식이 미개하고 어리석은 약자"[107]로 규정한다. 반면에 일본인은 '겸허한 교도자', 조선인은 '순량한 학습자'[108]로 규정되며, "사람에는 귀천이 있고, 강자와 약자가 있어서 賤者는 貴者의 명령에 복종하고 약자는 강자에게 의뢰함"[109]이 당연하므로 조선인의 일본인에 대한 복종은 당연하다는 논리가 펼쳐진다.

그러한 논리를 통해 일제는 한국인의 민족의식을 약화시키고 식민지 수탈을 원활하게 수행하기 위해 한국인 교육의 자주적 권리를 박탈하였다. 한일합병 후 교육방침의 지침이 되었던 「조선교육령」의 요점은 식민지 조선의 교육은 충량한 일본 제국신민의 육성과 소위 시세와 민도(民度)에 적합한 실업교육에 중점을 두어야 한다는 데 있었다.[110] 실제로 병합 후 『매일신보』에 많이 게재되는 것은 '조선의 급무' 중 하나인 교육에 관한 기사들이다. 그리고 그것들의 대부분은 일본어 보급의

---

106) 『매일신보』, 1911.1.14.
107) 「논설-평화의 주지」, 『매일신보』, 1911.9.10.
108) 「논설-광의적 단합」, 『매일신보』, 1911.9.20.
109) 「사설-一線融化論」, 『매일신보』, 1915.2.18.
110) 김진두, 앞의 논문, 10~11면 참조.

필요성에 관한 기사, '시세와 민도에 적합한' 실업교육에 관한 기사, 국체의 이반을 막기 위한 종교와 교육의 분리에 관한 기사이다.111) 결국 1910년대 '일선동화'의 수단으로 주장되었던 교육방침의 내용은 실업교육을 강화하고 고등교육을 배제함으로써 궁극적으로는 국체의식(國體意識)을 강요하는 방향으로 집약된다고 할 수 있다.

　이상에서 살펴 본 바와 같이 1910년대 초『매일신보』의 노력은 식민주의 담론의 양가성을 잘 보여주는 것이라고 할 수 있다. 식민주의 담론은 식민지 유지를 위해 사회의 재현 수단과 양태 모두를 임의로 정하고 한계를 조정하는 강력하게 정치화된 인식 체계들이다. 그것은 "세계를 문명과 야만, 정복자와 현지인, 식민자와 비식민자, 주인과 노예, 선진과 후진, 진보와 정체, 중심과 주변, 진짜와 가짜 등으로 양분하고, 그러한 일련의 이항대립주의적 쌍 개념을 참과 거짓, 성과 속, 선과 악이라는 초월적 이항을 정점으로 하는 위계질서 안에 봉인하는 언어 시스템"112)을 특성으로 갖는다. 1910년대 초『매일신보』는 겉으로는 일선동화를 주장하지만, 결코 조선인들이 자신들과 동일하게 되기를 원하지 않는 일제의 식민담론에 의해 지배당하고 있었다.

　한편『매일신보』는 그와 같은 이중적인 태도를 은폐하고 독자들의 관심을 다른 곳으로 유도하고자 신문연재물에 관심을 기울이게 된다. 그리하여『매일신보』는 1910년 10월부터 장편소설을 연재하고, '신시현상모집(新詩懸賞募集)'113)이나 '고행시현상모집(古行詩懸賞募集)',114) 각지기문(各地奇問), 속요(俗謠), 시(詩), 소화(笑話), 단편소설(短篇小說), 서정서

---

111)「사설－私塾과 普通學」,『매일신보』, 1912.2.17;「사설－國語普及의 急務」,『매일신보』, 1913.11.2;「사설－기독교주의 학교 2」,『매일신보』, 1913.3.5;「사설－기독교주의 학교 3」,『매일신보』, 1913.3.6;「사설－기독교주의 학교 4」,『매일신보』, 1913.3.7;「사설－교육과 종교의 분난 1」,『매일신보』, 1915.4.10.
112) 고모리 요이치, 송태욱 역,『포스트콜로니얼』, 삼인, 2002, 9~10면.
113)『매일신보』, 1910.12.14.
114)『매일신보』, 1911.3.8.

사(叙情叙事) 등을 모집하는 '현상모집',115) 1912년 3월 1일부터 시작된 독자투고란인 '도청도설(塗聽塗說)'을 통해 독자들의 문예물과 그들의 사적인 이야기를 싣기 시작한다. 여기에는 『매일신보』가 문예 독자들을 확보하여 신문의 사세를 넓히려는 의도와 함께, 홍미 있는 '이야깃거리'를 제공하여 대중들의 관심을 정치보다는 사회 문화적인 면으로 돌려 민심을 안정시키려는 의도가 포함되어 있었다. 『매일신보』 편집진의 그러한 의도는 『매일신보』의 신문연재물이 1900년대의 어느 신문보다도 많은 지면을 차지하고 있다는 사실에 의해 분명히 드러난다.

이해조의 「화세계」로부터 시작되는 『매일신보』의 연재소설 또한 그러한 의도에서 출발한 것이다. 1910년 초기의 『매일신보』 소설 연재란을 독차지하는 이해조는 1900년대 구한말의 대표적 민족 언론인 『제국신문』에서 활동하면서 「고목화」・「빈상설」 등의 신소설을 연재한 작가이다. 그러므로 그가 민족 언론과는 성격이 완전히 상이한 조선총독부 기관지 『매일신보』에 입사하여 기자로 활동한 것은 매우 기이하게 보일 수도 있다. 그러나 일제가 『매일신보』를 구한말에 가장 애국적이었던 『대한매일신보』를 이어 받아 만듦으로써 조선민들이 가지는 거부감을 최소화하고자 했던 것과 동일한 의도를 상기한다면 그리 이상한 일도 아니었다. 다시 말해 『매일신보』는 합방 전에 『제국신문』과 같은 민족언론에서 활동한 이해조를 자신의 첫 연재소설 작가로서 영입하여 1900년대의 익숙한 서사물인 신소설을 연재하게 힘으로써 조선민들이 총독부 기관지인 『매일신보』에 느끼는 거부감을 줄여 보려고 했던 것이다.

이해조는 「화세계」(1910~11)에서 「우중행인」(1913)에 이르기까지 14편의 신소설을 2년 넘게 독점적으로 연재하였다. 『매일신보』의 이해조에 대한 이와 같은 전폭적인 지지는 "『매일신보』는 최신식 윤전기 구입을

---

115) 『매일신보』, 1912.2.9.

계기로 열제(悅齊) 이해조의 신소설이 신문독자 유입에 더욱 만전을 기하기를 기대한다"라는 다음의 기사에 잘 나타나고 있다.

'本申報의 大刷新'
"最新式 輪轉機를 購入ᄒ얏슨 (…중략…) 本社員一同이 大活動으로써 全紙面을 別神ᄒ되 (…중략…) 朝鮮齊一小說家되는 李悅齊군의 小說은 錦上添花 의 佳趣가 有ᄒ야 반다시 讀者의 喝采를 傳ᄒ올지오"116)

한편, 1910년 이전에도 이해조가 『제국신문』에서 기자 활동을 하면서 「고목화」, 「빈상설」 등의 작품을 연재하였다는 사실은 이해조의 신소설이 신문매체와 긴밀한 관계를 맺고 있음을 잘 알 수 있도록 해 준다. 당시 신문들의 가장 중요한 관심사였던 남녀평등, 미신타파, 봉건제와의 투쟁, 신교육의 중요성, 조혼의 폐해 등의 내용이 이해조의 소설들에서 많은 부분을 차지하는 것은 바로 그런 이유에서일 것이다. 당시 신문은 사건의 보도 기능과 더불어 민지의 계도 기능을 중요한 자기 임무로 설정117)하고 있었는데, 신문 연재소설 역시 그와 동일한 것을 자신의 기능으로 삼고 있었다. 근대적 미디어로서 신문의 역할이자 소설의 역할은 바로 그러한 것이었다 사실 신문 연재소설이란 그것이 게재되는 신문과 뗄 수 없는 관계를 맺고 있는 까닭에 소설로서의 독자성보다는 신문의 일부로의 성격이 보다 더 강한 법이다. 또 신문이란 날마다 일어난 사건을 그날의 기사로 다루는 것이기에 대체로 하루 동안만 그 가치를 지니며, 그러한 점에서 볼 때 신문 연재소설 역시 기사와 유사한 속

---

116) 『매일신보』, 1911.6.15.
117) "황성신문이 확쟝되여 폭원을 크게 ᄒ고 국한문으로 셕거 니이눈티 됴혼말도 만코 보기도 ᄌ미로으니 사다들 보시오" "본샤 뎨국신문은 본년 팔월 십일붓터 시로 발간 ᄒ엿눈티 너외국 긴요ᄒ 소문과 학문샹에 유익ᄒ 소문을 만히 등식ᄒ오니 유지ᄒ쳠군 ᄌ들은 만히 사다들 보시되……"(『제국신문』 1898.9.8 광고) 이런 신문 광고에서 볼 수 있듯이 이 시기의 신문은 '됴혼말'과 '긴요ᄒ 소문'과 '학문샹의 유익ᄒ 소문'을 강조하고 있으며, 이와 더불어 '재미로운' 것을 추구하고 있음을 알 수 있다.

성을 갖는다.[118] 그러므로 이 시기의 신소설은 구소설의 형식을 여전히 지니고 있었지만, 그 기능적 측면에서는 미디어를 통해 백성을 근대적인 균질공간으로 편입시키려고 하는 '근대성'을 보여 준다는 점에서 명백히 새로운 특징을 갖는다고 할 수 있을 것이다. 그러나 1910년대로 넘어 오면서 신소설은 전반적으로 볼 때 소설로서의 자기 기능을 망각하고 통속적으로 전락하게 된다.

그런데 1910년 한일병합 이후 애국계몽기의 많은 신문들이 폐간되는 상황에서 유일한 국문 신문인 『매일신보』에 소설을 연재하는 이해조는 시대적 상황의 악화에도 불구하고 소설이 갖는 자기기능을 놓치지 않고 있다는 사실이 주목된다. 그와 더불어 소설이라는 장르에 대해 본격적으로 깊은 관심을 보인다는 점에서도 이해조는 근대문학자로서의 분명한 자기 인식을 지니고 있던 인물이라고 할 수 있다. 임화를 비롯한 기존의 많은 논자들은 이해조의 작품을 포함한 대부분의 신소설이 1910년대로 넘어 오면서 사건 보도나 민지 계도와 같은 사회적 기능을 잃어버린 채 오직 통속적인 모습으로 전락했다고 평가했었다.[119] 그러나 실제로 이해조의 1910년대의 작품들을 세밀하게 살펴본다면 소설이 지닌

---

118) 대중문학연구회 편, 『신문소설이란 무엇인가』, 국학자료원, 1996, 9면 참조.
119) 이해조에 대한 기존의 평가는 문학적 소재와 표현 방법에 있어서 이인직을 흉내내기에 지나지 않았을 뿐만 아니라 새 정신도 낡은 양식도 새로운 의미에서 재종합시키지 못했다는 임화의 혹평(「개설조선신문학사」, 『인문평론』, 1942.2)에서 출발하는데, 이러한 견해는 '풍속 일반을 그려내는 통속작가'라는 평가'로 이어지게 된다. 그러나 실증적인 연구를 바탕으로 이해조의 신소설이 가지는 긍정성을 밝히고 있는 송민호(『개화기 소설의 사적 연구』, 일지사, 1975)와 전광용(『신소설 연구』, 새문사, 1986)의 연구에 이어서 최원식은 이해조의 특징을 '봉건적인 구문학의 근대적인 국민문학으로의 개혁 제창과 창작을 통한 실천'으로 요약한다(「이해조 문학연구」, 『한국 근대소설사론』, 창작과비평사, 1986). 이처럼 이해조의 문학에 대해 새롭게 조명한 논의들은 그동안 이인직의 그늘에 묻혀 이해조의 문학이 제대로 평가되지 못한 점을 충분히 극복하게 된 계기가 되었다고 할 수 있다. 하지만 1910년 이후 이해조의 작품에 대해서는 친일적 모습과 오락적 통속성의 강화로 신파소설 번안시대를 스스로 준비하면서 붕괴해 갔다고 평가함으로써 임화의 논의에서 크게 벗어나지 못하고 있으며, 대부분의 논자들도 대체로 이러한 견해를 수용하고 있다.

사회적 기능을 놓치지 않으려고 노력하는 이해조의 모습은 명백히 드러날 것이다.

이해조의 그러한 의지는 다음과 같은 작가의 말에서도 확인된다.

① 무릇 쇼셜은 톄지가 여러 가지라 한 가지 젼례롤 들어 말홀수 업스니 혹 졍치롤 언론흔 쟈도 잇고 혹 졍탐을 긔록흔 쟈도 잇고 혹 샤회롤 비평흔 쟈도 잇고 혹 가졍을 경계흔 쟈도 잇스며 기타 륜리 과학 교졔 등 인싱의 쳔ᄉ만ᄉ 즁 관계 안이되는 쟈이 업ᄂ니 샹쾌ᄒ고 악챡ᄒ고 슯ᄒ고 즐겁고 위틱ᄒ고 우슨 것이 모도다 됴흔 지료가 되야 긔쟈의 붓끗을 ᄯ라 ᄌ미가 진진흔 쇼셜이 되나 그러나 그 지료가 미양 녯사롬의 지나간 쟈최어나 가탁의 형질업ᄂ 것이 열이면 팔구는 되되 근일에 져슐흔 박졍화 화셰계 월하가인 등 수삼죵 쇼셜은 모다 현금에 잇ᄂ 사롬의 실디 ᄉ젹이라 독쟈졔군의 신긔히 녁이는 고평을 임의 만히 엇엇거니와 이졔 ᄯ 그와 ᄀᆺ흔 현금 사롬의 실젹으로 화의혈(花의血)이라ᄒᄂ 쇼셜을 식로 져슐홀 시 허언랑셜은 한 구졀도 긔록지 안이ᄒ고 명녕히잇ᄂ 일동 일성을 일호 차착업시 편즙ᄒ노니 긔쟈의 지됴가 민텹지 못흠으로 문쟝의 광치는 황홀치 못홀지언졍 ᄉ실은 젹확ᄒ야 눈으로 그 샤롬을 보고 귀로 그 ᄉ졍을 듯ᄂ 듯ᄒ야 션약간 죡히 밝은 거울이 될 만홀가 ᄒ노라[120]

② 긔쟈왈 쇼셜이라 ᄒᄂ 것은 미양 빙공착영으로 인졍에 맞도록 편즙ᄒ야 풍쇽을 교졍ᄒ고 샤회롤 경셩ᄒᄂ 것이 뎨일 복덕인즁 긔와 방불흔 사롬과 방불흔 ᄉ실이 잇고 보면 이독ᄒ시ᄂ 렬위부인, 시ᄉ의 진진흔 ᄌ미가 얼층 더 싱길 것이오 그 사람이 회기ᄒ고 그 소셜을 경계ᄒᄂ 됴흔영향도 입게○이 홀지라 고로 본 긔쟈ᄂ 이 쇼셜을 긔록흠이 스스로 그 ᄌ미와 그 영향이 잇슴을 바르고 ᄯ 바르노라[121]

1910년대 『매일신보』에 쓴 연재소설의 처음이나 끝에 소설에 대한 자신의 견해를 종종 밝히는 이해조의 글 가운데 인용문 ①을 살펴보자

---

120) 「화의혈」, 『매일신보』, 1911.4.6.
121) 「화의혈」, 『매일신보』, 1911.6.21.

면, 우선 '정치를 언론한 자의 이야기나 정탐을 기록한 자, 혹 사회를 비평한 자, 가정을 경계한 자, 또는 윤리 · 과학 · 교제 등의 인생의 천사 만사(千事萬事)를 기록한 것과 관계되지 않는 자 없으니 이들의 상쾌하고, 악착하고, 슬프고 즐거운 이야기가 모두 소설의 좋은 재료가 될 수 있다'고 말함을 알 수 있다. 이는 결국 신문 연재소설의 내용은 신문 기사와 무관하지 않으며, 따라서 신문의 여러 지면을 채우고 있는 사회면 기사와 같은 것들 모두가 소설의 재료가 될 수 있다는 주장이다. 또한 이전의 소설이 "그 지료가 민양 녯사롬의 지나간 쟈최어나 가탁의 형질 업는 것"이었지만, 근일에 저술되는 그 자신의 소설은 모두 현재에 있는 사실임을 강조하고 있는 구절에서는 단지 지나간 '소문'에 의존하였던 이전의 소설과는 달리 이해조의 소설은 현재를 살아가는 자신들의 이야기를 재료로 사용하고 있다는 사실이 강조되고 있음을 볼 수 있다. 요컨대 1910년대에 이해조는 소설이란 실제 '현금에 잇는 스룸의 실디 스젹'임을 강조하면서 이전의 소설을 지배하고 있었던 정론적 담론에서 벗어나려고 노력했던 것이다.

임화는 1900년대의 『서사건국지』, 『이태리건국삼결전』, 『월남망국사』, 『금수회의록』, 『몽견제갈량』 등을 정치소설로 분류하면서, "새로운 조선의 정치적 이상을 선전하고 깨우지 못한 민중을 계몽하려는 의도가 직접적 또는 노골적으로 표현된"[122] 작품이라고 말한다. 그 시기의 신소설 또한 이런 정치소실과 같은 계몽적 자장과 현실 세계의 진실한 표현이라는 리얼리티의 중간에서 혼돈스러운 모습을 보여주고 있었던 것이다.[123] 그래서 1900년대의 신소설에는 정론적 담론을 전달하기

---

122) 임규찬 · 한진일 편, 『임화 신문학사』, 한길사, 1993, 135면.
123) 소설가이기에 앞서 계몽주의자들이었던 초기 신소설 작가들은 그들이 지닌 사회적 이상을 보편타당한 것으로, 그리고 현실성 있는 기획으로 받아들이도록 대중들을 설득해야만 했다. 여기서 이상의 가상적 선취라는 창작방법이 등장하게 된다. 근대 사회가 요구하는 삶의 모형이 이미 현실화된 것으로, 혹은 마땅히 그렇게 되어야만 하는 것으로 묘사함으로써 새로운 가치관이 요지부동의 실체를 지닌 것으로 받아들여지기

위해 현실성 있는 사실이 이용되었다고 할 수 있다.

그에 비해 1910년대의 이해조는 소설을 현재를 살아가는 우리 인생의 표현으로 인식하고 있었다. 예를 들어 그는 '빙공착영'이라는, 소설에 있어서의 허구적 형상화에 대한 강조를 통해 소설이란 신문기사나 소문과는 다른 것임을 밝힌다. 소설이란 개연성 있는 지어낸 이야기인 동시에 현실을 반영한 이야기라는 인식을 분명히 하고 있음을 보여주는 것이다. 이러한 1910년대 이해조의 소설관에서는 근대적 리얼리즘의 단초가 보인다.

또한 소설은 선악 간의 밝은 거울이며, 소설의 제일 목적은 풍속을 교정하고 사회를 경성함에 있다고 말하는 이해조는 소설의 사회적 기능에도 여전히 관심을 가지고 있었다. 그러나 이해조의 이런 태도는, "ᄉ실은 젹확ᄒ야 눈으로 그 샤롬을 보고 귀로 그 ᄉ졍을 듯는듯ᄒ야"라는 말에서 볼 수 있듯이, 의도적인 계몽이나 노골적인 교화보다는 소설의 본래적인 특징인 리얼리티와 적절하게 결합된 계몽성에 더 많은 관심을 두고 있는 것이라고 할 수 있겠다.

한편, 소설에 대한 그러한 본질적 관심 이외에 이해조는 소설의 수용적 측면에서 독자에 대한 인식 역시 강화하고 있었다. 자신이 번역한 「화성돈전」이나 「자유종」과 같은 책들이 금서로 지징되는 사건들을 겪었던 이해조는 연설이나 토론을 통한 직설적 계몽의식의 표출이 더 이상 가능하지 않다는 사실을 깨달았다. 그래서 그는 소설을 통한 사실적 형상화에 노력을 기울이는 한편 독자에게 쉽게 다가갈 수 있는 흥미적 요소에 교육적인 내용을 혼합하려고 노력하였다. 그의 그러한 노력은 다음의 글에서도 확인된다.

를 의도했던 것이다. 이것이 신소설 특유의 아이디얼리즘이 지닌 미학적 본질이다. 그러나 계몽적 아이디얼리즘에 대한 과도한 의미 부여는 작가들이 현실 속에서 건져낸 리얼리티가 지향하는 방향과 대립과 갈등을 야기했다. 그래서 계몽의 논리와 현실의 논리가 착종된 결과 작품의 유기성을 깨뜨리고 주제의 방향을 모호하게 만들어 버린다. 한기형, 「신소설의 근대문학적 위상」, 성균관대 박사논문, 1997, 54면 참조.

긔쟈가, 쇼셜을 져슐홈이 임의 십여지광음이라, 날로 붓을 드러 수쳔만언을 긔록홈이, 실로 지리신산 홈을 왕왕 견디기 어려온 째가 만으나, 한곳 결심ᄒ 기를 아모조록 힘과 정신을, 이를 더ᄒᄋᆤ, 악한 쟈를 졍계ᄒ고, 착호 쟈를 찬양 ᄒ며, 혹직 셜도ᄒ며, 혹풍 ᄌ도ᄒᄋᆤ, 사롬의 칠졍에 감측될 만호 공젼졀후의 신쇼셜을 져슐코져 ᄒ나, 민양 붓을 들고 조회에 림홈이, 싱각이 삭만ᄒ고, 문 견이 고루ᄒᄋᆤ, 무움과 글이 ᄀᆺ지 못홈으로 익독쟈씨의 진진호 췸미를 돕지 못 ᄒ얏스니, 이는 긔쟈의 비홀터 업시, 붓그러온 바이로다, 그러나 췸미 업는 글 도, 췸미 잇게 보면, 췸미가, ᄌ연 싱기는 법이며, ᄯᅩ 혹쟈의, 말을 드른 즉 본 긔쟈의, 져슐호 바, 쇼셜이, 췸미는 업지 안이ᄒ나, 민양 허탄무거ᄒ고, 후분을 다 말하지 안이ᄒ는, 두 가지 결뎜이 잇다ᄒ나, 이는 결코 싱각지 못호, 언튼이 라 ᄒ노니, 엇지ᄒᄋᆤ 그러ᄒ냐 ᄒ면, 쇼셜의 셩질이, 눈에 뵈이고 귀에 들니는, 실젹만 드러 긔록ᄒ면, 췸미도 업슬 뿐아니라, 한긔ᄉ에 지나지 못홀 터인 즉, 쇼셜이라 명칭홀 것이 업고, ᄯᅩ는 긔쟈의 져슐호 쇼셜 삼십 여죵이, 확실호 쇼 력ᄉ가 얻는 쟈는 별로 업스니, 볼지어다 뎌 슈호지, 삼국지, 셔샹긔 등의 유명 호 즁국쇼셜이며, 불어귀, 곡간잉, 혈루 등의 긔졀호 니디 쇼셜이, 모다 후분을 력력히 말호 바 잇는가, 이는 쥬역계ᄉ합이불슈(周易係辭闔而不遂)의 뜻과, 일반이라 ᄭᅩᆺ을 보미, 이를기에, 이르지 말나는 말이 안이 잇는가, 비록 결ᄉ를 후분ᄭ지, 지리히 긔록지 안이호 디도, 익독졔군의 츄샹으로 그 다음일은 죡히 요히홀 줄로 밋는 바이로라. 수삭동안을 일반졔씨에게, 비샹호 대환영을 밧던, 탄금디는, 임의긔ᄉ를 맛치고, ᄎ호브터는, 소학령이라 ᄒ는, 탐험쇼셜을 게지 코져 ᄒ노니, 이는 긔쟈가, 여러히 동안을 보고 듯던 혜지의 실젹이라, 필법의 용록홈을 용셔ᄒ고, ᄉ실의 긔괴홈을 챡미ᄒ시오[124]

위의 인용을 보면 우선 이해조의 연재소설들이 독자의 취미를 돕지 못하고 있음을 본인 스스로 부끄럽게 느끼고 있음을 알 수 있다. 그러 나 다른 한편으로 그는 자신의 소설을 이해하지 못하는 독자에게도 문 제가 있음을 지적한다. 우선 자신의 소설이 매양 '허탕무거'하다는 독자 의 불평에 대해서는 원래 소설이란 기사와는 달리 눈에 보이고 귀에 들

---

124) 「탄금대」, 『매일신보』, 1912.5.1.

리는 실적만 기록하는 것이 아님을 강조한다. 이런 그의 생각은 소설이란 '빙공착영'이라 하여 허구적 형성화의 산물임을 분명히 인지하고 있는 것에서 비롯된 것이다. 또한 그의 소설에 후분이 없다는 것에 대해서 유명한 중국소설이나 내지(內地) 소설 모두 후분이 없음을 강조한다. 그리고 원래 후분까지 지루하게 기록하지 않아도 독자들은 추상으로 그 다음 일을 능히 이해할 수 있을 것이라며, 구소설적인 후분에 익숙한 독자들에게 새로운 소설 독법을 설득시키고 있음을 볼 수 있다. 이와 같은 이해조의 글을 통해 그가 구상하는 새로운 소설의 형태가 구소설적인 구조에 익숙한 당시의 독자들에게는 아직 생소하게 받아들여지고 있음을 알 수 있다.

한편, 독자의 목소리에 민감하게 반응하는 이해조의 모습은 소설이 소비와 수요에 따르는 자본주의적 산물인 하나의 상품으로서 이해되고 있음을 보여준다. 비록 자신이 생각하는 소설관을 제대로 이해하지 못하고 있는 독자지만 그런 독자의 태도를 무시하지 못하는 것은 신문 연재소설의 필연적 성격인 상업성 때문일 것이고, 차후 그가 독자의 흥미를 더욱 끌 수 있는 탐험소설을 선택하게 되는 것 또한 필경 바로 그 때문일 것이다.

이상에서 이해조의 1910년대 신문 연재소설에서 보이는 '흥미'에 대한 인식이 단지 비판받을 부분이 아니라 소설의 사회적 역할을 좀 더 넓히기 위하여 독자수용적 측면을 고려한 작가―신문매체―독자의 관계에 대한 인식의 확대였음을 알 수 있었다. 그런 맥락에서 생각할 때, 1910년대 초기의 『매일신보』의 동화주의를 표방한 식민담론 속에서 펼쳐졌던 이해조의 소설관은, 식민담론과 결부되어 대중의 관심을 끄는 통속적 요소에 치중했다기 보다는, 1900년대에 그가 지녔던 봉건사회에 대한 비판의식의 지속이었고, 이전의 신소설과는 다른 차원에서 새롭게 파악된 소설에 대한 인식의 표현이었다. 그것이 바로 이해조의 소설을 통한 근대로의 기획이었다.

2) 이해조 신소설의 변화와 대중성과 계몽성의 공존

신문이라는 매체는 보도의 기능, 지도의 기능과 더불어 오락의 기능을 함께 가지고 있기 때문에, 그에 연재되는 소설 역시 효용론적 태도와 대중의 '흥미'를 추구하는 대중적인 태도를 동시에 취하게 되는 것은 필연적이다. 이해조의 1910년대 『매일신보』 연재소설 역시 그러한 양면성을 보여주고 있으며, 「홍도화」・「구마검」・「빈상설」・「자유종」과 같은 작품들에서 보이는 소설을 통한 지도의 기능이 1910년대『매일신보』 연재소설에서도 지속되고 있다.[125] 「화의혈」이나 「화세계」와 같은 작품에서는 봉건적 관리의 부패상에 대한 고발을 볼 수 있는데, 특히 「화의혈」에서의 다음과 같은 이도사의 모습은 「빈상설」에서 비판하던 수구 양반의 부패하고 무능한 모습을 다시 한번 상기시키고 있다.

대범호테 흐던 쟈는 리도스라 흐는 쟈인더 평일 력스룰 대강 말흐쟈면 쇽담에 만셕즁이 일반이라 션비 째브터 량반은 즈긔 한아 쭌인테 언변도 즈긔 한아 쭌인테 지혜도 즈긔 한아 쭌인테 그 즁에 엉큼한 욕심은 드러안겨셔 언의 산린에게 집지를 흐야 학힝도 즈긔 한아 쭌인테 부모덕에 긇즈는 비와셔 문쟝도 즈긔 한아쭌인테 흐다가 셔울로 쑥 올나와셔 은근히 셰력잇는 지상의 집에 룰 출입흐야 처음에 지랑 초스로 나죵에 도스츌륙을 흔 분네이더

셩뎐 픔부룰 슌양뎡이로 타고나셔 호식은 한바리에 실을 사롬이 업슴으로 남모로게는 별스 긔괴망측흔 힝동을 모디흐면셔 외식으로는 셰상에 졍남은 역시 즈긔 한아 쭌인테흐야 로샹에서 지나가는 녀인을 보면 거짓말 보티여 십리식은 피히가고 좌샹에셔 계집의 언론이 나면 능쳥스럽게 거리칙지룰 일슈 잘흐더니 급기 션초의 션셩을 드른 후로 몃칠밤을 잠을 잘못자며 스스로 궁리흐기룰[126]

---

125) 이해조의 1910년 이후의 소설은 이런 부분이 간과된 채 오직 통속성과 친일성에만 국한되어 논의되어 왔다고 할 수 있다. 하지만 불과 1, 2년 사이에 이해조의 신소설이 급격히 통속화되고 친일적인 내용으로 변질되었다는 것은 재고해볼 여지가 충분히 있다고 생각된다.

겉과 속이 다른 이중적 성격의 이도사는 뛰어난 처세술로 중앙에 진출한 인물인데, 여자를 유독 탐하여 선초를 갖기 위해 그의 아비 최호방을 동학당으로 몰아세우는 계략을 꾸미는 등, 암행어사의 신분임에도 불구하고 삼남지방을 돌며 온갖 수탈행위를 한다. 약자의 구원자 역할을 하였던 기존의 암행어사를 철저히 희화화한 이런 인물상은 양반 계층의 부패상을 더욱 절실하게 지적하는 효과를 지닌다.

한편, 「화세계」에 나타나는 대구 진위대 장교 구참령에게서도 이도사와 같은 모습이 보이는데, 구참령 역시 김이방의 딸 수정을 후처로 맞으려고 김이방을 협박하여 정혼을 하지만 군대가 해산되자 말없이 서울로 떠나 버린다. 작품의 전체 줄거리는 가출한 수정이 구참령을 찾아가면서 겪는 온갖 역정을 그린 것으로 요약할 수 있지만, 주목할 만한 것은 한 착한 여인의 혼사장애가 아니라 구참령의 악행을 통한 구한말의 부패하고 무능한 군인들에 대한 비판이라고 할 수 있다. 왜냐하면 그것은 작품의 서두에 나타나 있는 쓸쓸한 분위기와 어울려 나라를 잃은 비통한 현실감을 더욱 증폭시키기 때문이다.

① 셰월이 덧업도다 언으듯 삼복염증이 지나가고 구십월이 되엿는가 간밤 부돈 바림 쓸압에서는 ᄂ무를 이리 흔들 뎌리 흣들 흔들흔들 말지안터니 무수흔 락엽이 분분히 날아느리ᄂ고나 락엽뎌를 무심흔 사롬이 무심히 보게되면 밧쏘 가고 밧쏘 오며 비를 들어 쓸어버릴 싸름이라 조곰도 사랑ᄒ고 어엽비 넉이며 불샹ᄒ고 슬픠녁이지……127)

② 나라에셔 군ᄉ를 둔 본의ᄂ 안으로 ᄂ란을 진정ᄒ며 밧그로 외적을 방어ᄒ야 국가와 인민을 보호ᄒᄂ 울타리를 슴고져 홈이어늘 슯흐다 굿대 소위 진위뎌 병뎡은 직칙이 그갓치 무거움을 알지 못ᄒ고 오죽 긔셰를 쟈뢰ᄒ야 량민 외게 토식ᄒ기로 뎨일 능ᄉ를 슴아 샹관의 명령이 한마듸만 잇스면 져의들은

126) 「화의혈」, 『매일신보』, 1911.4.11~12.
127) 「화세계」, 『매일신보』, 1910.10.12.

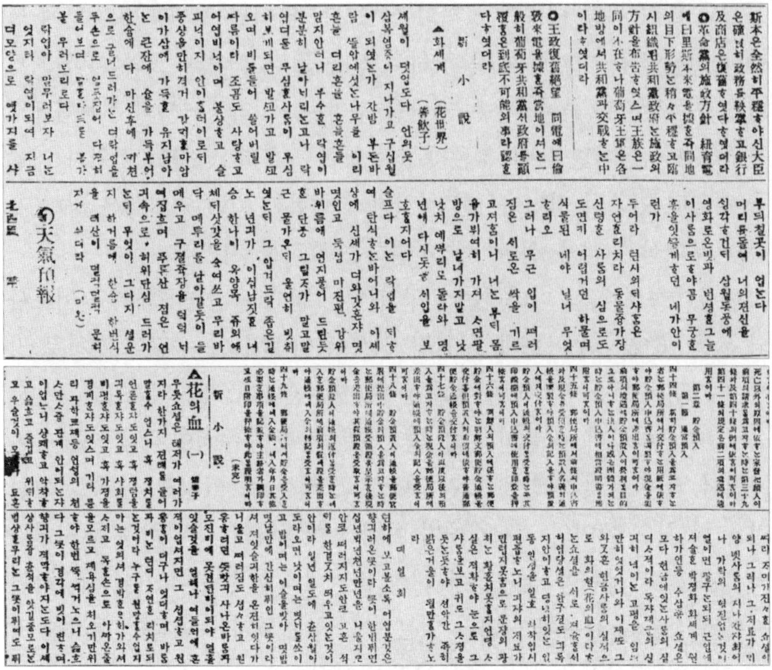

그림 5 이해조의 신소설. (위) 「화세계」 1회(1910.10.12), (아래) 「화의혈」 1회(1911.4.6)

> 챠포오졸 더 보틔여 려항으로 단이며 힝악이 야차ᄉᆞ쟈보다 더ᄒᆞᆷ으로 하향에셔 반샹을 물론ᄒᆞ고 진위딕 병뎡의게 봉욕ᄒᆞᆫ 사ᄅᆞᆷ이 비일비지[128]

위의 인용 ①은 작품의 서두로서 작품의 전반적 분위기가 무심하고 쓸쓸함을 짐작하게 한다. 그리고 서두의 그러한 분위기는 ②와 같이 진위대의 부패한 모습이나 이도사와 구참령의 타락한 모습과 더불어 구한말 나라를 빼앗기게 된 비운이 모두 부패하고 무능한 관료들 때문이라는 이해조의 비판적 인식을 암시하고 있다.

그러나 봉건사회에 대한 이해조의 비판 의식은 이인직의 작품 「혈의

128) 「화세계」, 『매일신보』, 1910.10.15.

누」나 「은세계」에서 보이는 부패한 봉건적 관료에 대한 고발이 일본과 같은 문명한 나라로 나아가기 위해 버려야 할 구시대적 제도에 불과하다는 인식과는 다르다고 할 수 있다. 다시 말해 봉건체제에 대한 이해조의 비판은 봉건체제에 대한 부정으로 이어져 일본이 표방하는 근대 국가로의 선망으로 이어지는 것이 아니라 그것이 우리 안에서 극복되고 개선되어야 할 문제임을 제기한 것이다. 따라서 이해조의 신소설에서 「혈의누」에 등장하는 김관일처럼 낡은 도덕적 전통과 사회적 규범의 속박으로부터 벗어나 일본과 미국과 같은 새로운 세계로 향해 나가는 주인공의 모습은 좀처럼 보기 힘들며, 다만 자신들에게 닥친 고난을 각자 헤쳐 나가는 주인공들이 발견될 뿐이다. 이런 관점에서 볼 때, 이해조의 계몽의식은 문명개화의 길인 새로운 세계에 대한 모색보다는, 구한말의 부패한 현실 속에서의 우리의 진정성 발견에 그 토대가 있다. 1910년 이후 나라를 빼앗긴 현실 속에서도 그의 계몽성이 지속될 수 있었던 것은 바로 그 때문이다.

한편, 이해조는 1910년 이전 「홍도화」와 「자유종」 등의 작품에서 여성의 개가에 대한 인식과 적극적인 근대적 여성상을 피력한 바 있었는데, 여성에 대한 그러한 계몽의식은 1910년 이후 『매일신보』 연재소설 「탄금대」나 「화세계」・「비파성」과 같은 작품에서도 계속 이어지고 있다.

우선 「홍도화」에서 여성의 개가를 위해 『제국신문』의 사설을 적극적으로 인용했던 것처럼, 「탄금대」에도 채의관과 그의 부인 김씨가 과부가 된 딸을 위해 신문을 보여주며 재혼을 권유하고 설득하는 모습이 등장한다

"혜강아, 이 신문론셜 좀, 드러보아라 녯날, 황희 황정승이, 긔가 즈손은 쳔환을 안이 준다는 쥬론을 ᄒᆞ야, 그 이후로는 반명의 집에셔 쳔환의 욕심을 니여, 긔가 녀즈를 취ᄒᆞ기를 큰 변괴만 넉이고, 큰 슈치만 넉이어, 인ᄒᆞ야, 수빅

년리에 쳥샹의 원긔가 텬디에 가득ᄒ고, 참혹한 셔리가 오월에 날니니, 이는 식쟈의 이양탄식 ᄒ던 바이라. 원녀와 광부가 업슬은, 셩인의 졍치라, 황승샹의 일시 언흔 바를 표준을 삼지말고 쳥샹의 ᄯᆞᆯ과 며느리가 잇는 부모들은, 아모됴록, 그 ᄯᆞᆯ 그 며느리를 반복 효유ᄒ야 슈레박휘를 밧구고, 활시위롤 곳치어, 원통흔 긔운이 사라지게 홀지며 쳥샹으로 평싱을 그르트리는 부인들은 오괴흔 언른에, 국축ᄒᄒ바ᅳ되야, 한번가면 두 번 못올 쳥츈을 슈심과 눈물로, 속졀업시 보너지 말고, 어서어서 하로밧비, 자격이 샹당흔 남ᄌ에게 긔가를 ᄒ야 첫지는, ᄌ긔일신의 ᄒᆡᆼ복을 누리고, 둘지는 일문화긔가, 가득케 홀지어다."[129]

이해조가 기자로 근무하였던 『제국신문』은 일명 부녀자 신문이라고 일컬어질 만큼 당시 부녀자들의 개화·계몽을 위해 여러 가지로 노력하고, 과부의 개가문제의 타당성도 적극적으로 제기하던 신문이었다. 그런 경향은 1910년 이후의 작품으로까지 이어지며, 과부의 개가와 같은 여성문제에 대한 이해조의 관심은 변함없이 지속된다.

그와 더불어 이해조는 「비파성」 등과 같은 작품에서 구시대의 폐습인 조혼에 대해서도 신랄하게 비판한다.

　　(셔) 뎡혼은, ᄒᆞ얏지만은, 아즉 어린 것을 성례식이기가 무엇힛셔, 그디로 니버려두엇네
　　(황) 예ᅳ그러ᄒ시지오, 조혼이라는 것이, 아조 해로와, 연흔 풀에 셔리 맛는 일톄야오, 시싱더 열한살에, 쟝가를 드럿슴니다만은, 그해가, 오늘날ᄭᅳ지밋치 는디오[130]

요컨대 이해조는 그의 소설에서 조혼이 가지는 해로움에 대해 비판하면서 혼인이란 적어도 남자는 십팔구 세나 이십 세, 여자는 십오 세 이상 십육칠 세는 되어야 적당하다는 견해를 피력하고 있다. 소설 속에서의 이와 같은 주장은 이해조가 1910년대 이후에도 여전히 구습에 대

---

129) 「탄금대」, 『매일신보』, 1912.4.9~4.10.
130) 「비파성」, 『매일신보』, 1912.12.7.

한 폐단을 지적하고 극복하려는 근대적 개혁의식을 지니고 있음을 보여준다.

또한 그는 여성의 개화·계몽을 위해 전근대적인 수동적 여성상을 탈피하고 적극적으로 자신의 문제를 해결해 나갈 수 있는 개인적 주체로서의 여성의 모습을 강조한다. 소설 「탄금대」는 아버지가 꾸민 간계로 인해 자신의 신랑이 죽을 위기에 처하자, 아버지의 죄를 속죄하는 마음으로 남편을 피신시키고 자신이 대신 죽음을 선택하는, 이른바 '의'를 추구하는 여인의 모습을 보여준다. 그리고 「화세계」나 「비파성」의 여주인공들은 부모의 옳지 못한 행동과 주위의 간계로 정혼이 깨어지자 정혼자를 찾아 혼자 집을 나서서 온갖 고난을 헤쳐 나가는 행동하는 여성의 모습을 보여준다. 그와 같은 적극적 여성상은 「비파성」의 다음 구절에서도 잘 드러난다.

> (연) 이 사룸이, 비록 문견이 업스나, 그더 싱각을 못ㅎ얏스오릿가 마는, 둘의 힘이 한아보다 나은 것은, 명호 리치라, 혼즈 힘으로, 뎌 원슈를 감흐시랴면, 도뎌히 용이치 못ㅎ와, 오릭동안, 신고를 ㅎ시ᄂ니 보다 우리들의 힘을 합ㅎ야, 진즉 보슈를 ㅎ고, 도라와, 어머니 슬하를, 길히 뫼시는 것이 엇지 가치 안이ㅎ오릿가, 변변치 못혼 뜻이오나, 임의 뎡ㅎ얏스오니, 용서ㅎ야 쥬옵심을 ᄇ라ᄂ이다
> 영록이가, 그 뜻을, 억제키 어려움을 짐쟉ㅎ고, 도로혀 즈긔 어머니의 간곡히 고ㅎ야, ᄂ외가, 동힝ㅎ게 되엿더라[131]

남편 영록이는 자기 혼자 아버지의 원수를 갚기 위해 떠나고 아내 연희가 집에서 시어머니나 잘 봉양하기를 바라지만, 여주인공 연희는 우선 자신도 힘을 합쳐 시아버지의 원수를 갚고 그 후에 시어머니를 봉양해도 늦지 않다고 주장하면서, 자신도 남장을 하고 밖으로 나아가 원수를 갚아야 한다는 단호한 의지를 피력한다. 이러한 연희의 모습은 가부

---

131) 「비파성」, 『매일신보』, 1913.1.23.

장적인 질서에 따라 남편의 말을 무조건적으로 순종하는 여성의 모습이 아니라, 실리를 위해서는 때로 자신의 신념대로 행동할 수 있는 적극적인 여성의 모습이라고 할 수 있다. 이해조 작품에 등장하는 연희와 같은 여성들은 전근대적 모습을 탈피한, 주체로서 성장할 수 있는 가능성을 가진 인물들이라고 할 수 있다.[132]

한편, 이해조는 민지계도에 대한 관심의 연장으로 「구마검」과 같은 작품에서 미신숭배의 문제점을 제기하는데, 그러한 관심은 이후에도 변함없이 지속된다. 「화세계」에서 수정의 부모가 구참령과 정혼한 것이나, 그것을 깨어버리고 다른 혼사를 꾸미게 된 것은 모두 지나가던 관상쟁이가 거짓으로 꾸민 이야기를 믿었기 때문이고, 「비파성」에서 연희의 모가 영록과 정한 정혼을 깨어버리게 된 것도 황가가 보낸 여자의 거짓 관상 이야기를 믿었기 때문에 일어난 일이었다.

(림) 여보에 그러오 그 인상을 보닛 다 됴치 못ᄒ오
(마) 안이올시다, 아기 얼골이 한 곳도 남으럴 디가 엄ᄂ니다만은, 한갓 슈가 좀 부죡ᄒᆡ니다
림씨가 깜짝 놀나며
(리) 슈가 부죡ᄒ다니 그리셔 엇더케ᄒ오
(마) 남의 슈양쌀로 보니시거나, 후취로, 드러보니셧스면, 도익이되야 관계치 안이ᄒ겟ᄉᆞᆷ니다. 아기, 본릭 타고난 슈논 팔셔○퇴를 달 터인디, 중간에, 잠간 익운이 잇셔, 그러ᄒ닛가 ㄱ도 인만ᄒ면, 이무 걱졍입슬 터이니, 넘려 마르십시오[133]

(연) 할머니 그ᄯᅥᇇ지, 혹세무민(惑世誣民)ᄒᄂᆫ 관상쟝이년이, 무엇을 안다고

---

132) 여성이 집을 나선다는 것은 단순한 가출로서의 의미뿐만 아니라 자신에게 주어진 역할을 넘어서서 자기 스스로의 견해를 갖고, 독립하는 것을 의미한다고 할 수 있다. 조르주 뒤비·미셸 페로, 권기돈·정나원 역, 『여성의 역사 4』, 새물결, 1998, 679~680면.
133) 「비파성」, 『매일신보』, 1912.12.10.

그리서오

(쟝 오냐 너는 참셥홀 일이 안이다 어룬이 어더케 ᄒᆞ던지, 갑안이 잇거라[134])

이처럼 두 작품에서 갈등이 시작된 원인은 모두 부모가 미신에 의존하여 자식의 혼사를 부모 마음대로 하려고 했기 때문이었다. 그러한 부모에 대해 연희처럼 자신의 일에 적극적인 자식들은 미신숭배를 비난하면서 자신의 운명을 스스로 개척하고자 집을 나서는 것이다. 1900년대의 많은 개화론자들이 한말의 왕실에까지 미치고 있던 미신의 해악을 신랄하게 겨냥하고 비판하였던 점을 생각해 본다면, 소설 속에 나타나는 이런 모습은 봉건제도의 모순들을 극복하려는 이해조의 근대적 의식에서 비롯된 것임을 알 수 있다.

이상을 통해 한일병합 이후의 이해조 소설이 여전히 소설의 사회적 기능을 견지하고 있음을 확인할 수 있었다. 그러므로 이해조가 1910년 이후에는 단지 대중적인 흥미성에만 집착하여 신소설의 사회 계몽적 기능을 약화시켰다는 평가[135]는 섣부르고 위험한 판단이다.

그러나 이해조의 신소설이 1910년 이후에 변모하는 것은 사실이다. 1910년 초의 『매일신보』는 사회 일반적 현상에 대한 보도라는 신문의 기능을 제대로 수행하지 못하고 있었다. 당시 나라를 빼앗긴 비분이 아직 가시지 않은 상태였으므로 사회 곳곳에는 그러한 시대상황에 대한 원성이 가득하였을 것이다. 사실의 보도라는 신문의 핵심적 역할의 관점에서 본다면 『매일신보』의 여러 면은 당연히 그러한 기사들로 가득 채워졌어야 할 것이다. 그러나 조선총독부 기관지였던 『매일신보』는 그 특성상 그러한 기사들을 실을 수 없었다. 실제로 한일병합 후 초기 몇 년 동안에는 사회면보다는 일본의 식민담론 즉 동화주의에 대한 논설이나 기사가 신문 지면의 대부분을 차지하고 있었다. 이러한 분위기 속

---

134) 「비파성」, 『매일신보』, 1912.12.14.
135) 권영민, 「신소설과 조선 보호론의 실체」, 『한국 개화기소설 연구』, 태학사, 2000, 78면.

에서 이해조의 이전 작품에서 보이던 사회면 기사와 같은 성격을 가진 교시적인 측면이 많은 부분 축소될 수밖에 없었던 것이다.

또한 그의 '소설관'에 대한 앞의 분석에서 볼 수 있었듯이 이 시기의 이해조는 소설에 있어서 사회적 기능을 중시하고 있었을 뿐만 아니라, 소설이라는 장르와 독자에 대한 인식 자체가 점점 심화되고 있음을 알 수 있다. 이는 신문 연재소설이 지닌 상업적 성격에 기인한 것으로, 요컨대 이해조는 독자의 흥미를 유도하기 위해 여러 가지 노력을 기울이기 시작한 것이다.

우선 그는 이전의 1900년대 신소설에서도 사용했던 방법인 신문의 성격을 충분히 활용하여 당대의 시의적인 것들을 통해 독자의 흥미를 유도한다. 그러나 암울하던 동시대의 시사적인 이야기보다는 이전에 자신이 근무하였던 『제국신문』의 사설 내용을 인용하거나, 단지 서울의 시정적 모습을 세밀히 묘사하여 독자에게 친근감을 주는 방식을 활용하였다.

그런데 「월하가인」이나 「소학령」과 같은 소설은 당시 멕시코와 러시아로 끌려가 노예와 같은 비참한 생활을 한 노동 이민자들의 모습을 생생히 담고 있다는 점에서 특별한 의미를 지니는 작품들이라 할 수 있다. 그것들의 내용은 가장이 노동이민을 떠나 온갖 고생을 하다가 구원자를 만나 다시 가족들과 상봉한다는 것이지만, 거기에서 보여지는 노동이민의 실상은 그렇게 쉽게 넘길 만한 것이 아니다. 「월하가인」은 멕시코에 노동이민을 떠난 심진사의 고난사와 인생역정 뒤에 그 멕시코 노동이민을 모집한 개발회사의 일본인 협잡군 다이쇼강이찌가 있음[136]을 독자들에게 상기시키며, 당시 조선의 어려운 상황을 악용한 그러한 협잡꾼들의 비열함에 분통을 터뜨리고 있기 때문이다. 러시아 노동이민을 간 한국 이민자가 등장하는 「소학령」에서는 그것이 더욱 잘 드러나 있다.

---

136) 최원식, 「신소설과 노동이민」, 앞의 책, 278면.

죠션사롬들 사는 부락 「거렁이쓰기」에는 사롬의 묘사와 각식 셰금이 과다ᄒ
야, 날로 당ᄒ는 곤난이 이로 형언홀 수 업젓마는, 불샹ᄒ 인민들이 ᄒ마다 달
마다, 수업시 건너가 남녀총수가 오십만명에 이르기는 부득이 ᄒ 사졍 두 가지
가 잇스니, 농토가 업서ᄉ 싱활을 도리가 업는중,[137]

조선의 어려운 현실을 벗어나 더 잘 살아보기 위해 떠난 이민자들의
비참한 생활 모습은 1910년대 당시 나라를 잃은 독자들에게는 더욱더
비통한 현실로 다가왔을 것이다. 이해조는 당대의 시의적인 모습을 작
품 속에 적절히 이용함으로써 독자의 흥미와 관심을 유도함과 동시에
나라를 빼앗긴 현실의 안타까움을 독자들에게 전달했던 것이다.

그 외에도 이 시기의 이해조는 신문 연재소설 특유의 특성을 잘 살리
고 있다. 신문 연재소설은 독자의 관심을 불러일으키기 위해 매회마다
끊임없이 독자의 궁금증을 유도하는 특징을 가지고 있는데, 이해조의
연재소설에 그와 같은 본격적인 신문 연재소설의 기법은 보이지 않지
만, 소설 전체가 구소설과 같이 기승전결이라는 하나의 구조로 끝나는
것이 아니라, 그런 구조가 여러 차례 반복됨으로써 독자의 흥미를 계속
유도하는 특징을 발견할 수 있다. 주인공이 세 명의 여자를 차례로 만
나고 이별하면서 자기의 진정한 반려자를 만나게 된다는 내용의 「탄금
대」는 각각의 이야기가 하나의 완결성을 가지면서도 서로 이어지는 구
조로 짜여 있다. 「우중행인」에서는 이참령 부인이 시비(侍婢) 숙자가 짝
사랑하는 자신의 시동생 차옥에게 숙자를 대신해 편지를 써주다가 남
편 이참령의 오인으로 갈등이 시작되지만 오해가 해결된 후에도 행방
불명된 시동생을 찾기 위한 여러 고행이 계속 이어진다. 이러한 구조는
이어지는 사건들의 고리로 인해 독자가 관심의 끈을 놓지 않게 유도하
기 위한 것이라고 할 수 있다.

또한 이해조는 자신의 소설 속에서 신문의 유용성을 자주 피력하고

---

137) 「소학령」, 『매일신보』, 1912.5.7.

있는데, 이는 신문 연재소설이 지닌 필연적 특징으로 그 작품이 실리는 매체의 유용성을 강조함으로써 신문 연재소설이 실리는 당위성까지도 함께 주장하려는 것이다. 소설 속에서 신문광고의 효력을 주장하는 다음과 같은 대목은 그것을 잘 보여준다.

> (리) 그러나 피ᄎ간에 차ᄌ 나가는 것만 능ᄉ가 안이니 위션 각 신문에다, 광고를 노아봅시다
> (빅) 광고를 무엇이라고 노아오
> (리) 내가 어두어, 무죄흔 뎌를, 구츅ᄒ얏더니, 임의 나의 오희홈을 ᄭᅵ다랏스니, 어셔 집으로 드러오라고, 이호 뎨목으로, 게지ᄒ얏스면, 그 이가 신문 이독쟈로 유명흔 터인즉, 뎡녕 그 광고를 곳 보면, 시각을 멈으르지 안이ᄒ고, 드러올 ᄯᅳᆺᄒ오
> (빅) 에그, 참 그 싱각 잘ᄒ셧소, 그리면 어셔 오날부터, 광고를 니도록, 쥬션을 ᄒ시지오
> (리) 오날은, 토요일인디, 벌셔 오후 넉뎜이나 되얏스닛가, 신문편집이, 다 되얏슬 터이니, 될 슈 업고, 릭일은 일요일이닛가, 신문샤에셔, 휴가를 ᄒ 터이오, 아모리 급히도, 저여노례가셔야, 광고를 노으면, 화요일 가셔야 모다 보게 되겟소"138)

위의 인용에서는 동생에 대한 오해가 풀려 사라진 차옥을 찾으려는 이참령이 신문의 광고를 이용하려는 것을 볼 수 있다. 차옥이 신문 애독자임을 강조히는 대목은 신문광고의 효력과 함께 신문이 일상생활에 중요한 요소라는 사실에 대한 일종의 홍보라고 할 수 있다. 이러한 소설 내용은 신문의 유용성을 강조하여 신문의 사세를 확장하려는 의도를 포함하는 것으로 신문 연재소설이 가지는 상업적 성격을 극명히 보여준다.

한편 다음과 같은 예고에서 이해조는 좀 더 직접적인 방법으로 독자

---

138) 「우중행인」, 『매일신보』, 1913.3.28.

의 흥미를 유도한다.

▲小說豫告▲

　"변ᄒᆞ는 것은 텬디의 ᄌᆞ연ᄒᆞᆫ 리치라 그럼으로 무슴 물건이던지 궁ᄒᆞ면 오러면 반ᄃᆞ시 통ᄒᆞ고 난홈이 오러면 반ᄃᆞ시 합ᄒᆞ고 그 남아치란, 흥망, 셩쇠, 강약, 부귀, 빈쳔이 모다 슌환홈을 말지 안이ᄒᆞ야 무궁ᄒᆞᆫ 조화가 ᄯᅢ마다 싱기거놀 만일 한가지롤 고수ᄒᆞ고 변ᄒᆞᆯ ○○ᄒᆞᄂᆞᆫ 쟈는 텬디 리치를 위반ᄒᆞ고 스스로 부패홈을 취홈이로다 본긔쟈가 십여년 광음을 쇼셜에 종ᄉᆞᄒᆞᆯ 시 구쇼셜의 부패ᄒᆞᆫ 언론이 지금 이십셰긔 시더에 맛지 안임을 ᄭᅢ닷고 한번 변ᄒᆞ기를 위쥬ᄒᆞ야 신쇼셜 톄시롤 발명ᄒᆞ야 임의 이삼십죵의 쇼셜을 져슐ᄒᆞᆫ 바 익독ᄒᆞ시는 강호 졔군의 격졀탄샹ᄒᆞ심을 엇엇ᄉᆞ오나 쇽인에 됴ᄒᆞᆫ 노리도 오러 부르면 듯기 실타는 것과 ᄀᆞᆺ치 신쇼셜도 여러 힛룰 날마다 디ᄒᆞ면 지리ᄒᆞᆫ 싱각이 ᄌᆞ연 싱기리니 이는 독쟈졔군만 그러실 ᄲᅮᆫ 안이라 져슐쟈도 날로 붓을 잡음이 지리ᄒᆞᆫ 싱각을 금치 모ᄉᆞ니 이는 다름이 안이라 시것이 오램이 변ᄒᆞᆯ 긔회가 나름이로다 그럼으로 긔쟈가 연구ᄒᆞ고 ᄯᅩ 연구ᄒᆞ야 쇼셜 톄지롤 ᄯᅩ 한번 변ᄒᆞ뇌 신구롤 참작ᄒᆞ야 구쇼셜의 허탄밍랑홈은 ᄇᆞ리고 졍대ᄒᆞᆫ 문법만 취ᄒᆞ며 신쇼셜의 쳔근각삭홈은 ᄇᆞ리고 졍밀ᄒᆞᆫ 의취만 취ᄒᆞ야 쇼양뎡(昭陽亭)이라는 쇼셜을 져슐ᄒᆞ노니 이 쇼셜의 지료는 긔쟈가 졍신을 오러 허비ᄒᆞ야 비로소 엇은 바이라 모범될만ᄒᆞᆫ 힝실과 감각홀만ᄒᆞᆫ ᄉᆞ졍이 진진ᄒᆞᆫ 흥미를 죡히 도올만 ᄒᆞ오니 독쟈졔씨는 쳥챵졍궤하(晴聰靜几下)에셔 ᄎᆞ호를 열람ᄒᆞ시오."139)

　구소설의 허탕맹랑함을 버리고 정대한 문법만 취해서 신소설의 천근 각삭함을 버리겠다는 생각은 독자들의 취미를 돕기 위한 방책이다. 이 것은 독자들이 지금까지의 신소설을 날마다 대하면 지루한 생각이 자 연 생기게 됨을 작가 스스로도 느끼게 되었기 때문일 것이다. 요컨대 소설개혁의 일환으로 신소설을 저술하기 시작하였으며, 고소설의 정대 한 문법만을 살려 독자들에게 모범이 될 만한 행실과 감각할 만한 사정 을 제공하겠다는 「소양정」 예고는 소설의 대중성에 대한 주목과 함께

---

139) '「소양졍」 소설 예고', 『매일신보』, 1911.9.29.

사회적 기능도 역시 고려한 모습이라 할 수 있으며, 따라서 이 시기 이해조의 신문 연재소설에서 보이는 구소설적 면모는 통속적 면모로의 전락이라기보다는 소설의 독자수용론적 측면을 고려한 노력이라고 할 수 있다. 또한 독자의 흥미를 끌기 위한 이해조의 여러 가지 노력은 소설과 독자의 관계가 자본주의적 상업정책의 일부로서 존재한다는 작가의 소설에 대한 근대적 인식의 확장으로 평가되어야 할 것이다.

이런 점에서 또 하나 주목되는 점은 이해조의 신문 연재소설의 대부분이 '권선징악'적 요소라는 구소설적 모티프를 지니고는 있지만, 이 속에서의 선인과 악인의 모습이 구시대의 전형적인 인물로만 묘사되고 있지는 않다는 것이다. 앞서 살펴본 바처럼 「화세계」나 「탄금대」・「비파성」 등의 여주인공들은 악인에 의해 고난을 겪게 되지만, 고소설에서처럼 그 고난을 수동적으로 겪고만 있는 것이 아니라 주체적 자각과 자신의 의지에 따른 선택에 의해 그것을 헤쳐 나가는 개성적 인물의 모습을 충분히 보여준다. 그리고 「화의혈」의 이도사는 단순히 악한 마음을 가진 자가 아니라 "합리성을 바탕으로 객관정세를 비교적 날카롭게 분석하고 이를 자신의 처세에 이용하는"[140] 근대적이고 주체적인 인물이라고 할 수 있다. 이 시기 이해조의 소설은 구소설적 구도를 유지하면서도 개성적 인물의 형상화와 같은 근대소설적 면모 역시 보여주고 있다.

그리고 거기서 드러나는 구소설적 문법인 '권선징악'적 요소도, 당시의 시대 상황을 고려한다면, 단순히 독자의 흥미나 풍속을 교정하고 사회를 경성하는 도식으로만 간주될 수는 없다. 「춘외춘」과 같은 계모형 소설의 구조를 본다면, 작품에서의 악인은 항상 강자이고 선인은 항상 약자임을 볼 수 있다. 물론 결론에서 약자가 승리하게 되지만, 이러한 소설 구조는 일제가 동화정책으로 내세운 명목과는 사뭇 다른 점을 느낄 수 있다. 앞서 『매일신보』의 식민지 담론을 분석할 때 살펴보았듯이,

---

140) 홍성식, 「'화의혈'에 나타난 인물과 행동양식의 모순성」, 『한국 개화기소설 연구』, 태학사, 2000, 186면.

일본은 강자로서 약자인 조선을 보호해야 한다는 명분을 내세우며 동화정책을 강요하고 있는데, 실상 이런 작품들에서 보여지는 약자는 항상 강자에 의해 고난과 고행을 당하고 있다. 그러므로 현실에서도 식민지 담론의 이중성에 의해 항상 강자인 일본에 억눌리는 조선인은, 이 작품에서 일본인 구원자가 약자인 영진이를 구원하고 있긴 하지만, 약자로서의 비애를 아무래도 지울 수 없는 것이다. 이 작품은 '내지'나 '동포'라는 표현이 나타나고, 일본인 후견인이 위기에 빠진 영진을 구출한다는 점에서 「구의산」과 함께 이해조의 친일적 모습을 보여주는 작품으로 평가받고 있다.[141] 그러나 식민담론이 교의적 차원이 아닌 수행적 차원에서는 항상 분열을 일으킨다는 바바의 논의[142]에 따른다면 '내지'나 일본인 구원자가 가지는 의미는 수행적 차원에서 우리 백성의 비애와 함께 나타나는 분열을 보여준다. 그러므로 이해조 작품에서 보이는 '권선징악'적 구도와 친일적 모습은 그 시대적 상황과 『매일신보』라는 발표 매체를 함께 생각한다면 오히려 당시의 식민담론을 분열시키는 작용을 했다고 할 수 있다.

이상에서 1910년대 초 『매일신보』의 소설 연재란을 독점하고 있었던 이해조의 신소설이 계몽성과 독자의 '흥미'를 고려하는 대중성을 모두 갖추고 있음을 살펴보았다. 이러한 이해조의 변모는 당시 신문 연재소설이 지닌 근대적 성격의 반영임과 동시에 1910년 이후의 소설을 통한 이해조의 근대적 기획의 반영이라고 할 수 있다. 그리고 이해조의 그러한 근대적 기획은 1910년대 초의 『매일신보』 담론의 강력한 영향 속에서 변화, 발전하고 있었던 것이다.

이해조는 외형적으로는 일본의 식민지 담론을 충분히 수용한 것처럼

---

141) 최원식, 앞의 책, 142면.
142) 교의적 차원이 로고스 중심적 공간에서 이루어지는 것이라면, 수행적 차원은 실제 현실에서 실현되는 과정에서 나타나는 것을 말한다. 교의적인 차원에서는 통일된 것처럼 보이는 이론이나 정책도 수행적인 차원에서는 양가성과 분열을 드러내게 된다. 호미 바바, 앞의 책, 302~304면.

보일 수 있으나, 실제로는 사뭇 다른 모습을 지니고 있었다. 다시 말해 소설을 통해 독자를 계몽시키고자 하던 이해조의 의도는 당시 『매일신보』가 지닌 식민담론의 교육적 정책의 모방적 담론처럼 보이지만, 그 근본적인 목적에서는 매우 다른 성격을 지니고 있다고 할 수 있다. 『매일신보』 담론에서 보이는 여성교육·실업교육 등과 같은 민지계발은 황국신민화를 위한 순종적 여성상을 기르기 위한 방책이거나, 고등교육을 제외한 기초교육만을 강조하고 있는 것에 불과하였다. 이에 반해 이해조는 근대사회 속에서의 여성의 역할을 강조하기 위해 과부의 개가의 중요성이나 자신의 운명을 자발적 의지로 헤쳐나가는 적극적인 여성상을 보여주고, 풍속개량에서도 당시 조선민의 타락한 모습을 극복하고 스스로의 진정성을 회복하기를 바라는 희망 속에서 민지를 계도하고자 하였던 것이다. 그러므로 이해조의 소설 속에서는 이인직과 같이 조선을 부정하고 일본과 같은 문명국을 향해 적극적으로 나아가야 함을 강조하는 모습은 보이지 않는 것이다.

한편 독자의 '흥미'를 고려하는 이해조의 노력 속에서 드러나는 대중성은 당시 『매일신보』의 상업적 성격에 편승하는 것처럼 보이지만, 이 또한 『매일신보』의 근본 성격과는 다르다고 할 수 있다. 식민주의 담론의 모방적 재현은 항상 그것을 심화시키거나 방해하는 이중적인 효과를 동시에 지니게 되는 것이므로[143] 이러한 모방적 재현의 한쪽 측면만을 강조하는 것은 성급한 평가라고 생각한다. 이해조의 『매일신보』 연재소설 역시 그런 이중적 성격을 충분히 보여준다고 할 수 있다. 그러므로 거기서 노정되는 이해조의 근대의식은 일제의 식민담론과 동일한 듯이 보이지만 결코 동일한 것이 아니다. 그것은 일제의 식민지 근대담론에 대한 불길한 '응시'[144]라고 할 수 있다. 그리고 이해조의 소설과

---

143) 호미 바바, 앞의 책, 179면.
144) '살아남아 잔존하는 눈'으로 식민자의 시선의 지배에서 살아남은 피식민자의 시선을 말한다. 불길한 눈에서 그것은 식민자의 시선이 피식민자의 부재영역에 부딪혀 되

식민지 담론사이에서 일어나는 그러한 균열은 『매일신보』의 신문정책과 어긋나게 됨으로써 후일 조중환의 등장 이후 이해조의 신소설이 『매일신보』에서 영원히 사라지게 되는 한 원인이 된다. 이처럼 1910년대 『매일신보』의 신소설은 병합초기의 식민지 대중의 민심을 안정화시키는 역할을 완수하지 못하고 일본 가정소설 번안물에 그 역할을 넘겨준 채 밀려나게 되는 것이다.

2. 식민담론의 확장과 일본 가정소설 번안물의 등장

1) 『매일신보』의 상업적 정책과 조중환의 등장

최원식의 평가에 의하자면 『장한몽』의 출현으로 신소설의 시대는 실질적으로 끝났으며, 이해조도 이에 따라 서서히 고전의 세계로 눈을 돌리게 된다. 그리고 판소리 네 마당을 정리한 「옥중화」(1912), 「강상련」(1912), 「연의각」(1912), 「토의간」(1912), 시조와 가사를 가려 뽑은 『정선 조선가곡』(1914)은 바로 이해조의 변모를 보여주는 작품이다.145) 그러나 실제 연재일을 살펴본다면 분명 판소리 네 마당의 정리는 「춘외춘」(1912), 「탄금대」(1912), 「소학령」(1912) 등과 같은 작품이 한참 『매일신보』에 연재되고 있던 1912년에 진행된 것임을 알 수 있다. 더군다나 판소리 마당의 정리가 끝난 후에도 이해조는 「봉선화」(1912), 「비파성」

돌아오는 응시로 나타난다. 응시란 식민자의 시선으로 동일화할 수 없는 타자(피식민자) 위치에서 식민자에게 되돌아오는 것으로 상상 속에서의 타자의 시선을 말한다. 호미 바바, 앞의 책, 119면.
145) 최원식, 앞의 책, 115면.

(1912~1913), 「우중행인」(1913)과 같은 신소설을 더 연재하였으므로, 1910년 이후 이해조의 의식이 황폐해지고 창조력이 고갈되어 스스로 붕괴되어 가면서 고전의 세계로 눈을 돌리게 되었다는 그의 주장146)은 재고되어야 할 것이다. 이는 최원식이 『매일신보』에서 이해조가 퇴장하게 되는 원인을 작가 내부에서만 찾고 있기 때문에 일어난 일이라 할 수 있다. 물론 앞서 말한 것처럼 『매일신보』의 식민주의 담론과 이해조의 신소설 속에 공존하는 계몽성과 대중성이 서로 어긋나고 있다는 점에서 이해조 소설의 내적 변화를 거론할 수도 있겠지만, 이것과 더불어 『매일신보』 소설연재란의 변화와 신문소설에 대한 『매일신보』의 정책 변화, 그리고 이를 통해 엿보이는 『매일신보』의 상업적 성격의 강화와 같은 신문 매체의 변화라는 외적 상황이 함께 고려되어야 할 것이고, 그렇게 되었을 때에야 비로소 이해조의 소설에 대해 올바른 평가를 내릴 수 있을 것이다.

1912년이 되면서 『매일신보』 소설 연재란에는 큰 변화가 일어난다. 발간 후 처음으로 연재한 이해조의 「화세계」(1910.10.12~1911.1.17)는 광고와 삽화 없이 신문 제 1면에 연재되었는데, 이는 「월화가인」(1911.1.18~4. 5)과 「화의혈」(1911.4.6~6.21)에 이르기까지 계속된다. 그런데 「구의산」(1911.6.22~9.28)과 「소양정」(1911.9.30~12.17)이 연재될 때에는 소설광고가 실리기 시작하는 것이 목격된다. 그런데 당일이나 하루 전날 사회면의 한 기사로 실리는 것에 불과하던 그런 광고와는 달리 「춘외춘」(1912.1.1~3.14)에 와서는 이예 광고란이 따로 만들어져 며칠 전부터 대대적인 광고가 행해진다.

또한 신문 4면에는 독립적인 소설연재란이 만들어지며, 거기에 매일 삽화까지 한 컷씩 넣음으로써 독자의 눈길을 끌고자 노력한다. 이렇게 신문 4면에 소설연재란이 따로 만들어짐에 따라 이후에는 연재소설이 1면과 4면에 동시에 실리게 되는 경우가 많아진다. 이와 같은 연재소설에

---

146) 최원식, 앞의 책, 173~174면.

대한 광고의 시작, 소설연재란의 분리, 연재소설에 '삽화'의 시도 등은 신문에 있어서 연재소설이 차지하는 비중을 더욱 강화하여 독자의 홍미를 불러 모으기 위한 편집진의 의도에서 비롯된 것이라고 할 수 있다.

다음의 광고는 『매일신보』가 신문 연재소설에 대한 독자의 홍미를 더욱 유발하여, 신문 연재소설을 동화정책의 확장과 신문의 사세를 넓히는 데 본격적으로 이용하겠다는 의도를 잘 보여주고 있다.

> 신년지의 신소설은 신년지의 대특색
> 본지소설은 가히 강호 제언의 비평을 다독ᄒ얏거니와 일반 애독자의 趣味롤 一層 조응키 위ᄒ야 신년제일엽에ᄂ 특히 본기자의 다월 연구ᄒ 바 聖世化育에 함양ᄒ야 내외인민의 相愛相恤ᄒᄂ 상태를 화출ᄒ야 대광영올 발홀만ᄒ 가치가 유호 춘외춘이라ᄒᄂ 신소설을 게재홀 터이오니 애독 제언은 庸常ᄒ 이설로 낭시치 말ᄒ시고 性情의 陶鑄와 풍화의 개역홀 일부 部頂針으로 사유ᄒ야 多數愛賞ᄒ심을 망함
> 신소설의 신삽화ᄂ 신소설의 대광영[147]

위의 광고에서도 알 수 있듯이 「춘외춘」의 연재에서는 근대 신문 연재소설 역사상 최초로 '삽화'가 시도된다. 그리고 그렇게 시작된 '삽화'는 주로 근대기에 새롭게 나타난 직업 및 신분 등을 많이 보여주고 있다는 특징을 갖는다. 새로운 교육제도의 수용을 보여주는 학교 수업장면이나 근대 이전의 관아에서 이루어지던 취조장면이 현대의 재판장면으로 변화되는 모습을 그리고 있는 삽화는 새로운 문화와 제도의 유입으로 변모하는 한국 근대기 사회의 모습을 그대로 재현한 것이었다. 이와 더불어 근대기의 새로운 직업인 교육자·재판관·신사·목사·우체부·신여성 등의 다양한 신분과 의상이 표현되기도 한다. 그 외에 안경, 말, 기차, 총, 망원경 등의 신문물도 삽화를 통해 소개된다.[148]

---

147) '「춘외춘」 소설 예고', 『매일신보』, 1911.11.19.
148) 강민성, 앞의 논문, 31면 참조.

그림 6 이해조의 신소설 「춘외춘」의 삽화. (왼쪽 위부터) 근대식 학교의 수업 장면(1912.1.10), 기차를 타는 보통학교 학생들의 모습(1912.2.29), (왼쪽 아래부터) 근대에 새롭게 등장한 우체부의 모습(1912.3.1), 현대식 재판 장면(1912.3.10)을 볼 수 있다.

　이와 같이 『매일신보』는 연재소설과 함께 독자의 시각을 자극하는 새로운 문물들을 '삽화'를 통해 보여줌으로써 독자를 더욱 적극적으로 끌어들이고자 했던 것이다.
　『매일신보』의 그러한 의도는 다음의 「봉선화」 광고에서는 더욱 노골적으로 드러난다.

新小說豫告 <鳳仙花>
巢鶴嶺 次에 鳳仙花
"보시오 .이 ㅈ미가 진진ᄒ고 불가스의의 일이. 충싱렵출ᄒ야. 독쟈의 눈이
번쩍씌어 심야잔등에 오던 잠이 쳔리만리로 달아날 만ᄒ 신쇼셜 봉선화를 보
시오 이 쇼셜을 못 보시면, 셰상 쳔만가지 ㅈ미 중에 첫 손가락을 쏩을만ᄒ 한
가지를 일어버림이라고 ᄒ도 과ᄒ 말이 안이오 이 쇼셜을 보시랴면 쉽고도 어
려오니 어려운 것은 경향칙스를 모다 단이며 금젼을 닥산가지고 봉선화라는
쇼셜을 차즈려 ᄒ야도 업슬 터이니. 엇지 어렵지 안이ᄒ며 쉬운 것은 본보를
쳥구ᄒ야 미일 보시기 곳 하시면 빅 먹고 이 닥기로 신문보고 쇼셜보고, 그 안
이 홀륭ᄒ오 보시오 독자졔군이여."
斬絶珍奇의 신소설149)

　「봉선화」를 못 보면 세상 천만가지 재미 가운데 첫 손가락을 꼽을 만
한 것을 잃어버리는 것과 같은 것이며, 자신들의 신문을 구독하면 신문
도 보고 그렇게 재미있는 소설도 볼 수 있는 일석이조의 효과를 얻을
수 있을 것이라는 편집진의 말에서는 연재소설을 이용하여 신문의 사
세를 넓히려는 강한 의도를 읽을 수 있다.
　이처럼 『매일신보』는 1912년 이후부터 연재소실에 대해 적극적으로
간섭하며 강력한 상업정책을 펴는데, 이러한 『매일신보』의 압력 속에
서 이해조도 어쩔 수 없이 '내지인'이라는 용어를 쓰기도 하고, 일본인
조력자를 등장시키기도 한다. 또한 독자의 흥미를 유도할 수 있는 자극
적인 탐정 소설이나 복수담과 같은 신파류의 내용을 연재하기도 하지
만, 이해조 신소설과 『매일신보』 담론과의 균열은 점점 커져만 가고 있
었다.
　바로 그러한 분위기 속에서 조중환의 「쌍옥루」를 필두로 한 일본 가

---

149) '「봉선화」 소설 예고', 『매일신보』, 1912.7.5.

정소설의 번역·번안물150)이 새롭게 등장한다. 그런데 다음과 같은 예고를 본다면 「쌍옥루」 연재는 이전의 이해조의 신소설과는 처음부터 다른 분위기 속에서 시도되고 있음을 알 수 있다.

斬絶婉曲호 新小說 쌍옥루 將來演劇의 好材料

珍絶! 奇絶! 斬絶!

이것은, 일본의 「몸의죄」라호는 쇼셜을 번역호 것인디, 그 니용은, 나는 더로 쎄지 말고 보시면 력력히 아시려니와 그 취지의 참신홈과, 문수의 완곡호 것은, 일즉 락양의 죠희갑을, 오르게 호 유명호 쇼셜이라, 한번 보면 무한호 탄식이, 제졀로 날지니, 타일에 이것을 연극호는 째는, 미리 보아 두엇다가, 연극을 구경홀 째에, 참고홀 가치가 젹지 안이홀지로다, 그러호즉, 본 신보를 구람호는 째에, 이 쌍옥루(雙玉淚)는, 일호라도, 루락지 마시고 호수디로 모어 두더라도 됴홀지니, 가뎡과 학교에 잇는 동포 주민는, 더욱 착미호시오, 이 쇼셜의 니용이, 가뎡과 학계에, 자중호 관계가 잇는 소이로소이다

愛讀! 愛讀! 愛讀!151)

「쌍옥루」라는 소설은 이미 일본에서 유명한 소설임을 강조하면서 그 내용을 읽어보면 독자의 무한한 탄식이 절로 나게 될 것이라는 말은 이 번안소설에 대한 『매일신보』의 기대를 짐작하게 만든다. 또한 이처럼 새롭게 시도되는 「쌍옥루」는 앞으로 연극으로 공연될 예정이니 한 호라도 누락치 말고 모아두면 나중에 연극 관람할 때 참고할 가치가 있을 것이라는 편집진의 말에서 그것이 이해소 신소설과는 전혀 다른 신파

---

150) '번안'과 '번역'이라는 용어는 1910년대에까지는 아직 명확하게 구분되어 쓰여지는 않은 것 같다. 조중환은 후에 본인이 스스로 자신의 작품들이 조선의 실정에 맞게 고친 '번안'임을 밝히고 있고, 또 다른 작가들도 '소설예고'나 '역자의 말'에서 번안인지 번역인지를 말하고 있기도 하다. 그러나 '번역'이라 해도 인명이나 지명과 같은 것은 조선식으로 바꾸고 있는 것이 많아서 정확한 의미에서의 '번역'은 제대로 이루어지지 않고 있다. 그런 점에서 두 용어는 여전히 혼재되어 쓰이고 있다. 그러므로 본고에서는 작가 본인 스스로 번역이라 밝히고 있거나, 아니면 원작을 그대로 옮기려고 노력한 작품들을 번역으로 보겠다.

151) '「쌍옥루」 소설 예고', 『매일신보』, 1912.7.10.

극 공연의 준비로서의 소설 연재였음을 알 수 있다. 이처럼 『매일신보』는 이 시기 또 다른 상업정책의 하나로 신문 연재소설과 신파극의 결탁을 시도하고 있는 것이다. 실제로 『매일신보』는 「쌍옥루」 이후의 신소설을 신파극 각색에 이용하고, 그것과 더불어 신문구독자에게 신파극 공연의 반액 할인권을 제공하는 등 신파극 공연에 적극적인 지원을 하게 된다.152) 이러한 『매일신보』의 정책은 당시 신문사세 확장에 큰 도움이 되었다는 지적153)처럼, 1912년 이후 『매일신보』는 당시 연극계와 긴밀한 관계를 맺으면서 상업적 정책을 확장시켜 나간다. 이러한 『매일신보』의 분위기 속에서 이해조의 신소설도 신파극으로 각색되어 공연되기도 했지만, 일본 가정소설 번안물만큼의 인기를 얻지는 못했으며, 번안소설에 비해 상업성이 크게 떨어지는 이해조의 신소설은 결국 「우중행인」을 마지막으로 『매일신보』에서 완전히 사라지게 된다.

한편, 1910년대 『매일신보』에서의 일본 가정소설 번안물의 등장은 상업성 외에 식민담론의 전파라는 문제와도 직결된다. 이 시기의 한국 신파극 담당자들은 검열제도 및 『매일신보』를 비롯한 일본의 문화 권력 장치에 의해 구성된, 말하자면 일본이 제시하는 식민지 지배 이념에 동화된 착한 주체들이었다.154) 따라서 그들은 일본의 신파극을 조선에 그대로 옮기면서 『매일신보』의 황국 신민화정책에 철저히 부합하는 모습을 보였던 것이다. 이러한 신파극의 레퍼터리로 존재하였던 『매일신

---

152) 『매일신보』의 첫 번째 연재 번안소설인 「쌍옥루」가 공연될 때, 『매일신보』는 신문 구독자를 대상으로 연일 반액할인권을 제공하는가 하면, "空前絶後의 新記錄"이라는 절찬과 함께 무대와 객석 사진 4컷을 3면에 싣는 등 지면을 대폭 할애하여 공연 흥행에 일익을 담당했다. 이와 같은 『매일신보』의 독자와 신파극의 관객들이 순환되는 구조에 대해서는 최태원, 「번안소설·미디어·대중성」, 『한국 근대문학과 일본』, 소명출판, 2003, 25~29면 참조.

153) 양승국, 「1910년대 한국 신파극의 레퍼터리」, 『한국 신연극 연구』, 연극과인간, 2000, 252면.

154) 김재석, 「근대극 전환기 한일 신파극의 근대성에 대한 비교연극학적 연구」, 『한국 극예술 연구』, 2003, 36면.

보』의 일본 가정소설 번안물들이 일제의 식민담론을 강하게 내포하고 있었던 것은 그러므로 당연한 일이었다.[155] 그에 비해『매일신보』의 권위에 위협적 시선을 보이고 있던 이해조의 신소설은 그 세력에 의해 점점 밀려날 수밖에 없었으며, 또한 신파극의 엄청난 인기에 젖은 관객들이『매일신보』의 독자로 돌아왔을 때에도 역시 외면당할 수밖에 없었다. 결국 이해조는 조중환 등과 같은 번안소설 작가에게 자신의 자리를 물려주고 밀려나게 된다.

이처럼 이 시기에는『매일신보』의 신문정책이 점점 상업화됨에 따라 신문 연재소설의 성격도 급격히 변화하고 있었으며, 신문정책의 변화와 더불어 소설에 대한 생각도 많이 변하고 있었다. 1910년대 이전까지의 '소설'은 문학의 하위 분류체계로서 특정한 양식을 지닌 구체적인 장르로 통용되었다기보다는, 시 · 소설 · 희곡과 함께 통칭적인 문학의 한 부분이었다. 그리고 이 세 범주들은 '풍속'이라는 말로 묶일 수 있는데, 그 이전까지는 시가를 풍속교화의 주요수단으로 파악했던 것에 비해, 이때에는 소설과 연극의 영역에까지 확대 적용되었던 점이 특이하다고 할 수 있다.[156] 1910년대 이전의 근대계몽기에는 소설을 풍속교화의 수단으로 간주하는, 즉 소설의 사회적 기능에 대한 인식이 전부였지만, 1910년대로 넘어오면서부터는 그러한 모습에 '재미'를 더하고자 하였던 것이다. 앞서 살펴보았듯이 소설란에 대한 변화와 더불어 1912년 이후부터 매 소설의 연재가 바뀔 때마다 실리는 다음과 같은 광고는 그것을 역력히 보여준다고 하겠다.

　　"新小說豫告"
　　지금 게지흐는 봉선화(鳳仙花) 다음에는 비파성(琵琶聲)이 나오니 이 쇼셜은

---

155) 이희정,「1910년대『매일신보』번안 · 번역소설의 전개양상」,『한국 현대문학 연구』 19집, 2006.6, 122~131면 참조.
156) 김동식,「한국의 근대적 문학 개념 형성과정 연구」, 서울대 박사논문, 1999, 4장 '계몽주의의 자장 속에 놓인 문학개념' 참고.

▲소셜계에 쳐음 산츌ᄒᄂᆞ 퓌윙(覇王).

▲쇼셜계에 쳐엄 파장ᄒᄂᆞ 특식(特色).

▲소셜계에 쳐엄 면람ᄒᄂᆞ 도화(圖畵).

▲소셜계에서 쳐엄 디ᄒᄂᆞ 거울(鏡).

이 쇼셜 못보시면 세상에 사ᄂᆞ 즈미가 업소[157]

　그런데 이러한 재미에 대한 추구는 1910년대 중반으로 넘어가면서 '정'의 의미와 결합하게 된다.[158] 인간은 감정의 동물이며 소설은 인간의 감정 변화를 촉발하는 재미의 매개물이라는 이러한 주장은, 계몽의 기획과의 긴장 관계 속에서 풍속 교화의 차원으로 스스로를 주체화했던 1900년대의 소설관과는 상당한 거리가 있다는 점에서 소설에 대한 인식의 변화를 보여준다고 할 수 있다. 그런데 1915년 이후 이광수·최두선 등을 중심으로 '정'이 주체화될 때 정적인 요소의 핵심이 생명(또는 생명의식의 보편성)에 있었음[159]과 비교해 본다면, 이해조의 소설관에서 보이는 '재미'에 대한 의식은 그 이후의 '정'의 개념과는 다소 거리가 있다. 다시 말해 이해조는 비록 '인간의 칠정에 감흥이 될 만한' 소설을 쓰고자 노력한다고 스스로 밝히며 '정'에 대한 소설관에 접근하고 있지만, 그것이 여전히 교화적인 '권선징악'의 수준에서는 벗어나지 못하고 있다는 점에서 그러한 변화에까지는 다다르지 못하였던 것이다. 이러한 점은 신소설이라는 장르 자체가 가진 시대적 한계에 대해서는 진지한 고민을 하지 않았던 이해조의 작가적 한계에서 그 원인을 살펴볼 수 있다. 1910년대 이후 변화하는 시대적 감각이나, 신파극과 영화와 같은 근대적 미디어를 경험하게 되는 독자들의 개성과 감각을 담기에는 신소설이라는 '장르' 자체가 너무나 전근대적이었던 것이다. 다음의 기사는 당

---

157) '「비파셩」 소설 예고', 『매일신보』, 1912.11.16.

158) 김동식, 앞의 논문 98~99면 참조(앞의 2장 2절의 신문소설에 대한 인식의 변화에서도 이런 점을 볼 수 있었다).

159) 김동식, 앞의 논문, 108면.

시 새롭게 생겨난 근대적 오락물에 대한 대중들의 관심을 잘 보여준다.

> △황금유원 (黃金遊園)
> 황금유원은 ᄂ디로 말ᄒ면 쳔쵸(淺草)루나팍과 한모양으로 셜비ᄒ야, 여러 가지로 ᄌ미잇는 오락물을 비치ᄒ야, 호평이 현자홈으로 미일 인산인희를 일운다ᄒ며,
> △대정관 (大正館)
> 대정관은 요ᄉ이 여러 가지 활동ᄉ진도 잇거니와, 그중에도 특별히, 우리 데 국츙신으로, 모범홀만ᄒ 니목대쟝일디긔(乃木大將一代記)를 연일 영ᄉᄒ야, 큰 모범덕 활동ᄉ진으로 즁인의 환영을 밧으며, 기타 좌셕에 졍결홈과 다과의 슈용ᄒᄂ편익도 잇다ᄒ며,
> △우미관
> 우미관은, ᄉ진의 챵신유쾌ᄒ 것이, 관긱의 흥미를 도와, 미야만쟝의 셩황을 일운다더라160)

이것은 "즁부ᄉ동연흥사 신파연극유일단이 요사이 연일 만원의 대성황으로"와 같은 신파연극단의 인기를 알리는 기사와 더불어, 1913년 1월 1일에 개장한 황금유원과 대정관, 우미관의 인기를 알리는 기사이다. 황금유원은 활동사진관인 황금관과 신파극이나 나니와부시(浪花節)를 공연하는 연기관은 물론 빙상 활주로, 구미식 요지경, 매점, 운동구점 등을 갖춘 일본의 아사쿠사의 루나 파크를 모방한 유원지이다. 이처럼 근대적 오락물로 가득한 유원지나 대정관과 우미관 등의 활동사진관과 같은 근대적 미디어를 경험한 독자들에게는 인간 칠정에 부합하는 '재미'만을 추구하는 이해조의 신소설보다는 좀 더 자극적인 소재로써 대중들의 기호에 영합하고 있는 신파극과 밀접한 관계에 있는 조중환의 일본 가정소설 번안물에 더 많은 시선을 주게 되었던 것은 당연한 일이라고 할 수 있다.

---

160) 『매일신보』, 1913.1.29.

이처럼 장르가 가진 시대적 한계에 의한 신소설의 종말은 이인직의 「모란봉」에서 보다 직접적으로 목격된다. 『매일신보』는 이해조의 신소설이 더 이상 독자들을 유도하는 역할을 하지 못하자, 1900년대의 가장 인기 있는 작가였던 이인직을 다시 불러들이게 된다. 1912년 『매일신보』에 「빈선랑 일미인」이라는 단편을 선보인 적이 있었던 이인직은 1913년 2월 5일 「혈의누」의 하편으로 「모란봉」을 『매일신보』에 연재하게 된다.

> 雙玉淚의 次에는 牧丹峰
> "여러달 츄미잇게 이독ᄒ시던 쌍옥루(雙玉淚)는 오날 본보로써 긔지가 다되옵고 이 다음에는 모란봉(牧丹峰)이라 ᄒ는 신쇼셜을 게지ᄒ옵ᄂ디 이 쇼셜은 죠선의 쇼설가로 유명ᄒ 리인직(李人稙)씨가 교묘ᄒ 의장을 다ᄒ야 혈루(血淚)의 히편으로 민든 것인디 곳 옥련의 십칠셰 이후 ᄉ젹을 져슐ᄒ 것이오 쏘ᄒ 샹편되는 혈루와 독립되는 셩질이 잇스니 그진진 취미는 미일 아참에 본보를 고디치 안이치 못ᄒ리이다"161)

그런데 『매일신보』 최초의 번안소설 「쌍옥루」의 뒤를 이어 연재하기 시작한 이인직의 「모란봉」은 그 끝을 맺지 못하고, 1913년 6월 3일을 끝으로 돌연 연재를 중단하게 된다. 이와 같은 「모란봉」의 연재 중단은 전문작가이기보다는 정치가로서의 역할을 더 많이 하였던 이인직이 가진 작가적 한계에서 비롯된 것이기도 하지만, 한편으로는 4면에 같이 연재되던 조중환의 일본 가정소설 「금색야차」의 번안물인 「장한몽」과의 경쟁에서 밀린 결과이기도 하다. 「모란봉」의 연재 중단 이후 그 자리에는 이상협의 「눈물」이 연재되게 되는데, 이로써 『매일신보』는 그야말로 신파극과 밀접한 일본 가정소설 번안물이나 그와 유사한 소설로만 연재소설란을 계속 채우게 된다.

---

161) '「모란봉」 소설 예고', 『매일신보』, 1913.2.4.

1910년 한일병합 초기의 독자들에게는 예전의 구태의연한 문법이 더 익숙하였고, 거기에 대한 향수에서 벗어나지 못했기 때문에 신소설은 그러한 독자들의 구미에 적합한 양식이었다. 그러나 『매일신보』의 정책이 점점 상업성을 띠게 되고, 『매일신보』 독자들이 신파극이나 활동사진과 같은 새로운 근대문물을 경험하게 되자 그들의 의식도 점점 현대소설의 내용만큼이나 새로워져 갔던 것이다. 그러므로 이러한 현대적인 감각에 부합하지 못하는 이해조나 이인직의 신소설들이 설 자리를 잃게 된 것은 당연한 일이었다. 이와 반대로 당시 일본의 신파극을 적극적으로 모방하고 있던 조선의 신파극과 밀접한 관계를 가지고 있으며, 또한 일본의 근대 문물과 사상을 담고 있던 일본 가정소설의 번안물은 새롭게 변화하는 독자들의 관심을 잡기에 적절하였던 것이다. 바야흐로 『매일신보』에서 신소설의 시대는 가고 조중환을 중심으로 한 번안의 시대가 오게 된다.

2) 신문의 사세 확장과 일본 가정소설 번안물의 통속성

우리 근대계몽기의 번역 작업은 일본이 메이지 시기, 번역에 국가적인 노력을 기울이고 서구를 번역하는 과정에서 스스로를 근대국가로 정립히려고 했던 것[162]과 마찬가지로, 번역을 통해 문명과 조우하고 근대국가 건설을 도모하고자 한 목적 하에 전개되었다. 근대 계몽기의 번역과 관련된 의도는 법률이나 정치서적, 또 실업교육에 관계된 각종 서적 번역의 필요성에 대해 주장하고 있는 다음의 글과 같은 것에서 선명히 드러난다.

烈則知彼知己之道는 將安在오 余ㅣ 邁邁思之건디 其莫如譯書乎인져. 一

---

162) 이건상, 「日本의 近代化에 영향을 끼친 飜譯文化」, 『일본학보』 58집, 2004.3 참조.

切關於政治之書를 皆譯之면 庶幾我民이 知政治矣오 關於法律之書를 皆譯
之면 庶幾我民이 知法律矣오 其他關於實業與敎育之各種書籍을 一皆譯知
ᄒ면 庶幾我民도 不入於愚昧聾瞽之域矣로다[163]

정치서를 번역하면 우리 백성들이 정치를 알 수 있고, 법률서를 번역
하면 우리 백성들이 법률을 알 수 있으므로, 우매함에서 벗어나는 데
있어 번역만큼 좋은 것이 없음을 역설하고 있는 것이다. 이처럼 근대
계몽기의 번역은 근대 사상을 받아들여 근대국가의 이념을 형성하는
하나의 방편으로 이용되었던 것이다.

다른 한편으로 근대화 초기의 여러 번안·번역소설은 당시의 역사적
상황과 직결되어 있었다. 장지연·박은식·신채호 등에 의한 개화기의
『미국독립사』·『이태리건국삼걸전』·『월남망국사』 등의 번역은 당시
의 우리 정세와 밀접하게 관계된, 구국 운동의 일환으로서의 번역사업
이었던 것이다. 이처럼 1910년의 망국에 이르기까지는 한결같이 예술작
품으로서의 소설보다는 애국과 자주독립을 얻기 위한 한 수단으로서의
소설, 즉 소설의 정치적·사회적 효용으로서의 중시가 번역소설관의 공
통적인 가치기준으로 설정되어 있었던 것이다.[164] 『황성신문』과 『대한
매일신보』와 같은 근대 계몽기의 신문매체는 그러한 역사전기물을 발
췌 번역하여 연재함으로써 대중들의 관심을 끌고 서로 소통하는 성과
를 보여주고 있는 점에서는 의의가 있지만,[165] 근대국가건설의 이념과
구국운동, 자주독립의 지향이라는 목적의식에서 벗어나지 못하고 있다
는 한계를 노정한다.

그런데 1910년대의 번안·번역 작품은 독자를 계몽시키고자 하는 소
설의 사회적 기능보다는 그 자체의 예술성과 상업성을 중시하는 것으

---

163) 「外籍譯出의 必要」, 『황성신문』, 1907.6.28.
164) 김병철, 『한국 근대번역문학사 연구』, 을유문화사, 1975, 164면.
165) 鄭煥局, 「근대계몽기 역사전기물 번역에 대하여」, 『대동문화연구』 48집, 2004 참조.

로 변모하는데, 다음과 같은 기사는 그 사실을 잘 보여주고 있다.

본샤 샤고에, 초호 글쓴로 미일 공포흠을 인흐야, 일반 샤회에셔, 날마다 고더 흐시던 쌍옥루(雙玉淚)가, 오늘브터, 일면 지샹에 현츌흐야, 고더고더흐시던 동 포 주미의, 반가온 면목을 더흐고, 궁금흐던 회포를 펴겟ᄂᆞᅵ다 그러흐나, 이 쌍 옥루ᄂᆞᆫ, 일시파격흐ᄂᆞᆫ 쇼셜로만 돌닐 것이 안이라, 곳 실디를 현츌흐야, 일반 샤 회의 풍쇽을 기량홀 만흔, 됴흔 긔관이로다, 이것을, 실디로 현츌코져 흐면, 무 슨 방법으로 홀가, 불가불, 연극으로 흐여야 흐겟다고 흐겟ᄂᆞᅵ다, 죠선의 연극 졍도가 유치흠은, 일반이 개탄홀 쑨 안이라 본샤에셔도 이것을 기량홀 계획이 잇스되, 됴흔 긔회를 엇지 못흐야, 지우금 리힝치 못흔 바이더니, 다힝히, 이와 ᄀᆞᆺ흔, 됴흔 지료를 엇엇기로, 쟝ᄎᆞ 문예부(文藝部)를 셜시흐야, 연예의 모범을 짓고져 흐ᄂᆞᆫ, 계획이 완젼 셩립흐ᄂᆞᆫ 동시에ᄂᆞᆫ, 반ᄃᆞ시, 본보(本報)를 인독흐시 ᄂᆞᆫ, 동포미ᄌᆞᄂᆞᆫ, 무료관람을 허흐야, 평일의 ᄉᆞ랑흐시든 졍을 표흐려니와, 일반 인독 졔군은, 본샤의 계획을 인흐야 데 일호로브터, 죵말ᄭᆞ지, 한쟝이라도 두락 지 마시고 츅흐흐야 모와두면 부지즁에, 완젼흔 쇼셜 한권이 될 것이니, 이것도 됴커니와, 이후 실디를 연극홀 째에, 큰 참고거리가, 되겟다고 흐겟ᄂᆞᅵ다, 이 쇼셜은, 누가 만든 것이뇨 흐면, 문슈셩원 죠즁환(文秀星員 趙重桓)씨가, 니디 쇼셜계의, 데일 유명흔 긔이 죄(己ガ罪)라 흐ᄂᆞᆫ 쇼셜을, 번역흐야, 죠선 풍쇽에, 뎍당흐도록 만든 것이니, 쳥컨디, 이왕보다, 더욱 인독흐시웁[166]

이것은 『매일신보』의 사회면인 3면에 게재된 「쌍옥루」에 대한 소개 기사이다. 여기에는 「쌍옥루」의 실제 연출을 통해 일반 사회의 풍속을 개량하고, 또 이를 연극으로 공연하여 연극 개량에도 힘쓸 것이라는 『매일신보』의 포부가 잘 드러나 있다. 또한 「쌍옥루」의 연재로 장차 문예부를 설치해서 연예의 모범을 만들고자 하는 계획이 완전히 성립하게 되었다는 기사로 미뤄보면, 이 시기 『매일신보』의 문예면에 대한 정책이 더욱 강화되고 있음을 짐작할 수 있다. 이처럼 1910년대의 번안·번역 작품은 문예면에 대한 강화와 신파 연극과의 상호 소통을 추구하

---

166) 「演藝界」, 『매일신보』, 1912.7.17.

여 독자 유치를 증대하기 위한 기획을 전제로 하고 있었던 것이다.

1911년 임성구의 '혁신단'으로 시작된 신파극 공연은 더 이상 '상풍패속'하는 연극이 아니라 연극개량에 대한 요구를 비로소 실현하는 "미풍이속의 재료를 안출"하는 연극으로 많은 대중들과 지식인들의 환영을 받았다.[167] 이미 문수성이 공연한 일본 가정소설을 원작으로 하는 「불여귀」가 신파극으로서 대중들에게 인기를 얻고 있던 시기에 『매일신보』에서 「쌍옥루」를 연재한 것은 이 작품이 대중을 성공적으로 유입할 수 있을 것이라는 주변 상황을 고려한 전략에서 비롯된 것이었다. 앞 장에서 살펴 본 것처럼, 당시 『매일신보』는 소설란을 대대적으로 정비하여 신문 연재소설을 통해 대중 독자를 유입하려고 하는 상업적 정책을 강하게 펴고 있었다. 그러던 중 문수성의 신파극 「불여귀」의 성공은 그들의 그러한 욕구를 만족시켜 주기에 충분한 것으로 판단된 것이다. 그래서 「쌍옥루」의 소개 기사에서 볼 수 있듯이 번안·번역을 소개함에 있어서도 작품의 정치적·사회적 효용보다는, "한번 보면 무한훈 탄식이, 졔졀로 날지니" 나 "사실의 ᄌᆞ미잇는 것과, 인졍의 곡진홈은 완연히, 그 사롬의 얼골이, 조희 우에 낫타나오는 듯ᄒᆞ고, 쳐졀참졀훈 ,비극격 쇼셜(悲劇的小說)이오"라는 구절이 입증하듯, 단지 흥미와 재미 위주의 번역 작품이라는 짐을 부각시키고 있다.

일본의 유명한 가정소설인 「금색야차」의 번안물인 조중환의 「장한몽」은 1910년대의 번안·번역소설 중에 독자들의 가장 많은 사랑을 받은 작품이다. 『매일신보』에 1913년 5월 13일부터 10월 1일까지 4개월간, 그리고 1915년 5월 25일 12월 26일까지 약 7개월간 두 차례로 나누어 연재되었던 『장한몽』은 독자들의 대단한 호응에 힘입어, 연재 직후 유일서관에서 상·중·하편으로 단행본이 출간되었으며, 또 1920년에는 영화로 제작되기도 하였다. 그리고 다음의 예고는 『장한몽』에서도 이전

---

167) 이승희, 「신파극의 눈물, 동정의 정치학」, 『현대문학의 연구』, 2004, 438면.

1900년대와 같은 번역소설이 가지는 사회적 효용성에는 관심이 없음을 확인시켜 준다.

新小說豫告 ◎長恨夢(長篇)

우중힝인(雨中行人) 다음에ᄂ, 본소셜『장한몽』이, 나옵니다. 본 소셜은, 젼 일에, 뎨일면에, 게지ᄒᆞ야, 이독졔군에게, 무한ᄒᆞᆫ, 환영을, 밧던 쌍옥루(雙玉淚) 의 필법으로, 특별이 고심연구ᄒᆞᆫ, 일ᄃᆡ걸작(一大傑作)이오, 소셜계의, 티두(小 說界泰斗)올시다, 사실의 ᄌᆞ미잇ᄂᆞᆫ 것과, 인졍의 곡진ᄒᆞᆷ은 완연히, 그 사롭의 얼골이, 죠희 우에 낫타나오ᄂᆞᆫ 듯ᄒᆞ고, 쳐졀참졀ᄒᆞᆫ, 비극젹쇼셜(悲劇的小說)이 오, 겸ᄒᆞ야 경셰지료(警世材料)라 홀 터이오니, 졔군은 보다, 더욱 이독ᄒᆞ소 셔168)

위의 인용을 살펴보면『매일신보』가 내세우는『장한몽』의 가장 큰 특징은 사실의 재미와 인정의 곡진함에 있다. 또한 '쳐졀참졀ᄒᆞᆫ 비극젹 쇼셜'임을 강조하면서 그것이 독자의 취미에 합당할 것이라는 구절은 『매일신보』의 상업적 의도를 짐작하게 만든다.

이와 같이『매일신보』가 1910년대의 번안·번역에 대한 기본 입장을 독자의 흥미에 취합하는 것에 두고 있는 이유는 총독부에서 전략적으 로 미디어가 현실 문제를 다루는 대중적 공론장이 되는 것을 부정하였 기 때문이다. 이런 입장은 1900년대의 근대 미디어가 근대 사회의 계급 평등적 정치철학의 확산과 그것에 기반한 '국민'의 형성에 기여하는 것169)의 일환으로 대중적 호응도가 높은 서사자료를 통해 '민족'과 '계 몽'을 역설하는 장으로서의 역할을 하였던 점과는 커다란 차이를 보이 는 것이다. 이런 기본적 입장의 차이에 따라 1900년대 근대계몽기의 신 문매체에서의 번역작업은 사회적 공리적 기능을 중심으로 진행되었다

---

168) '『장한몽』 소설 예고', 『매일신보』, 1913.4.24.
169) 한기형, 「근대잡지와 근대문학 형성의 제도적 연관」, 『대동문화연구』 48집, 2004, 35~39면 참조.

면, 1910년대 『매일신보』의 시기에 와서는 독자의 흥미를 끌어 신문의 판매 부수를 늘려 사세를 확장하고, 이를 통해 일제의 동화정책을 널리 유포하려는 의도에서 이루어졌던 것이다. 일본 유학을 마치고 돌아온 조중환이 「쌍옥루」나 『장한몽』과 같은 번안소설을 연재하여 본격적으로 일본 가정소설번안의 시대를 열게 된 것은 바로 『매일신보』의 그러한 정책을 통해서였다.

일본에서의 '가정소설'은 메이지 중기, 즉 1890년대 후반부터 1900년 대에 걸쳐 등장했는데, 일반적으로 일본의 가정소설은 "일본 가정의 읽을거리, 가정에서 읽힐 만한 소설", 혹은 "가정생활에서 취재한 것"이라고 정의할 수 있다. 그리고 그러한 가정소설은 "도덕성에서 건전할 것, 정서적일 것, 도덕의 승리라는 구원의 결말일 것"이라는 특징을 지닌다. 1900년대를 전후하여 일본에서 가정소설은 도시 중산계급과 청춘남녀 뿐만 아니라 계층을 초월하는 인기를 얻게 되는데, 그 견인차 역할을 했던 것은 바로 신문, 연극, 독자가 결합된 신문저널리즘이었다.[170] 조중환은 이러한 일본의 가정소설을 그대로 조선에 가져와 역시 똑같은 성공을 거두게 되는 것이다. 일본 가정소설의 특징은 앞서 인용한 「쌍옥루」 예고에서 목격되는 "가뎡과 학교에 잇는 동포ᄌ믜는, 더욱 착미ᄒ시오, 이 쇼셜의 니용이, 가뎡과 학계에, 자중ᄒ 관계가 잇는 소이로다"와 같은 구절이나 "오늘날 가뎡에는 뎍당ᄒ 쇼셜이오니"와 같은 「단장록」의 예고를 통해 그대로 소개된다.

新小說豫告' 단장록(斷腸錄)
국의향(菊의香)은 본월회일에 젼편을 맛치고 신년초 일일브터는 「단쟝록」이라는 취미진진ᄒ고 희로이락이 일 편 중 가득ᄒ 본 쇼셜을 이독ᄒ시오 이 쇼셜에는 신출긔몰ᄒ 미인도 잇고 의긔만은 호걸도 잇고 부모에게 효셩잇는 어

---

170) 홍선영, 「한·일 근대문화 속의 '가정'－1910년대 가정소설, 가정극, 가정박람회를 중심으로」, 『일본문화학보』, 2004 참조.

린 아히도 잇고 우슈운 ᄉ실도 잇고 슬푼 눈물도 가득ᄒ오 오늘날 가뎡에ᄂ
덕당ᄒ 쇼셜이오니 시희 오기를 고디ᄒ셔 본 쇼셜을 구경ᄒ시요(첩의 허물은
중지)

趙一齋箸

가뎡에 필요ᄒ 쇼셜171)

그런데, 『매일신보』에 연재된 이와 같은 일본 가정소설 번안물은 이
전의 신소설에서 드러나는 '재미'와는 전혀 다른 양상의 '재미'를 추구
하고 있었다. 이 작품들은 독자의 흥미에 영합하는 것이 가장 큰 목표
였기 때문에 신소설과 같이 결말의 유추가 쉬운 전형적 상황과 전형적
인 인물 묘사에서 벗어나 보다 다양한 면모를 갖춘 인물군들을 보여주
기도 하고, 또한 원초적인 감성을 자극하여 독자의 시선을 붙잡는 가장
통속적인 방법을 강구하기도 하였다. 겉으로 보기에는 독자의 취미를
유도하는 '재미'를 추구하고 있다는 점에서 신소설과 비슷해 보이지만,
그것들은 근본적인 차이를 보여주고 있다.

대부분의 신소설은 기본적으로 선인과 악인의 대립을 기본으로 하여,
초반에는 선한 주인공이 고난을 겪다가 후반에 결국 선인이 승리하는
'권선징악'적 구조172)를 통해 독자의 흥미를 유도한다. 독자들은 결국
선인이 승리하게 되는 세계에 대해 스스로 안도감과 만족감을 느끼게
되는 것이다. 그러나 조중환의 번안소설의 주인공들은 결코 선인의 모
습으로만 형상화되지 않는다는 특징을 갖는다. 특히 서사의 중심이 되
는 여주인공들의 성격이 선한 측면과 악한 측면을 동시에 가지고 있음
을 볼 수 있다. 신소설이 악인과 악행에 대한 형상화를 극단적으로 그
림으로써 역설적으로 주인공의 선량함과 도덕성 강화의 효과를 보여주
는 단일한 정서를 이루고 있는 것173)과는 달리, 이들 작품은 다양한 면

---

171) "『단장록』 소설 예고', 『매일신보』, 1913.12.19.
172) 『화세계』에서 「우중행인」에 이르기까지 거의 예외 없이 이런 구조를 갖고 있다.
173) 김석봉, 「신소설의 대중적 성격 연구」, 서울대 박사논문, 2003, 79~88면 참조

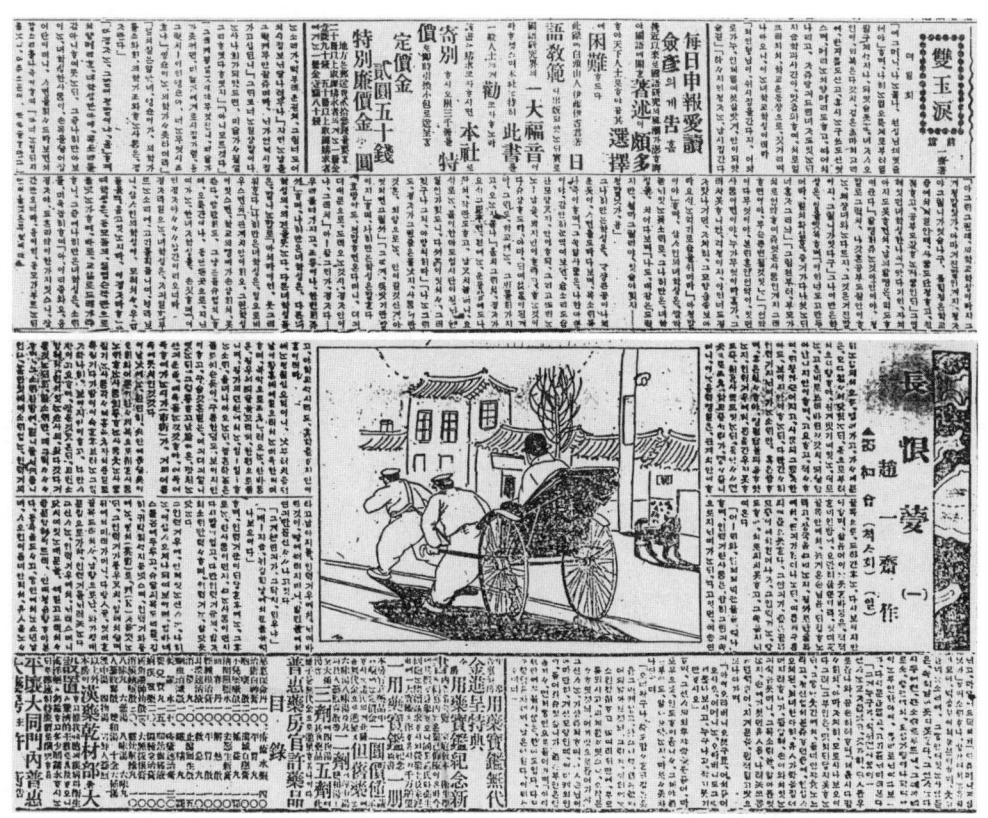

그림 7 (위) 조중환의 「쌍옥루」 소설연재 1회(1912.7.17), (아래) 「장한몽」 소설연재 1회(1913.5.13)

모를 가지고 있는 개성적 인물을 통해 인물의 내면 심리를 다각도에서
포착하여 독자들의 감정의 변화를 무한히 증대시키고 있다. 그리고 악
인 또한 악행 속에서도 인간적인 면모를 함께 보여줌으로써 전근대적
인물 형상화 방법에서 탈피하여 근대적 개인의 개성적인 모습을 담지
하고 있다는 특징을 갖는다.

　우선 「쌍옥루」를 살펴보자면, 주인공 경자는 자유연애를 하다가 서병
삼에게 농락당하고 사기결혼까지 하게 된다. 경자는 원래 순결한 처녀

였고, 아무 잘못 없이 서병삼에게 철저히 버림받게 된 것이지만, 그가 다시 처녀로 속이고 정욱조와 결혼하는 것은 '악'한 일이라 할 수 있다. 물론 그 과정이 자신의 의지가 아니라 아버지의 강경한 권유로 이루어졌다 할지라도 그것은 어쩔 수 없이 이경자의 잘못된 행동인 것이다. 이런 이경자의 본래의 '선'한 모습과 그가 행한 '악'한 행동은 독자들에게 동정과 미움이라는 이중의 미묘한 감정을 유발하게 된다. 특히 서병삼에게 버림받은 처지에 대해 자신의 잘못을 탓하는 이경자의 모습은 독자들의 동정을 얻기에 충분했을 것이다.

그렇지만 다른 한편으로 독자들은 이경자가 과거를 숨긴 채 자신과 결혼한 것에 대한 정욱조의 다음과 같은 자탄을 보면 이경자를 동정하던 마음이 다시 혼란을 겪게 된다.

> 이 셰샹에, 계집이라 ᄒᆞᄂᆞᆫ 것은, 졔반 못된 짓은 은근히 모다 ᄒᆞ면셔, 입을 쓱 씻고, 시침이를, 쑥 쎄는 물건입듸다, 이것은 셰샹에서, 문명ᄒᆞ다고 츄앙ᄒᆞᄂᆞᆫ, 구미각국에셔도, 계집들의 힝실이, 거의 모다 일어ᄒᆞ다ᄒᆞ기에, 우리 동양은 녀즈의 졀조가 오히려 문명ᄒᆞ다는 셔양보다 일층 나은 줄을 밋엇더니 역시 맛찬가지올시다그려, 계집의 셩질이라 ᄒᆞᄂᆞᆫ 것은, 본릭가 그러ᄒᆞᆫ 것이 잇간 동셔를 물론ᄒᆞ고, 다 ᄀᆞᆺ홀터이지오 넘오 녀편네를 박살을 쥬어셔 아지믬계셔 노여ᄒᆞᆯ지도 모로겟슴니다만은 이러케 말슴을 ᄒᆞ지 안이ᄒᆞ면 내 속ᄆᆞᆷ에 잇는 쥬지를 ᄌᆞ셔히 알아드르시지 못ᄒᆞᆯ 터이잇간 쓰리지 안코 말슴ᄒᆞᄂᆞᆫ거거니 용셔ᄒᆞ십시오
>
> 그런데 지금 그러ᄒᆞᆫ 셰샹에 밋을 슈 업는, 계집을, 쏘 다시 다려와셔, 다른 사룸이라도 결빅ᄒᆞᆫ 계집으로 알고, ᄌᆞ긔도, 결빅ᄒᆞᆫ 계집으로, 알드리도, 그 중에 쏘 엇더ᄒᆞᆫ 비밀스단이, 잇슬는지 알 슈 잇슴닛가 만일 쏘, 그 몸에 더러운 흔젹이 숨어잇는, 계집일 디경이며는 그 ᄯᅢ는 나는 아조 몸동아리가, 엇지 되겟슴닛가[174]

174) 「쌍옥루」, 『매일신보』, 1912.10.5.

이처럼 정욱조가 서양에만 있는 줄로 알았던 부정한 아내를 맞이하여 가문의 영예까지 더럽혔음을 비통해하는 모습에 독자들은 정욱조를 동정하게 되며, 그를 그러한 상황에 빠뜨린 이경자에게는 미움과 질책의 마음을 갖게 되는 것이다. 왜냐하면 정욱조의 이러한 모습은 여성의 정조를 절대적으로 중시하는 조선의 유교적인 관습에 젖어 있는 독자들에게는 충분히 공감 가는 모습이기 때문이다. 그것은 「장한몽」에서도 그대로 나타난다.

> 이럿듯 김즁비의, ᄉᆞ랑을 밧고 잇스되 슌이는 조곰도, 마음이 움작이지 안이ᄒ고, 그 마음을 밧지 안이ᄒ며. 도로혀 그곳으로. 츌가ᄒᆞᆫ 일ᄱᅵ지. 깁히 속으로 늬웃치고, 탄식ᄒ기를. 마지 안이ᄒ며 비록 몸을, 엇지ᄒᆞᆫ 잘못으로, 이곳에 파뭇치게 되엿스나, 너의 마음과, 너의 몸은, 이곳에 허락지 안이ᄒ리라고, 혀를 씨물고, 밍셰ᄒ엿ᄂᆞᆫ 고로, 좌우로 청탁ᄒ고, 김즁비에게, 몸은 허락지 안이ᄒ기를, 삼ᄉᆞ 년 동안이나 지나이되, 그 굿게 머은 마음을, 온젼히 일우엇더라[175]

김중배와 결혼하고도 그에게 마음이 움직이지 않고, 부모의 권유와 자신의 물욕으로 한순간 그와 결혼한 것을 깊이 탄식하며, 이수일에 대한 사랑을 간직하기 위해 정조를 지키려고 노력하는 순애의 모습은 독자들에게 충분히 동정을 살 만한 것이었다. 그렇지만 그녀가 비록 이렇게 뉘우치고 있다 하더라도 이미 그녀는 이수일을 버린 여자라는 잘못에서 벗어날 수는 없을 것이고, 따라서 독자들은 순애를 진심으로 사랑하는 이수일을 버린 그녀를 동정하면서도 미워할 수밖에 없었을 것이다. 그렇지만 그녀가 김중배에게 정조를 빼앗긴 후 자살을 시도하는 부분에서 독자들은 다시 그녀를 동정하는 마음에 사로잡히게 된다. 이런 독자들의 마음은 7월 29일에 순애가 대동강물에 빠지는 장면이 나온 직후인 8월 1일 독자투고란에 실린 다음과 같은 독자의 이야기에서 엿볼.

---

175) 「장한몽」, 『매일신보』, 1913.7.5.

수 있다.

> 「설음잇는 온나」 - 일젼밤 연흥스에, 구경을 좀 갓더니, 구경은 커냥, 울기를
> 통가웃이나 울고 왓셔, 그날 맛츰, 쟝한몽을 실디로 흥힝ᄒᄂᆫ디, 심순이가, 대
> 동강물에 ᄲᅡ지러 나아갈 ᄯᅢ, 울연ᄒᆫ 달은, 희미ᄒᆨ게 빗치여 잇고, 파도ᄂᆫ 흉용
> ᄒᆨ야, 사룸의 심쟝을 놀나게 ᄒᆨᄂᆫ디, 그 ᄯᅢ 쳐량히 부ᄂᆫ, 단쇼 쇼리ᄂᆫ, 심순이
> 와, 구경군으로 ᄒᆨ야곰 일층 마음을, 감동케 ᄒᆨ야, 모다 슬허ᄒᆨᄂᆫ 동시에, 나ᄂᆫ
> 희음업시 울고, 동졍을 표ᄒᆨ얏지, 참 가히 비극이라 ᄒᆨ겟셔176)

이와 같이 신파극을 보고난 관객의 감상을 소설 연재에 맞추어서 독
자란에 게재하고 있는 것은 연극 관객의 감상과 소설 독자의 감상이 서
로 상통함을 일깨워주기 위함과 동시에 신파극과 연재소설의 상호 소
통성을 강조하는 것이기도 하다. 『매일신보』는 연재소설과 신파극에서
동시에 조선민들의 감수성을 자극하고 있었던 것이다.

한편, 순애는 대동강에서 백낙관의 도움으로 간신히 살아나 이제까지
의 자신의 잘못을 뉘우치는 자신을 용서해달라고 이수일에게 편지를 쓰
지만 이수일은 여전히 순애를 원망하기만 할 뿐 그를 받아주지 않는다.

> 슈일은 홀연, 노긔가 얼골에 올으며, 편지로 기동을 탁친다
> 「이년 순이야, 너ᄂᆫ 죽어셔 썩어도 더럽힌 몸은, 씻기지 안이ᄒᆨ리라, 일이 모
> 다 그릇된, 오늘날이야 와셔, 회기니 용셔니 ᄒᆨ니, 그것이, 무슴 쇼용이 잇ᄂᆫ
> 일이냐, 아소 쓸디업ᄂᆫ 일이나 젼일에ᄂᆫ, 결빅ᄒᆫ 몸으로 잇ᄂᆫ, 슌이이니ᄭᅡ, 스
> 랑ᄒᆨ엿지, 그럿튼 몸을 네가 네손으로, 더렵혓스니ᄭᅡ, 이졔ᄂᆫ 너가 너 갓흔 년
> 을, 원망ᄒᆨᄂᆫ 것이다, ᄯᅩᄂᆫ 한번 몸을, 더렵힌 이샹에ᄂᆫ, 그 보다 몃 십 비나 되
> ᄂᆫ 덕힝(德行)을 닥것다ᄒᆨ기로, 그 더렵혓던 몸이, 다시 결빅ᄒᆫ 몸으로 도라오
> 지ᄂᆫ 못한다」177)

---

176) 『매일신보』, 1913.8.1.
177) 「쟝한몽」, 『매일신보』, 1913.8.16.

이와 같은 이수일의 분노를 들은 독자들은 그동안 순애에게 느꼈던 동정의 마음이 다시 미움의 감정으로 돌아서는 것을 느끼게 되는 것이다.

그리고 이들 작품에서 나타나는 독자들의 그러한 갈등은 조중환의 또 다른 번안 작품 「단장록」에서도 지속된다. 기생 출신인 김정자는 정준모와 결혼하여 아이를 낳지만, 그를 버리고 미국으로 떠난 뒤 거기서 만난 남편의 막대한 유산을 상속받아 귀국하여 사채업자로 활동하는, 그야말로 근대적 여성의 표상이다. 그러나 독자들은 그처럼 자식을 버리고 떠난 김정자를 쉽사리 받아들일 수 없다. 더욱이 정준모의 후처인 황씨부인과 대비되어 현모양처의 덕목을 갖춘 황씨에게서 자신의 자식을 데려오려는 음모를 꾸미는 김정자의 모습에서는 그녀의 뻔뻔함에 분노하게 된다. 그러나 다른 한편으로는 자식을 버린 본인의 잘못을 뉘우치고, 그렇게 해서라도 자식을 되찾고 싶어 하는 김정자의 모습에서는 그녀의 진정한 모정을 엿봄으로써 독자들은 다시 연민의 정을 느끼게 되는 것이다.

이처럼 일본 가정소설 번안물들은 전형적 인물의 형상화에서 벗어나 근대적 개인의 다양한 모습을 보여주고 있다는 특징을 갖는다.[178] 또한 그러한 면모는 독자들에게 단선적인 감정의 수용에서 벗어나 다양한 감정의 사발적 빌로를 체현하게 하는 효과를 지니고 있다는 점에서 근대적 성격을 지니고 있다.

그리고 이들 작품에서 보이는 선과 악이 공존하는 여주인공의 이중적인 성격은 소설의 긴장감을 끝까지 유지하게 하는 역할을 하기도 한다. 「쌍옥루」에서 이경자는 비록 과거에 잘못을 저질렀지만, 근본은 순결한 여인으로 자신의 잘못을 크게 뉘우치고 있는 모습을 보여주고 있

---

178) 이승희는 이러한 가정비극류 신파극을 '한국적인 멜로드라마'의 전형으로 보고, 이러한 선악의 이분법적인 권선징악적 결말의 멜로드라마적 장치가 근대적 도덕률을 강화하는데 기여하고 있다고 평가하고 있다. 이승희, 앞의 글, 445면 참조. 그러나 선과 악이 혼재되어 있는 여주인공의 성격은 멜로드라마에서 나타나는 '선'의 전형적인 성격과는 거리가 멀다고 할 수 있다.

으나, 정욱조는 이경자의 아들 정남이가 부정한 어미의 몸에서 태어났기에 선산을 더럽힌다는 이유로 선산에 입장하는 것을 반대하면서 이경자의 잘못을 쉽사리 용서하지 않을 것 같은 모습을 보여준다. 이와 같은 인물들의 팽팽한 긴장은 이들의 갈등이 쉽사리 해결되지 않을 것 같은 분위기를 조성하면서 작품의 긴장감을 지속시킨다. 그래서 이경자와 정욱조의 재결합은 거의 불가능하게 보이고, 그러한 이경자의 처지에 대해 독자들은 무한한 동정을 느끼면서 작품의 결말에 대해 더욱 흥미를 갖게 되는 것이다.

「장한몽」에서 이수일과 심순애의 관계에서도 역시 그러한 면모를 볼 수 있다. 김중배에게 겁탈당하고 자살을 기도하였다가 가까스로 목숨을 건진 심순애가 거의 미쳐간다고 하면서 병문안을 한 번만이라도 와 달라는 순애의 부모의 간청에도 이수일은 자신의 마음을 돌리지 않는다. 그에 반해 순애는 자신의 잘못은 더 이상 용서받지 못함을 깨닫고 스스로 죽기만을 기다리는데, 이런 장면에서 독자는 그녀의 진심어린 회개에 감동하고, 그녀의 행복을 빌어주는 마음에서 마지막 그들의 화합 여부에 대해 더욱 관심을 갖게 되는 것이다.

이처럼 이들 작품에서 보이는 주인공 성격의 이중성은 권선징악이라는 단순한 구조의 반복을 탈피하고, 작품 내 인물들 간의 갈등의 밀도를 높이는 데 효과적으로 작용하고 있음을 알 수 있다. 독자들의 관심을 끝까지 추동시키는 그러한 구조는 실제로 독자들로부터 대단한 인기를 얻게 된다.

일본 가정소설 번안물에서 독자의 흥미를 유발하는 또 다른 요소는 다음과 같은 잔혹한 장면의 묘사를 통한 감정의 자극이라고 할 수 있다.

　　두 녀즈의 셔로 붓들고, 닷토는 셔움에 최만경의 슈중에, 들엇던 칼을, 쑥 쩌러지며, 슈일의 암방 바닥에 꼿치인다, 슌이는 얼푸시, 몸을 쮜여, 그 칼을 손에 잡는다, 최만경은, 칼을 쎼앗기지 안이홀 마음으로, 다시 슌이의 뒤로 달

녀드는 것을, 한손으로는, 최만경의 몸을 물니치며, 칼날을 거구로 흐야, 목에
다이고, 힘을 다흐야, 두 손으로 쩌르는 기운에, 칼날은 임의 반이나, 남아 들
어갓고 선혈은 림리흐여, 칼자로로, 넘쳐흘은다
　슈일은, 홀연 눈이 캄캄흐여지고, 마음이 살아지는 것 갓흔디, 아즉 목슘이,
남아잇는 슌이는, 슈일의 무릅을 붓들고 다시 눈물을 흘닌다[179]

　위의 장면은 비록 수일의 꿈에서 이루어지는 것이지만, 처음에 그것
이 꿈인 줄 모르고 읽던 독자들에게는 상당히 충격적인 장면으로 다가
올 수 있다. 여자의 질투가 금기시되어 오던 유교사상에 젖어 있는 조
선인으로서 여자의 시기심으로 인해 벌어지는 결투란 상상하기 힘든
장면이라고 할 수 있다. 게다가 칼싸움 끝에 칼에 목이 찔려 선혈이 넘
쳐흐르는 장면에 대한 상세한 묘사는 독자들에게 대단히 충격적일 것
이었음이 분명하며, 그것은 독자의 말초적 감성을 자극하여 흥미를 유
도하고자 하는 의도에서 비롯된 것이라고 할 수 있다. 그런데 『매일신
보』는 거기서 그치는 것이 아니라 삽화를 통해 그러한 장면들을 시각적
으로 생생하게 보여주었다. 1913년 8월 26일의 연재분에서는 최만경이
심순애의 머리채를 잡고 흔드는 장면을, 27일에는 심순애가 목에 칼이
찔려 피가 넘쳐흐르는 장면을, 28일에는 심순애가 머리를 풀어 헤친 채
도망가는 장면을, 30일에는 마침내 물에 빠져 죽은 심순애의 시신을 이
수일이 안고 자신의 잘못을 뉘우치는 장면을 연속해서 게재함으로써
끔찍한 장면들을 독자들에게 나흘 동안이나 지속적으로 보여주고 있는
것이다.
　시각적 자극을 통해 독자를 유치하려는 『매일신보』의 기획 의도는
「장한몽」뿐만 아니라 「비봉담」에서도 잘 나타난다. 1914년 8월 9일에는
박화순이 고준식과 기차 여행을 하던 중 자신이 실수로 비봉담에 빠뜨
린 애인 임의사의 모습이 귀신으로 나타나는 으스스한 장면을 삽화로

---

179) 「장한몽」, 『매일신보』, 1913.8.27.

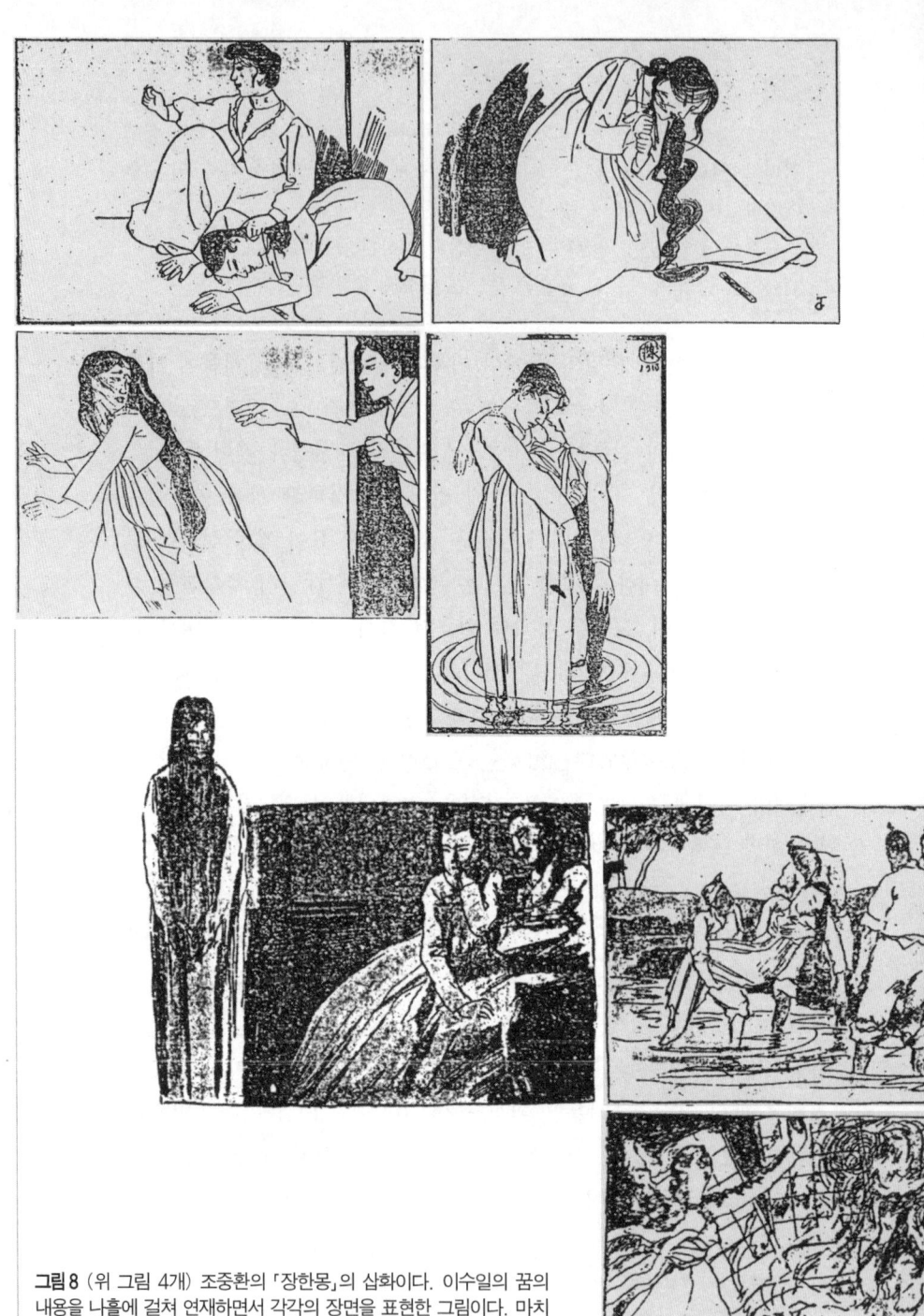

그림 8 (위 그림 4개) 조중환의 「장한몽」의 삽화이다. 이수일의 꿈의 내용을 나흘에 걸쳐 연재하면서 각각의 장면을 표현한 그림이다. 마치 심순애와 최만경이 실재로 싸운 것처럼 각 장면을 시각적으로 생생하게 보여주고 있다. (아래 그림 3개) 「비봉담」의 삽화인데, 이 또한 소설의 내용을 사실적인 그림으로 표현하여 독자들에게 시각적 호기심을 자극하고 있다.

보여주고 있고, 곧 이어 8월 11일에는 비봉담에 빠져 죽은 류정숙의 시신이 사람들의 손으로 건져 올려지는 장면을, 8월 13일에는 고쥰식과 같이 자고 있던 차에 임의사의 죽은 형상이 다시 나타나자 이에 놀란 박화순이 석유불을 옮기다가 떨어뜨려 고쥰식이 불에 활활 타 죽게 되는 장면의 삽화를 게재함으로써 작품의 내용적 끔찍성을 시각적으로 더욱 생생하게 강조하고 있는 것이다.

람포는 고쥰식의 누은 머리맛으로 쩌러지며 쌔여져 그 속의 기름은 고쥰식의 머리로브터 전신에 쌔여언지것 곳치 붓엇스며 삽시동안에 불이 당긔여 고쥰식은 불속에 든 사롬이 되엿도다 그 째에 고쥰식은 비로소 잠이 쌔여 불을 쓰려하나 석유불은 쓰기에 용이치 안코 몸을 쮜놀스록 불은 점점 더하야 고쥰식의 몸은 불덩어리가 단이는 것 곳도다 불 속으로브터 고쥰식은 불을 쩌달나 부르지지나 첩은 엇지하여 불을 잡을 지조가 잇스리요 다만 황급하야 좌우로 도라단이며 소리만 지롤 뿐이라 (…중략…) 고쥰식은 그와 곳치 몸에셔 불이 이러나것만은 오히려 목슘은 끈어지지 안이하얏는지 좌우로 쮜여 다니며 혹은 벽에 부디치기도 하며 혹은 기동에 닥치기도하고 뒤로 잡버지며 압흐로 업더져 엇지홀 줄을 아지 못하고 쮜놀다가 「이 불 좀 잡아쥬어-, 나 좀 살녀쥬어-, 나 죽는 것을 보고 감아니 잇느냐 그래도 불을 쩌쥬지 안이하느냐 올치 나롤 주이려고 석유롤 뿌리고 불을 다려 노앗구나」 하며 꾸짓는디[180]

위와 같이 자극적인 장면 묘사를 통해 독자의 감수성과 흥미를 유도하는 기법 외에도 조중환은 작품에서 현실에 있음직하지 않은 비정상적인 상황 설정을 통해 독자의 호기심을 자극하는 기법을 활용한다. 예를 들어 「쌍옥루」에서 이경자의 두 아들이 한꺼번에 바다에 빠져 죽는 극단적인 비극적 상황, 「속장한몽」에서 송선할미와 최만경이 순애를 모함하기 위해 순애의 딸 희순이가 이수일의 딸이 아니라 백낙관과 바람을 피워 놓은 딸이라고 말하며, 심지어는 순애가 성병까지 걸려 사경에

---

180) 「비봉담」, 『매일신보』, 1914.8.13.

이르기도 하였다는 거짓말을 하는 모습, 「단장록」에서 기생의 신분으로 정준모와 결혼한 후 아이를 낳았지만 뚜렷한 이유 없이 가정을 버리고 미국으로 떠나는 김정자의 모습, 「국의향」에서 친오빠의 잘못으로 인신 매매를 당하고, 결혼 후에도 생계 때문에 기생일을 계속하는 주인공의 모습들은 실제로 보통사람들에게는 상식적으로 이해하기 힘든 상황임이 분명하다. 그러나 이와 같은 극적인 상황이나 파렴치한 행동들은 독자들의 호기심과 감수성을 자극하여 그들의 흥미를 불러일으키는 역할을 하는 것이다.

한편 그렇게 극적인 상황에서도 그의 여주인공들은 항상 자신들의 잘못을 뉘우치고 남성의 용서를 기다리며 가정으로 복귀하고자 하는 욕망을 보이는데, 여성들의 그러한 모습과 이경자와 정욱조, 이수일과 심순애의 결합과 같은 긍정적 결말은 일본 가정소설이 지향하는 가부장적 성격이나 도덕성의 회복과 상통하는 점들이다.[181] 가족 내에서 여성의 역할을 강조하는 「단장록」의 다음과 같은 구절은 그것을 더욱 잘 보여준다.

> 어젯ㄱ지는 나도, 한 집안에 칙상몰님으로, 잇셧지만은, 오늘부터는, 샤회에 셔 대활동ᄒᄂᆞᆫ 사름이되얏스닛가, 나는 셰상에나셔셔, 스업을 ᄒᄀᆞ, 마누라는 집안일을 보아쥬오, 집안일이 잘되고 못되는 것은 오날부터, 마노라의 칙임이야[182]

당시에 일본에서도 이것은 보수적으로 느껴질 수 있었지만 오히려 그런 보수성이 메이지시기 청일전쟁 이후 다수 등장하여 사회의 암흑

---

181) 이승희는 1910년대 「쌍옥루」・「단장록」・「가련처자」와 같은 신파극이 지닌 멜로드라마적 특성을 분석하면서 "이 멜로드라마들에서 지켜지는 도덕적 정의란 가부장제 도덕, 즉 좀더 구체적으로 말하자면 여성의 성(性)을 남성에게 귀속시키는 도덕률을 가리키며, 그녀들의 승리란 곧 가부장제 도덕의 승리를 의미한다"고 말한다. 「여성수난 서사와 가부장제 이데올로기」, 『상허학보』 23집, 2003 참조.
182) 「단장록」, 『매일신보』, 1914.1.9.

면을 주 소재로 삼았던 '관념소설' 내지 '심각소설'[183)에 식상해 있던 일본 독자들의 관심을 끌었다고 할 수 있다. 한일병합이라는 어두운 상황 속에 억눌려 있던 조선의 독자들 역시 전통적 유교 이념과 유사한 그러한 보수성에 오히려 더 친숙함을 느낄 수 있었고, 「단장록」은 많은 독자들의 관심을 끌어 모을 수 있었던 것이다.

　일본의 가정소설은 메이지기와 다이쇼기에 이르기까지 특히 신문 연재소설, 가정극(신파극) 등 다양한 미디어와 결합하여 일본에서 '가정'이라는 새로운 개념을 대중적으로 확산시키는 데 가장 효과적인 기능을 담당하였다. 그런데 이것의 바탕에는 가족국가관이라고 불리는 지배 이념, 즉 메이지 중기에 걸쳐 여러 이론가들에 의해 체계화된 메이지기의 지배 이념이 깔려 있었다. 메이지 시대에 접어들면서 일본은 메이지 헌법을 통해 무사의 가족제도를 전 국민이 준수할 가족제도로 절대화시켰는데, 1890년 공포된 교육칙어(敎育勅語)에서는 유교적 인륜을 바탕으로 전통적으로 중시되어 왔던 효충(孝忠)의 순서가 변하여 충(忠)을 앞세운 충효일치(忠孝一致)의 가족국가관을 중시하는 내용으로 바뀌게 된다.[184) 메이지 정부는 그러한 가족국가관을 통해 신민지배를 정당화하는 근거를 마련하였으며, 가부장제적인 권위와 공순(恭順)의 지배기구는 신민의 정신적·물질적 에네르기를 징발하는 창구로 이용되었다.[185) 그리고 그러한 일본의 가족국가관은 합방된 조선에 대한 식민통치 이데올로기로서 그대로 활용된다. 그것은 조선의 오랜 전통인 '유교'사상과 완벽하게 맞물릴 수 있었기 때문에 자연스럽게 '충효'를 강조하면서 '충'의 대상에 일본 천황을 대입시켜 조선의 '황국신민화'를 유도하는 것이 가능하였던 것이다. 그리하여 1910년대에 번안되는 일본 가정소설

---

183) 홍선영, 앞의 글 참조.
184) 노영희, 「日本 近代文學 속의 家族」, 『인문과학연구』, 2003 참조.
185) 임경택, 「일본의 천황제와 촌락사회 구성에 관한 사회민속학적 고찰」, 『일본사상』, 2004 참조.

들은 당시 조선민들에게 아무런 거부감 없이 자연스럽게 받아들여질 수 있었고, 『매일신보』 편집자들은 일본 가정소설의 번안과 신파극과의 상호 소통을 적극적으로 지원하였던 것이다. 모두 공익에 희생하는 주인공들의 모습을 보여주면서 막을 내리는 다음 두 작품의 결말 역시 '황국신민화' 전략 중 하나로 간주될 수 있을 것이다.

애국부인회 적십자 평양지부 병원에는 잇 갓흔, 간호부 한 사룸이 낫타낫스니 박이훈 셩질과, 친졀훈 마음으로, 무슴 일이던지, 츙실ㅎ며 아룸다온 용모와 다졍훈 동작으로, 경ᄌᆞ는, 간호부의 흰옷을 몸에 걸고, 적십ᄌᆞ표 붓튼, 흰 모ᄌᆞ를 썻스니, 엇더훈 사룸이 보던지, 뎐샹 션녀가, 하강훈 것 갓치 아룸답다186)

그러훈 것이, 가위 이셰샹을 지닉여 갈 째에, 파란이라 ᄒᆞ는 것이지, 그런 싱각을. 다시 홀 ᄭᅵ둙이 업소, 우리가 인졔는 일쟝츈몽을, 늦게 ᄭᆡ다랏스니, 이후로는, 셰샹에서 공익ᄉᆞ업에 힘을 쓰도록 합시다187)

조선으로 건너와 번안되면서 일본의 가정소설은 식민지인이 지켜야 할 도덕적인 가정과 일본 '천황'에게 복종하고 국가를 위해 몸을 바칠 수 있는 주인공의 모습을 더욱 강조한다. 『매일신보』의 정책에 완벽하게 부합하지는 못했던 이해조의 신소설의 어떤 부분, 당시 '황국신민화' 전략의 담당자들에게는 중대한 결함으로 느껴졌을 한 부분을 조중환의 일본 가정소설 번안물은 충실히 보완하고 있는 것이다.

이상에서 조중환의 일본 가정소설 번안물들이 여성의 이중적인 면모를 통해 독자들에게 질타와 동정이라는 이중적 감정을 유발함과 동시에 자극적인 장면의 묘사와 삽화를 통해 독자의 관심을 지속시키고 있음을 알 수 있었다. 그리고 그의 작품들의 그러한 면모는 다른 한편으

---

186) 「쌍옥루」, 『매일신보』, 1913.1.31.
187) 「장한몽」, 『매일신보』, 1913.10.1.

로 당시의 대중독자를 적극적으로 유치하고자 하는『매일신보』의 상업적 정책에 부합하는 측면이라고 할 수 있다. 그런데 일본에서 가정소설의 그러한 측면이 '독자의식의 과잉', 즉 지나치게 독자 추종적인 측면과 함께 비판의 대상이 되었던 것처럼, 조선 문단에서도 일본 가정소설의 번안물들은 소설의 통속화를 촉진하였으며 단지 '위안으로서의 문학'[188]으로만 존재하였다는 비판과 더불어, 일본의 가정소설에서 보이는 가족국가관을 조선의 유교관에 대입하여 '황국신민화'를 유도한 일제의 식민담론과 맞물려 이를 적극적으로 유포하는 역할을 담당하였다는 비판도 함께 받게 된다. 그렇지만 그러한 부정적인 측면 이외에도 전근대적 인물 형상화에서 탈피하여 근대적 개인의 개성적 모습을 형상화함으로써 이전의 소설에 비해 진일보한 모습을 보이고 있고, 또 일본 가정소설의 번안물들이 이후 서구문학 번역과 함께 1910년대 후반 대중문학의 한 계보를 형성하는 기초가 되고 있다는 점[189]에서 본다면 그것들은 긍정적인 측면도 함께 지니고 있는 것이다.

3. 식민담론의 계몽성과 신문기사의 단편소설화

1) 현상문예 모집과 단편소설의 계몽적 역할

1910년대의 단편소설에 대해서는 그것이 한말의 신소설과 같은 서사문학으로부터 1920년대의 진정한 의미의 근대문학으로 발전해 나아가는 중요한 단초를 제공한다는 점에서 그동안 집중적으로 논의되어[190]

---

188) 최원식, 앞의 글 참조.
189) 이런 점은 뒤의 4장에서 살펴볼 것이다.

왔다. 많은 논자들이 1910년대 단편에서 드러나는 내면 지향적 서사의 중요성을 역설하면서, 그러한 점이 1920년대의 본격적인 근대문학의 단초가 된다는 사실을 강조했다. 그러나 그들의 논의는 『청춘』이나 『학지광』과 같은 잡지 소재 단편에만 집중되어 있으며, 1910년대 유일한 국문신문으로 문학 활동의 장으로서의 역할을 수행했던 『매일신보』 소재 단편에 대한 연구는 아직 미미한 상태이다. 양적으로는 당시 가장 많은 부분을 차지하고 있었음에도 불구하고, 1910년대 『매일신보』의 단편소설은 친일 어용지라는 매체적 특징과 문학적 함량 미달이라는 다소 성급한 평가 때문에 그동안 외면을 받았던 것이다.

그러나 오히려 그러한 이유들 때문에라도 『매일신보』 소재 단편들은 더 주목할 필요가 있다. 왜냐하면 그 단편들은 『청춘』·『학지광』과 같은 잡지가 만들어지기 이전인 1910년대 초기에 집중되어 있다는 점에서 1910년 이전과 이후의 단편소설들의 연계성을 규명할 수 있는 가능성을 담지하고 있기 때문이다. 그리고 다른 한편으로 근대초기의 서사문학이 잡지와 함께 근대적 매체인 신문과 직접적인 관계를 맺으면서 형성되어 왔음을 상기한다면, 1910년 이후의 유일한 국문신문이었던 『매일신보』 소재 단편들은 결코 제외되거나 경시되어서는 안 될 대상인 것이다.191)

---

190) 주종연, 「한국 근대단편소설의 형성과정 연구」, 서울대 박사논문, 1978; 이동하, 「1910년대 단편소설 연구」, 서울대 석사논문, 1982; 장광섭, 「한국 근대 단편소설 연구」, 서울대 박사논문, 1986; 김현실, 「1910년대 단편소설 연구」, 이화여대 박사논문, 1989; 김복순, 「1910년대 단편소설 연구」, 연세대 박사논문, 1990.

191) 이런 점에서 『매일신보』 소재 단편들의 중요성을 인식한 한점돌과 한진일의 연구는 상당히 의의가 있다고 할 수 있다. 하지만 이들은 『매일신보』 단편들이 그 발표매체가 총독부 기관지라는 특수성 때문에 외면당해 왔다고 평가하면서도, 『매일신보』와의 관계에 대해서는 그다지 주목하지 않는다. 그 결과 "『매일신보』 단편들은 문명화에 의한 한국인의 각성을 극도로 경계하여 우민화와 반문명이 강요되던 불모의 10년대 초기에 신민회의 이념을 바탕으로 민족운동을 전개하던 당대의 시대적 방향성과 정신적 분위기를 보여주고 있다"라고 결론짓는데, 이것은 『매일신보』의 식민주의적 동화정책이 전면에 내세우는 문명화 담론과 『매일신보』 단편소설의 긴밀한 관계를 미처 추스

그런데 이와 같은 이유들 때문에 주목할 만한 가치를 지닌 『매일신보』의 단편소설들은 주로 '현상문예'를 통해 형성·전개된다는 특징을 보여준다. 『매일신보』의 첫 단편소설은 1911년 1월 1일에 게재된 무도생(舞蹈生)의 「재봉춘」인데, 그것은 『매일신보』의 첫 장편 연재물인 이해조의 「화세계」가 연재되고 있던 중에 게재된 것이므로, 『매일신부』 내에서 단편소설이 처음 등장한 것은 장편소설 연재와 거의 동시였음을 알 수 있다. 그런데 이후 장편소설은 1911년에 「월하가인」·「화의혈」·「구의산」·「소양정」 등이 계속 연이어 연재되고 있는 반면, 단편소설은 1912년 1월 1일에 게재되는 「해몽선생(解夢先生)」이 겨우 두 번째 작품이다. 결국 그때까지 『매일신보』의 단편소설은 새해맞이 기념물

르지 못한 결과라 할 수 있다. 한점돌, 「매일신보 단편의 작품구조와 인물유형」, 『호서대학 논문집』 5집, 1986; _____, 「초기 근대소설에 나타난 자아와 세계의 관계양상과 그 의미」, 『湖脈』 제2호, 호서대 국어국문학과, 1987. _____, 「1910년대 한국소설의 정신사적 연구」, 서울대 박사논문, 1992; 한진일, 「근대 단편소설의 형성과정 연구」, 성균관대 박사논문, 2002.

인 신년특집의 하나로서 게재되었던 것에 불과했던 것이다.

「재봉춘」의 내용은 주사청루와 화투골패에 빠져 집안을 돌보지 않던 남편이 부인이 쓰러져 있는 모습에 반성하고, 열심히 일하여 돈을 벌어 예전의 전답과 좋은 집을 다시 사게 되었다는 것이며, 「해몽선생(解夢先生)」은 "신년에는 여러사롬이 속에 싸여잇던 찌를 씨끗ᄒ게 닥가 문명ᄒ 上等資格이 되겟소", "그러면 쟝님도 신년브터는 눈쁜 놈 속이랴고 먼눈을 번쩍거리며 컴컴ᄒ 슈쟉을 흐러단이지 안니ᄒ겟구려"와 같은 대화에서 알 수 있듯 여러 사람의 꿈을 해몽해주던 쟝님이 한 손님의 꿈을 해몽해주다 도리어 자신의 수작을 비꼬는 말을 듣게 되는 내용이다. 이런 내용으로 보아도 이 단편소설들은 새해를 맞이하여 이제까지 묵은 것들을 털어 버리고 새 마음으로 새 출발을 기원하는 의미에서 게재된 것들임을 알 수 있다.

『매일신보』 초기의 이러한 단편소설은 1912년 3월 1일 이인직의 작품인 「빈선랑(貧鮮郞) 일미인(日美人)」을 거쳐, 1912년 3월 20일 '응모단편소설(應募短篇小說)'인 김성진의 「파락호」를 시작으로 본격적으로 게재되기 시작한다. 이 '응모단편소설'은 1912년 2월 9일에 광고하여 실시된 '현상모집'에서 당선된 작품이다. 『매일신보』에는 총 4차례의 현상문예가 실시되었는데, 단편소설의 절반 이상이 모두 이 현상문예를 통해서 당선된 작품이며,[192] 1912년에 실시된 '현상모집'이 바로 첫 번째 현상문예였다. 이 현상모집은 각지 기문(奇聞)·속요·시·소화(笑話)·단편소설·서정서사 등을 주된 대상으로 삼았는데, 특히 단편소설은 그 분량을 "一行은 十八字인디 行數는 多不過 一百五十行을 요홈"이라 하여 2,700자 정도로 극히 제한하고 있음을 알 수 있다.

이렇게 실시된 현상모집을 통해 『매일신보』에는 1912년과 1913년 초

___

192) 『매일신보』의 실린 단편소설은 크게 현상응모를 통해 당선된 작품인 '應募短篇小說'란에 실린 작품과 '단편소설'란에 실린 작품으로 나눌 수 있다. '단편소설'란에 실린 작품은 신문 기자나 기존 작가들의 작품이라 할 수 있다.

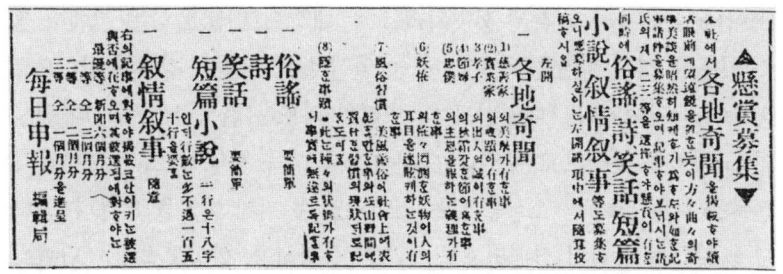

그림 10 1912년 2월 9일에 실린 '현상모집' 광고. 이 현상모집은 단편소설 외 각지기문(各地奇聞)·속요·시·소화(笑話)·단편소설·서정서사 등의 작품을 모집하였다.

에 걸쳐 총 35편의 작품이 게재된다.[193] 그런 맥락에서 볼 때 이인직의 「빈선랑 일미인」은 본격적인 단편소설의 현상모집에 앞서 『매일신보』에서 시범적으로 선보인 단편소설이라고 할 수 있다. 온갖 거짓말로 아내를 꼬여 조선에 데리고 왔는데, 남편이 벌이를 하지 못해 궁핍한 생활에서 벗어나지 못하는 일본인 아내의 자탄을 주 내용으로 하는 이 소설은 이인직이 합방 이후 처음으로 쓴 작품으로 비록 짧은 단편이지만 인물의 형상화나 심리 묘사에 있어 뛰어난 솜씨를 선보이고 있다. 그렇지만 그 주제에 있어서는 조선인 남자의 무능함과 허위성을 폭로하는 계몽적 성격을 벗어나지 못하고 있으며, 주제의 그러한 성격은 이후의 단편소설에 계속적으로 영향을 미치게 된다.[194]

한편, 첫 현상모집이 있었던 1912년은 앞서 살펴보았듯이 저조한 신문 구독률을 높이기 위해 여러 측면에서 상업적인 면을 강화하고, 신문지면을 대대적으로 개편하는 등 『매일신보』의 편집방향에 큰 변화가 있었던 때이다. 그러한 분위기 속에서 이루어진 현상모집 역시, 각지기문(各地奇

---

193) 1913년 2월 8일에서 9일 이틀에 걸쳐 게재된 이상춘의 '應募短篇小說' 「정」까지이다. '응모단편소설' 목록은 이 책의 부록을 참조.
194) 이런 면은 다음의 '2) 단편소설의 풍속 개량적 기능과 식민지 문명화 담론 수용'에서 자세히 살펴볼 것이다.

間)이나 소화(笑話)와 같은 흥밋거리를 주 대상으로 삼고 있는 것에서 볼 수 있듯이, 사세 확장을 목표로 한『매일신보』의 상업적 정책의 일환으로 이루어진 것이었다.『매일신보』의 그러한 의도는 현상금이 아니라 신문의 구독권을 부상으로 주었다는 사실에서 더욱 분명히 드러나고 있다. 신문을 보는 것이 곧 소설을 보는 것이므로 두 가지 이익을 챙길 수 있다고 역설하는 당시의 장편연재물 광고가 증명하듯, 현상모집에는 단편소설을 통해서도 신문의 사세를 확장하려는 의도가 숨어 있었던 것이다.

『매일신보』의 그러한 의도는 두 번째 현상모집인 1914년 12월 10일의 '신년문예모집'에서도 지속된다. 그 시기의『매일신보』는 일본의 세계대전 참전소식을 전하는 전쟁기사들로 지면을 가득 채우고 있었으며, 그로 인해 신문의 분위기가 침체해지자 전쟁이 끝날 즈음에는 그런 분위기를 극복하기 위해 다시 상업적 측면에 관심을 기울이게 된다. 그래서 '愛讀子大特電－강독의 호기'[195]같은 우대권을 제시하기도 하고, 문예면을 늘려 독자의 흥미를 유도하기 위해 또다시「신년문예모집」을 실시하게 된 것이다. 두 번째 현상문예는 이전보다 좀 더 세분화되어 이루어진다.

△ 種目 及 課題 △

△ 詩「屠蘇」韻 押蘇
△ 文「兎에 關흔 滑稽文及傳說」
△ 詩調「덧업는 셰월」(牛調)
△ 언문줄글「過去一年間의 깃겁던 일 슯흐던 일」(女子에 限홈)
△ 언문풍월「달속에 옥토끼」운ᄌᆞ 아, 다, 가.
△ 우슘거리「신년에관계잇는 것」
△ 歌 (唱歌)「우리 靑春」
△ 언문편지「신년의경셩에서교향의모친의게」(女子에 限홈)
△ 단편소설「新年의 家庭小說」

---

195)『매일신보』, 1914.12.8.

△ 畵 「兎」 (担任敎師의 證明○印 잇는 普通程度 學校 男女生徒에 限
흠」196)

앞서 첫 번째 실시된 현상문예의 종류가 "각지기문, 속요, 시, 소화,
단편소설, 서정서사"와 같이 6개에 불과하였던 데 비해, 이때에는 보다
더 세분화되어 있음을 알 수 있다. 그리고 특히 '언문줄글'과 '언문편지'
는 여자에게만 한해서 모집하고 있는 것이 특징인데, 이는 이 현상문예
가 여성 독자들의 유치를 위한 하나의 방책으로도 쓰였음을 짐작하게
한다.

그런데, 똑같이 상업적 정책의 일환으로 이루어진 현상응모임에도
불구하고 이 시기에는 당선단편소설이 한 편도 나오지 않는다. 단지
1914년 12월 29일에 수석청년(漱石靑年)의 「후회(後悔)」와 1915년 1월 14
일의 무명씨의 「고락(苦樂)」이 '응모단편소설'란이 아닌 '단편소설'란에
실려 있는 것이 전부이다. 그 원인으로는 여러 가지가 있겠는데, 우선
첫째로 당시 순문예 잡지의 출현을 생각해 볼 수 있다. 1913년 4월에
『신문계』, 1914년 4월에『학지광』, 그리고 1914년 10월에『청춘』이 창
간되자,『매일신보』를 통해 문학의 꿈을 키우던 사람들이 이제는 전문
문예잡지들에 눈을 돌리게 되었던 것이다. 이는 1913년 2월 8일 『매일
신보』현상문예에 「정(情)」으로 당선되었던 이상춘이 이후에는 더 이상
『매일신보』에 투고하지 않았고, 1917년『청춘』에서 현상모집을 시작하
자 「두 벗」(1917.9)·「기로(岐路)」(1917.11) 같은 작품을『청춘』에 투고하여
당선되었다197)는 사실을 통해 확인될 수 있다. 단편소설이 단지 홍밋거
리의 하나로만 취급되던『매일신보』와는 달리 위에 언급된 잡지들은
순문예적인 면을 추구하였기 때문에, 작가가 되기를 진심으로 원하는
사람들에게는『매일신보』보다 더 매력적일 수 있었던 것이다.

---

196)『매일신보』, 1914.12.10.
197) 한진일, 앞의 논문, 68~70면 참조.

그리고 또 다른 원인으로는 일본의 세계대전 참전과 승리를 말할 수 있을 것이다. 일본 제국주의의 대외 침략의도를 극명하게 보여주는 그것은 동시에 조선에 대한 착취 강화와 중국에 대한 본격적인 침략책동으로 당시의 민심을 악화시키는 결과를 가져왔다.[198] 그래서 이제 대중독자들은 서서히 『매일신보』를 신뢰하지 않게 된 것이다. 그러한 상황속에서 『매일신보』는 1916년 12월 3일에 세 번째 현상문예인 「신년문예모집」을 실시한다.

新年文藝募集
一, 短篇小說 (時代는 現在에 適훈 者)
一行二十四字六十行以內
賞金 參圓
一, 論文 (題는 「日鮮同化論」)
十六字詰百行以內
賞金 (甲) 一圓五十錢
同 (乙) 一圓
一, 新調歌詞 (題는 隨意但 現代에 流行홀 價値가 有홈을 要홈) 數는 無制限
賞金 (甲) 二圓
同 (乙) 一圓五十錢
同 (丙) 一圓
右記者는 本紙 新年號의 一色彩를 添ᄒ기 爲홈만이 안이라 新年 元旦을 機ᄒ야 應募 諸彦의 學術天才를 本紙面으로 解決코져 홈이니 原稿는 來二十日ᄭ지에 本社編輯局으로 到着케 ᄒ시오.[199]

위의 광고에는 현상모집의 그 종목이 '短篇小說, 論說, 新調歌詞'라는 세 가지로 대폭 축소되어 있음을 볼 수 있다. 이전에 여자들만을 대상으로 했던 '언문줄글'이나 '언문편지', 그리고 '언문풍월', '우슴거리'

---

198) 김진두, 「1910년대 매일신보의 성격에 관한 연구」, 중앙대 박사논문, 1995, 20면.
199) 『매일신보』, 1916.12.8.

와 같은 흥밋거리의 종목이 사라지는 대신 '논설'이 추가되고 있다. 이러한 종목 변화는 『매일신보』가 대중들의 흥미를 사로잡기 위한 방책으로서의 현상모집을 더 이상 실시하지 않고, 소설이나 논설, 가사와 같은 지식인들 위주의 현상모집을 실시하고 있음을 짐작하게 한다. 그리고 그것은 현상모집이 신년에 새로운 색채를 더하는 것만이 아니라 '諸彦의 學術天才'를 『매일신보』면에 실기 위함이라고 말하는 부신(附言)에서 더욱 선명하게 드러난다.

현상문예에 대한 『매일신보』의 이와 같은 정책 변화는 이 시기 일제의 식민지정책의 변화와 맞물려 있다. 제1차 세계대전의 승리로 일제의 야심은 더욱 강해졌으며, 그에 따라 조선에 대한 지배정책도 점점 강력하게 변모하였다. 또한 조선을 일본의 식민지로 확고히 하기 위해서는 일반 대중뿐만 아니라 지식인의 도움이 더욱 절실히 필요함을 깨달았던 것이다.[200] 실제로 『매일신보』의 자각은 당시의 지식인 잡지 『학지광』과 『청춘』에 대한 강한 의식에 기인한 것이라고 할 수 있을 것이다. 그러나 『매일신보』의 현상문예에 당선된 단편소설은 1917년 1월 23일에 게재된 유영모(柳永模)의 「貴男과 壽男」과 1917년 1월 24일에 게재된 김영재(金泳俉)의 「神聖혼 犧牲」 두 편에 불과하였다. 이러한 결과는 『청춘』이 제7호(1917.5)부터 15호(1918.9)까지 실시한 「현상문예」의 당선작이 선외가작을 포함하여 총 213편이었던 것[201]에 비하면 그 차이가 엄청남을 알 수 있다. 『매일신보』 현상문예 당선작의 이러한 미미함은 이 현상모집이 그리 성공적이지 못하였음을 보여주는 것으로 그 원인은 당시 조선의 상황과 발표매체의 특징에서 찾을 수 있다. 당시 조선의 현실은 일제의 강력한 정치로 너무나 피폐해져서[202] 『매일신보』에 대

---

200) 이런 점은 다음 4장에서 더 자세히 살펴볼 것이다.
201) 한진일, 앞의 논문, 60~66면 참조.
202) 신문기사 "物價騰貴는 何處끼지"의 "쌀값은 전에 업시 고등ㅎ고 졔반 물종이 한아도 곧이 안이혼 것이 업셔셔 월급이나 일급으로 지느이는 사람은 죽을 디경이다 ㅎ는 말은 요스이 언으 곳에셔던지 듯는 말이라"(『매일신보』, 1917.5.29)라는 글을 보면 당

한 독자들의 신뢰와 그에 따른 적극적 호응은 더 이상 기대하기 힘들었고, 또『매일신보』가 투고 독자로 삼았던 지식인들은 단편소설의 양식적 특징이 신문보다는 잡지에 더 알맞았기 때문에『청춘』과『학지광』·『신문계』·『반도시론』과 같은 잡지를 두고 굳이『매일신보』와 같은 신문을 발표 매체로 삼을 필요가 없었던 것이다. 이러한 점은 그들이『매일신보』에 장편소설은 연재하면서도 단편소설은 거의 싣지 않았던 것에서도 알 수 있다.203) 이상에서 1910년대 초기에 활발했던 문예면을 부활시키면서 동시에 지식인의 참여를 유도하기 위해 실시한 세 번째 현상문예 또한 그 당선작이 매우 미미하였던 것으로 보아 그리 성공적이지 못하였음을 알 수 있다.

한편, 1910년대 후반의『매일신보』에서는 최초로 신문 연재소설 현상모집을 실시하는데, 이는 이 시기 장편소설의 최초 현상문예라는 점에서 주목할 만하다.

> 小說의 種類는 新聞連載에 適當흔 家庭小說, 一回一行二十字式一白 二十行 內外, 總回數 一白回로 完結홀 것임을 要함" "材料는 總히 現代에 置흐되 創作을 爲貴요 飜案이라도 朝鮮의 現代에 矛盾되지안이흐면 無妨흠, 飜譯은 此를 取치 안이흠. 用語는 (…중략…) 難解흔 熟語를 避흐고 가쟝 通俗的의 純朝鮮語로 作稿흠을 要흠.204)

'가정소설'로서 하루 원고의 분량이 원고지 12매, 총 횟수가 100회라는 것은 이전까지 단편소설에 국한되어 있던 현상모집이 장편소설에까

시의 생활난이 얼마나 심했는지 짐작이 가며, "貿穀흐다 逃走-경너에 민요가 일 듯 흐야"라는 기사에서는 민심의 악화로 조선민의 저항까지 일어났음을 볼 수 있다(『매일신보』, 1917.8.9).

203) 이광수의 경우도 이와 같음을 알 수 있다. 그는 장편소설인『무정』과「개척자」를『매일신보』에 연재하였음에도 불구하고, 단편소설은 한편도 게재하지 않았던 것이다. 그에게 있어서 단편소설의 발표매체는 주로 지식인 위주로 형성된 잡지였다.

204)『매일신보』, 1919.5.29.

지 확대되고 있음을 보여주는 것이다. 그러나 실제로 『매일신보』의 이 현상모집을 통해 당선 연재된 장편소설은 한 편도 없다. 3·1운동 실패 후 암울한 현실에서 통속적 문예작품을 통해 신문의 상업성을 높여 대중들의 관심을 다시 취합하려는 의도로 실시된 연재소설의 현상공모이지만, 『매일신보』의 그러한 노력에도 불구하고 침체된 분위기는 쉽사리 회복되지 않았던 것이다.

小品文藝
懸賞募集

每日申報社

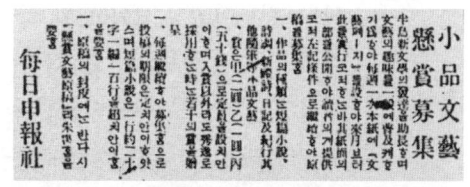

그림 11 (오른쪽) 1919년 6월 22일에 있었던 '소품문예 현상모집' 광고이다. 순문예적 목적을 내걸고 '문예폐지'를 만들겠다는 취지로 실시된 이 현상모집에 당시 유학생이었던 필자들이 대거 투고한다. 그 결과 『매일신보』는 한 달에 한번씩 『매신문단』이라는 문예폐지를 7개월 동안 연재하게 된다. (아래) 『매신문단』(1919.7.7)

每申文壇

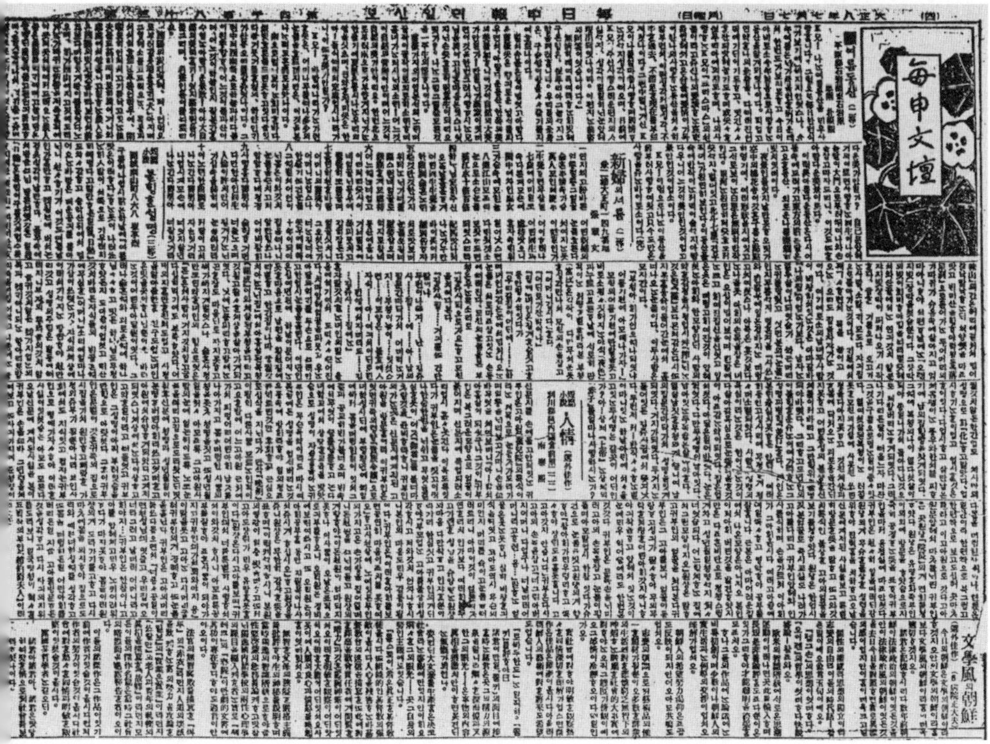

그러나 그러한 상황 속에서도 『매일신보』는 또 한 번 현상모집을 실시한다. 이번에는 본격적으로 "半島 新文學의 發達을 助長하며 文藝의 趣味를 一般에 普及케 하기 위하여"[205]라는 순문예적 목적을 내걸고 '문예페지'를 만들겠다고 말하며, 실제로『매일신보』3면에 '「매신문단」'이라는 표제를 붙여 문예면을 신설하지만, 이 면에 실리는 단편소설 역시 초기에 몇 편이 실렸을 뿐 그 수가 매우 미미하였다.

이처럼 『매일신보』의 단편소설은 그 대부분이 '현상문예'를 통해 당선된 것들이었고, 1910년대 초기에 집중적으로 등장한 작품들이었다. 실제로『매일신보』의 '현상문예'는 앞서 살펴보았던 것처럼 문학적으로 완성된 작품들보다는 단순한 흥밋거리들을 모으는 것에 그 목적을 두고 있었다. 그리고 '현상문예'라는 제도 자체가 편집진의 의도에 부합되는 것만 취합하는 성격을 지니고 있는 까닭에 응모작들은『매일신보』의 주된 담론으로부터 자유로울 수 없었으며, 그래서 독자의 흥미를 유발할 수 있는 이야깃거리를 제재로 삼아『매일신보』의 식민담론을 충실히 반영한 작품을 위주로 응모할 수밖에 없었던 것이다. 그러므로 당시『매일신보』에 연재되던 이해조의 신소설이나 조중환의 일본 가정소설 번안물들이 독자들의 흥미를 유도하기 위한 신문사의 상업적 정책의 일환을 이루고 있다면, 단편소설의 현상 모집과 게재는 독자 유치를 위한 상업적 정책과 더불어, 『매일신보』의 식민지 담론을 직접적으로 전파하는 계몽적이고 교시적인 정책에 의해 실시된 것이라 할 수 있다. 신문에 게재되는 단편소설들이 3면에 실림으로써 3면 신문 기사와 같이 취급된 점만 보아도 그것을 분명히 알 수 있다. 3면 신문 기사가 일회성을 띠면서 당시 사회의 흥미 있는 측면이나 계도적인 측면을 내용으로 삼고 있는 것처럼『매일신보』의 단편소설들 역시 그러한 성격을 분유하며, 대중들을 교화시키는 계몽적 기능을 하고 있음을 알 수

---

205)『매일신보』, 1919.6.22.

있다. 요컨대『매일신보』의 단편소설 현상모집의 첫 번째 의도는 독자들의 흥미를 유도하여 사세를 확장하고자 하는 상업적 정책의 일환으로 시도되었지만, 그 속에 담겨 있는 또 다른 목적은 조선민들의 계몽에 있었다고 말할 수 있다.

한편,『매일신보』에는 현상응모 단편소설 외에도 기성작가들의 단편소설이 게재되기도 한다. 그러나 심천풍(深天風)이 단편소설「酒(술)」을 게재하면서 서두에 실은 다음 글을 본다면 그러한 단편소설들은『매일신보』내에서 그리 중요하게 취급되지 않았음을 알 수 있다.

> 쇼셜 비봉담을 짓는 죠일지 군은 우연히 신병을 엇어 신음ㅎ는 바 의원의 권고로 대략 일쥬일 동안은 고요히 치료ㅎ게 되여 비봉담은 부득이 일시 명지 흠을 면치 못ㅎ얏도다 그러나 그 일쥬일 동안을 계속ㅎ야 아모 쇼셜도 업스면 흥상 쇼셜을 익독ㅎ시는 독쟈 제씨는 적이 섭섭ㅎ실 듯 이에「술」이라는 글제로 단편쇼셜을 지어 비봉담 쥬인의 병이 쾌차ㅎ기ꝏ지 이걸노써 여러분을 위로코져 ㅎ노라206)

이처럼 단편소설은 단지 조중환의 소설이 중단된 동안 소설란을 유지하기 위한 하나의 방책으로만 이용되었던 것이다. 이런 점은 하몽 이상협이 "몸이 셩치 못ㅎ야 쟈죠「무궁화」를 권 ㅎ야 익도쟈 여러분의 후흔 뜻을 져바리기 미안ㅎ야 이전에 번역ㅎ얏던 단편쇼셜 한 편으로 몃분이나 칙망을 막고져 ㅎ노라"고 밝히면서「양보(陽報)」207)를 싣고 있음에서도 잘 확인할 수 있다. 요컨대 기존 작가들의 단편소설은 연재소설의 공백을 일시적으로 메우는 것에 불과하였던 것이다.

단편소설에 대한 이러한『매일신보』의 기본 입장은 신문에 게재되는 단편소설의 위상과 작품성을 크게 떨어뜨리는 결과를 가져왔으며, 이는 결국 기고자들이『매일신보』를 외면하게 되는 하나의 원인으로 작용하

---

206)『매일신보』, 1914.9.9.
207)『매일신보』, 1918.6.25.

게 된다.208)

　이상에서 『매일신보』의 단편소설들은 그 작품의 내적·외적 형상화
의 중요성보다는 신문의 상업적 정책이나 동화정책의 영향을 받으면서
『매일신보』의 식민지 담론을 유포하여 대중독자들을 계몽시키는 역할
을 하였음을 알 수 있었다.

2) 단편소설의 풍속 개량적 기능과 식민지 문명화 담론 수용

　신문의 생명은 기본적으로 당시의 생생한 현재를 다루는 '시사성'에
있다. 독자들은 그런 신문기사를 통해 당대 사회에 대해 관심을 갖게
되고 또 많은 지식도 얻게 된다. 당시 사회면인 3면은 한문에 익숙치 않
은 부녀자들이나 일반 대중들을 주독자로 삼아, 순언문 편집을 우선으
로 하고 있었다. 그래서 이 면에 실리는 기사들은 그들의 호기심을 채
울 수 있는 시정 세태의 모습이나, 연극장 이야기와 같은 문예 기사들
이 그 주를 이루었다. 이런 기사와 같은 면에 실렸던 『매일신보』 응모
단편소설의 경우에도 당시의 신문기사를 통해 드러나는 세태를 소설적
으로 형상화한 작품들이 많았다. 그리고 그 양상은 대체로 다음과 같이
정리될 수 있을 것이다.

(1) 주색잡기에 대한 경계와 미신타파

　『매일신보』의 단편 중에서 가장 많은 내용을 차지하는 것은 주색잡

---

208) 특히 순문예지에서 표방하는 『청춘』의 「특별현상문예」가 단순한 독자 참여를 넘어
　　서 새로운 문단을 형성할 '새사람'을 키워 낼 목적으로 실시되었던 점과 비교해본다
　　면, 『매일신보』 내에서의 단편소설이 1912년 전후에 집중된 이후 더 이상 활발히 전개
　　되지 않았음은 당연한 결과였음을 알 수 있다.

림 12 신문3면의 사회면 기사와 단편소설. 1912년 10월 6일 제3면인 사회면이다. 위의 기사에서 유부녀를 꾀어서 창기로 갔다는 사건이나, 도박에 빠져 가산을 탕진했다는 사건들을 목격할 수 있다. 이러한 사회면 기사의 내용들은 당시 현상모집 편소설들의 많은 소재가 되었다.

기나 노름에 빠져 가정을 돌보지 않고 가산을 탕진해버리는 남자의 이야기이다. 이런 소재의 단편이 많이 보이는 이유는 그것들이 당시 중요한 사회 문제로 대두되고 있었기 때문이다.

> ●(도청도설)우리 딕 대감은 년치 중에는 샹 텬치야 그 만은 지산을 노름으로 ᄒ야 톡톡 터러먹고 볼기ᄭ지 맛고셔도 남스러온 줄도 모르는지 그 날브터 여젼히 노름을 ᄒ야 몬져 번에 이빅환 일코 요스이 ᄯᅩ 오빅환을 일엇셔 우리 말 드를 리는 업고 보기에 진졍 ᄶᅡᄒ여 젼후의 ᄲᅢ앗긴 것이 스오텬 환에 단ᄒ얏건만은 그리도 졍션을 ᄎ리지 못ᄒ고 사롬을 궁골로 필젹보니며 어서 오라고ᄒ니209)
> ●"浮浪者의 加刑-부랑쟈의 경계홀 일"210)
> ●'노름군을 경계홈' 잡가는 도젹이라, 작가는 간사ᄒ고, 공교혼 슈단으로, 사롬을 속여, 무리로 지물을 ᄲᅢ앗는 것인 고로, 한 슈단이 다른, 도젹질이라, 그러므로 국가에서, 법률로써 금ᄒ는도다211)

『매일신보』에 게재되는 첫 번째 단편소설 舞蹈生(무도생)의 「再逢春(지봉츈)」은 바로 주색잡기에 빠진 남성을 소재로 한 작품으로서 그 결말은 다음과 같다.

> 녯버릇을 다 버리고 금슬이 다시 됴화 즈긔는 로동으로 버러 푼푼 젼젼 져축을 ᄒ야 불과 스오년에 팔앗던 뎐답을 모조리 무른다 업시던 긔명도 ᄎ례로 장만ᄒ고 고대광실 됴흔 집을 여젼히 삭반혼 후 아돌쏠을 충충이 나아 길으는 더 물 ᄀᆞᆺ흔 셰월이 언의덧 째초롤 당ᄒ니 셰찬을 ᄎ리로라고 라씨부인이 몸소 도마를 더ᄒ고 안져 희식이 만면ᄒ더라212)

그리고 이 결말은 그것이 단지 당시 신문 기사에 나타난 문제적 세태

---

209) 『매일신보』, 1912.3.19.
210) 『매일신보』, 1912.10.15.
211) 『매일신보』, 1913.12.7.
212) 「재봉춘」, 『매일신보』, 1911.1.1.

만을 빗대어 비판하고 있는 것만이 아니라, 다른 한편으로는 뉘우치고 개과천선하는 주인공의 모습을 보여줌으로써 독자들을 계몽시키고자 하는 의도를 지닌 작품임을 짐작하게 만든다. 김성진의 「破落戶(파락호)」 역시 주색잡기에 빠져 가산을 탕진한 부랑자 남자의 모습을 보여준다.

> 김첩지인가 그 놈으로 ㅎ여 우리가 이 디경이 되지 안이ㅎ얏나 글만 읽고 아모 것도 모르고 드러 안진 우리를 쟝부가 되여 오입을 못 보면 죽어도 흔이 된다ㅎ고 부모의 돈을 훔쳐오라 ㅎ야 삼패니 기성이니 은군즈니 ㅎ는 것들의 집으로 쓸고 단여 필경 오늘 이 디경이 되지 안이ㅎ엿나[213)

주색잡기에 빠진 부랑자 이야기는 잡기자(雜技者)의 「약랑(藥良)」(1912. 5.3), 김광정(金光淳)의 「청년의 거울(靑年鑑)」(1912.8.10~11), 김정진(金鼎鎭)의 「悔改(회기)」(1912.10.29~30), 고진대(高辰대)의 「대몽가비(大夢覺非)」(1912.10. 31), 朴容원의 「손쌔룻ㅎ다 퇴가망신을 희」(1912.11.2) 등의 작품에서도 기본 모티프로 이용되고 있다.

한편 이흥손(李興孫)의 「悔改(회기)」[214)는 아편 때문에 가산을 탕진하고 아내까지 팔아먹은 유진사와 그와 같은 처지의 걸인이 된 신국장이 아편으로 몰락하여 길가에 죽어 있는 걸인의 이력을 적은 편지를 보고는 크게 깨달아 아편을 끊고 열심히 노동하여 재산을 점점 회복하게 된다는 내용을 담고 있다. 그것은 서규(徐圭)의 「아편쟝이에 말로」(1913.1.7)와 함께 사회면의 기사 "아편을 웨먹노"[215)에서 보이는 아편의 폐해를

---

213) 「파락호」, 『매일신보』, 1912.3.20.
214) 『매일신보』, 1912.12.28~29.
215) "인쳔경졍이 명목에 거ㅎ는, 쳥국인 관챵슌의 나은, 이십칠세오, 그 동리 거ㅎ는, 관경명의 나은 스십오셰인디 본리 죠션사름에게 아편을 비밀히 팔아 그 아편으로 ㅎ야곰, 싱활ㅎ는 쟈이더니, 지나간 스일, 오후 십일시경에 이년부니면 외동 일동이호에 거ㅎ는 리학윤 삼십오셰된 쟈가 량쳐로 도라단이며 아편을 흡연ㅎ다가 소관파출소 슌사에게 발현되야 견긔삼명을 희셔에 인치 후 엄중취됴 즁이라더라"(『매일신보』, 1912.9.10)

지적하는 작품이라고 할 수 있다.

그런데 이상에서 살펴 본 부랑자들의 이야기는 항상 그들을 꾀어 재산을 탕진하게 하는 기생이나 부정한 남녀의 모습을 동반한다. 이것은 밀매음과 간통이 성행하여 풍기를 문란하게 만들었던 당시의 사회적 문제를 반영한 것이라 할 수 있다.

> ●"밀매음ᄒ다가 벌 당ᄒᆞ─대구 시ᄂᆞ에 소위 조합소 기성이란 것은, 당국에서 습관에 인ᄒᆞ야, 아즉 묵혜져 두엇ᄂᆞᆫ디, 더우미훈, 무리들은 염치업시 나ᄂᆞᆫ, 유곽디에 잇ᄂᆞᆫ, 갈보와ᄂᆞᆫ, 다르다 자칭ᄒ며, 가만가만히 매음만 ᄒᄂᆞᆫ 터이라, 일전에, 동문 안에 사ᄂᆞᆫ 기성 김봉션이라 ᄒᄂᆞᆫ 계집이 경찰서에 잡혀서, 벌금 오 원에, 져ᄒᆞᆷ얏다ᄒᆞ니"216)
> ●"密賣淫女檢擧"217)
> ●"유부녀의 유인"218)
> ●"부정 남녀 징역션고"219)

1912년 6월 23일에 실린 수석청년(漱石靑年)의 「걸식녀(乞食女)의 자탄(自歎)」은 한 걸식녀가 어느 집에 구걸하러 갔다가 그 집 주인 여자와 하이칼라처럼 보이는 예쁜 여자들이 남자들을 속여 돈을 뜯어내며 생활하는 것을 보고는, 자신도 예전에 그런 생활을 하다가 지금처럼 되었다면서 그녀들도 언젠가는 자신의 꼴처럼 될 것이라고 비난하는 내용을 담고 있다. 그리고 그러한 내용은 당시의 여성들이 남성을 꾀어 돈을 뜯어내는 것과 같은 부적절한 세태의 모습을 지적하는 것이라고 할 수 있다. 또한 조상기(趙相基)의 「진남ᄋ(眞男兒)」(1912.7.18)에는 기생에 빠져 재산을 탕진하는 주인공 김선달이 등장한다. 기생 섬월이에게 빠져 그

---

216) 『매일신보』, 1912.10.8.
217) 『매일신보』, 1912.9.10.
218) 『매일신보』, 1912.10.6.
219) 『매일신보』, 1913.4.22.

동안 모은 가산을 탕진한 주인공은 다시 돈을 변통하여 섬월이를 찾아
가지만, 그가 이제 돈이 다 떨어진 것을 알아챈 섬월이는 그를 냉대한
다. 그러자 김선달은 과거를 크게 뉘우치고 집에 돌아와 부인의 진가를
발견하고 열심히 일하게 된다. 또한 박청농(朴靑農)의 「춘몽」에서는 그
러한 부류의 기생뿐 아니라 일반 여염집 여자들이 저지르는 간통과 같
은 풍기문란적 행태를 비판한다.[220]

한편, 남편 몰래 외도하던 여인이 그 장면을 본부에게 들켜 정부와
함께 고소당하여 경찰서에 끌려가는 꿈을 꾼 뒤 크게 뉘우쳐 정부를 설
득하여 보내고 그날부터 개과천선하여 순량한 부인이 되었다는 이야기
를 담고 있는 차원정의 단편소설은 작품의 마지막에서 독자들에게 다
음과 같이 당부한다.

> 그디는 너말을 드러보라, 남에 주식이 되여, 공부를 힘써흐야, 우으로 나라를
> 충셩되히 셤기고, 아리로, 부모를 효도로 봉양ᄒ며, 쳐ᄌ를, 올흔 도리로 거ᄂ
> 리고, 일변을, 실업을 쟝려ᄒ야, 셩명을 샤회에, 쟈쟈케 ᄒ고 부모에게 영광을
> 보이ᄂ 거이, 남ᄌ의 당연흔 도리어늘, 너ᄂ, 부모의 어지신 은덕을 져바리고,
> 쳐ᄌ의 바라ᄂ 바를, 도라보지 안이ᄒ고, 이와 갓치 야만의 힝위를 ᄒ니, 너도
> 응당 법률을 밧을지라, ᄯ호ᄒ 비온 글ᄌ가 잇슬지니, 샹강과, 오륜은 듯지도 못
> ᄒ엿ᄂ가, 만일 오륜을 모르면, 법ᄉ에가, 법관에게 ᄌ세히 드르라?[221]

이 구절은 이 작품이 음탕한 간부에 대한 비판을 통해 독자들을 계몽
시키려는 목적에서 쓰였음을 보여주는 것으로, 이런 모습에서 당시의 단
편소설이 『매일신보』에서 계몽적 역할을 담당하였음을 확인할 수 있다.

---

220) 이 작품에서는 마음 좋고 재산 많은 남편을 둔 여인이, 어느 날 자신의 집안일을 맡
고 있는 음험한 최덕보의 꾀임에 빠져 그와 정을 통한 뒤 이를 남편에게 들키자 최덕
보와 같이 도망을 가지만 온갖 고생을 하며 후회하는데, 그녀가 돌아오기를 기다려 너
그러이 용서하는 남편으로 인해 회개하여 다시 행복하게 잘 살게 되는 모습을 보여준
다. 「춘몽」, 『매일신보』, 1914.9.17~23.
221) 『매일신보』, 1912.10.1.

한편, 『매일신보』 단편소설들 중에는 미신을 숭배하는 자의 몽매함에 대한 비판과 경계를 주제로 삼고 있는 것들이 상당수에 이른다. 이는 1910년대 초에 『매일신보』에 연재되었던 이해조의 신소설에서도 많이 목격되었던 것으로서,[222] 애국계몽기 때부터 계속 제기되어 왔음에도 불구하고 여전히 그 폐단이 줄지 않고 있는 미신숭배의 심각한 상황을 짐작하도록 만든다. 다음은 그러한 세태가 잘 반영되어 있는 신문사설의 한 대목이다.

> ● "幸我同胞난 此等의 迷信을 復蹈치 勿ᄒ고 千百事爲롤 文明的으로 趨向ᄒ야 人類의 慘禍와 세계의 嘲를 免케 훌지어다"[223]
> ● "迷信이 小ᄒ면, 족히 一身一家를 誤ᄒ고, 迷信이 大ᄒ면, 족히 一民族一世化를 誤ᄒ나니, 迷信의 毒이, 果然何如ᄒ노,"[224]
> ● 무녀에게 고혹[225]

그리고 김성진의 「허영심(虛榮心)」에서는 관상쟁이의 말만 믿고 누워서 대감이 되기만을 기다리다가 끝까지 대감이 될 것을 의심하지 않으며 죽어가는 인물의 모습이 대단히 풍자적으로 묘사되고 있다.

> (남) 좀 알냐오, 내가 대신을 ᄒ다오
> (부) 대신이요, 언졔 대신을 ᄒ셔요
> (남) 삼년 안에논, 쏙 된다 홉듸다
> (부) 대뎌, 누가 그런 쇼리롤 홉더닛가
> (남) 내가 오늘 아춤, 언의 친구를 츠자갓더니, 그 친구의 쇼개로, 용ᄒ게 맛치는 샹졍이를, 인ᄉᄒ얏논디, 내 샹을 보고 삼년 안에 확실히, 대신을 ᄒ다히
> (부) 그런 샹졍이 말을 듯고, 져리 됴아ᄒ시오

---

222) 이희정, 앞의 논문, 103~104면 참조.
223) 「迷信의 弊害」, 『매일신보』, 1911.9.3.
224) 「迷信의 弊害」, 『매일신보』, 1912.12.28.
225) 『매일신보』, 1912.9.6.

(남) 쇳쇼리가 나게, 맛친디, 두고 보아 거즛말인가, 목버힐 다짐セ지 두엇고, 슈동이를 보이고 십허, 쳥ᄒ여 왓더니, 슈동이도 대신을 혼답듸다. 그러면, 나는 큰대감되고, 슈동이는 자근대감되고 마누라는, 큰졍경부인 마님이 되고, 슈동이 쟝가드려, 며나리 엇으면, 그것은 젹은 졍경부인마님이 되겟구러, 흐흐하하 ᄒ며, 넛털우슴을 우스며, 쏭문이를 들엇다 노앗다 ᄒᄂ는 통에 방고러가 쌔질디경이라226)

또한 이철종(李哲鐘)의 무제 단편소설(1912.7.20)에는 조상의 음덕을 기대하며 지관에 따라 천묘만 하다가 패가하게 되었음에도 그러한 미신의 폐해를 안 아들의 "지금 이십셰긔 시더에는 그럿치 안슴니다. 신학문을 넉넉히 공부ᄒ야, ᄌ긔의 ᄌ격만 잇스면, 복록이 졔졀로 오는 법이오니"라는 고언을 무시하는 주인공 박참봉이 등장한다. 박용앙(朴容泱)의 「셤진요마(殲盡妖魔)」(1912.8.29)와 이진석(李鎭石, 本社員補)의 단편소설(1912.10.2~6) 역시 미신타파를 강하게 주장하는 작품들이다. 실제로 당시 미신숭배의 폐단은 1912년 새해 첫 호에 거짓해몽으로 민심을 그르치는 자를 고발하는 단편소설 「해몽선생」이 실릴 정도로 심각한 것이었다.

그런데 이와 같이 『매일신보』 단편소설에 주색잡기나 미신숭배를 비판하는 내용이 많이 나타나는 것은 『매일신보』 신문 담론의 영향 때문이기도 하다. 일반적으로 신문은 보도·지도의 기능과 더불어 상업적 성격인 대중적 기능도 함께 지니고 있는데, 그러한 신문정책의 영향으로 『매일신보』의 단편소설들은 독자들이 가장 흥미를 가질 수 있는 당시 세태풍속에 대한 이야기를 소재로 선택하고 있는 것이다. 또한 이러한 당시의 세태를 비판하여 회개하고 각성하는 인물을 보여줌으로써 신문이 가지는 지도의 기능을 '단편소설' 역시 행하고 있는 것이다. 교육 내지 경제관념을 강조하는 단편소설들에서도 그러한 모습을 볼 수 있다.

---

226) 「虛榮心」, 『매일신보』, 1912.4.5.

(2) 교육(신학문)과 경제관념에 대한 강조

교육의 중요성이나 고학생들의 성공을 칭찬하는 내용은 앞에서 살펴본 주색잡기로 패가망신한 이들의 내용만큼이나 『매일신보』 단편소설에 빠지지 않고 등장한다. 그리고 그것은 교육의 중요성을 내세우며 학문을 통해 문명개화를 해야 한다고 주장하는 『매일신보』의 사설이나 당시의 고학생에 대한 기사의 소설화이다.

> ● 금년브터는, 반족 유싱드리 셔로 닷토아 가며, ᄌ녀를 학교로 보니여, 입학케 ᄒ고, 말ᄒ야 굴ᄋ디, 우리 민족을 보존ᄒᄌ면, ᄌ녀의 교육밧게는, 다른 것이 업슨즉, 교육을 급히 권쟝ᄒ겟노라ᄒ며, 경졍 입학ᄒ는 쟈가 답지ᄒ야, 쟝리의 교육은, 어렵지 안이ᄒ게 진보되겟다 ᄒ더라[227]
> ● "苦學生의 苦學 ▲참 본밧을 학싱이로군▲[228]

김정진의 「苦盡甘來(고진감래)」(1912.12.26~27)는 어려서 양친을 모두 잃은 소년이 "나폴레온의 알프쓰산을 넘어가든 용밍과, 콜엄버스의, 아부리ᄭ를 발견ᄒ든 인내로 정신을 가다듬어, 힘써 공부를 ᄒ고, 열심히 버럿스면, 나도 강ᄒ고 나도 부ᄒ리라"라고 말하며 집을 뛰쳐나오는 내용을 담고 있는 작품으로, 학문의 중요성을 역설하는 당시의 사설과 많이 닮아 있다. 또 신문기사에서 보이는 고학생의 모티프는 단편소설 곳곳에서 사용되는데, 특히 김동훈(金東薰)의 「고학싱의 셩공(苦學生의 成功)」(1912.9.3~4)에서의 김일귀와 김교사의 대화에서는 당시 고학생의 다짐과 이를 지켜보며 학문의 중요성을 역설하는 선생님의 모습을 볼 수 있다. 이런 점은 어머니와 자식의 대화인 아래 인용에서도 잘 드러난다.

"량반의 ᄌ손이 학문이 업스면, 샹사롬 되고, 샹사롬의 ᄌ손도, 학문이 잇스

---

227) 「敎育將來의 希望」, 『매일신보』, 1912.4.9.
228) 『매일신보』, 1912.3.20.

면, 량반이 되느니라, 너는 깁히 싱각흐야, 오늘브터, 글공부를 홀지어다"

"지물은 앗겨도, 필경 허여지는 것이오, 학문은 써도, 다흐지 안이흐며, 국가
의 동량이오, 공즁의 리익이오, 몸의 영광이라, 부모되여, 엇지 슈젼로를 지으
며, 즈식이 되야, 엇지 학문을 힘쓰지 안이흐리오"229)

이 작품의 내용은 아버지를 일찍 여윈 복동이가 날마다 나무를 하여
모친을 봉양하자, 모친이 학업을 하지 않으면 양반의 자손도 상사람이
되고 상사람의 자손도 학업을 하면 양반이 될 수 있다 권하여 복동이
는 그날로 책을 싸들고 이웃 선생을 찾아가 학문에 매진하여 큰 사람
이 되어 국가에 동량하고, 일가에 영화를 세운다는 것이다. 여기에서는
학문의 중요성과 더불어 자녀에 대한 어머니의 역할의 중요성도 함께
언급되고 있다. 그러한 어머니의 모습은 1912년 11월 3일에 실린 조용
국(趙鏞國)의 단편소설에서도 발견된다. 동학란으로 남편을 잃고 유복자
를 낳은 부인이 자식의 학업을 위해 경성으로 올라와 공장에 다니는
등 온갖 고생을 하면서 유복자를 학교에 보내는데, 그러한 사정을 안
학교에서 월사금을 면제하는 도움을 주겠다고 제안하나 남의 힘으로
편함을 취한다면 스스로 힘쓴 것만하지 못하고 아직 어린 아이에게 벌
써 남의 신세를 지게 할 수 없다고 단호히 거절하는 부인의 모습을 볼
수 있다. 요컨대 학문의 중요성과 더불어 부모로서의 도리가 강조되고
있는 것이다.

그런데 이와는 반대로 부모의 무지로 인해 자식이 제대로 학업을 할
수 없는 상황을 보여줌으로써 부모의 역할의 중요성을 역설하는 작품
도 있는데, 김성진(金宬鎭)의 「守錢奴(슈젼로)」가 바로 그런 작품이다.

이걸 학교에를, 못 단이게 흐닛가, 쏘 신문지를 사셔 보아, 너는 집이 망흐고,
부모 형뎨가, 족박을 차고 나셔는 것을 보아야, ㅁ음에 상쾌흐겟늬, 너 ㅈ은 놈

---

229) 崔鶴基, 제목없음, 『매일신보』, 1912.10.9.

은, 진즉 죽어라, 죽어230)

위의 인용에서 보이는 아버지의 모습은 돈만 알고 학교와 신문과 같은 근대문물에 어두운 조선인에 대한 조롱이라고 할 수 있다. 이와 같이 가정에서의 교육의 필요성과 부모 역할의 중요성은 "家庭敎育의 必要"(1910.9.16) "家庭의 敎育"(1911.8.10)과 같은 논설을 반영한 것이라 할 수 있다. 그리고 학문의 중요성을 담고 있는 소설들은 주인공들이 유학을 다녀와 성공하는 모습을 보여주기도 하는데,231) 이는 『매일신보』에 자주 나오는 유학에 관계된 다음과 같은 기사의 반영이라고 할 수 있다.

●朴醫士의 留學 ▲박계양씨의 동경 류학▲
약국을 기설ᄒ고, 다년 영업ᄒ던, 박계양 씨는, 동경 류학에 피션되야 수 일 전에, 출발ᄒ얏ᄂ디232)

한편 『매일신보』 단편소설들 가운데는 '돈'을 소재로 삼은, 즉 수전노에 대한 비판, 돈을 유용하게 쓰는 방법, 저축의 중요성을 강조하는 작품들 또한 많은데, 이처럼 돈과 관련된 경제관념을 다루는 작품들은 저축의 필요성을 역설하던 당시의 사회적 풍조를 반영하고 있다. 김진헌(金鎭憲)의 「허욕심」,233)과 앞장에서 분석한 「지봉춘」은 자신의 주색잡기 버릇을 다 버리고, 열심히 노동하여 돈을 벌고 저축하는 인물의 모습을 보여줌으로써 저축의 필요성을 강조한다.

---

230) 『매일신보』, 1912.4.14.
231) 1912년 11월 9일과 10일에 실린 朴鎭石의 단편소설에서는 공부에 방해될까봐 집에는 연락 한 통도 주지 않은 채, 일본과 미국등지로 유학을 떠나 공부하는 남편을 볼 수가 있고, 앞에서 살펴본 「고학생의 성공」이나 1912년 11월 3일에 실린 趙鏞國의 단편소설에서도 유학의 중요성이 이야기되고 있음을 볼 수 있다.
232) 『매일신보』, 1912.9.3.
233) 『매일신보』, 1912.5.2.

▲'무동리 인민의 져금'－경상북도, 하동군 횡보면 고읍촌과 서원동 인민들은 일치ᄒ게 협의ᄒ 결과로, 근검 져츅의, 아름다은 풍쇽을 야셩ᄒ야 각기 닷호와 가며, 져금ᄒ 익수가 벌서 십팔원에 달ᄒ야, 졈졈 진보되는 희망이 잇다더라[234]

▲근검 져츅의 셜유－긔셩군 관덕뎡 남뎡에셔, 총독부 촉탁, 촌샹유길씨가 일반 일민의 풍속을 진흥ᄒ며, 산업을 쟝려ᄒ며, 유년 ᄋ동의 가뎡 교육과, 근검 져츅의 목뎍으로 쟝시간을, 죠션말로 열심 강연ᄒ고 (…생략…)[235]

▲사설－"貯蓄의 基本"[236]

그에 비해 김성진의 「守錢奴(슈젼로)」는 돈은 있으나 제대로 쓸 줄은 모르고 무식하게 아낄 줄만 아는 인물을 그리고 있고, 오인선(吳寅善)의 「산인(山人)의 감츄(感秋)」에서는 거기서 한 걸음 더 나아가 돈을 모으는 것만 중요한 것이 아니라 그것을 어떻게 유용하는가가 더욱 중요한 것임을 깨치고 있음을 볼 수 있다.

사룸이 무엇을 ᄒ려고 셰샹에 낫스며, 무엇을 ᄒ고 가는고 지물은 모앗다가, 무엇에, 쓰쟈는 것인고 의식쥬 셰 가지는, 인싱에게 업지 못ᄒᆯ 것이나 나와 ᄀᆺ치 만셕군의 일흠을 드르면서, 왕쟝군의 고자 ᄀᆺ치, 너이 놋코, 쓰지 못ᄒ는 것은, 아마도 인간에 허물이오, 신명에 죄를 지는 것이라 오냐 긔왕에 잘못ᄒ 일은 홈일업나. 이후에나 잘홈 도리를 ᄒ사[237]

평생 돈을 모으기만 하고 좋은 곳에 쓰지 못한 것이 인간으로서 허물이 되고 신명에 죄를 짓는 것임을 뒤늦게 깨닫고, 자신의 재산을 자선사업에 쓸 수 있는 재량을 가진 셋째 아들에게 물려주는 내용의 이 작품은 그야말로 저축의 중요성과 더불어 베푸는 행위의 필요성을 함께

---

234) 『매일신보』, 1912.9.3.
235) 『매일신보』, 1912.9.6.
236) 『매일신보』, 1914.5.28.
237) 『매일신보』, 1912.4.27.

강조하는 것이다.

그런데 여기서 주목할 점은 학문과 저축의 중요성을 강조하는 당시의 신문담론을 작품의 소재로 사용하고 있는 『매일신보』소재 단편소설들이 『매일신보』가 내세우는 동화주의 담론들 중 특히 교육담론과 밀접하게 연관되어 있다는 사실이다. 일제는 한반도 주민의 문화적·정신적 독립성을 말살하고 이들을 영구히 식민지 상태로 묶어두기 위해 철저한 식민지 교육정책을 폈으며, 『매일신보』의 사설이나 기사를 통해 교육의 중요성이 연일 강조되는 것은 그러한 정책을 보급하기 위한 한 방도였다. 또한 일제는 조선인을 일제가 추진하는 각종 정책에 동원하기 위해 '근면', '저축', '협동심 강화' 등을 강조하는데, 이는 조선인을 산업개발에 동원하고 생산력을 향상시키기 위한 의식 개혁에 속하는 것이었다.[238]

그리고 이러한 동화주의의 양면성은 신문의 보도 기능과 더불어 계몽의 모습으로 바뀌어져 『매일신보』소재 단편들에 반영되고 있는 것이다. 다시 말해 『매일신보』의 단편들은 당시 독자들의 흥미를 끌기 위해 주색잡기와 미신숭배라는 세태풍속을 반영했으며, 이렇게 끌어들인 독자들의 풍속을 개선하기 위해 학문과 저축의 중요성과 같은 계몽담론을 펼쳤던 것이다.

19세기 이후 유럽제국주의는 식민본국이 식민지에 대하여 개발의 필요성을 역설하고 '문명화'의 사명을 자임하는 모습을 일반적으로 보여준다. 1910년 조선을 강점한 일본 역시 유럽제국과 마찬가지로 '문명화'의 사명을 강조하지만, 일본의 정책은 유럽제국주의와는 다른 양상을 띤다. 일본은 이미 서양에 의해 동양의 '야만'으로 규정되어 있었기 때문에, 서구화된 자본주의를 이룩한 뒤에도 계속 선진화된 서구제국주의를 끊임없이 의식해야만 했고, 그 가운데서 그들의 정체성과 우월성을

---

238) 김진두, 앞의 논문, 92면.

확보하기 위해 아시아를 상대로 '동일화'와 '차별화'를 이룩해야 했던 것이다. 일본 제국주의의 특수성인 '일선동조론'과 '문명화론'은 바로 거기에서 연유한다.[239)]

그와 같은 일제의 문명화정책은 "舊를 去호고 新을 取호는 것이 人의 常情"임을 기본내용으로 하는『매일신보』사설 '민풍개선(民風改善)'[240)]에 잘 나타나 있다. 그런데 '민풍개선'은 결국 사회에 퍼져있는 사치 · 나태 · 방탕과 같은 풍조를 방지하고, 전통미덕을 장려하며, 신문명 풍조에 만연되어 있는 나쁜 습관을 금지하여 근면 · 저축 · 무실(務實)과 같은 건전한 사회풍토를 조성하자는 것이다. 그와 같은 사상들은 일찍이 개화기부터 근대화론이나 문명론의 세례를 받은 조선의 일부 지식인들에 의해 형성되어 있었고, 조선총독부는 그러한 조류를 이용하여 '문명화론'을 내세우는데, 실제로 그것은 조선을 야만으로 규정하여 조선민족 자체를 말살시키려는 일선동화정책의 노골성을 감추기 위한 것이었다. 그리고 일제는 조선인이 소위 '문명'인 근대적 물적 형태에 보다 경도되도록 유도하기 위해 박람회를 적극 활용하기도 했던 것이다.[241)]

이상의 일제 문명화 담론의 관점에서 본다면, 당시『매일신보』신문기사와 단편소설에 나타난 기생질, 노름질, 돈의 낭비, 미신숭배 등은 신문명으로 나아가기 위해서는 모두 사라져야 할 구시대의 나쁜 습관이었다. 물론 그러한 세태는 애국계몽기에도 끊임없이 개화되어야 할 대상이었지만, 그 시대의 개화가 자주 독립을 위한 자강활동이었음에 반해, 1910년대에 식민주의 담론 내에서의 문명개화는 민족의 말살을 위해 조선을 구시대적 나쁜 유물로만 가득 찬 '야만'으로 규정하고 있기에 근본적으로 그 성격이 다르다고 할 수 있다.

---

239) 정상우, 「1910년대 일제의 지배 논리와 조선 지식인층의 인식」, 서울대 석사논문, 2000, 1~4면 참조.
240) 「사설-民風改善」,『매일신보』, 1917.7.6~8,12,25.
241) 1915년에 있었던 조선물산공진회는 이런 취지에서 만들어진 박람회였다. 이 박람회를 위해서『매일신보』는 엄청난 광고를 계속하였다.

일제는 이러한 '야만'을 극복하는 방법의 하나로 식민지 교육담론을 펼친다. 합방 직후 제정된 1차 '조선교육령'은 일본이 한반도를 영구 식민지로 만들기 위한 식민정책을 가장 적극적으로 적용시킨 것으로서, 그것의 궁극적 목적은 일본군국주의의 정신을 담은 이른바 '교육에 관한 칙어'에 바탕을 둔 '충량한 국민'을 양성하는 것이었다.[242] 그리고 『매일신보』단편소설 내에서의 교육(신학문)의 강조는 이러한 일제의 교육정책인 충군애국(忠君愛國) 담론과 밀접한 관계를 맺고 있다.

"하롭밧비 드러가고 십습니다. 학비는, 로동을 ᄒ여서라도, 버러 쓰면서, 공부 셩취ᄒ여 가지고, 쳣지는, 션셩님의 은덕을, 만분지일이라도, 갑고져 ᄒ오며, 둘지는, 국민된 직분을 다ᄒ고져 ᄒ옵니다."[243]

"나폴레온의 알쓰산을 넘어가든 용밍과, 콜엄버스의, 아부리ᄭᅡ를 발견ᄒ든 인내로 졍신을 가다듬어, 힘써 공부를 ᄒ고, 열심히 버럿스면, 나도 강ᄒ고 나도 부ᄒ리라"
"사롭이라는 것은, 학문이 업스면, 우리 인류 샤회에, 활동을 못 ᄒ고, 또ᄒ 국민의 ᄌᆞ격을 힝치 못 홀지니, 부디 공부를, 힘써ᄒᆞ야, 국가의 동량을 지으라 ᄒ고, ᄒᆞᄒᆞ히 가니"[244]

"량반의 ᄌᆞ손이 학문이 업스면, 샹사롬되고, 샹사롬의 ᄌᆞ손도, 학문이 잇스면, 량반이 되느니라, 너는 깁히 싱각ᄒᆞ야, 오늘브터, 글공부를 홀지어다"
"지물은 앗겨도, 필경 허여지는 것이오, 학문은 써도, 다ᄒᆞ지 안이ᄒᆞ며, 국가의 동량이오, 공즁의 리익이오, 몸의 영광이라, 부모되여, 엇지 슈련로를 지으며, ᄌᆞ식이 되야, 엇지 학문을 힘쓰지 안이ᄒᆞ리오"[245]

위의 인용에서, 교육을 강조하는 말에 곁들어 있는 '국민된 직분'이

---

242) 김진두, 앞의 논문, 86면 참조
243) 金東薰, 「고학싱의 셩공(苦學生의 成功)」, 『매일신보』, 1912.9.3~4.
244) 金鼎鎭, 「고진감내(苦盡甘來)」, 『매일신보』, 1912.12.26~27.
245) 崔鶴基, 제목없음, 『매일신보』, 1912.10.9.

나 '국가의 동량'과 같은 표현은 일제의 식민주의 담론이 표방하는 충군애국담론의 용어들이라고 할 수 있다. 또한 1914년 2월 7일에 실린 서규린(徐圭麟)의 「탕ᄌ의 감츈(蕩子感春)」에 등장하는 기공과 이공의 "문명ᄒ 이 시ᄃ에, 그러홈으로 문명은, 사롬을 일으키ᄂ, 츈풍이라ᄂ 격언이 잇소그려, 관공ᄉ립각학교에 입학ᄒ야, 방탕ᄒ든 마음을, 원슈ᄀ치 억졔ᄒ고, 젼심치지 공부ᄒ야, 졸업을 ᄒ 연후에, 샤회샹에 나아가셔ᄂ, 공익 ᄉ업을 젼력ᄒ고, 집에 잇서셔ᄂ, 니 집을 다스리면, 그 안이 사롬 된 직분에, 십분일이라도, 되지 안이ᄒ겟소"와 같은 대화에서 '방탕'과 같은 구시대의 '야만'적 습속을 버리고, 지금(식민지)의 문명한 시대에는 학교에 입학하여 학문에 힘써 사회와 공익사업에 전력하여야 한다는 주장을 읽을 수 있다.

이처럼 『매일신보』의 단편소설들은 '문명'과 '야만'의 이분법적인 담론을 이용하여 황국신민화를 위한 교육담론을 펼치는 『매일신보』의 식민주의 문명화 담론을 그대로 수용하고 있다. 그러나 이 시기의 『매일신보』 단편소설들이 그와 같은 식민지 문명화 담론만을 보여주는 것은 아니다. 왜냐하면, 처음에는 표면상의 친연성 때문에 애국계몽기의 개화 담론과 식민지 문명화 담론을 별 거부반응 없이 받아들이지만, 1914년 이후 일제의 조선 침탈이 보다 강력해지자 점차 저 문명화문의 진정한 의미를 깨닫기 때문이다. 그런 점에서 『매일신보』 단편소설들에는 식민주의 담론과 비슷하게 보이지만 결코 완전히 동일할 수는 없는 모방의 분열된 모습[246]이 나타날 수밖에 없었다.

일제의 문명화 담론은 일반 교육 뿐만 아니라 여성교육의 중요성 또한 강조한다. 그것은 "여자라도 샹당ᄒ 학문이 업스면 도뎌히 남의 안

---

246) 바바는 "식민지적 권위의 양가성은 반복적으로 모방(거의 없지만 아주 없지는 않는 차이)으로부터 위협(거의 전적으로 다르지만 아주 다르지는 않는 차이)으로 전환 된다"고 말한다. 그래서 모방은 필연적으로 식민지적 재현의 '권위부여'의 문제를 제기하게 된다고 한다. 호미 바바, 앞의 책, 188~191면 참조.

히 노릇도 훌업다"라고 말하면서 여성의 교육은 제대로 된 며느리와 아내와 어머니의 역할을 하기 위해서 꼭 필요하다고 주장한다. 하지만 『매일신보』에 실린 단편소설에서 제대로 된 교육을 받은 어머니나 아내의 모습은 찾아볼 수 없다. 그러나 교육받지 못한 구식여자가 가정에서 자녀 교육이나 아내로서의 역할을 충실히 해내는 경우는 찾을 수 있다. 1912년 10월 9일에 실린 최학기(崔鶴基)의 작품에 나오는 어머니는 비록 자신은 배움이 없는 사람이지만 자식의 공부를 위해서는 세간이라도 팔겠다는 의지를 보이며, 또 박치연(朴致連)의 단편소설247)의 아내는 기생에 빠져 재산을 탕진하고 돌아온 남편에게 명예롭기 살기 위해서는 학업을 하여야 한다고 권고하여 남편을 학교에 입학시켜 새로운 사람이 되도록 이끌고 있다. 이처럼 식민지 문명화 담론의 가장 큰 핵심인 교육의 강조에서 여성 교육과 현모양처에 대한 담론은 『매일신보』 단편소설에서 나타나는 여성담론과는 다른 모습을 많이 보여주고 있다.

한편, 당시의 신문기사에서는 "제일 걱정되는 것은, 남녀간 학싱들, 틈틈이 끼여안즌 것"이라며 연극장에서 남녀학생들이 붙어 다니는 행태와 여학생의 방탕함을 비판하고 고발하고 있는 것을 볼 수 있다.248) 당시 남녀학생들의 자유연애는 풍기문란의 근본원인으로 지적되고 있는데, 김진숙(金鎭淑)의 「련의 말로(戀의末路)」249)는 바로 그런 담론을 반영하고 있는 작품이다. 주인공 임경자는 자신이 사모하는 박대관과 결혼하고 싶으나 아버지의 반대로 다른 사람과 결혼한다. 그러나 나중에 남편의 친구로 초대되어 온 박대관을 보자 당황해하며, 다음날 그를 만나기 위해 찾아가나 문전박대를 당하고, 그 길로 정처 없이 떠돌다가

---

247) 제목없음, 『매일신보』, 1912.11.7~8.
248) 여학생의 방탕함을 비판하는 기사로는 「警告女子界」(『매일신보』, 1911.2.7), 「여학생의 鑑戒」(『매일신보』, 1913.9.26)가 있다.
249) 『매일신보』, 1912.11.12~14.

바다에 빠져 죽는다. 이 작품은 당시의 자유연애에 대한 비판적 담론을 수용한 것으로 간주될 수 있지만, 사실 거기에서는 임경자와 박대관의 연애를 지켜보는 임경자의 고모의 시선이 더욱 중요하다. 임경자가 겪을 고뇌를 생각하며 몹시 걱정을 하는 고모의 모습과 사고는 당시에도 자유연애를 단순히 풍기문란의 대상이 아니라 개인의 행복권을 추구하는 진정한 권리로 간주하고 있음을 느낄 수 있게 해 준다. 이 소설이 독자들에게 임경자에 대한 동정심을 불러일으키는 결과를 가져온 것은 바로 그런 이유에서일 것이다.

한편, 『매일신보』 소재 단편들에서는 앞서 살펴본 대로 주색잡기에 빠진 남성들이 많이 등장하며, 거기서 연극장은 그들이 기생과 함께 출입하면서 방탕한 생활을 하는 부정적인 장소로 나타난다. 그러나 이러한 모습은 『매일신보』가 추구하는 상업적 정책과 어긋나는 것이라고 할 수 있다. 당시 『매일신보』는 신문의 상업성을 높이기 위해 신파극 공연의 구독자들에게 반액 할인권을 제공하는 등 연극계와 긴밀한 관계를 맺고 있었는데, 그런 점은 다음과 같은 근일의 신연극계에 대한 찬사에서 잘 볼 수 있다.

> 靑年 派一團─ㅅ동연흥샤 청년 派一團에서, 하일에 쳥년학원 연쥬회를 셜힝흠은, 임의보도 ㅎ얏거니와, 그쌔의 일긔가 졸한흠을 인ㅎ야, 당초의 목뎍을, 츙분히 도달치 못ㅎ얏슴으로,오늘밤에 하일의 불만죡흔 졍황을 긔어히, 회복코져 흔다ㅎ니, 근일 신연극계의 공익상 열심이 이와 ㄳ치, 굉장흠은, 진실로 일반일ㅅ의 이목을 놀닐만ㅎ다고, 평판이 잇다더라250)

이것은 단편소설에 반영된 연극장의 모습과 매우 다른 것으로, 단편소설의 내용과 『매일신보』에서 상업적 정책의 일환으로 이용하는 담론 사이에 커다란 편차가 있음을 보여주는 것이다. 이처럼 당시 『매일신

---

250) 『매일신보』, 1912.11.9.

보』의 담론은 작품과 같이 실상에서 수행될 때에는 전혀 다른 모습으로 나타나고 있었다.

『매일신보』의 담론과 단편소설에서 보이는 담론 사이의 이러한 괴리는 피식민자가 식민자의 문명을 받아들여 흉내내는 교섭의 과정에서 생기는 '분열'의 양상이라고 할 수 있다.[251] 이러한 분열의 모습은 식민지 문명화 담론의 모방이 결코 동일한 모방으로 나갈 수 없음을 보여주는 한 예라고 할 수 있을 것이다. 그러므로 이처럼 완전한 동일화의 불가능성과 문명화 담론의 허위성을 서서히 깨닫게 되는 1914년 이후부터 현상응모 당선단편소설의 수는 현격하게 감소하며, 『매일신보』 기자들의 단편소설만 드물게 실리게 되는 것이다.

한편 『매일신보』 단편소설에서의 현실 상황은 현시대의 야만적 습속이 구체적으로 드러나고 있는 것에 비해, 그것의 극복 과정은 학문만 열심히 하면 이루어진다는 추상적 이념으로 제시[252]되어 있음을 주목할 필요가 있다. 이것은 일제가 내세우는 문명화론과 일선동화론의 허위성에서 비롯된 것으로, 그들은 조선을 '야만'으로 내세워 '문명'인 자신을 닮아야 한다고 주장하면서 일선동화론과 문명화론을 펼치지만 결코 그들과 똑같아지는 것을 원하지는 않았다. 그래서 그들이 문명화론을 통해 내세우는 '근대'는 원래부터 조선인들은 결코 도달할 수 없는 추상적 근대에 지나지 않았고, 『매일신보』 단편소설들이 보여주는 현실의 구체성을 결여한 낙관성은 결국 당시의 식민지 문명화 담론이 지닌 허위적이고 추상적 이념으로만 제시된 근대를 보여주는 결과를 낳게된다. 그런 허위성을 현실 속에서 점점 깨닫게 되고 여기에서 오는 현실과 자아의 괴리로 고민하다가 종국에는 내면으로 침잠해 들어가는 모습을 1910년대 후반 『청춘』·『학지광』에 실린 단편소설들에서 종종

---

251) 호미 바바, 앞의 책, 177~191면 참조.
252) 이런 문명개화의 이상적 관념성은 신소설에서 여러 차례 지적되었다. 권영민, 「신소설과 조선 보호론의 실체」, 『한국 개화기 소설 연구』, 태학사, 2000.

볼 수 있다. 이와 같은 단편소설의 특징은 사회로부터 격리되고 사회와 갈등을 일으켜 그 울타리 밖으로 밀려난 고립자들에게 초점을 맞춘다고 규정하는 Ian Reid의 해설에서 이해할 수 있다.

> 단편소설은 왕왕 사회로부터 모종의 방법으로 격리되고, 사회의 정상규범과 갈등을 일으켜 울타리 밖으로 밀려난 한두 사람의 고립된 인간에 초점을 맞추는 일이 흔히 있다. (…중략…) 단편은 보통 그 범위가 한정되어 있고 주관적인 경향을 띠고 있어서 장편을 서사시에 비긴다면 단편은 서정시에 해당한다. (…중략…) 예컨대 단편은 그 단소성과 섬세성 덕분으로 한 개인이 가장 정신을 차리고 있는 순간이나 가장 고독한 순간을 각별한 정확도를 가지고 골라낼 수 있는 것이다.[253]

그러므로 많은 논자들이 『청춘』과 『학지광』의 1910년대 단편소설의 특징으로 설명하고 있는 내면고백체의 단편소설은 바로 이러한 근대적 문학 장르로서의 단편 양식과 밀접한 관련이 있음을 알 수 있다. 그런데 『매일신보』의 단편소설도 초기에는 집단적 자아의 성격을 벗어나지 못한 전근대적인 모습을 보여주고 있지만, 1910년대 후반으로 가면서 위와 같은 근대적 단편소설로서의 면모가 서서히 갖추어짐을 볼 수 있다. 1919년 8월 11일에 실린 이석정의 「유혹(誘惑)」과 이익상의 「낙오자(落伍者)」가 바로 그러한 작품이다. 「유혹」은 동경으로 유학 온 학생들이 모여 사는 하숙집에서 기독교를 믿는 만수만 제외하고는 모두 학업에 열중하지 않고 유흥에 들떠 있는데, 결국 만수도 그들과 어울려 유흥을 즐기게 된다는 내용의 작품이다. 여기에서는 유학생의 고뇌와 주위의 유혹을 피하는 것이 얼마나 어려운가 잘 나타나 있는데, 이것은 앞의 추상적 계몽성을 띠고 있는 서사의 유학 성공담과는 상반된 모습이다. 다시 말해 낭만적이고 희망적으로만 보이는 유학생활이 실제 현실에서는 사회의 정상 규범과 많은 갈등을 일으켜 오히려 사회와 고립된 인간을

---

253) Ian Reid, 김종운 역, 『단편소설』, 서울대 출판부, 1979, 46면.

만들어내게 됨을 보여주는 것이다. 또한 「낙오자」는 "田園은 결코 落伍者의 收容所가 아니오, 逃走者의 避難處가 아니외다. 田園生活에는 田園生活의 精神이, 짜로 잇셔야 홉니다. 特別혼 覺悟가 잇셔야 함니다"와 같은 구절을 통해 당시 지식인들이 막연히 지향하는 전원생활의 문제점을 꼬집고 있다. 이처럼 이 두 작품은 당시의 근대 문명론이 지닌 실력 양성론의 허상과 낭만적 생활에 대한 막연한 동경에 비판적 시각으로 접근하고 있다. 『매일신보』에 이런 단편소설이 현상응모 될 수 있었던 것은 앞서 살펴 본 바와 같이 1919년에 있었던 현상문예 모집에서 순문예를 표방하여 '문예페이지'를 만들겠다는 『매일신보』의 의도가 있었기에 가능하였던 것이다. 또 이 두 작품은 앞서 1910년대 초기 단편소설의 거의 대부분이 순언문으로 표기된 것과는 달리 국한문혼용으로 게재되고 있는 것으로 보아, 지식인들이 『매일신보』 단편소설의 현상모집에 참여하고 있었으며, 『매일신보』 단편소설과 잡지 소재 단편들이 서로 영향을 주고받았음을 짐작할 수 있다. 요컨대 『매일신보』 단편소설은 1910년 이전의 계몽적 담론이 우세하였던 단형서사물과 1920년대의 본격적인 근대 단편소설의 징검다리 역할을 하였던 것이다.

이상에서 1910년대 전반기의 『매일신보』에서 통속화된 '재미'를 추구했던 장편연재소설은 식민초기의 조선 식민지 사회를 안정화 시키고 식민지배 체제를 효과적으로 구성하기 위해 대중들의 동의를 얻기 위한 수단으로 이용되었고, 그에 비해 『매일신보』 단편소설들의 현상 모집과 게재는 독자 유치를 위한 상업적 정책과 더불어, 『매일신보』의 주된 담론인 식민지 담론을 직접적으로 전파하는 계몽적 정책에 이용되었음을 알 수 있었다. 그리고 그러한 『매일신보』 소재 단편소설은 1910년대 초기에 집중적으로 나타나고 있는 까닭에 1910년대 이전의 단형서사문학과 1910년대 말부터 본격적으로 보이기 시작하는 근대 단편소설을 이어줄 수 있는 열쇠를 가지고 있다는 점에 근대적 의의가 있다 할 수 있겠다.

제4장

식민지배체제 강화담론과 소설의 성격분화

1910년대 후반기 소설

1. 식민지 통제 강화와 대중 지향형 오락소설의 확장

1) 서구문학의 번역과 대중적 흥미 강조

러일전쟁의 승리로 조선에 대한 침략의 발판을 확고히 했던 일본은 이에 힘입어 결국 1910년 한일병합을 이뤄 냈으며, 또 1914년 1차 세계대전에서는 서구 열강과의 대결에서 승리함으로써 그 위세가 더욱 강해졌다. 그래서 1910년 합방 이후 계속 자신들의 조선 식민지 지배에 대한 당위성을 주장해오던 일본은 1914년 세계대전을 계기로 안으로는 조선에 대한 식민지배체제를 전반적으로 정리하여 식민 사회의 통제를 강화하고, 밖으로는 이 전쟁을 발판으로 일본의 지배 영역을 중국·만주로까지 넓히려고 하였는데, 이러한 일본의 의도는 당시 『매일신보』에서도 잘 드러난다.

일본 총독부는 1914년 10월 23일 『매일신보』의 사옥을 경성의 한 복 판에 신축하게 되는데, 이를 계기로 '신축발전기념(新築發展記念)'호를 연일 발간하면서 총독부 기관지로서의 『매일신보』의 중요성을 재차 확 인시킨다.

『매일신보』 박이는 집이 이 집이라오 더러케 공을 드려 여러 사롬이 만다라 가지고 여러 인민의 지식을 발달케 ᄒ고 각 샤회의 쇼문을 전ᄒ며 만리ᄒ외의 젼징이 나던지 큰 ᄉ건이 싱기는 날에는 뎐보라 ᄒ는 것으로 삽시간에 통괴ᄒ 야 우리 여러 사롬으로 안져셔도 만리의 ᄉ졍을 눈으로 보는 것 갓치 알게 ᄒ 야 쥬는 것이 모다 미일신보라 ᄒ는 것이 잇기에 그 은혜로 우리가 셰계 형편 이며 너디 ᄉ졍을 쎄다러 아는 것이 올시다 신문이라ᄒ는 것이 업스면 우리 사롬은 죠셕밥이 업는 것과 ᄀ습니다 「사롬이 밥을 못 먹는 것이나 사롬이 신 문을 못 보는 것이나 조곰도 다룰 것이 업습니다」 하며 득이 만면ᄒ야 도도히 셜명ᄒ는 바롬에 늙은 부인들은 졍신업시 쓸의 얼골만 치여다 보고 잇다가 「올치 그러ᄒ니가 미일신보라 ᄒ는 것이 이 집에서 박히는 것이로구나 아 고 집도 굉쟝ᄒ다 이럿케 돈을 드리고 여러 빅 명 사롬이 이를 써서 신문을 박여 다가 우리들을 보게 ᄒ여쥬니 참 고마운 사롬들도 잇다 그 공으로 ᄒ드리도 리일부터는 신문을 ᄌ셔히 보아야ᄒ겟다」 로인들은 시간이 가는 줄도 아지 못 ᄒ고 갓가히 가셔 보앗다[254]

위의 글은 『매일신보』 본사 신축을 축하하는 어느 부인의 투서이다. 여기서 이 부인은 신문의 중요성을 강조하면서 특히 매일신보사는 우 리에게 세계의 형편과 내지사정을 깨닫게 해주는 고마운 신문임에 거 듭 감사하고 있음을 알 수 있다. 또한 그것을 위해 이렇게 많은 돈을 쓰 고, 많은 사람들이 노력하는 것을 보고 내일부터는 더욱 자세히 신문을 보아야겠다는 다짐까지 하고 있다. 이러한 「독자긔별」에 나타난 이야기 들은 당시 바로 이어져 나오는 "자작자급(自作自給)의 필요" 등을 강조하

---

254) '婦人이 每日申報社를 見고', 「독자긔별」, 『매일신보』, 1914.10.27.

는 '도장관회의(道長官會議)'의 종료 후 그 결과를 담고 있는 테라우치의 훈시[255]와 함께 『매일신보』를 통한 식민지 지배 체제를 다시 한번 확인하게 하며, 그에 대해 대중들이 적극적으로 동조하고 있음을 인식케 하는 역할을 한다.

이와 더불어 『매일신보』는 사설에서 "今日에 在호 朝鮮民族은 虛禮를 崇尙호고 空想에 馳하는 風習을 除去호고 殖産興業호여 勤儉貯蓄호야 (…중략…) 生存競爭에서 角逐홈을 얻을지니, 此가 則 總督政治의 眞義를 諒解호는 者라 홀지로다"[256] 등과 같은 「조선민족관」을 연일 게재하는데, 여기에서는 식민 통치의 전반적인 상황을 되돌아보면서, 조선의 미개함과 이를 개선하고자 노력하는 일본 총독부의 의지를 확인·강조하고 있음을 알 수 있다. 이와 같이 일본 지배의 정당성을 제기하거나 동양 평화의 담지자로서의 일본의 우월성을 주장하는 것들은 조선에서 일본의 지배가 어느 정도 안정이 되자, 이제는 식민지배체제를 더욱 공고히 하려는 의도에서 비롯된 것이다. 이러한 모습은 다음 인용에서도 확인할 수 있다.

> 朝鮮民族은 日本帝國의 臣民되는 事를 自覺하는 同時에 日本帝國의 對호야 忠誠을 盡홀 義務가 有홈을 自覺지 아니홈이 不可호도다
> 朝鮮民族은 能히 此를 自覺호는가 自覺지 못 호난가 此를 自覺하는 者는 總督府政治의 眞義를 了解호는 者요 (…중략…) 朝鮮民族이여 朝鮮民族은 今에 世界의 一等國民되는 幸福을 享有홀 樂觀點에 在호가 種族의 殄滅을 不免홀 悲劇點에 在호가[257]

위의 인용을 보면, 『매일신보』가 조선민족이 일본제국의 신민이 되어야 함을 자각하는 동시에 일본 제국에 대하여 충성을 다할 임무가 있

---

255) 『매일신보』, 1914.11.6.
256) 「조선민족관」, 『매일신보』, 1914.11.25.
257) 위의 글.

음을 자각하는 자는 총독부 정치의 진의를 진심으로 이해하는 자이며, 이것의 유무에 따라 지금 조선민족은 세계에서 일등 민족이 되어 행복을 누릴 수도 있고 반대로 종족이 멸망을 피할 수 없는 비극적 상황에 놓이게 될 수도 있다고 주장함을 알 수 있다. 이러한 내용에는 일제의 조선 지배를 더욱 정당화하고, 그 중요성을 독자들에게 확실히 각인시켜 조선의 황국신민화가 이제는 불가피한 일임을 깨닫게 하려는 의도를 담고 있는 것이다.

또 한편에서는 이와 같이 강화된 식민지배 담론의 영향으로 조선민들도 점차 그런 일제의 정책에 동조하고 있음을 확인할 수 있다.

> 감안히 싱각ᄒ면 우리 죠선사롬이 실업시 복은 만은 모양이야요 년젼 쳥국 혁명당 란리 ᄶ에도 나라 디경이 셔로 련ᄒ야 가위 격쟝가의 란리가 낫건만은 우리는 아모 근심 업시 귀샤 신보의 쇼기로 구경만 잘 ᄒ을 모양이니 이것이 모다 누구 덕이라 ᄒᆞᆯ가요 단뎡코 우리 어지신 텬황 폐하의 위염과 덕틱이요 ᄯᅩ ᄒᆞᆫ ᄉᆞ니 총독의 밝고 업ᄒᆞᆫ 신졍치의 효험이라ᄒᆞ겟슴니다 「解頤生」258)

「독자긔별」란에 실린 이 글은 구주의 전란 중에도 조선이 안위를 유지하고 있는 까닭은 모두 천황의 위엄과 총독의 밝은 정치 때문이라고 찬사하는 글이다. 『매일신보』가 이와 같은 글을 독자란에 싣고 있는 것은 당시 조선의 일본 식민지배가 원활히 잘 이뤄지고 있음을 강조함과 동시에 조선민들이 그것을 당연한 것으로 여기기를 바라는 편집진의 의도도 함께 포함된 것이라 말할 수 있다. 일제의 식민지배를 독자가 직접 칭송하는 이러한 글은 사설에서 보이는 강력한 주장보다 훨씬 효과적으로 일반 대중들을 선동할 수 있는 것이기 때문이다. 이처럼 1910년대 중반으로 넘어 오면서 『매일신보』는 조선총독부의 식민지배체제에 대한 정책 강화를 신문사설과 독자란 등을 통해 적극적으로 반영하

---

258) 「독자긔별」, 『매일신보』, 1914.8.8.

고 있음을 알 수 있다.

조선 안에서의 식민지배체제 강화를 위한 이러한 여러 노력과 함께 대외적으로 일본은 1차 세계대전을 계기로 식민지배 영역을 중국, 만주로까지 넓히려는 야심을 드러내는데, 이러한 모습은 열흘간이나 연재되고 있는 「구주의 전란과 동양의 안위」라는 사설259)에서 구체적으로 드러난다.

> 同時에 帝國과 一心同體가 되야 白人의 跋扈에 依ㅎ야 赴할 將來의 危險을 防止ㅎ기로 訓練치 안이치 못홀지라. (…중략…) 直言ㅎ면 帝國은 此 機會에 大陸의 基礎를 鞏固케 ㅎ고 將來의 危險을 未然에 防止ㅎ야 東洋 永遠의 平和를 確保홈에 努力치 안이치 못 홀 것이라 ㅎ노라260)

일본은 위와 같은 『매일신보』 사설을 통해 1차 세계대전의 원인을 독일과 러시아의 동양 진출 경쟁에서 비롯된 것으로 주장하고, 영국·러시아·프랑스 측과 독일·오스트리아 진영이 서로 대립하고 있다고 전쟁의 상황을 말한다. 그리고 일본은 이러한 전쟁에서 영국 진영의 승리를 확신하고 있으며, 그렇기 때문에 승리 진영의 일원인 영국과 동맹을 맺어야 한다는 당위성을 다음과 같이 주장한다.

> 英國이 과연 宣戰을 布告하얏다ㅎ면 同盟國되는 日本帝國도 其 態度롤 解明히ㅎ지 아니치 못홀지라. (…중략…) 日本이 同盟國의 義務로 其 渦中에 投ㅎ야, 万一 獨逸과 戰ㅎ는 事一有ㅎ다 ㅎ면, 日本은 膠州灣을 處置홈을 得홀지오261)

이와 같이 1차 세계대전은 일본 식민사상의 조류를 좀 더 확대, 다양

---

259) 『매일신보』, 1914.8.4~13.
260) 「歐洲의 戰亂과 東洋의 安危 (十)」, 『매일신보』, 1914.8.13.
261) 「歐洲의 戰亂과 東洋의 安危 (五)」, 『매일신보』, 1914.8.8.

그림 13 『매일신보』는 1914년 제1차 세계대전이 발발하자 「歐洲의 戰亂과 東洋의 安危」라는 세계대전에 관한 기사와 사진을 연일 싣고 있다(1914.8.4). 이는 당시의 전쟁에 대한 『매일신보』의 관심을 반영한 것이다.

화하는 계기로 작용하였다. 이러한 계기에 따라 1914년을 전후로 해서
『매일신보』의 분위기도 상당히 많이 변하고 있음을 알 수 있다. 전쟁의
상황을 계속 기사화하고, 또 영국진영과 대립되는 독일제국에 대한 다
양한 기사를 싣게 된다. 이러한 기사를 싣기 위해 1914년 8월 4일 부녀
자들에게 재미있고 유익한 일들을 전달하기 위해 만들었던 '부녀신
문'262)을 소리없이 없애기도 한다. 이처럼 이 시기 『매일신보』의 지면
은 전쟁에 대한 기사나 전쟁에 참여하는 서구 제국에 대한 소개글로 가
득 찼다.

한편, 전 세계를 휩쓸었던 세계대전에 따른 세계정세 변화에는 대전
참가국인 일본에서 유학을 하고 있었던 조선 유학생들도 다음과 같이
예민하게 반응하고 있었다.

> 압헤도 엿준 것처럼 이번 戰爭은 三國同盟과 三國協商과의 쐐기가 좀 물너
> 진 싸닭이니 墺國皇太子의 暗殺事件이 업슬지라도 벌서부터 大戰爭의 形勢
> 가 進捗되얏섯더라263)

> 世人이 共知하는 바와 갓치 今日 歐洲戰爭이 全世界經濟界에 未曾有의
> 波瀾을 起하엿으며, 又富의 分配를 平等케 하야 富者가 貧者되고 弱者가 强
> 者가 되엿소, 이것은 日本이 歐洲列强의 軍事費調達에 一策原地가 된 것이며,
> 英京倫敦의 金融中心點이 紐育으로 移轉된 것이올시다.264)

---

262) '부녀신문' 시작. "우리 미일신보는 여러 부인의 이독ᄒ시는 이룰 위ᄒ야 귀중ᄒ 신
보의 한 모퉁이를 큰 마음먹고 빌혀 특별히 「부녀신문」이라는 한 조고마ᄒ 신문의 런
디를 다시 비포ᄒ야 놋코, 견슈히 부녀의게 유익ᄒ고 부녀의게 자미잇슬 것을 만히 긔
록ᄒ야 집안에 드러 안젓는 부녀로 하야곰 문명ᄒ 셰샹의 학식에 뒤지지 안코 쏘 ᄒᆫ
편으로는 시로 알 여러 가지 유조ᄒ 일을 살림스리에 실샹으로 힝ᄒ야 아모됴록 미일
신보에셔 특별히 여러 부텨 독자에게 못쳐럼 밧쳐 드리는 죠흔 경셩을 유익ᄒ 편으로
써 만흔 리익과 큰 ᄌᆡ미를 엇으시기를 바라오."(『매일신보』, 1914.8.4, 3면)
263) XY생, 「西亂原委錄」, 『학지광』 3호, 1914.12.
264) 노익근, 「現下의經濟界와及其今後變遷에대하야」, 『학지광』 14호, 1917.11.

위의 인용문에서 『학지광』의 논자들은 위와 같이 세계대전 발발의 근본 원인과 성격을 분석하고 그것의 영향력에 대해서도 예견하고 있음을 볼 수 있다. 조선을 떠나 일본에 있었던 그들은 참전국에 직접 속해 있기 때문에 이러한 국제 정세에 더욱 민감했던 것이다. 또한 이러한 세계대전에 대한 관심은 각국이 보여주었던 과학 및 물질문명에 대한 관심으로 이어지는데, 그들은 세계대전을 통해 알게 된 서구의 문명화된 사회에 경이감을 느끼고 있음을 다음에서 볼 수 있다.

> 今番의 大戰亂은 모든 사람이 말하는 바와 갓치 前古來曾有의 大活劇이니 그 兵員數의 夥多함과 入參 한국의 强하고 쏘 多함과 쏘 그 舞臺面의 廣大함 이엇으로 보든지 古人의 經驗하지 못하는 代役이라.
> (…중략…) 長久한 歲月을 費한 모든 科學的 硏究, 物質的 文明은 한아 쌔지 아니하고 다 利用되지 아니함이 업스니 위로는 飛行機 飛行船 밋흐로는 潛航艇 水雷砲 뵈게는 二十四珊知砲 안 뵈게는 無線電信 보느니 기막히고 듯느니 놀납도다, 참으로 二十世紀의 科學發達 物質文明은 이 아마 今日의 大事의 準備가 아니런가를 疑心하노라.265)

이제까지의 서구의 과학적 연구 및 물질적 문명이 이 대전에서 모두 보이는데, 그 정도가 정말로 기막히고 놀랍다는 내용의 글에서 서구의 문명화된 이기에 경도된 유학생의 모습을 엿볼 수 있다.

이처럼 1914년 세계대전을 계기로 일제는 조선 식민지 사회를 중심삼아 안으로는 식민지배정책을 더욱 강화하고, 밖으로는 중국과 만주로까지 제국주의적 세력을 확장하려는 야심을 보이고 있음을 알 수 있다. 이러한 정세의 변화에 따라 『매일신보』의 소설에 대한 정책도 소설을 오락중심의 대중소설과 계몽중심의 지식인 소설로 분화시켜 각각 강화하고 있음을 볼 수 있다. 이는 조선 내의 대중들을 좀 더 효과적으로 통제하여 식민지배 체제를 더욱 공고히 하기 위해 그들의 취미에 부합하

---

265) JC생, 「潛航艇의 勢力」, 『학지광』 3호, 1914.12.

는 대중소설이 필요함과 동시에, 한편으로 조선에서 일본의 지배력을 더욱 강화하기 위해서는 중류 이상의 지식인 계층의 포섭이 필요하였기 때문에 그들을 영합할 수 있는 지식인 소설 역시 요구되었기 때문이다. 이러한『매일신보』편집진의 필요에 의해 1910년대 후반의 연재소설은 대중소설과 지식인 소설로 분화되어 두 종류의 소설이 공존하면서 서로의 역할을 수행하게 된다.

우선『매일신보』는 1차 세계대전을 전후로 하여 서구에 대한 관심이 대내외적으로 높아지자, 이와 같은 현상을 반영하여 심우섭의「형제」와 이상협의「정부원」과 같은 서구문학 번역 작품을 연재한다. 이러한 서구문학의 번역은 서구에 대한 관심과 더불어 1910년 중반 이후 신파극의 급격한 쇠퇴를 계기로 신파극이나 일본 가정소설의 번안물 외에 새로운 형태의 '오락'거리에 목마른 대중독자들의 관심을 끌기 위한『매일신보』의 의도에서 시작된 것이었다.

그래서 조중환의 일본 가정소설 번안 작품들이 독자들에게 식상해져 갈 무렵,『매일신보』에는 다음과 같은 서구문학 번역 작품이 연재되었던 것이다.

新小說 豫告「兄弟」
오리동안 여러분의 가쟝 이독 환영ᄒ시던 본보 련지쇼셜 단쟝록은 스오일 니로 맛치게 되겟고 그 뒤를 니어 시로 취미가 진진ᄒ 쇼셜이오 이 쇼셜은 격쟈가 여러 달 동안 고심 로력ᄒ야 세계에 유명호 론돈타인쓰라는 신문에 련지되야 셰샹에 쩌들던「지나간죄」라는 쇼셜을 근본으로 숨고 인졍 풍쇽을 교묘히 우리 죠선에 맛도록 혹 번역도 ᄒ며 혹 즈긔의 의亽를 붓치여 모즈 간의 근졀호 사랑과 형뎨 간에 두터운 은이와 의긔가 일편에 넘치며 셰샹이 문명홀스록 인류의 싱활은 더욱 더욱 위험호 현샹이 눈압헤 소연이 낫하나고 간간히 빅졀쟝졀ᄒ여 보는 사름으로 ᄒ야곰 계으른 쟈는 쾌할ᄒ고 용감호 ᄆ암이 스스로 일씨오 눈물만코 피 만혼 쟈는 참 마암으로 쓰러 나오는 동졍심을 금치 못 홀지며 더욱 본 쇼셜은 번거호 잔소리는 모다 이것을 피ᄒ고 간명히 그 亽실을

긔록훈 것이오니 익독 졔군은 다대훈 흥미를 붓치여 계속 익독ㅎ시오266)

위의 소설 예고는 심우섭의 「형제」에 대한 것이다. 원작과 원저자의
이름은 밝혀져 있지 않지만, 그 출처가 영국의 런던 타임즈임은 분명
알 수 있다. 물론 이는 영국 소설을 일어로 번역한『過去の罪』를 토대
로 번안한 것이지만267) 이제까지의 일본 가정소설 번안 작품과는 달리
"셰샹이 문명 홀스록 인류의 싱활은 더욱더욱 위험훈 현샹이 눈압헤 소
연이 낫하나고"와 같은 말에서 독자들에게 좀더 문명한 세상에 대해 소
개해 주고 싶은 의도를 엿볼 수 있다.
　이 작품은 병석에 있는 어머니가 형 영식에게 자신이 죽거든 동생 칠
식이를 잘 부탁한다는 유언을 남기고 죽는 것으로 시작된다.

　　소학교 교스의 안히가 되야 일평싱 곤궁훈 싱할을 참고 지니다가 중년에 그
　　남편을 다시 도라오지 못 ㅎ는 길로 리별ㅎ고 다만 아들 형뎨롤 다리고 왼갓
　　고초롤 당히 가며 두 아들을 그 만치 길러 놋코 인ㅎ야 즈긔도 남편의 뒤롤 싸
　　르갓도다
　　이와 ঽ치 말ㅎ는 영식은 십구 셰의 셩년으로 아리 강건훈 신톄와 견학훈
　　심지를 가졋다홀지라도 이 신산훈 셰샹에 과연 그 아오롤 원만히 도아주어 모
　　친의 림종 시 유언을 져바리지 안이홀는지268)

이와 같은 어머니의 유언에 따라 형 영식은 아픈 동생의 약과 고기를
사기 위해 추운 겨울날 눈을 쓰는 힘든 일까지도 서슴지 않고 한다. 하
지만 동생 칠식이는 추운 겨울을 이기기 위해 외투를 훔치게 되고 형에
게는 박의관의 집에서 얻어 왔다고 거짓말을 한다. 이러한 사실을 모르
는 형 영식은 양식을 조금이라도 구하기 위해 그 외투를 전당포에 잡힌

---

266) '「형제」소설 예고', 『매일신보』, 1914.5.19.
267) 양승국, 앞의 책, 110면.
268) 「형제」, 『매일신보』, 1914.6.11.

다. 이때부터 두 형제의 고난사는 시작되는 것이다.

전당포에 맡긴 외투가 훔친 물건으로 밝혀지자 형 영식은 동생의 죄를 대신 짊어지고 감옥에 갔다 오게 된다. 이러한 일로 인해 더 이상 조선에서 살 수 없게 된 형제는 중국 상해 요리점 하인으로 가게 된다. 한편, 상해의 요리점에서 일하던 형제는 우연히 일본 사람이 늙은 노신사의 가방을 훔치려는 계획을 엿듣고, 이들을 잡아주는 것이 계기가 되어 노신사가 일하는 상해 은행에 수위로 취직하게 된다.

이처럼 주된 배경이 중국이며, 일본 사람이 도적으로 등장하고 조선 사람은 일본 사람이 아닌 청나라 사람을 도와 일을 하는 내용의 이 작품은, 당시로서는 평범하지 않은 이런 설정을 통해 독자들의 관심을 끌고 있다. 이인직의 신소설을 비롯한 당시의 소설에서 청나라 사람들은 대체로 부정적 인물이고 일본인은 조선인을 위한 구원자로 등장하던 것과 비교한다면, 이 소설에서의 이런 모습은 일제의 식민지라는 상황에 처해 있던 독자들에게 특별하게 다가올 수 있는 부분이다. 또한 이 소설에 나오는 중국인들의 모습은 대부분 상류사회의 유명 인사들로 그들의 가정은 문명한 시대의 모습을 보여주고 있는 것이 특징이다. 이는 번안과정에서 배경이 미국에서 중국으로 바뀐 것인데, 실제로는 서구 귀속 사회의 모습이었던 것이나.

그 은힝 샤원들의 안히들은 때마다 샤쟝이 난화쥬는 야치를 은힝 결산에 샹여금과 깃치 환영ᄒᆞ는 터이라 반공일이 되면 그 집 비복들은 시미 괴로워ᄒᆞ는 날이니 그것은 반공일 오후에는 의례히 공치는 운동회가 잇슴으로 여러 손님 더졉홀 음식을 만드노라 여러 쏠들이 부엌을 졈령ᄒᆞ고 학교에서 비운 음식 만드는 법을 실습ᄒᆞ니 비유히 말ᄒᆞ면 열아홉 살 된 경희는 졔일 두목으로 대쟝의 자격 즘 되고 세 사롬 의 동성들은 참모관이나 쟝교 씀 되고 그의 하인들은 하사 병명들과 깃ᄒᆞ나 잇다금 두목되는 더쟝이 하사 병명들의 지휘를 밧는 때가 잇슴은 쏘ᄒᆞᆫ 진긔ᄒᆞᆫ 일이라ᄒᆞ겟더라[269]

이처럼 이 작품은 사장이 은행 직원들에게 직접 기른 야채도 나누어 주며, 반공일이 되면 사장 집의 운동장에 모여 석공(테니스)을 치는 운동회도 여는 것과 같은 서양 상류사회의 모습을 보여준다. 또한 철식과 영자가 교회에서 서양식 혼례를 치르는 모습이나, 또 교통사고를 당한 철식이 임종 직전에 목사에게서 병자성사를 받는 모습 등을 보여줌으로써 서구 사회에 대한 독자들의 호기심을 충족시키고 있다. 그리고 이들이 근대 문명사회의 이기를 담고 있는 '식산은행'에 종사하고 있는 모습이나, 그들의 일을 통해 다음과 같이 금융이나 신용 등의 중요성을 보여줌으로써 독자들에게 서구 사회에 대한 동경심을 자아내기도 한다.

> 만일 쟈네가 인천에 가서 잇다가 이 비밀이 남의 알미 되고 보면 곳 은힝 신용 상에 큰 영향이 잇고 쥬쥬일들도 크게 의심홀 것이오 그 비밀이 언의 째에 드러날는지 몰을 것은 이 편지가 온 것으로 가히 알지라[270]

형 영식이가 예전에 동생의 죄를 대신하여 감옥에 갔던 것이 사장에게 알려지자 사장이 은행의 신용을 위해 영식이의 인천지점 지점장 행을 취소하고 있는 위의 내용을 보면, 당시의 근대사회를 살아가는데에 신용이 얼마나 중요한가를 독자들이 깨닫게 되는 것이다.

한편 번역소설 「형제」는 이러한 문명사회의 새로운 모습을 독자들에게 보여주면서 그들의 흥미를 유도할 뿐만 아니라 이제까지의 '남녀' 중심의 가정소설과는 분위기가 다른 '형제' 간의 모습을 다루면서, 당시 유교적인 조선 사회에서는 생각할 수 없는 한 여자를 두고 형제들끼리 삼각관계를 형성하는 독특한 갈등구조로 독자의 호기심을 자극하고 있음을 볼 수 있다. 형 영식이 동생 철식이의 약혼자 영자를 보고, 그의

---

269) 「형제」, 『매일신보』, 1914.6.21.
270) 「형제」, 『매일신보』, 1914.6.26.

미모에 반하여 고뇌하는 모습은 당시 유교적인 사회 분위기에서는 충격적인 내용인 것이다. 그러나 영식은 자신의 의지로 그러한 갈등을 잘 극복하고, 또 후반부에 가서는 사장의 딸인 경희를 중심에 두고 상옥과 갈등 관계를 형성하게 된다. 특히 영식을 좋아하는 경희는 그런 자신의 마음을 숨기지 않고 적극적으로 구애를 하는 등, 자유연애를 추구하는 근대적 여성의 모습을 보여준다. 경희는 영식의 과거의 비밀을 알고도 오히려 그를 더 신뢰하기도 하고, 그가 서상옥의 잔꾀에 빠져 억울하게 죄를 덮어 쓰자, 그의 무죄를 해명하기 위해 적극적으로 힘을 쓰기도 한다. 이러한 경희의 모습은 당시 대중독자들에게 호응을 얻을 수 있는 부분이며, 또 상류사회를 배경으로 한 이와 같은 미남미녀들의 연애담은 대중독자들의 현실에서 결핍된 욕구와 문명사회에 대한 동경을 충족시킬 수 있는 것이었다.

이와 같이 번역소설 「형제」는 이세까지의 가정소설에서 보이는 모자 이합이나, 여성의 수난사 등과 같은 일본 가정소설의 분위기에서는 많이 벗어나, 예사롭지 않은 갈등구조와 서구 귀족사회의 여러 풍습, 자유 연애를 적극적으로 추구하는 근대적 여성 등을 통해 독자들의 관심을 유도하고 있음을 알 수 있다. 특히 「형제」는 당시 1차 세계대전을 계기로 독자들의 관심이 서구 제국으로 넓어지는 분위기에 힘입어 독자들에게 많은 환영을 받을 수 있었던 것이다.[271]

한편 이러한 분위기 속에서 이상협은 「정부원」이라는 서양소설을 독자들에게 선보인다. 그 역시 일본 가정소설 번안물과 신파극에 빠져있던 독자들에게 생소한 서양의 문물을 담은 소설을 번역하여 소개한다는 것은 모험적인 일이었다. 그래서 다음과 같은 예고를 통해 독자들의 관심을 미리 집중시킨다.

---

271) 양승국, 앞의 책, 110면 참조.

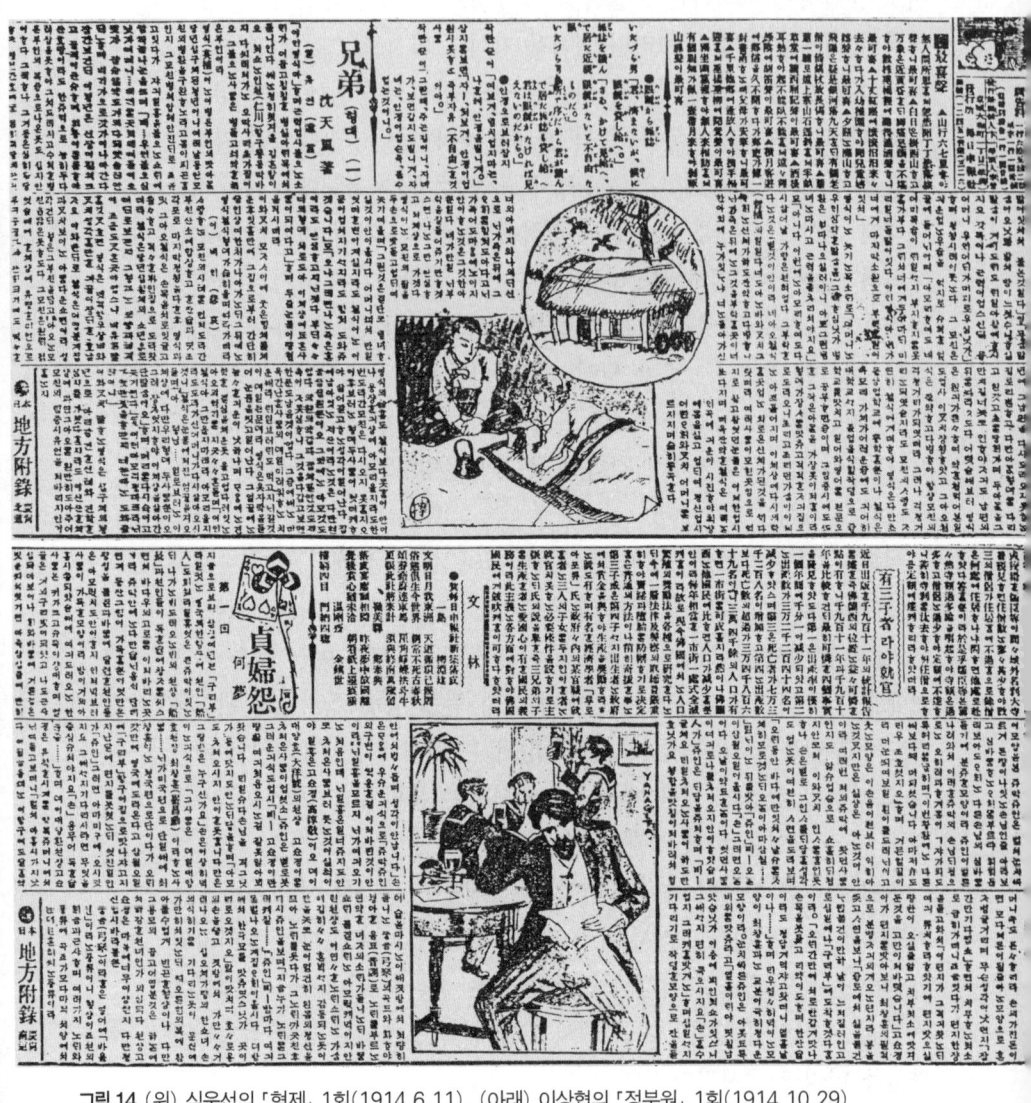

그림 14 (위) 심우섭의 「형제」 1회(1914.6.11), (아래) 이상협의 「정부원」 1회(1914.10.29)

新小說豫告 뎡부원(貞婦怨)

「뎡부원」은 신쇼셜 「눈물」을 게지ᄒ야 신문에 니이던 쇼셜 중 무쌍ᄒ 환영을 밧앗고 「만고기담」을 번역ᄒ야 세계의 큰 보비롤 우리의게 쇼기ᄒ 리샹협 션싱의 그동안 근고 모흔 열미라

「졍부원」은 본리 셔양의 쇼셜이라 지금 덕국과 젼쟁ᄒᄂ 영국 사름이 지은 쇼셜로 일빅 년 이리 세계에 유명ᄒ 쇼셜이라 고로 여러 나라 말로 번역되야 넓히 힝ᄒ던 바이라 (…중략…)

쥬인공의 깃거운 것을 보면 스사로 우숩이 나올지오 그 슯흠을 보면 눈물이 먼져 앞흘 셜지니 이것이 셔양 소셜 안이고ᄂ 용이히 엇어 보지 못 홀 것이오 ᄯ한 셔양 쇼셜의 한 특싴이오 왼젼하 스실의 ᄌ미롤 취ᄒ야 쇼셜을 스랑ᄒᄂ 사롬의 모다 됴와ᄒᄂ 바이라 (…중략…)

엇지ᄒ얏던지 이번의 소셜은 이젼에 우리의 구경치 못 ᄒ던 신긔ᄒ 시 시험이라 독쟈의 젼과 갓치 사랑ᄒ야 읽기롤 바라노라[272]

「졍부원」은 위에서 말하는 바와 같이 새롭게 시도되는 시험적인 번역이었던 것만큼 독자의 주의를 조금이라도 더 끌기 위해 '삽화'에도 더욱 신경을 쓰고 있음을 알 수 있다. 또한 서구 문명에 생소한 독자들을 위해 초기에는 매회 연재란 끝에 다음과 같은 역자주를 달아 서양의 문물에 대한 상세한 해제도 덧붙이고 있음을 볼 수 있다.

셔양의 화투라 홈은 죠션에 힝ᄒᄂ 화투와 ᄀᆺ치 돈 ᄲᅢ악시롤 위쥬홈이 안이라 동양의 바둑 쟝긔와 ᄀᆺ치 일반 샹하샤회에 쇼일거리로 뎨일 만이 힝ᄒᄂ 유희의 한 종류이라[273]

시톄진렬관은 신분 모르ᄂ 긱사ᄒ 시톄롤 벌녀 놋코 여러 사롬의게 구경을 식혀 그 아ᄂ 사롬이 보고 차져 가게 ᄒᄂ 곳이라[274]

---

272) '「정부원」 소설 예고', 『매일신보』, 1914.10.22.
273) 「정부원」, 『매일신보』, 1914.10.30.
274) 「정부원」, 『매일신보』, 1914.11.10.

서양은 빌어먹는 쟈이라도 죠선과 ᄀᆞ치 거져 「한 술 줍쇼 한 푼 줍쇼」 ᄒᆞ지
안코 무엇이던지 ᄌᆞ긔 힘을 드려 남의 ᄆᆞ음을 깃겁게 ᄒᆞᆫ 후에 그 사롬의 은혜
를 밧는 풍속이라[275])

이 외에도 작가는 '유태사람', '기도', '악수', '손에 입맞춤하는 행위',
'화학', '가종(조선의 세간청직)', '경마', '신혼여행', '만찬', '결투' 등과 같
은 것들에 대해 친절히 해제를 달고 있다. 그러나 이처럼 일반 대중독
자들에게 생소한 서양문물에 대해 친절히 소개하고 있던 이러한 해제
는 「정부원」이 독자들에게 인기를 얻게 되자 곧 중단된다. 다시 말해
소설연재란 끝에 작품에 대한 독자의 관심을 담은 '독자로부터'가 실리
면서[276]) 새로운 문물에 대한 해제는 사라지게 된다. 이러한 모습은 「정
부원」의 독자들이 처음의 염려와 달리 서양문물에 대해 별로 거부감을
느끼지 않고 잘 받아들이고 있었으며, 또 작품 내용에 대해서도 많은
호감을 보이고 있기 때문에 작가가 번역에 대한 부담을 덜었기 때문임
을 짐작할 수 있다.

이처럼 처음에 독자들에게 생소한 서양소설을 번역함에 있어 작가의
염려와는 달리 「정부원」은 독자들로부터 열렬한 환영을 받았는데, 그
원인에 대해서는 다음과 같이 생각해 볼 수 있다. 우선 비록 서양 소설
을 번역한 것이지만 그것의 기본적인 내용 구성은 기존의 독자들에게
익숙한 가정소설의 범주에서 크게 벗어나지 않기 때문이라 할 수 있다.
양부가 고순경을 죽이는 것을 보고 놀라 집을 뛰쳐나와 오갈 데 없이
방황하던 소녀 정혜가 어느 날 갑자기 귀족 부인이 되었지만 특유의 우
아한 태도와 성품으로 귀족 생활에 적응해 나가던 중 주위의 모함을 받

---

275) 「정부원」, 『매일신보』, 1914.11.12.
276) 「정부원」에서는 소설에 대한 독자투고가 1914년 12월 2일에 처음으로 소설란 말미
    에 붙어서 나오기 시작하는데(앞의 2장 2절 '『매일신보』의 근대 매체적 특징과 소설에
    대한 인식의 변화' 참조), 작가 해제는 '독자로브터'가 두 번째 게재되는 12월 11일 이
    후부터 작품이 마칠 때까지 보이지 않고 있다.

고 남편 정남작에게 의절을 당해 집에서 내쫓겨나 온갖 고난을 겪다가 마침내 억울한 누명을 벗고 헤어진 친아버지와 친딸을 만나 다시 가족의 품으로 돌아가게 된다는 기본적인 내용 구성은 이전에 조중환이 선보인 여성의 수난사나 모자이합을 기본으로 하는 작품들과 크게 다를 바가 없었던 것이다. 그러나 이와 같이 기본적으로는 당시 대중에게 친숙한 구조를 가지고 있으면서도, 그 안의 세부적인 내용에서는 위의 해제에서 볼 수 있는 것과 같은 서양의 다양한 문물들을 새로이 보여줌으로써 익숙한 구조에서 생길 수 있는 독자들의 식상함을 없애고 새로운 호기심을 충분히 자극하고 있다는 것이 앞서 살펴본 심우섭의 「형제」와 마찬가지로 독자들에게 인기를 끌 수 있는 요소가 된다. 「형제」가 익숙하지 않은 내용을 가지고 독자의 호기심을 불러일으키지만, 그 결론은 일반적인 미남미녀들의 연애담으로 끝을 맺음으로써 독자들에게 친숙함을 주었다면, 「정부원」은 익숙한 구조 속에서 「형제」에서 보다 훨씬 더 많은 서구문물과 귀족사회의 모습을 보여줌으로써 독자들의 호기심을 불러일으키고 있는 것이다.

한편 정혜부인에게서 보이는 귀족의 기품과 여성으로서의 정숙함이 당시 독자들에게는 가장 인기가 있었던 것 같다. 이것은 앞서 조중환의 소설에서도 계속 보이는 여성의 정질에 대한 강조와 맥을 같이 하고 있는 부분인데, 서양의 부녀자이면서도 조선의 여성보다도 더 정숙함을 갖춘 정혜의 모습은 당시 조선인들에게는 상당히 모범이 될 만한 것이었다.

「부인, 부인이 이러케 슯흔 일을 당ᄒ야 한슘 한번 수이지 안이ᄒ시는 그 긔긔는 참 감복홀 수 밧게 업습니다 용모와 심지가 모다 아람답기가 이 셰상에 둘도 업슬 귀부인을 더덕으로 이런 일을 ᄒ는 것은 참 마음에 좃치 못홉니다 인즈훈 무움이라는 것은 씨다라 보지 못 훈 나도 부인이 이러케 졍숙히 비통훈 것을 참고 계신 모양을 보고는 엇더케던지 도와셔 집으로 도라가시게 ᄒ고

지금꼬지 계획ᄒ던 일을 모다 고만두고 십흔 싱각도 간졀흡니다」.[277]

작품 속에서 정혜를 모함하기 위해 일을 벌이고 있던 라철마저 감탄하고 있는 정혜의 정숙한 모습은 다음과 같이 당시 독자들에게 열렬한 지지를 받았던 것이다.

「명부원」을 보고 「一女性」으로부터
◎하몽 션셩 나는 명부원을 이독흡니다 명혜부인을 존경흡니다
◎그 졀기 그 졍졀을 탄복흡니다 차랄히 곱흔비를 쥐고 길가에 쓰러져 찬 바롬에 어러는 죽을 지언뎡 비릿비릿흔 힝동을 엇지ᄒ랴[278]

이러한 여러 가지 요소로 「정부원」은 연극으로도 공연되면서 관객들에게 굉장한 인기를 얻게 된다. 다음의 「정부원」 광고에서는 연재소설만큼이나 공연도 의상이나 배경을 서양의 본 모습으로 재구하려고 애쓴 모습을 볼 수 있다. 이러한 것들이 관객들에게 큰 호응을 얻어 그동안 침체에 빠져 있던 신파공연이 갑자기 활기를 얻게 된다.[279]

리월 삼일 밤부터 단셩샤에셔 의상과 졔구가 모다 셔양디로
본보에 련지ᄒ야 만텬하이 독자 동정이 극히 갑흔 환영과 칭숑을 밧던 쇼셜 「명부원」은 그 ᄌ미잇는 ᄉ실을 연극으로 ᄒ야 무디를 통ᄒ야 가련ᄒ고 모범될 쥬인공 신셰에 동졍을 눈물을 ᄲ려 쥬시고져 간졀히 희망ᄒ시는 독쟈가 다슈 ᄒ얏스니 쇼셜의 ᄉ실이 젼혀 셔양 각국을 근거삼아 흔 일인 고로 무디의 ᄭ미는 것과 비우의 의복 등이 곤난ᄒ야 금일 ᄭ지 쳔연ᄒ얏던바 (…중략…) 본사에셔는 독자를 우디ᄒ기 위ᄒ야 특별흔 편익을 도모홀 터이어니와 혁신단 일힝에셔도 무디의 수리졔구의 쥰비에 방금 쥬야골몰 중인디 가옥과 경치가 셔양식 됨과 출쟝ᄒ는 비우가 모다 양복을 입음은 물론이오 연극도 셔양식으

277) 「졍부원」, 『매일신보』, 1914.12.24.
278) 『매일신보』, 1915.4.20.
279) 양승국, 앞의 책, 111~112면 참조.

로 홀 터인즉 신파연극이 싱긴지 오륙 년 여러 가지를 구경호 이가 만겟지만
은 죠션말로 옴기는 이와 ᄀ치 슌젼호 셔양식 연극은 대톄 쳐음구경이라 ᄌ미
잇는 명부원의 말ᄒ는 활동 샤진을 보는 것과 ᄀ흔 취미가 잇스리로다280)

조중환이 번안한 일본 가정소설이 아닌 서양소설을 그대로 번역한
「정부원」의 이와 같은 성공은 신문 연재소설의 새로운 소재거리를 제
공하였다는 측면과 번안이 아니라 번역문학으로의 전환을 이루었다는
점에서 또 다른 의의를 찾을 수 있다.281)

　　원리 문졍과 풍쇽이 다른 ᄉ실을 근본으로 삼아 지은 쇼셜을 그디로 모본ᄒ
　　야다가 구ᄎ히 우리의 물졍 풍쇽에 맛치고져 홈은 우리 인셩을 빗츄는 거울되
　　는 소셜의 본의롤 져바릴가 두려워ᄒ야 이에 셔양의 소셜은 셔양의 소셜디로
　　번역ᄒ고져홈이라 이번 셔양의 큰 젼졍은 우리로 ᄒ야금 셔양이라는 것을 만
　　히 알게 ᄒ는 조흔 째로 밋 우리가 ᄌ미잇다 일컷던 여러 쇼셜에 사양치 안이
　　홀 것은 미리 보증ᄒ는 일이라282)

일본 가정소설의 번안물은 자극적이고 통속적인 소재로 독자들의 흥
미를 자극하였기 때문에, 원작을 보다 조선식으로 적당히 맞출 필요가
있었다. 익숙한 지명과 익숙한 이름으로 번안하고 작품의 결말도 권선
징악의 범위에서 벗어나지 않도록 개작하여 이전의 서사물과 연관성을
가지도록 하였던 것이다. 이것은 한일병합 초기 조선민들이 가지는 반
일 감정을 자극하지 않고, 작품을 거부감 없이 자연스럽게 받아들이도
록 하기 위함이었다. 그러나 서구문학의 번역은 우선 새롭고 신기한 서
구 문물에 대한 독자들의 관심을 반영하고 있었기 때문에, 오히려 조선
식으로 바꾸는 번안보다는 서구의 모습을 그대로 보여주는 번역이 더

---

280) 『매일신보』, 1916.2.29.
281) 「정부원」의 번역문학으로서의 특징은 권용선이 먼저 지적한 바 있다. 권용선, 앞의
　　글 참조.
282) 하몽, 「「貞婦怨」에 대하여」, 『매일신보』, 1914.10.29.

적당하였던 것이다. 물론 지명과 이름이 조선식으로 바뀐 작품들도 있지만 그 내용 속에 나오는 서구 사회의 여러 풍습과 문물을 보다 자세히 소개하여, 대중독자들의 서구 사회에 대한 동경심을 만족시키고자 하였던 것이다. 그래서 이때부터는 번안물보다는 번역물이 자리를 굳히게 됨을 볼 수 있다.

'서양소설을 제대로 번역'하여 대중 독자들에게 새로운 흥밋거리를 주고자 하는 이상협의 이와 같은 욕망은 「해왕성」까지 이어지고 있음을 알 수 있다.

> 何夢觀案 長篇小說 <海王星>
> 「히왕셩」의 원본은 세계각국에 일홈이 놉히 젼ᄒᆞᆫ 유명ᄒᆞᆫ 법국 쇼셜로 긔이ᄒᆞᆫ ᄌᆡ미가 텬하에 짝이 업ᄂᆞᆫ 신통ᄒᆞᆫ 쇼셜이올시다 그것을 동야 ᄉᆞ졍에 맛도록 돌라 ᄭᅮ며 령롱ᄒᆞᆫ 필법으로 긔록된 것인즉 아모가 보던지 ᄌᆡ미가 무궁ᄒᆞ니다283)

「해왕성」은 위의 예고에서 볼 수 있듯이 법국 소설을 번역한 작품인데, 영국 소설 「정부원」의 번역을 성공적으로 마친 이상협이 다시 시도하는 작품이다. 그는 「정부원」 번역을 통해 서양소설을 번역하는 것에 자신감을 얻었지만, 「정부원」과는 달리 그 내용이 가정소설과는 전혀 상관없는 작품인 「해왕성」을 번역한다는 것은 그에게 여전히 부담스러운 것이었다. 그래서 이상협은 이러한 자신의 심정을 「해왕성」 연재 중에 독자에게 다음과 같이 털어 놓기도 한다.

> 이러케 마음을 결단ᄒᆞ고 드듸여 「히왕셩」이라는 일홈을 독쟈의게 소기ᄒᆞ얏ᄂᆞᆫ듸 그 째에도 가명 쇼셜이 안인 고로 젹옥이 쥬져ᄒᆞ얏지만은 ᄂᆡ용의 ᄌᆡ미는 결단코 여간 가명쇼셜의 밋치지 못 홀 바인 줄 확실히 밋엇스며 ᄯᅩ한 가명 쇼셜이고 안이고 간에 ᄌᆡ미만 잇스면 독쟈도 물론 환영ᄒᆞ실 것을 분명히 밋은

---

283) '「해왕성」 소설 예고', 『매일신보』, 1916.1.18.

것이라

또 한가지 쥬져홀 일은 「히왕셩」의 한편에 싱기는 스실이 너무 거챵ᄒ야 주연 저리홀 모양인고로 변ᄒᆞ는 것을 죠아ᄒᆞ는 셰샹 사룸의 마옴에 과연 엇더홀가 ᄒᆞ얏던 일이라284)

이상협은 위와 같이 「해왕성」 번역이 독자들에게 익숙한 가정소설이 아니어서 다소 걱정스럽지만, 그래도 지금 이 세상은 변화하는 것을 좋아하기 때문에 거창한 사실을 담고 있는 「해왕성」을 별 무리 없이 받아들일 것이라 스스로 위안하고 있다. 일본에서 메이지 초기 당시 일본인들이 서양의 과학에서 비롯된 '문명'에 대한 경외심과 법률이나 제도로 드러나지 않는 서양 생활의 실상에 대해 대단한 관심을 보였고, 그래서 서구문학 번역이 상당히 융성하였던 점285)과 비추어 본다면, 이상협이 「해왕성」 번역을 시도한 것은 이와 같은 사례에 비추어 어느 정도의 자신이 있었기 때문이었다. 실제로 다음과 같이 서구의 문명한 문물에 대한 많은 내용을 담고 있는 「해왕성」은 독자들의 관심을 많이 받는다.286)

쟝고보의 배가 써나간 뒤에 준봉이는 즉시 일본의 쟝긔로 건너왓다. 쟝긔항은 섬나라 일본의 제일 먼저 열린 항구이라. 딩시 배를 짓는 법이 동양해안에 제일 발달되얏다. 맛침 준봉이가 도착되얏슬 쌔에 그 항구에서 시험으로 왕래를 식혀보는 유람션이잇다. 이것은 엇더한 부자가 주문한 것으로 이 쌔까지 이

---

284) 「하몽으로부터 독자에－」, 『매일신보』, 1916.7.11.
285) 나카무라 미츠오, 고재석・김환기 역, 『일본 메이지문학사』, 동국대 출판부, 2001. 1장 제5절 '번역소설' 참조.
286) 이런 부분은 이상협이 독자의 편지에 답하는 글인 「하몽으로부터 독자에－」의 말미에 실린 다음과 같은 작가의 말에서 잘 볼 수 있다. "실샹말ᄒᆞ면 금일 ᄭᅡ지의 계속 된 속에도 다수한 독자의 간졀한 뜻으로 편지를 붓쳐 열심히 희망ᄒᆞ시는데 쓸니워 져결로 쓰는 사룸의 붓이 그편으로 쓸니여 간 일이 만앗고 지금에 직시 붓을 잇지 못홈도 독자의 요구가 너무 만하셔 실샹 ᄆᆞ옴이 여러 갈니로 갈니우는 ᄭᅡ닭이라 쓰는 사룸이 미리 확실히 작명한 성각이 엇지 업스리요마는 다만 독쟈의 간곡한 셩의를 아모됴록은 져바리지 말고져 하는 ᄭᅡ닭이로라" 『매일신보』, 1916.7.11.

항구에서 제조한 배중에는 제 일등이라는 말이라[287]

배는 일체의 검사를 무사히 밧앗다. 배주인의 일홈은 일본의 귀족과 갓치 지엿고 쏘 준봉의 위인과 행색도 일본 귀족이 가만히 유람단니는 모양으로 보이며 배속의 쑤며노은 것도 무론 사치하는 귀족의 유람선이라[288]

위의 인용을 보면 사치하는 일본 귀족이 타는 '유람선'이라는 것을 소개하면서 그 유람선을 만드는 기술에 대해 강조하고 있음을 알 수 있다. 그리고 다음의 인용을 보면 이러한 유람선은 너무나 잘 만들어져서 제일등 속력을 가진 군함으로도 저 유람선을 못 따라간다는 말을 함으로 근대 문명의 놀라운 발전을 독자들에게 환기시키고 있음을 알 수 있다.

「흥, 잡아요, 언으 나라 정부에 그러한 힘이 잇다고요, 뎨 일등의 속력을 가진 군함으로 뒤를 쫏챠도 저 유람선은 못 싸라감니다. 한 시간에 이삽십 리는 분명히 뒤지지오, 그리고 저 량반이 피신을 하라면 아모의 집에를 가던지 넉넉히 숨어 잇슬 수가 잇는데요」 하고 아조 자긔도 그 사람의 부하이나 된 듯이 입에 침이 업게 칭찬을 한다[289]

한편, 「해왕성」은 서양 귀족들의 다양한 생활 모습을 소개하면서 그들은 하루 일과를 시작하기 전에 반드시 신문을 보며, 또 문학을 보는 재미만으로도 신문을 보기도 한다면서, 신문의 중요성 및 신문과 문학의 불가분의 괸계에 대해서 다음과 같이 강조하고 있음을 볼 수 있다.

세상에 나선 사롬은 하로의 스무를 보기 전에 반다시 신문을 보지 안이ᄒ면 안되겠다. 더구나 귀족사회의 사롬들은 문학에 디흔 주미가 깁허셔 다만 그 주미만으로도 아참마다 신문을 보기 안코는 견듸지 못 홀 디경이지만은 슯흐다

---

287) 「해왕성」, 『매일신보』, 1916.6.1.
288) 「해왕성」, 『매일신보』, 1916.6.2.
289) 「해왕성」, 『매일신보』, 1916.7.20.

그러한 곳에 이르러는 양운이는 급히된 귀족이라. 무슨 일이던지 다른 귀족과 다름 업시 외양은 꾸미고 지녀이지만은 어렷슬 쩌부터 학문에 즈미 붓친 일이 업슴으로 신문보지 안키를 그러케 어려웁게 싱각지 안는다.[290]

신문이라는 매체의 중요성에 대한 강조는 신문 연재소설에서 빼놓지 않고 등장하는 소재이다. 일반 단행본 소설과는 달리 신문 소설은 그 작품이 실리는 신문의 중요성을 강조함으로써 그 작품의 중요성을 동시에 알리는 효과를 누리는 것이다. 『매일신보』 초기의 이해조 신소설에서도 이런 모습이 많이 드러남을 볼 수 있었다. 그런데, 1910년대 『매일신보』 내의 소설에서 보이는 이러한 모습은 신문의 사세 확장과 더불어 식민담론의 전파라는 목적이 더 부가됨을 알 수 있다. 『매일신보』의 사세 확장은 곧 식민담론의 확장과도 연결되기 때문이다. 그러므로 『매일신보』 연재소설의 이런 모습은 앞서 살펴보았듯이 『매일신보』가 신문매체를 통해 조선인을 '황국신민'으로 만들려고 하는 의도와도 이어진다.

이상에서 『매일신보』는 제1차 세계대전을 계기로 조선 내의 식민지 정책을 강화하게 되었으며, 대중들을 좀 더 효과적으로 지배하기 위해 그들의 흥미에 영합하는 서구문학 번역함으로써 『매일신보』에 대한 그들의 관심을 지속적으로 유지하고자 하였음을 알 수 있다. 이처럼 서구문학의 번역은 당시 독자들의 문명한 서구 사회에 대한 관심과 더불어 『매일신보』의 상업적 정책과도 맞물려 있었던 것이다. 이로 인해 1910년대의 문학은 이해조 신소설의 시대와 일본 가정소설 번안의 시대를 거쳐 서구문학의 번역으로 이어지게 됨을 알 수 있다. 이에 따라 『매일신보』 연재소설은 일본 가정소설 번안물의 신파적 '눈물'에서 어느 정도 벗어날 수 있게 되고, 새로운 흥밋거리와 오락성을 독자 대중에게 제공할 수 있었다. 대중독자를 위한 『매일신보』의 이러한 노력은 번역

---

290) 「해왕성」, 『매일신보』, 1916.12.16.

물뿐만 아니라 창작물에도 이어지는데, 다음 절에서 이런 모습을 살펴보겠다.

2) 문명사회의 반영과 가정소설의 확장

서구문학의 성공적인 번역을 통해『매일신보』편집진은 이제까지 일본 가정소설 번안물의 통속성에만 의존하여 대중 독자들을 불러 모으던 한계에서 어느 정도 벗어날 수 있는 자신감을 얻을 수 있었다. 1910년대의 중반 이후 연극계에서도 일본 신파극의 인기가 급격히 하락하고 있었기 때문에 이러한 서구문학 번역의 성공은『매일신보』편집진에게 대중들의 관심을 불러 모을 수 있는 새로운 가능성을 열어 주었다는 점에서 반가운 것이었다. 그래서 그들은 이러한 서구문학의 번역에서 보이는 근대 문물에 대한 독자의 동경심을 십분 이용하여 창작물에서도 새로운 형태의 '오락성'을 찾고자 한다. 그래서 심우섭과 이상협은 서양문학작품을 번역한 경험을 살려 자신의 창작물을 연재하게 되는데, 이광수의「무정」(1917.1.1~6.14)이 1면에 연재되던 중인 1917년 4월 3일부터「해왕성」이 끝난 4면에 심우섭의「산중화」가 연재되고, 이광수의「개척자」(1917.11.10~1918.3.15)와 양건식의「홍루몽」(1918.3.23~10.4)이 1면에 연재되던 중인 1918년 1월 25일에 이상협의「무궁화」가 4면에서 연재된다. 다시 말해 이 두 작품은 이광수와 양건식의 작품이 1면에 연재될 때 모두 4면에 같이 연재된 작품임을 알 수 있다. 이전에 이상협의「해왕성」이 4면에 연재될 때(1916.2.10~1917.3.31)에는「무정」이 1917년 1월 1일부터 1면에 연재되기 전까지 1면에는 연재소설이 한동안 없었다는 점을 생각한다면, 이 시기에『매일신보』편집진의 소설에 대한 정책의 변화가 있었음을 짐작할 수 있다. 다시 말해 1면과 4면에 소설을 동시에 연재하여,『매일신보』내의 서사물이 가진 영향력을 강화함과 함께 각각의 소설들이 지향하는 독자층이 다름에 따라 그 성격이 분화되고 있었던 것이다. 4면의 소설은 모두 서구문학을 번역한 경험이 있던 작가들의 작품으로 이러한 성격을 이어 받아 대중들의 흥미를 유도하는 작품을 연재하고 있음을 알 수 있다.

우선 심우섭의 「산중화」는 창작소설이라 소개되고 있지만 소설의 배경이 영국, 이태리 등과 같은 유럽의 나라들이며 주인공 또한 유럽 귀족 계층임으로 보아서 번역의 가능성도 생각할 수 있다.291)

그 내용은 귀족 부인 정혜가 겪는 수난사를 다룬 이상협의 「정부원」과 비슷한 것으로, 「산중화」도 역시 평민으로서 자작 부인이 된 희명의 수난사에 대한 이야기라 할 수 있다. 영국의 어느 시골에 사는 늙은 촌장의 아들이 군대에 입대하여 중위 조중화를 따라 인도의 수비대로 가게 되는데, 그는 중요한 서류를 전달하는 일을 수행하다 죽게 된다. 조중위는 이 소년의 유언에 따라 그의 고향에 내려가 그의 아버지와 누이를 만나게 되는데, 여기에서 그는 그 누이 강희명에게 반하여 청혼을 하게 된다. 신분이 달라 어울리지 않는다는 아버지의 반대를 무릅쓰고 결혼을 하지만, 막상 조중위의 집에서 희명은 낮은 신분으로 인해 갖은 천대를 받게 된다. 이때부터 희명은 온갖 모해와 고난을 겪지만 타고난 천품으로 이를 이겨나가고 마침내 본성을 인정받아 훌륭한 자작부인의 모습을 갖추게 된다. 이러한 내용의 「산중화」를 『매일신보』는 다음과 같이 예고한다.

「山中花」 심천풍저

▲그리ᄒ고 이 쇼셜의 니용이 엇더ᄒ며 자미가 잇슬는 지 업슬는 지는 읽어 본 뒤가 안이면 모로시겟지마는 이 소설의 특졈은 대략 아러와 ᄀᆞᆺ흔 취미가

---

291) 그러나 앞서 작품 「형제」에서는 그것이 번역물임을 분명히 밝히고 있으나, 굳이 이 작품에서는 창작이라고 소개하고 있다는 점에서 순전한 창작물일 가능성도 제외할 수는 없다. 왜냐하면 당시의 독자들의 서구문학에 대한 관심을 반영하여 배경을 서양으로 하였다는 가정도 가능하기 때문이다.

잇스외다

　▲이 쇼셜을 읽으면 남녀 간의 참 사랑이 엇더흔 것인지 쏘는 이 사랑의 힘
이 엇더흔지

　▲이 쇼셜을 읽으면 이 셰샹의 질투 소위 강심이라는 것이 엇더흔 것이며
쏘는 그 결과가 대기 엇더흐게 되는 것인지

　▲이 쇼셜을 읽으면 모자간의 스스로 소스나오는 인정이 엇더흐며 이를 위
하야는 얼마나 쓰거운 마음과 미운 졍셩을 들이는지

　▲이러흔 우리 인성의 모든 어려운 사졍이 모다 사실이 되야 비결, 쟝졀, 쾌
결흔 일편 소설을 일운 것이외다

　▲비평은 게지 후 독자졔군의 권리[292)]

　위의 예고를 보면 1910년대 전반기의 일본 가정소설 번안물의 예고
에서 보이던 '눈물'이라는 용어는 사라지고 '재미'라는 용어가 다시 등
장함을 알 수 있다. 이전의 일본 가정소설 번안물은 독자의 감성을 자
극하여 '눈물'을 유도하고 이것이 식민지 치하에서 위안의 역할을 함으
로써 대중 독자들의 관심을 끌었다. 이에 비해 1910년대 후반의 소설들
은 1차 세계대전 이후에 급속히 증가한 서구에 대한 관심과 서구문학
번역을 통해 전해진 서구의 근대문물 및 귀족들의 생활 모습, 여성의
사회적 지위 획득, 근대적 교육 등을 반영하여 새로운 흥밋거리를 제공
하는 '재미'를 추구하고 있음을 알 수 있다. 소설에 대한 이와 같은 입
장 변화는 1910년대 후반의 변화하는 대중독자들의 기호를 맞추기 위
한 『매일신보』의 정책적 노력의 일환으로 이루어진 것이다. 비슷한 구
조의 반복으로 이루어진 일본 가정소설 번안물은 새로운 세계에 눈을
뜨고 있던 독자들에게 이제는 진부한 것이었기 때문이다. 이로써 신파
극이 쇠퇴하던 것과 맞물려 『매일신보』내에서도 일본 가정 번안물이
서서히 사라지고, 근대적 생활상에 관심을 넓혀가는 대중독자들의 기호
를 반영한 새로운 대중소설의 모습이 나타나게 된다.

---

292) '「산중화」 소설 예고', 『매일신보』, 1917.3.27.

앞서 살펴본 서구문학 번역 작품에서와 마찬가지로 「산중화」에서는 서구 귀족사회의 모습들이 많이 나타나는데, 이는 독자들의 호기심을 자극하기에 충분하였다. 자작 부인이 된 희명이 여황 폐하를 알현하는 모습을 보여주면서 영국의 황실에 대해 소개하는 부분이나, 건강이 나빠진 희명이 이태리 별장에서 요양하는 모습은 당시 독자들에게는 매우 흥미로운 소재였던 것이다.

> 희명은 오직가삼이 울넝거리며 엇지홀 바를 모를 쎄에 발셔 희명의 차례가 되야 후작부인의 뒤를 짜러 폐하의 압으로 나아간다. 좌우에 시위ᄒᆞᄂᆞᆫ 사름들은 모다 이 모양을 보고 무엇이라고 져의 끼리 수군거리는 소리가 들니인다 희명은 더 마음이 공구ᄒᆞ야 거의 현긔가 날지경이라 폐햇긔셔는 우슴빗을 쓰이시고 여러 사름을 명ᄒᆞ야 갓가히 나아오라 ᄒᆞ시고 옥음이 랑랑히 「오오 신통훈 깃들이로다 됴주작이 발셔 저러훈 안히를 두게 되얏구나 아모조록 주조 폐현ᄒᆞ야 짐의 사랑ᄒᆞᄂᆞᆫ 마음을 바드라」 ᄒᆞ시며 여러 가시 황송훈 칙어를 나리신다 희명은 더욱 공구ᄒᆞ고 감격ᄒᆞ야 머리를 숙이고 감히 룡안을 바라보디 못훈다.293)

위의 인용에서는 여왕 폐하의 인자하심을 보여주며, 황실의 기품을 강조하고 있음을 알 수 있다. 「산중화」에서는 이러한 황실의 모습뿐만 아니라 상류사회의 교제생활 모습을 보여주며 교제의 중요성을 강조하는데, 이것은 이들이 일반 서민과는 다른 계층의 사람임을 각인시키는 것으로 작용한다.

> 연회의 쥬인 되는 칙임을 주긔의 손으로 맛는다 아무려ᄒᆞ던지 사름의 집안에는 로셩훈 사름이 업셔셔는 안이 되는 것이라294)

---

293) 「산중화」, 『매일신보』, 1917.5.3.
294) 「산중화」, 『매일신보』, 1917.5.5.

위의 인용에서 귀족 집안의 연회는 한 집안의 가장 어른 되는 사람이 책임을 맡아 준비함을 알 수 있다. 이것이 손님을 맞는 기본예의임을 강조하는 것이다. 또한 희명이 귀족들의 교제 생활에 적응하지 못함으로써 앞으로 그녀의 자작 부인으로서의 생활이 점점 어려워 질 것이라는 것을 다음의 인용을 보면 예상할 수 있다. 이런 부분에서 유럽 귀족 사회의 독특한 분위기를 느낄 수 있다.

> 슬푸다 주긔가 기최혼 연회 셕상에셔 주긔가 졸도혼 것은 얼마나 가이 업는 일인가 그러나 교제 사회에셔는 결단코 좃케 말은 안이혼다 이로 인호야 강희명은 점점 교제 사회에서 아조 물니친 바가 되어갈 조짐이라[295]

이와 같은 문명사회에 대한 동경은 이상협이 소설「무궁화」에서 근대 여학교를 자세히 소개한 부분에서도 엿볼 수 있다.

> 이 학교는 다른 학교와 달라셔 남의 딕 쳐녀를 맛하셔 힝실과 학문을 가라치는 학교이닛가 명녕 타인의 츌입을 엄호게 단속홀 터인데[296]

> 잇흔날 아참에 경찰셔댱이 샤진호야셔 이 말을 듯고는 미우 분히 넉엿다 됴션에 녀학교의 교육이라는 것이 이졔 쳐음으로 이러날 쩨에 이것을 장히호는 무리들이 잇셔셔는 젼도에 방히가 젹지 안이홀 터인 고로 그러혼 자는 맛당히 엄슉호게 쳐벌홀 일이라 호야 두 명읾 독〻치 스무어들혜 동안 구류에 쳐호얏다[297]

위의 두 인용은 조선에서 막 생겨나고 있던 여학교의 모습을 그려 놓은 것이다. 당시의 여학교는 "남의 딕 쳐녀를 맛하셔 힝실과 학문을 가라치는 학교"로 학생 외의 타인의 출입을 엄격히 통제하고 있었는데,

---

295) 「산중화」, 『매일신보』, 1917.5.8.
296) 「무궁화」, 『매일신보』, 1918.4.27.
297) 「무궁화」, 『매일신보』, 1918.5.2.

이는 여학교가 나름대로 엄격한 규율을 가지고 학생들을 지도하고 있음을 보여주는 것이다. 또한 학교에 무단침입하는 자들은 경찰서에 끌려가 구류에 처해지는데, 이는 조선 사회에서 여학교 교육이라는 것이 이제 일어나려고 하는 때에, 이것을 방해하는 이들은 엄격한 처벌해 처하겠다는 서장의 의지에서 비롯된 것이었다. 이처럼 「무궁화」에서는 이러한 모습을 통해 문명한 사회의 단면을 보여주고 있다. 한편 이 작품에서는 교육받은 여성이 사회에서 스스로 자립하여 어엿한 직업인으로 살아가는 모습을 볼 수 있다.

> 학교롤 쳐음으로 셰우고 아모조록 학도롤 만히 모흐랴 흐는 썌인 고로 언문과 쉬운 한문만 아라 가지고 학교시험에 씌이기는 흐얏스나 학교에셔 상당훈 남즈의 보증인을 셰우라 흐는데 보증인 셰울 사람이 업셔 한참 이롤 쓰다가 안집 아기씨의 쥬션으로 그 친명 오라버니가 다힝히 보롤 셔고 또 학교에셔는 일흠을 지으라 흐난고로 그의게 부탁흐야 「경옥」이르는 일흠을 어어셔 지난번 송관수의 안히 신 씨는 다만 신경옥이로 녀학교 학도가 되얏다
> 녀학교에 가셔 공부롤 흐고 집에 도라와셔 복습을 부즈런히 흐며 그 여가에는 어머니의 바느질을 도아셔 간신히 지닉여 가기는 흐지만은 집안에 잇슬 쩌와 달라 학교에 간 뒤에는 공부에 드는 돈도 만코 옷뒤와 신반도 셰차셔 바느질갑만 가시고는 지닉여 가기가 군죨흐얏다[298]

송관수의 아내였던 신씨는 남편과 시댁에서 쫓겨났지만 그에 좌절하지 않고, 여학교에 들어가 학업에 열중하여 마침내 오늘날 신경옥이라는 이름의 학도가 되었던 것이다. 이는 지금의 사회에서는 여자도 교육만 잘 받으면 남성에게 종속되지 않고 스스로 떳떳한 직업을 가지며 사회생활을 할 수 있는 것을 보여준다는 점에서 상당히 의미 있는 부분이다. 이것은 더 이상 신분이나 과거에 제약받지 않고 스스로의 노력에 의해 자신의 미래를 만들어가는 문명한 시대의 근대적 개인의 모습을

---

298) 「무궁화」, 『매일신보』, 1918.5.29.

보여주는 것이다.

이처럼 이 두 작품은 서구 사회를 배경으로 하여 귀족들의 생활 모습을 보여주거나, 문명한 사회에서의 학교 교육과 같은 것들을 보여줌으로써 독자들에게 이러한 세계에 대한 동경심을 유발하고 있음을 볼 수 있다. 그러나 한편으로 이들 작품은 독자에게 새로운 흥미를 유발할 수 있는 '재미'에 더 많은 관심을 두고 있으면서도, 여전히 이전의 독자들에게 익숙한 가정소설적인 구성을 완전히 탈피하지는 못하고 있음을 알 수 있다.

> 本紙의 新小說 「無窮花」
> ◇「무궁화」는 「눈물」 「명부원」 「희왕셩」을 본보에 련지호야 만텬하 독자의 찬양을 밧은 리하몽의 졍셩과 힘을 다호야 궁리혼지 반 년 만에 엇은 쇼셜이올시다 (…중략…)
> ◇눈물을 흘리는 즁에 칙상을 치며 쾌홈을 무를것이오 우슐울 가온더에도 무한혼 교훈이 품어 잇슴으로
> ◇다만 한편의 소셜로 지미가 무궁홀 뿐 안이라 쏘한 넉넉히 량가의 부녀에게 죠흔 교훈을 씨침이 젹지지 안이호리이다
> ◇썩난 ㅈ미잇는 리약이를 구홀 음력 졍초가 머지안이호얏도다 본보의 「무궁화」를 익독호는 이는 졍초에 다시 다른 ㅈ미를 구홀여디가 업스리이다[299]

위의 예고를 보면, 일본 가정소설 번안의 예고에서 계속 보였던 '눈물'이 다시 나타나고 있음을 알 수 있다. 또한 "량가의 부녀에게 죠흔 교훈을 씨침"이 적지 않을 것이라는 부분에서는 이것이 여성의 수난사를 중심으로 하는 가정소설의 구조를 반복하고 있음을 짐작할 수 있다.

실제로 「산중화」와 「무궁화」는 모두 정숙한 여성의 이야기를 기본 구조로 하고 있다. 「산중화」는 앞에서 살펴 본대로 희명이 평민에서 자작부인이 되지만, 주위의 온갖 모해와 음모로 남편하고 아들과 헤어지

---

299) '「무궁화」 소설 예고', 『매일신보』, 1918.1.23.

는 수난을 겪게 되지만 결국에는 가족과 다시 합하게 된다는 남녀이합이나 모자이합형의 구조를 갖고 있으며, 「무궁화」 역시 다른 사람들의 모해로 아버지가 유언으로 정해준 약혼자와 헤어지게 되지만 결국 자신의 힘으로 다시 만나 혼인을 하게 된다는 남녀이합 구조를 갖고 있음을 알 수 있다. 이것은 당시 본격적인 서구문학 번역이 많이 시도되고 있었음에도 불구하고, 아직까지 이전의 가정소설의 자장 안에서 벗어나지 못하고 있음을 보여주는 것이라 할 수 있다.

한편 「산중화」에서의 주인공 희명은 이상협의 「정부원」에서 정숙하고 헌신적인 여성의 모습을 보여주었던 정혜와 많은 부분 닮아 있음을 다음의 인용에서 볼 수 있다.

> 천 사롬 만 사롬 중에 간혹 ᄌᆞ긔의 몸을 괴롭게 ᄒᆞ야 다른 사롬을 위ᄒᆞᄂᆞᆫ 긔이혼 사롬도 잇ᄂᆞ니 이것은 이르바 박이가 ᄌᆞ션가라는 것이며 그 힝ᄒᆞᄂᆞᆫ 바를 헌신덕이라 희ᄉᆞᆼ덕이라 ᄒᆞᄂᆞᆫ 것이니 곳 ᄌᆞ긔의 몸을 남에게 바시고 마는 것이며 고러로 셩인이라 군ᄌᆞ라 ᄒᆞᄂᆞᆫ 것이 모다 이러혼 무리들이라 (…중략…) 강희명 부인과 ᄀᆞᆺ혼 ᄌᆞ─아모리, 쇼견은 좁다 홀지라도 이러혼 무리에 들 것이라 다른 사롬은 도뎌히 흉니도 너이지 못 할 헌신덕 긔질이 구비ᄒᆞ야 잇도다 ᄌᆞ긔 몸을 죽은 사롬과 ᄀᆞᆺ혼 경우에 ᄲᅡ칠지라도 남편의 몸을 ᄌᆞ유롭게 ᄒᆞ고ᄌᆞ ᄒᆞ니 이것이 보통 부인이 능히 힝홀 바일가 조곰ᄒᆞ면 발악이나 ᄒᆞᄂᆞᆫ 녀ᄌᆞ에게 비ᄒᆞ야ᄂᆞᆫ 실로 소양지판이로다 이러혼 것도 텬셩이오 져러혼 것도 텬셩이라 그러면 희명에게는 이ᄀᆞᆺ혼 현신덕 쇼힝을 유쾌ᄒᆞ게 싱각ᄒᆞᄂᆞᆫ 것이니[300]

위의 인용을 보면 대부분의 여자들은 남편에게 조그만 일로도 발악하는 존재임에 비해 희명의 성품은 천성적으로 남을 위해 헌신하는 자질을 구비하고 있음을 알 수 있다. 이와 같은 희명의 모습은 여성에게 가장에 대한 복속과, 가정을 위해 헌신을 강요하는 봉건적 가치관을 보여주는 것이다. 「무궁화」에서도 역시 이러한 전근대적인 사고를 볼 수

---

300) 「산중화」, 『매일신보』, 1917.6.15.

있다. 옥정이와 진국이가 부모들의 유언에 따라 혼일을 약정하는 모습이나, 홍부인과 송관수의 계교에 답답해하면서도 체모와 예법 때문에 심진국에게 하소연하지 못하고 처녀의 도리만 챙기고 있는 옥정의 모습은 여전히 봉건적인 결혼제도와 남녀의 유별에서 벗어나지 못한 것임을 알 수 있다.

> "궁금ㅎ고 답답ㅎ고 속이 조리고 익가라도 누구다려 이러흔 말 한마듸 홀 곳이 업다 례법도 업고 톄모도 보지 안을 것 ㅈ흐면 시벽에 무궁화 아리에 셔 진국이롤 만낫거던 울며불며 이러흔 사경도 말ㅎ고 살려달라고 다랑귀라도 쑤이겟지만은 깁히 규즁에 감쵸여셔 쳐녀의 도리만 비호고 셰샹의 구경은 못흔 쳐녀의 마음에 아모리 ㅎ야도 그러케 담대흔 일은 참아 홀 수가 업셔셔 다만 혼ㅈ 가슴을 아르며 하로 쏘 하로 지니여 울 쑨이다.[301]

이와 같은 여성에 대한 전근대적 사고방식은 「무궁화」에서 기생 무궁화의 모습에서도 볼 수 있다. 열녀와 같이 정절을 지키는 순고한 여성으로 나오는 그녀는 『무정』에서 영채가 기생이 되었지만 사랑하는 형식을 위해 자신의 정절을 끝까지 지키려고 노력하던 모습과 닮아 있는 것이다. 또 여성의 그러한 모습이 가장 가치 있게 평가되고 있는 것에서, 여성에 대한 태도가 여전히 조선시대의 봉건적 인습에 얽매여 있음을 알 수 있다. 이 두 작품에서의 이러한 모습은 여성의 근대적 학교 교육을 강조하는 것과 같은 서구 근대 문물과 그들의 생활 방식에 대한 강한 동경을 보이면서도 한편으로는 구시대적 이념에서 벗어나지 못하고 있는 혼재된 상황을 보여주는 것이다.

이와 같이 「산중화」에서의 희뎡이 자신의 고난을 이겨나가는 것은 여자로서 근본 품성이 정숙하고 남을 위해 희생하는 박애정신과 봉사정신을 가졌기에 가능할 수 있었지만, 「무궁화」에서 옥정의 소극적 모

---

301) 「무궁화」, 『매일신보』, 1918.2.13.

습과 기생 무궁화의 정절을 높이 평가하는 모습은 여성을 규정하는 데에 있어서 아직도 전근대적인 사고에서 벗어나지 못하였음을 보여주는 것이다.

이런 모습은 「산중화」에서 여성 교육을 생각하는 다음과 같은 내용에서도 나타난다.

> 안이오 녀ᄌ 교육이라고홀 것도 업습니다 마을 계집ᄋ히들에게 학교 ᄀᆺ혼 것을 열고 보통 문ᄌ와 례모범절과 바느질, 간호법 등속을 가르쳐 보앗습니다 그럭저럭 일곱 히 동안이나[302]

머리색도 바꾸고, 김정숙으로 이름도 바꾼 희명이 어느 학교에 취직을 하려 할 때, 교장과의 면담에서 자신의 이력을 위와 같이 소개한다. 그런데 전문적인 교사 자격증도 없는 희명이지만, 단지 그녀가 아이를 사랑하는 마음만은 진심으로 느껴져 그에게 그 학교 교사직을 맡기게 되는데, 이렇게 전문성이 없는 교사를 두고 위와 같이 가정에서 필요한 기본적인 내용만 교육한다는 것은 여전히 근대적 여성 교육이 원활하게 이뤄지지 않고 있음을 보여주는 것이다.

그러나 한편으로 「산중화」에서 주인공 희명이 신분상승을 이룬다는 것이나 「무궁화」의 여학교 선생인 신경옥이 남편에게 버림 받았지만 스스로의 힘으로 공부에 힘써 자립하는 모습 등에서는 중세의 남성 중심의 봉건적 이념이 깨어지고, 개인의 힘으로 세계의 질서에 도전하여 승리하는 근대적 세계관을 반영하고 있음을 볼 수 있다. 이러한 모습은 당시로서는 파격적인 것인데, 이를 유럽 사회에 빗대어 표현함으로써 서구 사회에 대한 동경심을 자아내기도 한다. 이처럼 「산중화」나 「무궁화」와 같은 창작 소설은 여성의 수난사를 중심으로 하는 가정소설적인 면모나, 서구 문명사회에 대한 여러 모습을 담고 있는 점에서 이전의

---

302) 「산중화」, 『매일신보』, 1917.6.28.

일본 가정소설 번안물과 서구문학 번역소설의 특징을 모두 수용하고 있음을 볼 수 있다. 또한 여성의 근대적 교육을 강조하면서도 여전히 여성의 헌신과 정절을 강조하는 전근대적 면모를 함께 보여줌으로써, 봉건적 이념과 근대적 이념이 혼재되어 있음을 알 수 있다. 이러한 특징은 1910년대 후반 대중들에게 새로운 오락거리를 제공하기 위하여 시도되는 모습임과 동시에 당시 황국신민화에 봉사하는 현모양처적인 여성의 모습을 강조하는 일제의 식민담론과 맞물려 있는 것으로, 1910년 후반 강화된 일제의 식민지 지배정책을 반영하는 것이기도 하다.

한편, 이 작품에서는 독자의 흥미를 보다 효과적으로 유도하기 위하여 소설 연재 기법적인 측면에서 새로운 시도를 하고 있음을 볼 수 있는데, 우선 「산중화」의 다음과 같은 부분에서는 권선징악과 같은 구시대적 문법에서 벗어나려는 작가의 노력을 볼 수 있다.

> 「얼마 안이 되야 그 별장에셔 병이 점점 침중ᄒ야 명희는 드듸여 이 세상을 바리고 다시 김명숙 부인이 녜젼 디위롤 회복ᄒ야 ᄌ작 부인이 되얏다」 이 ᄀ치 긔록홀 것 ᄀᆺ흐면 여러 독쟈들은 크게 깃버ᄒ야 치하를 만히 ᄒ겟지만은 대뎌 세상 일은 그 ᄀᆺ치 소설 모양으로 잘 되야 가지는 못 혼다 병 치료ᄒ랴는 별장에서 엇더훈 형편으로 지니이는 지는 알 슈가 업스나 그 두류ᄒ는 동안은 미우 오리되얏다[303]

악한 사람은 벌을 받아 죽고, 선한 사람은 본인의 지위를 회복하여 행복하게 살게 되는 식의 소설 결말은 현실을 올바로 반영한 것이 아님을 작가 스스로 밝히고 있는 부분이다. 세상일이 그렇게 '소설' 같지 않다는 말에서 사실성과 개연성을 중시하는 작가의 창작 태도를 엿볼 수 있으며, 이러한 작가의 태도는 서구 근대문학 수용의 영향과 함께 독자에게 보다 현실 감각에 맞는 소설을 보여주고자 하는 작가의 고민에서

---

303) 「산중화」, 『매일신보』, 1917.7.26.

비롯된 것이라 할 수 있다. 이 작품들에는 이러한 부분 외에도 신문 연재소설이라는 특징을 살려 독자들의 관심을 끌고자 하는 노력도 많이 드러남을 볼 수 있다.

"실로 셰샹에 드문 참혹흔 일이라 그 혼삽흔 모양이야 엇지 이루 긔록흐리요 독ᄌ들도 임의 긔차츙돌이라는 것이 얼마나 두려운 것인 줄은 아는 바인즉 이제 더 긔록홀 필요가 업도다"304)

이 사이에 명회의 힝동은 대긔 독ᄌ의 짐작흐얏슬 바이나 참말로 능청스럽게 흐얏다 그럴듯흐게 슯흔 빗도 씌우고 말도 별로히 흐지 안이흔다305)

위의 인용에서는 매일 독자와 소통하는 신문 연재소설의 특성을 이용하여 작가가 독자들의 독서 상황을 연재소설 속에 반영하고 있음을 볼 수 있다. 독자들이 기차충돌이라는 상황이 얼마나 두려운 것인지 이미 알고 있으므로 더 자세히 기록할 필요가 없다는 말에서는 독자들의 수준을 스스로 올리고 있음을 알 수 있고, 또한 소설 속의 인물들의 행동에 대해 독자들이 이미 짐작하고 있다는 것을 여러 번 강조함으로써 소설 독자들의 독해 능력에 대해서도 충분히 인정하고 있음을 보여준다. 이러한 작가의 발언을 통해 독자들은 작가와 직접 대화하는 기분을 느낄 수 있으며, 자신들의 독서 상황에까지 관심을 가지는 작가의 친절함으로 인해 작품에 더 많은 관심을 기울이게 되는 것이다.

한편 작가는 희명이가 기차에 타지 않았고, 그녀보다 먼저 기차에 탄 하녀가 죽었으며, 또 머리를 염색하여 다른 사람으로 행동하고 있는 희명의 사정과 같은 상황들에 대해 자세한 설명은 하지 않은 채, 단지 독자의 상상에만 맡기고 있다가 후에 '독자들도 짐작하는 바와 같이'라는 말로 대신하고 있음을 볼 수 있다.

304) 「산중화」, 『매일신보』, 1917.6.2.
305) 「산중화」, 『매일신보』, 1917.6.12.

대져 이 김명슉 부인은 엇더흔 사롬인가 수년전에 「세부돈」에 일으러 려관 쥬인에게 의뢰흐야 그 곳에 집을 빌고 동닉 아희들이 교육을 담당흐던 김명슉 부인과 한사롬인 줄은 물론 독주의 알 바이며 다시 그 젼에 「다벨」 리발소에 서 가발과 눈썹에 물드리는 약을 사가지고 가던 부인과 한사롬인 줄도 쏘한 독주의 이미 짐작흐얏슬 바이로다

이만치 알고 보면 다시 그 이젼은 무를 것도 업슬 것이라 「이터리」셔 다이명 거당 부근에셔 긔차가 충돌되야 참혹히 죽엇다고 장사ㅅ지 지늣인 강희명부인 이라 진졍흔 됴주작의 부인 강희명이라306)

상세한 설명을 생략한 채 전개해 나가다가 그 사실을 나중에 한꺼번 에 밝혀 독자들이 스스로 짐작하는 것이 맞음을 확인케 하는 이와 같은 기법은 독자의 궁금증을 유발시켜 소설에 대한 관심을 더욱 집중시키 는 역할을 하는데 탁월한 효과를 발휘한다. 또한 "탑골공원 사롬만흔 여름밤에 남 그늘 쪽에 잇는 사롬의 그림주를 보고 옥명이가 놀나셔 거 름을 멈츈 그 사롬은 과연 누구인가"307)라는 독자를 향한 작가의 질문 은 소설에 대한 독자들의 참여를 유도하여 그들의 능동적인 독서를 자 극하는 부분이기도 하다.

독자들에 대한 작가의 이와 같은 관심은 1910년대 전반의 '눈물'에만 젖어 있던 대중독자들의 수준을 한층 올려주면서 그들에게 새로운 '재 미'를 제공하려고 하는 의도에서 비롯된 것임을 알 수 있다. 이러한 의 도에 따라 신문 연재소설은 그 기법적인 측면에서도 1910년대 전반기 에 비해 많이 발전하였던 것이다.308)

한편, 앞서 「해왕성」에서 근대 문물로서 신문의 중요성을 말하고 있 는 것과 같이 이 작품에서도 근대 사회에서 신문의 중요성을 말하고 있

---

306) 「산중화」, 『매일신보』, 1917.7.5.
307) 「무궁화」, 『매일신보』, 1918.5.19.
308) 조중환의 소설에서도 독자의 참여를 유도하는 부분을 볼 수 있으나, 이처럼 다양한 방법으로 나타나지는 않음을 알 수 있다.

음을 볼 수 있다.

> 신문지를 보는 것이 뎨일이라
>
> 그런 사실을 자셔히 들은 후에 좌우간 결정을 ᄒᆞ고져ᄒᆞ나 아모에게던지 들을 곳이 업다 이러ᄒᆞ 쎄에는 신문을 보는 것이 뎨일 방칙이라고 싱각을 졍ᄒᆞ고 날이 져문 뒤에 이곳을 쎠나 사오 리나 되는 젹은 져자거리로 가서 자긔가 남편의 집을 쎠나던 눌부터 이눌치ᄭᆞ지 호수를 밧츄여 「부로렌」부에서 발힝ᄒᆞ는 어느 신문을 ᄉᆞ가지고 도라왓더라[309]

위의 인용은 희뎡 부인이 자신과 헤어진 정자가 탔던 기차가 사고를 당했다는 소리를 듣고는 그것에 대해 자세히 알기에는 신문이 제일 좋다고 판단하며, 신문을 사는 부분이다. 이런 부분은 근대 사회에서 신문이 사회의 전반적인 사건 사고를 보도하는 기능을 충실히 하고 있고, 그런 사회상에 내해 알고 싶으면 신문을 봐야 한다고 말하는 것이다. 이것은 심우섭이 신문 기자로 활동하던 자신의 경험을 활용하여, 신문의 보도 기능을 강조하기 위해 사용한 방법이기도 하다. 또한 작품의 말미에 "영국은 물론이오 세계의 신문지에 ᄭᆞ지도 이 일이 긔록되야 엇던 신문이던지 ᄌᆞ작을 위ᄒᆞ야 고금에 업는 뎡렬부인을 어든 것을 부러워ᄒᆞ고 축하한다고 긔록ᄒᆞ얏너라"라는 후셜을 젹음으로써 신문이 사회의 모범되는 일을 기록하여 전하는 중요한 기능을 담당하고 있음을 보여준다. 이는 신문의 효용성을 강조함으로써 신문과 연재소설에 대한 독자의 관심을 부추기는 의도를 담고 있음을 알 수 있다.

이상에서 1차 세계대전을 전후로 하여 서구 문명사회에 대한 관심으로 이루어진 서구문학의 번역이 창작 소설로까지 이어져 새로운 홍미와 오락성을 강조하는 대중소설적 경향을 보이고 있음을 알 수 있었다. 대중 독자들에 대한 이러한 관심은 1910년대 후반 일제 식민지배 체제

---

309) 「산중화」, 『매일신보』, 1917.6.13.

를 강화하는 『매일신보』 정책의 반영으로 소설의 성격이 분화되는 과정의 하나로 이루어진 것이며, 여기에서는 1910년대 후반기 『매일신보』 내에 형성되었던 대중소설과 지식인 소설의 뚜렷한 두 경향 중의 하나인 오락중심의 대중소설의 모습을 엿볼 수 있었다.

2. 지식인 지향형 계몽소설의 등장과 확산

1) 지식인 독자의 수용과 이광수 장편소설의 등장

이상협의 「해왕성」이 4면에 연재되고 있던 중인 1916년 12월 26일 3면에 다음과 같은 소설예고가 실린다.

> '新年의 新小說'
> 無情 春園 李光洙 氏 作
> 新年브터 一面에 連載
> 從來의 小說과 加히 純諺文을 用치 안이ᄒ고 諺漢交用書翰文體를 用ᄒ야 讀者를 敎育잇는 靑年界에 求ᄒ는 小說이라 實로 朝鮮文壇의 新試驗이요 豊富ᄒ 內容은 新年을 第俊ᄒ라
> 文壇의 新試驗[310]

소설의 문체가 '순언문'이 아닌 '언한문교용'이며, 독자 또한 '교육잇는 청년계'에 구하는 소설이라는 점에서 이광수의 『무정』은 이전까지의 소설과는 많이 다름을 한 눈에 알 수 있다. 『매일신보』의 편집진

---

310) '「무정」 소설 예고', 『매일신보』, 1916.12.26.

은 그런 점을 강조하기 위해 광고 맨 마지막에 '문단의 신시험'이라는 문구를 넣고 있다. 이와 같이 편집진의 새로운 시도로 계획된 『무정』은 일제 강점이 시작된 지 7년이 지난 1917년 새해 첫날부터 연재되기 시작하였다.

1910년 초기의 『매일신보』는 발매 부수가 3천부 밖에 안 되었지만 1910년대 중반을 지나면서는 조중환과 이상협의 번안·번역소설에 힘입어 '십만독자'311)라는 말을 쓸 정도로 그 사세가 많이 확장되었다. 이처럼 「무정」이 연재될 무렵에는 그동안 시도된 『매일신보』의 상업적 정책이 성공하면서 안정된 독자층이 확보된 상태였으며, 또 한편으로는 1915년을 넘어 오면서 일제의 조선 식민지배 체제가 어느 정도 일단락 된 때였다.312)

그러나 일제는 조선 식민지를 이끌어 나갈 주체는 그동안 『매일신보』의 주 독자였던 일반 대중들이 아니라 중류 이상의 지식인 계층임을 절실히 깨닫고 있었다. "어떤 나라 어떤 시기든지 특정사회는 중류 이상 계급이 주도하는 것으로" 현재 "일선인의 중류 이상 계급(유력자·사상가·실업가 등)이 진정으로 융화하면, 그 이하의 사회는 저절로 쫓아간 다"313)라는 글에서 볼 수 있듯이, 일제는 자신들이 추구하는 동화주의의 실현 여부가 중류 이상 계층의 역할에 있음을 자각하였던 것이다.

일제의 이러한 생각은 1915년에 있었던 '조선물산공진회'에서 잘 볼 수 있다. '조선물산공진회' 개최는 소위 '병합 후 조선이 얼마나 진보하였는가'를 전시하기 위한 목적에서 출발한 것이지만, 한편으로는 그 개

---

311) 『매일신보』는 1916년 9월 3일 '再築落成號發行' 광고 기사를 실으면서 "十萬愛讀者 諸君을 위ᄒᆞ야'라는 표현을 쓰고 있다. 이를 본다면 1910년대 후반의 『매일신보』는 초기보다 많은 독자를 확보하고 있음을 짐작할 수 있다.
312) 이 시기에 『매일신보』에 그간 총독부 정치를 평가하는 내용의 사설과 기사가 계속적으로 게재된다는 점에서 이런 점을 확인할 수 있다. 수요역사연구회, 「1910년대 『매일신보』의 식민지지배론」, 『식민지 조선과 매일신보』, 신서원, 2002, 212~213면 참조.
313) 「如何히 하면 日鮮人이 融化될까」, 『매일신보』, 1915.6.20.

최를 이용하여 일본과 조선의 명망가와 실업인 중심으로 '일선인의 융화'를 도모하는 기회로 이용한다는 취지도 있었던 것이다.[314] 그러므로 이것은 일제가 1차 세계대전의 승전 이후 중국 대륙 침략의 야심을 드러내며 조선 내에서의 식민지배를 더욱 강화하고자 한 의도의 하나로 행해졌으며, 이를 통해 식민지 지배에 대한 대중들의 암묵적인 동의보다는 중류 이상 계층의 적극적인 참여를 유도하려던 일제의 정책에 의해 시도된 것이라 할 수 있다. 이 박람회의 총 관람자 수가 무려 1백만 명이 넘었다는 점은 일제가 이것을 식민지에 대한 문화지배 전략으로 이용하기 위해 조직적인 관객 동원을 하였음을 짐작케 한다.

중류계층 이상의 조선민들을 유입하여 식민지배를 더욱 강화하고자 하는 이러한 일제의 정책은 『매일신보』의 연재소설에도 영향을 미친다. 이제까지 오락 중심의 소설을 통해 대중들의 암묵적인 동의를 유도하였던 『매일신보』는 소설에 대한 전략을 바꾸어 지식인들을 포섭하기 위해 적극적으로 나서기 시작한다. 이전에 「대구에서」와 「농촌계발」을 통해서 일제의 식민지 근대화의 당위성을 주장하는 글을 연재한 적이 있고, 당시 지식인을 대상으로 하는 『청춘』·『학지광』의 주요 필진으로 활동하고 있는 이광수는 자신들의 이러한 의도를 실현시켜줄 수 있는 문사로서 가장 적절하였다. 그래서 『매일신보』는 이제까지 순언문으로만 연재해 오던 소설란에 대한 정책을 바꾸면서 그를 적극적으로 유입하여 「무정」을 연재케 한다. 그러므로 번안·번역소설이 아닌 이광수의 창작소설 「무정」이 순언문이 아니라 국한문혼용으로 연재된다는 예고는 이 작품이 『매일신보』 편집진의 치밀한 계획 하에 이루어진 것임을 상기시킨다.[315]

---

314) 박성진, 「일제 초기 '조선물산공진회' 연구」, 『식민지 조선과 매일신보』, 신서원, 2002, 84~88면 참조.
315) 김영민은 『무정』이 등장할 수 있었던 배경에는 『매일신보』라는 거대 매체의 조직적 발굴 내지 지원이 있었기 때문에 가능한 것이며, 또 그것은 대중 계몽뿐만 아니라 지식인 계몽까지도 함께 의도한 결과 때문이었음을 분석하고 있다. 김영민, 「1910년대

그러나 1917년 1월 1일 연재를 시작한 「무정」은 본래의 의도와는 달리 순언문으로 연재되었다. 이러한 사정에 대해 『매일신보』는 다음과 같이 밝힌다.

小說 文體變更에 對ᄒ야
無情의 文體ᄂ 豫告보다 變更된 바 其 理由ᄂ 編輯同人에게 來ᄒ 作者의 書翰 中 一節을 상摘記 ᄒ야써 謝코져 ᄒ노라
漢文混用의 書翰文體ᄂ 新聞에 適치 못 홀 줄로 思ᄒ야 變更ᄒ 터이오며 私見으로ᄂ 朝鮮現今의 生活에 觸ᄒ 줄로 思ᄒᄂ 바 或 一部 有敎育ᄒ 靑年 間에 新土地를 開拓홀 수 잇스면 無上의 幸으로 思ᄒ옵316)

문체가 바뀌었다고 해도 "一部 有敎育ᄒ 靑年間에 新土地를 開拓 홀 수 잇스면 無上의 幸으로 思ᄒ옵"이라는 것으로 봐서는 앞서의 '교육 잇ᄂ 청년계'를 원한다는 의도가 바뀐 것은 아니었다. 다만 이제까지 순언문으로 연재해 오던 소설을 갑자기 국한문혼용으로 바꿈으로써 오는 혼란을 걱정하여 문체를 변경하였던 것이다. 또한 여기에는 이 소설이 원칙적으로는 교육있는 조선의 청년들을 유입하고자 함에 그 목적이 있지만, 순언문으로 연재함으로써 이제까지 번안·번역소설에 익숙한 『매일신보』의 대중 독자들까지 함께 유지하고자 하는 의도도 있었던 것이다.317) 이러한 이유로 「무정」은 갑자기 문체가 바뀌게 되고,

---

신문의 역할과 근대소설의 정착 과정」, 『한국 근대 서사양식의 발생 및 전개와 매체의 역할』, 소명출판, 2005, 156~166면 참조.
316) 『매일신보』, 1917.1.1.
317) 김영민은 앞의 책에서 "『무정』은 우리나라 최초로 지식인 대상으로 창작된 한글소설이라는 점에서 소설사적 의의가 크다. 아울러 최초로 일반 대중과 지식 청년을 함께 독자로 끌어들이는데 성공한 소설이라는 점에서도 의미가 인정된다"고 평한다(168면). 여기에서 일반 대중이란 그동안 『매일신보』 연재소설란의 대부분을 차지했던 번안·번역소설에 대한 독자를 말하는 것이다. 그러므로 이광수는 『무정』을 쓰면서 이런 대중독자들도 함께 포섭하기 위해 번안·번역소설에 익숙한 독자들의 취향도 많이 고려하였을 것이다. 그러한 의도를 『무정』과 번안·번역소설의 전체적인 구조의 유사성에서 찾아 볼 수 있다.

후에 이러한 「무정」의 순언문체는 대중성과 문학성을 함께 갖춘 최초의 근대소설이라는, 한국문학사에 큰 업적을 남긴 작품318)으로 평가받게 된다.

그러한 「무정」에 있어서 대중성을 밝히는 논의는 이제까지 '영채'의 수난사와 신소설에 나타나는 여성들의 모습과의 연관성에 대해 밝히는 쪽으로 많이 진행되어 왔다. 그러나 이 작품에서 드러나는 '영채'의 수난사는 오히려 일본 가정소설 번안 작품인 「쌍옥루」나 「장한몽」의 구

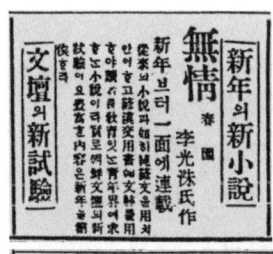

그림 15 (왼쪽부터) 이광수의 「무정」 소설 예고(1916. 12.27), 「무정」의 문체변경 광고(1917.1.1), (아래) 「무정」 소설연재 1회(1917.1.1)

---

318) "춘원의 문학은 위선(爲先) 그 자신이 소위 '발아기를 독점'하는 존재일 뿐 아니라 이해조, 이인직으로부터의 진화의 결과이고 동시에 동인·상섭·빙허 등의 자연주의문학에의 일 매개적 계기였다는 변증법의 견지에서 이해되어야" 한다는 임화의 말처럼 그동안 이광수의 『무정』은 한국 근대문학의 출발점이라는 점과 20년대의 본격적인 근대소설로 넘어가는 과도기적 역할을 수행한 작품으로 자리매김되고 있다. 임화, 「조선 신문학사론서설」, 『조선중앙일보』, 1935.10.15(『임화 신문학사』, 한길사, 1993, 329면).

조와 매우 유사함을 지적할 수 있다. 경성에서 여학교를 다니던 중 의대생 서병삼에게 농락당하고 사기 결혼까지 당한 채 임신을 하게 되며, 그리고는 버림까지 받게 되어 자살을 결심하는 「쌍옥루」에서 경자가 당하는 겁탈과 자살의 과정은 「무정」에서 영채가 감옥에 계신 아버지와 오빠를 구하기 위한 희생적인 생각에서 기생이 된 것이나, 형식을 기다리던 중 김현수와 배학감에게 겁탈당해 자살을 시도하는 모습과 매우 흡사함을 알 수 있다. 이는 「장한몽」에서도 볼 수 있는 구조로, 그러한 여성의 겁탈과 자살이라는 극적인 구조가 대중들의 호기심을 자극하는 오락적 장치로 사용된 것임을 알 수 있다.

이와 같은 겁탈과 자살의 모티브는 개화기 신소설에서도 많이 보이는 특징이다. 문학의 장이 달라졌음에도 불구하고 그러한 오락적 장치가 반복되어 나타나는 것은 신문 연재소설이 갖는 대중 지향적 성격에서 그 이유를 찾을 수 있다. 개화기 신소설도 역시 근대 신문매체의 발달과 함께 형성되었으며, 그에 따라 소설을 통해 국민 대중의 의식을 개량해야 한다는 시각에 근거해서 소설 내용의 중요성을 강조하는 계몽 지식인의 입장과, 익숙하고 친근한 구성의 문예 형식을 통해 감정적 위안을 추구하는 대중의 입장 양자 모두를 고려해야 하는 상황에 놓여 있던 것[319]과 맥을 같이하는 것이다. 그러나 신소설은 대체로 극적인 고난에 처한 주인공이 생명이나 정조에 대한 위협을 받다가 우연적 계기를 통해 무사히 위기를 모면하는 구조를 가지고 있다면, 번안소설에서나 「무정」에서는 겁탈의 행위가 작품 속에서 실제로 일어나고 있다는 점에서 신소설과 현격한 차이를 보인다. 봉건적인 유교적 사회에서 여성의 겁탈은 엄청난 파장을 불러일으키는 것으로, 독자들의 감성을 훨씬 더 자극하는 효과를 가진다. 또 이러한 여성이 죽지 않고 구원받아 다시 가정이나 사회로 돌아가는 과정 역시 그것을 지켜보는 독자들

---

319) 김석봉, 앞의 논문, 39면.

의 감정의 진폭을 더욱 확장시키는 요소로 작용하였던 것이다. 이와 같이 대중들의 흥미를 사로잡기 위해 자극적인 상황을 적극적으로 도입하고 있다는 점에서 「무정」은 일본 가정소설 번안물의 많은 영향을 받고 있음을 알 수 있다.

한편, 이러한 점 외에 「쌍옥루」의 경자나 「장한몽」의 순애가 자신들의 잘못을 속죄하고 남자에게서 구원을 받고 난 뒤, 가정이나 사회로 돌아가 타인에 대한 봉사의 의지를 발현하고 있는 모습이 「무정」에서도 이어지고 있음을 볼 수 있다. 특히 겁탈 당한 후 자살까지 하려고 했던 영채가 병욱의 도움으로 나라에 봉사하는 사람이 되기로 마음먹고, 동경으로 유학 가서 음악가로 크게 성공하는 모습은 일본 가정소설 번안의 "도덕적으로 건전할 것, 정서적인 것, 도덕의 승리라는 구원의 결말일 것"과 같은 특징을 보여주는 부분이다.

또한 메이지 시기 '가정'의 중요성을 강조하여 신민 지배의 정당성의 근거를 마련해주는 '가족국가관'이라는 지배 이념을 반영하고 있는 일본 가정소설과 같이 「무정」의 결말에서도 가족의 질서가 회복되고 있음을 볼 수 있다.

> 황쥬 김병국은 심만 여 쥬의 대상원을 지엇다 작년에 봄 셔리로 젹지 아니
> 혼 손히를 보앗스나 금년에논 샹업이 미우 츙실ᄒ다ᄒ니 다힝이며 병국의 조
> 모논 불힝히 ᄉ랑ᄒ논 손녀를 보지 못 ᄒ고 작년 여름에 셰샹을 써나셧다 병
> 국의 부인도 이졔논 아돌 하나 ᄯᆞᆯ 하나를나코 너외의 금슬도 젼ᄭᆞᆺ지논 아니ᄒ
> 다든지
>
>   (…중략…)
>
> 영치의 「어머니」논 집을 팔아가지고 평양 어느 촌으로 나려가셔 양ᄌᆞ를 들
> 여 다리고 농ᄉᆞ를 지으며 진실혼 예수교 신자가 되어셔 편안히 텬당을 닥는다
> 우션에게셔 영치가 죽지 안코 동경에 갓다는 말 듯고 넘어 깃버셔 울엇다 흠
> 은 우션의 말이다 그 후에 영치논 한 달에 한번식 편지를 ᄒ얏스며 「어머니」
> 도 ᄌᆞ긔가 진실히 예수를 밋논다는 말과 영치도 예수를 잘 미드라는 말도 졸

업호고 오거든 꼭 즈긔의 집으로 오라는 말을 편지마다 호고 혹 옷갑스로 돈
도 보니주며 가끔 고초 장암치 갓흔 것도 보니여 쥰다320)

영채를 사모하였던 병국이 마음을 다잡고 상업에도 충실하고 내외
금슬도 전과는 달라졌다는 점이나, 영채를 배학감에게 보내어 겁탈을
당하게 만들었던 기생 어머니도 자신의 잘못을 뉘우치고 이제는 양자
를 들여 함께 촌으로 내려가 독실한 기독교 신자가 되었다는 것은 도덕
성의 승리와 더불어 가족 질서의 회복을 보여주는 부분이다.

이와 같은 가족 질서의 회복은 결국 식민지인이 갖추어야 할 도덕적
인 가정과 일본 '천황'에게 복종하고 국가를 위해 몸을 바칠 수 있는 인
간을 육성하고자 하는 일제 식민지 담론을 추수하는 결과를 갖게 된다.
「쌍옥루」나 「장한몽」이 모두 공익에 희생하는 주인공의 모습을 보여주
며 막을 내리는 것처럼 「무정」도 그와 같이 주인공 형식·선형·영
채·병욱이 이제까지의 개인적인 감정은 접어둔 채 "너와 나라는 차별
이 업시 혼 몸 혼 마음이 되"어 홍수로 집을 잃고 비에 젖은 불쌍한 사
람들의 슬픔과 고통을 이해하면서 서로 한 마음, 한 가족이 되어 사회
에 봉사할 수 있는 사람이 되겠다는 의지를 보이면서 결말을 맺고 있음
을 알 수 있다. 「무정」의 이러한 결말은 일본 가정소설 번안물의 영향
을 받았음을 보여줌과 더불어 '황국신민화'의 전략으로 사용되었던 것
처럼 이광수의 「무정」의 결말 역시 『매일신보』 식민담론을 널리 유포
하는 역할을 하고 있음을 보여주는 부분이다.

그러나 분명한 것은 앞서의 번안소설이 대중 독자를 향하고 있던 것
에, 「무정」에서 드러나는 계몽성과 대중성은 대중 독자뿐만 아니라 지
식인 독자까지 그 대상으로 포함하고 있다는 점에서 차별점을 보인다
는 것이다. 이미 이광수의 소설이 연재된다는 것만으로도 당시 지식인
들에게 화제가 되고 있었다.

---

320) 「무정」, 『매일신보』, 1917.6.14.

從此로 吾人의 荒蕪혼 心田에는 君의 小說로 因호야 高尙혼 情趣의 種을 播홀지라 請컨디 君은 今으로 그 文學을 價値잇는 作物을 續出호야 君의 號와 如히 荒凉혼 文壇을 春園과 如히 白花가 爛漫케 홀지어다.

予는 以上의 理由로 春園의 小說을 歡迎ㅎ는 비로라321)

『무정』이 연재되기도 전에 이미 이광수의 이번 작품으로 인하여 황량한 문단에 백화를 피게 될 것이라는 말에서 당시에『무정』에 거는 기대가 대단하였음을 짐작할 수 있으며, 이광수는 이러한 기대에 어긋나지 않게 연재 1회부터 새로운 필법을 보여준다.

> 「녀자야」
> 「요— 오메데쓰오 이이나즈새 (약혼혼사룸)가 잇나보에그러 움나루호도(그러려니) 그러구두 니게는 아모말도 업단 말이야 에 여보게」ㅎ고 손을 후려친다
> 「안이야 져 자네는 모르겟네 김장로라고 잇느니……」
> 「올치 김장로의 쓸일셰 그려 응 져 올치 작년이지 정신녀학교를 우등으로 졸업ㅎ고 명년 미국간다는 그 쳐녀로구면 베리 쏫」
> 「자네 엇더케 아는가」
> 그것 모르겟나 이야시쑤모 신문긔쟈가 그런데 언졔 엔게지멘트롤 흐얏는가」
> 「안이우 쥰비롤 혼다고 날더러 밀일 하시간식 와 달나기에 오늘 쳐음 가는 길일셰」322)

대화하는 두 남자는 일어와 영어를 자유자재로 쓰고, 여자는 여학교를 우등으로 졸업하고 미국으로 유학까지 가는 것으로 보아 이 소설에 등장하는 인물들이 보통의 조선민이 아님은 한눈에 짐작할 수 있다. 이처럼 이광수는 첫 회부터 주인공들이 근대 학문을 접한 지식인임을 강하게 드러내어 당시 지식인 독자들에게 그들의 이야기를 쓰고 있음을 느끼게 하였다. 왜냐하면『학지광』과『청춘』의 주요 필진으로 활동하고

---

321) 菊如,「春園의 小說을 歡迎ㅎ노라」,『매일신보』, 1916.12.29.
322)「무정」,『매일신보』1917.1.1.

있던 이광수가 그동안 일반 대중들의 기호에 충실했던 『매일신보』에 소설을 연재하는 것은 뜻밖의 일인 것으로, 지식인 독자들의 자연스러운 호기심을 유발하기 위해 이광수는 이전의 연재소설에서 볼 수 없었던 지식인[323])을 주인공으로 내세우게 된 것이다. 그리고 주인공 형식은 당시 조선의 지식인 청년을 대표하는 모습을 갖추고 있었다.

리형식은 아직 독신이라 남의 녀즈와 갓가히 교졔ᄒ야 본 젹이 업고 이러케 순결호 청년이 흔히 그러호 모양으로 졈은 녀즈를 디ᄒ면 즈연 수졉은 싱각이 나셔 얼골이 확확 달며 고기가 져졀로 슉어진다 남즈로 싱겨나셔 이러홈이 못 싱겻다면 못싱겻다고도 ᄒ려니와 져 녀즈를 보면 아모러호 핑계랄 어더셔라도 갓가이 가려ᄒ고 말 호마디라도 ᄒ여 보려ᄒ는 잘난 사롬들 보다는 나으니라[324])

남들이 기싱집에 가는 동안에 슐을 먹고 바둑을 두는 동안에 그는 시로 사온 책을 읽기로 유일호 벗을 삼앗다 그려셔 그는 동비 간에도 독셔가라는 칭찬을 듯고 학싱들이 그를 존경ᄒ는 쏘호 리유는 그의 칙장에 즈긔네가 알지 못 ᄒ는 영문덕문의 금즈박힌 칙이 잇슴이엇다 그는 항상 말ᄒ기를 우리 죠션 사롬의 살아날 유일의 길은 우리 죠션사롬으로 ᄒ야곰 세계에 가장 문명호 모든 민족 즉— 우리 니디 민족만한 문명뎡도에 달홈에 잇다ᄒ고 이리홈에는 우리나라에 크게 고우ᄒ는 사롬이 마히 싱겨야 혼다 ᄒ얏다[325])

형식은 이제껏 여자와 교제도 한 번 해보지 않은 순결한 청년이자, 남들이 기생집에 가고 술을 먹고, 바둑을 두는 동안 그는 새로 사온 책

---

323) 이러한 식민지에서의 청년은 무엇보다도 자기네 부모세대와 식민지의 많은 동년배들로부터 언어적, 문화적으로 구별해주는 유럽식 교육을 받은 상당수의 첫 세대를 뜻했다(베네딕트 앤더슨, 윤형숙 역, 앞의 책, 156면 참조). 그래서 그들은 식민지 내에서 자신들의 위치를 좀 더 차별화 시키고자 하였는데, 「무정」은 이러한 신지식인층의 욕망을 잘 반영하고 있는 것이다. 그래서 그들은 다른 식민지인들과 자신들을 차별적으로 위치 지으려고 하였다.

324) 「무정」, 『매일신보』, 1917.1.1.

325) 위의 글, 1917.2.1.

읽기에만 열중하는 청년이었다. 우리 조선 사람이 세계에서 가장 문명한 민족이 되기 위해서는 이것을 자각한 자기에게 그 책임이 있으며, 그를 위해서는 열심히 공부해서 세계의 문명을 이해하고 조선 사람들에게 그것을 전해 주어야 한다는 사명감을 가지고 있는 청년이었던 것이다.

> 형식은 즈긔가 됴션에 잇서서는 가쟝 진보흔 ᄉᆞ상을 가진 션각쟈로 즈신흔다 그려서 겸손흔 놋흔 그의 속에는 됴션 샤회에 디흔 쟈랑과 교만이 잇다 그는 셔양 텰학도 보앗고 셔양 문학도 보앗다 그는 루소의 「참회록」과 「에밀」을 보앗고 섹스피어의 「헴렛」과 궤테의 「파우슷」과 크로파트킨의 면포의 「략탈」을 보앗다 그는 신간 잡지에 나는 졍치론과 문학평론을 모앗고 일본잡지의 현상 소셜에 상도 한번 탓다326)

또한 그는 그러한 선각자로서의 자질을 갖추기 위해 루소의 「참회록」과 「에밀」을 보고, 섹스피어의 「헴렛」과 궤테의 「파우슷」도 보고 신간잡지에 나오는 정치론과 문학평론을 보았다. 일본잡지의 현상소설에 상까지 한번 타 본 그는 조선에서 가장 진보한 선각자임을 자신한다. 이러한 형식의 모습은 바로 당시 조선을 위해 스스로를 희생하고자 하는 마음으로 가득했던 유학생 그들의 모습이었던 것이다.

> 눈을 들어 살펴보니 얼골도 준수하다 풍채도 당당하다 과연이지 이 사회야말로 장래 우리곳의 꼿봉아리며 아울너 알맹이로다
> 이 가운데는 치를 둘러 뱃머리를 돌리는 「폴니티시안」도 잇스며 굽은 것을 바로잡고 눌린 것을 펴서 안녕을 보호하고 질서를 유지하는 「쮸리스트」되랴는 사람도 잇스며 일지의 붓을 들어 예술의 큰 의사를 그려내려는 문학자도 잇고 침 한번 쪽 눌너 온갖 병을 고쳐내는 의원님도 잇고 그밧게 농공상업·원예·축산·수산·이재·주계·사관 등 각 방면에 긍하야 남붓그럽지 안흐리만한

---

326) 위의 글, 1917.3.31.

지식사회며 쏘한 이 가운데는 아모리 빈핍하다하나 조선 안에서는 유수한 재산가의 자손들이라 어느 점으로 보던지 조선청년의 中軸이라 안이할 수 업더라[327]

위의 예문에서 볼 수 있듯이 당시 유학생을 중심으로 하는 신지식인들은 자신들의 사회적 책임에 대해서 적극적으로 논하고 있었다. 일부 청년 학생 및 지식인들의 지식이 피상적이고 인격이 미숙하여 서로 힘을 합하지 못하고 시기하며 학업을 등한시하고 서구적 생활을 모방하는데 열중하거나 금전을 낭비하고 주색을 탐하는 것과 같은 방탕한 생활 태도에 대해 비판하였으며, 스스로 개화 지식인을 자처하면서 더욱 타락하고 불건전한 생활을 하는 형태에 대해서도 강하게 비판하였던 것이다.[328] 이광수는 이러한 당시의 유학생들 사이의 분위기를 십분 반영하여 「무정」의 형식을 형상화한 것이다.

한편, 이제까지 신소설에 나온 양반의 자손이나, 가정소실에 나오는 귀족 가문의 자식과는 달리 자신의 힘으로 자수성가한 주인공 형식의 모습은 당시 독자들에게 스스로 노력하면 성공할 수 있다는 희망을 준다. 요컨대 양반 계층을 중심으로 한 봉건사회의 신분제에서 벗어나 주체의 자각과 스스로의 노력으로 태어난 신분을 극복하고 있는 형식은 근대적 개인의 모습을 보여주는 점에서 모두에게 모범이 되는 인물이었던 것이다. 그러므로 이러한 형식의 모습은 당시 지식인들에게만 공감을 얻는 부분이 아니라 대중독자들에게도 환영받을 수 있는 주인공으로서의 자질을 충분히 갖추고 있었던 것이다.

한편, 이광수는 조선의 개화 유학자 집안에서 자란 규수로 집안이 망하여 아버지와 오라버니의 옥바라지를 위해 기생이 된 영채를 통해서

---

327) 少星, 「동경유학생생활」, 『청춘』 2호. 1914.
328) 박수용, 「1910년대 문학비평 연구—신지식층의 문학비평을 중심으로」, 성균관대 석사논문, 1999.

당시 대중들의 모습을 반영하고자 했다. 형식의 엘리트적인 면모가 당시 지식인 독자들에게 호감을 가지게 했다면, 영채가 겪는 여러 가지 고난사를 통해서는 당시 부녀자와 같은 대중독자들에게 많은 공감을 유도하고자 한 것이다.

> 너가 웨 기성이 되엇던고 웨 늄의 종이 되지 안이ᄒ고 기성이 되엇던고 남의 종이 되거나 아이 보는 계집이 되거나 바느질품을 팔고 잇셧더면 형식을 대ᄒ야 이러케 붓그러온 마음이 싱기고 이러케 졔 속에 잇ᄂ 말을 못 ᄒ지ᄂ 안이ᄒ려믄 아아 웨 너가 기성이 되엿던고329)

> 이리ᄒ야 영치ᄂ 기성이 된 것이라 영치ᄂ 결코 기성이 되고 십허서 된 것이 안이오 힝혀나 늙으신 부친을 구원홀가 ᄒ고 기성이 된 것이라 가실 졔 몸을 판 돈으로 부친과 형뎨롤 구원치만 못 홀 쑨더러 주션ᄒ여 쥬마 ᄒ던 그 사롬이 영치의 몸갑이 빅 원을 바다가지고 집과 안힉도 다 너어바리고 어듸로 도망을 갓건마ᄂ 쏘 영치가 그 부친을 구ᄒ랴고 졔 몸을 팔아 기성이 되엇단 말을 듯고 그 아버지가 졀식 ᄌ살을 ᄒ엿건마ᄂ─그러나 영치가 기성이 된 것은 졔가 되고 십허 된 것이 안이라 온젼히 늙으신 부친과 형뎨를 구원ᄒ랴고 ᄒ엿다 (…중략…) 너가 칠년간 가진 고락을 다 격근 것도 져 로파 째문이오 너가 십구 년 동안 지켜오던 명졀을 이러케 더럽히게 됨도 져 노파 씌문이로고나330)

옥에 갇힌 아버지와 오라버니를 구원하기 위해 기생이 된 영채가 형식 앞에서 차라리 남의 집 종이나 아이 보는 계집이나 될 것이라며 자신의 처지를 원망하는 모습과 기생이 되어 노파 때문에 고생하고 결국은 정절까지 더럽히게 된 것을 한탄하는 모습은 당시 어려운 현실에서 가족을 위해 자신을 희생하여야 했던 많은 대중 여성들에게 자신의 삶을 연상케 하는 부분이다. 이와 같은 부분은 「무정」의 문체가 국한문혼

---

329) 「무정」, 『매일신보』, 1917.1.19.
330) 위의 글, 1917.2.23.

용에서 순언문으로 바뀐 것에서 짐작하였던 것과 같이 지식인 독자를 유도하면서도 『매일신보』의 고정 독자층을 형성하였던 대중들까지 같이 흡수하려는 의도에서 비롯된 부분이다.

한편 이광수는 형식의 모습이 당시 지식인을 대표하는 모습을 갖추고 있는 것과 같이 기생인 영채나 월화에게서도 어쩔 수 없이 기생이 되었지만 그들 스스로 남들과 똑같이 하나의 개인으로서 존엄성을 세우고 있는 모범적인 모습을 보여준다.

> 또 량인이 다 지금 평양에 일홈 난 기성이라 모히는 사람들 중에 손가락질 ᄒ고 속은쇽은 ᄒ는 것이 보인다 월화와 영치난 회중을 헤치고 들어가 져편 구석에 가지런히 안젓다 엇던 사롭은 일부러 등을 밀치기도 ᄒ고 발을 밟끼도 ᄒ고 혹 졔 손으로 두 사롭의 손을 스치기도 ᄒ고 혹 엇던 사롭은 월화의 겨드랑에 손을 넛는 쟈도 잇다 월화는 「너희는 기성이란 것만 알고 사롬이란 것은 모르는구나」 ᄒ고 영치를 아는 ᄃ시 압세우고 들어간 것이라[331]

자신들은 기생이기도 하지만 다른 이들과 똑같은 사람이기도 하며, 자신들도 배울 수 있는 기회를 가져야 한다는 생각에 많은 군중들을 헤치고 연설장 앞으로 나아가는 월화의 모습에서 신분의 귀천을 떠나 개인으로서의 존엄성을 찾으려 하는 근대적 개인의식을 엿볼 수 있다. 이런 월화의 모습은 당대 많은 여성들에게 귀감을 주었을 것이다. 또한 선형의 친모가 원래 김장로의 첩이었던 기생 출신 부용이며, 부인이 죽자 재취하라는 일가와 친구의 권유에도 불구하고 기생이던 그 부인을 정실로 삼았다는 것에서 기생도 이제는 신분의 귀천에서 벗어 날 수 있음을 보여준다.

> 김 장로가 예수를 밋은 후로 첩둠을 후회ᄒ나 ᄌ녀ᄭ지 나코 십여 년 동거 ᄒ던 쟈를 바림도 도리혀 그르다 ᄒ야 미우 량심에 괴롭게 지나다가 힝인지

331) 위의 글, 1917.2.13.

불힝인지 정실이 별셰흠으로 지취흐라는 일가와 붕우의 권유흠도 물니치고 단
연히 이 부인을 정실로 삼앗슴이라 부인은 스십이 넘어서 눈꼬리에 가는 주름
이 약간 보이건마는 옛날 장부의 간장을 록이던 아릿답고 얌견흔 모양을 지금
도 볼 수 잇다[332]

위와 같은 부인의 모습은 많은 여성들이 신분제의 악습에서 벗어날
수 있다는 희망을 얻을 수 있는 부분이다.
이광수는 이 외에도 여성들의 인권을 보호하기 위한 자신의 생각을
여러 곳에서 피력하고 있다.

그럼으로 영치가 명멸이 씨어짐을 위흐야 목슴을 브리려 흠은 효와 명절이
라는 일도덕을 인싱인 녀즈의 싱명의 젼톄로 오인흔 것이라 흐얏다 효와 명절
이 현시에 잇셔서는 녀즈의 심즁되는 덕이라 그러타 흐더라도 그는 녀즈인 인
싱의 싱명의 소산이오 일부분이라 흐얏다 영치는 과연 부모에게 디흐야 효흐
지 못 흐얏다 지아비에게 디흐야 명흐지 못 흐얏다 그러나 그도 즈긔의 의지
로 그러흔 것이 안이오 무졍흔 사회가 연약흔 그로 흐야곰 그리흐지 안이치
못 흐게흔 것이라 셜혹 영치가 즈긔의 의지로 효와 명에 디흐야 싱명의 의무
를 다 흐지 못 흐얏다흐자 그러나 가뎡하더라도 영치는 싱명을 끈흘 리유가
업다 효와 명은 영치의 싱명의 의무 즁에 둘이니 셜혹 즁요흐다 흐더라도 부
분은 젼톄보다 적으니라 이 두 의무는 실픠흐얏다 흐더라도 아직도 영치의 싱
명에는 빅쳔무수의 의무가 잇다[333]

여성이 정절을 잃는다는 것이 자신의 목숨을 잃는 것과 같은 것으로
인식된 것은 봉건적 세계에서의 문법이었다. 그래서 「장한몽」에서의 심
순애와 「무정」에서의 영채 모두 자신이 지켜온 정절을 잃자 스스로 목
숨을 끊으려 한 것이다. 그러나 이광수는 정절이 깨어짐에 따라 목숨을
버리려고 하는 것은 효와 정절이라는 하나의 도덕을 그녀의 생명 전체

---

332) 위의 글, 1917.1.5.
333) 위의 글, 1917.3.8.

로 오인하는 것일 뿐이라고 말한다. 그러므로 그것으로 인해 생명을 끊을 이유가 없음을 강조한다. 이처럼 「무정」에서는 기생의 목숨, 정절을 잃은 여자의 목숨도 다 한 가지 사람의 목숨으로서 소중한 것임을 말한다. 이처럼 여성이나 기생을 주체적 개인으로 인정하고 있는 「무정」의 내용은 당시 대중 독자들에게 매우 호감 가는 부분이었다. 이광수는 이미 자신의 문학론에서 이런 점들이 가지는 문학적 효용에 대해서 피력하고 있었으며, 그러한 사상을 「무정」이라는 창조적 서사물에 녹여내고 있었던 것이다.

第一, 文學은 人生을 描寫한 者이므로 文學을 讀ㅎ는 者는 所爲 世態人情의 機微를 窺홀지라. 賤人으로서 貴人의 思想과 感情도 可知홀지오, 安樂한 人으로셔 宮嬪한 者의 그것도 可知홀지오, 都會人으로셔, 田舍으로셔 商人으로셔, 學者, 惡人으로셔 仙人思想과 感情을 通達ㅎ게 될지며 (…중략…) 第二, 各 方面 各 階級의 人情 世態를 理解ㅎ므로 人類의 最覺한 德이오, 多數 善行의 原動力되는 同情心이 發ㅎ여 富者가 貧者를 貴子가 賤子를 善者가 惡者를 同情하게 될지며 第三은, 人이 罪惡에 墮落하는 徑路를 目睹하며 足히 殷鑑을 삼을지오. 人이 向上 進步ㅎ는 心理狀態를 目覩ㅎ며, 足히 模範을 作홀지며, 第四, 苦海 같은 人世에서 淸淳한 快味를 得ㅎ고, 不可意한 實社會를 脫ㅎ아 自由로운 想像의 理想境에 逍遙ㅎ여 有限한 生命과 能力으로 經驗치 못 홀 人生의 各 방면, 各種의 生活과 思想과 感情을 經驗홀 수 有ㅎ리니, 實로 文學을 親ㅎ는 者는 全世界 精神的 總財産을 所有홀 수 有한 大富라 홀지오. 第五는 世人이 酒色 등 有害한 快樂에 浸淪홈은 高尙한 快樂을 缺홈으로 由홈이니, (…중략…) 第六은 善良한 文學은 비록 道德을 鼓吹ㅎ랴는 意思는 無ㅎ되, 自然히 一種 深大한 敎訓을 垂ㅎ는 者라, 文學을 讀ㅎ여 快樂을 亨ㅎ는 中 不識不知間에 品性을 陶冶하고 知能을 啓發ㅎ게 되는 것이라.[334]

위의 글은 '文學의 實效'에 대한 글로, 이 글의 내용에 따르면 문학

---

334) 이광수, 「文學이란 何오 (四)」, 『매일신보』, 1916.11.15.

은 인생을 묘사하는 것이므로 이것을 읽는 자는 각 방면, 각 계급의 인정세태를 이해할 수 있다. 그래서 천인으로서 귀인의 사상과 감정을 가질 수도 있고, 부유한 자가 가난한 자를 선한 자가 악한 자를 동정할 수도 있으며, 사람이 항상 진보하는 심리 상태를 지켜보며 모범을 삼을 수 있는 것이다. 그리고 선량한 문학은 도덕을 고취하는 심대한 교훈을 주므로, 문학을 읽으면서 알지 못하는 사이에 품성을 바꾸고, 지능을 개발할 수 있다고 한다. 문학이 가지는 이와 같은 효용을 바탕으로 이광수는 「무정」에서 형식과 영채를 통해 지식인과 일반 대중독자들에게 모범적 행실과 근대적 개인으로서의 주체적 자각을 일깨우고자 노력하였다. 또한 그들이 소설에 등장하는 서로 다른 처지의 인물들의 모습을 보면서 상대의 처지를 이해하여 스스로 품성을 바꾸고 지능을 개발하도록 유도하였던 것이다. 「무정」은 이와 같이 지식인 계층과 대중들의 이야기를 함께 담음으로써 이들의 충분한 공감을 불러일으켰으며, 이로써 상업적으로도 대단히 성공하게 된다.

한편, 이광수의 그러한 의도는 작품속 인물들의 성향을 통해서 더욱 잘 드러난다. 「무정」에 등장하는 인물 중 완벽하게 긍정적 인물은 찾아보기 어렵다. 보통 구소설이나 신소설이 모두 선악의 대립으로 작품의 전체 구조가 이루어져 있는 것이 특징이라면, 「무정」은 배학감이나 김남작과 같은 두드러진 부정적 인물 외에 나머지 인물들은 대체로 긍정적인 면과 부정적인 면을 함께 지닌 인물들로 표현되고 있다.

　　셜혹 운수가 긔박ᄒ야 일시 더러온 곳에 몸이 ᄲᅡ졋다 ᄒ더라도 나는 그를 건져닐 책임이 잇다 너가 몬저 그를 차쟈단이지 못 혼 것이 도로혀 흐이 되고 죄송ᄒ거날 이졔 그가 나를 차져왓스니 엇지 모르는 체ᄒ고 잇스리오 나는 그를 구원ᄒ리라 구원ᄒ야셔 ᄉᆞ랑ᄒ리라 쳐음에 싱각ᄒ던 디로 만일 될 수만 잇스면 나의 안ᄒᆡ를 삼으리라 셜혹 그가 기성이 되얏다 ᄒ더라도 원리 양반집 혈족이요 ᄯᅩ 어려서 가뎡의 교훈을 만히 맛앗스니 반다시 녀ᄌᆞ의 아롬다운 뎡을 구비

흣얏스리라 쏘 만일 기성이라 흐면 인졍과 셰샹도 만히 알앗슬지오 시와 노릭
도 잘 홀지니 글로 일셩을 보닉랴는 나에게는 가쟝 뎍합흐다 흐고……335)

위의 인용에서 형식은 영채가 셜사 더러운 곳에 몸이 빠져 기생이 되
었다 하더라도 자신은 그를 구원해서 사랑할 것이라 결심하고 있다. 그
러나 그런 형식의 생각은 영채의 피 묻은 치마를 보는 순간 급변하게
되고, 동시에 형식은 선형의 순결함을 떠올리며 그와 있었던 즐거웠던
시간을 그리워한다.

형식은 쏘 고기를 들엇다 방안을 돌아보앗다 이 쩌에 형식의 머리에는 앗가
김 쟝로의 집에서 션형과 순이를 대흐야 안졋던 싱각이 난다 그 머리로셔 나
는 향닉 그 칙댱을 집고 잇던 투명흔 듯흔 하얀 손ㅅ락 그 조곰 구기고 쩌가
무든 옥식 모시치마 그 넙젹흔 옥식 리본 그 젹삼 등에 쌈이 비어 부드럽고 고
은 실이 쌜ㅈ게 미쵀더노양이 말흘 수 업는 향긔와 쾌미를 가지고 형식의 피
곤흔 신경을 ㅈ극흔다 쏘 이것을 터흘 쩌의 젼신이 스르르 록는 듯흐던 즐거
움과 셰샹만스와 우주에 만물이 모도다 깃븜으로 빗나고 즐거옴으로 노릭흐는
듯흐던 그 긔억이 아조 분명흐게 일어는다336)

이처럼 형식은 영채와 선형 두 여자 사이에서 자신의 마음을 결정하
지 못한 채 끊임없이 방황한다. 영채에 대해서 동정하는 마음을 가졌다
가도 선형과 함께 할 경우 자신의 앞날에 펼쳐질 무한대로를 떠올리며
고민하는 것이다. 형식의 이와 같은 우유부단한 행동은 선형에게서도
볼 수 있다. 선형은 자신의 주체적인 의사에 따른 연애나 결혼에 대해
서는 생각하지 않고, 다만 서양 유학에 대한 낭만적 상상만을 하고 있
었던 것이다.

---

335) 「무정」, 『매일신보』, 1917.1.24.
336) 위의 글, 1917.2.27.

선형은 주긔가 됴흔 양복을 입고 시짓쏘즌 셔양 모즈를 쓰고 미국에 가셔 져와 곳흔 셔양 쳐녀들과 영어로 주유롭게 리약이ᄒᆞᄂᆞᆫ 모양을 샹샹ᄒᆞ고 혼자 우셧다 주긔가 영어를 잘 ᄒᆞ게 되면 주긔의 주격도 놉하지고 남들도 주긔를 지금보다 더 스랑ᄒᆞ고 존경ᄒᆞ리라 ᄒᆞ얏다 주긔가 미국에 가셔 미국 쳐녀들과 곳치 미국 대학교를 졸업ᄒᆞ고 집에 올 쎄에 그 쎄에는 암만ᄒᆞ야도 주긔와 동 힝ᄒᆞᄂᆞᆫ 샤룸은 남즈요 …… 키 크고 얼골 번듯흔 남즈요 …… 미국셔 대학교를 졸업흔 남즈라 ᄒᆞ얏다 선형은 무로일즉 그러흔 남즈를 본 적도 업고 그러흔 남즈가 잇단 말도 못 드럿거니와 하여간 주긔가 미국셔 대학교롤 졸업ᄒᆞ고 도 라올 쎄에는 반다시 그러흔 남자가 주긔의 동힝이 되리라 ᄒᆞ얏다[337]

단지 영어를 잘하면 자기의 자격이 높아지며, 남들도 자기를 더 사랑하고 존경할 것이라는 생각은 모두 선형의 비현실적 사고를 대변하는 것이다. 이런 선형은 형식과 함께 약혼을 하고 유학을 떠나라는 김장로의 말에도 별다른 고민 없이 승낙한다. 자신이 형식을 남편으로 맞이할 만큼 사랑하는지에 대한 단 한 번의 고민도 없이 결혼을 승낙하는 선형의 모습에서 근대적 교육을 받은 흔적은 찾아 볼 수 없다. 서양식 근대교육을 받고, 미국으로 유학 갈 준비까지 하고 있는 선형에게 서양식 학문은 단지 어울리지 않는 옷과 같은 것이었다. 그는 자신에 대한 주체적 자각은 없이 단지 낭만적 상상에만 빠져 있는 인물인 것이다.

이와 같은 선형에 비해 영채는 훨씬 더 현실적이기는 하다. 자신이 사랑한다고 믿는 형식과 꼭 정혼하겠다는 의지로 기생의 몸으로도 형식을 찾아 나서고 있기 때문이다. 선형의 수동적이고 수구적인 모습보다는 훨씬 진취적이지만, 그녀 역시 '형식을 정말 사랑하는가'라는 병욱의 질문에는 확실한 대답을 하지 못한다. 그는 단지 형식이 어릴 적에 아버지가 정혼으로 정해준 상대이자, 오누이와 같은 정으로 지낸 사이이기 때문에 꼭 그를 만나야 한다는 생각으로 형식을 그리워했기 때문이다.

---

337) 위의 글, 1917.2.4.

「첫지 영치씨는 쇽아 살아왓셔요 리형식이란 사롬을 ᄉ랑ᄒ지도 안이ᄒ면셔 공연히 졍졀을 직혀왓셔요 부친ᄭᅵ셔 일시 롱담삼아 ᄒ신 말삼 한마듸 ᄶ문에 영치씨는 칠판년 헛된 졀을 직힌 것이외다 ᄉ랑ᄒ지 안는 사롬을 위ᄒ셔 피ᄎ 에 허락도 안이ᄒ 사롬을 위ᄒ셔 졀을 직히는 것이 헛된 일이 안이야요? 마치 죽은 사롬 셰상에 업는 사롬을 위ᄒ셔 졀을 직히는 것이나 다름이 잇셔요 영 치씨의 마음은 아름답지오 졀은 굿지오 그러나 그ᄲᅮᆫ이외다 그 아름다운 마음 과 그 구든 졀을 바칠 사롬이 ᄯᅡ로 잇지 안이ᄒᆯ가요 ᄒᆞ닛가 지금 영치씨가 그 이를 ᄉ랑ᄒ시거던 지금부터 그에게 몸과 마음을 바치실 것이오 만일 그러치 안커든 다른남ᄌ 즁에 구ᄒ실 것이오」338)

병욱이가 영채에게 이렇게 말했을 때 영채는 비로소 자신이 형식을 진심으로 사랑하는가에 대해 한 번도 고민하지 않았음을 깨닫는다. 그 러고는 '참생활'을 찾기 위해 죽고자 했던 결심을 버리게 된다. 앞의 선 형의 모습과 비교하면 근대적 교육을 받지 않은 영채의 이러한 변모는 오히려 더욱 특별한 것으로 보인다. 「무정」에서 영채의 이러한 변화과 정은 앞서 잠깐 언급한 것처럼 이전의 신소설이나 번안·번역소설과는 다른 특별한 의의를 갖는다. 이전까지의 소설에서 여자 주인공의 '정절' 이란 그 서사의 처음과 끝을 맺는 가장 큰 추동력이었지만339) 「무정」에 서 영채의 정절에 관한 문제는 이제 더 이상 중요하지 않게 되기 때문 이다. 오히려 이제부터 영채는 하나의 진정한 여자로서 자신의 욕망에 대해 고민하게 된다.

이로브터 영치는 ᄎᄎ 남ᄌ가 기리워진다 젼브터 외롭게 젹막ᄒ게 지나왓거

---

338) 위의 글, 1917.4.26.
339) 「장한몽」에서는 돈에 눈이 멀어 이수일을 떠난 심순애가 이수일을 생각하며, 끝까 지 정절을 지키지만, 그의 정절이 무너지면서 심순애는 회개하고 용서를 빌며 급기야 미쳐서 죽음에 이르는 지경까지 가서야 용서받을 수 있었다. 반면에 「무정」에서는 단 지 병욱과의 대화를 통해서 영채가 형식은 자신이 진정 사랑한 사람이 아니었기 때문 에 그를 위해서 정절을 지킬 필요도, 또 그것을 버렸다하여 자살할 필요도 없음을 깨 닫게 되면서 더 이상 그녀의 정절은 문제시 되지 않음을 볼 수 있다.

니와 지금은 그 외로움과 그 젹막과는 류 다른 젹막이 더 굿세게 영치의 가삼을 누른다 이젼에는 넓은 텬디에 져 혼ᄌᆞ만 잇는 듯한 젹막이더니 지금은 졔 몸이 반편인 듯한 젹막이로다 다른 반편이 잇셔야 졔 몸은 온젼ᄒᆞ야질 것 ᄀᆞᆺ다 공연히 가삼이 을넝을넝ᄒᆞ고 얼골이 훗훗ᄒᆞ야진다 피곤한 듯도 ᄒᆞ고 슐취한 듯도 ᄒᆞ다 무엇에 기디고 십고 누구에게 안기고 십다

영치는 가만히 안져셔 이ᄶᅥ 것 졉ᄒᆞ여 오던 여러 남ᄌᆞ를 싱각ᄒᆞ여 본다 ᄌᆞ긔의 손목을 잡아 ᄭᅳᆯ던 사ᄅᆞᆷ 겨드랑으로 손을 너어 쓰러안던 사ᄅᆞᆷ 억지로 ᄲᅢᆷ을 디던 사ᄅᆞᆷ 음란한 눈으로 ᄌᆞ긔를 유혹ᄒᆞ며 교만한 말로 ᄌᆞ긔를 위협도 ᄒᆞ던 사ᄅᆞᆷ 그 ᄶᅢ에는 그러케 원슈스럽고 미워 보이던 남ᄌᆞ들좃차 무어라고 말ᄒᆞᆯ 수 업는 ᄶᅡᆺ듯한 감각을 준다 남ᄌᆞ의 살이 ᄌᆞ긔의 살에 와닷던 감각이 자릿자릿ᄒᆞ게 시로워진다 지금 너겻헤 남ᄌᆞ가 한아 잇셧스면 작히 됴흐랴 누구던지 손을 달나면 손을 주고 안아쥰다면 안기고 십다.[340]

영채는 남자의 몸이 그리워 이제까지 자기를 위협했던 남자까지도 누구든지 손을 달라면 주고 안기고 싶다는 말까지 서슴지 않고 있는데, 이런 영채의 변모는 자신에 대해 억누르지 않고 자발적인 감정의 표현을 하게 되었다는 점에서 긍정적인 평가를 할 수 있겠지만, 이 역시 모두 병욱에 의해 유도된 것이며, 또한 진정한 사랑을 찾는 것이 아니라 육욕에 얽매여 있는 모습으로 드러남으로써 다소 부정적인 측면도 인지된다.

이처럼 「무정」의 기본적인 서사를 이루는 이 세 인물은 모두 긍정적인 면과 부정적인 측면이 혼재함을 볼 수 있다. 인물들의 이러한 부분은 앞서 분석한 일본 가정소설 번안물과 마찬가지로 독자들의 이중적인 감성을 자극하여 호기심을 끌고 가는 동력으로 작용하는 부분이기도 하다. 그러나 이 작품에서는 병욱을 유일하게 완벽한 긍정적 인물로 형상화함으로써 지식인 독자와 대중 독자들의 공통적인 공감을 유도하고 있음을 볼 수 있다.

---

340) 「무정」, 『매일신보』, 1917.5.2.

병욱은 위에서 살펴 본 바와 같이 영채의 자살이 그릇된 생각임을 깨닫게 해주는 인물이다. 동경에 유학 갔다 잠깐 방학 중에 조선을 다니러 온 그는 "흥 그 삼종지도라는 것이 여러 천년간 여러 천만녀주를 죽이고 또 여러 천년 남주를 불힝호게 호얏셔요 그 원수에 글주 멋주가흥"이라며 조선의 봉건적 유교적 관습이 남녀를 모두 불행하게 만들었으며, 그로부터 벗어나 여성의 인권이 존중되어야 함을 역설한다.

> 「녀주도 사롬이지오 사롬일진디 사롬의 직분이 만겟지오 딸이 되고 안히가
> 되고 어머니가 되는 것도 녀주의 직분이지오 또 혹은 종교로 혹은 과학으로
> 혹은 예슐로 혹은 샤회나 국가에 디훈 일로 인싱의 직분을 다홀 길이 만겟지
> 오 그런데 고리로 우리 나라에셔는 남의 안히 되는 것만으로 녀주의 직분을
> 삼앗고 남의 안히가 되는 것도 남의 뜻디로 남의 말디로 되어왓셔요 지금쓰지
> 녀주는 남주의 한 부속품 한 소유물에 지나지 못 호얏셔요 영치씨는 부친의
> 소유물이나가 리씨의 소유물이 되려 호엿셔요 맛치 엇던 물품이 이 사롬의 손
> 에셔 져 사롬의 손으로 올마가는 모양으로 …… 우리도 사롬이 되어야 합니다
> 녀주도 되려니와 위션 사롬이 되어야 합니다 영지씨끠셔 홀 일이 만치오,[341]

병욱의 이러한 말은 그동안 남성의 소유물이나 가문의 소유물로서만 존재해 왔던 여성들의 자기 해방이 필요함을 주장하는 것이다. 선형도, 영채도 진정한 사랑이 무엇인지 모르고 갈팡질팡 하던 차에 병욱은 현재의 사랑이란 바로 개인이 어느 누구의 소유물이 아닌 서로 간의 관계임을 피력한다. 이러한 모습은 근대적 '결혼'과 '연애'의 모범을 보여주고 싶은 작가 이광수의 사상이 생경하게 표현된 것이다.

한편, 병욱은 이뿐만 아니라 삼랑진 수해 현장에서 혼자 나서서 음악자선회를 주선한다. 남자도 아닌 여성으로서 고난에 처해 있는 민족을 위해 적극적으로 나서고 있는 병욱의 모습은 지식인 독자와 일반 대중 독자들이 모두 공감할 수 있는 부분을 형성한다. 이제껏 남성이 중심이

---

341) 위의 글, 1917.4.27.

되어 모든 일을 해결해 오던 가부장적 사고에서 벗어나, 이 소설에서 문제 해결의 중심에는 늘 병욱이 있음을 알 수 있다. 병욱은 선형처럼 문명에 대한 막연한 동경에 빠져 있는 인물도 아니고, 영채처럼 정절 때문에 목숨을 버리려 하는 구시대적 봉건사상에서 벗어나지 못한 인물도 아닌, 근대적 학문을 수혜한 인물로서 자기 주체성이 강하고 민족과 사회를 위해 봉사하려는 의지가 강한 여성이다. 오히려 남성인 형식이 여자 문제로 갈팡질팡 하고 있을 때, 그가 나서서 이를 해결하고 민족이 어려움에 빠졌을 때 남보다 먼저 앞장서서 그들을 도우려고 하였다. 이러한 병욱의 모습은 지식인 독자들에게서는 자신들과 같은 근대 교육을 받은 신지식인이라는 점에서 공감을 얻을 수 있었으며, 일반 대중독자들은 자신들과 같은 여성의 몸으로서 이런 모습을 보인다는 점에서 더욱 많은 공감을 얻을 수 있었다. 이처럼 지식인 독자와 대중독자를 함께 포섭하고자 했던 의도를 지닌 「무정」이 그것을 성공적으로 이룰 수 있었던 것은 이 작품 중심에 병욱이라는 여성이 있었기 때문에 가능하였던 것이다.

이러한 병욱의 모습은 당시 「무정」이 『매일신보』라는 식민지 담론의 자장 안에서 연재되었던 것과 함께 생각해 본다면, 상당한 의미를 부여할 수 있다. 당시 『매일신보』가 내세우는 여성이 기본적인 교육을 받고 가정과 나라에 봉사하는 황국신민화를 위한 여성의 모습이었다면 병욱은 그러한 여성의 모습을 완전히 탈피하고 있다. 요컨대 식민지 담론이 가지는 가부장적인 면에서 벗어나 여성의 위치에서 모든 고난을 헤쳐 나가고 있다는 점에서 식민담론과 상당부분 어긋나고 있었던 것이다. 이런 점은 영채에게서도 발견할 수 있다. 앞서의 인용[342]에서 보았듯이 영채가 남자의 몸을 그리워하는 표현은 당시 어느 서사에서도 좀처럼 찾아 볼 수 없을 만큼 선정적이다. 당시 지식인층에서 자유연애를 부르

---

342) 각주 341번 인용 참조.

짖고, 그들 사이에서 그것이 하나의 담론으로 자리 잡고 있을 때이지만, 사회에서는 여전히 정숙한 여인을 원하였다. 「정부원」의 정혜부인이 그토록 인기가 있었던 것은 모두 그녀의 정숙함 때문이었던 것과 비교하자면, 영채의 그러한 모습은 당시로는 매우 파격적인 것이었다. 영채의 이러한 심경의 표현은 자극적인 표현으로써 오락적 흥미를 도모함과 동시에 당시 기생이나 일반 부녀자들과 같은 대중독자들의 공감을 유도하는 것으로 이용되었다. 그러나 이러한 여성의 모습은 당시 일제 식민담론이 전파하였던 황국신민화의 주체로서의 현모양처 상과는 자연스럽게 균열을 보이게 된다. 여성들에게 가정에 대한 봉사만을 강조하였던 식민담론에 얽매여 있던 당시에 「무정」의 이러한 이면은 대중들에게 더욱 큰 호응을 얻을 수 있는 부분으로 작용하였다.

「무정」이 상업적으로 성공하게 되자 『매일신보』에서 이광수의 위치는 확연히 달라신다. 이광수는 「무정」을 통해 지식인 독자들을 취합함과 동시에 대중독자들의 맥도 그대로 유지하고자 한 『매일신보』의 의도를 충실히 이행해 냄으로써 『매일신보』의 신뢰를 확실히 얻게 된다. 그래서 그는 「무정」에 이어 또 다른 소설 「개척자」를 곧바로 연재하게 된다. 그러나 앞의 「무정」과는 달리 「개척자」는 아무런 소설예고도 없이 시작한다. 이광수 본인도 자신에게 나시 원고 청탁이 들어왔을 때 의외였다고 밝혔지만, 「무정」이 철저한 기획 하에 연재되었던 것과는 반대로 「개척자」 연재는 매우 조용하게 시작된다.

그러나 여기에서 주목되는 점은 「개척자」가 『매일신보』 최초로 국한문혼용으로 연재된다는 것이다. 「무정」을 국한문혼용으로 연재하겠다는 의도가 대중과의 타협이라는 명분을 위해 포기되었던 것에 비해 「개척자」는 아무 예고도 없이 국한문혼용으로 연재를 시작하였던 것이다. 이렇게 「개척자」가 쉽사리 국한문혼용으로 연재될 수 있었던 것은 이광수에 대한 『매일신보』의 깊은 신뢰가 있었기 때문이며, 「무정」이 결국 지식인과 대중 독자들을 함께 지향했던 것에 비해 「개척자」는 순수

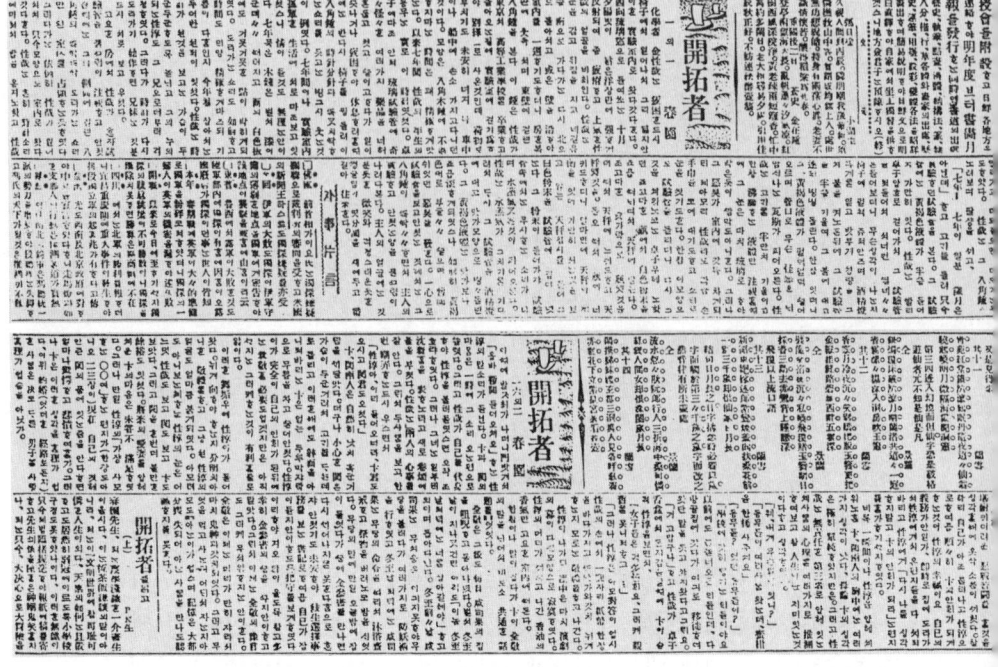

그림 16 ① 이광수의 「개척자」, 1회(1917.11.10), ② PN생의 「개척자를 읽고」(1918.2.2)

지식인을 위한 소설로 생각하였기 때문이었다. 「무정」과 표기법이 바뀐 만큼 「개척자」의 내용도 「무정」과는 많이 달라진다. 「개척자」의 지식인 들은 「무정」의 형식이 보여주는 우유부단함과는 달리 진정한 자신의 이상 실현을 위해 노력하는 인물들로 형상화되어 있다.

實로 性哉의 責任은 넘어 重ᄒ다. 數多혼 食品의 活計가 이졔는 全혀 性哉 의 손에 달럿다홀 슈밧게 업다. 家族이 一生에 먹을 것을 性哉의 손으로 왼통 試驗官에 너코 말앗스니 이졔는 그것을 試驗官에셔 ᄃ시 차질 수밧게 업시 되엿다. 만일 性哉의 計劃이 成功이 되여 目的혼 發明品이 여러 나라에 專賣 特許롤엇고 京城에 그 特許品을 製造ᄒᄂ 大工場이 셔ᄂ 날이면 性哉의 夢 想혼바와 갓흔 結果롤 엇을 슈도 잇지마ᄂ 萬一 아쥬 失敗ᄒᄂ 날이면 性哉

의 一家族은 거지가 될 수밧게 업다.343)

「개척자」의 주인공 성재는 어디가든지 매삭 육칠십원 월급을 받을 수 있으며, 또한 경성 공업전문학교에서 초빙까지 받았지만 사양하고 자신의 연구에 몰두한다. 선각자적인 엘리트라는 점에서 「무정」의 형식과 비슷하지만, 형식이 경제력에 마음이 움직여 선형을 택하며 미국 유학을 꿈꾸는 것과는 달리, 그는 세상의 돈에는 무관심하며 오직 인류 발전을 위해 자신의 연구에만 매진하는 진정한 이상주의자였다. 그러나 그의 손에는 가족의 생계가 달려 있다. 그가 성공하면 그의 생각대로 모든 것이 다 이루어지겠지만, 그가 실패하는 날에는 일가가 거지가 될 수밖에 없는 상황인 것이다. 이런 까닭에 성재는 지난 7년 동안 꾸준히 해 온 실험에 이제는 위기감을 느끼게 된다. 성재의 그러한 모습은 이상적 지식인들의, 가족의 부양이라는 현실과 자아의 실현이라는 이상 사이의 갈등을 보여주는 것이다.

또 다른 주인공 민이 자신이 그림을 그리는 이유에 대해 설명하는 부분에서도 지식인으로서의 의무감과 사명감을 느낄 수 있다.

제가 그림을 그리는 것은 美術업는 朝鮮사롬에게 美術을 주려고ᄒᆞ는 것이야요, 卽 제가 이 도토리가 되어셔, 엽이 나셔, 자라셔, 작구작구 자라셔 큰 나무가 되어셔 이러ᄒᆞ 도토리롤 만히 밋잔 말이야요. 알아듯기 쉽게 말하면 只今 그림 그리는 사롬이 나 한아밧게 업지만은 將次는 數百名 數千名 잇게 ᄒᆞ자는 말이야요, 알아드르심닛가. 선생도 그러치오. 자기 혼자셔 아모리 큰 발명을 ᄒᆞ다 ᄒᆞ면 그것이 무엇이 貴ᄒᆞ닛가 先生又혼 化學者가 數百人, 쉰인나게 해야 비로소 뜻이 잇는 것이지오. 안 그럿슴닛가.344)

민이 그림을 그리는 이유는 미술이 없는 조선에 미술을 심어서 전파

343) 「개척자」, 『매일신보』, 1917.11.16.
344) 위의 글, 1917.11.29.

하기 위해서였다. 이러한 민의 모습은 자기가 하고 있는 일이 단지 이상만 좋는 것이 아니라 현실을 개혁시키는 것까지 나아가야 된다는 지식인의 생각을 대변하고 있다. 한편 성재의 친구인 전군에게서는 이런 민과는 정반대로 자신의 이상과 현실을 조화시키지 못하고 자신의 앞서가는 이상만 좇다가 결국 현실에서도 버림받은 존재가 되어 버린 경우를 볼 수 있다.

> 十年前에는 가장 시룹던 사룸이지마는 時代는 推移ᄒ고 自己는 自己의 思想을 墨守ᄒ닛가 全君과 이 時代와는 아모 相關이 업지오, 全君은 自己의 理想디로 世上을 改造ᄒ려 ᄒ얏스나 世上도 全君을 발길로 차던지고 져 갈길을 간 게지오 全君은 自己를 차 던지고 혼자 달아나는 世上을 쌀아가랴고도 아니ᄒ고 自己의 속에만 自己의 特別ᄒ 世上을 配布ᄒ고 잇지오 이것을 實現ᄒ는 것이 自己의 目的이겟지오 그러닛가 그 目的은 達할날이 업단 말이지오[345]

이러한 전군의 모습은 당시 조선에서 선각자의 역할을 하던 지식인들이 현실과 이상 사이에서 갈등하다 좌절하는 모습을 대표하는 것이다. 요컨대 그가 미쳐버렸다는 것은 실상 이런 지식인들이 자신들의 포부와 현실의 괴리로 인해 미칠 것만 같은 삶을 살고 있다는 것을 대변하는 것이다. 이런 갈등 속에서 현실과 타협하지 못하는 이들은 전군과 같이 현실을 외면하고 자신만의 정신세계로 빠져들게 되거나, 아니면 끝내 자신의 이상을 버리고 현실적인 측면을 택하게 되는 것이다. 성재는 자신의 거듭된 연구 실패로 가산을 탕진하게 되고, 이러한 충격으로 아버지까지 돌아가시자 가족을 위해 현실과 타협하게 된다. 그러나 몸이 상할 만큼 막노동에서 일을 하여 돈을 벌어오는 성재의 모습과 대비되게, 성재가 돈을 빌리러 간 변호사 친구 이씨는 유학생 시절 '정탐'까지 한 파

---

345) 위의 글, 1917.12.5.

렴치한 인물이지만 뛰어난 수완으로 사오 년이 못되는 동안 몇 백 추수나 되는 재산을 얻고 경성에 꽤 굉장한 가옥을 얻고 있었다. 성재는 비록 가족을 위해 자신을 희생하지만, 이러한 친구를 볼 때마다 자신의 이상을 받쳐주지 못하는 현실을 벗어나 앞서의 전군과 같이 자기의 세계에만 빠져 지내고 싶은 욕망이 꿈틀거리게 된다. 그러나 가부장적 질서 내에서 가장의 역할을 차마 버리지 못하는 성재에게서 미쳐버린 전군의 모습은 성재의 고통스러운 내면을 표현한 또 다른 모습으로 이해된다. 이런 점은 바로 비단 성재뿐만 아니라 당시의 암울한 식민지 조선을 살아가는 지식인들의 이중적인 고뇌였던 것이다. 이처럼 「개척자」는 이상 속에서 우유부단한 모습을 보여주던 「무정」과는 달리 현재를 살아가는 지식인으로서의 진정한 고뇌를 표현하고 있었던 것이다. 즉 대중적인 호기심을 자극하는 오락적인 내용보다는 작가 이광수가 평소에 가졌던 사상을 그대로 피력한 작품이었던 것이다. 이런 점에서 「개척자」의 내용은 현실에 있는 것의 그대로의 반영이라는 작가 이광수의 말은 이해될 수 있다. 그러나 소설적 형식은 전혀 없이 단지 이광수의 이데올로기만 생경하게 드러나고 있다는 「개척자」에 대한 김동인의 혹평은 이후 「개척자」에 대한 부정적 평가에 가장 큰 영향을 주었다.

『무정』에 있어서 있는 情熱을 모두 다 쓰고 빈 마음에 새로운 感動을 집어넣기 전에 『개척자』를 쓴 것이라 거기는 한 개의 感動도 없고 한 개의 情熱도 없다. 아무 性格이며 情緖면을 가지지 못한 몇 개의 人物이 마치 『자결에 드는 옛말』과 같이 꿈틀거리다가 結末을 맺었다. 춘원의 「이데올로기」를 小說 형식으로 억지로 빚어 놓으려고 성격도 없는 허수아비를 몇 개 만들어 놓고 不自然을 돋굴 뿐이다.[346]

물론 「개척자」에서는 작가의 목소리가 작품에 많이 노출되어 드러나

---

346) 김동인, 「춘원연구(4)」, 『삼천리』, 1935.2, 215면.

지만, 그 속의 인물들의 삶이 현 조선에서의 고뇌하는 지식인의 모습이라는 점은 부정할 수 없는 사실이다. 이광수는 「동정」이라는 글에서 물질적 문명은 정신적 문명에 대해 종적이고 지엽적인 것이므로, 물질문명은 항상 건전한 정신문명을 기초로 하지 않으면 안 된다고 주장하며[347] 현 조선의 도덕관념이 다 쓰러지고 눈앞에 작은 이익밖에 모르는 현상은 이러한 기초가 제대로 놓여지지 않았기 때문이라고 지적하였다. 그래서 그는 「개척자」를 통해 물질문명 앞에서 정신적 문명의 패배가 이뤄지고 있는 현 조선의 상황을 보여주고자 했던 것이다.

또한 성재가 빚보증으로 넘어간 집문서를 찾기 위해 함사과의 집에 갔을 때, 기생 수향이가 성재의 실험하는 것을 두고 그를 놀리는 행위는 본국으로 돌아온 당시의 유학생들이 조선에서 그리 환영받는 존재만은 아니었음을 보여주는 것이다. 그것이 유학생들이 생각했던 것과는 다른 바로 조선의 현실이었기 때문이다. 이미 유학생들 사이에서도 그러한 점 때문에 스스로의 반성이 나타나기도 하였다.

諸子가 方今所學은 二十世紀式이오 朝鮮事情은 十五六 世紀程度에 不過하거늘 諸子가 此를 破壞하고 當場에 二十 世紀式을 用코쟈 할진대 엇지 其功을 可得할가(중략)고로 諸子가 世界的 常識을 學하는 同時에 朝鮮人事的 常識을 修하야 折長補短의 手段, 因世以導의 計策을 用하기를 務함이 可하니라 嗚呼라 無識한 留學生이 空然히 同胞를 唾罵하야 왈 朝鮮人은 野蠻朝鮮人은 朦昧라하니 엇지 ㄱ가 가치 愚蠢하뇨 識字憂患이라 함이 실로 여긔 두고 마친 말이로다[348]

당시의 동경 유학생이란 조선에서는 중상류 이상의 지식인 계층을 의미하는 것이었다. 부모의 능력에 상관없이 대부분의 동경 유학은 어려운 고학 생활을 묵묵히 감당해야 되는 상황이었으며, 이러한 유학 생활

---

347) 이광수, 「동정」, 『청춘』 3, 1914.
348) 안확, 「이천년래유학생의결점과금일의각오」, 『학지광』 5, 1915.

을 통해 근대를 선취한 그들은 상대적으로 지적 우월감과 엘리트 의식을 가지게 되었다. 그래서 이 유학생들은 자신들의 본 임무를 "매몽미기자들을 각성케 ᄒ며 방약 허유의 청년들을개도ᄒ"[349]는 것에 두는 것이라고 생각했다. 그래서 유학을 마치고 돌아가는 이의 "아아 諸君아 諸君은 朝鮮舞臺의 獨占者오 半島社會ᄂ 諸君의 專有物이로다"[350]와 같은 말은 그들 사이에서는 당연한 인식이었다. 그러나 정작 본국으로 돌아왔을 때의 상황은 너무나 달랐다. 그들은 조선 사회에서 그리 환영받는 존재도 되지 못하였고, 또 그들 스스로 자신의 이상을 실현하기 위해서는 조선의 봉건적 인식과 끊임없이 맞서 헤쳐 나가야 했기 때문이다. 이러한 당시 유학생의 모습은 다음의 단편소설에서도 잘 드러난다.

> "英瑞兄 참 견대지 못 하겟소. 참 살 수 업소. 모든 것이 다 꽉 맥혓소. 의론할 데가 업소. 그네들의 눈에는 아모 熱도업소 아모 感情도업소 다만 그저 먹고 닙기밧게 할 것이 업ᄂ가보오. 그네들은 밤낫울 기만하오. 반낫 거정만 하오. 밤낫 중얼거리고 잇소. 참으로 견댈 수 업소. 숨이 맥히는 듯하오. 새 길이 생기고 새 집이 생겻다하지만은 참으로 새로 된 것은 하나도 업소. 우리는 걱정도 업고 근심도 업시 그저 醉生夢死하는 生活을 버서낫는지도 모르겟소. 그러낫도 다시 우리의 牢獄이 생겻소……
> 한 가지 소리를 멧 번식이나 썻다. 넓죽한 조회에 잔글자로써 서거의 한발이나.
> ─입으로 소래만 지르면 무엇하오. 합시다. 實行합시다. 나는 兄이 兄의 첫 難關을 어서 밧비 突破하기를 바라오. 아모러도 돗소 不孝소래라도 드러야하겟소……
> ─쏘 다시 도라올는지도 알 수 업소. 언제나 그네들이 참 理解를 가질는지 알 수 업소. 나는 이 쌍을 咀呪하고 써나려하오. 나의 父母의 쌍 나의 祖先의 쌍 이 쌍을 咀呪하려하오. 하하
> 어디까지던지 兄의 主唱을 徹底식히시오. 나의 다만 한 가지 발암은 그것이오 ……"[351]

349) 검산촌인, 「오제의장래문제」, 『학지광』 5, 1915.
350) 신석우, 「귀로에임하야」, 『학지광』 6, 1915.

주요한의 「마을집」의 주인공의 위와 같은 한탄은 당시 지식인의 이상과 현실 사이의 괴리에서 오는 비애를 잘 보여준다.

그런데 「개척자」의 성재는 이러한 비애를 느끼면서도 가족의 질서를 유지하기 위해서 자신의 이상을 쉽사리 버리는데, 성재의 그러한 모습은 동생 성순의 혼사 문제에 명확히 드러난다. 그의 친구 변이 성순과 혼인할 의사를 밝히자 그는 겉으로는 혼인에 대해서는 본인의 의사가 제일 먼저라 주장하면서, 실제로는 성순의 의지와 상관없이 어머니와 함께 성순의 혼사를 미리 결정하는 이중성을 보인다. 가족의 안녕을 위해 성순 본인의 의사와는 상관없는 결혼을 시키려는 그의 모습에서 물질문명 앞에서의 정신적 문명의 패배를 볼 수 있다.

이러한 성재에 비해 동생 성순은 이광수의 「혼인에 대한 관련」(1917.4)에 나오는 '자유연애'에 대한 작가의 논설을 대변하고 있는 인물이라는 점에서 주목할 수 있다. 처음의 성순은 오빠 친구 민에 대한 사랑을 느끼지만, 가족을 위해 쉽사리 자신의 결심을 밝히지 못하고 고민만 한다.

> 그러셔 閔이 왔다가 가면 아직도 따뜻훈 긔운이 남아잇는 閔의 자리에 가만히 손도 다혀보고 사락 올라 안져보기도 ᄒ엿다. 일즉 아니그려ᄒ던 것이 近來에는 혹 꿈에 민이 보이는 수도 잇고 그러ᄒᆯ 쌔마다 반갑게 閔과 握手를 ᄒ면셔 當時보다 자유롭게 閔과 여러 가지 會話도 ᄒ엿다.
> 이러ᄒ게 되니 性淳은 兄의 冷淡훔이 그다지 슬프지도 아니ᄒ고 自己의 家庭의 現在의 悲運은 결코 自己의 悲運이 아니오, 自己에게는 特別히 光明잇는 希望의 前途가 잇는 듯하엿다.[352]

민에 대한 자신의 사랑을 지키고 싶은 욕망과, 변과 결혼함으로써 그의 도움으로 다시 연구를 시작한 오빠의 희망을 꺾고 싶지 않은 마음, 또 어머니에게 편안한 노후를 보장해 드리고 싶은 마음이 모두 뒤섞여

---

351) 주낙양, 「마을집」, 『청춘』 11, 1917.11.
352) 이광수, 「개척자」, 『매일신보』, 1917.12.13.

성순을 고민에 빠지게 하였던 것이다. 그러나 그러한 갈등 속에서도 그는 결국 민과의 정신적인 사랑을 지키기 위해 집안에서 정혼한 변과의 결혼을 거부한다. 또한 자신이 사랑하는 사람이 기혼자임에 따라 그와의 사랑도 온전히 지킬 수 없음에 따라 성순은 결국 자살을 선택하는데, 그러한 성순의 모습에서 근대적 개체의 자유성에 대한 외침을 들을 수 있다. 헤겔의 따르면 근대의 원리는 정신적 총체성 속에 존립하고 있는 모든 본질적 측면들이 자신의 권리를 획득하여 발전한다는 주체성의 자유에 있으며, 여기에는 여러 가지 함의가 있음을 알 수 있다. 그 첫째는 개인주의로 현대세계에는 무한히 특수하고 고유한 성격들이 자신의 요구를 주장할 수 있다는 것이며, 둘째는 비판의 권리로, 현대 세계의 원리는 모든 사람이 인정해야만 하는 것으로 자신에게도 역시 정당한 것으로 나타날 것을 요구할 수 있다는 것이다. 또 셋째는 행위의 자율로, 우리가 행위하는 것에 대해 책임을 져야 한다는 것인데,[353] 이러한 의미가 근대의 원리에 함축되어 있음을 알 수 있다. 이러한 논리에 따른다면 성순이 "나는 내다 내 사롬이드. 母親의 性淳도 아니오, 性哉의 性淳도 아니오, 오직 性淳의 性淳이다"[354]라고 외치고 있는 모습은, 성순이 자신의 능력과 판단, 의지에 따라 생각하고 행동하고 책임지기를 원하는 주체성의 자유를 간절히 원하고 있음을 피력하는 것이다. 요컨대 자유연애를 꿈꾸는 조선의 젊은이들의 번민이 이 세상에 이해되지 않고 있음을 비판하고, 자신의 사랑을 인정해 줄 것을 요구하며, 그것에 대해 스스로 책임지기 위해 자살을 선택함으로써 자신의 이상을 포기하지 않는 모습을 보여주는 것이다. 이런 성순의 연애와 결혼에 대한 생각은 변이 가지고 있는 당시의 남성 중심주의의 가부장적 이데올로기에 대한 정면적인 도전이기도 하다.

---

353) 위르겐 하버마스, 이진우 역, 『현대성의 철학적 담론』, 문예출판사, 1994, 36~37면.
354) 「개척자」, 『매일신보』, 1918.1.27.

妻란 容貌가 美麗ᄒ고 行止가 端雅ᄒ며 性質이 溫順ᄒ야 夫의 깃붐이 되고 慰勞가 되며 夫를 爲ᄒ야 家庭을 잘 整理ᄒ면 그만이라. 妻는 오직 夫를 爲ᄒ여서만 意義가 잇는 것이니 부에게서 쎄여 노흐면 存在의 意義를 일허바리는 줄 안다. 卜은 아마 한번도 女性을 獨立ᄒ 存在로 싱각ᄒ여본 적이 업슬 것이다. 其實 卜은 이렇게 明確ᄒ 夫婦觀을 가진 것도 아니라, 그의 意識 중에 稀微ᄒ게 잇는 생각을 글로 써놓으면 이러하던 말이다.355)

앞에서 제시한 많은 일본 가정소설에서 보이는 것과 같이 처란 가정을 잘 정리하면 그만이라는 변의 말은 여성을 하나의 인격으로 인정하기보다는 남성의 부속물로만 여기는 보수적 사고의 한 단면이다. 그러한 보수적 이데올로기에 대한 도전과 자살이라는 극단적인 결말은 이 시대를 살면서 자신의 자유의지를 실천에 옮기는 것이 얼마나 힘든 일인가를 보여주는 것이다. 이런 성순의 모습은 앞의 「무정」에 나타난 병욱의 모습과 일치하지만 결과는 상반되게 나타난다. 두 사람은 모두 현실 앞에서 자신의 이상을 몸소 실현하려는 자유의지를 가진 여성이지만, 병욱은 현실에서의 성공을 보여주는 반면, 성순은 현실에서 실패하고 있는 것이다. 그러나 이러한 모습은 모두 자신의 능력과 판단, 의지에 따라 생각하고 행동하고, 책임을 지는 것이라는 점에서 근대적 주체의 모습을 볼 수 있다. 이러한 여성들의 모습은 「무정」의 형식과 「개척자」의 성재와 같은 남성들이 자신들의 생각과 이상을 끝까지 펼치지 못하고 우유부단한 성격으로 현실과의 타협을 보여주고 있다는 것과 대비되는 모습이기도 하다.

한편, 「무정」의 결말에서 보이는 문명 세계에 대한 그들의 동경과 이상이 현실에서 실현되고 있는 점이 당시의 『매일신보』가 내세우는 식민지배 담론으로서의 문명화 담론과 부합하는 결과를 보임으로써 식민 담론을 추수하는 결과를 가진다면, 「개척자」의 성순과 성재가 실패하는

---

355) 위의 글, 1918.1.19.

모습은 문명 담론에서 주장하는 낭만적 결과가 현실에서는 이상과의 괴리로 인해 결코 성공할 수 없음을 보여준다는 점에서 식민지배 담론과 어긋나는 점을 발견할 수 있다. 다시 말해 「개척자」의 현실에서 보이는 많은 지식인들의 좌절하는 모습은 당시 식민담론과 분열되는 모습을 보여줌으로써 지식인의 내면적 고민을 극대화시키고 있음을 알 수 있다. 이러한 모습은 당시의 비판적 리얼리즘에서 보이는 현실비판 의식과 함께 말할 수 있다.356)

이상에서 이광수는 「무정」과 「개척자」 두 작품 모두에서 여성 주인공을 통해 자신의 근대적 이상을 드러내고자 했음을 볼 수 있었다. 김동인의 말처럼 「개척자」는 「무정」에 비해 소설적 형상화가 부족한 채, 작가의 생경한 목소리만 드러내고 있는 한계를 지니고 있긴 하지만, 근대 지식인의 고뇌를 보여주는 것과 성순이라는 근대적 인물을 창조하는 데에는 충분한 성공을 거두고 있음을 알 수 있다. 요컨대 이광수는 「무정」을 통해 얻은 신뢰를 바탕으로 「개척자」에서는 자신이 생각하는 진정한 지식인 소설을 창출하였던 것이다. 「개척자」의 국한문혼용체도 이런 점에서 더욱 의미를 지닌다. 「무정」에서도 작가가 가진 사상을 드러내는 부분에서는 유독 국주한종체가 많이 보이는 현상은, 이 시기의 많은 지식인들이 자신의 생각을 표현하는 데에는 국한문혼용이 훨씬 더 용이했기 때문이라 할 수 있다.

형식은 선형에게 디흐야셔 영치에 늬흐여셔나 아직 참된 사랑을 가져보지 못흐얏다 대기 형식의 사랑은 아직도 외모의 사랑이엇다 형식은 선형을 즈긔의 싱명과 ᄀᆞ치 사랑흐노라흐면셔도 선형의 셩격(性格)은 한 쌉도 몰낫다 션형이 가령격흔 리지뎍인물(理智的人物)인지 ᄯᅩ는 열렬흔 졍뎍인물인지 그의 셩벽이 엇더흐며 기호(嗜好)가 엇더흔지 그의 쟝쳐(長處)가 무엇이며 단쳐(短處)

356) 이에 대한 자세한 논의는 양문규, 「1910년대 말~1920년대 초 현실비판 소설에 관한 연구」, 『한국 근대소설사 연구』, 국학자료원, 1994 참조.

가 무엇인지 또는 그와 즈긔와 엇던 뎜에셔 셔로 원치호며 엇던 뎜에셔 셔로 모슌(矛盾)호는지 따라셔 그의 셩격과 지능이 쟝ᄎ 엇더호 반향으로 발뎐될는 지도 모르고 그져 밍목뎍(盲目的)으로 사랑홀 것이라 그의 사랑은 아직 진화 (進化)를 지나지 못호 원시뎍(原始的) 사랑이엇다 맛치 어린이끼리 셔로 졍이 드러셔 쩌러지기 실혀호는 것과 ᄀᆞᆺ혼 사랑이오 또는 아직 문명호지 못산 민족 들이 다만 고은 얼골만 보고 곳 사랑이 싱기는 것과 ᄀᆞᆺ혼 사랑이엇다 다만 한 가지 다름이 잇다 ᄒᆞ면 문명치 못호 민족의 사랑은 곳 육욕(肉慾)을 의미호되 형식의 사랑에는 졍신뎍 분ᄌ(精神的分子)가 마낫슬 ᄲᅮᆫ이다 그러니 형식은 다 만 졍신뎍 사랑이라는 일홈만 알고 그 ᄂᆡ용을 알지 못ᄒᆞ얏셧다 진졍호 사랑은 피ᄎᆞ에 졍신뎍으로 셔로 리ᄒᆡ(理解)ᄒᆞ는 데셔 나오는 줄을 몰낫다 형식의 사랑 은 실로 날근 시대 지각업는 시ᄃᆡ에셔 시시ᄃᆡ 즈각잇는 ᄃᆡ로 올마가랴는 과도 긔(過渡期)의 쳥년(죠션쳥년)이 흔이 가지는 사랑이다 즈긔의 사랑이 이러호 사랑인 줄을 ᄭᆡ닷는다 ᄒᆞ면 형식의 젼도에는 대변동이 일어나지 안이치 못홀 것이다357)

형식이 품고 있는 사랑이 과연 어떠한 사랑인가에 대한 위와 같은 작가적 논평에서는 유독 한문이 종으로 달려 있음을 볼 수 있다. 그러므로 본격적인 지식인 문학을 겨냥했던 「개척자」가 국한문혼용으로 연재된 것은 당연한 일이었다.

이와 같은 「개척자」는 순언문 소설인 「무궁화」와 동시에 연재되고 있는데, 이는 1910년대 후반 일제의 식민지정책의 변화에 따라 장편 연재소설이 '오락중심의 대중소설'과 '계몽중심의 지식인 소설'이라는 이분법적 구도로 나눠짐을 뚜렷이 보여주는 부분이다. 이러한 『매일신보』 내의 소설사적 흐름은 이후 우리 소설사에서 가장 큰 줄기를 차지하는 대중소설과 지식인 소설 계보의 첫 모습을 보여준다는 점에서 주목할 수 있다.

---

357) 「무정」, 『매일신보』, 1917.5.19.

2) 중국문학 번역과 계몽소설의 확산

이와 같이 『매일신보』의 연재소설란 1면에는 지식인 독자를 대상으로 하는 이광수의 계몽적 소설이, 4면에서는 대중독자를 대상으로 하는 심우섭이나 이상협의 오락소설이 연재되고 있는 상황에서 이광수의 「개척자」가 끝나자 곧바로 양건식의 중국문학 번역소설인 「홍루몽」이 연재된다. 「무정」에 대한 평론 「춘원의 소설을 환영하노라」로 『매일신보』에 첫 선을 보였던 국여 양건식은 「支那의 小說 及 戱曲에 就ㅎ야」(1917.11.6~9)를 게재하면서 중국문학에 대한 자신의 관심을 피력한다.

> 大抵 外國文學을 硏究하는 目的은 自國文學의 發達에 資코저 홈이니, 저 支那文學은 朝鮮에 輸入된 지 三千餘 年 以來에 大흔 影響을 及ㅎ야 深흔 根底를 有흔 故로 支那文學을 不解하면 我 文學의 一半을 解키 不能ㅎ다 ㅎ야도 不可치 안케 되얏거던 況 支那文學은 一種의 特性을 備ㅎ야 世界의 文壇에 異彩를 放홈이리오.
>
> 支那는 東洋文化의 源泉이라. 그 思想은 鬱然磅礴ㅎ고 그 詞華는 燦然渙發ㅎ니 그 北方의 沈鬱樸茂와 南方의 橫逸幽艶은 合ㅎ야는 雄渾壯大흔 一種의 支那文學을 成ㅎ고 散ㅎ야 朝鮮에 及ㅎ고 日本에 浸漸흔지라. (…중략…) 支那文學의 豊富ㅎ고 그 浩瀚홈이 如흔지라. 余와 如흔 書生輩라는 全豹를 窺ㅎ기는 到底히 夢想에도 不得홀 事이오 또 次에 關ㅎ야는 古來로 各 專門 大方家가 自由ㅎ거니와 저 小說 戱曲에도 至ㅎ야는 于今 着手흔 人이 無ㅎ니 實로 氣性흔 事라 可謂ㅎ겟도다 (…중략…) 朝鮮과 比較的 習俗이 近似흔 져 支那의 그 思想感情과 想像의 反映인 小說과 戱曲의 平民文學을 硏究ㅎ야 今日一部青年文士에 依ㅎ야 輸入되는 西洋文學과 善히 融合調和ㅎ야 朝鮮文學에 貢獻ㅎ는 人士ㅣ 有ㅎ면 是幸甚 이로다.[358]

이 평문에서 양건식은 외국문학을 연구하는 목적은 자국문학의 발달

---

358) 『매일신보』, 1917.11.6~9.

을 위함에 있다는 번역자로서의 자기 입장을 표명한다. 또한 지나(支那)
는 동양 문화의 원천이며, 이것의 웅장장대함은 조선을 거쳐 일본에까
지 영향이 미친 것이기 때문에 외국 문학 중에서도 지나의 소설이나 희
곡을 연구해야 한다는 주장 역시 일본문학 번역이 주류를 이루고 있던
당시로서는 매우 이례적인 것이었다. 그러나 이러한 양건식의 주장은
『한성순보』와 『한성주보』의 기사가 대부분 중국의 신문들을 '재편집'
또는 '번역'한 것이었고, 적어도 1910년 이전에는 중국 텍스트의 번역이
지식인들 사이에서 적잖은 반향을 불러일으켰던 것[359]을 생각한다면
새삼스러운 것은 아니다. 그러나 양건식은 여기에서 중국문학 번역의
필요성을 주장하는 것에만 그치고 있는 것이 아니라, 그것이 지금 수입
되는 서양문학과도 융합 조화하여 조선문학에 공헌하게 되기를 바란다
는 뜻을 밝히고 있다. 이러한 양건식의 번역문학에 대한 통찰은 당시
대중문학의 주류를 이루고 있던 번안·번역소설들에 비한다면 매우 독
보적인 모습이다.

　　지나문학의 중요성과 그에 대한 관심을 표명한 양건식은 곧 중국의
유명한 인정 소설 「홍루몽」을 번역 연재하게 되는데, 그는 이 작품의
예고문과 서발비평인 「홍루몽에 就ᄒ야」에서 중국문학 번역의 중요성
을 재차 역설하며, 번역에 임하는 본인의 자세를 표명한다.

　　　小說 豫告 紅樓夢
　　春園生의 開拓者ᄂ 우리 滿天下 愛讀者 諸氏의 歡迎喝采裡에 가상 意義
잇게 이미 終了ᄒ 바 二三日 後에 다시 쏘 연재홀 小說은 져 支那淸朝 曹雪
芹典 大傑作이오 大名作인 曠前絶後ᄒ 소설 紅淚夢으로 이를 우리 支那의
戱曲小說에 자못 造詣가 즛못 깁흔 菊如 梁建植氏가 原文을 充實ᄒ게 現代
語로 苦心譯述ᄒ 것이니 그 原作者의 錦心繡腸과 縱橫ᄒ 才筆노 恨人恨事
를 가지고 榮國府의 貴公子인 賈寶玉 대 金陵十二釵의 錯綜ᄒ 情話를 絢爛

359) 정선태, 앞의 글, 105면 참조.

혼 文章으로 情趣잇게 描寫ᄒ야 支那 上流家庭의 쏫 갓고 玉 갓흔 男女 數百人이 이 世上의 缺陷萬臺에 總出ᄒ야 觀者의 눈이 炫煌ᄒ도록 각각제 所長디로 戀愛, 執者, 嫉妬, 奸計의 모던 妙妓를 演ᄒᆯ 것은 末ᄉ에 譯者의 筆端을 것쳐 시롭게 愛讀者 諸氏의 眼前에 展開될 것이라360)

「홍루몽에 就ᄒ야」

本譯者ᄂᆞ 曹雪芹의 作인 紅樓夢을 擧ᄒ야 此에 應코자ᄒ노니 紅樓夢은 現代에 著作된 金瓶梅의 系統에 屬ᄒᆫ 人情小說노 元代의 水滸傳과 共히 上下四千載를 通ᄒ야 此類가 無ᄒᆫ 傑作이니 (…중략…) 朝鮮에 ᄉ히 支那의 小說이 流入된 이래로 水滸傳의 譯書ᄂᆞ 임의世에 此一轉ᄒ거놀 此와 竝稱ᄒᄂᆞ 紅樓夢이 姑無흠은 朝鮮文壇의 一恥辱이라 所以로 本譯者 茲에 菠學을 不拘ᄒᆞ고 가장 大膽히 冒險的으로 此書를 現代語로 譯述ᄒ야 江湖에 篇ᄒ노니 (…중략…) 本譯者가 此小說을 譯出흠에 當ᄒ야 可能ᄒ 程度에서 原文에 忠實코져 ᄒ얏스나 原文 中에 些少 ○氣가 有한 處에ᄂᆞ 不得已 結構를 傷치 안ᄂᆞ 範圍內에서 改譯ᄒ야 原作의 妙趣를 傳치 못ᄒᆯ 섯도 有ᄒᆞ며 혹은 그 意味만 取ᄒ야 純然ᄒ 朝鮮語로 譯述ᄒ 것도 有ᄒᆞ며361)

지나 문학이 조선에 들어온 이후로 「수호전」과 같은 역서는 이미 많거니와 이와 병치되는 「홍루몽」이 소개되지 못한 것은 조선 문단의 치욕적인 일이라 생각하여 양건식은 본인의 학문이 짧음에도 불구하고 대담한 모험을 하여 이를 현대어로 번역하겠다고 말한다. 또한 원문에 충실할 것이며 부득이한 경우에 결론을 해치지 않는 범위 내에서만 개역하겠다는 의지를 밝히고 있다.362) 이러한 양건식의 태도는 『매일신보』 내에서의 번안·번역 활동이 점차 전문적인 번역의 형태로 정착되어 가고 있음을 보여주는 것이다. 1910년대 『매일신보』 내의 그러한 번

---

360) 『매일신보』, 1918.3.19.
361) 『매일신보』, 1918.3.21.
362) 양건식의 중국문학 연구와 번역에 대해 관심을 보이고 있는 논의로는 최용철, 「백화 양건식의 중국문학 연구와 번역에 대하여」(『중국어문학』 28집, 1996.12)가 있다.

역문학의 정착은 1920년대 『동아일보』 등에서 본격적으로 이뤄지는 번역문학의 단초를 보여준다는 점에서 매우 중요하다.

한편, 이광수의 소설을 비평하면서 『매일신보』에 처음 발을 디딘 양건식의 소설적 관심은 당연히 지식인들을 위한 계몽의 입장에 서 있었다. 『학지광』과 『청춘』에서 이미 많은 글을 쓰고 있었던 그는 신지식인으로서 지식인 대상의 소설을 쓰는 작업을 수행하기에 충분한 자질을 갖추고 있었다. 그래서 그는 대중 중심의 오락소설과 반대편에 서서 이광수류의 지식인 소설을 확산시키는 역할을 담당하게 된다. 그가 중국문학의 중요성을 거듭 강조하면서 「홍루몽」을 번역한 것은 우선 「홍루몽」이 중국 사회와 중국 전통문화를 이해하기에 좋은 작품이었으며, 또한편으로 지식인 작가 조설근의 창작 태도가 식민지 현실을 살아가는 지식인에게 모범이 되었기 때문이다.

「홍루몽」은 중국 봉건 사회 말기 대표적 지배층인 가·사·왕·벽(賈·史·王·薛) 씨 등 4대 귀족가문을 중심으로 전개되며, 400여 명의 인물이 등장하여 당시 북경의 구어를 바탕으로 4대 가문의 흥망성쇠 속에 드러나는 죄악과 부패를 지적하는 내용[363]으로 되어 있다.

또한 「홍루몽」은 작가 조설근이 가장 빈고(貧苦)했던 시절 쓴 자전적 소설로 귀족의 복잡한 가족관계를 배경으로 남녀의 애욕(愛欲)을 묘사했으며 숙명적인 비극성을 추구하는 것이 특징이다. 그리고 다양하고 풍부한 민속 또한 포함하고 있어 당시 중국사회와 전통문화를 이해하는 데 보고(寶庫)가 된다고 양건식은 생각했던 것이다. 그러나 이러한 「홍루몽」의 일반적 성격 외에도 양건식에게 무엇보다 공감되었던 부분은 명말청초 계몽사조의 최후의 계승자였던 작가 조설근이 현실 상황에 굴하지 않고, 자신의 작품 가운데 봉건예교와 제도에 의해 매몰된 인간의 문제를 굵은 뼈대로 삼았던 점과, 동서고금을 막론하고 사상과 제도

---

363) 尚基淑, 「'홍루몽'과 '玩月會盟宴'에 나타난 女性像」, 『동방학』 제8집, 2002, 7~8면.

에 억눌린 시대의 공통된 문제의식인 '인간의 존엄성 추구'의 문제364)
가 작가의 사고 중심에 놓여 있다는 점이었다.

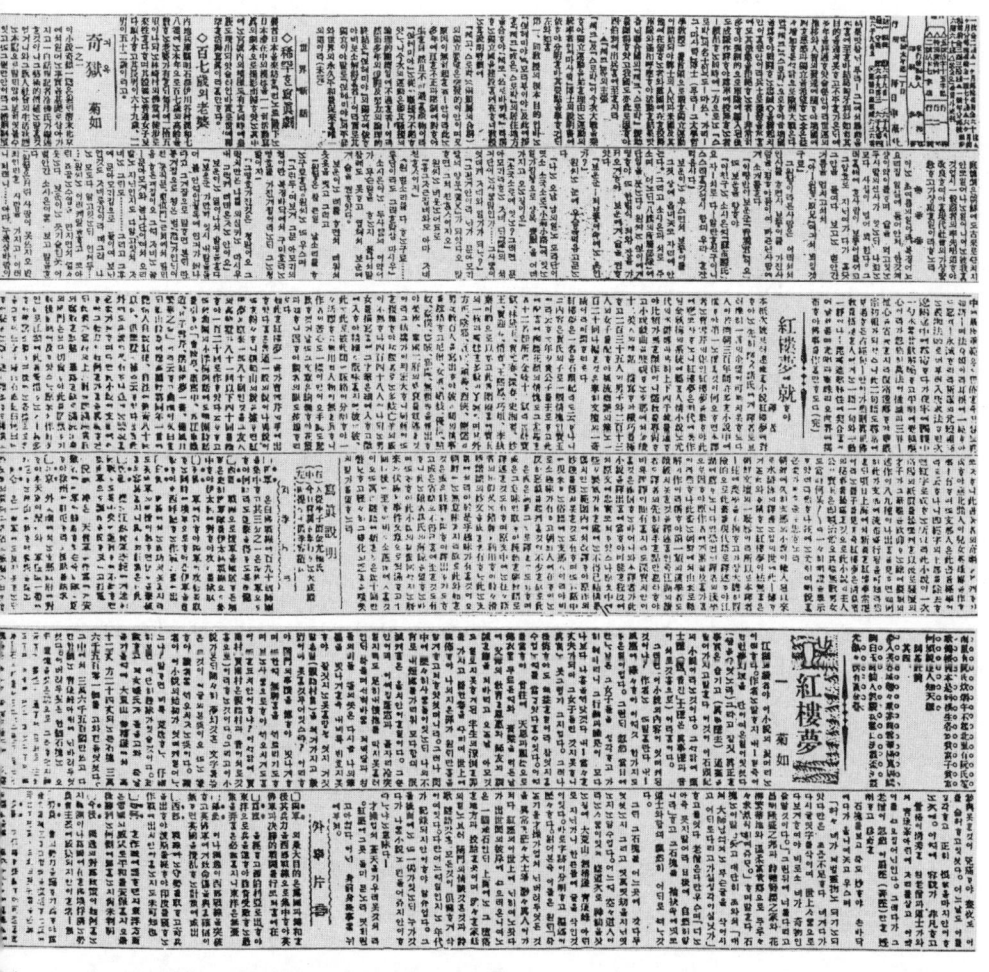

림 17 ① 양건식의 「홍루몽에 就ᄒᆞ야」(1918.3.21), ② 「홍루몽」 소설연재 1회(1918.3.23), ③ 「기옥」 소설연재 1회
(1919.1.15)

---

364) 고민희, 「「홍루몽」에 나타난 휴머니즘 연구」, 『중국어문논총』, 2003, 387면.

됴회에 가득홈이 荒唐호 말쑨이랴 흐르느니 한옥홈 辛酸호 눈물쑨이로다 모도다 作者를 愚癡라호고 맛모를가 호노라.365)

위와 같은 「홍루몽」의 서두를 보면, 작가 조설근이 피눈물을 흘리며 통곡하는 심정으로 이 소설을 써나갔음을 알 수 있다. 그는 암울한 시대상황 하에서 현실을 외면하거나 초월하려 하지 않고 현실의 어두운 면에 대해 분개하였으며, 비판적으로 인식하려고 노력하였던 것이다.

이닯다 世上사롬 神仙이 죳타호나 功名이란 무엇이완더 잇지롤 못호는가. 古今將相은 아더메뇨 한 무덕이 무덤위에 春草만 욱어졋다.
이닯다 世上사롬 神仙이 죳타호나 金銀이란 무엇이완더 잇지롤 못호는가. 못모와스 恨이되고 모혼 뒤에 못다 쓰고 죽어짐을 웨 모르나.
이닯다 世上사롬 神仙이 죳타호나 妻妾이란 무엇완다 잇지롤 못호는가. 生前은 정말을 호나 그더 한번 죽고보면 風流男子 쏘 업스라.
이닯다 世上사롬 神仙이 죳타호나 子孫이란 무엇완더 잇지롤 못호는가. 愚癡홀 손 부모로다 네로브터 손을 곱아 孝順子孫 몟몟친가.366)

작가 조설근의 세상 사람들에 대한 이러한 비판적 태도는 「석사자상」과 「미의 몽」 등에서 비참한 민중들의 삶에 대해 끊임없이 깊은 애정을 보이며 주인공들의 허구성 또는 물질적 수단의 합리화에만 눈이 먼 지식인들의 허위의식을 비판하였으며, 「슬픈모순」 등에서 당대 현실에 대한 지식인의 고민을 드러내었던367) 양건식의 작가적 태도와 잘 어울림을 볼 수 있다.

한편, 「홍루몽」 역시 이광수의 『무정』이나 「개척자」에서 보이던 여성에 대한 근대적 사상이 드러남이 주목된다.

---

365) 『매일신보』, 1918.3.24.
366) 『매일신보』, 1918.3.31.
367) 박용식·고재석, 「양건식 문학연구」, 『민족문화연구』, 1991, 115면.

女子라는 것은 물노믠든 것이오 男子라는 것은 흙으로 믠니든 것이라. 그러
셔 내가 여자를 보면 참 ᄆᆞᆷ이 爽快ᄒᆞ야도 男子를 보면 惡臭가 몹시 나서 견
딜수 없다고 혼다든가오……368)

작가 조설근은 남자 주인공 가보옥을 통해 남자보다 여성이 더 높은
존재임을 피력한다. 가보옥의 "女淸男濁"이라는 발언은 남존여비사상
이 만연하던 시대에 남성의 입으로 여존남비를 주장하고 있는 것이니,
가히 파격적인 발상이라 할 수 있다.

이와 더불어 「홍루몽」 여주인공의 한 사람인 벽보채의 생장 기록을
보면 「홍루몽」 여인들은 당시 중국전통사회에 전반적으로 존재하였던
여성교육에 대한 제반 제약적인 정신 풍토에도 불구하고 상당히 고도
한 교육과 교양을 향유한 생활을 했다는 것을 볼 수 있다.369) '무재시덕
(無才是德)', '시비소선(詩非所宣)'이라는 말에서 볼 수 있듯이 여성교양에
대한 제약석 계기가 강했던 시기에 이러한 여성교육에 대한 관심을 보
여주고 있는 「홍루몽」의 진보적 의식은 당시 양건식이 가지고 있었던
여성 해방 의식과도 맞물리는 부분이다. 양건식은 1921년 『매일신보』에
입센의 희곡 『인형(人形)의 가(家)』를 연재하고 이것이 끝난 뒤인 4월 6
일에서 9일까지는 평론문 「人形의 家에 대하여」를 썼으며, 또 이어 이
것을 「노라」로 제목을 바꾸어 연재하였다. 그는 입센을 ᆫ대극의 개척
자로서 여성해방문제에 대한 논술과 사회의 모든 부조리와 병폐를 냉
혹하게 묘사하면서 여성의 개아각성을 제시한 사람으로 높이 평가하였
다. 이로 보아 양건식은 일찍부터 여성 문제에 관심이 많았다고 할 수
있다. 1918년 당시 중국에서는 이미 호적에 의해 제기된 이른바 「입센
주의」가 일세를 풍미하고 있었으며, 『인형의 집』도 번역 소개되어 기성
의 불합리한 사회적 제도와 관습에 의해 과감하게 대항하는 실험정신

---

368) 『매일신보』, 1918.4.7.
369) 이계주, 「「홍루몽」에 나타난 여성 교양」, 『중국학회』 36집, 14면.

을 돕우고 있었다. 양건식 역시 그러한 작품의 번역과 그에 대한 평문을 통해 당시 조선 사회에 살아가는 여성에 대한 자신의 높은 관심을 표명하였던 것이다. 양건식의 그러한 관심은 앞의 이광수 문학에서 보이는 여성평등 사상이나 여성의 개인적 자율성을 강조하는 것과 같은 선상에 있는 것이라 할 수 있다.

한편, 「홍루몽」에서는 중국의 전형적 귀족 가문인 가부에 대한 심각한 해부를 통해 봉건 지배계급의 허위·부패·암흑·죄악을 폭로370)하면서 그 혼탁한 세상을 살아가는 데에는 학문이 중요하다는 것 또한 역설함을 볼 수 있다.

世事洞明皆學問, 人情練達卽文章371)

그게 무슨 말숨이오― 工夫라는 것은 죠흔 것이라오 그러치 안이ᄒᆞ면 那終에는 쓸데업는 사롬되고 말어요 그런더 너 한 가지 말숨ᄒᆞ올게스리 져 글 읽으실 ᄯᅢ에는 그져 글만 읽으시고 글을 읽으실 ᄯᅢ에는 그져 집만 싱각ᄒᆞ야 주시우 그리고 다른 이와 함끠 쟉란 마시우372)

귀족 계급 내에서도 학문의 중요성에 대해 거듭 일깨우고 있는 이와 같은 「홍루몽」의 내용은 양건식이 지식인 독자를 염두에 두고 「홍루몽」을 번역하는 의도와 맥을 같이 한다. 양건식은 이광수의 『무정』이나 「개척자」와 마찬가지로 지식인 독자를 포섭하기 위해 이 작품을 번역하였으며, 그 목적을 좀 더 확실히 달성하기 위해 표기법까지 국한문혼용으로 선택하였던 것이다. 이러한 외형적인 측면과 더불어 「홍루몽」에서 보이는 여성문제에 대한 관심이나, 귀족계급들에게 학문의 중요성을

---

370) 성민엽, 「홍루몽의 반봉건성」, 『전환기의 동아시아 문학』, 창작과비평사, 1985, 300면.
371) 『매일신보』, 1918.5.5.
372) 『매일신보』, 1918.6.30.

일깨우는 내용들은 그러한 목적을 달성하기에 충분하였다.

그러나 양건식의 「홍루몽」 번역은 시작부터 순탄치 못하였다.

(역자왈) 讀者 여러분은 아무리 滋味가 아직 없으시더라도 昨今의 本小說을 注意하여 보시어 그 人名과 親戚관계를 잘 기억하여 두시기를 바랍니다.[373]

(역자왈) 여러 讀者 제씨에게 한마디 말씀하겠습니다. 다름 아니라 요사이 本小說은 아마 諸氏가 滋味없어 하실 줄 아옵니다. 물론 譯者도 滋味없어 하는 바인즉 그렇지 않사오리까. 그러나 전일 예고한 바와 같이 이 소설은 원체 대작인 때문에 아직 滋味가 없는 것은 웬일이냐 하면 지금은 그 국면에 伏線을 놓는 것이니 이러하고야 비로소 소설이 되는 가닭이오니 諸氏는 아직 그 의미를 모르실지라도 연속하여 잘 기억하여 주시면 나중에 비로소 理會하실 날이 있어 무릅치실 날이 있으리다. 비록 譯文은 잘 되지 못하였을지라도……[374]

양건식은 위와 같이 역자의 말을 통해 독자로부터 디져 나오는 불만을 무마시키고 자신의 번역 입장을 해명한다. 그러나 「홍루몽」의 원작 자체가 워낙 방대하고 많은 인물이 등장하기 때문에, 작품의 서두를 연재하는 데에만도 많은 시일이 걸렸다. 이에 양건식은 이 글을 통해 독자가 느끼는 지리함을 달래고, 소개되고 있는 많은 인물들이 본 내용에서 아주 중요한 인물들임을 상소하여 독자의 주의를 환기시키고자 하였던 것이다. 그러나 많은 인물들이 등장하는 방대한 이야기인 「홍루몽」은 신문으로 번역, 연재하기에는 그리 적합하지 못하였던 것 같다. 또한 원작은 '장회소설(章回小說)'이라 하는 일정한 틀 속에서 이야기의 질료가 되는 소재를 적절히 배열하고 조직하여 자기만의 독자적인 이야기 구조를 만들어내는 구성[375]을 가지고 있는데 비해, 『매일신보』의

---

373) 『매일신보』, 1918.4.6.
374) 『매일신보』, 1918.4.18.
375) 한혜경, 「「홍루몽」의 서사구조에 대한 고찰」, 『중어중문학』 32집, 2003, 245면.

신문연재란은 이러한 구조를 수용하는 것이 불가능하였다. 그래서 양건
식은 이런 '章回'를 무시하면서 연재할 수밖에 없었으며, 이에 따라 매
일매일 조금씩 소설을 접하게 되는 독자들은 그 내용들을 한눈에 파악
하기가 힘들었던 것이다.

> 東湖生에게
> 貴下의 敎示狀은 보왓습니다. 그러ᄂ 다만 遺憾으로 싱각ᄒ옵는 바는 그 時
> 期가 조곰 느짐이오 ᄯᅩᄂ 支那의 小說은 大小作을 物論ᄒ고 그 文體가 원리
> 되기를 現今의 쓰ᄂ바 所謂 言文一致本로 되얏ᄉ즉 이룰 飜譯홈에ᄂ 不可不
> 時文의 言文一致 本譯出 ᄂ 것이 適富홀 줄노 싱각홈이외다. 그리고 이룰 像
> 告혼 바와 갓치 現代語로 飜譯홈에ᄂ 原文에 科擧, 壯元, 小姐, 老爺라 ᄒᄂ
> 것보다 文官觀驗, 及第, 아가씨, 大監이라 의역ᄒᄂ 것이 어느 意味로는 나흘
> 듯ᄒ기로 이룰 取홈이오 ᄯᅩᄂ 在來의 支那 小說의 飜譯例套룰 혼번 打坡히
> 보자는 愚見에서 나온 것이 올사이다. 貴下의 厚意ᄂ 大端히 感謝ᄒ옵ᄂ 빈
> 올시다그만376)

양건식은 「홍루몽」의 원작 자체가 언문일치체로 되어 있으므로, 이것
을 번역함에도 언문일치체로 하는 것이 적합함을 말한다. 그러므로 그
원문을 옮길 시에도 지금 우리의 현실에 맞는 언문일치를 위하여 현대
어로 적절히 의역하여 번역하였던 것이다. 「홍루몽」 번역에 있어서 양
건식의 그러한 많은 노력에도 불구하고, 이 작품은 일반 대중은 물론이
고 원래 지향하였던 지식인 독자들에게도 역시 부담이 되었던 것이다.
긴 회장체 형식을 수용하기에는 신문의 연재란이 적합하지 않은 이유
로 「홍루몽」의 전반적인 내용 파악이 힘들었기 때문이다. 이처럼 「홍루
몽」이 독자들로부터 외면을 받게 되자 마침내 양건식은 원작에 충실하
여 한글자도 생략하지 않고 직역하겠다는 애초의 번역 태도를 버리게
된다.

---

376) 『매일신보』, 1918.4.23.

譯者로부터 讀者에게

本小說을 譯述홈에 當ᄒ야 譯者의 初意ᄂ 全譯을 試코ᄌ ᄒ얏더니 譯述ᄒ
야 갈슈록 想像보다ᄂ 風俗壞亂의 句節이 만키에 不得已 次號브터ᄂ 譯擇을
試ᄒ오니 讀者ᄂ 海亮ᄒ면 도리혀 文意가 婉曲ᄒ야 趣味가 잇슬 줄노 確信
ᄒ옵ᄂ다.377)

양건식은 「홍루몽」 작품 원작을 모두 수용하여 번역하기는 힘듦을
깨닫고, 이제 중요한 부분을 택하여 번역하는 것으로 자세를 바꾼다. 그
럼에도 불구하고 「홍루몽」은 아무 설명 없이 연재가 중단된다. 이는 애
초에 양건식이 의도하였던 「홍루몽」 번역이 원작의 특성상 생각만큼
쉬운 것이 아니었고, 「홍루몽」에서 나타나는 현실 비판의식이 『매일신
보』의 식민담론과 상충하는 이유로 회를 거듭할수록 더욱 연재의 어려
움을 느꼈기 때문이었다. 이러한 여러 이유로 양건식은 비록 「홍루몽」
은 끝까지 번역하지 못한 채 중단하지만, 그는 중국문학을 번역하고자
하는 자신의 의지를 굽히지 않기 위해 곧 중국 소설 「기옥」과 원대 가
극 「비파기」 번역을 시도한다.

이 小說 奇獄 一便은 원리 淸末 北京에셔 일어ᄂ 事實을 基礎로 삼아가지
고 一白話報 記者 冷佛 氏가 編述호 것이니 그 藝術的 價値ᄂ 말홀 것 업거
니와 그 族人社會의 生活狀態ᄂ 本篇을 말미암아 足히 엿볼 수 잇고 ᄯ 그
ᄲᆫ만 안이라 그 結婚制度의 不完全으로 因ᄒ야 일어나ᄂ 家庭悲劇은 朝鮮에
도 古來로 ᄭᆫ치지 안코 일어나ᄂ 일이니 이ᄂ 彼我홀 것 업시 一般讀者의 率
先唱道ᄒ야 改良ᄒ여야 홀 現代社會의 가장 緊急ᄒ고 가장 重ᄒ 일이라 ᄒ
노라378)

국한문혼용체로 써진 「기옥」의 소설 예고를 보면, 그 작품 내용은 가

377) 『매일신보』, 1918.7.14.
378) '「기옥」 소설 예고', 『매일신보』, 1919.1.15.

정비극류에 속함을 알 수 있다. 그러나 그 내용은 자유연애의 실패로 빚어지는 남녀의 비극적 결말을 다룬 것으로, 이광수의 소설 「개척자」의 연장선에 있는 소설이라 할 수 있다. 주인공 첩자와 옥길이는 서로 사모하였지만 여자의 어머니의 독단적인 혼인 결정으로 첩자가 문광의 장남 춘영에게 시집을 가게 되면서 비극은 시작된다. 옥길이는 시집간 첩자가 못된 계모 시어머니에게 매일 구박을 받고 남편에게도 설움을 당하고 있는 것을 보다 못해 남편 춘영이를 살해한다. 그러나 그 살해 모함을 첩자가 고스란히 받게 되고, 결국 감옥에서 죽게 되자 자신도 그 무덤 옆에서 목을 매 죽는 것으로 소설은 끝난다. 이러한 결말은 자신의 사랑이 현실에서 이뤄질 수 없음을 깨닫고 극약을 먹어 자살하는 「개척자」의 성순을 떠올리게 한다. 「홍루몽」과 달리 순언문으로 연재된 「기옥」은 비록 문체는 바뀌었지만, 그 본 내용은 자유연애를 주창하는 그들의 주장을 담아, 그들이 계몽시키고자 하는 지식인 독자를 대상으로 하는 계몽소설임을 알 수 있다. 그러므로 양건식의 「홍루몽」과 「기옥」의 번역은 이광수의 장편소설과 함께 1910년대 후반 지식인 소설의 큰 줄기를 세우고 있다는 점에서 그 의의를 찾을 수 있다.

또 한편으로 「홍루몽」보다 조금 먼저 번역된 「홍루」의 작가 진순성은 양건식과 함께 『매일신보』에 새로운 작가군의 출현을 상징하고 있음에 주목할 수 있다. 『학지광』에 「부르지즘(Cry)」(1917.4)을 발표하기도 한 진순성은 당시 양건식과 마찬가지로 『학지광』과 『청춘』 같은 신지식인들이 만든 잡지에서 활발히 활동을 하고 있던 작가이다. 그는 심우섭의 「산중화」가 끝나는 자리에 프랑스 작가 귀마의 유명한 소설인 「춘희」를 「홍루」로 번역하였다.

新小說 豫告
紅淚 秦瞬星 譯
쇼셜 「홍루」는 불란셔에 일흠 놉흔 소설가 「듀마」 씨의 걸작으로 세계 여러

나라말로 번역되어 수빅만 남녀의 눈물을 흘니게 훈 유명훈 소설이라 달 ㅈ고 믓 ㅈ흔 곽민경(郭梅卿)의 다졍다훈(多情多恨)훈 일싱의 긔록을 보고 누구라셔 어엽부다고 창찬ㅎ지 안이ㅎ며 가엽다고 눈물을 흘리지 안이ㅎ리오 ㅈ고로 미인은 박명ㅎ다 ㅎ지만은 민경이쳐럼 박명훈 사롬은 세샹에도 드물리라 그 고은 얼골에 그 조흔 지죠에 그 죠흔 명셩에 텬하 사롬의 스랑을 한 몸에 모흐면서 사랑ㅎ는 남자롤 위ㅎ야 가진 고락을 다 격다가 맛참너 이역에 원혼이 되니 그의 남긴 칙 한권만 그의 긔념이 되어 스랑ㅎ던 남ㅈ의 아홉 구비 창ㅈ를 끈토다 이 미인 민경의 파란 만코 칭졀 만흔 일싱이 대문호 쥬마션싱의 신령훈 붓끗혜 이슬이 되어 세계덕걸작 홍루 일편이 되고 이것이 다시 청년문스로 명셩이 졍졍훈 「秦瞬星學文」 군의 류창ㅎ고 넘려훈 붓을 것쳐 됴션 문단에 옴겨 심기게되니 실로 시로 일어나는 죠션 문단의 다힝일 쑨더러 이독자 여러분의 참아 놋치 못훌 이독물이 될 것이라 대환영 대갈치롤 밧던 천풍군의 산중화가 끗나기를 기드려 본지 샹에 련지될 것이오니 독자 여러분은 잠간 기드리소서[379]

진순성은 심우섭과 이상협이 서양소설을 번역함으로써 1910년대 『매일신보』 내에 번역의 영역을 확장하였던 것과 맥을 같이 하여 불란서 소설을 번역하였다. 그런데 「홍루」는 노는계집 즉 매춘녀인 곽매경의 파란만장한 삶에 대한 기록이다. 심우섭의 「형제」나 이상협의 「해왕성」과 같이 서구 문명한 사회를 보여주는 작품도 아니고, 이상협의 「정부원」처럼 정숙한 부인의 수난사를 통해 대중 독자들에게 감동과 교훈을 주는 작품도 아닌, 매춘녀의 사랑 이야기를 담은 「홍루」가 번역된 것은 당시로서는 굉장히 충격적인 것이었다. 그러나 『매일신보』에 이러한 작품이 번역될 수 있었던 것은 진순성이 양건식이나 이광수와 같은 신지식인으로 입지를 이미 굳히고 있었기 때문에 가능한 것이었고, 또 이러한 작품을 통해 지식인들에게 진정한 사랑이 무엇인가를 깨닫게 하려는 계몽적 의도가 있었기에 가능한 것이었다.

---

379) '「홍루몽」 소설 예고', 『매일신보』, 1917.9.7.

「불쌍혼 녀자다! 필연 그는 불샹혼 죽엄을 힛겟지 그들 사회에는 몸이 튼튼 ㅎ고 얼골이 고을 쎠밧게 친고가 업는 것이닛가」 ㅎ고 나는 졀로 곽민경의 운 명에 디ㅎ야 비참혼 싱각이 눈다 이러혼 말을 ㅎ면 날다려 일 업는 사롬이라 든지 혹은 너무 감정적이라고 싱각혼 사롬이 잇슬른지도 알 수 업스나 나는 그러혼 사회의 불샹혼 녀자에게 깁혼 동졍을 가졋고 쏘 그 동졍이 이러나는 마음을 억졔로 막으라고도 아니혼다[380)

이처럼 곽매경이 죽고 난 다음 그 집의 물건을 경매처분 하는 장면을 보고 그를 애도하는 것에서 시작되는 이 소설은 곽매경을 사랑하였던 유영만이 곽매경이 살았을 때에는 그녀의 사랑을 믿지 못하였으나 그 녀가 죽고 나서야 비로소 진실한 사랑의 의미를 깨닫게 되고, 그러한 자신의 감정과 그녀와의 그동안의 일을 '나'에게 말해주는 형식을 취하 고 있다.

곽매경은 노는계집으로 원래부터 몸이 안 좋아 요양 차 갔던 온천에 서 공작을 만나 딸과 같은 인연으로 함께 살게 되지만 이후에는 공작과 사랑하는 사이가 되어 파리로 돌아온다. 그러나 매경은 예전의 화려했 던 생활을 버리지 못하고, 다시 다른 남자를 만나고 다니는데, 이에 공 작은 분노하였으나 이내 매경이 어떠한 생활을 하든지 관여치 않겠으 니 다시 만나자고 부탁하여 두 사람은 계속 관계를 유지하게 된다. 그 러던 중 유영만이 곽매경을 만나 한눈에 반하게 되는데, 그는 곽매경을 만나는 내내 노는계집의 '사랑'을 의심한다.

"대긔 노는 계집과 사괴여 본 사롬은 다 으는 바이지만은 그러혼 계집이란 처음 만나는 사롬을 놀니거나 부쯔럽게 ㅎ는 것을 즈미잇게 싱각합니다. 그것 이 그들이 미일 여러 사롬에게 욕당ㅎ는 보복인가 봅데다 그런 쓰닭으로 그녀 들과 이야기롤 하랴면 격식을 마츄이 히야 ㅎ는 것이언만 놀로만 ㅎ면 격식도 모르는 데다가 그쩌쯔지 미경의 일에 디ㅎ야 여러 가지로 싱각ㅎ고 잇던 츠에

---

380) 「홍루」, 『매일신보』, 1917.9.21.

그런 말을 드르닛가 비록 롱담은 롱담일 망졍 가슴이 찌르를히셔 감졍을 감츄
랴히도 감츄지 못ㅎ고 쇼리롤 썰면서."381)

그래서 유영만은 노는계집들이 처음 만나는 사람들을 부끄럽게 만드
는 것은 그들이 매일 다른 사람들에게 욕을 당하는 것에 대한 보복에서
비롯된 것이라며 그들을 비하하는 말까지 한다. 그러나 한편으로는 다
음과 같이 지금 매경이가 비록 천한 일을 하고 있다 하더라도 그가 진
정으로 사랑하는 이는 없었기 때문에 그는 정숙한 처녀가 될 수 있다고
말하기도 한다.

>"소위 졔 엇더란 사롭이라도 돈과 권력 아례셔는 졍조를 팔고 귀흔 사롭도
>파눈디 미경이와 가치 그런 쳔흔 입열을 ᄒᆞᆫ눈 계집으로셔 돈 만흔 귀공ᄌᆞ를
>실타ᄒᆞ고 눈도 쌈쌱ᄒᆞ지 아니ᄒᆞᆫ 것이 곳 욕심 업는 것을 나타님이니 비록 그
>의 지나내려오든 성활이 편ᄒᆞ고 부졍힛다 홀 만졍 이 한 가지 일도ᄆᆞᆫ히도 넝
>넉히 그것을 졍ᄒᆞ게 씨슬 수가 잇다고 성ᄀᆞᆨ힛습니다."
>"미경이를 사랑흔 사롭은 만혓겟지만 미경이가 참으로 사랑ᄒᆞ야 ᄌᆞ긔의 마
>음을 셜파흔 사나희는 하나도 업슬 것이올시다. 말ᄒᆞ자면 미경이는 아조 졍ᄒᆞ
>고 졍흔 쳐녀로셔 엇지 우연코 편흔 영업은 홀 망졍 잘ᄒᆞ면 쏘 다시 졍흔 쳐녀
>가 될 수 잇는 계집이올시다. 미경이는 긔지가 잇고 고집이 셰니 이 두 가지
>성질을 가지고 잇는 것이 곳 ㅡ가 아ᄌᆞᆨ노 부ᄉᆞ러움을 아는 승거울시다"382)

한편, 매경은 자신의 몸이 아니라 자신의 마음을 사랑해 주는 남자를
만나고 싶었는데, 유영만 당신도 역시 다른 사람과 다를 바 없이 진심으
로 사랑을 하지 않는다고 힐책하기도 한다. 하지만 매경은 유영만을 진
정으로 사랑하게 되어 시골로 내려가 살림을 차리게 되지만, 유영만의
아버지가 곽매경을 찾아와 영만을 진심으로 사랑한다면 그의 곁을 떠나

---

381) 위의 글, 1917.10.10.
382) 위의 글, 1917.10.16.

라고 부탁하자 그것을 받아들여 그의 곁을 떠나게 된다. 그러나 유영만은 매경이 다시 예전의 화려한 생활로 돌아가기 위해 자신의 떠났다고 오해하고 기생 오동월과 사귀면서 매경의 마음을 더욱 괴롭게 한다.

다힝히 요사이 오동월이에게 뎡혼 사나희가 업다ᄒᆞ니 그의 ᄂᆞ부가 되랴 ᄒᆞ면 돈만 잘 쓰면 담박될 것이올시다 나는 이 계집을 내 수즁에 너흐리라 ᄒᆞ고 결심힛슴니다 그러고 오동월이와 손웅 맛잡고 나도 춤을 츄기 시작힛슴니다 미경이가 어지간히 비위가 샹ᄒᆞ던지 삼십 분가량 쯤ᄒᆞ야 죽은 사룸과 갓치 얼골빗이 힛슥히셔 외투를 입고 그 좌셕에셔 나갑데다383)

그러나 유영만을 위하는 마음에서 그를 떠났던 매경은 그러한 자신의 마음을 담은 일기장을 남긴 채 그동안 얻은 지병으로 세상을 떠나고, 뒤늦게 이러한 매경의 마음을 알아차린 유영만이 매경의 사랑이 진정한 사랑이었다는 것을 깨달으며 후회하는 것으로 작품은 끝난다.

이처럼 노는계집 매경과 유영만의 사랑에 대한 이야기를 담고 있는 「홍루」는 눈물을 통해 독자의 감성을 자극하고 있다는 점에서 이전의 가정소설 번안물의 이야기 범주에서 크게 벗어나지 못한다고 할 수 있다.384) 이것은 이상협과 양건식이 「해왕성」과 「홍루몽」을 번역하면서 번역의 새로운 장르를 개척하였던 것과 사뭇 다른 것이다. 하지만 「홍루」는 앞서 말한 바와 같이 이전의 연애와는 달리 정숙한 여인이 아니라 창녀의 사랑을 다루고 있다는 점에서 많은 차이점을 가지고 있다. 이미 여러 남자에게 몸을 허락한 여자와 연애를 한다는 것은 당시 조선 사회에서는 용납할 수 없는 일이었지만, 독자는 이러한 두 사람의 사랑에 대해 새로운 연애를 가르쳐 주었다고 칭송하기도 한다.

---

383) 위의 글, 1917.12.23.
384) 소설 예고에서도 '눈물'이라는 용어가 다시 나오는 것을 볼 수 있다.

지금 민일 긔지되는 「홍루」롤 보고 무한훈 감상과 인스이에 슬픔이 엇더훈 거신지를 디강 찌다랏스오며 션셩이 우리 동포 청년들에게 경고되는 「홍루」를 우리가 보고 이 셰샹에 연이라 ᄒᄂ 거시 엇더훈 거신지 찌닷게 ᄒ시니 그 강스 흠을 익이지 못ᄒ여 군두목으로 디강 알외나이다 (…중략…) 그러나 지극히 불 샹훈 미경이여 이 셰샹에 창녀 중 미경이 스샹을 짜라갈 창녀가 업슬 줄로 싱각 ᄒ노라 너의 무덤이 여긔 잇슬 것 갓트면 나는 죠샹ᄒ련만은 길이 멀어 가지 못홈을 한ᄒ노라」 아―아 우리 동포 청년 형뎨여 오날날 「순셩션생」 덕에 「홍 루」롤 보왓스니 이 셰샹에 연이라 ᄒᄂ 거슬 찌다르시오 (…중략…) 유영만 씨 최후에 곽미경이 분묘를 파고 미경이 신례라도 다시 한번 보고즈 ᄒ던 마음 그 마음을 누가 막으며 그 쎅에 그디 마음 엇더ᄒ엿ᄂ가 불상훈 청년이로다 연이 에 디훈 남즈의 편셩이야 엇지 업스리요만은 최후에 이빅 원 돈이 너에게 한을 밋게 훈 최후에 디젹이로다 아―우리 청년 동포 형뎨여 오늘날 유영만이의 역 스를 유영만이 역스로 아지말고 경셩계지 ᄒ시오 (창멸동 일독자 李正珪)

이처럼 독자들은 우리 청년 동포들에게 곽매경의 사랑을 진심으로 받아들이지 못한 유영만을 힐책하면서 그를 본보기로 삼아 경계로 삼 으라고 충고를 하기도 한다.

아― 곽미경의 愛야말로 참 神聖훈 愛올시다 그야말로 참 眞이요 善이요 美 라ᄒ겟슴니다 유영만과 곽미경 사이의 戀愛가 果然 엇더ᄒ엿셥슴닛가 그러나 곽미경은 그 싱명 보답도 重훈 戀愛를 버렷슴니다 유영만은 그것을 理解홀 能 力이 업셧슴니다 畢竟 유영만은 愛ᄂ 性慾的에 지나지 못ᄒ엿슴니다[385]

또한 곽매경의 사랑이야 말로 신성한 사랑이며 유영만의 사랑은 육 체적인 것에 지나지 않았다며 비난하면서, 사랑의 진실성에 대해 피력 하기도 한다. 이처럼 「홍루」에서 보이는 곽매경과 유영만의 연애는 유

---

385) 『매일신보』, 1918.1.16.

교적 정절만을 강조하는 연애가 아니라 개인의 진정성을 담보하고 있
는 연애라는 점에서 지식인 독자들에게 막연한 '연애'에 대한 환상을
경계하며 '연애'가 가지는 참모습을 깨우쳐 주는 것이라 할 수 있는 것
이다. 또한 '연애'의 새로운 모습은 당시 조선에서의 봉건적 사고에서
벗어나 주체의 자율성을 중시하며, 여성의 인권을 존중하는 근대적 사
고에서 비롯된 것임에 주목할 수 있다. 진순성의 「홍루」 번역에서 보이
는 이러한 '연애'는 당시 유학생을 중심으로 하는 신지식인들이 사고하
는 진정한 '연애'의 한 단면을 보는 것임과 동시에 그렇지 못한 지식인
들을 깨우치려고 하는 것임을 알 수 있다.

그러나 진순성은 역자의 말에서 이와 같은 「홍루」를 번역함에 많은
어려움을 겪었음을 드러내고 있다.

譯者
이 小說도 오늘 마지막 꼿을 마츕니다 원래 小說飜譯이라ㅎ는 것이 語學을
안다고 다 되는 것이 아니라 語學을 能通홀지라도 譯者가 原著를 理解홀 만
ㅎ고 쏘 自己 나라말로 옴겨 쓰드리도 原著의 典製와 妙味를 일치 아니홀만
혼 實力이 잇셔야만홀 것이라 이러혼 意味로 飜譯이란 創作以上의 實力과
知能을 要ㅎ는 것이라
그러나 지금나의 실력과 지능과 노력을 싱각컨디 第一語學이 不足혼 것이
역자의 중요혼 資格을 일흔 것이요 第二는 到底히 原著를 理解ㅎ야 自國語
로 옴겨써도 망발되지 안케홀 만혼 實力과 技能이 업슴을 自覺ㅎ는 바라 그
러홈을 不拘ㅎ고 取히 外國의 大作에 손을 디엿스미 그 結果로 原著의 眞○
와 妙味를 傷케혼 点이 一二個所가안이오 譯文의 不統一과 生疎홈은 定혼
일이라 쏘 이 소설은 在來朝鮮에 流行ㅎ던 소설과 種類가 달라 事實이 單純
ㅎ고 語體가 對話體임으로 到底히 讀者의 興味를 끌 수 업는 줄을 역자도 깁
히 아는 바라 三四個月의 長時間을 繼續ㅎ야 읽으시는 동안에 오즉 支難ㅎ
시고 물럿스오릿가 그러나 다힝이 여러 독자의 好評이 잇스심은 내가 光榮으
로 아는 同時에 哀心으로 크게 부쓰러움을 禁치 못ㅎ는 바라 두어 마듸로써
讀者諸君의 好意를 깁히 謝禮ㅎ노라386)

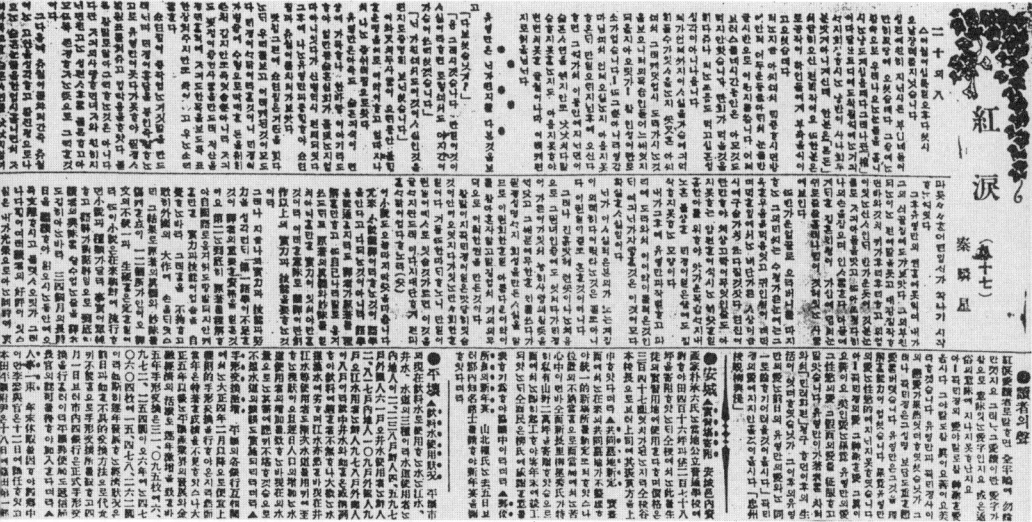

그림 18 진순성의 「홍루」 소설연재 마지막 회와 함께 실린 역자 曰, 讀者의 聲이다(1918.1.16). 역자의 曰을 보면 진순성이 이 작품을 번역함에 얼마나 고심스러웠던가를 엿볼 수 있다.

　번역을 함에 있어서 힘들었던 점을 밝히고 있는 이와 같은 역자의 말은 앞서 살펴보았던 양건식이 「홍루몽」을 번역하면서 고충을 털어놓는 것과 같이 생각해 볼 수 있다. 그들은 원문에 크게 벗어나지 않는 전문석인 번역을 하려고 노력하였고, 그러다 보니 외국어를 우리말의 의미에 맞게 정확하게 번역하는 것이 진정 어려운 것임을 깨달았던 것이다. 게다가 「홍루」는 역자의 말처럼 1인칭 주인공 시점으로 독자에게 말하는 식으로 된 대화체라는 점에서 재래조선에 유행하던 소설과는 그 형식 자체가 달랐다. 이러한 소설의 형식은 당시 문단에서는 보기 드문 독특한 것으로서 이것을 우리 문단으로 옮긴다는 것은 대단한 실험이었던 것이다. 그러므로 진순성의 「홍루」의 번역과 위의 인용과 같은 번역가로서의 고민은 앞서 양건식이 번역에 임하는 자세를 논하는 것과

---

386) 『매일신보』, 1918.1.16.

같이 우리 문단에서 전문적인 번역문학의 확립을 촉진시켰다는 점과 그 내용에 있어서는 조선에서 지식인들에게 진정한 '연애'의 모습을 깨우치는 지식인 계몽적 성격을 가지고 있다는 점에서 그 의의를 말할 수 있다.

이상에서 이광수의 국한문혼용체 소설인 「개척자」의 연재의 영향으로 양건식의 중국문학 번역인 「홍루몽」이 『매일신보』에 연재될 수 있었으며, 이 작품이 지식인 독자를 지향하는 이광수 계몽소설의 계보를 잇고 있음을 알 수 있었다. 또 진순성의 「홍루」 또한 연애 소설이긴 하지만, 당시 지식인들의 사고를 계몽하고자 하는 의도가 다분하였으며, 이 두 작품은 1910년 조선 문단에서 번역문학을 정착 시키는 데 많은 공헌을 하고 있음을 볼 수 있었다.

1차 세계대전을 계기로 조선 내의 식민지배체제를 더욱 강화하는 정책의 영향으로 이뤄지는 1910년대 후반 『매일신보』의 소설에 대한 양면화 전략은 한편에서는 대중독자들을 사로잡기 위한 오락성이 강한 소설을 또 다른 한편에서는 지식인을 유인하기 위한 계몽소설을 동시에 연재하는 것으로 나타남을 볼 수 있었다. 이는 식민지배체제에 암묵적으로 동의할 수 있는 계층인 대중 집단과 앞장서서 적극적으로 활동할 수 있는 계층인 지식인 집단을 모두 포섭하여 식민지배체제를 더욱 확고히 하고자 한 정책의 반영이었던 것이다. 1910년대의 『매일신보』 내에서 보여지는 이러한 대중소설과 계몽소설의 두 줄기는 이후에 소설사의 가장 큰 줄기를 차지하는 대중소설과 지식인 소설의 계보의 첫 모습을 보여준다는 점에서 소설사적 가치를 찾을 수 있다. 그리고 이러한 소설사의 형성은 결국 일제의 식민지배 담론을 담고 있는 『매일신보』의 강력한 정책하에서 이루어졌던 것임을 다시금 확인할 수 있었다.

제5장
결론

이 책은 1910년대 『매일신보』소재 소설들을 대상으로, 이제까지 문학사에서 외면당했던 당시 소설들이 근대소설을 향한 도정에서 점유하고 있는 위치를 밝히려는 노력의 산물이었다. 1910년대의 『매일신보』는 한편으로는 많은 신문들이 일제에 의해 강제 폐간되었던 시절에 존재한 유일한 국문신문이었다는 점에서, 그리고 다른 한편으로는 이해조의 신소설, 조중환·이상협 등의 일본 가정소설 번안물을 포함한 번역 작품, 이광수나 양건식과 같은 신지식인들의 작품 등 다양한 장르의 문학이 풍부하게 수록되어 있다는 점에서, 1910년대 문학의 전반적인 경향을 살펴보는 작업에 있어서 대단히 유용한 연구대상이었다. 그리고 『매일신보』의 소설들은 우리 근대문학이 신문·잡지와 같은 근대적 매체와의 긴밀한 연관 하에 형성되어 왔으며, 1910년 일제 강점 이후 우리의 소설사가 조선총독부의 기관지였던 『매일신보』내의 일제 식민 담론의 강력한 영향 하에 형성되었다는 사실을 상기시켜 주었다. 그러므로 우리의 근대가 '식민지적 근대'라는 비정상적인 상황 속에 놓여 있었던 것처럼, 우리의 근대문학사 역시 이식 세력과 자생 세력 사이의 팽팽한 긴장 속에서 생성되고 변화되었음을 알 수 있었다.

1910년대 초기에 『매일신보』의 소설 연재란을 점유하고 있었던 이해조는 소설의 기능을 '재미'와 '영향'이라는 상대적 개념으로 규정함으로써 "오락성과 사회적인 공리성"을 중시하였다. 이해조가 이전에 비판적으로 인식하고 있었던 여성에 대한 봉건적 사상이나 미신 숭배와 같은 문제들이 1910년대에도 계승되어 계몽적 사상으로 발현되고 있는 면모와, 이 시기에 와서 새롭게 나타나는 독자에 대한 구체적 인식에서 비롯된 대중적 면모가 공존하는 것은 바로 그 때문이다. 이것은 이해조의 소설에 대한 근대적 인식에서 비롯된 것으로, 이는 당시 『매일신보』가 식민주의 담론의 일환으로 내세우던 '문명개화' 담론이나 상업적 정책 강화의 산물인 통속성과는 그 차원이 근본적으로 다른 것이었으며, 게다가 한국 신파극단들이 내세운 소위 착한 주체의 목소리와도 구별되는 것이었다. 다시 말해 독자의 '흥미'를 고려하는 이해조의 노력 속에서 엿보이는 대중성과 구한말 사상의 계승인 계몽의식은, 겉으로는 당시 『매일신보』의 상업적 성격과 식민담론에 편승하는 것처럼 보이지만, 근본적으로 이인직의 경우와 같은 일제에 대한 무조건적 추수가 아니라는 점에서 분명히 구별된다고 할 수 있다. 그러나 이해조의 신소설은 『매일신보』의 철저한 상업적 정책에 따라 제작된 조중환의 일본 가정소설 번안물에 그동안 점유했던 위치를 내어주게 되며, 그에 따라 『매일신보』 내에서 이해조의 신소설이 행사했던 영향력은 영원히 사라지게 된다.

이렇게 이해조의 신소설이 물러나고 조중환의 번안소설이 『매일신보』에 등장하게 된 이유로는 앞서 말한 상업적 정책과 더불어 일본 가정소설이 지닌 '가족 국가관'의 이념이 조선 식민지 지배 담론에 유용하게 활용될 수 있었다는 사실을 들 수 있다. 다시 말해 조중환의 「쌍옥루」와 『장한몽』에서 보이는 메이지 시기의 '가족국가관'은 당시 일본이 이를 이용하여 천황에 복속하는 국민을 창출하였던 것처럼, 조선에서도 『매일신보』의 식민지배 담론에 부합하는 '황국신민화'의 이념을 유포시킨다는 역할을 수행하였던 것이다. 한편, 이들 일본 가정소설 번안 작품들은 여성의 이중적 면모를 통해 독자들에게 질타와 동정이라는 이중적 감정을 유발시키고, 동시에 자극적인 장면 묘사와 삽입된 다수의 삽화의 힘으로 독자의 관심을 지속시킴으로써 상업적인 차원에서도 대단히 성공적이었음을 볼 수 있었다. 이처럼 이들 작품은 『매일신보』의 사세 확장과 일제 식민 담론의 유포라는 두 가지 목표를 효과적으로 달성함으로써 신문 연재소설란을 한 동안 독점했던 것이다.

이와 같이 1910년대 전반기 『매일신보』내의 장편소설은 식민초기의 조선 사회를 안정시키고 식민지배 체제를 효과적으로 구성하기 위한 대중들의 동의를 얻는 수단으로 이용되었다. 1910년대 전반기의 문학이 대중독자들의 시선을 끌기 위해 통속성을 강화했던 것이나, 그러한 통속성에 부합하는 번안소설을 융성시켰던 것은 모두 바로 그런 이유에서이다. 한편, 번안소설의 이러한 성격 때문에 그것은 당시 우리 문학사를 퇴보시킨 주범으로 비판받기도 한다. 그러나 이러한 이식문학은 후에 우리 근대문학의 출발점으로 평가받는 『무정』에 많은 영향을 미치는 신소설과 근대소설의 징검다리 역할을 훌륭히 하고 있다는 점에서 근대문학적 성취를 논할 수 있다.

이러한 상황 속에서 주로 현상모집을 통해 게재된 『매일신보』의 단편소설들은 당시 일제 식민 담론을 보다 직접적으로 전파하는 계몽적 역할을 수행했다. 신문 3면의 사회면 기사와 같이 실렸던 단편소설들은 기사를 통해 드러나는 사회 세태를 소설적으로 형상화한 작품들이 대다수였으며, 주로 '주색잡기에 대한 경계와 미신타파', '교육(신학문)과 경제관념에 대한 강조'라는 주제를 지닌 작품들이었다. 요컨대 당시 신문연재 단편소설들은 그러한 주제를 통해 대중들의 풍속 개량을 위한 역할을 담당했던 것이다. 이처럼 1910년대 전반기의 『매일신보』 소설의 경우 장편의 뚜렷한 통속화 경향과 단편소설의 계몽지향적인 성격을 확인할 수 있었다. 또한 『매일신보』 단편소설의 이러한 경향은 1900년 대의 계몽적 단편서사물과 1920년대에 본격적으로 나타나는 1인칭 고백체의 내면 지향적 근대 단편소설 사이의 과도기적 성격을 지니는 것임을 알 수 있었다.

한편, 1910년 합방 이후 조선의 식민지배에 대한 당위성을 지속적으로 주장해오던 일본은 1914년 세계대전 승리를 계기로 안으로는 조선의 식민지배 체제를 전반적으로 정리하여 식민지 통제를 강화하고, 밖으로는 전쟁의 승리를 발판으로 삼아 중국과 만주로까지 지배영역을 확장하려고 하였는데, 이러한 일제의 정책 변화는 『매일신보』내 소설들의 성격을 분화시키는 결과를 가져왔다.

우선 『매일신보』는 대중들을 더욱 효과적으로 통제하기 위한 방책으로 심우섭의 「형제」와 이상협의 「정부원」·「해왕성」 같은 서구문학 번역들을 통해 새로운 흥미와 오락거리를 그들에게 제공하였다. 이것은 제1차 세계대전 이후 높아진 서구 문명사회에 대한 대중의 관심을 반영한 것으로, 신파극의 급격한 몰락과 함께 쇠퇴하였던 일본 가정소설의 대안으로 마련된 것이었다. 이들 작품에 서구문물이나 귀족사회의 다양한 모습이 제시되어 독자의 호기심을 유도하는 것은 바로 그러한 이유에서이다. 또한 이러한 작품의 번역을 담당한 작가들은 앞서의 번안소설에 비해 보다 전문적인 번역자의 자세를 갖추고 있다는 점에서 1920년대의 본격적인 서구문학 수용을 예고하고 있었다.

한편, 『매일신보』의 그러한 소설정책은 심우섭과 이상협의 「산중화」나 「무궁화」와 같은 창작소설에까지 이어져 대중독자들을 지향하는 오락소설의 한 줄기를 형성하게 됨을 알 수 있었다. 우선 1910년대 후반의 창작소설들은 1차 세계대전 이후 급속히 증가한 서구에 대한 관심과 맞물려, 서구문학 번역을 통해 전해진 근대문물과 귀족들의 생활상, 여성의 사회적 지위, 근대적 교육제도 등과 같은 제재를 통해 독자들에게 새로운 흥밋거리를 제공하였다. 특히 「무궁화」에서 보이는, 남편에게 버림받았지만 스스로의 힘으로 근대적 교육을 받아 자립하게 되는 여성의 모습은 중세의 가부장적 세계관에서 벗어나 개인의 힘으로 세계의 질서에 도전하여 승리함을 보여주는 것으로, 이는 근대적 세계관에 관심을 넓혀가는 대중독자들의 기호를 반영한 것임을 알 수 있었다.

이와 더불어 1910년대 후반의 『매일신보』는 조선에서의 일본 지배력 강화를 위해 중류이상의 지식인 계층을 포섭하는 것이 필요함을 주장하였다. 식민지 지배자들에게는 대중들의 암묵적인 동의와 더불어 조선과 일본의 동화를 위해 좀 더 확실하게 앞장서서 이끌어 줄 지식인들이 필요하였으며, 그래서 일제는 '조선물산공진회'와 같은 박람회를 이용하여 정책적으로 그들을 끌어들이려 하였다. 이러한 일제의 의도를 반영한 『매일신보』는 이광수와 양건식을 비롯한 신지식인 작가에게 지식인 독자를 수용할 수 있는 계몽소설을 쓰도록 기획하였다. 이로써 이광수는 지식인 계몽을 목적으로 하는 『무정』과 「개척자」를 연재하게 되었다. 『무정』에서 주목되었던 것은 이제껏 남성 중심의 가부장적 사고에서 벗어나 병욱이라는 여성을 문제 해결의 중심에 위치시킴으로써 지식인 독자와 일반 대중독자들에게 공통적인 공감을 불러일으켰다는 것이다. 바로 이러한 점들이 『무정』의 표기법이 원래 지식인 독자를 위해 '국한문혼용'에서 대중독자들까지도 고려한 '순언문'으로 바뀐 점과 더불어 대중독자들의 호응을 유발하는 데 있어서 가장 큰 역할을 하였다.

한편, 『무정』을 완벽한 지식인 소설로 만들기를 머뭇거렸던 이광수는 「개척자」를 『매일신보』 최초로 '국한문혼용'으로 연재함으로써 지식인 대상의 계몽소설을 보다 확실하게 완성하였다. 「개척자」는 성순이라는 근대적 여성을 통해 연애와 결혼에 대한 남성 중심주의의 가부장적 이데올로기를 정면으로 비판하였다. 또한 이런 여주인공의 자살은 당시의 지식인들 사이의 최대 고민이었던 계몽적 이상과 현실의 괴리를 반영한 것임을 알 수 있었다. 『무정』이 계몽의 낭만적 결말을 보여주었던 것에 반해, 이와 같은 「개척자」의 비극적 결말은 식민지 상황의 악화와 함께 현실에서의 이상의 실현이 힘든 것을 보여주는 현실 비판적 의식을 보여주고 있다는 점에서 근대적 의의가 있다.

이처럼 이광수의 지식인 독자를 위한 계몽소설은 이후 양건식의 「홍루몽」과 「기옥」에까지 이어진다. 「개척자」의 국한문혼용체로의 연재는 「홍루몽」의 국한문혼용 연재를 가능하게 하였다. 문체의 사용이 보여주듯이 이것들은 확실히 지식인 독자들을 유입하기 위해 제작된 다분히 의도적인 작품들이었다.

이상의 연구를 통해 1910년대 후반 『매일신보』내의 장편 연재소설이 일제의 식민지정책의 변화에 따라 '오락중심의 대중소설'과 '계몽중심의 지식인 소설'이라는 이분법적 구도를 보이고 있음을 알 수 있었다. 그리고 『매일신보』의 이러한 소설사적 흐름은 이후 소설사의 가장 큰 줄기를 차지하는 대중소설과 지식인 소설의 계보의 첫 모습을 보여준다는 점에서 문학적 의의를 갖는다고 할 수 있다.

본고는 문학사적 관심을 바탕으로 1910년대 『매일신보』 소재 소설들의 근대소설을 향한 도정을 살펴보려 하였다. 이를 위해 『매일신보』의 근대 매체적인 성격과 총독부 기관지로서 담지하고 있던 『매일신보』내의 식민담론의 특징을 우선적으로 살펴보았는데, 이를 통해 『매일신보』 소재 소설들이 신문매체의 강력한 영향 속에서 변화·발전하며 근대문학적 성취를 이뤄왔음을 알 수 있었다. 그러므로 본고의 논의는 그동안 소홀히 취급되었던 1910년대 문학에 대한 본격적인 평가를 시도하였다는 점과 우리의 근대문학은 매체-작품-독자의 상호 연관 속에서 형성되어 왔음을 구체적으로 밝혔다는 점에서 그 성과를 지적할 수 있다.

한편, 본고의 이러한 시도가 보다 의미 있는 결과로 나아가기 위해서는 소설의 미학적인 측면의 근대적 성취 과정에 대한 고찰이 필요하겠다. 근대 신문이 순언문 소설을 실으면서 대중들의 언문에 대한 관심을 높였고, 또 소설작품이 지향하는 대상 독자에 따라 문체의 종류가 선택되었던 것에서 소설의 미학적인 면은 단순히 형식적인 차원에서 그치는 것이 아니라 사회 문화 전반을 반영하는 척도가 되는 것임을 알 수 있다. 그러므로 1910년대 문학의 근대소설 형성과정을 밝히고자 하는 본고의 논의가 온전히 이뤄지기 위해서는 근대성 발현의 중요한 지표가 되는 문체와 같은 미학적인 측면에 대한 섬세한 천착이 필요하다. 본고에서 부족한 이러한 부분은 이후의 과제로 남겨 놓고 수행하고자 한다.

이와 더불어 우리 근대문학의 형성과정을 온전히 밝히기 위해서는 문학사적 관심을 확대하여 우리 근대문학의 토대가 되었던 1900년대의 문학과 1910년대의 문학과의 연계성을 밝히는 작업이 필요하며, 이와 동시에 1910년대 후반 『매일신보』 소재 소설에서 형성되었던 오락중심의 대중소설과 계몽중심의 지식인 소설이 1920년대 이후에 어떠한 변모과정을 겪는지에 대한 고찰이 계속 진행되어야 할 것이다. 이로써 문학사적 암흑기로 취급되었던 1910년대 문학이 우리 근대문학사에서 진정한 자리매김을 할 수 있을 것이다.

제2부
한국소설의 근대적 문체형성과 『매일신보』

1. 근대적 매체의 출현과 글쓰기

신문·잡지와 같은 근대적 매체의 출현과 함께 시작된 근대적 글쓰기는 이제껏 내려온 한문 중심의 글쓰기 방식에서 벗어나 대중 매체에 적합한 새로운 글쓰기 방법을 탐구하는 것에서 시작된다. 대중을 공론장으로 유입하려던 이 같은 근대 매체들은 당연히 그들의 언어에 관심을 가졌으며, 대중독자에게 부합되는 국문표기에 대해 다양한 연구와 시도를 하였다. 이로 인해 1900년을 전후로 글쓰기 양식은 큰 변화를 겪었는데, 봉건사회의 전통인 순한문 표기와 새로운 글쓰기 방식으로 대두된 국한문혼용 표기, 또 부녀자들을 중심으로 이어져 오던 순한글 표기 사이에서 나타나는 많은 갈등과 시행착오는 이후 점차 근대적 문체로 나아가는 원동력이 되었다.

이 시기의 문체에 대한 연구는 작가의 개성적 문체에 대한 접근 보다는 시대의 무늬인 일종의 사회적 언어로서 다뤄졌다. 국한문체나 국문체와 같은 유형적 문체에 대한 연구나, 운문체에서 산문체로의 변화, 문장 종결어미의 변화와 같은 표지를 통해 근대적인 문장으로 나아가는 이행과정을 밝히는 측면에서 다양하게 논증되었다.[1] 이에 비해 일제 강점이 시작된 직후인 1910년대 소설에 대한 문체론적 접근은 그 작품에 대한 소홀한 연구만큼이나 미미하다. 다만 몇몇 논자들에 의한 이광수 『무정』에 나타난 문체의 근대성이나, 아니면 일본 가정소설 번안물인 『장한몽』 등에서 새롭게 시도되는 문체적 변화에 대한 고찰이 있을 뿐이다.[2]

그러나 이 시기의 소설에서는 근대 계몽기의 활발했던 국문표기에 대한 고민이 여전히 묻어 있고, 또 유형적 문체에서 점차 개성적 문체로 나아가는 변이과정이 포착된다. 이러한 특징은 근대계몽기의 문학과 본격적인 근대문학의 시작이라 여겨지는 1920년대의 문학 사이의 연결과 단절을 밝히는데 중요한 단서가 된다.

---

1) 권영민, 「개화 계몽 시대의 국문체」, 『문학 한글』 9, 1995; 김영민, 「근대계몽기 신문의 문체와 한글 소설의 정착 과정」, 『현대문학의 연구』, 2004; 김형철, 『개화기 국어연구』, 경남대 출판부, 1997; 류준필, 「근대 계몽기 신문 및 소설의 구어 재현 방식과 그 성격」, 『대동문화연구』 44집, 2003; 이기문, 「개화기의 국문 사용에 관한 연구」, 『한국문화』 5집, 서울대 한국문화연구소, 1984.
2) 권두연, 「『장한몽』 연구」, 연세대 석사논문, 2003; 권보드래, 「한국 근대의 '소설' 범주 형성에 관한 연구」, 서울대 박사논문, 2000; 김영민, 「근대소설의 문체변화와 근대성의 발현」, 『한국 근대소설의 형성과정』, 소명출판, 2005; 양승국, 「한국 근대문학 형성에 미친 일본 신파극의 영향」, 『한국 신연극 연구』, 2001.

2. 1910년대 전반기『매일신보』의 국문정책과 표기법

신문의 문체는 그 신문이 대상으로 하는 독자와 밀접한 관계가 있다. 1910년의 『매일신보』에서도 이러한 점은 분명히 드러난다. 『매일신보』의 전신이었던『대한매일신보』가 국한문판과 한글판을 동시에 발행하였던 것을 이어 받아,『매일신보』도 초기에는 두 가지의 판을 함께 가지고 있었다.『대한매일신보』가 일반 대중들을 위해 순한글판을 발행하자, 그 전에 4,000부 정도였던 신문의 판매 부수가 1만 부로 급격히 증대했던 것3)에 비추어 볼 때,『매일신보』역시 일반 대중 독자를 함께 흡수하기 위해,『대한매일신보』의 이러한 정책을 그대로 이어 받았음을 알 수 있다. 그러나 일제 강점 초기 피폐해진 민심으로 인해『매일신보』의 사세가 급격히 위축되었던 점에 비추어 본다면, 신문사의 입장에서 이 두 판을 함께 발행한다는 것은 매우 부담스러운 것이었다. 그래서『매일신보』는 1912년 3월 1일에 그동안 따로 나오던 '순언문' 신문을 폐지하고 국한문 신문과 합병하여 단일한 체계로 묶게 된다.4)

한편, 순언문 신문의 합병과 더불어『매일신보』는 정보의 세분화를 위해 신문지면을 전면적으로 개편하는데, 1면은 논설, 2면은 정치와 외보, 3면은 사회전반의 기사, 4면은 광고와 소설을 싣는 것과 같이 편집의 새로움을 꾀한다. 이러한『매일신보』의 지면 구분은 사실 중심의 정보와 이야깃거리의 기사를 구분할 수 있게 하였고, 또 논설과 서사물이 뚜렷이 구분될 수 있도록 만들었다. 이로써『매일신보』의 편집은 국한문혼용의 일반 기사와 사회면인 제3면의 순한글 기사가 공존하는 것으로 변모하였다. 한편『매일신보』는 이전의『만세보』나『대한민보』의 편

---

3) 이광린, 「『대한매일신보』 간행에 대한 일고찰」(『대한매일신보 연구』, 서강대 인문과학연구소, 1986)의 III장, '신보의 간행' 참조.
4) 이 책의 제2장 2절, 각주33 참조.

집정책을 이어 받아 연재소설에 대해서는 순한글 표기를 원칙으로 하였다. 이는 『매일신보』의 첫 연재소설인 「화세계」에서부터 시도되었던 것으로, 이러한 정책으로 인해 1910년대 중반 이후 『매일신보』의 연재소설에 대한 정책의 변화가 있기 전까지의 거의 모든 장편과 단편 소설은 순한글로 표기되었다.

이와 같은 『매일신보』의 정책은 신문 연재소설을 식민초기 조선사회의 안정화와 식민 체제의 효과적인 구성을 위해 대중들의 동의를 얻는 수단으로 이용하고자 하는 일제의 의도를 반영한 것이었다. 다시 말해 그들은 자신들의 식민정책의 합당성을 유포하는 『매일신보』의 독자로 일반대중을 포섭하기 위해 대중의 흥미에 영합되는 순한글 기사와, 연재소설을 실었던 것이다. 『매일신보』의 국문정책은 이처럼 불순한 의도로 이뤄진 것이지만 결과적으로는 1910년대 한글 소설의 정착에 많은 기여를 하였으며, 독자들을 위한 다양한 시도가 이뤄짐으로써 당시의 소설이 내적인 면이나 외적인 면에서 모두 근대소설로의 변모를 갖춰 나가는데 많은 영향을 주게 된다.

이러한 1910년대 전반기 『매일신보』 연재소설에서 나타나는 표기법을 대략적으로 간추려 보면 다음과 같다.

표 1. 『매일신보』 연재소설의 표기형태-1910년대 전반기

저자	제목	연재 날짜	인용부호	지문/대사의 분리	삽화	소설 말미	띄어쓰기
善飮子	화세계 (花世界)	1910.10.12. ~1911.1.17.	( )로 발화자 표기	○	×	황동지님외로 독겁이까지 츳례로 손ㅅ가락을 쏩아 세여보더니	빈칸 띄어 쓰기
遐觀生	月下佳人	1911.1.18. ~4.5.	( )로 발화자 표기	○	×	신쇼셜을 편즙발힝ㅎ눈것 이잇스니 그최을 구히보 시면 즈셰히 알으시리다	"
惜春子	花의血	1911.4.6. ~6.21.	( )로 발화자 표기	○	×	고기를 다시 푹숙이고 한 거름에 도주를ㅎ더라	"

저자	제목	연재 날짜	인용부호	지문/대사 의 분리	삽화	소설 말미	띄어 쓰기
神眼生	九疑山	1911.6.22. ~9.28.	( )로 발화자 표기	○	×	남녀를 죽인스실을 비로소 자셰히둣고 역시 그은 공을 갑흐랴고	〃
牛山 居士	昭陽亭	1911.9.30. ~12.17.	발화자 표기 ×	×	×	우리들 열일을 제치고라도 구경을 가흐셰	〃
怡悅生	春外春	1912.1.1. ~3.14.	( )로 발화자 표기	○	○	영진과한케도라와길례를 순셩홈을부탁흐더라	〃
	彈琴臺	1912.3.15. ~5.1.	( )로 발화자 표기	○	○	죠셕녜면을궐치안이흐고, 져셩썻지니여쥬더라	권점 띄어 쓰기
	巢鶴嶺	1912.5.2. ~7.6.	( )로 발화자 표기	○	○	구여의질녀와위영과, 명혼셩례를흐얏더라	〃
解觀子	鳳仙花	1912.7.7. ~11.29.	( )로 발화자 표기	○	○	비상흔고쵸를격더라	〃
一齋	雙玉淚 (前·中 ·下 篇)	1912.7.17. ~1913.2.4.	인용부호 '「 」' 사용	×	×	유익흔인물을 만달고즈남편과한가지로질거이의론흔다	〃
解觀子	琵琶聲 비파셩	1912.11.30. ~1913.2.23.	( )로 발화자 표기	○	○	셔울로치힝을흐야올나오더라	〃
李人稙	牧丹峰 모란봉	1913.2.5. ~6.3.	( )로 발화자 표기	○	×	미완	〃
	雨中行人	1913.2.25. ~5.11.	( )로 발화자 표기	○	○	슉즈를취흐야빅년을밍셰케흐얏더라	〃
趙一齋	長恨夢	1913.5.13. ~10.1.	인용부호 '「 」' 사용	○	○	대화로 끝남.	〃
李相協	눈물	1913.7.16. ~1914.1.21.	인용부호 '「 」' 사용	○	× (4회만 게재)	여러독쟈는 지금의 동양은 힝양 죠필환씨의 말을 드를때마다 「눈물」을 반다시 련상흐리로다	〃
趙一齋	菊의香	1913.10.2. ~12.28.	인용부호 '「 」' 사용	○	○	대화로 끝남.	〃
趙一齋	斷腸錄	1914.1.1. ~6.10.	인용부호 '「 」' 사용	○	○	대화로 끝남.	〃
沈天風	兄弟 (형뎨)	1914.6.11. ~7.19.	인용부호 '「 」' 사용	×	○	대화로 끝남.	〃
趙一齋	飛鳳潭	1914.7.21. ~10.28.	인용부호 '「 」' 사용	×	○	대화로 끝남.	〃

저자	제목	연재 날짜	인용부호	지문/대사의 분리	삽화	소설 말미	띄어쓰기
何夢	貞婦怨	1914.10.29. ~1915.5.19.	인용부호 '「 」' 사용.	X	○	무궁히영화ᄒ얏다ᄒ더라	″
趙一齋	續編 長恨夢	1915.5.25. ~12.26.	인용부호 '「 」' 사용.	○	○	대화로 끝남.	빈칸 띄어 쓰기

3. 종결어미의 변화와 서술의 객관화 확보

　　문체란 글에 나타나는 일정한 표현상의 특색을 지칭하는 용어이다. 이런 문체를 구성하고 있는 언어 요소를 문체소라 할 때, 문체소는 크게 표기요소·어휘요소·구문요소 등으로 나눌 수 있다. 표기요소에 따른 문체는 한글체와 국한문혼용체 등을 말하며, 어휘요소는 고유어가 많이 사용되는 구어체적 어휘와 한자어가 많이 사용된 문어체적 어휘 등이, 구문요소는 어순·문장길이·종결어미 등과 같은 통사적 문형 등이 포함된다.5) 이처럼 문체에 대한 연구는 그것을 보는 관점이나 분류의 기준에 따라 여러 가지로 나눠서 접근할 수 있겠지만, 통시적 문체 양상을 가름하는 가장 중요한 요소는 문장 종결의 양식이라 할 수 있다. 문장의 종결어미란 글 쓰는 이가 그 문장을 쓰면서 갖는 서법적인 것, 의향적인 것, 문체적인 것을 반영하는 것으로서, 문장의 가장 외현적인 것이라고 할 수 있다. 그래서 통시적으로 문장 종결어미는 국어 문장의 현대화를 이루는 가장 중요한 요소로 작용하는 것으로 분석되어 왔다.6)

---

5) 김형철, 앞의 책, 62면 참조.
6) 특히 '언문일치'를 운운할 때 관건이 되는 영역은 지문이라 할 수 있다. 권보드래, 앞의 글, 186~187면 참조.

근대계몽기의 신문 문장에 있어 종결어미는 많은 이들이 논의 하였던 바와 같이 주로 '～더라'와 '～이라'체가 사용되었다. 특히 '～더라'체는 보고자가 있어 이 보고자가 직접 지각한 것을 청자에게 전달하되 그 내용을 확실히 보증하지는 못한다는 입장으로 거리감을 두고 얘기하는 내포적 의미를 지니며, 또 그 내용이 관심거리가 된다는 화자의 태도가 반영되어 있는 구어체적인 표현이다. 이와 더불어 '～이라' 또한 문장의 내용에 거리감을 두고 청자에게 제시하는 의미를 포함하고 있다.[7] 이러한 종결어미는 신문 문장뿐만 아니라 「혈의루」·「치악산」·「빈상설」과 같은 이인직이나 이해조의 근대계몽기의 신소설에서도 광범위하게 사용되던 문장 종결 양식이었다. 이들 작품에서 '～더라'형의 문장은 전체적으로 배경적인 행동이나, 정보 등을 전달할 때에 많이 쓰이고 있었는데, 여기에서 특이한 점은 신문문장과는 달리 현재형인 '～ㄴ다'형의 구문도 빈번히 보이고 있다는 것이다. 고전 소설에서는 잘 볼 수 없었던 이 '～ㄴ다'형의 종결어미는 남에게 들은 이야기를 전달하는 '～더라'형과는 달리 직접 체험한 것을 일인칭으로 전달하려는 의미를 지니며, 이는 근대적 개인의식이 나타났기 때문에 가능한 것이었다.[8]

근대계몽기의 이와 같은 신문기사 문체와 신소설의 문체는 이후 1910년대 『매일신보』에 실린 기사와 신소설에서도 답습되고 있었다.

> 일반 인민의 썰미로써 통힝ㅎ는것을 금지ㅎ라고 고시ㅎ얏다더라 (1912.3.9)
> 일빅 륙십원을, 편취ㅎᆫ소실이 발각되여 요소히 잡히엿다더라 (1919.7.27)
> 그 아비의 목을 잘나 죽이고, ᄌ현 취슈 ㅎ얏다더라 (1914.1.21)
> 일일이 그 ᄆᆞ옴을 편안토록ㅎ야 화목히 거나려 가는 것이라 (1915.5.11)

위의 인용문은 『매일신보』의 사회면인 3면에 실린 기사 문장으로 여

<hr>

7) 김미형, 「한국어 문체의 현대화 과정 연구」, 『어문학연구』, 1998, 131~132면.
8) 김상태, 『문체의 이론과 해석』, 집문당, 1993, 298~307면 참조

전히 '~더라'와 '~이라'가 우세함을 확인할 수 있다. 이와 같은 기사문의 종결어미는 1910년 초기 『매일신보』 연재소설을 주도했던 이해조 신소설에서도 우세하게 나타나지만 한편으로 신소설에서는 기사문에 나타나지 않는 현재형인 '~ㄴ다'체 또한 빈번히 볼 수 있다.[9] 이는 신문기사가 일방적인 정보 전달의 기능을 하는 것과는 달리 소설의 특성상 사건이나 발화의 재현 측면을 의식하여 전체적으로 현재성을 강조하고자 하는 작가 의식이 반영된 것이라 할 수 있다. 그래서 이런 '~ㄴ다'체의 종결어미는 아래와 같이 주로 인물간의 현재형으로 전개되고 있는 발화 상황 전후에 많이 나타나고 있음을 볼 수 있다.

> 그잇흔 날 다시 신대신, 신장신을 추례로 가보고 평산류수 조치 됴흔구변으로 즈긔일을 칠월에 굿은 박모양으로 단단히 굿친다
> (신) 그러 밤 동안에 연구를 만히 흐보앗소
> (리) 아모리 싱각을 하야보아도 도뎌히 될 수가업슴니다[10]

한편, 다음과 같은 장면묘사에서 행동의 현재성을 강조하고 그것을 더욱 세밀하게 표현하고자 하는 부분에서도 '~ㄴ다'체가 사용되고 있음을 볼 수 있다.

> 두미원계 급흔여울로 외디박이 비 한척이 순풍을맛나 살조치나려오는디 머리가 협슈룩흔사공들이 빅목슈건으로니마를질끈질끈 동이고 빗ㅅ머리에가 마조안겨 청승스러온목소리로 닷감는소리롤 공부숨아 주고밧는다
> 그 비가 순식간애 평구역말압나드리를 당도흐닛가 사공이비롤 한편에다드리더쟈 년긔가 이십스오셰쯤된 남즈한아이 그비에셔 압서나오며
> —「월하가인」, 1911.1.18

9) 1910년대 초 이해조 신소설에 나타나는 이러한 모습은 1910년대 신소설이 이전 시대의 모습을 그대로 계승하고 있음을 보여주는 것이다.
10) 「화의혈」, 『매일신보』, 1911.4.15.

이렇게 1910년대 초『매일신보』에 연재되었던 이해조의 신소설에서는 이전 시대의 신소설과 마찬가지로 '~더라'형의 우세 속에서 '~ㄴ다'형이 간간히 보이고 있었지만, 1912년 조중환에 의해 번안된 일본 가정소설인 『쌍옥루』부터는 '~더라'체와 '~ㄴ다'체의 빈도가 앞서의 신소설과는 확연히 달라지고 있었다. 이를 보다 정확히 확인하기 위해 다음과 같이 1910년대의 연재소설 중 이해조 신소설과 조중환의 번안 소설 몇 작품의 종결어미 유형을 표로 정리해보았다.

표 2.『매일신보』연재소설의 종결어미의 유형

소설제목	연재날짜	'~더라'	'~이라'	'~지라'	'~오'	'~ㄴ다'	'~다'	'~앗/엇다'	기타
화세계	1910.10.12 ~1911.1.17	33% (62개)	30% (57)	15% (29)	2% (3)	14% (26)	3% (6)	—	3% (6)
봉선화	1912.7.7 ~11.29	22% (75)	33% (110)	17% (56)	6% (21)	18% (59)	3% (9)	0.3% (1)	0.7% (2)
쌍옥루	1912.7.17 ~1913.2.23	26% (259)	21% (209)	10% (99)	4% (37)	28% (281)	8% (80)	1% (7)	2% (27)
비파성	1912.11.30 ~1913.2.23	16% (44)	35% (94)	18% (48)	7% (19)	18% (48)	4% (12)	—	2% (5)
우중행인	1913.2.25 ~5.11	32% (78)	28% (70)	12% (28)	1% (2)	21% (52)	3% (7)	1% (2)	2% (5)
장한몽	1913.5.13 ~10.1	14% (204)	12% (164)	1% (20)	1% (21)	45% (651)	21% (306)	0.5% (6)	5.5% (74)
속편 장한몽	1915.5.25 ~12.26	3.5% (84)	9% (221)	1% (28)	1% (28)	57% (1404)	24% (595)	3.5% (84)	1% (30)

위의 표 2를 보면, 우선『매일신보』의 첫 연재소설인 이해조 신소설「화세계」에서는 이야기의 전달적 기능을 가지는 '~더라'와 주로 인물에 대한 정보나 문장을 길게 늘이는 접속어로 사용되는 '~이라', '~지라', '~오'형의 종결어미가 전체에서 80%로 상당히 우세하게 나타나고,

고소설과는 변별되는 '~ㄴ다'와 '~다'형은 17%의 비중을 차지하는 것으로 보아 근대계몽기의 신소설과 비슷한 문체를 가지고 있음을 알 수 있다.[11] 또 이러한 모습은 이후의 이해조 신소설 「봉선화」, 「비파성」과 그의 『매일신보』 연재소설 중 제일 마지막 작품인 「우중행인」까지 모두 '~ㄴ다'와 '~다'체의 종결문장이 20%를 넘지 못하는 것으로 연결된다. 즉, 1910년대 이해조의 신소설은 이전 시대의 신소설 양식이 아직도 그대로 계승되고 있음을 보여주는 것이다. 그러나 조중환의 번안소설인 「쌍옥루」에 와서는 '~ㄴ다'체와 '~다'체가 전체의 36%를 차지할 정도로 갑자기 비중이 늘어난 것을 볼 수 있다.[12] 좀 더 구체적으로 살펴보면, 「쌍옥루」의 연재 제2회에서 '~더라'형은 1회 뿐이지만, '~ㄴ다'형은 6회나 나타나며, 또한 '셔々잇다'와 '보고잇다'와 같은 현재진행형의 종결어미가 새롭게 나타난다. 물론 인물의 내력을 설명하는 이어지는 3회에서는 다시 '~더라'체가 압도적으로 우세를 보이고 있지만, 곧 이어지는 제6회 연재분에서는 한 회가 전체적으로 대화로만 전개되고 있고, 그 사이 연결되는 문장에서는 '~ㄴ다'체만 보여진다. 이런 점에서 일본 번안 소설인 「쌍옥루」는 이전의 '~더라'와 '~이라'가 우세하던 문체에서 벗어나 근대소설의 종결어미 형태로 여겨지는 현재형 '~ㄴ다'체의 모습이 확립되어 가는 단초를 보여준다고 할 수 있다.

그러나 또 하나 주목할 점은 이와 같은 「쌍옥루」의 변화 모습에도 불

---

11) 권영민은 신소설 「은세계」와 「추월색」의 종결어미를 분석하여, '~더라'와 '~이라' 외에 '~혼다'와 '~다'체가 많아짐을 지적하며 구소설과는 달리 문장 유형의 새로운 변화가 나타나고 있음을 지적하였다. 권영민, 「개화기소설의 문체 연구」, 서울대 석사 논문, 1975, 36~37면 참조.

12) 양승국은 일본 신파극이 한국 근대문학 형성에 미치는 영향을 분석하면서, 일본 가정소설 번안물의 종결어미를 주목하여 번안의 과정에서 드러나는 일본 문체의 수용과 그로 인한 근대문체 형성에 미친 영향에 대해 밝힌 바 있다. 그러나 그는 여기에서 "「쌍옥루」의 종결어미는 극히 일부의 '~ㄴ다'의 표기를 제외하고는 거의 모두 '~(더)라'의 고전소설의 어미 처리 방식을 사용하고 있다"고 말하나, 실제 모습을 확인해 보면 그 둘의 비중이 그리 차이 나지 않음을 알 수 있다. 양승국, 앞의 책, 277면 참조.

구하고 이 작품이『매일신보』1면에 연재될 당시 4면 소설란에서 동시에 연재되었던 이해조의 「봉선화」나 「비파성」은 앞서 살펴 본대로 여전히 '~ㄴ다'보다 '~더라'가 더 우세하였다는 것이다. 이처럼 각 작품에서 나타나는 문체의 차별성은 각 소설의 말미 부분에서 더욱 뚜렷이 드러나는데,13)「쌍옥루」는 '~ㄴ다'로 끝나고 있는 것에 비해 이해조의 신소설은 마지막 작품인 「우중행인」에 이르기까지 거의가 '~더라' 또는 '~이라'체로 끝나고 있다.14) 이러한 특징은 일본 가정소설 번안작품이 새로운 문체의 모습을 보이고 있음에도 불구하고, 동시대의 이해조 신소설은 여전히 앞 시대의 신소설이 갖는 유형적 문체에서 벗어나지 못하고 있음을 보여주는 것이며, 또 같은 신문에 동시에 연재되고 있던 소설이지만 각 작품이 서로에게 미치는 영향은 크게 없었음을 짐작케 하는 것이다.

한편, 「쌍옥루」에서 보이는 현재형을 강조하는 조중환의 새로운 문체의 시도는 이어지는 「장한몽」 번안에서도 계속된다. 「장한몽」 연재의 제8회 '심야술회' 장15)에서는 총 11개의 문장 중 '~ㄴ다'로 끝나는 문장이 6개, 나머지 5개는 모두 '앗/엇다' 또는 '잇다'로 끝남을 볼 수 있다. 이는 '~더라'체가 보이지 않는 대신 그것이 현재형과 과거형인 '앗/잇다'형으로 대체되고 있음을 보여주는 것이다.

또한 「장한몽」에서는 지문과 발화부분의 연결부분에서는 '~ㄴ다'만 쓰이고 있는 반면에, 현재의 장면이나 동작을 재현할 때에는 '~ㄴ다'와 '앗다', '잇다'가 교대로 쓰이고 있음을 볼 수 있다. 이는 '~ㄴ다'형이

---

13) 소설 말미를 유심히 살펴보면, 연재소설의 장르에 따라 종결부분이 뚜렷이 구분되어 나타남을 발견할 수 있다. 이해조 신소설의 경우는 각 작품에서 우세하게 쓰였던 '~더라'체나 '~이라체'의 종결어미로 끝나는 것이 대부분인데 반면, 조중환의 작품에서는 '~ㄴ다'체나 대화로 작품이 종결되는 경우가 대부분이었다. 이러한 작품의 말미 부분은 그 작품의 주된 문체의 양상과도 연결되고 있음을 알 수 있다.

14) 표1의 소설 말미 인용부분 참고.

15)『매일신보』, 1913.5.21.

가지는 우선적 기능이 특정 사건을 전경화 시키며, 이야기 요소나 정보 장면 등을 생생하게 묘사하고 등장인물의 심리적 갈등을 생동감 있게 표출시키는 것16)에 있음을 잘 보여주는 것이다. 그러나 한편으로 '~ㄴ다'체는 서술자와 서술 대상 간의 거리를 '~더라'체에 비해 일관되게 유지하여 객관적인 관찰자로서 역할을 수행하지만 아무래도 현재 시점에 속박 당하게 된다. 이에 비해 훨씬 더 객관적이고 자유롭게 시점을 넘나들 수 있는 과거형 '앗 / 엇다'가 「장한몽」에서 보이고 있다는 점을 주목할 필요가 있다. 이러한 특징은 화자의 전달성에 의존하던 기존의 서사 관습에서 벗어나 서술의 객관화를 담지 하려는 작가의 노력을 보여주는 것으로『매일신보』의 연재소설이 점차 근대적 문체에 접근하고 있는 모습을 보여주는 것이기도 하다. 이러한 「장한몽」의 특징은 앞의 표에서 나타난 바와 같이 '~ㄴ다'체와 '~다'체가 전체의 66%를 차지하고 있는 점에서도 정확히 확인할 수 있다.

「장한몽」 번안 과정에서 얻어진 이와 같은 성과는 조중환의 창작소설인 「속편 장한몽」에서 그 정점을 이룬다. 우선 연재에 앞서 이전의 「장한몽」에 대한 전체적인 내용을 요약·소개하는 부분인 1915년 5월 20일부터 23일까지의 첫 4회에서는 '~더라'와 '~이라'체가 전체 51개의 문장 중 33개의 문장, 즉 60%를 넘게 차지할 정도로 압도적으로 많이 쓰였다. 그런데, 이런 요약이 끝난 직후 작품이 바로 시작되자마자 '~더라'체의 빈도는 급격히 줄고 상대적으로 '~ㄴ다'체가 많이 나타난다. 이는 소설 내용을 요약 제시하는 것은 신문기사가 사건을 요약·보도하는 성격이므로, 당시 『매일신보』의 기사 문장과 유사한 '~더라'체를 주로 사용하다가 이후 본격적인 소설이 시작되자 근대적 소설에 적합한 문체로 급속히 전환하는 작가의 기민한 모습을 엿볼 수 있는 부분이다.

---

16) 정은균, 「신소설의 문체 연구」, 『숭실어문』 15호, 1999, 60면 참조.

한편, 이전의 신소설의 도입부분이 주로 자연물에 대한 전경묘사로 시작되었던 것에 비해, 「속편 장한몽」은 바로 사건으로 도입하는 모습을 보여준다.

> 「아이그머니 령감은 얼마만에 뵈옵슷닛가 신관셧지 아조 이져바릴디경일셰」
> 심퇴의 집에 십여년을 지니고 순이를 어려서부터 졋먹여길너 오늘날셧지 순이의 가는 곳 마다 츙셩스럽게 짜라단이던 진남할멈은 양졔집 응졉실 문을 드러셔며 먼져 그와곳치 한마디를 급히ᄒ고 쥬름살 잡힌 눈초리에는 눈물이 가득히 고인다
> 훨신시원ᄒ게 스면문을 열어져기고 넓은 뎡원에는 솔나무와 스시화초를 모양됴케비치ᄒ고 스이마다 괴셕긔암을 운치잇게느러노은마당을 니려보는 신스 한사롬 둥그런스션상에비단보ᄌ를걸쳐놋코 그우에는권연합과 지터리가노엿스며 한편 모퉁이로는 뎐긔 션풍기「電氣扇風機」가 휘휘돌며 응ㅡᄒ고 도라간다 그 신스는사롬이 드러오며 인스ᄒ는 말쇼리롤듯고 드라드는문을향ᄒ고 고기를 도리키더니 그로파의얼골을 보고 검은슈염이 웅작이며 빙그럼이 웃는나
> 「허ᄊ 진남할멈 오리간만에맛나니그려 그동안 클낭은업셧나」ᄒ며 반가히 인스뎌답을 ᄒ다[17]

위와 같은 도입부분은 이미 「쌍옥루」에서부터 나타난 것인데, 이는 일본 가정소설의 번안과정에서 배운 기법이 조중환의 창작 소설에까지 영향을 미치고 있음을 보여준다. 또한 앞서의 도입부분에 나타난 현재형 종결어미와 더불어 이 작품의 마지막 회에서 나타나는 문장 종결 어미를 살펴보면 조중환이 그동안 일본문학을 번안하면서 습득한 근대적 문장의 면모가 완벽하게 드러나고 있음을 목격할 수 있다.

> '보인다', '줄슈업다', '곳다', '싱각ᄒ다', '나아갓다', '낫타난다', '가득ᄒ다', '깃거ᄒ다', '흘니인다' '막히는 것 곳다', '인사ᄒ다', '넉이는 것 곳다', '보인다', '준비ᄒ여노앗다', '뭇는다', '잊지못ᄒ다', '눈물이 가득ᄒ다', , '기다린다',

---

17) 「속편장한몽」, 『매일신보』, 1915.5.25.

'붓고 잇다', '들어온다', '나아간다', '나아가안는다', '흘니고 잇다', '흘러나오
는 듯ᄒ다', '안기려간다', '드러다본다'

위는 「속편장한몽」의 마지막 회(1915.12.26)에 나타난 종결 문장을 모두
뽑아 놓은 것이다. 여기에서는 '~더라', '~이라'형의 종결어미는 찾아
볼 수 없으며, 현재형 '~ㄴ다', '~다'와 과거형 '~앗/엇다'이 혼용되어
쓰이고 있음을 볼 수 있다. 이러한 「속편 장한몽」에서 나타나는 근대적
문체의 성취는 앞서의 표 2에서 나타나는 바와 같이 '~ㄴ다'체와 '~다'
체가 전체 81%를 차지하고 있고, 과거형 또한 84회, 즉 4%나 보이고 있
다는 점에서 다시금 확인할 수 있다.

이상에서 1910년대 전반기 『매일신보』 연재소설은 이제껏 관습적으
로 내려오던 '~더라'체의 모습이 점차 사라지고, 현재형이나 과거형 문
체가 확립되는 것을 확인할 수 있었다. 이러한 특징은 비로소 주체와
객체의 객관적 거리가 형성되어 서술자의 주관적 개입이 줄어들고, 이
로 인해 허구와 사실의 관계를 독자의 객관적 판단에 맡기어 개인의 내
면에 대한 온전한 이해를 가능하게 하는 문체가 성립되고 있음을 보여
주는 것이다. 특히 과거형 문장 종결은 '~ㄴ다'가 가지는 대상과의 친
밀성에서 어느 정도 벗어나게 해 주었으며, 거기에서 발생하는 대상과
의 거리감은 서술의 객관화를 확보하게 해 줌으로써 아직까지는 완전
하지 않지만 그 속에 반성적 사고가 개입할 수 있는 여지를 마련하고
있다는 점에서 그 의의를 찾을 수 있다.

이러한 『매일신보』 내의 변모 모습은 근대적 문체의 확립이 이광수
의 『무정』 또는 1920년대의 김동인의 개인적 작품에서 한 순간에 이뤄
진 것이 아니라, 많은 시일과 많은 작가, 많은 작품을 거쳐서 서서히 근
대적 문장형이 확립되어 가는 모습을 보여준다는 점에서 매우 의미가
있다. 또한 '~더라'체에서 현재형 '~ㄴ다'와 과거형 '~앗/엇' 중심으
로의 문체적 전환은 이제껏 우리의 소설이 낭독 중심이었던 것이 개인

의 묵독 중심으로 바뀌어 가는 지점을 설명하는 데에도 보탬이 된다. 개인의 묵독은 '~더라'나 '~이라'체가 가지는 전달형의 기능이 사라졌을 때에야 가능하기 때문이다. 다시 말해 화자의 절대적 우위가 사라진 지점에 비로소 근대적 독자의 개인적 위치가 마련되고, 그 때에야 비로소 개인의 내면적 글 읽기가 가능하게 된다는 것이다.

4. 발화재현 양상의 변이와 산문체의 확립

소설에 있어서 서술자의 언어와 서술되는 자의 언어는 엄연히 구분될 수밖에 없다. 그러나 이제껏 낭독 중심의 소설 읽기 방식에서는 서술되는 자의 언어가 서술자의 언어에 의해 갇혀질 수밖에 없었다. 물론 '~왈'로 제시되는 인물의 발화 상황이 대화문으로 존재하기는 하지만, 근본적으로 낭독의 습관에서는 서술자의 언어에 지배받을 수밖에 없는 상황이 된다. 전통적으로 이렇게 서술과 발화의 층위가 동일하던 것이 표기차원에서 갈라지기 시작한 것은 1898년부터이다. 신문에 실린 대화체 서사물들이 괄호 부호를 이용하여 발화 주체와 발화 내용을 분리한 것이다.[18) 이와 같은 대사와 지문의 구분은 근본적으로 '귀로 듣는 이야기'에서 '눈으로 읽는 소설'로 전환되고 있는 것을 보여주는 것이다.[19)

1910년대 초기 『매일신보』의 연재소설에서도 이러한 모습을 계속 볼 수 있다.

---

18) 권보드래, 앞의 글, 126~131면.
19) 권영민, 「개화기소설의 문체 연구」, 서울대 석사논문, 1975, 49면.

그비로 평구역촌에롤 올나왓는디 심진ᄉ가 ᄌ긔 부인과 셰간집은 츅동밧 멀
ᄉ즉이 서잇ᄉ라 당부ᄒ고 역촌 한가온디로 휘격휘격 드러가 엇던집 문패롤
ᄌ셰ᄌ셰보다가 입맛을 쎡쎡다시며 혼ᄌ말로
이것이웬일인가 그동안 어디로 이ᄉ롤갓나
그리쟈 엇더ᄒ 촌 늙은이가 지나가거놀
(심) 여보 말슴좀 무러봅시다
(늙) 녜 무슴말슴이오
(심) 이집에 사시던 리강동딕에셔 어디로 이ᄉ롤가셧느요
(늙) 리강동딕이오 그딕에셔 발셔 지난봄에 셔울로 올나 가셧슴닌다[20]

위의 인용을 보면, 독백 부분은 괄호 부호표기 없이 그냥 지문과 발
화의 행을 바꾸고 들여쓰기만을 하고 있으며, 두 인물 이상의 대화에서
는 괄호로 발화자를 표기하고 있음을 볼 수 있다. 이러한 신소설의 지
문과 대사의 방법은 이미 1900년대부터 사용되어 오던 것으로 시대가
바뀌었음에도 불구하고, 그 장르적인 공통성 때문에 계속 이어져 오고
있었던 것이다. 그러나 이러한 시대적 주류에도 불구하고, 이해조가 연
재한 「소양정」은 의외로 구소설의 세계로 완전히 회귀한 듯한 모습을
보여준다.

조션 중교 시디에 인지가 만히 나셔 죠야에 희한ᄒ ᄉ적이 한둘이 안인중
ᄀ장듯고 본밧을만 혼쟈를 긔록코져ᄒ노라
각셜 강원도 랑쳔 간쳑면 금계촌에 졍셰중이라ᄒ는 일위명ᄉ-잇스니 본리
경셩 잠영셰족으로 오즉 ᄌ긔몸에 니르러 운수가 비식ᄒ야 유여ᄒ 문필도 풍
우를 불계ᄒ고[21]

그 시대적 배경조차 이미 조선 중고 시대이며, 주위에 떠도는 소문과
같은 이야기를 소설로 형상화한 점이나, '각셜'이라는 고소설적 문체를

---

20) 「월하가인」, 『매일신보』, 1911.1.19.
21) 「소양정」, 『매일신보』, 1911.9.30.

그대로 답습하고 있는 점에서 이는 여타의 신소설과 많이 다른 작품임을 알 수 있다. 또한 소설 지면구성에서도 이야기꾼에 의해 낭독하던 습관대로 지문과 발화의 구분이 없이 다만 서술자의 목소리로만 전개되고 있다. 그야말로 구소설적인 면모를 완벽하게 보이고 있는 것이다. 이전부터 신소설 작가로 많은 활동을 하였던 이해조가 갑자기 이러한 작품을 시도한 것은 신소설이 지니는 구태의연한 유형적 문장이나 천편일률적인 내용에 작가 스스로 느끼는 지리함을 극복하고자 하는 고민에서 비롯된 것인데, 그 내적 고민은 오히려 전대 소설로 회귀하는 결과는 낳았던 것이다.

그런데 이와는 달리, 일본 가정소설 「쌍옥루」가 번안되어 들어오면서부터 소설 지면 구성도 확연한 차이를 보인다. 이때부터는 지문과 발화의 구분 표기방법이 '「 」'라는 문장 부호로 바뀌고, 지문과 대화의 행간 구분 없이, 다만 인용부호로만 구분되고 있었던 것이다. 시각적으로 희곡과 같은 모습을 보여주던 신소설의 지면이, 이제는 완전히 근대적 소설 서사의 형식을 갖추게 된 것이다.

> 에그머니, 나는몰나, 션싱님끠엿줄테야」ᄒ며, 나히는열오륙세로부터 열팔구세ᄭ지나, 되엿슬듯흔, 너ᄌᄉ오인이, 의복우다갓치, 검은초마져고리에, 반겨를 도신고, 혹시는구쓰도신엿스며, 머리는셔양머리도ᄒ고, 짜어서나리고, ᄌ쥬당 긔드린녀ᄌ도잇는듸, 지금학과시간이, 맛츰파ᄒ여, 셔로얼크러져셔, 학교운동 쟝으로, 짓거리며 나아오니, 이는녀학교학싱이러라
> 「져이형님이, 쉬시집을간다지, 어듸로가누, 인졔열여섯살밧게, 안이되얏슬걸」
> 「하々지이졍ᄌ는, 남시집간다는소리가, 퍽부러운걸셰, 그럼너도어셔시집보니 달나려무나, 「지이는남을그럿케무안잘쥬더라, 니가언졔시집가고십던니」22)

이렇게 일본 가정소설 번안에서부터 시도된 인용부호 표기는 이후 조중환의 번안소설 · 창작소설과 이상협의 소설, 나아가 이광수의 『무

---

22) 「쌍옥루」, 『매일신보』, 뎨일회, 1912.7.17.

정』에까지 두루 이어지며, 근대소설 발화재현 양상의 기본적인 모습으로 정착해 나간다.

그러나 한편 「쌍옥루」의 이와 같은 시도가 있었음에도 불구하고, 그 이후에 연재된 이해조의 「비파성」·「모란봉」·「우중행인」은 모두 다 여전히 발화 주체를 표시한 괄호표기를 통해 지문과 발화를 구분하고 있다. 이는 장르간의 특이성으로 인하여 그들 간의 교섭이 즉각적으로는 이뤄지지 않고 있음을 보여주는 것이다. 이처럼 이해조의 신소설은 조중환의 일본 가정소설 번안물과 한동안 같이 연재되지만, 그것의 영향으로 인해 변모하는 모습은 상대적으로 그리 보이지 않는다. 이것은 오히려 신소설이 『매일신보』 내에서 완전히 퇴장하게 되는 결정적인 계기로 작용하였다고도 할 수 있다.[23] 그러나 이러한 표기법의 변화는 점차로 영향을 주고받아, 이후 신소설에까지 영향을 미치게 됨을 다음에서 확인할 수 있다.

① 리시찰이 별안간에 스지를 벌ᄼ쓸며
(리) 이이 그리면 엇더케ᄒ면됴ᄒ냐
(그쟤) 잠시 피신을ᄒ실밧긔 다른샹칙이 업슴니다
(리) 네말이 올키는ᄒ다마는 며간에 랑패되는일 잇고나
(그쟤) 무슴일이온지는 알길업ᄉ오나 이다음에 다시ᄒ오ᄎ ᄒ옵셔는 못하심닛가
(리) 그도 그럿타
ᄒ더니 신도못신고 보션발로뒤ᴀᵀ.으로 나셔셔 뒤ᄉ산 초로ᄉ 길로 발톱 불어지는것 을 알아볼 결올이 업다ᄒ고 얼마쯤 다라낫더라[24]

② 리시찰이 별안간에 스지를 벌ᄼ쓸며
(리) 이이 그리면 엇더케ᄒ면됴ᄒ냐
(그쟤) 「잠시 피신을ᄒ실밧긔 다른 샹칙이 업슴니다」

23) 이희정, 「『매일신보』에 연재된 이해조 신소설의 근대성 연구」, 『현대소설연구』 22집, 2004.6 참조.
24) 이해조, 「화의혈」, 『매일신보』, 1911.4.28.

(리)「네말이 올키는ᄒ다마는 더간에 랑패되는일 잇고나

(그쟈) 무슨 일이온지는 알길업소오나 이다음에 져간에 랑치는 일이 잇고나」[25]

위의 ①의 인용은『매일신보』에 연재된 이해조의「화의혈」의 일부이다. 신문 연재 내내에는 발화의 인용 표기인 '「 」'가 전혀 사용되지 않고 있지만, 이후 1918년에 간행된 단행본에서는 괄호 표기와 '「 」' 표기가 함께 사용되고 있음을 볼 수 있다. 여기에서 일본소설의 번안 과정에서 유입된 '「 」' 표시가 점차 우리 근대소설에서 발화 표기의 대표적인 형태로 굳혀 나가게 됨을 확인할 수 있다.

한편, 발화 상황에서 지문과 대사의 행간 분리는 1910년대 전반을 걸쳐 매우 혼란스럽게 나타난다. 이전의 신소설과 마찬가지로 이해조의 신소설에서는 거의 기본적으로 지문과 대사를 행을 바꾸어서 처리함으로써 상대적으로 지면에 여백을 많이 가지고 있다. 이에 비해 일본 가정소설 번안물의 시작인「쌍옥루」에서 보이는 지문과 대사의 붙여쓰기는 이후 조중환의 작품 내에서 일정한 규칙 없이 분리와 비분리가 반복되어 나타난다.「장한몽」·「국의향」·「단장록」·「속편 장한몽」과 같은 작품은 지문과 대사의 행간 분리가 되어 있으나,「비봉담」과 같은 작품은 그렇지 않음을 볼 수 있다. 이에 비해 이상협의 소설은 첫 작품인「눈물」을 제외하고는 모두 지문과 대사의 행을 구분하지 않고 있음을 볼 수 있다. 이와 같은 지면 구성은 독자들의 독서에는 신소설에 비해 상대적으로 난해함을 뜻한다. 그러나 이런 점은 그만큼 독자들의 독서 역량이 증대하였음을 방증하는 것이기도 하다. 구소설의 낭독의 습관이 이어져오던 독자들에게 신문을 읽는다는 것은 그리 쉬운 일이 아니었기 때문에 근대계몽기부터 내려오던 지문과 대사의 행간 구분은 1910년대『매일신보』의 신소설에서는 예외 없이 모두 행해졌다.

---

25) 이해조,『화의혈』, 五車書廠, 1918, 30면.

한편, 번안소설에서 지문과 대사의 행간 구분이 신소설에 비해 불규칙적으로 나타나는 것은 이 작품들이 근본적으로 신소설보다 훨씬 많은 양을 연재하고 있기 때문일 수 있다. 한정된 신문 지면에 보다 많은 내용을 실으려면 상대적으로 지면의 여백을 줄일 수밖에 없는 것이다. 그러므로 이해조의 신소설보다 기본적으로 3~4배 가량 되는 분량이었던 일본 가정소설 번안물이나 1915년 이후의 연재물들은 여백의 낭비에 신경을 쓸 수밖에 없었던 것이다. 즉, 구소설의 낭독과 이를 청각적으로 전해 듣던 습관에 길들여져 있던 독자들이 신문의 연재소설을 읽는다는 것은 그리 쉬운 일이 아니다. 때문에, 근대계몽기부터 내려오던 시각적으로 읽기에 편안함을 주던 지문과 대사의 행간 구분은 1910년대 초기 『매일신보』의 신소설에서는 예외 없이 모두 행해졌지만, 많은 분량의 내용을 한회에 담아야만 했던 번안소설부터는 최대한 여백을 줄일 수 있는 편집 방법이 채택되었던 것이다. 그런데 이러한 편집의 변화는 한편으로 독자들의 독서 역량을 향상시키는 계기가 되기도 하였다. 요컨대 신소설의 넓은 지면구성과는 달리, 지문과 대사가 촘촘히 붙어 있는 번안소설의 지면 구성은 독자들의 독서에는 상대적으로 난해한 것이었기 때문에, 이를 반복적으로 읽는 독자들의 독서능력은 자연스레 향상될 수 있었던 것이다.

한편, 구소설과는 달리 서술자와 서술되는 자의 언어적 층위를 구분하는 것으로의 발화 재현 양상의 변모는 발화 상황의 현재성을 확보하게 하는데, 이것은 서사의 개연성을 독자들이 직접 체현하게 되는 효과를 가져다준다. 더 나아가 괄호 속의 발화자의 표기가 없어지고, 단지 '「 」'를 이용한 지문과 대화체의 분리표기로의 변모는 서술자의 개입성을 줄이고 독자의 주체적 판단 여부는 더욱 커지게 하였다. 이것 역시 개인의 독서 역량을 키우는 데 큰 영향을 미치며, 점차 사적인 영역에서의 묵독이 성립하는 것에도 기여하게 된다. 이러한 변모는 기존의 고소설이 구송(口誦)을 중심으로 하는 운문체적 특징이 강하였던 것에서 벗어나 근대 서사물의 특징인 산문체가 확립되어 가던 것과도 관련이 된다. 개인의 묵독은 이러한 산문체의 확립에서 비로소 가능해지기 때문이다.

이러한 묵독의 성립에 또 하나 영향을 미치는 것은 띄어쓰기이다. 신소설에서는 기본적으로 빈칸 띄어쓰기가 이뤄지고 있다. 이러한 띄어쓰기는 산문체의 확보, 특히 '눈으로 읽는 소설'의 성립에 많은 효과를 주는데,[26] 1910년대의 띄어쓰기는 주로 빈칸 띄어쓰기와 쉼표를 이용하는 권점 띄어쓰기가 사용되었다. 이러한 띄어쓰기의 보편화는 소설 읽기의 용이함을 추구하는 것과 관련이 있다.

> 우리 신문이 한문은 아니 쓰고 다만 국문으로만 쓰는 거슨 상하 귀쳔이 다 보게 홈이라 또 국문을 이러케 귀졀을 쎼여 쓴즉 아모라도 이 신문 보기가 쉽고 신문 속에 잇는 말을 자셰이 알어 보게 홈이라.
>
> ─『독립신문』, 창간호

이와 같이 한문문장이나 일어문장이 근본적으로 띄어쓰기를 하지 않는 것에 비해, 우리의 국문에 띄어쓰기를 시도하는 것은 매우 독특한 것이었다. 그리고 신소설이 주로 빈칸 띄어쓰기를 이용하는 것에 비해, 상대적으로 일본 가정소설 번안물에서 권점 띄어쓰기가 많이 보이는 것은 일본문학의 영향을 보여주는 것이기도 하다. 그런데, 「속편 장한몽」에서부터는 다시 빈칸 띄어쓰기가 사용되며, 이후의 작품에서는 계속 빈칸 띄어쓰기나 종결어미 끝에 마침표를 사용하고 있음을 볼 수 있다. 이는 앞서 『독립신문』의 창간호에서 밝힌 바와 같이 독자의 독서에는 권점 띄어쓰기보다는 빈칸 띄어쓰기가 더 용이하였고, 지면이 상대적으로 부족해 지문과 대사를 분리하지 못하는 대신 그것을 보완해줄 수 있는 방편으로 빈칸 띄어쓰기의 형식을 택하였음을 짐작할 수 있다.

---

26) 권영민, 앞의 논문, 49면.

이러한 형식의 변화는 우리의 근대문학이 일본문학의 영향을 받고 있지만 여러 번의 시행착오 끝에 우리말에 더욱 적합한 형식으로 정착시켜 나가는 것을 단적으로 보여주는 것이라 할 수 있다. 이처럼 우리의 근대문학은 내용적인 면에서나 형식적인 면에서 모두 전통과 이식의 측면이 함께 작용하고 있었던 것이다.

한편, 이러한 띄어쓰기의 변모와 더불어 신소설에서 번안소설로 넘어오면서 문장의 단문화 현상이 두드러지게 나타난다. 이해조 신소설에서의 대화를 제외한 문장 종결수는 거의가 10문장을 넘지 않지만, 「쌍옥루」부터는 회당 10~15문장으로 이루어져 있으며, 「장한몽」에서는 그 수가 더욱 증가하고, 「속편 장한몽」에서는 회당 20문장 이상으로 이뤄져 있다. 이러한 모습은 번안소설이 지문과 대사가 분리되지 않아 신소설에 비해 한 회당 그만큼 많은 분량이 실릴 수 있다는 점을 충분히 감안하더라도 이전에 비해서는 한결 문장이 간결해지고 있음을 보여주는 것이다. 연결어미를 사용한 장문의 구성이 구송(口誦)에 적합한 양식이었던 고소설의 문체적 특징에 비해, 이러한 단문화는 묵독 중심의 근대적 '산문체에 적합한 것이었다.

이와 같이 1910년대의 전반기 『매일신보』 연재소설의 문체는 지문과 대사의 분리로 이뤄지는 발화재현 양상에서 출발하여, 띄어쓰기와 문장의 단문화과정을 거치면서 고소설의 운문체적 성격에서 탈피하여 점차 근대적 산문체 문장을 확립하고 있었다. 이러한 변화 양상은 문장 종결어미의 변모에서 확립된 서술의 객관화와 더불어 근대소설 독자들의 읽기 방식을 묵독으로 재편성시키는 데 결정적인 영향을 미쳤다.

5. 결론

본고는 그동안 개화기나 1910년대의 소설 문체 양상에 대한 거시적인 접근에서 벗어나, 좀더 미시적으로 입장에서 작품의 변모과정을 하나하나 추적하고자 노력하였다. 『매일신보』의 연재소설은 1910년대의 다양한 장르의 소설이 혼재되어 있고, 각각의 장르가 서로 겹치어 연재되기도 하는 까닭에 이러한 변화의 과정에 세밀하게 밝혀내는데, 아주 유용한 대상이라 할 수 있다. 그리고 이를 통해 신소설과 번안소설을 거치면서 '~더라'체가 현격히 줄어들고, 대신 '~다'체가 우세해 지며, 이로써 화자의 전달성에 의존하던 기존의 관습에서 벗어나 서술의 객관화가 확보됨을 볼 수 있었다.

또한 발화재현 양상과 띄어쓰기의 변모와 문장의 단문화과정 속에서 독자의 주체적 판단의 여부가 더욱 커지게 되고, 서술자의 개입성이 줄어들어 개인의 독서역량을 키우며, 나아가 사적인 영역에서의 묵독이 성립하는데 기여하게 됨을 알 수 있었다.

이처럼 우리의 근대 초기 문학은 의외로 아주 세세한 부분에서부터 변모하기 시작하여, 그것이 장르 간의 상호 교섭을 통해 문학사적 의의를 획득해 나가고 있었다.

제2장

『매일신보』 연재소설의 문체변화 (2)

1910년대 하반기

1. 근대적 글쓰기와 근대매체

1910년대 후반의 문체에 대한 연구는 이광수의 『무정』에 집약되어 있다. 3인칭 대명사의 사용과 과거시제의 완벽한 사용 등을 내세우며, 근대적 소설문체의 효시는 이광수가 아니라 바로 자신이라 주장하는 김동인의 「춘원연구」를 비롯하여, 이를 비판적으로 검토하는 김우종의 논의 등 『무정』에 대한 문체론적 연구는 이제껏 다양하게 진행되어 왔다.[27] 그런데 이들의 논의는 대부분 작품의 내적 형식에 집중하여, 문체적 특징과 의미를 개인적 차원에서만 규명하는 아쉬움을 가지고 있다.

---

27) 구인환, 「춘원의 문체론적 연구」, 『국어국문학』 34, 1967; 김상태, 「'무정'의 문체상의 업적에 대한 방견」, 『한국고전연구』, 동화문화사, 1981; 김우종, 「춘원문학연구」, 『이광수연구』(上), 태학사, 1984; 김정자, 「1910년대 소설의 문체」, 『한국 근대소설의 문체론적 연구』, 삼지원, 1985; 이동희, 「작가의 의식구조와 문체특성」, 『안동교대논문집』, 1970.

그러나 우리 근대문학의 언어는 근대적 매체인 신문·잡지와 긴밀한 영향 하에서 형성되어 그와 함께 변화·발전되어 왔음을 상기한다면, 작품의 문체는 단지 개인적 역량의 차원을 넘어서서 그것이 실린 매체의 언어관에 상당한 영향을 받고 있었음을 직시하여야 한다. 왜냐하면 근대의 출판기구들은 전 국민이 매체를 통해 공론장에 참여하여 보편적 경험과 인식을 구성해 내는 '비동시성의 동시성'을 구현하도록 하였으며, 이를 위해 근대매체는 자신들의 언어관과 함께 수용 독자의 기호에 부합되는 문자표기법을 끊임없이 고민하였기 때문이다. 따라서 매체의 언어관은 당연히 연재 서사물에 영향을 줄 수밖에 없었고, 이러한 현상은 1910년대에까지도 지속되어 왔던 것이다. 그러므로 근대문학의 문체에 대한 연구는 작품이나 작가에 한정된 접근이 아니라, 매체와 독자, 그리고 작품의 통합적인 차원에서의 고찰이 필요한 것이다.[28]

이 논의의 문제의식은 바로 여기에서 출발한다.

2. 1910년대 후반기 『매일신보』의 편집정책과 표기법

신문이라는 근대적 매체의 등장으로 시작된 새로운 글쓰기의 방식은 '국문'의 발견으로 이어졌고, 근대계몽기 소설의 주된 장르였던 신소설은 새로운 시대의 새로운 의식을 담고 있는 '국문'소설이라는 점에서 주목을 받았다. 근대계몽기 신소설의 이러한 모습은 1910년대 전반기 이해조의 신소설에서도 답습되고 있다. 그러나 『매일신보』의 서사물은

---

28) 최근의 김영민의 「근대계몽기 신문의 문체와 한글 소설의 정착 과정」, 「근대소설의 문체 변화와 근대성의 발현」 등은 이러한 문제의식에서 접근한 주목할 만한 논의라 할 수 있다. 김영민, 『한국 근대소설의 형성과정』, 소명출판, 2006.

순한글로 이뤄졌지만, 사설·기사와 같은 기본적인 매체 언어는 국한문 혼용체를 선택하고 있었다. 이는 국한문판과 국문판이 공존했던 『대한매일신보』의 편집정책을 이어받아 이 두 판을 함께 발행하던 중 1912년 3월 1일 '순언문'[29]판 신문을 폐지하고, 1945년 폐간까지 국한문혼용판만 간행하게 되는 것에서도 확인할 수 있다. 그러나 『매일신보』는 '순언문'판의 주된 독자들을 지속적으로 영입하기 위해 일반인들의 가십거리를 제공하고 있는 3면의 사회면 기사만은 순한글로 싣는다. 그래서 『매일신보』는 1912년 3월 1일 '사설'란에 「본지의 대확장」이라는 글을 통해, '순언문' 신문의 합병과 신문의 활자판의 변모사실을 알리는 등, 자신들의 편집관과 편집정책의 변화를 적극적으로 유포하였던 것이다. 그리고 이 날 3면에는 중앙에 큰 광고란을 마련하여, 한글로 '순언문신문을 합병'과, '오호활즈의대확장'이라는 광고기사를 싣고, 본격적으로 순한글 기사를 싣기 시작했다. 이전의 『대한매일신보』 국한문판에서도

---

29) 1910년 한일병합 후 조선에는 '국문'으로서의 한글이 사라지고, '언문'으로서의 한글만 남게 된다. 이때부터 국문이란 용어가 더 이상 한글을 지칭하지 못하게 됨에 따라, 한글은 자연스럽게 조선 사회의 방언으로서의 지위만 가지게 되고, 또 '언문'이라는 용어에서 느껴지는 바와 같이 일반 하층민이나 부녀자들이 사용하는 하급 언어로만 남게 된다. 한편, 일제는 조선의 통치를 용이하게 하기 위해 1912년 '언문철자법'을 제정하고 1921년과 1930년, 두 차례에 걸쳐 이를 다시 정비하였다. 이러한 일제의 조선에 대한 언어정책은 식민지의 지배를 용이하게 하기 위해 조선민을 통합할 수 있는 쉬운 글자가 필요함에서 비롯된 것이었다. 일제의 이와 같은 언어관은 『매일신보』의 연재서사물의 언어정책에도 영향을 미쳤으며, 이는 근대계몽기에 대중 독자들의 계몽을 위한 한글소설의 채택과는 또 다른 의미를 지니는 것이었다. 그러나 이러한 일제의 조선에 대한 언어정책은 또 다른 의미에서 조선인이 조선심을 표현할 수 있는 균질된 언어를 확립하게 되는 계기를 마련해 주고 있다는 점에서 식민담론의 균열이 드러남을 보여주는 지표가 되기도 한다. 이런 점은 1910년 이후의 한글 소설이 가지는 의미가 단지 근대적 소설의 언어로서의 이행과정을 보여주는 것에만 그치는 것이 아니라, 조선심을 담은 균질화된 언어로서 일제의 언어관에 근본적으로 저항하는 지점까지 내포하고 있음을 보여주는 것이다. 『매일신보』 매체의 언어관과 소설에 드러나는 문체의 동일성과 차이점은 이러한 점을 잘 드러내 주는 것이다. 여기에 대한 고찰은 이후 다른 논의에서 보다 자세히 논하고자 한다. 정승철, 「일제강점기의 언어정책-'언문철자법'을 중심으로」, 『震檀學報』 100, 2005 참조.

국한문 기사와 함께 순한글 기사가 종종 실리긴 했지만, 이처럼 신문의 4면 중 연재소설란을 제외한 한 면 전체에 순한글 기사를 싣는 것은 이례적인 것이었다. 그런데 여기서 눈에 띄는 것은 이날 『매일신보』 3면에 「만세보」의 주필이자 소설연재란을 담당하였던 이인직의 순한글 단편소설 「빈선랑일미인」이 게재된 사실이다. 이것은 『매일신보』에 실린 첫 단편소설이자 이인직이 『매일신보』에 처음으로 쓴 소설로, '순언문' 신문의 합병을 기념하는 것으로 마련된 것임을 알 수 있다 이처럼 『매일신보』는 1910년대 초기부터 조선총독부의 관보라는 성격을 유지하기 위해 전반적으로는 식자(識者)들에게 익숙한 국한문혼용체를 택하였으나, 3면의 사회면 기사와 1면과 4면의 연재소설은 기본적으로 대중독자에게 익숙한 순한글체를 택하는 이원화된 언어정책을 펼쳤던 것이다.

이러한 『매일신보』의 수용 독자에 따른 이원화된 언어관은 1910년대 후반에도 지속되지만, 서사물에 대한 순한글정책은 이광수의 『무정』을 기획하면서 다소 수정된다. 『무정』에서는 조선의 지식청년을 위해 국한문혼용체를 시도하려 했던 것이다. 이는 1914년 세계대전의 승리로 일제의 야심이 더욱 강해지고, 그에 따라 조선에 대한 지배정책도 점점 강력하게 변모하여 이러한 정세를 이끌어줄 조선의 지식인층이 절실히 필요하였기 때문이다. 이에 따라 『매일신보』 편집진의 연재소설에 대한 인식 역시 '눈물'로만 대중독자의 감수성을 자극하는 일본소설 번안류의 통속적 경향의 작품 외에 그 시대에 실익적인 기능을 할 수 있는 소설을 함께 모색하는 것으로 변모하였던 것이다.

◎ 금년에 우리사룸의 뎌슐ᄒ고번역ᄒ소셜도 본것이만치만은 별로 지미잇ᄂ 것을 보지못ᄒ얏스니 그ᄂ 짓ᄂ 샤룸이 깁흔의사룰 부치지못ᄒ원고갑이나 람ᄒᄂ 까둙인지 아지못ᄒ거니와 더긔쇼셜도 셔양사룸의 지은쇼셜이 지미잇ᄂ듯ᄒ니 그ᄂ 그곳 사룸의 주유의 셩품이 풍부ᄒ고 활발ᄒ긔운이 넉넉홈에 인홈인듯ᄒ도다

◎ 쇼셜을 젹슐홈에는 츙효열졀을 근본으로 홈이가홀 것은 의론홀 비가 안이지만은 시디에 덕합호야 보는 사람으로 호여곰 그소설의 감화로 리익을 보게홈이 가호니 식산흥업 호는일에 분투호야 셩공호 일과 갓흔 것을 더슐호야 보는 사람으로 호야곰 지미가 잇슬 뿐안이라 실익이 잇도록 홈이 가호다 호노라[30]

위의 인용에서 볼 수 있듯이 이제 『매일신보』는 일본 가정소설 번안물과 같은 단순한 흥미 위주의 소설작품뿐만 아니라 독자에게 흥미를 주면서도 유용한 정보를 제공하거나 독자의 의식까지도 계몽할 수 있는 즉, "식산흥업하는 일에 분투하고 성공한 일 같은 것을 저술해서 보는 사람들로 하여금 재미와 실익을" 줄 수 있는 소설작품을 원하게 되었다.

그래서 『매일신보』의 편집진은 이러한 기획의 하나로 당시 『청춘』과 『학지광』에서 활동하였던 지식인 문사 이광수를 유입하고, 국한문혼용체의 「무정」 연재를 시도하였던 것이다. 그러나 1917년 1월 1일, "漢文混用의 書幹文體는 新聞에 適치 못홀 줄로 思하야"라는 작가의 서신이 있었다는 기사와 함께 「무정」은 순국문으로 연재된다.[31] 비슷한 시기 『청춘』에 연재하였던 이광수의 소설 「김경」 · 「어린 벗에게」 · 「방황」 · 「윤광호」 등이 모두 국한문혼용으로 쓰였던 것을 생각해 본다면 이러한 「무정」의 순한글 연재는 상당히 특이한 것이었다.

그러나 비록 「무정」의 국한문혼용체로의 연재는 불발되지만, 이후 「개척자」와 양건식의 「홍루몽」과 같은 작품에서 당시 지식인이 지향하였던 국한문혼용체의 시문체가 시도됨으로써 소설의 성격이 크게 변화되었다. 이러한 문체의 변화는 이광수 소설의 독자지향성을 기반으로 한 것이다. 이광수는 신문이라는 매체가 지식의 제도화를 꾀하는 잡지에 비해 상대적으로 대중적인 것임을 인식하고, 또 이제까지의 『매일신

---

30) 「독서의 취미」, 『매일신보』, 1916.1.29.
31) 김영민, 「1910년대 신문의 역할과 근대소설의 정착과정」, 앞의 책, 162~171면 참조

보』소설의 주된 독자층이었던 일반 대중들의 취향을 무시할 수 없었던 까닭에 순한글 문체를 선택하였던 것이다. 하지만 이광수가 가진 기본적인 문체적 취향은 국한문혼용체였다. 그래서 『무정』의 성공에 힘입어 「개척자」에서는 대중들의 인기는 염두에 두지 않은 채, 지식 청년들의 이야기를 그들의 언어인 국한문혼용체로 연재할 수 있었던 것이다.[32] 그런데 이러한 이광수의 문체 변화 모습은 이후의 양건식에 와서는 역으로 진행되었다. 「개척자」 뒤를 이어 연재되었던 양건식의 「홍루몽」은 국한문혼용으로 쓰여졌지만, 이 작품은 돌연 중단되었으며 이후 연재된 「기옥」에서는 보다 대중성을 추구하여 순한글 문체를 선택하였던 것이다.

이처럼 1910년대 후반 『매일신보』의 연재소설에 대한 정책은 철저히 수용 대상인 독자를 위해 이루어졌으며, 그것에 따라 서사물의 성격 또한 바뀌고 있음을 알 수 있다. 이는 독자 수용을 위한 『매일신보』의 매체적 언어관이나 소설관이 게재 소설에 직접적인 영향력을 행사하여 연재소설의 문체에 직접적으로 관여하고 있음을 보여주는 것이다.

이러한 특징을 가진 1910년대 후반기 『매일신보』의 연재소설에 나타나는 표기법을 대략적으로 정리해 보면 다음과 같다.

---

32) 이전에 『매일신보』에 실린 「대구에서」·「농촌계발」이나, 1917년 『청춘』에 실린 이광수의 소설 「김경」·「어린벗에게」·「방황」·「윤광호」 등이 모두 국한문혼용체로 실린 것을 보면 이광수의 주된 문체는 국한문혼용이었음을 알 수 있다. 그러나 『무정』은 신문이라는 매체적 특징과 최초의 장편소설을 연재한다는 이광수의 부담이 결합되어 순한글로 쓰여졌으며, 이것의 성공은 이광수에게 더 이상 독자층을 의식하는 부담을 덜어주어 「개척자」는 아무 예고 없이도 국한문혼용으로 쓰여질 수 있었던 것이다. 지식인 소설을 추구하는 편집진의 정책과 더불어 이광수의 본인의 의지로 자신에게 더 익숙한 문체를 선택하였던 것이다.

표 1. 『매일신보』 연재소설의 표기형태─1910년대 후반기

저자	제목	연재날짜	인용부호	지문/대사의 분리	삽화	소설 말미	띄어쓰기	표기법
何夢	貞婦怨	1914.10.29~1915.5.19	인용부호「」'사용	×	○	무궁히영화ᄒ얏다ᄒ더라	"	
趙一齋	續編長恨夢	1915.5.25~12.26	인용부호「」사용	○	○	대화로 끝남.	빈칸떠어쓰기	
何夢	海王星	1916.2.10~1917.3.31	인용부호「」사용	×	×	작가의 직접적인 목소리로 끝맺음 "쓰는사롭도 은연히 뒤긔약을두는듯이 ᄒ는슈밧게업슬가"	빈칸떠어쓰기	
春園	無情	1917.1.1~6.14	인용부호「」사용	분리/비분리혼재	×	작가의 직접적인 목소리로 끝맺음 "깃분우슴과 만셰의 부르지짐을 지나간셰샹을 죠상ᄒ는『무정』을 마치자"	"	
沈天風	山中花	1917.4.3~9.19	인용부호「」사용	×	×	그데일먼저간곳은「이태리」라 희명의산소로 셰워잇던비셕은 곳뎡ᄌ의일홈으로 곳쳐셰웠다 디하에잇는뎡ᄌ의혼령도 미우 감사히녁엿스리로다	"	
秦舜星	紅淚	1917.9.21~1918.1.16	인용부호「」사용	○	×	거들쏘한마더ᄒ노니 만일이런 일이예스로 잇슬것가트면 이것을 글ᄭ지만드러 이다지대단ᄒ게 전파홀ᄭ닭이업다ᄒ노라	"	
春園	開拓者	1917.11.10~1918.3.15	인용부호「」사용	분리/비분리혼재	×	性淳을 埋葬ᄒ고 도라와서 閔이 지은 祭文을 쓰고 이슔흔 니야기를 그치자—	"(마침표사용)	
何夢	無窮花	1918.1.25~7.27	인용부호「」사용	×	×	수일줄엄시 흘러가는대동강물 결과 함끠 흘려바리고격ᄒ는 무궁화의 마음이야 무궁히도가여웁라	빈칸떠어쓰기	

저자	제목	연재 날짜	인용 부호	지문/ 대사의 분리	삽 화	소설 말미	띄어 쓰기	표기 법
菊如	紅樓夢	1918. 3.23 ~10.4	인용부호 '「」' 사용	분리/ 비분리 혼재	×	미완	" (마침표 사용)	
閔牛步	哀史	1918. 7.28 ~ 1919. 2.8	인용부호 '「」'사용	×	×	그는유언과갓치 삼등묘디의한 편구셕에 검소ㅎ게뭇치엿다 다만한덩이 돌멍이는 츈풍츄우에 쓸々ㅎ게씻기는고나	빈칸 띄어 쓰기	
菊如	奇獄 긔옥	1919. 1.15 ~3.1	인용부호 '「」' 사용	○	×	그리ᄒᆞ지수일을 지닌인뒤에 한 청년이 그산소가에 잇는버들나 무가지에 목을 민히여쥭엇다	"	
蕉雨堂主人	玉利魂	1919. 2.15 ~5.3	'「」'와 '( )'를 혼용하여 발화자 표기	○	×	눈압혜무량홈은 셕양에 누각이 요 명월난간인가ᄒᆞ노라	"	
逸名子抄譯	桃花扇	1919. 5.4 ~5.16	발화자와 발화내용 을 '—'로 연결하여 표기	×	×	이는관음보살의 령험과 셕히룡 왕의죠화이라 훗사롬이 그탑을 장슈탑이라ᄒᆞ니라	"	
富春山人	雪中梅	1919. 6.2 ~8.31	인용부호 '「」' 사용	○	×	대화로 끝남.	"	
蘭坡生	虛榮	1919. 9.3 ~11.18	인용부호 '「」' 사용	×	×	이에긔ᄌ세ᄒᆞ말을 다못씀은유 감으로 싱각ᄒᆞ는바이다	"	

3. 「무정」의 등장과 국문체 소설의 변화

근대계몽기 이전에 사용되던 양반계층 위주의 한자중심표기법은 근대국민국가 형성을 위한 대중계몽을 위해서는 적절하지 못하였다. 그래서 우리의 말을 우리의 글로 표기하여 다수의 대중이 문자를 통해 계몽을 이룰 수 있게 고민하였던 결과로 나타난 것이 문체의 선택이었다. 또 한편 이것은 독자 계층에 따라 문체가 이원화되어 있었던 당시의 시대적 상황에 대한 고민이기도 하였다.

이러한 상황은 1910년 이후에도 별반 다르지 않다. 한일병합 후 일제는 조선민들을 식민지민으로 훈육시키기 위해 이원화된 이들을 통합할 수 있는 문자체계를 필요로 하였고, 이에 따라 신문에 연재되는 소설의 문체는 국문체로 일관되게 된다. 그런데 문제는 같은 국문체 소설이라 하여, 다 같은 언어표기 양상을 보이고 있지는 않다는 것이다. 신소설이 새로운 시대의 새로운 사상을 국문이라는 표기를 통해 담아내고 있지만, 그 문체적인 면은 여전히 고소설의 의고적 문체를 답습하고 있다는 점에서 전근대적인 면모를 보인다고 지적받는다. 그러나 1917년 이광수의 「무정」의 등장은 근대계몽기 이후 활발하게 이뤄진 국문소설의 근대적 '언문일치'의 모습을 보이고 있다는 점에서 최초로 근대적 문체의 모습을 갖춘 소설이 등장했다는 문학사적 의의를 낳는다. 그러나 「무정」의 이와 같은 문학사적 의의는 독자적인 탄생 속에서 이뤄진 것이 아니라, 『매일신보』라는 매체의 언어관과 더불어 그것에 선행하는 여러 작품들과의 상호작용 속에서만 가능하였던 것이다.

이런 점을 좀 더 세밀히 고찰하기 위해 「무정」을 포함한 1910년대 후반기 『매일신보』 연재소설의 근대적 문체 성취 여부를 가늠할 수 있는 지문의 종결어미의 유형을 다음과 같이 정리해 보았다.

표 2. 『매일신보』연재소설의 종결어미 유형-1910년대 후반기33)

소설제목	연재날짜	'~더라'	'~이라'	'~지라'	'~오'	'~ㄴ다'	'~다'	'~앗/엇다'	기타
장한몽	1913.5.13 ~10.1	(204개) 14%	(164) 12%	(20) 1%	(21) 1%	(651) 45%	(306) 21%	(6) 0.5%	(74) 5.5%
정부원	1914.10.29 ~ 1915.5.19	(256) 24%	(342) 31%	(18) 2%	(76) 7%	(190) 18%	(138) 13%	–	(58) 5%
속편 장한몽	1915.5.25 ~12.26	(84) 3.5%	(221) 9%	(28) 1%	(28) 1%	(1404) 57%	(595) 24%	(84) 3.5%	(30) 1%
무정	1917.1.1 ~6.14	(9) 0.2%	(98) 2%	(1) 0%	(201) 5%	(1395) 33%	(357) 8%	(2362) 54.7%	(90) 2%
산중화	1917.4.3 ~9.19	(141) 4%	(1123) 28%	(78) 2%	(201) 5%	(892) 22%	(670) 17%	(693) 17%	(199) 5%
개척자	1917.11.10 ~ 1918.3.15	–	(16) 1%	–	(1) –	(467) 27%	(294) 18%	(869) 51%	(56) 3%
무궁화	1918.1.25 ~7.27		(4) 0.2%	(3) 0.2%		(413) 18.6%	(826) 38%	(873) 40%	(69) 3%
홍루몽	1918.3.23 ~10.4	(3) 0.1%	(44) 2%	(1) –	(1) –	(810) 38%	(408) 19.5%	(855) 40%	(12) 0.5%
기옥	1919.1.15 ~3.1	–	(9) 1%	(2) 0.2%	–	(371) 42.8%	(69) 8%	(420) 48%	–

「무정」이 『매일신보』에 연재되기 전인 1910년대 전반기 『매일신보』 연재소설의 가장 많은 부분을 담당하고 있었던 것은 이해조의 신소설 과 조중환의 번안소설이었다. 그런데 이해조의 신소설은 조중환의 번안 소설의 등장을 계기로 『매일신보』에서 완전히 퇴장해 버리고, 이후 조 중환의 번안 및 창작소설, 이상협의 번안소설들이 『매일신보』의 소설 연재란을 채우게 되었다. 이러한 조중환과 이상협의 번안소설들은 당시 의 신파극과 연관되어 많은 대중독자들을 확보하는 데 가장 큰 영향력

---

33) 「무정」이 놓인 자리를 좀더 자세히 규명하기 위해 1910년대 전반기 『매일신보』에 연재되었던 조중환의 「장한몽」과 「속편 장한몽」을 같이 인용하였다.

을 발휘한다. 하지만 그 내용적 통속성으로 말미암아 1910년대 이후, 소설의 통속화를 촉진시켰다는 부정적 시각 또한 면치 못하기도 한다. 그런데 이러한 평가에도 불구하고, 조중환의 번안소설과 창작소설에서는 중요한 문체적 특징을 발견할 수 있다. 이들 소설은 이광수의 『무정』에서야 실현되었다는 현재형과 과거형의 모습을 충분히 보여주고 있으며, 장면이나 행동의 서술에서도 그 묘사가 굉장히 사실적이었던 것이다. 물론 「무정」에서 과거형 종결어미가 전체 중 54% 이상을, 현재형이 33%를 차지하고 있다는 것과 비교한다면, 조중환의 소설들은 과거형의 확립에는 아직 미치지 못하고 있다.[34] 하지만 「속편 장한몽」과 같은 창작 소설에서 '~ㄴ다'와 '~다'와 같은 현재형 종결어미가 전체의 80% 이상을 차지하고 있다는 것은 조중환의 번안소설이 이미 근대적 '언문일치'의 실현 가능성을 충분히 담지하고 있음을 말해주는 것이다. 근대적 소설 문체에 있어서의 '언문일치'란 글자 그대로 말과 글자의 일치를 의미하는 것을 넘어서서,[35] 문장의 표현 및 행동묘사의 사실성과, 내면의 발견과 같은 근대정신과 결부된 근대 문어의 형성양상을 의미하는 것이다.[36] 그런 점에서 조중환의 번안소설들은 내면의 발견까지는

---

34) 조중환의 「장한몽」에서는 '~더라'와 '~이라'체가 26%나 되지만, 『무정』에서는 단지 2% 정도만 나타난다.

35) 신소설 역시 순한글로 이뤄진 작품이지만, 이들은 여전히 중세의 봉건적 사고의 영향에서 벗어나지 못했으며, 그로 인해 근대 개인의 발견과 같은 근대정신을 충분히 못하고 있다. 또한 문체적인 측면에서도 집단적 낭독의 영향에서 벗어나지 못하고 있으며, 이로 인해 근대 개인의 독서방식인 묵독의 성립에 영향을 끼친 근대적 문어 형성에는 아직 미치지 못하고 있음을 알 수 있다. 1910년 초기 『매일신보』에 실린 이해조의 신소설에서도 이런 모습을 확인할 수 있다.

36) 언문일치라는 근대적 문체는 "사실이나 내면의 발견과 근원적으로 연결"된다. 가라타니 고진, 『일본 근대문학의 기원』, 민음사, 1997, 78쪽 참조. 그리고 이러한 소설에 있어서의 '언문일치'의 성과를 가늠하는 가장 큰 척도는 지문에서 드러나는 문장의 종결어미라 할 수 있다. 신소설의 '~더라'와 '~이라'와 같은 종결어미가 화자의 전달적 기능과 함께 口誦的 독서습관을 반영한 고소설적 면모를 답습하고 있다는 측면에서 문체의 전근대성을 지적 받고 있는 것에 반해, 근대소설의 종결어미는 사실적 묘사나 개인의 내면적 감정을 전달하는 데 용이한 '~다'체의 현재형이나, '았/었다'와 같은

미치지 못했지만 행동 묘사가 사실적으로 드러나고, 작중 인물의 감정들이 현재형의 생생한 표현을 통해 전달되고 있다는 점에서 그 근대적 문체의 가능성을 담고 있었던 것이다.

한편, 이처럼 조중환의 번안소설에서 이룬 '언문일치'의 성과는 동시기에 일본문학을 번안한 이상협의 소설 문체와 비교해 보아도 뚜렷이 드러난다. 조중환의 「장한몽」 번역과 「속편 장한몽」 창작의 중간 시기에 연재되었던 이상협의 「정부원」은 위의 표에서 확인할 수 있는 바와 같이 '~더라'와 '~이라'와 같은 고소설적인 종결어미가 작품 전체의 55% 이상을 차지하고 있다는 점에서 앞서 번안된 「장한몽」과 「쌍옥루」에 비해 여전히 전근대적 문체가 답습되고 있음을 알 수 있다. 이런 점에 비추어볼 때, 조중환이 일본문학 번안을 통해 습득한 근대적 문체의 양식을 마음껏 적용한 창작소설 「속편 장한몽」은 이광수의 「무정」이 『매일신보』에 발표되기 전부터, 이미 『매일신보』의 연재소설이 근대적 '언문일치'로 변화·발전되어 가는 모습을 담지하고 있었음을 보여주는 중요한 작품이다. 이것은 1910년대 이광수의 「무정」의 문체적 성취가 작가 단독적으로 이뤄진 것이 아니라 앞선 소설들의 여러 가지 시도와 경험 속에서 형성될 수 있었음을 보여주는 것이다.

그러나 작품의 전반적인 측면에서 「무정」이 조중환의 작품에 비해 뛰어난 근대적 소설의 문체를 보이고 있다는 점은 주지의 사실이다.

> 녀즈는두손으로 낫을가리우고 흑흑늣긴다 손과발은동혀미엿다 그러고치마와바지는쩨씨엿다 머리치는풀려 등에쌜렷고 알에일수에서는 쌜간피가흐른다 방한편구석에는 믹주병과 어름그릇이넘느른흐고 엇던것은씨여젓다 형식은얼른치마로 몸을가리오고 손발동여민녀즈를 안아니로키엿다 녀즈는얼거미운두손으로 낫츨가리운디로 울기만흐다 우선도방안에드러왓다 얼커미온손발을 풀면셔 형식다려

과거형의 사용정도가 근대적 문체의 실현의 척도로 사용되었다.

「두사롭은포박되얏네」호고웃는다 형식은 이러혼경우에 웃는우션을원망스
럽게싱각호얏다 그러나 우션은 이러혼ᄉ건을 형식의모양으로 그리큰ᄉ건이라
고는 싱각지안이혼다37)

작가는 사건을 좀 더 사실적으로 묘사하기 위해 영채를 '녀자'라 지
칭하고 있는데, 이는 3인칭 she에 해당하는 용어인 것이다. 또한 현재형
과 과거형을 적절하게 섞어 쓰면서, 서술자의 위치는 완전히 감춰져 있
음을 볼 수 있다. 이와 함께 짧은 문장은 사고의 분절이 충분히 이뤄지
고 있음을 보여주는 것이다. 여러모로 지금의 소설과 비교해도 무색하
지 않을 문장이라 할 수 있다. 하지만 「무정」은 전체적으로 이와 같은
수려한 한글문체만으로 이뤄진 것은 아니다.

형식은 션형에게더ᄒ야셔 영치에닉ᄒ여셔나 아직참된사랑을 가져보지못ᄒ
얏다 대기형식의사랑은 아직도외모의 사랑이엇다 형식은션형을 즈긔의 싱명
과ᄀᆺ치 사랑ᄒ노라ᄒ면셔도 션형의셩격(性格)은 한 쭙도몰낫다 션형이가링적
ᄒ리지덕인물(理智的人物)인지 ᄯᅩ는열렬혼 졍덕인물인지 그의셩벽이 엇더ᄒ
며 기호(嗜好)가 엇더훈지 그의 쟝쳐(長處)가 무엇이며 단쳐(短處)가 무엇인지
ᄯᅩ는 그와 즈긔와엇던뎜에셔 셔로원치ᄒ며 엇던뎜셔 셔로모슌(矛盾)ᄒ는지
(중략) 짜라셔 그의 셩격과 지능이쟝ᄎ엇더ᄒ혼반항으로 발뎐될는지도모르고 그
겨밍목덕(盲目的)으로 사랑홀것이라 그의 사랑은 아직 진화(進化)를지나지못
혼 원시덕(原始的) 사랑이엇다 다만 한가지 다름이잇다ᄒ면 문명치못혼 민족
의사랑은 곳육욕(肉慾)을 의미ᄒ되 형식의 사랑에논 졍신뎍분즈(精神的分子)
가 마낫슬 쭌이다 그러니 형식은 다만 졍신덕 사랑이라논 일홈만 알고 그 닉
용을 알지 못ᄒ얏섯다 진졍혼사랑은 피츳에졍신덕으로 셔로 리히(理解)ᄒ는데
셔 나오는줄을 몰낫다 형식의 사랑은 실로날근 시대지각업논 시터에셔 시시더
즈각잇는디로 올마가랴논과도긔(過渡期)의 청년(죠션청년)이 흔이가지는 사랑
이다 즈긔의사랑이이러혼 사랑인줄을 ᄭᅢ닷는다ᄒ면 형식의젼도에논 대변동이
일어나지안이치못홀 것이다38)

---

37)「무정」,『매일신보』, 1917.2.20.

위와 같이 「무정」은 순한글 표기를 원칙으로 연재하고 있지만 국주한종과 같이 한자를 괄호에 넣어 병기하는 표기법이 곳곳에서 산재해 있음을 볼 수 있다. 그런데, 이런 표기법에서 특징적인 것은 영채전에 해당하는 부분은 대부분 앞서의 인용과 같이 순한글의 뛰어난 묘사체로 쓰여졌지만, 형식의 사상적 측면을 이야기 하는 부분은 이처럼 한자의 병기가 많다는 것이다. 특히 우선과 형식이 영채를 두고 여성의 정절에 대해 서로 다른 생각을 논하는 부분인 53회는, 한 회 전체가 모두 한자병기로 되어 있음을 볼 수 있다.[39]

비록 표기법은 전체적으로 순한글로 바꾸었지만,[40] 조선 지식인 청년들에게 자신의 사상적 측면을 전달하려는 의도를 가진 이광수는 여전히 순한글로만으로는 내용 전달이 부족함을 느끼고 이처럼 괄호 속에 한자를 병기하게 된 것이다(실제로 126회에 달하는 전체 소설 분량 중 한자병기가 한 단어 이상이라도 쓰인 횟수는 48회로 전체의 38%를 차지한다). 그러므로 『무정』은 그 내용적인 면에서 흥미성과 계몽성을 적절히 섞어 지식인과 대중 독자들의 요구에 부합하려는 면모를 지니고 있기도 하지만, 그 문체적인 면에서도 일반 대중독자들의 언어와 지식인 독자의 언어를 적절히 섞어서 사용함으로써 이 작품이 비록 국문으로 쓰여 지지만 지식청년들에게도 받아지기를 희망하는 작가의 의지가 반영되어 있음을 알 수 있다.[41] 다시 말해 이광수는 자신의 첫 신문 연재소설 『무정』의 문체에서 순한글체 만을 고집한 것이 아니라, 계층에 따라 상이한 독자들을 통합하기 위해 이원화된 언어를 모두 수용하였으며, 이로 인해

---

38) 「무정」, 『매일신보』, 1917.5.19.
39) 이들의 대화는 당시 여성의 정절에 대한 지식청년들의 사고를 엿볼 수 있는 것이었다.
40) 『무정』의 표기법이 갑자기 순한글로 바뀐 이유는 물론 대중들을 영합하겠다는 이광수 개인의 의도도 있겠지만, 『매일신보』가 1910년대 이후로 계속 지켜온 연재소설에 대한 순한글 표기법 사용원칙을 쉽게 포기할 수 없었던 까닭도 있다는 것을 간과해서는 안 된다.
41) 「小說 文體變更에 對ᄒᆞ야」, 『매일신보』, 1917.1.1.

『무정』은 독자 계층의 통합을 이룬 최초의 소설이라는 평가를 받을 수 있었던 것이다.[42)

4. 문체의 상호교섭과 근대적 문체의 성취

1910년대 후반기 『매일신보』의 연재소설은 「무정」에서 독자층에 따른 언어의 이원화 현상이 통합될 수 있는 모습을 보였으나, 이러한 성공이 이후의 연재소설에 급속도로 영향을 미치지는 못했다. 오히려 이후 바로 연달아서 연재된 이광수의 「개척자」는 「무정」이 순한글로 된 지식인 소설이라는 평가를 받는 것이 무색하게, 국한문혼용으로 연재되었던 것이다. 이러한 현상은 지식인의 언어인 국한문혼용체와 대중들의 언어인 순한글체가 쉽게 동화되어 하나로 결합되지 못하였기 때문이며, 또 이광수의 입장에서는 오히려 이런 문체가 당시 추구하던 언문일치체에 더 적합하게 느껴졌기 때문이다.[43)

한편, 이런 현상은 당시 『매일신보』 연재소설의 문체가 불연속적이었음을 보여주는 것이기도 하다. 이광수의 「무정」이 1면에 연재되는 동안 4면 소설란에 연재되었던 심우섭의 「산중화」는 이전의 일본 번안소설이 보여주었던 대중소설적 취미를 그대로 가지고 있음을 볼 수 있다.

---

42) 사실 1920년대 문체에 대해, "조선말로 쓰면서도 한문으로 된 말이나 한자로 쓰는 소위 언문일치법"과 "순전히 조선말로만 쓰는 순국문법"과 같은 이윤제의 구분법에서도 볼 수 있듯이 이 당시의 언문일치란 순국문체를 말하는 것 이 아니었음을 알 수 있다. 이런 점에서 본다면 『무정』의 한자 병기는 당시의 언어습관에서는 순국문에 비해 오히려 더 자연스러운 것이었다. 반면 신소설과 번안소설들은 순국문체에 속한다고 할 수 있다. 이윤제, 「조선글은 조선적으로」, 『新民』, 제2권 5호, 1926, 29면.
43) 이광수가 『청춘』에서 추구하였던 '시문체'가 국한문혼용체였다는 것에서도 이를 짐작케 한다.

또한 문체적인 면에서도 여전히 신소설적인 '~더라'와 '~이라'가 소설 전체의 30% 이상을 차지하고 있음을 볼 수 있다.

> 가쟝사랑ᄒ며 가쟝귀즁히녁이ᄂ ᄋ달을 군ᄃ로보닉ᄂ것은 아마엇더ᄒ 부모 이던지 마음으로 질겨셔홀바가 아니라 그러나가랴ᄂ당쟈로 말ᄒ면 아직 쇼년 이 혈긔라 이로부터 군인이 되야 나라의 큰공을 셰우겟다 싱각ᄒ미 피가솟고 살잇뛰ᄂ듯이 그긔운이 용밍스럽더라[44]

또한 '각설하고'와 같은 고소설에서나 볼 수 있는 화제 전환 방법이 이 작품에 쓰이고 있음도 볼 수 있다.

> 각설하고 텰호의 참어머니오 ᄌ작의 참안히 강희명부인은 지금에 어느곳에 셔무엇을ᄒ고잇ᄂᄂ가 긔챠에치여 죽은부인은 희명이가안이오 희명의 시비 가 련ᄒ명ᄌ인바ᄂ 이졔다시설명ᄒ지안이하야도 이쇼셜을 읽ᄂ사룸의 짐쟉ᄒ얏 슬것이라 그러면희명은 오히려 어느곳에 사라잇스티로다[45]

이처럼 「무정」과 같은 시기에 연재되었던 「산중화」는 「무정」의 문체와 너무나 상이한 모습을 가지고 있음을 볼 수 있다. 이것은 1910년대 후반의 『매일신보』 연재소설이 대중위주의 오락소설과 지식인 위주의 계몽소설로 분화되면서 각각의 독자에게 적절한 문체를 수용하고 있는 모습을 잘 보여주는 것과 동시에 당시 연재소설의 문체가 서로에게 긴밀한 영향을 주지는 못함을 보여주는 것이다. 이와 같은 연재소설의 성격 분화에 따른 문체의 이원화 현상과 불연속성은 「개척자」와 양건식의 중국문학 번역소설 「홍루몽」의 연재에서 그 정점을 이룬다. 그들의 소설은 지식인 독자를 대상으로 하고 있음을 분명히 밝히며, 이들의 기호에 영합하는 국한문혼용체를 소설의 문체로 택하고 있었다.

---

44) 「산중화」, 『매일신보』, 1917.4.3.
45) 「산중화」, 『매일신보』, 1917.6.12.

妻란 容貌가 美麗ᄒ고 行止가 端雅ᄒ며 性質이 溫順ᄒ야 夫의 깃붐이 되고 慰勞가 되며 夫를 爲ᄒ야 家庭을 잘 整理ᄒ면 그만이라. 妻는 오직 夫를 爲ᄒ여서만 意義가 잇는 것이니 부에게서 쩨여 노흐면 存在의 意義를 일허바리는 줄 안다. 卞은 아마 한번도 女性을 獨立ᄒ 存在로 싱각ᄒ여본 적이 업슬 것이다. 其實 卞은 이렇게 明確ᄒ 夫婦觀을 가진 것도 아니라, 그의 意識 중에 稀微ᄒ게 잇는 생각을 글로 써놓으면 이러하던 말이다.46)

「개척자」는 위와 같이 「무정」과는 너무나 다르게 철저한 국한문혼용체로 이뤄져 있음을 볼 수 있다. 이러한 문체는 이광수가 이 시기 「청춘」과 「학지광」과 같은 지식인을 대상으로 하는 잡지에서 쓰고 있는 문체와 많이 닮아 있다.

이러한 모습은 양건식의 「홍루몽」에서도 반복적으로 볼 수 있다.

小說 豫告 紅樓夢
春園生의 開拓者는 우리 滿天下愛讀者諸氏의 歡迎喝采裡에 가장 意義잇게 이미 終了ᄒ 바 二三日 後에 다시 또 연재홀 小說은 져 支那淸朝 曹雪芹典 大傑作이오 大名作인 曠前絕後ᄒ 소설 紅淚夢으로 이를 우리支那의 戱曲小說에 자못 造詣가 ᄌ못 깁흔 菊如 梁建植氏가 原文을 充實ᄒ게 現代語로 苦心譯述ᄒ 것이니 그 原作者의 錦心繡腸과 縱橫ᄒ 才筆노 恨人恨事를 가지고 榮國府의 貴公子인 賈寶玉 대 金陵十二釵의 錯綜ᄒ 情話를 絢爛ᄒ 文章으로 情趣잇게 描寫ᄒ야 支那上流家庭의 옷 갓고 玉 갓흔 男女數百人이 이 世上의 缺陷萬臺에 總出ᄒ야 觀者의 눈이 炫煌ᄒ도록 각각계 所長더로 戀愛, 執者, 嫉妬, 奸計의 모던 妙妓를 演홀 것은 末ᄉ에 譯者의 筆端을 것처시롭게 愛讀者諸氏의 眼前에 展開될 것이라47)

양건식의 『매일신보』 첫 연재소설인 「홍루몽」은 이광수의 「개척자」의 영향 하에 소설 예고부터 국한문혼용으로 게재되었다. 소설 예고에

---

46) 「개척자」, 『매일신보』, 1918.1.19.
47) ''홍루몽' 소설 예고', 『매일신보』, 1918.3.19.

국한문혼용체를 사용하는 것은 「무정」의 예고에서 시도되었으나, 「무정」은 본격적인 소설에서는 국문으로 문체가 바뀌었던 것에 비해, 「홍루몽」은 국한문혼용으로 작품을 전개하고 있었다. 이것은 단지 소설 작가의 역량이나 편리함 때문만이 아니라 그들이 염두에 둔 독자의 기호와도 밀접한 관련이 있었기 때문이다.

이와 같이 연재소설에서 지식인 독자를 위한 『매일신보』의 국한문혼용체 표기법의 선택은 1920년 이후에도 계속되어 홍난파 소설에서도 거듭 확인할 수 있다.

> 본시 淺見博識으로 더구나 筆인 니가 이와갓흔 명작을 副室히 번역혼다홈은 예술적 양심이나 원저자에게 대호이죄를 避홀길이업지만은 孤獨에 彷徨호고 암흑에 悲泣호는 조선청년을 위호여는 적지안은 위안이되리라고 생각호야 가히 붓을 들기시작혼것이다. 실노우리나라문학계의 소유혼 호독물인 동시에 우리는 이 일편에 대호야 비로소 연애의 시성혼 위력과 기독교의 심오혼 진리를 찌다르리라고 생각혼다 이 명저일편을 제군에게 소개호는 광영을 가지게됨을 深謝호며 원저자 센큐윗치씨에게 일언으로 사례호는 도시에 독자제위의 곳곳니 애독호심을 빌며 끗흐로 일언을 부가홈은 독자의 표준을 청년 남녀로 혼 까닭에 극히 평이혼 한자혼용문체를 擇혼것이다.48)

이와 같이 조선 청년 남녀를 주 독자의 표준으로 삼기 때문에 소설을 국한문혼용으로 표기하겠다는 작가의 말은 당시 신지식인이었던 그들의 언어관에 따르자면 당연한 것이었다. 이처럼 수용 독자에 따른 소설 언어의 이원화 현상은 1920년이 넘도록 『매일신보』의 연재소설에서 계속 이어졌다.

그런데 「개척자」는 비록 국한문혼용으로 이뤄져 있지만, 종결어미의 유형은 '~더라'체는 사라지고 '~엇다'체의 과거시제가 51%를 차지하며, '~ㄴ다'와 '~다'류의 현재형이 45%를 차지하고 있다. 다시 말해

---

48) 「譯者의 말」, 『매일신보』, 1920.3.19.

「무정」에서 신소설적인 특징을 지니고 있는 영채의 이야기에서 서사 전달의 기능에 더 적합한 '~더라'체가 간혹 쓰이고 있었던 것에 비해, 사건의 전달보다는 작중 인물의 내면 심리묘사가 더 중심이었던 「개척자」에서는 '~엇다'체의 과거형만 쓰이고 있었던 것이다. 한편, 「무정」과 「개척자」에서의 과거형 종결어미의 우세함은 현재형이 가지는 대상과의 친밀성에서 벗어나, 서술의 객관화를 확보하게 해줌으로써 작가의 사상 전달에 대한 독자의 능동성을 발현할 수 있는 계기를 마련해 주는 것이다. 그러므로 이광수 작품의 문체는 비록 국한문혼용체를 사용하고 있으나 그 종결어미의 변화에서는 독자가 소설의 이야기성에서 벗어나 작중 인물의 내면표현에 대한 근대적 독자의 개인적 위치를 마련해주어 그 속에 반성적 사고가 개입할 여지를 마련하였다는 점에서 그 의의가 있다. 그리고 이것은 낭독 중심의 한글체 소설이 개인의 묵독 중심으로 바뀌어 가고 있음을 보여주는 것이기도 하다.49)

한편, 「개척자」와 「홍루몽」이 지식인을 대상으로 1면에 연재될 무렵 4면에서는 대중독자들을 대상으로 하는 이상협의 「무궁화」가 순한글로 연재되고 있었다. 이 작품은 앞서 이상협의 작품이었던 「정부원」에 비해 현재형과 과거형 종결어미가 압도적으로 증가하였으며, '~더라'체와 '~이라'·'~지라'체의 종결어미는 단 7개에 불과함을 표 2에서 볼 수 있다. 이러한 현상은 이상협이 비록 조중환에 비해서는 뒤늦게 근대적 문체로 변모하고 있지만, 그래도 여러 작품활동을 거치면서 작가 개인의 문체가 변모되고 있음을 보여주는 것이라 할 수 있다. 이러한 이

---

49) 『무정』이 순한글로 써진 최초의 근대소설이라는 문학사적 평가에 비해, 「개척자」는 상대적으로 그러한 근대정신의 퇴보를 보여주는 작품이라 평가 받는다. 하지만 당시의 언문일치에 대한 인식이 오히려 한자병기에 있었다는 것에 비춰본다면, 「개척자」는 단지 국한문혼용체였다는 점에서 평가절하 받을 것이 아니라, 종결어미의 변화나 작중 내면 의식 묘사와 같은 측면에서는 오히려 근대소설의 모습을 한층 굳혀 나갔다는 점을 주목받을 필요가 있다.

상협 소설의 문체 변화는 『매일신보』 연재소설들의 문체가 불연속적이지만, 상호교섭을 통하여 근대소설의 문체로 변모해 나가고 있음을 보여주는 것이다.

또한 형식적인 측면에서의 띄어쓰기를 살펴본다면, 이해조의 신소설과 조중환의 일본 번안소설에서 혼란스럽게 보이던 빈칸 띄어쓰기와 권점 띄어쓰기가 조중환의 「속편 장한몽」 이후로는 빈칸 띄어쓰기로 굳어지게 되었음을 볼 수 있고, 인용 부호 「 」 역시 조중환의 「쌍옥루」에서 시도된 이후 이해조의 신소설을 제외한 나머지 소설에서는 줄곧 사용되고 있음을 볼 수 있다. 이러한 면과 더불어 1910년대 후반의 작품들에서는 단문화현상이 두드러지게 나타남을 눈여겨 볼 필요가 있다. 이상협의 「눈물」의 첫회 문장 수가 7개, 「정부원」의 첫회 문장 수가 7개인 것에 비해 「해왕성」에 와서는 첫회의 문장이 총 19개의 문장으로 구성되어 있으며, 「무정」은 17개, 「개척자」는 24개의 문장으로 구성되어 있는데, 이는 1910년대 후반으로 갈수록 문장의 길이가 짧아짐을 보여주는 것이다. 고소설의 특징이었던 연결어미를 사용한 장문의 구성은 구송(口誦)에 적합한 양식이었던 것에 비해 이러한 문장의 단문화는 묵독의 성립에 기여를 하게 된다. 이처럼 1910년 후반의 『매일신보』 연재소설은 진빈기부터 서서히 확립되고 있었던 띄어쓰기와 문장의 단문화 현상은 근대적 산문체 문장의 확립을 보여주는 것이라 할 수 있다. 이러한 변모는 문장 종결어미의 변모에서 확립된 서술의 객관화와 더불어 근대소설 독자들의 읽기 방식을 묵독으로 재편성시키는 데 큰 영향을 미쳤다.

이상의 논의는 비록 1910년대 후반 『매일신보』 연재소설의 성격이 분화됨에 따라 비록 그 문체의 양상 또한 이원화되어 나타나고, 그것들의 연관관계가 불연속적으로 드러났었지만, 그러한 상황에서도 각각의 문체가 서로 상호교섭을 통하여 근대적 소설 문체로 변모를 꾀하고 있는 것을 보여주는 단서들이다.

한편 이광수의 『무정』에서 드러나는 순한글 소설로서의 뛰어난 면모
는 이후 지식인을 대상으로 소설을 연재하던 양건식의 중국번역소설
「기옥」으로 그 맥을 이어가고 있음을 볼 수 있다. 이전에 양건식은 원
작 「홍루몽」이 중국의 구어체 운동이었던 백화체로 쓰여졌던 점을 인
식하고, 이러한 언문일치체로 이뤄진 작품을 조선의 언문일치로 번역하
고자 노력하였다.

"동호생에게
　귀하의 교시상은 보왓습니다. 그러느 다만 유감으로 싱각ᄒᆞ옵는 바는 그 시
기가 조곰 느짐이오 ᄯᅩ는 지나의 소설은 대소작을 물론ᄒᆞ고 그 문체가 원리되
기를 현금의 쓰는바 소위 언문일치본로 되얏슨즉 이롤 번역홈에는 불가불시문
의 언문일치본역출 는 것이 적부홀 줄노 싱각홈이외다. 그리고 이롤 상고혼 바
와 갓치 현대어로 번역홈에는 원문에 과거, 장원, 소달, 노야라 ᄒᆞ는 것보다 문
관관험, 급제, 아가씨, 대감이라 의역ᄒᆞ는 것이 어느 의미로는 나흘 듯ᄒᆞ기로
이롤 취홈이오 ᄯᅩ는 재래의 지나 소설의 번역예투롤 혼번 타파히 보자는 우견
에셔 나온 것이 올사이다. 귀하의 후의는 대단히 감사ᄒᆞ옵는 비올시다그만"50)

이러한 의도로 번역된 「홍루몽」은 지식인 독자를 위해 국한문혼용체
를 사용하였는데, 이는 당시의 언문일치체가 순한글체보다는 국한문혼
용체를 의미하는 것임을 반증하는 것이기도 하다. 또한 「홍루몽」 역시
이광수의 「개척자」가 그러하듯이 단지 한자를 병기하고만 있을 뿐이지
종결어미의 유형이나, 그 묘사의 방식, 또 번역을 함에 조선에 적합한
생생한 언어를 사용하고 있다는 점에서는 충분히 근대적 문체로의 모
습을 보여주고 있었다. 하지만 이러한 국한문혼용체는 한자에 대한 지
식인의 익숙함과 한글을 저급하게 인식하는 태도를 반영하고 있었던
만큼 순조선적인 문체로서는 완전히 제 기능을 할 수 없었다. 앞서 인
용에서 양건식이 중국의 문화와 사상을 담고 있는 한자어를 조선의 실

---

50) 『매일신보』, 1918.4.23.

정에 맞추어 의역하였던 것처럼, 한자는 어디까지나 중국의 사상이나 그것이 중심이 되었던 중세 조선의 사상을 담고 있었기 때문이다. 그래서 양건식은 다음 작품인 「기옥」을 번역함에 있어서는 아예 순한글체로 번역을 시도하게 된다.

> 아씨도 머리는 두르테로 쪽지엿고 몸에는 람빗긴옷을 입엇다 그 한아흔타도와 어엿보게 싱긴중에도 돗되게싱긴얼골은 더욱이사롬의 마음을 쓰은다.
> 이에 문강의모친 서씨와 그졍실탁씨도 방에서 나와셔 보운이와 셔로 인사롤 한다.
> 탁씨는 조곰 아씨를 흘겨보며 말흔다.
> 「얼는 아젓씨 보통이를 밧지못흐늬 너는 조곰도 그런싱각은 업구나」
> 며 나리아씨는 나즉흔소리로 네더답을흐고 보통이를 반다셔 상위에 노왓다 차를 들여온다.51)

양건식의 두 번째 번역물인 이 작품은 현대의 소설작품과 비교해 보아도 그 형식상의 어색함을 전혀 느낄 수 없다. 각 문장의 첫 머리까지 들여쓰기를 하고 있고, 한 문장의 길이가 현재 문장과 비교해도 전혀 손색이 없으며, 대화와 지문을 구분하여 소설 지면을 깔끔하게 구성하고 있는 점 모두가 매우 뛰어난 것이다.52) 이와 더불어 양건식은 「홍루몽」에서 문장 종결어 끝에 마침표를 사용하고 있는데, 이는 이광수의 「개척자」에서 처음 시도된 것으로 양건식이 이광수의 영향을 받아 시도한 것임을 알 수 있다.53) 이러한 양건식의 감각은 이광수와 더불어

---

51) 「奇獄」, 『매일신보』, 1919.1.17.
52) 이광수의 『무정』과 「개척자」는 지문과 대사의 분리가 혼재하고 있는 것에 비해 양건식의 「기옥」에서는 지문과 대사가 철저히 분리되어 표기되고 있음을 볼 수 있다.
53) 이광수는 청춘에 실린 「현상소설고선언」에서 문장 표기의 중요성에 대해 지적하고 있다. "첫재. 그것이 모도다 순수한 시문체로 썼엇슴이외다. 모론 응모규정에 「시문체」라고 명기하엿지마는 그것만 보고는 도저히 이처름 자리 잡히게 쓰실수가 업슬 것이 닛가 평소의 연습한 결과인 것이 분명하외다. 그 중에는 모론 문의 體裁를 성하지 못한것도 잇지오 가령 전혀 구절을 쩨지아니하고 죽 닛대어 슨것이라든지, 혹 구절을

1910년대 문체의 정점을 보여주는 것이다. 이광수의 『무정』에서 이룬 독자의 통합과 언어의 통합의 성취는 조선 문단에 곧바로 흡수되지 않는 아쉬움을 남겼지만, 그래도 양건식은 「홍루몽」 번역의 실패를 경험하고 이후 「기옥」에서 다시 한번 독자통합을 시도하게 된다. 그는 앞서의 「홍루몽」의 번역에서 '언문일치'에 대한 고민을 스스로 하고 있었던 만큼. 그 이후의 소설 「기옥」은 중국문학을 번역한 것이기는 하지만 순한글로 연재하여, 지식인과 대중독자들을 통합할 수 있는 순한글 소설을 다시 한번 시도하였던 것이다. 하지만 독자들의 호응면에서는 그 성과가 미비했던 것 같다.

5. 결론

본고는 그동안 개화기나 1910년대 후반기 『매일신보』 연재소설의 문체 양상에 대한 거시적인 접근에서 벗어나, 미시적인 입장에서 작품의 변모 과정을 하나하나 추적하고자 노력하였다. 그러한 작업을 통해 이 시기 『매일신보』의 문체가 고소설적인 운문체의 성격을 탈피하고 근대적 산문체 문장을 확립해 나가고 있었음을 볼 수 있었다. 문장 종결어미의 변모와 지문과 대사의 분리, 띄어쓰기와 문장의 단문화는 서술의

쎄더라도 규칙업시 쎈것, 가령, 「그쌔에 그는 겨오 젓썰어진 아희엇섯다」 할것을 「그쌔에그는 겨오 젓썰어진아희엇섯다」 하는것이라든지, 「?」와 「!」를 혼동하야 감탄할 곳에 의문표 「?」를 달며 의문할곳에 감탄표 「!」를 다는것이며 쏘 본문과 회화의 구별이 업시, 맛당히 인용표 「「」」을 달것을 아니 단것이며, 「,」「.」 갓흔 구독을 전혀 달지 아니한것과 생략표 「……」을 혹은 남용하며 혹은 두서너자자리 즉 「……」이만큼 할것은 반줄이나, 혹은 한줄, 심한것은 두줄 석줄이나 점선을 친것이며, 일절일절 절을 쎄지아니하고 처음부터 쯧까지 단 철로 나려쓴것 등 퍽 무식한것도 만치마는 대개는 자리잡힌 훌륭한 시문입데다."

객관화와 더불어 근대소설 독자들의 읽기 방식을 사적인 영역에서의 묵독으로 재편성시켰다. 또한 이 시기 소설에서의 문체는 개별적인 작가의 역량에 의해 형성되기 보다는 근대문학의 발전에 호흡을 같이 해 온 근대적 매체의 언어관에 직접적인 영향을 받아 형성된 것임을 알 수 있었다. 다시 말해 수용독자의 언어에 따라 재편되는 매체의 언어관에 의해 소설의 문체 역시 재편되고 있음을 볼 수 있었고, 이것이 바로 우리 근대문학에서 근대적 소설의 문체 형성과 발전에 지대한 영향을 미치고 있음을 확인할 수 있었다.

참고 문헌

기본자료

『매일신보』,『학지광』,『청춘』,『반도시론』,『창조』
『제국신문』,『황성신문』,『대한매일신보』
『신소설 번안(역)소설』(아세아문화사),『신소설전집』(계명문화사),『이광수전집』(삼중당)

국내논저

강명강,「근대 계몽기 출판운동과 그 역사적 의의」,『민족문학사연구』 14호, 1999.
강금숙,「신소설「눈물」연구」,『이화어문논집』 7집, 1984.
고민희,「『홍루몽』에 나타난 휴머니즘 연구」,『중국어문논총』, 2003.
구인환,「춘원의 문체론적 연구」,『국어국문학』 34, 1967.
권두연,「『장한몽』연구」, 연세대 석사논문, 2003.
권보드래,『한국 근대소설의 기원』, 소명출판, 2000.
_____,「1910년대 新文의 구상과「경성유람기」」,『서울학 연구』, 2002.
권영민,「개화기소설의 문체연구」, 서울대 석사논문, 1975.
_____,「一齋 趙重桓의 翻案小說들」,『신문학과 시대의식』, 새문사, 1981.
_____,『서사양식과 담론의 근대성』, 서울대 출판부, 1999.
_____,『한국 개화기소설 연구』, 태학사, 2000.
권용선,「1910년대 '근대적 글쓰기'의 형성과정 연구」, 인하대 박사논문, 2004.
김경미 외,『1910년대 문학과 근대』, 월인, 2005.
김경일,『여성의 근대, 근대의 여성』, 푸른역사, 2004.
김동식,「한국에서 근대적 문학 개념의 형성과정 연구」, 서울대 박사논문, 1999.
_____,「연애와 근대성」,『민족문학사연구』 18집, 2001.
김동택,「근대 국민과 국가 개념의 수용에 관한 연구」,『대동문화연구』 41호, 2002.
김미형,「한국어 문체의 현대화 과정 연구」,『어문학연구』, 1998.
김병철,『한국 근대번역문학사 연구』, 을유문화사, 1975.
김복순,『1910년대 한국문학과 근대성』, 소명출판, 1999.
김석봉,「신소설의 대중적 성격 연구」, 서울대 박사논문, 2003.
김영민,『한국 근대소설사』, 솔, 1997.

_____, 「동서양 근대소설의 발생과 그 특질 비교 연구」, 『현대문학의 연구』 21집, 한국문학연구학회, 2003.

_____, 『한국 근대소설의 형성과정』, 소명출판, 2005.

김영희, 「일제 지배시기 한국인의 신문접촉 경향」, 『한국언론학보』 46호, 2001.

김우종, 『이광수연구(上)』, 태학사, 1984.

김윤식, 『이광수와 그의 시대』 1, 솔, 1999.

김윤식·정호웅, 『한국소설사』, 예하, 1993.

김윤재, 「1910년대 현실인식과 계몽적 지식인의 종말」, 『한국어문학연구』, 2001.

_____, 「1910년대 새로운 패러다임의 모색」, 『한국어문학연구』, 2003.

김일영, 「조중환의 문학작품에서 드러나는 시대적 대응의식」, 『문학과 언어』 제12집, 1991.

김재석, 「근대극 전환기 한일 신파극의 근대성에 대한 비교연극학적 연구」, 『한국극예술 연구』 17집, 2003.4.

_____, 「『金色夜叉』와 『長恨夢』의 변이에 나타난 한일 신파극의 대중성 비교 연구」, 『어문학』 84집, 2004.6.

김재영, 「근대계몽기 소설 개념의 변화」, 『현대문학의 연구』 22집, 2004.

김정자, 『한국 근내소설의 문체론적 연구』, 삼지원, 1985.

김진균·정근식 편, 『근대주체와 식민지 규율권력』, 문화과학사, 1997.

김진두, 「1910년대 매일신보의 성격에 관한 연구」, 중앙대 박사논문, 1995.

김태윤, 「1910년대 단편소설과 유학의 문제」, 연세대 석사논문, 2003.

김현주, 「식민지 시대와 '문명'·'문화'의 이념」, 『민족문학사연구』 20호, 2002.

김형철, 『개화기 국어 연구』, 경남대 출판부, 1997.

대중문학연구회 편, 『신문소설이란 무엇인가』, 국학자료원, 1996.

류준필, 「'문명', '문화', 관념의 형성과 '국문학' 발생」, 『민족문학사연구』 18호, 2001.

_____, 「근대 계몽기 신문 및 소설의 구어 재현 방식과 그 성격」, 대동문화연구, 44집. 2003.

문성숙, 『개화기소설론 연구』, 새문사, 1994.

민병덕, 「한국 근대신문 연재소설 연구」, 성균관대 박사논문, 1988.

박성진, 「1910년대 일제의 지배논리에 대한 연구」, 『한국학대학원논문집』, 1994.

박수용, 「1910년대 문학비평 연구」, 성균관대 석사논문, 1999.

박용식·고재석, 「양건식 문학연구」, 『민족문화연구』, 1991.

박진영, 「일재 조중환과 번안소설의 시대」, 『민족문학사연구』 26호, 민족문학사학회, 2004.11.

_____, 「1910년대 번안소설과 '실패한 연애'의 시대」, 『상허학보』 15집, 2005.9.

_____, 「1910년대 번안소설과 '정탐소설'의 매혹」, 『대동문화연구』 52집, 2005.12.

박찬승,『한국 근대 정치사상사 연구』, 역사비평사, 1997.

박헌호, 「초기 근대소설에 나타난 내면의 서사」,『대동문화연구』45집, 2004.

_____,『식민지 근대성과 소설의 양식』, 소명출판, 2004.

배주영, 「신소설의 여성 담론 구조 연구」, 서울대 석사논문, 2000.

백 철,『신문학사조사』, 신구문화사, 1999.

상기숙, 「'홍루몽'과 '玩月會盟宴'에 나타난 女性像」,『동방학』제8집, 2002.

서영채, 「『무정』 연구」, 서울대 석사논문, 1991.

서형범, 「신소설에 대한 독자반응비평적 연구」, 서울대 석사논문, 2001.

성현자,『신소설에 미친 만청 소설의 영향』, 정음사, 1985.

손정수, 「1910년대 이광수의 문학론과 작품과의 관련양상에 대한 고찰」,『한국학보』, 1996.

_____, 「1910년대 문학에 나타난 계몽성의 변모」,『한국 문학과 계몽담론』(문학사 와비평연구회 편), 새미, 1999.

수요역사연구회 편,『식민지 조선과 매일신보』, 신서원, 2002.

_____,『일제의 식민지 지배정책과 매일신보-1910년대』, 두리미디어, 2005.

신근재,『한일 근대문학의 비교 연구』, 일조각, 1997.

신동욱,『신문학과 시대의식』, 새문사, 1981.

신지영, 「『대한민보』 연재소설의 담론적 특성과 수사학적 배치」, 연세대 석사논문, 2003.

심보선, 「1905-1910년 소설의 담론적 구성과 그 성격에 대한 사회학적 연구」, 서울 대 석사논문, 1997.

양문규, 「1910년대 단편소설의 구조와 작가의 세계관」,『연세어문학』18집, 1985.12.

_____,『한국 근대소설사 연구』, 국학자료원, 1994.

_____,『한국 근대소설과 현실인식의 역사』, 소명출판, 2003.

양승국,『한국 신연극 연구』, 연극과인간, 2001.

연세대 근대한국학연구소 기초학문연구팀 편,『한국 근대 서사양식의 발생 및 전개 와 매체의 역할』, 소명출판, 2005.

유지나 외,『멜로드라마란 무엇인가』, 민음사, 1999.

이계주, 「「홍루몽」에 나타난 여성 교양」,『중국학회』36집, 1996.

이광린, 「대한매일신보 간행에 대한 일 고찰」,『대한매일신보 연구』, 서강대 인문과 학연구소, 1986.

이기문, 「개화기의 국문 사용에 관한 연구」,『한국문화』5집, 서울대 한국문화연구 소, 1984.

이동하, 「1910년대 단편소설 연구」, 서울대 석사논문, 1982.

이수진, 「조선과 근대 일본의 가족국가관의 형성과 가부장제적 권력구조」, 이화여대 석사논문, 2000.

이승희, 「1910년대 신파극의 통속성 연구」, 『반교어문논총』, 1996.

_____, 「신파극의 눈물, 동정의 정치학」, 『현대문학의 연구』, 2004.

이영아, 「신소설의 개화기 여성상 연구」, 서울대 석사논문, 2000.

이용남, 『한국 개화기소설 연구』, 태학사, 2000.

이재봉, 「한국 근대소설의 형성과정 연구」, 부산대 박사논문, 2000.

이재선, 『한국 개화기소설 연구』, 일조각, 1985.

이정은, 「『매일신보』에 나타난 3·1운동 직전의 사회상황」, 『한국독립운동사연구』 4집, 독립기념관 한국독립운동사연구소, 1990.

이주형, 『한국 근대소설 연구』, 창작과비평사, 1995.

이태숙, 「여성성의 근대적 경험 양상」, 고려대 박사논문, 2000.

이화여대 한국문화연구원 편, 『근대계몽기 지식 개념의 수용과 그 변용』, 소명출판, 2004.

이희정, 「『매일신보』에 연재된 이해조 신소설의 근대성 연구」, 『현대소설연구』 22집, 2004.6.

_____, 「1910년대 『매일신보』 소재 단편소설 연구」, 『현대소설연구』 25집, 2005.3.

_____, 「1910년대 매체를 통해서 본 단편소설의 정착과정 연구」, 『어문학』, 한국어문학회, 2005.9.

_____, 「1910년대 『매일신보』 번안·번역소설의 전개양상─식민담론과의 영향관계를 중심으로」, 『한국현대문학연구』 19집, 2006.6.

_____, 「1910년대 『매일신보』 소재 소설 연구」, 경북대 박사논문, 2006.

_____, 「1910년대 『매일신보』 연재소설의 문체변화 과정 (1)」, 『현대소설연구』 33, 2007.3.

_____, 「1910년대 『매일신보』 연재소설의 문체변화 과정 (2)」, 『우리말글』 41, 2007.12.

임규찬·한진일 편, 『임화 신문학사』, 한길사, 1993.

임상원·김민환·유선영 외, 『매체·역사·근대성』, 나남출판, 2004.

임영택·최원식, 『전환기의 동아시아 문학』, 창작과비평사, 1985.

임 화, 『문학의 논리』, 학예사, 1940.

전광용, 『신소설 연구』, 새문사, 1986.

전은경, 「조일재 신문 연재소설에 나타난 근대적 여성관」, 『현대소설연구』 23집, 2004.9.

_____, 「이상협 소설에 나타난 식민지배 담론」, 『현대소설연구』 25집, 2005.3.

정가람, 「근대계몽기 『경향신문』 소재 '쇼셜'의 특성 연구」, 『현대소설연구』 24집, 2004.

정상우, 「1910년대 일제의 지배논리와 조선 지식인층의 인식」, 서울대 석사논문, 2000.

정선태,『개화기 신문 논설의 서사 수용 양상』, 소명출판, 1999.

_____,「근대계몽기의 번역론과 번역의 사상」,『배달말』, 2003.

_____,「번역과 근대소설 문체의 발견」,『대동문화연구』 48집, 2004.

정은균,「신소설의 문체 연구」,『숭실어문』 15호, 1999.

정진석,「每日申報 硏究」, 인석박유봉박사화갑기념논총, 1980.

_____,「총독부기관지 매일신보의 사람들」 6,『신문과 방송』 252호, 1991.12.

_____,『한국언론사』, 나남, 2001.

_____,『언론조선총독부』, 커뮤니케이션북스, 2005.

정태헌,「1910년대 식민지 자본주의 체제 구축과정」,『아시아문화』, 2000.

정혜영,『환영의 근대문학』, 소명출판, 2006.

정혜영·류종열,「근대의 성립과 '연애'의 발견-1920년대 문학에 나타난 '처녀성' 성립과정을 중심으로」,『한국현대문학연구』 18집, 2005.12.

조남현,『한국 현대소설 연구』, 민음사, 1987.

주종연,『한국 근대단편소설 연구』, 형설, 1982.

채만묵,「1910년대 문학론고」,『교육논총』, 1992.

천정환,「한국 근대소설 독자와 소설 수용 양상에 대한 연구」, 서울대 박사논문, 2002.

최용철,「백화 양건식의 중국문학 연구와 번역에 대하여」,『중국어문학』 28집, 1996.12.

최원식,「「長恨夢」과 위안으로서의 文學」,『민족문학의 논리』, 창작과비평사, 1982.

_____,『한국 근대소설사론』, 창작과비평사, 1986.

_____,「1910년대 친일문학과 근대성」,『민족문학사연구』 14호, 1999.

최태원,「번안소설·미디어·대중성」,『한국 근대문학과 일본』, 소명출판, 2003.

하정일,『민족문학의 이념과 방법』, 태학사, 1993.

_____,『20세기 한국문학과 근대성의 변증법』, 소명출판, 2000.

한광수,「尾崎紅葉의「金色夜叉」, 그리고 小要風葉의「金色夜叉終篇」과 趙重桓의『장한몽』」,『일어일문학연구』 42집, 2002.8.

한기형,『한국 근대소설사의 시각』, 소명출판, 1999.

_____,「최남선의 잡지 발간과 초기 근대문학의 재편」,『대동문화연구』 45집, 2004.

_____,「근대잡지와 근대문학 형성의 제도적 연관」,『대동문화연구』 48집, 2004.

한원영,『한국 개화기신문 연재소설 연구』, 일지사, 1990

_____,『한국 근대신문 연재소설 연구』, 이회, 1996.

한점돌,「1910년대 한국소설의 정신사적 연구」, 서울대 박사논문, 1992.

한진일,「근대 단편소설의 형성과정 연구」, 성균관대 박사논문, 2002.

한혜경,「「홍루몽」의 서사구조에 대한 고찰」,『중어중문학』 32집, 2003.

현택수 편,『문화와 권력』, 나남출판, 1998.

홍선영, 「한·일 근대문화 속의 '가정'－1910년대 가정소설, 가정극, 가정박람회를
　　중심으로」, 『일본문화학보』, 2004.
황종연, 「문학이라는 역어」, 『한국문학과 계몽담론』(문학사와비평연구회), 새미,
　　1999.

국외논저

가라타니 고진, 박유하 역, 『일본 근대문학의 기원』, 민음사, 1997.
＿＿＿＿＿＿＿, 송태욱 역, 『탐구』 1, 새물결, 1998.
＿＿＿＿＿＿＿, 송태욱 역, 『일본정신의 기원』, 이매진, 2003.
＿＿＿＿＿＿＿, 조영일 역, 『근대문학의 종언』, 도서출판 b, 2006.
강상중, 이경덕·이성모 역, 『오리엔탈리즘을 넘어서』, 이산, 1997.
고모리 요이치, 송태욱 역, 『포스트 콜로니얼』, 삼인, 2002.
＿＿＿＿＿＿＿, 정선태 역, 『일본어의 근대』, 소명출판, 2003.
기든스 A. 외, 임현진·정일준 역, 『성찰적 근대화』, 한울, 1998.
나카무라 미쓰오, 고재석·김환기 역, 『일본 메이지문학사』, 동국대 출판부, 2001.
네그리 A.·하트 M., 윤수종 역, 『제국』, 이학사, 2001.
니시카와 나가오, 윤대석 역, 『국민이라는 괴물』, 소명출판, 2002.
뒤비 G., 미셸 페로 편, 권기돈·정나원 역, 『여성의 역사 4』, 새물결, 1998.
들뢰즈 G., 이정임·윤정임 역, 『철학이란 무엇인가』, 현대미학사, 1995.
＿＿＿＿, 하태환 역, 『감각의 논리』, 민음사, 1995.
＿＿＿＿＿＿＿, 김재인 역, 『천개의 고원』, 새물결, 2001.
로빈슨 D., 정혜욱 역, 『번역과 제국－포스트식민주의 이론 해설』, 동문선, 2002.
마루야마 마사오·카토 슈이치, 임성모 역, 『번역과 일본의 근대』, 이산, 2000.
마에다 아이, 유은경·이원희 역, 『일본 근대 독자의 성립』, 이룸, 2003.
맥루한 M., 임상원 역, 『구텐베르크 은하계』, 커뮤니케이션북스, 2001.
＿＿＿＿＿＿, 김성기·이한우 역, 『미디어의 이해－인간의 확장』, 민음사, 2002.
메이 C. E., 최상규 역, 『단편소설의 이론』, 예림기획, 1997.
버먼 B., 윤호병·이만식 역, 『현대성의 경험』, 현대미학사, 1994.
벤야민 W., 반성완 역, 『발터 벤야민의 문예이론』, 민음사, 1983.
브룩스 P., 이봉지·한애경 역, 『육체와 예술』, 문학과지성사, 2000.
사이드 E. W., 박홍규 역, 『오리엔탈리즘』, 교보문고, 1991.
＿＿＿＿＿＿＿, 김성곤·정정호 역, 『문화와 제국주의』, 창, 1995.
사카이 나오키, 후지이 다케시 역, 『번역과 주체』, 이산, 2005.
샤오메이 천, 정진배·김정아 역, 『옥시덴탈리즘』, 강, 2001.

스즈키 토미, 한일문학연구회 역, 『이야기된 자기-일본 근대성의 형성과 사소설담
　　론』, 생각의나무, 2004.
앤더슨 B., 윤형숙 역, 『상상의 공동체』, 나남출판, 2003.
야나부 아키라, 서혜영 역, 『번역어성립사정』, 일빛, 2003.
옹 W. J., 이기우 역, 『구술문화와 문자문화』, 문예출판사, 1995.
와트 I., 전철민 역, 『소설의 발생』, 열린책들, 1988.
　　　, 이시연 외역, 『근대 개인주의 신화』, 문학동네, 2004.
유모토 고이치, 연구공간 수유+너머 동아시아 근대 세미나팀 역, 『일본근대의 풍
　　경』, 그린비, 2005.
이효덕, 박성관 역, 『표상 공간의 근대』, 소명출판, 2002.
캘리니코스 A., 임상훈・이동연 역, 『포스트모더니즘 비판』, 성림출판사, 1994.
코젤렉 R., 한철 역, 『지나간 미래』, 문학동네, 1998.
펠스키 R., 김영찬・심진경 역, 『근대성과 페미니즘』, 거름, 1998.
푸코 M., 이광래 역, 『말과 사물』, 민음사, 1986.
　　　　, 이정우 역, 『지식의 고고학』, 민음사, 1992.
　　　　, 이정우 역, 『담론의 질서』, 서강대 출판부, 1998.
프랭스 G., 최상규 역, 『서사학』, 문학과지성사, 1988.
하버마스 J., 이진우 역, 『현대성의 철학적 담론』, 문예출판사, 1994.
　　　　　, 장은주 역, 『의사소통의 사회이론』, 관악사, 1995.
　　　　　, 한상진・박영도 역, 『사실성과 타당성』, 나남, 2000.
호미 바바, 나병철 역, 『문화의 위치』, 소명출판, 2002.
홀 S. 외, 전효관・김수진・박병영 역, 『현대성과 현대문화 1』, 현실문화연구, 1996.

Genette, G., trans. by J. E. Lewin, *Narrative Discourse*, Cornell University Press, 1980.

부록

게재란	저 자	제 목	날 짜	소설예고
新小說	善飮子	화세계 (花世界)	1910.10.12 ~1911.1.17	
新小說	遐觀生	月下佳人	1911.1.18 ~4.5	
新小說	惜春子	花의血	1911.4.6 ~6.21	
新小說	神眼生	九疑山	1911.6.22 ~9.28	〈小說 九疑山〉 "多數 愛讀諸彦의 喝采를 博ㅎ던 전소설 「화의혈」은 昨日로써 閣筆ㅎ고 本日브터는 家庭의 喜劇悲劇과 壯絶快絶흔 (九疑山)이라ㅎ는 小說을 揭載ㅎ야 愛讀者의 興味를 添ㅎ오니 一層 愛讀ㅎ시면 家庭 整理上에 一大好材料가 되겠습" (1911.6.22)
新小說	牛山 居士	昭陽亭	1911.9.30 ~12.17	▲小說豫告▲ "변ㅎ는 것은 면디의 즈연흔 리치라 그럼으로 무슴 물건이던지 궁홈이 오리면 반드시 통ㅎ고 난홈이 오리면 반드시 합ㅎ고 그 남아치란, 흥망, 셩쇠, 강약, 부귀, 빈쳔이 모다 순환홈을 말지안이ㅎ야 무궁흔 조화가 째마다 싱기거놀 만일 한 가지롤 고수ㅎ고 변ㅎ를 ○○ㅎ는 쟈는 면디 리치를 위반ㅎ고 스스로 부패홈을 취홈이로다 본 긔쟈가 십여년 광음을 쇼셜에 종스홀 시 구쇼셜의 부패흔 언론이 지금 이십셰긔 시더에 맛지 안임을 끼닷고 한번 변ㅎ기를 위쥬ㅎ야 신쇼셜 테시룰 발명ㅎ야 임의 이삼십종의 쇼셜을 겨슐흔바 이독ㅎ시는 강호제군의 격결탄상ㅎ심을 엇엇

게재란	저 자	제 목	날 짜	소설예고
				스오나 쇽인에 됴흔 노리도 오리 부르면 듯기 실타는 것과 굿치 신쇼셜도 여러 히룰 날마다 디호면 지리흔 싱각이 즈연 싱기리니 이는 독쟈제군만 그러싶 분 안이라 져슐쟈도 날로 붓을 잡음이 지리흔 싱각을 금치못노니 이는 다름이 안이라 시것이 오램이 변홀 긔회가 나름이로다 그럼으로 긔쟈가 연구호고 쏘 연구호야 쇼셜 톄지룰 쏘 한번 변호되 신구룰 참작호야 구쇼셜의 허탄밍랑홈은 ᄇ리고 정대흔 문법만 취호며 신쇼셜의 천근각삭홈은 ᄇ리고 정밀흔 의취만 취호야 쇼양뎡(昭陽亭)이라는 쇼셜을 져슐호노니 이쇼셜의 지료는 긔쟈가 정신을 오리 허비호야 비로소 엇은 바이라 모범될 만흔 힝실과 감각홀만흔 ᄉ정이 진진흔 흥미를 족히 도을 만호오니 독쟈제씨는 쳥창경궤하(晴聽靜几下)에셔 ᄎ호를 열람호시오." (1911.9.29)
新小說	怡悅生	春外春	1912.1.1 ~3.14	신년지의 신소설은 신년지의 대특색 "본지 소설은 가히 강호 제언의 비평을 다독호얏거니와 일반애독자의 趣味룰 一層 조응감키 위호야 신년제일엽에ᄂ 특히본기자의 다월연구흔 바 聖世化育에 함양호야 내외 인민의 相愛相恤호는 상태를 화출호야 대광영올 발홀만흔 가치가 유흔 춘외춘이라 ᄒ는 신소설을 게재홀 터이오니 애독 제언은 庸常흔 이셜로 낭시치 말하시고 性情의 陶鑄와 풍화의 개역홀 일부 部頂針으로 사유호야 多數愛賞호심을 망함" 신소설의 신삽화는 신소설의 대광영 (1911.12.19)
新小說	解觀子	獄中花 (春香歌 講演)	1912.1.1 ~3.16	
新小說		彈琴臺	1912.3.15 ~5.1	
	解觀子	江上蓮 (沈淸歌 講演)	1912.3.17 ~4.26	
	解觀子	燕의却	1912.4.28 ~6.7	"죠션즈리로, 젼히오는, 타령중, 츈향가, 심쳥가, 박타령 토씨타령 등은, 본리육자호문쟝지ᄉ가 츙효의멸의 됴흔취지를 포함호야, 징악챵션호는 큰긔관으로, 져슐한 바인디, 광디의 학문이 부죡홈을 인호야, 한 번 젼호고, 두 번 젼홈이,

게재란	저 자	제 목	날 짜	소설예고
				정대훈 본쯧은 일어ᄇ리고, 음란천착훈 말을, 징연부익호야, 하동무리의, 찬성은 밧을지언뎡, 초유지각훈 사람의 타미가 날로 더호니, 엇지 개탄훈 바가 안이라 호리오, 이럼으로, 본긔쟈가명창팡더 등으로 호야곰, 구슬케 호고 촉조산졍호야, 임의츈향가와 심쳥가는, 이독호시는, 귀부인신ᄉ, 졍각하외, 박슈갈치호심을 밧엇지니와, 추호브터는, 박타령을 산명게지홀 터인디, 츈향가의 취지는, 효힝을 취ᄒ야고, 이번에 게지ᄒ는, 박타령은, 형뎨의우익를, 권쟝호기 위홈이니, 왕왕허탄훈 듯훈 말은, 실샹그일이잇다. 질론홈이 안이라 한갓탁스로, 사람의 ᄆ음을 풍간홈이니, 아모됴록, 팡더타령이라고, 등한히 보지 마르시고, 그 타령격슐훈, 녯사람의됴훈 뜻을 긔히슯히시우" (1912.4.27)
新小說		巢鶴嶺	1912.5.2 ~7.6	
	解觀子	兎의肝	1912.6.9 ~7.11	"연의각(박타령)은 이만뎌만ᄒ얏스니, 이독ᄒ시던, 렬위가하는, 얼마나 시원샹쾌ᄒ시오, 본일브터는, 명챵의토기타령(兎의肝)을, 긔지홀터이온디, 이는 무한유식ᄒ고, 무한ᄌ미잇고, 신출괴물ᄒ야, 가히 근심잇는 쟈로, 우슘이 나오고, 죠으름오는쟈로, 잡이가게 홀 만ᄒ오니, 아모됴록, 본보를 츅호구람ᄒ야, 됴훈 긔회를, 일치 말으시오" (1912.6.9)
新小說	解觀子	鳳仙花	1912.7.7 ~11.29	巢鶴嶺 次에 鳳仙花 "보시오 이 ᄌ미가 진진ᄒ고 불가ᄉ의 일이 층싱렵출ᄒ야 독쟈의 눈이 번쩍 씌어 심야 잔등에 오던 잠이 쳔리만리로 달아날 만훈 신쇼셜 봉선화를 보시오 이 쇼셜을 못 보시면, 셰상 쳔만가지 ᄌ미 중에 쳣손가락을 꼽을 만훈 한 가지를 일어버림이라고 히도 과훈 말이 안이오 이 쇼셜을 보시랴면 쉽고도 어려오니 어려운 것은 경향칙소를 모다단이며 금젼을 닥산가지고 봉선화라는 쇼셜을 차즈려 ᄒ야도 업슬터이니 엇지 어렵지 안이ᄒ며 쉬운 것은 본보를 쳥구ᄒ야 미일 보시기 곳 하시면 비먹고 이닥기로 신문보고 쇼셜보고, 그 안이 훌륭ᄒ오 보시오 독쟈졔군이여." (1912.7.5)
	一齋	雙玉淚 (前篇)	1912.7.17 ~ 9.25	斬絶婉曲훈 新小說 쌍옥루 將來演劇의 好材料

게재란	저 자	제 목	날 짜	소설예고
				珍絶! 奇絶! 崔絶! "이것은, 일본의 「몸의죄」라 ᄒᆞᄂᆞᆫ 쇼셜을 번역ᄒᆞᆫ 것인ᄃᆡ, 그 ᄂᆡ용은, 나ᄂᆞᆫᄃᆡ로 ᄲᅦ지 말고 보시면 력력히 아시려니와 그 ᄎᆔ지의 참신ᄒᆞᆷ과, 문ᄉᆞ의 완곡ᄒᆞᆫ 것은, 일즉락양의 죠희갑을, 오르게 ᄒᆞᆫ 유명ᄒᆞᆫ 쇼셜이라, 한번 보면 무한ᄒᆞᆫ 탄식이, 졔졀로 날지니, 타일에 이것을 연극ᄒᆞᄂᆞᆫ ᄯᆡᄂᆞᆫ, 미리 보아 두엇다가, 연극을 구경ᄒᆞᆯ ᄯᆡ에, 참고ᄒᆞᆯ 가치가 젹지 안이ᄒᆞᆯ지로다, 그러ᄒᆞᆫ즉, 본 신보를 구람ᄒᆞᄂᆞᆫ ᄯᆡ에, 이 쌍옥루(雙玉淚)ᄂᆞᆫ, 일호라도, 루락지 마시고 호수ᄃᆡ로 모아두더라도 됴ᄒᆞᆯ지니, 가뎡과 학교에 잇ᄂᆞᆫ 동포ᄌᆞ민ᄂᆞᆫ, 더욱 착미ᄒᆞ시오, 이 쇼셜의 ᄂᆡ용이, 가뎡과 학계에, ᄌᆞ즁ᄒᆞᆫ 관계가 잇ᄂᆞᆫ 소이로소이다" 愛讀! 愛讀! 愛讀! (1912.7.10)
	趙一齋	雙玉淚 (中篇)	1912.9.26 ~ 11.27	
희극喜 劇	趙一齋	病者三人	1912.11.17 ~ 12.25	"금번에 본샤에서 가쟝 참신ᄒᆞᆫ 연극지료로 ᄎᆔ미 진진ᄒᆞ고 포복졀도ᄒᆞᆯ 각본(脚本)을 창쟉ᄒᆞ여 명일부터 본지에 긔지ᄒᆞ겟ᄉᆞ오니 보시오 졔군이여 뎨일착으로 희극 병쟈삼인(喜劇 病者三人)이라 ᄒᆞᄂᆞᆫ 것이 츙싱ᄒᆞᆯ터이오며 그 ᄂᆡ용에 활히(滑稽)ᄒᆞᆯ ᄉᆞ셜은 독쟈로 ᄒᆞ여곰 비를 쥐이고 허리를 분지를지라이 오늘날 이십셰긔에서 싱활ᄒᆞᄂᆞᆫ 사람으로 우승열패ᄒᆞᆫ 경ᄒᆞ리치라 졔군도 명일부터 그 ᄂᆡ용을 보시면 아시려니와, 겸ᄒᆞ야 이 각본을 연극으로 할 날이 잇슬 터이오니, 하나도 루락 업시, 잘 보아 두시면 일후 연극ᄒᆞᆯ ᄯᆡ에ᄂᆞᆫ 실다로, 그 광경을 보시고, 다대ᄒᆞᆫ 흥미를, 도을즐 밋ᄉᆞ오니 더욱 이독ᄒᆞ시오" (1912.11.16)
	趙一齋	雙玉淚 (下篇)	1912.11.28 ~1913.2.4	
	解觀子	琵琶聲 비파셩	1912.11.30 ~1913.2.23	"본보에게 게지ᄒᆞᄂᆞᆫ 봉션화鳳仙花ᄂᆞᆫ 이독졔위의 박슈갈치ᄒᆞ시ᄂᆞᆫ 가온ᄃᆡ셔 빅여 회를 쟝ᄎᆞᆺ맛치기 되얏ᄉᆞ오니 감사무비ᄒᆞ온 즁 졔위의 진진ᄒᆞᆫ 흥미를 더욱 도읍기 위ᄒᆞ야 본 긔쟈의 여러달 연구로 긔묘졀도ᄒᆞᆫ 신소셜 비파셩(琵琶聲)을 져슐ᄒᆞ야 봉션화 ᄭᅳᆺᄂᆞᆫ 오날부터 게지ᄒᆞ기로 쥰비ᄒᆞ오니 소설은 소셜계에 쳐엄 산츌ᄒᆞᄂᆞᆫ 피왕. 쇼셜계에 쳐엄 파쟝ᄒᆞᄂᆞᆫ 특식 소셜계에 쳐엄 뎐람ᄒᆞ

게재란	저 자	제 목	날 짜	소설예고
				는 도화. 소셜계에셔 쳐엄 더흐는 거울이라. 아모라도 이 소셜을 못보시는 이는 이 셰샹에 살으시는 자미가 흔 가지를 스스로 포기홈이니 됴흔 시긔룰 일치 말으시고 일회도 루락 말고 챠례로 열남흐시오" (1912.11.8)
李人稙	李人稙	牧丹峰 모란봉	1913.2.5 ~ 6.3	雙玉淚의 次에는 牧丹峰 "여러달 츄미잇게 이독흐시던 쌍옥루(雙玉淚)는 오늘 본보로써 긔지가 다 되읍고 이 다음에는 모란봉(牧丹峰)이라 흐는 신쇼셜을 게지흐읍는디 이 쇼셜은 죠션의 쇼셜가로 유명흔 리인식(李人稙) 씨가 교묘흔 의쟝을 다흐야 혈루(血淚)의 하편으로 믿든 것인디 곳 옥련의 십칠셰 이후 스젹을 져술흔 것이 오쪼흔 샹편되는 혈루와 독립되는 셩질이 잇스니 그 진진츄미는 미일 아참에 본보를 고더치 안이치 못흐리이다" (1913.2.4)
		雨中行人	1913.2.25 ~5.11	雨中行人우즁힝인 스면초두의 비파셩, 스면초두의 비파셩 비파셩을 다드르면, 우즁힝인을 볼 터이니, 우즁힝인 우즁힝인, 알기쉽다 우즁힝인. 그리도 화투의 우즁힝인인 줄 알지 마소 슉덕잇는 졍렬부인, 남편공경 극젼흐고, 동긔우익 유명타가, 젼싱의 무슨 죄로, 익미죄명 친일이냐, 쳔명시졀에 우분분, 로샹힝인이 욕단흔, 슯흐다 이 닉 몸이, 빗물눈물에 싸여, 갈 곳 쟝춧 어딜딘고, 그리도 물은 골로 가고 죄는 진 데로 가나니라 명쳔이 너러다보시고, 신명이 엇지 무심흐랴, 빅빅 익미흔 이 닉 몸이, 쳔인명참 버서나셔, 어화 됴타, 쳥텬 빅일을 다시 보는고나 (1913.1.31)
趙一齋	趙一齋	長恨夢	1913.5.13 ~ 10.1	우즁힝인(雨中行人) 다음에는, 본소셜『쟝한몽』이, 나옵니다. 본소셜은, 젼일에, 뎨일면에, 게지흐야, 이독졔군에게, 무한흔, 환영을, 밧던 쌍옥루(雙玉淚)의 필법으로, 특별이 고심 연구흔, 일디 걸챡(一大傑作)이오, 소셜계의, 틱두(小說界泰斗)올시다, 사실의 즈미잇는 것과, 인졍의 곡진홈은 완연히, 그 사룸의 얼골이, 죠회우에 낫타나오는 듯흐고, 쳐졀참졀흔, 비극젹 쇼셜(悲劇的小說)이오, 겸흐야 경셰지료(警世材料)라 홀 터이오니, 졔군은 보다, 더욱 이독흐소셔(1913.4.24)

게재란	저 자	제 목	날 짜	소설예고
				3면 '新小說豫告' 〈長恨夢〉 이 쇼셜은 본월 십삼일(화요)브터 게지ᄒ옵ᄂ이다 이 쇼셜은 이 셰샹의 인심셰터를 그리여ᄂ인 쇼셜이올시다 이 쇼셜은 불가불 보실 것이올시다 이 쇼셜은 항용잇ᄂ 쇼셜이 안이올시다 이 쇼셜은 한번 보면 뉘 안이 눈물을 흘니며 뉘 안이 탄복ᄒ오릿가 (1913.5.8)
李相協		눈물	1913.7.16 ~1914.1.21	本月 十六日 記念號브터 一面에 揭載ᄒᆯ 現代文藝界의 重鎭 靑年文士 天外小史 李相協氏의 苦心ᄒ 傑作 本紙의 新小說 모란봉은 뎌 작자의 ᄉ셰에 인ᄒᆞ야, 북득이 기간 즁지ᄒᆞᆫ바, 본월 십륙일, 긔념호부터ᄂ, 죠션에 쳥년쇼설을 미일 게지하야, 여러 독쟈로 ᄒᆞ야곰, 과로온 여름에, 더위를 이져바리시도록, 방금 쥰비 즁이오니, 게지되ᄂ 날브터, 미일 이독ᄒ시면, ᄌ미잇ᄂ 평판이, 졀로 나올 것이오 눈물이라ᄂ 쇼셜은, 그 ᄉ실이 미오 긔이ᄒ고, 그 문쟝이 미우 ᄌ미잇셔, 불샹ᄒ 부인의 슬흔 회포와, 가련ᄒ 쇼ㅇ의 더운 눈물에, 동졍의 눈물을, 흘니지 안이ᄒᆯ 이 업슬지오, 포학ᄒ 계집의 후회와, 무졍ᄒ 남ᄌ의 보복은, 그 통쾌긔이홈을, 스스로 ᄌ랑홈에 족ᄒᆯ시라, 이와 갓흔 쇼셜은, 실로 본보에 한ᄒᆞ야, 이독ᄒᆯ 쑨이오, 리샹협 씨가 안이면, ᄯᅩᄒᆫ 져작치 못ᄒᆯ지로다 消夏의 好材料 (1913.7.1)
李相協 重譯		驚天泣神 萬古奇談	1913.9.6 ~1914.6.7	이 만고긔담은, 슈천년 젼부터, 셔양각국에, 유명ᄒ 거셔라, 萬古奇談 그 ᄂ용은 지금 말ᄒᆯ 필요업시, 명일부터, 본지 삼면을 보시오 (1913.9.5)
趙一齋		菊의香	1913.10.2 ~ 12.28	菊의香 이독제군의, 대환영을 밧아, 갈치ᄒ시던, 쟝한몽(長恨夢)은, 일너로 맛치고 취미가 진진ᄒ 국의향(菊의香)을 게지ᄒᆞᆸᄂ다. 본 쇼셜은, 일긔쳔기로 몸은 화류항에 침륜ᄒᆞ얏스나 그 ᄆᆞ음은 빅옥ᄀᆞᆺᄒᆞ야 고샹ᄒ 리샹으로, 현셰가평과, 샤회의 쳔만가지로, 파란을 격그며, 오히려 지긔를 굴치 안이ᄒ고, 격간에 경력ᄒᄂ 풍상은, 눈물이 소스며 피가 흘너, 누가 그 긔셩에게, 동졍을 표ᄒ지 안이ᄒ리

게재란	저 자	제 목	날 짜	소설예고
				요. 강호제군은, 런이와 이원과, 의협과, 비참흔 쇼설을, 비젼 이독ᄒ시오 (1913.9.28) 菊의香 본 쇼설은 명일부터 뎨스면에 련속ᄒ야 게지ᄒ오 본 쇼설은 현더 가정의 파란을 그린 듯시 써서 잇스니 본 쇼설을 보시고 동졍을 표ᄒ시는 니는 츔심으로 본 쇼설로 인ᄒ야 증계도 ᄒ고 모범도 ᄒ기를 원ᄒ오 (1913.10.1)
	趙一齋	斷腸錄	1914.1.1 ~ 6.10	단장록(斷腸錄) 국의향(菊의香)은 본월회일에 젼편을 맛치고 신년 초 일일브터는 「단쟝록」이라는 취미진진ᄒ고 회 로이락이 일편즁 가득흔 본 쇼설을 이독ᄒ시오 이 쇼설에는 신츌긔몰흔 미인도 잇고 의긔 만은 호걸 도 잇고 부모에게 효셩 잇는 어린 아희도 잇고 우 슈운 수실도 잇고 슬픈 눈물도 가득ᄒ오 오늘날 가뎡에는 뎍당흔 쇼설이오니 시히 오기를 고더ᄒ 셔 본 쇼설을 구경ᄒ시요(쳡의 허물은 중지) 趙一齋筆 가뎡에 필요흔 쇼설 (1913.12.19)
	綠東生	金太子傳	1914.6.10 ~ 11.14	金太子傳 김티ᄌ젼 綠東著 ᄌ리로 여러분이, 이독ᄒ시던, 만고긔담은 지나 간 공일에 그만 젼편을 맛치고, 명일부터는, 동서 각국에도 업고, 고금력더에도 업는, 일더파격쇼 셜(一大破格小說)이온더, 가뎡에 게신 귀부인슉 녀씌셔, 간단업시 계쇽ᄒ얍시닌, 분흘 째 원통흘 째, 쟝쾌흘 째, 섭섭흘 째, ᄌ미잇슬 째, 온곳 우리 사롬의 가진 칠졍(七情)이 한 시간에도 멋 번식 쇼스나와 밥먹는 것, 잠자는 것, 더운 것, 치운 것 다 니져버리고, 이 쇼설이 안이면 우리 인싱의 쾌 락을 어더셔, 구ᄒ리오 ᄒ는 마음이 져절로 싱길 터이올시다. …… 아불사, 쇼셜 일홈을 니져바리 고 안이 쎗구나…… 올치 「김티ᄌ젼」 「金太子傳」 읽는 법은 이럿것다 이왕 구식으로, 화셜이라, 각셜이라 舊小說의 趣妙 (1914.6.9)
	沈天風	兄弟 (형뎨)	1914.6.11 ~ 7.19	〈兄弟〉 "오리 동안 여러분의 가쟝 이독환영ᄒ시던 본보 련지쇼설 단쟝록은 ᄉ오 일 니로 맛치게 되겟고

게재란	저 자	제 목	날 짜	소설예고
				그 뒤를 니어 시로 취미가 진진혼 쇼셜이오 이 쇼셜은 젹쟈가 여러 달 동안 고심로력ㅎ야 셰계에 유명혼 론돈타인쓰라는 신문에 련지되야 셰샹에 쪄들던 「지나간 죄」라는 쇼셜을 근본으로 숨고 인졍풍쇽을 교묘히 우리 죠션에 맛도록 혹 번역도 ㅎ며 혹 즈긔의 의스를 붓치여 모즈 간의 긴졀혼 사랑과 형뎨 간에 두터운 은의와 의긔가 일편에 넘치며 셰샹이 문명홀스록 인류의 싱활은 더욱더욱 위험혼 현샹이 눈압헤 소연이 낫하나고 간간히 빅졀쟝졀ㅎ여 보는 사롬으로 ㅎ야곰 게으른 쟈는 쾌할ㅎ고 용감혼 ᄆ암이 스스로 일써오 눈물 만코 피 만혼 쟈는 참마암으로 쓰러나오는 동졍심을 금치 못홀지며 더욱 본쇼셜은 번거혼 잔소리는 모다 이것을 피ㅎ고 간명히 그 스실을 긔록혼 것이오니 익독졔군은 다대혼 흥미를 붓치여 계쇽 익독ㅎ시오" (1914.5.19)
趙一齋	趙一齋	飛鳳潭	1914.7.21 ~ 10.28	飛鳳潭 趙一齋 作 "졔군이 환영익독ㅎ시던 쇼셜 형뎨(兄弟)는 오륙 일 니에 맛치고 계쇽ㅎ야 쇼셜 「비봉담」을 련지 ㅎ겟스오니 비젼 익독ㅎ소셔 이 쇼셜의 간간혼 즈미가 잇고 업는 것은 로로히 셜명치 안이ㅎ오 보시면 그 진가롤 아실 듯 이 쇼셜은 죠일지 씨의 뇌롤 쓰고 ᄆ음을 슈구로히 혼 결실이라 홀 만ㅎ 오니 그 니용이 얼마나 슯흐고 깃겁고 쟝쾌혼지 평론에 더ㅎ야는 익독쟈졔군에게 맛겨두노라" (1914.7.11) 비飛 봉鳳 담潭 신쇼셜 비봉담 본 쇼셜 비봉담은 오는 이십일일 화요일브터 게지홀 터이오 본 쇼셜은 이갓흔 여름날에도 더위를 이져바리고 빙슈갓치 시원혼 쳥량졔가 될 것이오 본 쇼셜은 다졍혼 남녀의 련이담이 젼편에 츙만ㅎ고 눈물도 가득ㅎ오 본 쇼셜은 련이로 ㅎ야 속을 타우는 혼 녀즈로 ㅎ여 여러 가지 파란이 싱기오 본 쇼셜은 긔긔괴괴ㅎ고 취미진진ㅎ며 한 번 손에 들면 쯧ᄭ지 아니 볼 슈가 업시 즈미가 잇고 신긔ㅎ오 본 쇼셜은 남녀 간의 련이쑨 아니라 쟝쾌ㅎ야 독

게재란	저자	제목	날짜	소설예고
				자로 ᄒ야곰 졍신이 번젹 나게 ᄒ고 간간히 민활ᄒ 경관의 탐졍ᄒᄂ 스실도 만이 잇고 본 쇼셜은 각 방면에 디ᄒ야 모다 됴흔 참고홀 지료가 가득ᄒ오 본 쇼셜은 더욱 가뎡에 필요ᄒ 쇼셜이니 이 사회에셔 싱활ᄒᄂᆫ 사룸으로ᄂ 이와 ᄀᆺ치 가뎡샹 필요ᄒ 쇼셜을 아니브지 못홀 의무가 잇소 더위에 뎨일 지미 (1914.7.16) 신소설 飛鳳潭 비봉담 쇼셜 형뎨ᄂ 오늘ᄭ지 맛치고 오ᄂ 이십일일브터 예고와 ᄀᆺ치 신쇼셜 비봉담을 게지ᄒ오니 쇼셜은 경상남도 뎨일도회 쳐되ᄂ 진쥬에 일기 부호가 령양이 런이의 죄를 짓고 자비ᄒ 스실에 지너지 못ᄒ나 그 ᄂ용은 신츌귀몰ᄒ고 긔긔묘묘ᄒ야 사룸을 울녓다 웃겻다 ᄒᄂ 능력이 잇고 이 셰샹에셔 다시 엇어보지 못홀 쇼셜이니 이 긔회롤 일치 마시오. (1914.7.19)
何夢	貞婦怨	1914.10.29 ~1915.5.19		뎡부원 貞婦怨 "여러 독쟈의 길게 익독ᄒ시던 쇼셜 「비봉담」은 대갈치 가온데 불일 그 ᄭᆺ을 맛츄고 그 다음브터ᄂ 이에 쇼기ᄒ 「뎡부원」을 게지ᄒ겟소이다 「뎡부원」은 신쇼셜 「눈물」을 게지ᄒ야 신문에 니이던 쇼셜 중 무쌍ᄒ 환영을 밧앗고 「만고기담」을 번역ᄒ야 세계의 큰 보비롤 우리의게 쇼기ᄒ 리샹협 션싱의 그 동안 근고 모흔 열미이라 「졍부원」은 본리 셔양의 쇼셜이라 지금 덕국과 젼쟁ᄒᄂ 영국 사룸이 지은 쇼셜로 일빅 년 이러 세계에 유명ᄒ 쇼셜이라 고로 여러 나라 말로 번역되야 넓히 힝ᄒ던 바이라 그 스실은 가히 본밧고 가히 경계ᄒ고 가히 쥬먹을 쳐셔 쾌홈을 부르며 가히 눈물을 흘녀 ᄌ미를 구홀 스실이 민일지폭에 갓그ᄒ 즁 특히 그 아슬아슬ᄒ 디경을 넘기ᄂ 머리와 슯흐고 분ᄒ 스실을 돌리ᄂ 마듸에ᄂ 보ᄂ 스룸으로 ᄌ연 그 마음이 슈셜 안에 흘러드러가 불샹ᄒ고 어엽부고 부럽고 본밧ᄂ 쥬인공의 깃거운 것을 보면 스사로 우슘이 나올지오 그 슯흠을 보면 눈물이 먼져 앞흘 셜지니 이것이 셔양소셜 안이고ᄂ 용이히 엇어보지 못홀 것이오 ᄯ한 셔양쇼셜의 한 특싀이오

게재란	저 자	제 목	날 짜	소설예고
				원텬하 소실의 주미롤 취호야 쇼셜을 소랑호는 사룸의 모다 됴와호는 바이라 그와 곳치 주미잇는 소실에 더군다나 그 필법은 아못됴록 잔말을 더러 보기에 편호고 영화로온 꽃을 꼭 마물려 나죵에도 미흡호 싱각이 업도록 지은 것이라 그 쑨 안이라 미일쇼셜에 씌이는 그림은 이젼보다 더욱 션명호고 묘호게 실샹 소실 사진 박인 것이나 죠곰도 다름 업시 박혀날 것이니 주미잇는 글 아름다온 그림을 합호야 목젼에 그 소실을 봄과 죠금도 다롤 바이 업슬 것이라 엇지호얏던지 이번의 소설은 이젼에 우리의 구경치 못호던 신긔호 시시험이라 독쟈의 젼과 갓치 사랑호야 읽기롤 바라노라 (1914.10.22) 近近連載홀 極히 滋味잇는 新小說 貞婦怨 오리 죠흔 평판을 밧던 죠일지 씨의 「비봉담」의 뒤에 나올 신쇼셜이 즉 「뎡부원」이올시다. 「뎡부원」은 그 일홈과 갓치 뎡렬호 부인의 원한이올시다. 「뎡부원」은 그 소실이 이젼에 잇던 쇼셜 즁에 참 엇어보지 못호던 신긔호 것 쑨이올시다. 「뎡부원」은 그 글에 잔말이 격고 쏘한 쇼셜 꽃이 독쟈의게 부죡호 싱각이 업도록 잘 마물려 잇습니다. 「뎡부원」은 텬하에 유명호 셔양쇼셜을 근본으로 삼아 번역호 것이올시다. 「뎡부원」은 독쟈의 환영과 갓치롤 밧을 여러 가지 죠견이 구비호얏슴니다. 「뎡부원」의 그림은 유명호 명화로 샤롬의 령혼이 그림 쇽에 든듯호야 주미잇는 쇼셜의 본문에 금상첨화이올시다. 다힝히 독쟈의 익독을 바랍옵느다 (1914.10.25)
	趙一齋	續編 長恨夢	1915.5.25 ~ 12.26	續編 長恨夢 "향일 본 신보에 련지호야 익독졔군의 심신을 황홀케 호고 만도 인스가 모다 동경호야 져녁에 미양 본보룰 손에 들면 먼져 소셜탄으로 눈이 돌아가며 스사로 눈물을 금치 못호던 바 됴일지 션싱의 져슐호 쟝한몽(長恨夢)의 그 후 꽃을 다시 익독졔군에게 소긔홀 긔회를 엇엇도다 한도 만코 졍도 만코 눈물도 만코 신셰도 긔구호던 심순이「沈順愛」여! 여러 풍파룰 다시 너고 젼

게재란	저 자	제 목	날 짜	소설예고
				비를 회과ㅎ야 진졍흔 사롬이 다시 되여 일양의 회복ㅎ는 긔회를 엇은 심순이! 그 후의 성활이 엇더ㅎ며 그 후에 가뎡이 엇더ㅎ고 호긔로운 빅락관「白樂觀」이며 셰샹 사롬 보기를 사갈ヌ치 미원ㅎ며 사회 인졍의 부박흠을 가슴에 미치도록 한탄ㅎ던 리슈일「李秀一」은 순이의 셧씃흔 졍과 순이의 간졀히 뉘우친 회과에 다시 어진 사롬이 되야 엇더흔 셰월을 보너는지 최만경「崔滿慶」의 최후 락담ㅎ야 부지 거쳐된 후일은 엇더ㅎ고 여러 이독쟈의 한번 알고즈 ㅎ는 바인고로 특히 됴일지의 집필ㅎ기롤 쳥ㅎ야 이졔 장한몽의 속편을 련속 게지ㅎ게 되엿슴이오 역시 이독ㅎ시던 하몽셔싱의 명부원은 칠팔회로 이독중 맛치게 되얏슴" (1915.5.11)

속편 長恨夢 조일제 작
"명일브터 신쇼셜 속편 쟝한몽이 련지될 터인즉 젼편 쟝한몽을 이독ㅎ신 졔씨는 불가불 계속 이독ㅎ여야 쟝한몽의 진졍흔 취미를 가히 짐작ㅎ겟소 심순이의 젼방싱의 긔구ㅎ던 신세는 그리도 여얼이 다 벗지 못ㅎ고 헐튼 실마리ヌ치 흥샹몸에 붓좃차 단이며 이 셰샹의 물결에 다시 일니는 몸을 짓게 ㅎ니 구렁에셔 버서나왓던 옥ヌ흔 몸이 다시 사롬의 시긔로 인ㅎ야 독슈에 걸니여 거의 거의 함졍에 쌔질 듯 쌔질 듯 자긔의 젼일 허물을 항샹 쥐웃쳐 그 허물을 속홀 한번 긔회가 도라옴이라 ㅎ고 ᄾ롬을 원망치도 안이ㅎ고 또는 나의 몸에 밧는바 고통 더욱 인니ㅎ야 바른 도리로만 나아가는 심순이는 인ㅎ야 졔반간고를 다 익이고 다시 리슈일과 원만ㅎ고 단란흔 가졍을 일우엇스며 독사의 셩질과 ヌㅎ야 나의 뎍국을 모함코즈 각항 슈단을 드ㅎ며 모단 모욕을 다쥬던 최만경은 드듸여 평소의 뜻을 일우지 못ㅎ고 피ㅎ야 도라간 쟈가 되얏스니 져간에는 파란이 만쟝에 나으러 선연흔 곳으로 ㅎ야곰 풍우로 쎠러치고 진흙에 뭇치이며 사롬의 눈에 볿히는 것ヌ ㅎ야 사롬의 간장을 긁어닉이는 듯흠은 쟝츠 명일브터 츌싱홀 속편 쟝한몽의 자랑홀 긔치이오 현금 남녀 사회의 거울이라 데일회로브터 못 ᄭ지 ᄌ셔히만 보아 읽어쥬시기롤 간졀히 희망ㅎ고 감히 권ㅎ는 바이로다" (1915.5.19) |

게재란	저 자	제 목	날 짜	소설예고
				〈속편 長恨夢〉 연재 시작. "속편 쟝한몽을 읽으려면 젼일에 련치되던 젼편 쟝한몽의 더기롤 요령만 취흐야 간단히 셜명홀 필요가 잇슬 뿐 안이라 젼일에 쟝한몽을 이독흐시던 졔군이라도 그간 여러 달을 지니엿슴으로 다쇼간 그 스실의 션후를 이져바리엿기 쉬웁겟슴으로 부득이 속편 쟝한몽을 련지흐기 젼에 젼편의 대요롤 대강 긔록흐야 독쟈의 편리를 엇게 흐노라" (1915.5.20)
	匿名子	沙村夢	1916.1.1 ~2.2	
	何夢	海王星	1916.2.10 ~1917.3.31	"「히왕셩」의 원본은 셰계각국에 일홈이 놉히젼흔 유명흔 법국쇼셜로 긔이흔 쟈미가 텬하에 짝이업는 신통흔 쇼셜이올시다 그것을 동야스졍에 맛도록 돌라 쑤며 령롱흔 필법으로 긔록된 것인 즉 아모가 보던지 쟈미가 무궁흡니다 편즙쟝이 말흐되 「히왕셩을 보고 쟈미가 업다는 사롭이 한 사롭인들 잇슬가 히왕셩은 텬하에 긔이흔 글이라 그 쟈미가 무궁무진흐니라」 됴일지가 말흐되 「히왕셩은 첫회에 한 번만 보면 끗끗니 죵만까지 안이볼 슈 업스니 쇼셜을 질겨 흐지 안는 이는 당초부터 보지 마시오 신문이 오면 니가 먼져 보겟다고 너외 간에 싸홈이 나시리다」 하몽이 말흐되 「히왕셩은 엄청나게 길다란 쇼셜이니 즐기차게 더여 보지 못홀이는 당초에 고만 두십시오 즁간에 「남의 마옴만 간즈럽게 흐고 길게 느린다」고 원망흐시면 곤난흡니다」 급스가 말흐되 「히왕셩에 더흐야 하몽션싱의 의긔가 굉쟝흐심니다 히왕셩에 대환영을 못 바드면 다시는 쇼셔에 붓을 더이지 안이흐신다구요」 (1916.1.18)
	春園	無情	1917.1.1 ~ 6.14	無情 춘원 이광수씨작 신년브터 一面에 연재 "從來의 小說과 加히 純諺文을 用치 안이흐고 諺漢交用書○文體를 用흐야 讀者를 敎育잇는 靑年界에 求흐는 小說이라 實로 朝鮮文壇의 新試驗이오 豊富흔 內容은 新年을 第俊흐라" 文壇의 新試驗 (1916.12.26)

게재란	저 자	제 목	날 짜	소설예고
	沈天風	山中花	1917.4.3 ~9.19	〈山中花〉 심천풍 저 ▲민일신보가 발간된 후로 뎨일댱편으로 실로 일년 삼기월을 계쇽ᄒᆞ야 긔발 참신ᄒᆞᆫ ᄉᆞ실과 웅건령룡ᄒᆞᆫ 필법으로 만텬하에 갈치를 밧던 리하몽 군의 희왕셩은 셥셔ᄇᆞ지만은 수일 후에 맛치게 되얏소이다 ▲그러면 그 뒤를 니어 나올 쇼셜은 무엇인가 여러분 쇼셜 인독자의 미우 굼굼ᄒᆞ실 것이외다 이 다음 나올 쇼셜은 두셔와 ᄀᆞ치 산중화라는 쇼셜이오 그 쇼셜을 지울 사름은 여러분 독자의 익히 짐작ᄒᆞ시는 심텬풍 군이외다 그의 슈단은 발셔 셰샹에서 임의 짐작ᄒᆞ는 바인즉 이졔 다시 소기ᄒᆞᆯ 필요가 업ᄉᆞ외다 ▲그리ᄒᆞ고 이 쇼셜의 니용이 엇더ᄒᆞ며 자미가 잇슬는지 업슬는지는 읽어본 뒤가 안이면 모로시겟지마ᄂᆞᆫ 이 소설의 특졈은 대략 아리와 ᄀᆞᆺᄒᆞᆫ 취미가 잇ᄉᆞ외다 ▲이 쇼셜을 읽으면 남녀 간의 참사랑이 엇더ᄒᆞᆫ 것인지 ᄯᅩᄂᆞᆫ 이 사랑의 힘이 엇더ᄒᆞᆫ지 ▲이 쇼셜을 읽으면 이 셰샹의 질투 소위 강심이라ᄂᆞᆫ 것이 엇더ᄒᆞᆫ 것이며 ᄯᅩᄂᆞᆫ 그 결과가 대긔 엇더ᄒᆞ게 되ᄂᆞᆫ 것인지 ▲이 쇼셜을 읽으면 모자 간의 스ᄉᆞ로 소ᄉᆞ나오ᄂᆞᆫ 인졍이 엇더ᄒᆞ며 이를 위ᄒᆞ야ᄂᆞᆫ 얼마나 쓰거운 마음과 미운 졍셩을 들이ᄂᆞᆫ지 ▲이러ᄒᆞᆫ 우리 인싱의 모든 어려운 사졍이 모다 사실이 되야 비결, 쟝졀, 쾌결ᄒᆞᆫ 일편 소설을 일운 것이외다 ▲비평은 게지후 독자졔군의 권리 (1917.3.27)
	秦舜星	紅淚	1917.9.21 ~1918.1.16	"쇼셜「홍루」ᄂᆞᆫ 불란셔에 일흠 놉흔 소설가「듀마」씨의 걸작으로 세계 여러 나라말로 번역되어 수빅만 남녀의 눈물을 흘니게 ᄒᆞᆫ 유명ᄒᆞᆫ 소셜이라 달ᄀᆞ고 꼿ᄀᆞᆺᄒᆞᆫ 곽미경(郭梅卿)의 다졍다한(多情多恨)ᄒᆞᆫ 일성의 긔록을 보고 누구라셔 어엽부다고 창찬ᄒᆞᆫ지 안이ᄒᆞ며 가엽다고 눈물을 흘리지 안이ᄒᆞ리오 즈고로 미인은 박명ᄒᆞ다 ᄒᆞᆫ지만은 미경이쳐럼 박명ᄒᆞᆫ 사룸은 세상에도 드물리라 그고은 얼골에 그 조흔 지죠에 그 죠흔 명셩에 텬하 사룸의 ᄉᆞ랑을 한몸에 모흐면서 사랑ᄒᆞᆫ는 남자롤 위ᄒᆞ야 가진 고락을 다 격다가 맛참ᄂᆡ 이역에 원

게재란	저 자	제 목	날 짜	소설예고
				혼이 되니 그의 남긴 칙 한 권만 그의 긔념이 되어 스랑ᄒ던 남ᄌ의 아홉 구비 창ᄌ를 끈토다 이 미인 미경의 파란만코 칭절만흔 일싱이 대문호 쥬마 션싱의 신령흔 붓긋헤 이슬이 되어 세계뎍 걸작 홍루 일편이 되고 이것이 다시 청년문ᄉ로 명싱이 졍졍흔 「秦瞬星學文」 군의 류챵ᄒ고 넘려흔 붓을 것쳐 됴션문단에 옴겨 심기계 되니 실로 시로 일어나는 죠션문단의 다힝일 뿐더러 이독쟈 여러분의 참아 놋치 못홀 이독물이 될 것이라 대환영 대갈치를 밧던 쳔풍군의 산즁화가 끗나기를 기ᄃ려 본지샹에 련지될 것이오니 독쟈 여러분은 잠간 기ᄃ리소셔" (1917.9.7)
	春園	開拓者	1917.11.10 ~1918.3.15	
	何夢	無窮花	1918.1.25 ~7.27	本紙의 新小說 〈無窮花〉 ◇ 대환영을 밧던 「홍루」와 「긔쳑자」는 갈치 즁에 임의 끗을 맛치고 이십오일부터는 시로히 「무궁화」라는 신쇼셜을 게진하게 되얏슴니다 ◇ 「무궁화」는 「눈물」 「명부원」 「희왕셩」을 본보에 련지ᄒ야 만텬하 독쟈의 찬양을 밧은 리하몽의 졍셩과 힘을 다ᄒ야 궁리흔 지 반년 만에 엇은 쇼셜이올시다 ◇무궁화 아러에서 연분의 향긔를 발흔한 청년과 한규수의 파란만흔 경력과 신고만흔 ᄉ실은 죵리 셰상에 류힝ᄒ는 쇼셜에 잇어 보지 못홀 것은 물론이어니와 ◇득히 원한만흔 청년의 쳐디와 명렬흔 규수의 혀샹홀 수 업는 고셩의 협흔 기셩의 각탄홀 활동은 한 가지 도독쟈의 예샹 이외에서 나오지 안이ᄒ홈이 업셔 ◇눈물을 흘리는 즁에 칙상을 치며 쾌홈을 무를 것이오 우슐을 가온디에도 무한흔 교훈이 품어잇슴으로 ◇다만 한 편의 소셜로 진미가 무궁홀 쑨 안이라 쏘한 넉넉히 량가의 부녀에게 죠흔 교훈을 쎄침이 젹지 안이ᄒ리이다 ◇쎄난 ᄌ미잇는 리약이를 구홀 음력졍초가 머지 안이ᄒ얏도다 본보의 「무궁화」를 이독ᄒ는 이는 졍초에 다시 다른 ᄌ미를 구홀 여디가 업스리이다. (1918.1.23)

게재란	저 자	제 목	날 짜	소설예고
	菊如	紅樓夢	1918.3.23 ~10.4	紅樓夢 "春園生의 開拓者는 우리 滿天下愛讀者諸氏의 歡迎喝采裡에 가장 意義잇게 이미 終了흔바 二三日後에 다시 또 연재홀 小說은 져 支那淸朝 曹雪芹典 大傑作이오 大名作인 曠前絶後흔 소설 紅淚夢으로 이를 우리 支那의 戱曲小說에 자못 造詣가 즛못 깁흔 菊如梁 建植氏가 原文을 充實흐게 現代語로 苦心譯述흔 것이니 그 原作者의 錦心繡腸과 縱橫흔 才筆노 恨人 恨事를 가지고 榮國府의 貴公子인 賈寶玉 대 金陵十二釵의 錯綜흔 情話를 絢爛흔 文章으로 情趣잇게 描寫흐야 支那上流家庭의 못갓고 玉갓흔 男女 數百人이 이世上의 缺陷萬臺에 總出흐야 觀者의 눈이 炫湟흐도록 각각졔 所長디로 戀愛, 執者, 嫉妬, 奸計의 모던 妙妓를 演홀 것은 末尽에 譯者의 筆端을 것쳐 시롭게 愛讀者諸氏의 眼前에 展開될 것이라 (1918.3.23)
	閔牛步	哀史	1918.7.28 ~1919.2.8	哀史 익스 ◎오리 동안 본지에 련지되여 독자의 호평을 밧던 하몽 리샹협 씨의 「무궁화」소설은 일빅이십여 회로써 끗을 맛쵸고 그 다음에는 우보 민티원 씨의 「익스」를 련지흐게 되엿슴니다 ◎이 「익스」라는 소설은 지금부터 삼십사년 전에 이 세상을 썰닌 불란셔의 문호 「쌕토루, 마리, 위고ㅡ」 셔싱의 져작흔 바로 지나간 빅년 동안에 넛빅 명의 소설가가 몃 편질의 소설을 지엇스나 이 소설 우에 올너가는 쇼셜이 다시 업다고 하는 「레미졔라블」이라는 소설를 번역흔 것이라 ◎「유고!ㅡ」 션싱은 불란셔의 다졍다한흔 소설가로 그 십사셰의 소년 씨부터 일홈이 놉헛스며 그 즁년에 이루러써는 글 잘흐는 공으로써 귀족의 반열에까지 올넛는디 이 소설은 오십셰 이샹 한 참 무루녹은 씨에 지은 것이라 고금에 업는 유명흔 소설이라는 일홈을 듯는 것이 또흔 용이치 안이흔 줄을 알 것이라 ◎이 셰계덕 대걸작이 우보 민티원 씨의 령롱흔 붓씃으로 번역되여 우리 미일신보에 련지되며 우리 여러 독쟈에게 소기됨은 본사의 쟈랑으로 싱각흐는 바이라 독자졔군이여 그 소설이 얼마나 자미잇는가를 알고자 흐는가 잠간 이삼일만 참으

게재란	저 자	제 목	날 짜	소설예고
				라 (1918.7.28)
	菊如	奇獄긔옥	1919.1.15 ~3.1	
	蕉雨堂 主人	玉利魂	1919.2.15 ~5.3	
	逸名子 抄譯	桃花扇	1919.5.4 ~5.16	
	富春 山人	雪中梅	1919.6.2 ~8.31	
	蘭坡生	虛榮	1919.9.3 ~11.18	신소설 예고 여러분의 만흔 사랑과 환영을 밧어오던 부츈산인의 셜중미『雪中梅』는 나머지가 오류회에 지나지 안슴니다 이에 본지는 셜중미의 뒤를 니어 좌긔 소셜을 연속 게지흐겟스오니 여러분은 더욱~사랑히 닑어주시기 바라옵니다 가정소설 虛榮 蘭坡 洪永厚君作 ◇ 져작쟈의 말 셜중미의 뒤를 이어 금번에 가뎡쇼셜 허영『虛榮』을 여러분 압혜 드리게 되엿슴니다 그런디 우리 인류샤회에 흔히 잇는 통폐는 곳이 허영임니다 한 쩨의 허영심에 침혹더야 쟈긔의 쳐디와 경우를 싱각지 안코 분수에 지는 사치와 디위에 넘친 힝셰를 흐랴다가 필경은 일신을 그릇흐고 마는 일이 종종 잇슴은 깁히 통탄흐는 바이지요만은 특히 녀즈샤회에 이갓흔 현상이 만흠은 더욱 한심흔 일인 줄 압니다 그럼으로 나는 이덤에 디흐야 오릭동안 고심흔 결과에 요사이에 겨우 쇼셜의 지료를 엇어모왓슴으로 이제 지긔의 감흥과 로력으로 여러분을 위흐야 붓을 들기로 흐엿슴니다 원리 아모것도 아는 것이 업는 나로는 자못 대담흔 짓이라고도 흐겟지오만은 어느 뎜으로 보면 샤회를 위흐는 츙심에셔 나왓다고도 흐겟스온 즉 이 소셜을 읽으신 후에 만분의 한아이라도 씨다르시는 것이 잇슬것 갓흐면 나의 영광과 만족은 이우에 더 업슬 줄로 싱각흠니다 …蘭坡生… (1919.9.3)

게재란	저자	제목	날짜	주제	내용요약
단편 소설	舞蹈生 (무도생)	「再逢春 (지봉츈)」	1911.1.1	노름의 퇴폐에 대한 경고와 저축의 중요성 강조	라씨 부인의 남편 신호군은 주사청루와 화투골패에 빠져 집안의 돌보지 아니하고 가졌던 가산을 모두 탕진하는데, 그 후에도 그 노름 버릇을 못 버려 라씨 부인의 마지막 남은 비녀까지 팔아버린다. 그 돈을 다 잃은 후에 집에 돌아오니 라씨 부인이 기절해 있는 모습에 눈물을 흘리며 깨달은 바가 있어, 옛 버릇을 다 버리고 열심히 노동하여 돈을 벌고 저축하여 오년 만에 예전 전답을 모두 다시 사고 좋은 집도 장만하고 아들딸도 놓았다. "구호훈 후로 녯버릇을 다 버리고 금슬이 다시 됴화 즈긔는 로동으로 버러 푼푼젼젼 져축을 ᄒ야불과 스오년에 팔앗던 뎐답을 모조리 무른다 업시던 긔명도 ᄎ례로 작만ᄒ고 고대광실 됴흔 집을 여젼히 작만ᄒ 후 아돌짤을 충충이 나아 길으느디 물ᄌᆞᆺ흔 세월이 언의덧 ᄯ제초를 당ᄒ니 세찬을 ᄎ리로라고 라씨 부인이 몸소 도마를 디ᄒ고 안져 희식이 만면ᄒ더라"

게재란	저자	제목	날짜	주제	내용요약
단편 소설		「解夢 先生」	1912.1.1	미신을 믿는 풍속과 그것으로 민심을 그르치는 자에 대한 비판	여러 사람의 꿈을 해몽해주던 쟝님이, 한 손님의 꿈을 해몽해주다 도리어 자신 의 수작을 비꼬는 말을 듣게 됨 "신년에눈 여러 사름이 속에 싸여 잇던 씨를 씨씃케 닥가 문명혼 上等資格이 되겟소" "그러면 쟝님도 신년브터눈 눈 쓴 놈속이라고 먼눈을 번쩍거리며 컴컴 혼 슈작을 흐러단이지 안니흐겟구려"
단편 소설	菊初生	「貧鮮郎의 日美人」	1912.3.1	조선인 남자의 무능함과 허위성 폭로	일본인 아내와 가진 것 없이 가난한 조 선인 남편의 이야기. 내지에 있을 때, 온 갖 거짓말로 아내를 꾀어 조선에 왔는 데, 모두가 거짓말이고, 남편이 벌이를 하지 못하니 궁핍한 생활에서 벗어나지 못해 일본인 아내는 자신의 신세를 한 탄함.
應募 短篇 小說	一等 當選 (김성진)	「破落戶 (파락호)」	1912.3.20	주색잡기 에 대한 비판	김첨지의 꼬임과 주색에 빠져 가산을 탕진한 남자가 신흥수 절에가 허드레 일을 하던 중 돈 많고, 어여쁜 과부를 만나 다시 주색에 빠지던 중, 천둥번개 에 깨어보니 꿈이더라. "김첨지가 그놈으로 흐여 우리가 이 디경이 되지 안이흐얏나 글만 읽고 아 모것도 모르고 드러안진 우리를 쟝부가 되여 오입을 못보면 죽어도 흔이 된다 흐고 부모의 돈을 훔쳐오라 흐야 삼패 니 기성이니 은군즈니 흐눈 것들의 집 으로 끌고단여 필경 오늘이 디경이 되 지 안이흐엿나"
應募 短篇 小說	三等 當選 (金成鎭)	「虛榮心 (허영심)」	1912.4.5	미신타파	관상쟁이의 말만 믿고 대감이 되기를 기 다리는 남편. 죽을 때까지 대감이 될 것 을 의심하지 않는 모습이 풍자적이다. "이익, 자근대감아, 큰정경부인마님 엿 주어라, 큰대감, 졸서(卒逝)흐신다."
短篇 小說	金成鎭	「守錢奴 (슈전로)」	1912.4.14	돈만 알고, 학교와 신문과 같은 근대문물	아들이 학교를 다니는 것을 막기 위해 큰아들의 충고를 들어 시골로 이사가는 중, 큰 강을 만나지만 월천군에게 주는 돈이 아까워 그냥 건너다가 물에 빠지게 된다. 그러던 중 큰 아들이 월천군에게 노인을 구해주기를 부탁하나 월천군이

게재란	저자	제목	날짜	주제	내용요약
				에 어두운 조선인을 비꼼. 풍자적	100냥을 내라고 하니, 너무 비싸다고 20 냥만이면 안되냐고 흥정하던 중, 아버지는 100냥이면 그만두어라고 외친다. "이걸 학교에를, 못단이게 흐닛가, 쏘 신문지를 사셔보아, 너는 집이 망호고, 부모형뎨가, 족박을 차고 나셔는 것을 보아야, 무옴에 샹쾌흐겟늬, 너짓은 놈은, 진즉 죽어라, 죽어"
應募短篇小說	三等: 吳寅善	「山人의 感秋」	1912.4.27	저축의 중요성과 유용한 소비에 대한 강조	자신이 평생 아껴서 모은 재산을 자신이 하지 못한 자선사업을 할 수 있는 세쩻아들에게 물려주기로 함. 자신이 평소에 모으기만 하고 쓰지 못한 것을 인간의 허무이고 신명에 죄를 짓는 것으로 뉘우침. "사롬이 무엇을 흐려고 세샹에 낫스며, 무엇을 흐고가고 지물은 모앗다가, 무엇에, 쓰자는 것인고 의식쥬 세 가지는, 인싱에게 업지 못홀 것이나 나와짓치 만쳑군의 일홈을 느르면서, 왕쟝군의 고자짓치, 너이눗코, 쓰지 못흐는 것은, 아마도 인간에 허물이오, 신명에 죄를 지는 것이라 오냐 긔왕에 잘못흔 일은 흠일업다. 이후에나 잘흠 도리를 흐자"
應募短篇小說	三等: 金鎭憲	「虛慾心 (허욕심)」	1912.5.2	돈에 대한 허욕심을 경계	일을 하지 않고 부자가 될 생각만 하는 임주사가 남산 미륵에게 손으로 만지는 물건마다 금으로, 변하게 해달라고 빌자, 그 소원이 이루어지나 자신의 부인과 자식마저 황금부처로 변하고 먹는 음식까지 모두 금으로 변하여 굶어죽게 되자 후회한다. 그러나 그것이 일장춘몽이자 깨달은바 있어 다시는 허욕을 부리지 않겠다고 다짐한다.
應募短篇小說	三等: 金成鎭	「雜技者의 藥良」	1912.5.3	노름의 퇴폐 비판	노름하는 아들을 위해 약을 지어먹인 어머니, 그러자 아들의 손이 조막손이 되어 다시 노름을 할 수 없게 됨.
短篇小說	漱石 青年	「乞食女의 自歎」	1912.6.23	당시 기생의 허영을 비판함	한 걸식녀가 어느 집에 걸식하러 갔다가 그 집 주인 여자와 하이칼라처럼 보이는 예쁜 여자들이 남자들을 속여 돈을 뜯어내며 생활하는 것을 보게 된다. 그러면

게재란	저자	제목	날짜	주제	내용요약
					서, 자신도 예전에 그런 생활을 하다가 지금처럼 되었다면서, 너희들도 언젠가는 내 꼴처럼 될 것이라고 자탄함.
短篇小說	(이름과 제목이 없음)		1912.7.12, 13,14,16 (4회 연재)	궁핍한 생활을 하는 부부의 모습을 풍자함	황쩌벌이와 김성녀가 집세낼 돈이 없이 이판서 집에 가서 서로 남편과, 부인이 죽었다고 거짓말을 하여 염할 돈을 얻어낸다. 그러나 그것을 이상하게 여긴 이판서 내외가 누가 죽었는지에 대한 확인을 하는 바, 결국 두 사람이 모두 죽은 체하고 있는 것을 본 뒤, 누가 와서 염이라도 하라고 오십 전을 앞에 놓고 갈려고 하니, 황쩌벌이가 죽어서 안 쓰고 살아서 쓰겠다고 벌떡 일어난다.
應募短篇小說	三等: 趙相基	「진남ᄋ (眞男兒)」	1912.7.18	기생질에 대한 비판	김선달은 기생 섬월이에게 돈을 변통하여 다시 찾아가나 돈이 없는 줄 알았던 섬월이에게 냉대를 당하자 과거를 크게 뉘우치고 집에 돌아와 부인의 진가를 발견하고 열심히 일하기 시작하였다.
應募短篇小說 (李哲鐘)	三等當選	제목없음	1912.7.20	20세기에는 미신과 같은 구시대의 폐습을 버리고, 신학문을 하여야 한다고 충고함	박참봉이 조상의 음덕을 기대하며 지관에 따라 천묘만 하다가 패가한다. 그러나 아들은 이런 미신의 폐해를 알고 아버지에게 고언하나, 박참봉은 이를 무시한다. "(ᄋ둘) 디관만 청ᄒ오면, 무엇홉잇가 이전 우미ᄒ 시디에ᄂ, 조상의 음덕이니, 산소의 탓이니 ᄒ며, 만만부당ᄒ 허ᄉᄉ를 슝샹ᄒ엿ᄉ오나, 지금 이십셰긔 시더에ᄂ 그럿치 안슴니다. 신학문을 넉넉히 공부ᄒ야, ᄌ긔의 ᄌ격만 잇스면, 복록이 졔졀로 오ᄂ 법이오니, 져ᄂ 오날부터, 신학문을, 비호고져 ᄒᄂ니다.(참봉) 신학문, 신학문이, 다 무엇이냐 지금 신학문을 비와셔, 언졔나 써먹ᄂ단 말이냐, 잔말 말고, 어셔 디관이나 불러와"
應募短篇小說 (金光淳)	三等當選	「청년의 거울 (靑年鑑)」	1912.8.10, 11	주색잡기 비판	민·박·김씨가 모두 주색에 빠져 가산을 탕진하고, 모두에게 외면당하자 더 이상 회복할 길이 없음을 알고 육혈포로 자살하게 된다.

게재란	저자	제목	날짜	주제	내용요약
應募短篇小說	三等(千鍾煥)	「六盲悔改」	1912.8.16, 17	가정의 비위생적인 것을 지적함. 식민담론 중 위생담론에 대한 강조	(김맹) 공동변소의 불결함에 대해 말함. (허맹) 자신은 공동변소인 줄 알고 소변을 보던 중 그곳에 원래 사람이 살던 사람에게 뺨을 맞고 도망쳤음. (원맹) 한일자(一)을 써달라고 하는 부탁에 손이 덜려 (1)로써 학동들에게 놀림을 당함 (문맹).
應募短篇小說	三等當選(李壽麟)	제목없음	1912.8.18	풍기문란 (주색잡기)에 대한 경계	주색에 빠져 가산을 탕진하고, 첩마저 다른 남자와 달아난 친구의 이야기를 듣고, 주색에 빠지지 말기를 결의하는 결의대회를 열어 성공적으로 마침. "됴흔 수가 잇네, 우리가 누구누구를 다 짐작ᄒ니, 일졔히 평ᄒ야, 모아놋코, 일쟝 리해를 셜명ᄒ면, 필연 감화가 될 것은, 내가 쟝남홀 터이니, 동지회를 조직ᄒ야, 쥬시쟝에ᄂ, 다시 범치말기로, 결심동밍을 ᄒ고, 취지를, 경찰서에 신고ᄒ야, 만약 규측을 범ᄒᄂ 쟈ᄂ, 펴벌ᄒ기로, 시약서를 ᄒ며, 각기 영업을 힘스면, 못될 일이 업갯지"
應募短篇小說	三等(金秀坤)	제목없음	1912.8.25	교육의 중요성 강조	자신은 부유한 집에서 태어나 부모나 스승의 충고를 듣지 않고 주색잡기와 오입질에 놀아날 때, 이웃집 친구 김씨의 아들 만셩이는 학업에 열중하였다. 결국 자신은 초라하게 되었지만, 만셩이가 대성한 것을 보고 후회하게 된다. "네– 나이 벌써 여덟살이니, 쇼학교에 입학ᄒ야, 공부를 열심ᄒ며, 교ᄉ의, 교훈하시ᄂ 바를, 명심ᄒ야 잇지마라 지금은 비록 빈한ᄒ지라도, 학업을 심써 ᄒ면, 셔중에 자유만죵록(書中自由万鍾祿)이니라"
應募短篇小說	三等(朴容浹)	「섬진요마 (殲盡妖魔)」	1912.8.29	미신타파	무당판수에게 집안을 망친 조승지 댁이 구걸을 다니면서 무당판수에 혹한 광경을 보면 설득하여 그만두게 하니 이에 명성이 자자해지는데 부인계에서는 시를 지어 그녀를 칭송한다.
應募短篇	三等(金東薰)	「고학싱의 성공」	1912.9.3,4	교육의 중요성	고아 김일귀는 김교사의 도움으로 공부하던 중 자신이 번 돈으로 여비를 마련

게재란	저자	제목	날짜	주제	내용요약
小說		(苦學生의 成功)		강조	하여 동경으로 유학을 가 우등으로 졸업하고 귀국하던 길에 치한으로부터 여자 유학생을 구출하여 주고 그 인연으로 결혼하게 된다. 가세가 유여한 무남독녀인 아내의 부모를 모시고 살다가 타계하자 김교사를 부친같이 섬기며 화평하게 살게된다. "하롭밧비 드러가고 십숩니다. 학비는, 로동을 ᄒ여셔라도, 버러쓰면서, 공부 셩취ᄒ여가지고, 첫지는, 션싱님의 은덕을, 만분지일이라도, 갑고져 ᄒ오며, 둘지는, 국민된 직분을 다ᄒ고져 ᄒ옵니다." "그런 사롬도 인니와 셕음 네글ᄌ를 뢰슈에 식여셔, 공부ᄒ 결과라, 그러면, 학싱이라는 것은 반다시, 이 위에 말ᄒ 두 가지 방법을 가지고, 공부를 ᄒ여야, 후일의 유용지 인물이 될 것이오, 쏘 사회상에, 묘범덕 인물이 될 것이니 부디부디 명심ᄒ여라"
應募短篇小說		「원혼 (怨魂)」	1912.9.5,6, 7	무지 때문에 아내를 죽게 만든 것을 비난함	주인공 허룡이 이옥순이라는 미인과 결혼하나 꼬임에 빠져 12년간 시베리아로 도망가서 지내다가 돌아왔는데, 아내가 복창병에 걸려 배가 부른 것을 허물이 있는 것으로 잘못 알고 시어머니와 함께 꾸짖고 추궁하니, 억울한 옥순은 죽은 후 배를 갈라 보라며 목을 맨다. 배를 갈라 보니 수포 뿐이라 허룡이 자신의 무지를 크게 뉘우쳐 후히 장사하고 취처도 아니하며 재산을 탕진하다가 걸인이 된다.
應募短篇小說	三等: 辛驥夏 (本社員補)	「픠ᄌ의회감 (悖子의 回感)」	1912.9.25	효의 중요성에 대해 충고함	개백정 치득이는 칠십이 넘은 노모를 학대하며 살아가는데, 장마다 개다리를 사가는 싱원에게 그 이유를 물으니, 노모를 봉양하기 위해서라 하며 자신들은 죽으로 연명한다고 하는 소리를 듣고 그 말에 감화되어 노모께 울면서 사죄한다.
應募短篇	三等: 車元㳞	제목없음	1912.10.1	음탕한 간부에	남편 몰래 외도하던 여인이 그 장면을 본부에게 들켜 정부와 함께 고소당하여

게재란	저자	제목	날짜	주제	내용요약
小說	(本社員補)			대한경제.풍기문란비판	경찰서에 끌려가는 꿈을 꾼 뒤 크게 뉘우쳐 정부를 설득하여 보내고 그날부터 개가천선하여 순량한 부인이 되었다. "그디는 닌 말을 드러보라, 남에 조식이 되어, 공부를 힘써호야, 우으로 나라를 충성되히 셤기고, 아리로, 부모를 효도로 봉양호며, 쳐조를, 올혼 도리로 거느리고, 일변을, 실업을 쟝려호야, 셩명을 샤회에, 쟈쟈케 호고 부모에게 영광을 보이는 거이, 남조의 당연혼 도리어놀, 너는, 부모의 어지신 은덕을 져바리고, 쳐조의 바라는 바를, 도라보지 안이호고, 이와 갓치 야만의 힝위를 호니, 너도 응당 법률을 밧을지라, 또혼 비온 글조가 잇슬지니, 샹강과, 오륜은 듯지도 못호엿는가, 만일 오륜을 모르면, 법소에 가, 법관에게 조세히 드르라"
應募短篇小說	三等:李鎭石(本社員補)	제목없음	1912.10.2, 10.6	미신타파	재산은 유여하나 자식이 없어 미신에 빠지게 된 이찬 서댁이 무녀 노파의 말에 혹하는데, 경찰에 잡힌 무녀가 훈계 받는 것을 보고는 허탄한 말에 혹하지 않을 결심을 한다.
應募短篇小說	三等:崔鶴基	제목없음	1912.10.9	교육의 중요성 강조	아버지를 일찍 여읜 복동이가 날마다 나무를 하여 모친을 봉양하는데, 이에 모친이 학업을 하지 않으면 양반의 자손도 상사람이 되고 상사람의 자손도 학업을 하면 양반이 될 수 있다고 권하여, 그날로 책을 싸들고 이웃 선생을 찾아가 학문에 매진하매 큰 사람이 되어 국가에 동량이 되고, 일가에 영화를 세운다. "량반의 조손이 학문이 업스면, 샹사룸 되고, 샹사룸의 조손도, 학문이 잇스면, 량반이 되느니라, 너는 깁히 싱각호야, 오놀부터, 글공부를 홀지어다" "직물은 앗겨도, 필경 허여지는 것이오, 학문은 써도, 다호지 안이호며, 국가의 동량이오, 공중의 리익이오, 몸의 영광이라, 부모되여, 엇지 슈션로를 지으며, 조식이 되야, 엇지 학문을 힘쓰지 안이호리오,"

게재란	저자	제목	날짜	주제	내용요약
應募短篇小說	三等 : 李重奭	제목없음	1912.10.16	근면성실에 대한 강조	젊어서 남의 부러움을 받으며 호의호식하던 김좌수가 지나친 호사와 협잡의 생활 끝에 늙어서는 겨울에도 베옷 입고 명절을 못 쉴 정도로 영락하여 있던 중, 젊어서 고생하며 열심히 일한 끝에 이제 남부럽지 않게 살게 된 득이 부친이 김좌수를 불쌍히 여겨 집으로 불러 음식을 대접해주니 김좌수가 옛날일을 후회하며 탄식한다. "엇더튼지 사룸은, 정직ᄒ고 검박ᄒᆞᆫ 사룸이, 쟝리에 복을 밧는 법이지, 불의에 ㅅ 힝동을 ᄒᆞ면서, 금의옥식ᄒᆞᆫ다는 쟈는, 쟝리에다, 나죶치 죽은 개고기도, 업셔 못먹을 줄로 싱각ᄒᆞ네."
應募短篇小說	金太熙	「韓氏家餘慶」	1912.10.24,25,27		경성사람인 한진사가 우연히 강원도로 낙향하여 부인과 오순도순 살다가 부인이 갑자기 세상을 뜨니 혼자서 슬퍼하고 있었다. 그러던 중 우연히 수원에 갔다가 길가는 어린아이를 몰래 데려다 와서 아들로 키우는데, 그 어미 민부인이 아들을 찾으러 방방곡곡을 다니다가 한진사집에 이르러 마침내 아들을 만나게 된다. 그러나 이에 한진사가 자신의 아들이라 우기는 기묘한 꾀를 내여, 같이 살기로 한다.
應募短篇小說	三等 (金鼎鎭)	「悔改(회개)」	1912.10.29,30	주색잡기에 빠져 인간의 도리를 져버리는 자를 꾸짖음	주색에 빠져 가산을 탕진하고 그것을 염려한 부친은 화병이 나서 죽게된다. 그래도 박주사는 정신을 차리지 못하고 모친과 아내를 박대하며 기생집만 출입하는데, 어느날 기생집에서 한 걸인이 자신도 부유한 집에서 자랐으나 소년 시절부터 주색에만 골몰하고 인간의 도리를 못하여 오늘날에 이르게 되었다고 자신을 박대하는 박주사를 꾸짖는다. 이에 크게 깨닭은 바가 있어 회개를 하고 집에 와 보니 모친과 아내가 자신의 회개를 바라는 기도를 올리고 있음을 보고, 그때부터는 모친과 부인을 잘 대하며 공부에도 힘쓴다.

게재란	저자	제목	날짜	주제	내용요약
應募 短篇 小說	三等 : 高辰昊	「대몽각비 (大夢覺非)」	1912.10.31	주색잡기 에 빠져 가정을 돌보지 않는 것에 대한 경계	부유한 집의 자제인 황인걸은 주색잡기에 빠져 있던 중 잠이 드는데, 죄악보응성의 처참한 광경을 본 후 복락성으로 들어가려 하자 거기는 세상에서 어진 일을 행하고 죄가 없는 사람이야 들어온다는 말을 듣는다. 또 설사 죄가 있더라도 회개하여 행실을 바로 고치면 그곳에 들어갈 수 있다는 말을 듣고 돌아가다가 실족을 하는데, 깨어보니 일장춘몽이었다. 정신을 차리고 집으로 돌아오니 부모와 아내가 고대하고 있는 것을 보고 이제부터 죄를 짓지 않기 위한 계책을 간절히 연구하게 되었다.
應募 短篇 小說	三等 (李興孫)	제목없음	1912.11.1	낭비에 대한 경계.검 소함의 중요성을 강조함	박시종이 늦게 아들을 얻으니 그 부인이 귀여운 마음에 온갖 음식을 사 먹이니, 박시종이 암만 벌어도 감당이 안 되었다. 그러던 차에 이런 모습을 남편에게 들켜 일장풍파가 일어나 친정으로 쫓겨가게 되었을 때, 아이 울음소리에 놀라 깨니, 일장춘몽이었다. 이에 허물을 고쳐 경제계에 일등 될 부인이 되었다.
應募 短篇 小說	三等 (朴容원)	「손쩌릇 ᄒ다 픠가망신 을 힌」	1912.11.2	노름의 폐해를 지적함	골패노름으로 재산을 탕진하고 채권자와 건달에게 시달리게 되자, 뚝섬에 가서 배를 타고 선유하다 죽음을 택하는 것만 남았다고 한탄한다.
應募 短篇 小說	二等 (趙鏞國)	제목없음	1912.11.3	학문의 중요성과 부모로서 의 도리에 대한 강조	박동 어떤 학교에 큰 행사가 있어 사람들이 구경하여 모여드니, 교장선생님이 제 일호 졸업장과 우등상을 포상하면서, 그것을 겹쳐 받는 김유복 학생의 사연을 사람들에게 소개한다. 김유복의 부친은 본래 강원도 춘천의 향족으로 부요히 지내던 중 동학란으로 인하여 생명과 재산을 모두 잃자 유복의 어머니는 단신으로 도명하던 중 유복을 낳고 자식의 학업을 위해 경성으로 올라와 공장에 다니는 등 온갖 고생을 무릅쓰면서도 유복을 학교에 보낸다. 이러한 사정을 안 학교에서 월사금을 면제하는 등의 도움을 주겠다고 제안하나 부인은 남의 힘을 빌려 편함을 취한다

게재란	저자	제목	날짜	주제	내용요약
					면 스스로 힘쓴 만하지 못하고 아직 어린 아이에게 벌써 남의 신세를 끼치게 할 수는 없다며 단호히 거절한다. 하지만 유복이 우수한 학생으로 졸업하는데, 그 졸업생은 유학을 보내준다는 규정에 따라 외국 유학이 결정되었음을 알리고 그 부인을 만인에게 소개한다.
應募短篇小說	三等 (金秀坤)	제목없음	1912.11.5	허황된 욕심에 대한 경고	전감은 의학교 학생인 허헌과 결혼하나 연초소매상인 아버지의 근근한 벌이로 생활을 연명하는 것이 싫어 이혼한 후 부자인 김만가의 첩으로 들어가게 되는데, 김만가는 전감의 미모에 일시 반하여 첩으로 맞으나 이내 돌아보지 않자, 전감은 밀매음녀로 전락하게 된다. 그러다가 경찰서에 끌려가 있던 중 허헌이 유명한 의사가 되고, 또 어진 부인을 얻어 금슬 좋게 지낸다는 기사를 보고 자신의 과오를 한탄하는데, 잘못을 뉘우친 전감이 경찰서에서 풀려날 때 유치장 문지방에 걸려 넘어지니, 이에 정신을 차려 보니 모두 꿈이었다. 비로소 전감은 자신의 잘못된 생각을 뉘우치고 평생 안빈자락하며 살게 된다.
應募短篇小說	이름, 제목 모두 없음		1912.11.6	근검 절약과 효도의 중요성 강조	본래 적빈하던 김모라는 사람이 천운이 순환하여 부자가 되나 예전을 생각하며 푼푼히 저축하며 살던 중, 홀연히 득병하여 세상을 뜨게 된다. 그러나 그 아들은 부랑패들과 어울려 재산만 탕진하는데, 어느 날 연극구경을 가다가 걸인을 만나 그가 남부럽지 않던 재산을 다 탕진하고 오늘날에 이른 내력을 일러주자 크게 깨달은 바 있어 중도에 돌아와 모친께 사죄하고 지성으로 모시며 살아 칭찬을 받는다.
應募短篇小說	三等 (朴致連)	제목없음	1912.11.7, 8	주색 잡기의 낭패와 학문의 중요성을	정주사가 부모에게 물려받은 많은 재산을 모두 기생에게 바치고, 차비도 못 얻어 일 년 만에 집에 돌아오는데, 이를 보고 아내는 사람은 자로 좋은 명예로 살아야 하는데, 그 좋은 명예를 위해

게재란	저자	제목	날짜	주제	내용요약
				일깨움	서는 학업을 하여야 한다고 권고하자, 학교에 입학하여 낮에는 공부하고 밤에는 인력거를 끌며 예전에 호의호식하던 것을 욕으로 알고, 지금은 악의악식하며 열심히 살자 세상의 칭찬이 자자하게 된다. "아히가 아모리 양반의 즉식이라ᄒ기로공부를 못ᄒ면 쓸더잇슴닛가 니가 일젼, 엇더한 소셜칙 한아를, 보앗슴니다. 그 칙이ᄉ리에, 합당ᄒ 듯ᄒ듸다. 사롭은 명여가, 뎨일 중ᄒ다ᄒ고 명여를 니려면, 학문이 잇셔야 ᄒ고 즉식을 학문을 가라쳐쥬랴면, 그 부모도, 학문이 잇셔야 한다 ᄒ더라"
應募短篇小說	三等 (朴鎭石)	제목없음	1912.11.9, 10	학업의 중요성과, 유학의 필요성에 대한 역설	친구와 같이 인천에 구경 갔다가 울적한 심사에 돈을 빌려 그길로 내지에 건너가 노동을 하면서 공부를 한다. 그리고 구주문명을 더 흡수하려고 미국으로 다시 건너간 박주사는 공부에 방해가 될까 하여 집안에 소식도 하지 않은 채 팔년이나 더 공부한다. 한편 부인은 소리 없이 나간 박주사를 기다리며 아들 복동이를 데리고 바느질품으로 근근이 생활하며 남편을 기다리던 중 어느 날 박주사가 갑자기 돌아오자 이제 고생은 끝나고 무한한 복을 누리게 된다.
應募短篇小說,	三等 (金鎭淑)	「런의 말로 (戀의 末路)」	1912.11.12 ~13,14	자유연애에 대한 갈망	림경자는 자신이 사모하는 박대관과 결혼하고 싶어 하나, 그 집 아버지와 자신의 아버지가 서로 시비가 있었던 사이로 일언 거절당하고, 아버지의 권유를 거절하지 못하고 최의관의 집 자식과 결혼하게 된다. 결혼하자마자 남편 최가일은 시찰사로 영국에 가게 된다. 그러던 중 림경자는 신문에서 박대관이 학계의 모범인물 소개란에서 그가 우등생으로 학교를 졸업하고 모회사에 고빙되어 영국런던 지점장으로 가게된 기사를 보게 된다. 시간이 흘러 남편이 집으로 돌아와 자신이 영국에서 친하게 지내던 친구를 초대하는데, 마주대하고

게재란	저자	제목	날짜	주제	내용요약
					보니 박대관임을 알고 서로 당황해한다. 다음날 겨우 틈을 내어 박대관이 근무하는 회사로 찾아가 면회를 신청한 림경자는 남의 부인이 된 사람과는 면회를 하지 않는다는 말을 듣고 황망히 회사를 나와 집으로 돌아가지 않고 정처 없이 떠돌아다닌다. 그러던 중 한미인의 시체가 박대관의 사진을 품고 인천해변에 떠밀렸다는 소문이 떠돈다.
應募 短篇 小說	三等 (광무디 치란)	제목없음	1912.11.15 ~16	기생들의 자기 한탄	기생 신분인 금지와 옥엽이 자신들도 여느 여염집 여자들처럼 젊어서 한 남자를 만나 오순도순 사는 것이 소원이라고 말함.
應募 短篇 小說	三等 (金鼎鎭)	「고진감내 (苦盡甘來)」	1912.12.26 ~27	학문의 중요성과 자립심에 대한 강조	어려서 양친을 모두 잃고 외삼촌댁에서 외숙모의 학대를 받으며 살던 소년이 자유로운 생활을 위하여 외삼촌댁을 떠나 서울 동대문밖 청량리에서 배회하다가 지갑을 줍는데, 주위에서 무엇을 찾는 사람에게 그 지갑을 돌려주니 그가 열심히 학문에 힘쓰라 하면서 사례비 5원을 준다. 그 돈으로 낮에는 담배장사를 하고, 밤에는 야학을 다니며 공부하기를 몇 년이 지나자 대사업가로 성공한다. 그러나 외숙모를 배반한 것이 마음에 걸려 찾아가 보니, 외삼촌은 돌아가시고 홀로 쓸쓸히 지내던 외숙모가 자신의 잘못을 알고 부끄러워 말을 못 하더라 "나폴레온의 알프쓰산을 넘어가든 용밍과, 콜엄버스의, 아부리ᄭᅡ를 발견ᄒᆞ든인내로 정신을 가다듬어, 힘써 공부를 ᄒᆞ고, 열심히 버럿스면, 나도 강ᄒᆞ고 나도 부ᄒᆞ리라" "사롭이라는 것은, 학문이 업스면, 우리 인류샤회에, 활동을 못ᄒᆞ고, ᄯᅩᄒᆞᆫ 국민의 ᄌᆞ격을 힝치 못ᄒᆞᆯ지니, 부디 공부를, 힘써 ᄒᆞ야, 국가의 동량을 지으라 ᄒᆞ고, 흥흥히가니"
應募 短篇	三等 : 李興孫	「悔改 「(회기)」	1912.12.28 ~29	아편에 대한	아편 때문에 가산을 탕진하고 아내까지 팔아먹은 유진사가 냉방에 앉아 자신의

게재란	저자	제목	날짜	주제	내용요약
小說				경고	신세를 자탄하고 있는데, 같은 처지로 걸인이 된 친구 신국장이 찾아와 이야기를 늘어놓는다. 그가 이리로 오던 중, 길에 한 걸인이 죽어 누워있던데, 그 걸인이 쥐고 있던 종이 한 장을 보니 혈서로서 아편으로 몰락한 자신의 이력을 적어 놓고, 결국 자신이 천죄로 죽는 것이라고 쓰여 있었다. 이를 보고 유진사와 신국장은 크게 깨달은 바 있어 아편을 끊고 열심히 노동하여 재산을 점점 회복하고 의식 걱정 없이 살게 된다.
短篇小說	徐圭鱗	「아편쟁이에 말로」	1913.1.7	아편에 대한 경고	주인공 청국상인이 조선에 들어와 십여 년 상업을 하여 재산을 모으게 되었으나 나쁜 친구의 꼬임에 빠져 아편을 배우게 된 후 건강을 잃고 재산을 탕진하여 추위에 떨며 구걸하러 다닌다.
短篇小說	宋冀憲	「壯元禮」	1913.1.8		똑똑한 아이들이 서로 자신의 시를 나눠 지으며 얘기함.
應募短篇小說	三等(桂東彬)	제목없음	1913.1.9	주색잡기의 폐단 경고, 교우 관계의 중요성 강조	한만동이 술집에만 출입하므로 그 부친이 질책하자 친구를 많이 사귀기 위한 것이라 대답한다. 그 부친은 자신의 많지 않은 친구와 만동의 많은 술친구 중 누가 진실한 친구인가를 확인하자 제의하고 짚을 묶은 후 물감을 뿌려 살인을 가장하여 만동의 친구에게 가서 사정을 말하고 같이 묻자 하니 모두 거절한다. 그러나 부친의 친구는 선뜻 자신의 뒤뜰에 묻자고 말함을 보고 만동은 크게 뉘우쳐 술친구를 사귀지 않고 실업에 힘쓴다.
應募短篇小說	李常春	「情(정)」	1913.2.8.~9	주색잡기 경계	송문수는 본래 소문난 부자였으나, 돈 귀한 줄 모르고 날마다 술이나 먹고 계집질이나 하며 연극장에나 구경이나 다니다가 수많은 재산을 다 탕진하고 빚을 지게 되어 집을 버리고 도망을 간다. 그 뒤 아내는 곧 병이 들어 죽고 두 남매만 남았는데, 오라버니는 돈을 벌기 위해 상해로 떠나고 삼년 뒤에 두 남매가 다시 만나게 되는데, 그 자리에 지

게재란	저자	제목	날짜	주제	내용요약
					나가던 나그네가 남매의 애틋함을 보고 자신이 눈물을 짓던 중 오라버니가 그 사연을 물으니 필히 자기 아버지라. 그리하여 그날 한시에 삼부자가 만나게 되었다.
短篇小說	崔亨植	「허황흔 풍슈」	1913.3.27	인생을 참되게 사는 법을 가르쳐줌	영문 도감포수 이철보는 눈이 아픈데도 술 먹고 온갖 행동을 전처럼 하다가 실명의 위기에까지 가서 낙직된다. 마침 잘못 알고 찾아온 사람들에게 엉터리 점을 쳐주고 돈을 받는다. 이렇게 살다가 죽자 그 아들은 부친의 죄를 벗는다는 뜻에서 정직하게 살며 실업가가 되어 자선을 한다.
短篇小說	徐圭鱗	「탕즈의 감츈(蕩子感春)」	1914.2.7	학문의 중요성 강조	김공, 이공 두 젊은이가 방탕하게 재산을 탕진하며 노는 것으로 소일을 하던 중 어느 봄날 서로 대화하며 허무의식을 극복하고 공부에 힘써 사람의 직분을 이룰 것을 맹세한다. "문명흔 이 시딕에, 그러흠으로 문명은, 사롬을 일으키는, 츈풍이라는 격언이 잇소 그려, 관공스립 각 학교에 입학ㅎ야, 방탕ㅎ든 마음을, 원슈곳치 억졔ㅎ고, 전심치지 공부ㅎ야, 졸업을 흔 연후에, 샤회샹에 나아가셔는, 공익스업을 전력ㅎ고, 집에 잇셔셔는, 닉 집을 다스리면, 그 안이 사롬된 직분에, 십분일이라도, 되지 안이ㅎ겟소"
	沈天風 작	「酒(술)」	1914.9.9 ~10,11,12, 13,15,16 (7회 연재)	술에 대한 경계	"쇼셜 비봉담을 짓는 죠일지군은 우연히 신병을 엇어 신음ㅎ는 바 의원의 권고로 대략 일쥬일 동안은 고요히 치료ㅎ게 되어 비봉담은 부득이 일시뎡지흠을 면치 못ㅎ얏도다 그러나 그 일쥬일 동안을 계속ㅎ야 아모 쇼셜도 업스면 흥샹 쇼셜을 익독ㅎ시는 독쟈 졔씨는 적이 셥셥ㅎ실 듯 이에 「술」이라는 글졔로 단편 쇼셜을 지어 비봉담 쥬인의 병이 쾌차ㅎ기꼬지 이걸노써 여러분을 위로코져 ㅎ노라" 비범한 재주를 가졌으나 술을 먹이 과하여, 제대로 된 직장에는 오래 붙어있지

게재란	저자	제목	날짜	주제	내용요약
					못하고 계속 방황하던 허충선은 어느날 금주를 결심하고 칠십여 일을 무사히 실행하여 왔다. 그러던 중 스스로 자신의 심지를 더욱 굳게 하여, 돌아가신 어머니가 자신이 술을 끊지 않으면 눈을 감지 못하겠다는 말까지 떠올리며 참회의 눈물을 흘린다. 또 한 친구가 그를 찾아와 술을 영 끊으려고 하면 안 되니, 조금씩 마셔가면서 줄이라고 권고하자, 다시는 덕이 되지 않는 술친구는 사귀지 않겠다고 맹세한다. 그러던 중 취직한 출판사 일도 열심히 하고 또 자기 글도 열심히 쓰는데, 어느 날 너무 열심히 노력하여 수면이 부족하고 신경이 날카롭게 되는 것을 스스로 느끼던 중 어느 저녁에 두통을 심하게 느끼던 중 홀연히 이웃집 화초가 뜨거운 볕에 견디지 못하여 스스로 시들어 짐을 면치 못함을 보고 공연히 마음이 불쾌해져 돌연 단장하여 외출을 한다. 밖으로 나가니 심란한 마음이 더욱 더해짐을 느끼고 공연히 술을 먹고 취하면 산란한 사상이 통일될까 하며 홀로 연구하다 선술집에 들어간다. 그 뒤 계속 방황하며 술을 마시고, 기생을 찾아다니고 하던 중 가슴이 답답하여 부둣가에 가서 술을 먹던 중 두 사람이 술의 폐해를 얘기하며, 술을 경계하기를 다그치는 소리를 듣는다. 그러다가 물에 빠져 드디어 저승에 가는구나 생각하니, 몸이 고향으로 떠내려감을 느끼고 또한 불속에 갇힘을 느끼다가 번쩍 정신이 들어 보니 책상에서 졸다가 머리를 부딪침을 깨닫는다. 모두 한바탕 꿈이었던 것이다.
	朴靑農 作	「春夢 (봄꿈)」	1914.9.17 ~18,19,20, 22,23 (6회 연재)	간부에 대한 질책	"본샤에 련지되여 독쟈 여러분의 호평을 듯던 비봉담 쇼설은 중간에 불힝히 지작쟈 죠일지 씨의 병을 인ᄒᆞ야 잠시 뎡지된 후 심텬풍 씨의 걸작으로 슐이라 ᄒᆞᄂᆞᆫ 쇼셜이 ᄌᆞ미진진ᄒᆞ게 긔록되여 독쟈 여러분의 호평을 역시 엇어 좀 더

게재란	저자	제목	날짜	주제	내용요약
					나기로 고더ᄒ얏더니 작일에 완겨되엿 도다 쇼셜을 익독ᄒ시ᄂ 독쟈 여러분을 위ᄒ야 이번은 본인이 지죠의 로둔홈을 무릅쓰고 봄쏨이라ᄒᄂ 것을 단편으로 몃칠간 긔지코져 ᄒ오니 독쟈여러분 이시여……." 김참판은 각 고을 수령을 지내다가 시대에 따라 벼슬을 그만두고 무역회사, 운송회사를 운영하여 큰돈을 번다. 그러나 일찍이 부인을 여의고 자식이 한 명도 없는 것이 흠이었으나, 곧 이씨 부인을 만나 혼인을 올리고 아들을 하나 낳고 근심 없이 날마다 웃음으로 지냈다. 집에 드나드는 손님이 모두 김참판 아들을 칭찬하며, 김참판 역시 손님들에게 자신의 아들 자랑하기를 좋아한다. 그러던 중 평소 가까이 지내던 한 노인이 얼마 안 되어 댁에 좀 연고가 있는 말을 하였으나 수삼일이 지나버리자 곧 잊어 버렸다. 그 후 윤정세라는 친구의 소개로 최덕보가 김참판의 집에 들어와 온갖 집안일을 맡아보는데, 본래 이 최덕보라는 자가 음험한 마음이 있던 자로, 김참판이 급한 일이 있어 인천에 가 있던 차 리씨 부인에게 덤벼들어 몹쓸 짓을 벌인다. 그러던 중 김참판이 갑자기 집에 돌아오자 리씨 부인과 함께 도망을 간다. 최덕보는 김참판 집에서 훔쳐온 천량으로 집을 사서 리씨 부인과 살림을 하려 하고, 이때 김참판은 다른 사람이 이 사실을 알까 전혀 내색을 하지 않고 아들에게 그저 어머니가 일찍 죽었다고만 말한다. 그러나 최덕보는 원래 게으르고 음험한 사람으로 일은 하지 않고 나쁜 사람들과 어울려 주색잡기에만 빠져 있고, 리씨 부인은 잠시 자신의 악한 마음으로 이지경에 이르렀음을 한탄하였다. 한편 김참판은 어린 옥룡이를 위해 자신을 배반하고 도망간 리씨 부인을 미워하는 마음

게재란	저자	제목	날짜	주제	내용요약
					은 접고 다만 돌아오기만을 기다리는데, 돈이 떨어진 최덕보가 리씨 부인을 꾀이어 김참판 집을 털려고 들어가니, 리씨 부인은 아들 옥룡이를 보고 자신의 죄를 뉘우치고 방에 들어가 옥룡이를 껴안는다. 그러던 중 최덕보는 재물을 훔치고 리씨 부인이 오기만을 기다리다가 순찰하던 경찰에게 잡혀 그간의 도적질이 모두 탄로나 10년형을 언도받고, 리씨 부인은 김참판의 너그러운 마음으로 인하여 회개하여 다시 행복하게 잘 산다.
	漱石 靑年	「後悔 (후회)」	1914.12.29	여자의 행실에 대해 강조	만인의 칭송을 받을 정도로 미모를 자랑하던 여주인공이 여러 남자를 편력하는 생활을 하다가, 한 남자의 첩으로 들어가 안락한 생활을 하나 곧 한 남자에 메인 것에 싫증을 느껴 헤어질 궁리를 하여 다시 여러 남자들과 놀아난다. 그러나 늙은 후 아무도 돌아보지 않자 후회를 하며 남에게 군자숙녀 되기를 당부한다.
	無名氏	「苦樂」	1915.1.14	가족의 중요성 강조	어린 자식과 병든 남편과 함께 궁핍한 생활을 하던 이태인의 부인은 다음날이 명절이 되어도 제사밥 한 그릇 올려놓지 못하는 신세가 되자 이렇게 고생스럽게 세상을 살 바에야 죽는 게 낫겠다는 생각으로 집을 나간다. 한편 목이 말라 부인을 부르던 이태인은 부인이 없자 이상한 생각이 들어 뒷산으로 올라가니 마침 부인이 나무에 목을 매고 죽으려고 하던 중이었다. 놀란 이태인이 얼른 내려 보니 아직 숨은 붙어 있어 함께 집으로 돌아와 부인에게 조금만 더 참자고 다그친다. 그러던 중 쥐새끼가 양끝을 먹어치운 종이조각이 있어 가만히 보니 예전에 선친이 병조판서할 때 돈 오만량을 김서리의 집에 다 맡겨놓은 증서였더라. 이에 이태인이 그 집에 가서 돈을 얻어오는데, 마침 부인은 남편과 자식을 보양하기 위해 자신의 머

게재란	저자	제목	날짜	주제	내용요약
					리를 잘라 팔아서 고기를 장만하고 있었다. 이태인이 매우 놀라며 부인에게 자신이 가져온 돈을 보여준다.
應募 短篇 小說	柳永模	「貴男과 壽男」	1917.1.23	미신에 대한 경계	첫째 아들 귀남이가 감기가 들자 돈이 없어 약을 제대로 못씀에 병세가 점점 깊어지자, 무당을 찾아가 돈을 주고 병을 낫게 해달라고 부탁을 한다. 그러나 결국 귀남이가 죽게 되자, 그것이 다 미신이고 미신을 믿었던 자신들의 불찰을 비난한다. 이런 사정을 듣고 있던 아랫집 병이 할머니는 하나님을 믿어야 모든 일이 해결된다고 권한다. 그리하여 그들은 하나님을 믿게 되고, 귀남이가 죽던 다음해에 수남이가 태어나는데, 잘 자라던 중 어느 날 병석에 누우니 교회 사람들이 와서 기도도 하고, 예언도 하고, 찬송도 해준다. 그러나 결국 수남이도 죽게 되는데, 그래도 부인은 사람은 결국 죽게 되며, 죽어서는 하나님의 나라로 가게 된다고 담담해하나, 남편은 예수만 믿고 결국 자식을 죽게 만든 죄에 속이 답답하여 술을 먹으러 간다. 그러자 부인이 술을 먹는 것은 죄를 짓는 것이라고 꾸짖는다.
應募 短篇 小說	(選外 佳作): 金泳俌	「神聖혼 犧牲」	1917.1.24	신앙 생활의 중요성	천주교 전도사인 김영식은 같은 교회에 다니는 애경을 만나, 전도사로서의 본분을 잃고 애경과 사랑에 빠져 나날을 보낸다. 그러던 중 전도사라는 본분에 충실하지 못함을 깨닫고 그들은 관계를 단절하였는데, 김영식은 금식하며 죄를 회개하고 둘 다 신앙에 전념하게 된다.
短篇 小說	Ky生	「墮落學生 의 末路」	1917.2.2	주색 잡기의 낭패에 대한 경고	진주 재산가의 만득자 용석은 편모 슬하의 사랑 속에서 자라나 결혼까지 하나 학교공부는 하지 않고 주색잡기에 탐닉하다 퇴학을 당한 후 더욱 방탕해져 전답을 처분하여 매음녀와 살림을 차리고 일부로 모친과 아내의 살림집을 마련하는데, 광산업을 하자는 친구의 꾐임에 빠져 전 재산을 날린 그는 모친과 아내를 고향과 처가로 보낸 후 친구

게재란	저자	제목	날짜	주제	내용요약
					집을 전전하며 구걸한다.
	하몽생	「陽報」	1918.6.25	은혜를 잊어버리지 않고, 보답하는 마음	"몸이 셩치못ᄒ야 자조 「무궁화」를 궐ᄒ야 인도자 여러분의 후호 뜻을 져바리기미안ᄒ야 이젼에 번역ᄒ얏던 단편쇼셜 한편으로 몃분이나 칙망을 막고져 ᄒ노라" 남작 부인이었던 여인이 자기 남편을 여의고 새로운 남자를 만나 혼인식을 올리는데, 자기는 남작이 남긴 무수한 재산을 가지고 있지만, 이 신랑은 신분이 비천할 뿐만 아니라 가진 것도 없는 사람이었다. 그리하여 신랑이 혼인식날 밤에 자기는 신부가 혼인을 올리지 않고 자기를 떠날까봐 몹시 걱정하였다며, 돈 많고 어여쁜 남작부인이 자기와 결혼해줘 행복하다고 한다. 그러자 부인이 옛날 이야기를 해준다. 부모를 잃고 고아가 된 어린 계집아이가 굶주림을 견디나 못해 노파의 모습으로 꾸며 거리에 동냥질을 하러 나갔는데, 지나가던 한 남자가 적선을 하려한다. 마침 옆을 지나가던 순사가 그 모습을 보고 법으로 금지된 동냥질을 한다고 잡아가려하자, 그 남자가 자기가 아는 노파라 하며 그 계집아이를 감싸고 가지고 있던 은전 오십전을 주며 날이 추우니 빨리 집에 가라고 한다. 그 뒤에 재봉소에 취직하여 있던 중 남작을 만나 그의 청혼에 혼인을 올렸으나, 계집은 자기에게 은혜를 베풀어준 그 남자를 한시도 잊은 적이 없다고 한다. 결혼생활에서는 남편에게 최선을 다하였고, 남작은 죽으면서 자신의 많은 재산을 부인에게 남겨주었다. 그러자 그때부터 이 부인은 예전의 그 남자를 찾아 다녔고, 그 남자가 바로 지금의 신랑이며, 그 계집아이가 바로 자신이었다고 고백한다. 예전의 은혜를 보답하기 위해 그 남자를 찾아 접근하여 혼인을 하기를 원하였던 것이다.

게재란	저자	제목	날짜	주제	내용요약
	尹白南	「贋造貨」	1918.10.25 ~11.2 (6회 연재)	기생의 지조 없음과 허영심 폭로	19세 강상월은 인물이 빼어나서 수백명 기생중에서도 다툴 사람이 없을 정도이며, 아무리 백지 한 권을 아끼는 궐자라도 그 앞에서는 돈을 아끼지 않는다. 이처럼 강상월은 넉손좃코, 염체업고 아리싸운 기생이었다. 그런데 어느날 장주사가 찾아와 자신이 돈 수만원을 축내어 아버지께 쫓겨날 신세가 되어서, 세상 사람 보기가 창피하고 강상월과도 만날 수 없어 자살할 것이며, 마지막으로 지난 삼년간의 정을 생각해서 50원을 그녀에게 주겠노란다. 강상월은 마음에도 없는 소리로 '나으리가 죽으면 나는 무슨 재미로 사느냐고 한다. 장주사는 그럼 함께 죽자고 한다. 그녀는 어쩔 수 없이 장주사를 따라 한강 철교까지 오지만, 장주사가 철교 아래로 몸을 던진 후에도 그녀는 죽을 마음이 없었기 때문에 그냥 정신없이 집으로 도마여 온다. 새벽 4시쯤 장주사의 뒤를 봐주는 박차위가 찾아와, 꿈에 처참한 모습의 장주사가 나타나 강상월한테 속아서 죽었는데, 그년을 말려 죽일 것이라고 말하더라고 한다. 강상월이 지금까지의 사연을 전부 고백한 뒤 제발 살려 달라고 애걸한다. 박참위는 여인에게 머리카락은 목숨 다음으로 귀중하니, 그것을 잘라 장주사의 무덤에 파묻고 경일을 읽으면 그의 원한이 풀릴 것이라고 한다. 그녀는 자신의 머리카락 대신 월자 자른 것을 내준다. 그때 죽었다던 장주사가 나타난다. 사실 장주사는 대책을 세워놓고 철교에서 떨어진 것이다. 강상월은 자신이 속은 것을 알고 분하고 절통해하지만 자기는 그를 두 번 속인 셈으로 친다. 장주사와 박참위는 강상월에게 준 돈 50원이 가짜돈이라고 말한다. 그녀는 더러워서 받기 싫었던 것이라며 돈을 돌려준다. 그들은 돈을 돌려 받은 뒤 실은 진짜 돈이라며 사라

게재란	저자	제목	날짜	주제	내용요약
					진다. 강상월이 이에 분통해 하고 있으니, 그녀의 어머니가 50원중 20원을 몰래 빼두었다고 말하자 기뻐한다. "아아 세상에는 고약하고, 무서운 것이 두 가지 잇다외다. —돈흐고 —게집흐고"
	尹白男	「奇緣」	1918.11.3 ~11.14 (12회 연재)	허욕심과, 이기심에 대한 경계	양첨지는 낮에는 낚시질, 밤에는 장기로 소일하고, 피일근은 연초회사에서 목궤짜는 일을 한다. 양첨지는 어느날 뚝섬으로 낚시질을 갔다가 돌아오는 길에, 강가 갈대밭에서 죽은 지 얼마 안 되는 사람 해골 하나를 발견한다. 그는 딱하게 생각해서 해골을 마른 땅에 놓고 술을 부어주고, 나미아미타불을 세 번 부른 후 파묻어 준다. 그날 깊은 밤에 젊은 여인이 찾아와 자신이 해골의 주인인데, 아까 양첨지가 베풀어준 고마움에 대해 몸으로 갚으러 왔다며 하루 밤을 보내고 간다. 양첨지는 이 여인이 귀신이기에 처음에는 섬뜩했으나, 몇 시간을 함께 지내보니 산 사람과 차이가 없다고 생각한다. 옆방에서 이런 사실을 낱낱이 지켜보고 그 전말을 들은 피일근은, 자신도 귀신 처녀를 만나고 싶다면서 양첨지가 행동한 대로 꼭 같이 하기로 한다. 양첨지에게 낚시대를 빌어 뚝섬으로 나가 해를 넘어가기를 기다리고, 까마귀가 날아오르는 곳을 찾아 해골을 발견한다. 그 해골을 거두어 술을 부어주며 나무아미타불을 세 번 불러주고, 마른 땅에 묻어준다. 집에 돌아와 피일근은 장차 나타날 귀신을 위해 집안 청소를 말끔히 하고 방안이 쓸쓸하지 않게 풍로불도 피워놓는다. 그때 별안간 대문을 걸어차며 바지랑대 같이 키 큰 놈이 비틀걸음으로 들어온다. 피일근이 묻어준 해골의 주인이다. 그는 풍경 좋은 강가에 있어서 심심치 않았는데, 땅속에다 파묻어서 하늘 구경도 못하게 되었고, 못 먹는 술을 들어

게재란	저자	제목	날짜	주제	내용요약
					부어 두 번 죽음을 시켰다며, 피일근의 뺨을 두세 차례 갈기고 나가버린다. 피일근은 정신이 아뜩해진다. "덧업는 욕심을 너기나 야심잇는 자션을 ᄒ랴면 피서방 갓흔 욕을 당홀 결심을 ᄒ여야 혼다."
	尹白男	「夢金」	1919.1.1	성실성에 대한 강조	허송세월하던 생선장수 유서방은 새벽에 어선에서 생선을 받기 위해 강가로 나간다. 거기서 금전이 가득 들은 가죽주머니를 줍게 되자 그는 부랴부랴 집으로 달려와 이제는 힘들이고 일하지 않아도 집을 지을 수 있고, 아내가 원하는 것도 해줄 수 있다며 느긋해 한다. 아내는 술 한병을 대접한다. 피곤과 술기 때문에 곤하게 잠자고 난 뒤 돈 걱정이 없어지자, 그는 동네 사람들을 초대하여 또 한번 질탕하게 술을 마시고 잠자다가 저녁때가 되어 일어난다. 아내가 동네 사람들에게 베푼 술값을 어떻게 감당할 것이냐고 묻자, 아침에 주워온 돈이면 해결될 것이라고 한다. 아내가 웬 돈을 주워왔느냐고 딱 잡아떼며, 너무 돈에 집착한 나머지 돈주워 온 꿈을 꾼 모양이라고 말한다. 그는 정말 꿈속에서 돈을 주워온 것으로 알고, 공연히 술값이 많이 지출된 것에 대해 미안하게 생각한다. 그 뒤부터 열심히 돈벌이에 나선다. 3년 후에는 큰 길가에 집을 사고 유기전까지 내게 된다. 그러자 아내는 3년 전 가죽주머니 건은 사실은 꿈이 아니었다고 말한다. 아내의 거짓말 때문에 착실히 돈을 벌게 된 유서방은, 아내의 깊은 지각에 감동하고, 가난이나 타락이 열심히 사는 사람 앞에서는 맥을 못춘다는 값진 교훈을 얻게 된다. 유서방은 과거에 빈둥대며 허송세월하고, 돈이 생기면 술을 마시는 등 낭비벽이 있었다. 현재는 술 한잔 마시지 않는 등 검소하고 착실하며 열심히 일한다. 그 결과 과거에는 오막살이에 가

게재란	저자	제목	날짜	주제	내용요약
					난을 벗어나지 못하는 생선장수였는데, 지금은 큰 길가에 집을 소유한 유기전의 주인이 된 것이다. "사람으로 ᄒᆞ야금 빈한ᄒᆞ게 ᄒᆞ고 타락ᄒᆞ게 ᄒᆞ는 마귀가 암만 발이 지다 홀지라도 열심히 버으는 디는 되지 못ᄒᆞ리로다"
短篇 小說	李碩庭	「誘惑」	1919.8.11	유학생이 가진 고뇌	동경으로 유학 온 학생들이 모여 사는 하숙집에는 기독교를 믿는 만수를 제외하고는 모두 학업에 열중하지 않고 유흥에만 들떠 있다. 이에 밤마다 만수의 방 5호실을 제외하고는 다른 방에는 불이 켜져 있을 때가 없는데, 어느날 만수는 홀로 책을 보다가 갑자기 고독한 생각이 들었다. 처음에는 다른 친구들과 사귀고자 하였지만 그들의 생활방식과 자신의 생활방식이 맞지 않음을 느끼고 자신의 방식이 훨씬 청정하고, 고결함을 깨닫고 그들과 어울리지 않게 되었다. 하지만 오늘밤 생각하던 중 자신이 진정으로 술을 마시는 것을 싫어하지 않고, 또 진정으로 어여쁜 여학생에 대해 관심이 없는 것이 아님을 깨닫고 자신의 위선을 느낀다. 또 옆방에서 자신을 두고 '청교도'라 비꼬는 친구들의 목소리를 듣고는 고뇌 속에서 그날밤을 꼬박 샌다. 그리고 다음날부터는 5호실에도 불이 켜지지 않으며, 비틀거리고 하숙문에 들어오는 일행 속에 만수도 섞여 있었다.
短篇 小說	(三等): 崔亭烈	「불행한 싱명」	1919.7.7		어린 아들과 눈먼 어미의 갈 곳 없는 딱한 사정. 남편이 먼저 죽고 큰 아들마저도 보낸 뒤 자신도 눈이 멀게 되어 이제는 어린 아들의 손을 이끌고 그날그날 잘 곳을 찾아 떠돌아다니는 불행한 생명들.
短篇 小說	(選外佳 作): 南泰熙	「人情」	1919.7.7	자식에 대한 그리움	어느 귀부인이 자신이 여학생 시절에 불량배에게 몸을 더럽히고, 아이를 배었는데, 그 아이를 없애지 못하고 열 달 뒤에 어느 고아원 옆에서 낳아 이름을

게재란	저자	제목	날짜	주제	내용요약
					지어주고 생년월일을 적어 그 고아원 앞에 잘 보이는 곳에 두고 도망갔다. 그 뒤 같은 귀족의 집안에 시집을 가 귀부인으로서 명성이 자자하던 중 신문에 난 기사를 보고 예전에 버린 아이가 벌써 9살이 되었음을 알고 눈물을 훔친다. 그 아이를 보고 싶은 마음에 그 고아원을 방문하여 자신의 아들을 만나보고, 돈 천원을 내어 고아원 경비와 그 아이 학업에 필요한 물품을 사주라고 원장에게 말한다. 자신의 천륜을 끊지 못한 정을 느끼고, 집으로 돌아오나, 다시 백작의 부인인 자신의 처지가 생각난다.
短篇 小說	(三等): 張載文	「綠陰이 무르녹을 째」	1919.7.14	부모로서 의 도리를 깨우침	서자 한용은 보모가 어머니가 부른다는 소리에도 못 들은 체하고, 자기는 좀 더 할 일이 있다고 버틴다. 그러던 중 어머니가 자신을 찾으러 오자 그는 어머니에게 저 고목나무 밑에 있는 적자 한봉을 가리키며 암만 아버지가 돌아가셨다고 하지만, 정통혈육을 버리고 저렇게 비참하게 내버려두는 것은 천벌을 받을 일이라고 어머니를 깨우쳐 자기 동생을 데리고 함께 집으로 돌아간다.
단편 소설	(選外佳 作): 李益相	「落伍者」	1919.7.14.	지식인의 허영심 경계	"전원은 결코 낙오자의 수용소가 아니오, 도주자의 피난처가 아니외다. 전원 생활에는 전원생활의 정신이, 짜로잇셔야 흡니다. 특별흔 각오가 잇셔야 흡니다."
短篇 小說	(삼등): 趙永萬	「虛榮」	1919.8.11	여성의 정숙한 행실 강조	시골에서 농부의 아내가 되어 살던 옥분이는 서울에서 매춘을 하는 삼월의 유혹편지에 혹하여 남편의 만류를 뿌리치고 달아나나, 3년 동안 서울에서 여공과 작부로 전전하며 고생만 하다가 사생아까지 임신하고 전도가 막막한 처지에 빠진다.